KB150540

어차피 조연인데
나랑 사랑이나 해

# III

# 어차피 조연인데 나랑 사랑이나 해

단디 장편 소설
FEEL PREMIUM EDITION

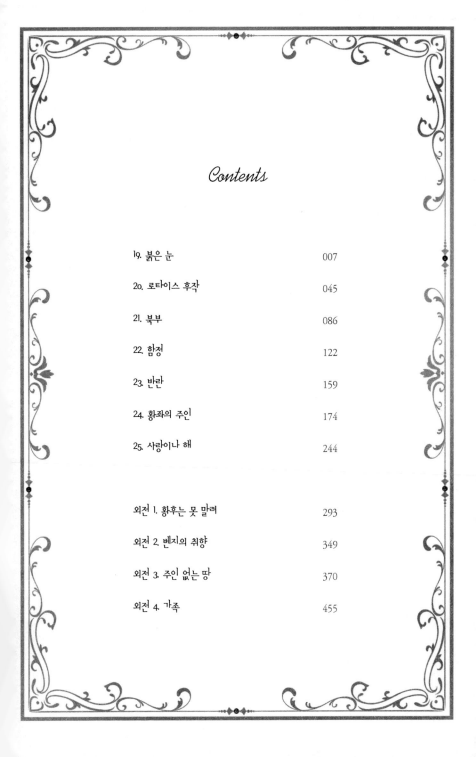

# Contents

19. 붉은 눈      007

20. 로타이스 후작      045

21. 북부      086

22. 함정      122

23. 반란      159

24. 황좌의 주인      174

25. 사랑이나 해      244


외전 1. 황후는 못 말려      293

외전 2. 벤지의 취향      349

외전 3. 주인 없는 땅      370

외전 4. 가족      455

## 19. 붉은 눈

영윤들의 불꽃 튀는 자기소개 타임이 끝났지만 도저히 이름을 외울 자신이 없었다. 나중에 바몬한테 부탁해서 오늘 참석한 귀족들 명단 추려 달라고 해야겠다. 한 명씩 골라 사귈 계획이었는데 이렇게 사냥감 노리는 맹수들처럼 달려들면 어떡해. 투르가 언니 집착캐 못 쓴다는 거 다 거짓말이나요.

들이닥치는 대로 인사를 마치고 나니 한쪽에 서 있는 영애들이 보였다.

그런데 왜 의자가 없지. 드레스도 엄청 무겁고 구두도 발 아플 텐데.

나는 시종들을 시켜 정원에 앉을 만한 의자들을 갖다 달라고 부탁했다. 이 많은 인원들을 저택으로 인솔할 자신이 없었다. 잠시 후 하인들이 커다란 소파와 의자들을 몇 개 실어 나르자 영애들이 나를 보며 부채를 팔락거렸다.

뭐더라. 전에 이사벨라한테 부채 용어 배웠는데. ……고맙다는 뜻이었나.

이름이 잘 기억나지 않는 허세 잔뜩 끼인 남자 귀족이 떠들고 있는 중이라 나는 영애들을 향해 짧게 미소 지은 후, 다시 앞에 선 남자의 이야기에 집중했다.

먹고살기 더럽게 힘드네. 제기랄. 이 중에서 누가 제일 카일에게 득이 되는 사람이지.

영애들과도 짧게 인사를 하긴 했지만 영윤들에게 붙잡혀 있던 시간이 길어 그리 많은 이야기를 나누진 못했다.

하지만 내 예상과 달리 저녁 즈음까지 이어졌던 파티는 굉장히 좋은 호평을 남기며 사교계에 소소한 이슈로 떠돌았다.

'로타이스 후작이 그렇게 자상하시대. 영애들 다리 아플까 봐 손수 의자를 갖다드리라 명했다더라. 게다가 혹여 속이 불편했을지 모르니 레몬을 우린 차를 마시라고 권했대. 너무 다정하지 않니.'

그건 제가…… 여장을 해 봤기 때문입니다. 영애들.

'로타이스 후작은 검을 잘 쓰시는 분인데도 검술 얘기를 할 때면 묵묵히 들어 준다지 뭐니. 정말 겸손하시지.'

검술을 배웠다기보다는 스노우한테 두들겨 맞으면서 몸으로 배워서 그런 거였다. 정해진 검술에 관해서는 할 수 있는 말이 없으니까.

'전에 무도회 때 검 들고 다른 귀족들한테 욕하고 소리친 것도, 자기가 마신 독이 혹시나 카일 전하께 갈까 봐 그랬다더라. 자기가 죽는 한이 있더라도 범인을 잡고 죽으려는 각오로 하신 말이었대.'

이 소문은 어디서 돌았는지 알 수가 없네. 내 입으로 써낸 단어는 단 하나도 없었다.

나는 스노우가 말해 준 사교계의 소문들을 하나하나 들으며 계속 고개를 갸웃거렸다.

"정말로 그런 소문이 돌고 있다고요?"

"너도 웃기지. 나도 아침에 바몬한테 듣고 얼마나 웃었는지 모른다."

정말로 웃겼는지 말을 꺼내는 지금도 스노우는 눈가에 맺힌 눈물을 닦아 가며 낄낄거렸다. 전부터 생각했는데 나 묘하게 인기가 많은 스타일 같아.

"할아범."

"할배면 할배고, 할아버지면 할아버지지. 할아범은 뭐야. 이 건방진 자식. 어떻게 저런 걸 제자라고 키웠지."

새삼스럽게 투덜대기는. 나는 원하는 대로 바로 정정해 주었다.

"알았어요. 거, 참 영감 까탈은. 아무튼 할아버지. 내 생각엔 내가 아무래도 이 빌테온 제국에 혜성처럼 등장한 아이돌 같아요."

"그건 또 무슨 소리야."

"있어요, 그런 상투적인 표현."

푹신한 소파에 등을 푹 기대앉았다. 갑자기 의미심장하게 한쪽 입술을 올려 웃은 스노우가 내게 고운 색지를 건넸다.

"이게 뭐예요. 유산은 모두 내게 상속하겠다는 스노우의 유산 상속 계약서인가."

"헛소리 말고 열어 봐. 콜린 후작 영애가 네가 보고 싶다는데 어쩔 거야."

"……수?"

"수잔, 인마. 수잔! 너 밖에서 그렇게 애칭 부르고 다니다가 큰일 난다."

"헷갈려서 그랬어요!"

짜증을 내며 스노우가 내민 편지를 열어 봤다. 또박또박 쓴 글씨체가 그녀의 차분한 성격을 그대로 담은 것 같았다.

「후작님, 안녕하세요. 수잔 콜린입니다. 전에 벨로이스트 공작령에 초대받았던 날에 뵀었는데 후작님께서 저를 기억하실지 모르겠어요. 염치를 불구하고 이렇게 편지를 보냅니다.

날이 쌀쌀해지는데 몸은 별 탈 없이 괜찮으신가요? 겨울에 입어야 할 옷을 지을 옷감은 구하셨나요. 저희 고모께서 좋은 옷감을 많이 보내셨는데 로타이스 님만 괜찮으시다면 저희 집으로 초대해 선물을 드리고 싶어요. 물론 실례가 안 된다면 말이에요. 특별히 좋아하는 간식이나 차가 있으시다면 말씀해 주세요. 준비해 놓겠습니다.

저, 후작님을 꼭 다시 한번 보고 싶어요.」

편지를 읽고 난 후 나는 천천히 고개를 들어 올렸다. 아까까지만 해도 피실피실 웃고 있던 스노우가 짐짓 침통한 표정으로 입을 일자로 쭉 늘어뜨린 채 내 어깨를 토닥였다.

"죄 많은 녀석."

"······이런 상황은······ 처음인데요."

이거 아무리 봐도 관심 있어 하시는 거 같은데. 영윤들이 나를 우상으로 여기면서 눈을 반짝이고 달려드는 것도 곤란한데 콜린 영애까지······.

"아무래도 사교계에 데뷔하신 지 얼마 안 된 영애라 환상을 갖고 계신 거 같아요."

시무룩하게 중얼거리자 스노우가 웃음기를 가득 머금고 대답했다.

"그 환상에 부합하는 게 하필 너라니."

"미안해서 어쩌죠······."

"지금 당장 여자인 걸 밝힐 수 없는 노릇이니 적당히 친하게만 지내. 괜히 상처 입히지 말고."

"알았어요."

"콜린도 콜린이지만 카일 그놈 옹졸해서 질투하면 골치 아프니까."

과연, 피가 섞인 가족은 다르구나. 스노우의 예언은 정확했다. 오후쯤 스노우의 시종장인 바몬이 얼굴이 새하얗게 질려 등장했다.

"공작 각하! 카, 카일 황자 전하께서 찾아오셨습니다!"

스노우와 병법을 공부하던 도중 들이닥친 청천벽력 같은 소식에 나는 자리에서 벌떡 일어섰다. 바몬이 무어라 더 말을 잇기 전, 카일이 방 안으로 들어왔다.

"오랜만입니다, 벨로이스트 공작."

"공작이라니. 그래도 내가 외조부인데 말하는 본새가 그게 뭐냐."

"벨로이스트 공작께선 제가 조를 얼마나 아끼는지 아시면서······. 됐습니다. 조, 일어나. 집에 가게."

스노우를 짧게 노려본 카일이 내게 손을 내밀었다. 머리를 세팅하고 온 건지 부드럽고 탐스러운 노란 머리카락이 이마를 반쯤 가리며 내려와 반짝거렸다. 허벅지가 살짝 핏 되는 바지에 엉덩이를 덮는 하얀색 재킷이라니(엉덩이를 왜 덮었어. 그게 제일 중요하잖아, 자기야). 하얀 제복을 입은 카일의 모습은 사진으로 남기고 싶을 정도였다.

오랜만에 본 거라 또 넋이 나가네. 카일의 미모에 정신을 놓고 보고 있는 걸 스노우도 알아챘는지 이죽거리며 카일을 놀렸다.

"웬 하얀 정복을 입고 오셨습니까, 카일 전하? 금장에다가 화려한 금술이 주 렁주렁 달린 제복을 입을 일이 없을 텐데요. 그런 고급스러운 제복을 입어야 하는 중요한 날이면 황궁 밖으로 나올 리 없으실 테고."

스노우가 내 팔을 툭 치며 말을 걸었다.

"저놈 너 꼬시려고 꽃단장하고 왔나 보다."

과연 그 말이 사실인지, 카일의 귀가 또 빨개지기 시작했다.

뭐야, 저 귀엣말 탐지기는. 귀여워 죽겠어. 못 살아, 진짜.

테두리에 금색 포인트가 들어간 하얀 제복을 입고 있는 카일은 그야말로 신 이 목숨 걸고 만들어 낸 역작처럼 보였다. 내가 막 하얀 장갑을 끼고 있는 카일 의 손을 무심코 잡으려던 순간, 스노우가 훼방을 놨다.

"그런데 어쩌지. 조는 바빠. 조만간 콜린 후작의 집에 가야 하거든."

카일이 대답을 원하는 듯 나를 물끄러미 바라보며 물었다.

"콜린 후작저에는 왜."

난처해진 탓에 대충 웃으며 카일에게 대답했다.

"수잔에게 초대를 받았거든요. 저한테 옷감을 선물할 테니 저택으로 오라고 하더라고요."

".......수잔? 오찬을 함께 했다더니 벌써 이름을 부를 정도가 된 건가."

어쩐지 카일의 잇새로 으드득 이가 갈리는 소리가 들린 것도 같았다. 내게 내밀었던 손을 천천히 거둔 카일이 입을 앙다물고 나를 뚫어질 듯 바라봤다.

".......이제 몸 보는 거 화 안 낼게. 원하면 둘이 있을 땐 벗고 있을게. 그러니 까 거기 가지 마. 나랑 궁으로 돌아가."

세상에. 쟨 어쩜 저렇게 귀여운 말만 할까.

"난 다 벗는 것보다는 약간 단추 몇 개 풀어 놓는 그런 게 더 좋아요. 흐트러 진 거. 뭔지 알죠."

"알았어. 원하는 대로 할게."

갑자기 옆에서 분무기처럼 물이 뿜어졌다. 오른쪽 얼굴에 양껏 미스트를 받은 나는 온 인상을 찌푸리며 스노우를 바라봤다. 할배가 한 손에 물잔을 들고 턱에서 흐르는 물을 다른 손등으로 닦아 내고 있었다. 아연실색한 눈을 껌뻑이며 스노우가 더듬더듬 물었다.

"너, 너희는 내 앞에서 부끄러움이라는 걸 모르는 거냐?"

시큰둥한 얼굴의 카일이 예의 바르게 문을 가리켰다.

"불편하시면 나가 계셔도 됩니다."

애는 언제부터 이렇게 삐뚤어졌지. 예의 바른데 싸가지 없는 그 힘든 걸 우리 카일이 해냅니다. 너무 매력적이야.

"집주인을 쫓아내는 손님이 어디 있냐. 어릴 때는 안 그랬는데 애가 어쩌다 이렇게 엇나간 거지."

스노우가 역정을 내며 옆에 있던 검을 들었다.

"카일 네가 조한테 변태라고 뭐라 할 입장이냐! 내 보기엔 둘 다 똑같아!"

검집에서 검을 뽑지 않고서 카일에게 마구 휘두른 스노우가 내 뒷덜미를 잡아채 뒤로 휙 당겼다.

"카일 너 혼자 돌아가라. 너흰 좀 떨어져야 될 필요가 있어. 그따위로 굴다 간 조가 여자인 게 들통나는 건 시간문제겠어! 여태 안 들킨 게 용할 정도다, 이놈들아."

"싫습니다! 혼자는 절대 안 돌아가요!"

솔직히 말하자면 내 입장에선 돌아가도 그만 안 돌아가도 그만이었다. 어차피 화도 다 풀렸고. 하지만 스노우는 정말로 날 돌려보낼 생각이 없는 것 같았다. 그는 엄한 얼굴로 카일에게 말했다.

"어차피 황궁에 용병들은 못 들어가니 혼자 가."

"그게 무슨 상관입니까!"

카일이 소리를 지르자 스노우가 책상 위에 있던 종이 뭉치들 가운데 하나를 건져 올렸다.

"자, 여기, 현 황제의 대리인께서 직접 내린 명령을 봐라. 수도에 모인 용병들의 수가 감당하기 어려운 숫자에 이르렀으니 조속히 처리하라고 적혀 있잖

아. 기억하지? 그거 내 집에서 할 테니까 넌 돌아가. 설마 네가 내린 명령을 까먹은 건 아니겠지."

분한 얼굴로 입을 달싹이던 카일이 미간을 구기고 성큼성큼 걸어왔다. 전투적인 태도로 내 손목을 잡아당긴 카일이 스노우에게 소리쳤다.

"수도의 용병들이야 알아서 해산하라고 하면 되잖습니까!"

"뭐 하러! 어차피 로타이스 후작한테는 필요한 놈들인데 써먹어야지!"

"……나중에 다시 모으면 됩니다!"

"지금 딱 좋게 모여 있는데 굳이 그럴 필요가 있냔 말이야! 이 질투에 미친 색골 자식아!"

꽥꽥 소리를 지르는 두 사람 때문에 이젠 밖에 들릴까 봐 초조하기까지 했다.

남자 둘이 나 때문에 싸우는 로망을 가진 적이 있긴 했는데요. 그게 할아버지랑 손자 사이일 거라고는 상상한 적 없었거든요. ……나 가운데에 두고 뭐 하는 짓이세요들.

나는 조심스럽게 카일에게 잡힌 손을 빼냈다. 내가 스스로 카일의 손을 놓다니. 카일도 여간 놀란 게 아니었는지 두 눈이 휘둥그레 커졌다. 빼낸 손과 내 얼굴을 번갈아 보던 카일의 입술이 점점 벌어졌다.

"왜, 왜……."

"스노우 말이 맞아요. 용병들을 모으고, 정리한 후에 차차 돌아갈게요."

믿을 수 없었는지 카일의 동공이 잘게 흔들렸다. 허공에 놓인 그의 손끝이 허망하게 떨렸다.

"또 어디 가려고. 옆에 있겠다고 했잖아."

"내가 뭐 멀리 가는 것도 아니고. 그냥 여기 공작령에서 지낼게요. 어차피 수도 바로 옆이잖아요. 말 타고 좀 열심히 달리면 되……긴 한데, 잠깐만. 황제 대리직인 황자가 여기까지 오면 안 되지 않나?"

갑자기 현실을 자각하고 나니 이게 얼마나 심각한 상황인지 감이 왔다. 나는 카일의 등짝을 후려치며 꽥 소리 질렀다.

"미쳤네! 황태자 타령을 그렇게 하면서 사람 복장을 뒤집어 놓더니! 지금 황제 대리를 하면서! 수도를 벗어나? 이 인간이 진짜! 옷을 벗긴 개뿔이 벗어! 영원히 옷 벗고 무직으로 백수 생활 하면서 구인 구직 사이트 망령이 돼 봐야 정신 차리지!"

요즘 세상에 취업이 얼마나 힘든데 황자면 고마운 줄 알고 최선을 다할 것이지, 이 젊은 놈이 정신도 못 차리고. 물론 여기는 중세 시대지만.

등짝을 몇 대 맞던 카일이 벌떡 일어섰다. 그 나름대로 화가 났던지 미간이 잔뜩 구겨져 있었다. 그래도 잘생겼다는 게 함정이지만. 이래도 잘났고, 저래도 잘났네. 저것도 재주다. 저 정도면 구직 활동을 안 해도 되지 않을까.

"네가 하는 말 못 알아듣겠어! 그래, 네 마음대로 해! 용병들을 모아서 군사 훈련을 하든, 사병으로 등록시켜서 기사단을 차리든! 네 맘대로 하라고!"

"네! 안 그래도 그럴 거네요! 좋은 아이디어 감사합니다! 기사는 무리고, 그냥 다 같이 모여서 군사 훈련이나 할게요! 이 제국에서 제일 강한 기마병을 키울 테니까 기다리고 계세요!"

쟨 날 그리 겪고도 아직 모르나. 내가 못할 줄 알고.

반박하려 입을 열었던 카일은 이내 입술을 꾹 다물었다. 더 이상 아무런 말도 하지 않은 채 나를 노려보던 카일은 몸을 휙 돌려 문 앞까지 척척 걸어갔다. 문고리를 잡고서 돌리기 직전 카일은 움찔거리며 우뚝 멈췄다. 내 쪽으로 돌아보지도 않고서 그는 낮게 물었다.

"······콜린 영애 만나러 갈 거야?"

"제가 남자를 만나는 게 낫겠어요, 여자를 만나는 게 낫겠어요? 초대가 너무 많이 와서 다 무시할 순 없거든요."

동그란 카일의 뒤통수가 파르르 떨렸다. 곧이어 그가 휙 하고 고개를 돌렸다. 카일의 샛노란 머리카락이 CF처럼 공중에 찰랑이는 게 슬로 모션으로 보였다. 어쩐지 위화감이 감도는 화려한 미소를 지으며 카일이 천천히 짓씹듯 말했다. 음절마다 뚝뚝 끊기는 어조였다.

"······그래. 네. 마음대로. 해."

'어디 할 테면 해 봐.'처럼 들리는 건 내 착각인가요.

카일은 그대로 문을 쿵 닫고 나가 버렸다. 그가 나간 뒤 닫힌 문소리가 긴 여운을 남기듯 웅웅 울렸다. 멍한 얼굴로 닫힌 문을 바라보다가 태엽 인형처럼 느리게 뒤돌았다. 스노우가 한쪽 눈을 양껏 찡그린 채 카일이 사라진 쪽을 보고 있었다.

"너도 너지만 쟤도 참 쟤다."

할배가 욕을 참 다채롭게 구사하시네요. 쌍소리 하나 없이 동시에 두 명을 멕이시네.

손을 털털 털어 버린 스노우는 책상 위로 걸어가 내가 챙겨 왔던 초대장들을 모두 펼쳤다.

"이건 꼭 가고, 이건 안 가도 되고, 이건 가고, 이놈들은 골치 아프니까 거절하되 참석치 못해 유감이라고 편지라도 써."

"……알겠어요."

여전히 얼빠진 나를 한심하게 바라보던 스노우가 쯧, 하고 혀를 찼다.

"내 손자지만 카일은 너무 속이 좁아. 평생 사랑 한 번 받아 본 적 없는 놈처럼 왜 저런담."

그렇게 말하면 나도 할 말 많지. 나는 스노우가 내려놓은 검집의 끝을 잡고서 이를 갈며 말했다.

"그렇게 키운 게 누군데. 그리고 그게 매력이에요."

스노우의 얼굴이 물먹은 한지마냥 구겨졌다.

"너 미쳤냐."

"진짜라고요! 처음에 가시가 잔뜩 돋쳐서 나를 암살자 취급하던 황자가! 이젠 내 손목을 잡으면서 돌아오라고 부탁하는 그 짜릿함! 내가 펌프마냥 퍼 올려서 쏟아부은 사랑에 익숙해져서 나한테만 발동하는 저 질투랑 어리광이 포인트라고요! 내가 얼마나 사랑하는지 모르는 저 바닥까지 내려간 자존감이 내 앞에서만 꿈틀거리면서 사랑에 확신을 가진다고요! 악! 삐치는 거나, 놀리면 얼굴이 빨개지는 거나 보고 있으면 너무 귀엽잖아요! 지 섹시한 얼굴은 생각도 못 하고 끝도 없이 귀여워!"

열변을 토하는 나를 가만히 보던 스노우가 고개를 절레절레 흔들었다.

"너는……. 아니, 아니다. 너희 둘이 평생 살아라. 난……. 난 모르겠다. 이

15

해 안 할란다. 그게 낫겠어. 정말이지 알기 싫다……."

머리가 아픈지 스노우는 관자놀이를 문지르며 느릿느릿 문 쪽으로 걸어갔다. 문을 반쯤 열던 스노우가 아차, 하는 짧은 신음을 내더니 몸을 돌렸다.

"용병들은 내가 이리로 모으마."

"예?"

스노우가 분류해 놓은 초대장을 살피던 내가 한 번에 듣지 못하고 되묻자 그가 짜증 섞인 발걸음으로 쿵쿵 걸어와 내 귓바퀴를 잡아당겼다.

"아야! 아! 이씨, 할배!"

"용병들! 모을 테니까! 알아서 하라고! 너 잘하는 그거! 하란 말이다, 이 망할 자식아!"

짤짤 흔들던 내 귀를 놓아준 스노우가 다시 척척 걸어 나갔다. 누가 저 영감을 장성한 손자가 있는 할아버지라고 믿겠어. 나중에 젊음의 비결이나 물어볼까 보다.

❋　❋　❋

조용히 포도주로 입술을 적시는 굳은 얼굴의 카일 옆에 선 벤지는 차분하게 보고를 이어 갔다.

"……해서, 델로아 알베니스가 오늘로 이사크 황자의 보좌관으로 정식 임명받았습니다."

"늦었군. 원래부터 그가 이사크의 뒤에 있었던 걸 감안하면. 아니, 빠른 건가."

"아무런 직책 없이 몇 년간 곁에서 돕는 것에 무리가 있다 판단했겠지요."

카일의 차가운 푸른 눈동자 위로 얇은 눈꺼풀이 천천히 내려앉았다가 다시 느리게 올라왔다. 지중해 바다를 닮은 눈동자 색이 달빛을 받아 은은하게 빛났다.

"그럴 리가. 그 꼼꼼한 자가 갑자기 초조해져서 보좌관이 된다? 누가 봐도 이상하지. 알아봐."

카일의 명령에 고개를 끄덕인 벤지는 수첩을 다음 장으로 넘겼다.

"헤론 황자가 죽은 시에나 황녀의 유골을 돌려 달라고 청했습니다."

"그걸 왜 내게 빌지."

"……지금은 전하께서 황제 폐하의 업무를 대신 하고 계시니,"

"그 말이 아니라. 감히 조에게 손댄 사람의 유골을 어찌 돌려 달라 하냔 말이야. 건방지게도."

느리게 눈을 깜빡이며 눈썹 끝을 손가락으로 미적지근하게 긁적인 카일은 당연한 걸 묻냐는 듯 다시 벤지를 올려다봤다. 다리를 꼰 채 비스듬히 앉아 있는 황자에게서 전에 없이 진득한 독기가 느껴졌다. 조용히 고개를 끄덕인 벤지가 묵묵히 수첩을 다음 장으로 넘겼다.

벤지는, 조를 이해할 수가 없었다.

가끔 조와 이야기를 나눌 때면 그는 세상에 둘도 없는 행복한 표정으로 카일만의 순수함이나 해맑음, 수줍음에 대해 떠들곤 했는데 그럴 때마다 어떻게 반응해야 하나 고민이 깊었다. 객관적이며 잔인하고 가차 없이 냉혹한 사람이라는 평가가 이렇게 매일 마일리지 쌓듯 쌓이고 있는데.

……진짜 이게 귀엽냐. 난 아무리 봐도 모르겠다, 조. 네가 말하는 그 귀여움을.

"뭐 해. 벤지."

차가운 말투로 카일이 재촉하자 벤지는 겨우 제정신을 차렸다.

"조는 어쩌고 있어?"

조의 생각을 하고 있던 중에 갑자기 들려온 그녀의 이름에 벤지는 잠깐 놀랐지만, 최대한 티 내지 않으려 침착하게 입을 놀렸다.

"콜린 후작령에 다녀왔다고 합니다."

"결국 갔단 말이지."

손에 들고 있던 포도주를 테이블 위에 올려놓은 카일은 느긋하게 두 손을 모아 천천히 깍지를 꼈다.

"계속해, 벤지."

벤지는 그냥 집에 가고 싶었다.

조가 얌전히 궁으로 돌아왔으면 좋겠는데 이 야생마 같은 인간이 그럴 리도 없고, 그렇다고 이 질투의 화신이 얌전히 있을 거 같지도 않았다.

"수잔 콜린 영애가 조에게 옷감을 선물했고……"

"했고?"

"자선 파티를 열 테니 와 달라는 초대를 했다고 합니다. 조는 그러겠다고 했고요. 그 외에도 브리엔느 영애의 독서 모임에 참석했고, 위즐턴 백작과 대련을 했으며, 아. 물론 이겼습니다. 그리고 다음 날 바로 그린스턴 지방으로 가서 백작과 그의 영윤과 함께 와인을 마셨다고 합니다."

"하! 온갖 파티란 파티는 다 갈 모양이지? 그걸 며칠 만에 다 했다고? 괴물인가? ……난 보고 싶지도 않다 이거지."

뒷말을 조용히 혼자 읊조린 카일은 마른세수를 한 뒤 검지를 까딱까딱 움직였다. 박자에 맞춰 위아래로 흔들리던 검지가 점차 느려졌다.

"용병은 어때."

"현재 공작령에 모인 숫자만 이백여 명입니다. 국경 쪽에 있던 무소속 용병들까지 계속해서 모이는 추세입니다."

"벨로이스트가 넓긴 하지만 그렇게 많은 사람을 계속 받아들일 순 없을 텐데."

"……그래서,"

벤지는 뒷말을 잇지 못하고 망설였다. 카일의 얼굴이 그에게 돌아갔다. 무언의 재촉이었다. 달싹이던 벤지의 입술이 조금씩 열렸다.

"……아직 저택이 완공되진 않았지만 일단 로타이스령으로 간다고 합니다. 거기가 황무지라 그렇지 땅은 넓으니까요."

"그 넓은 땅에서 몇백 명을 어찌 훈련시키게."

"조는 사람도 말도 잘 다루니까 괜찮지 않겠습니까."

"말?"

"아, 이사크 황자가 조에게 말 오십 필을 선물했습니다. 작위를 받은 걸 뒤늦게 축하해 미안하다며. 그 외에도 스노우 공작이 준 서른 필……"

"또."

18

"……제 아버지가 열 필……."

"피셔 공작은 왜!"

"전쟁터에서의 활약이 인상 깊었다 하셨습니다. 아들딸 모두 기사 작위 받는 걸 목표로 하시고 키워 낸 분이니까요. 조에게 관심을 표할 만하죠."

카일의 미간이 대번에 찌푸려졌다. 아무런 말도 없으니 그의 의중을 정확히 알아차리긴 힘들었지만 적어도 지금 내면이 삐걱거리고 있다는 것만은 알 수 있었다. 양 주먹을 꾹 쥐고 있던 카일이 비스듬히 고개를 숙인 채 벤지에게 물었다.

"벤지."

"예, 전하."

"……혹시 내가 꿈을 꾼 건가."

"예?"

"사실 애초에 조라는 사람은 진짜 남자였던 거고, 나는 처음부터 그와 사랑을 한 적이 없었던 거지. 마음이 통했다고 생각했던 건 그저 내가 만들어 낸 환상 내지는 착각 같은 거였던 거야. 그는 그냥 충성스러운 신하일 뿐이고, 제국의 안정과 내 권력 기반을 위해 사교 활동을 하며 로타이스로 돌아가는 거지. 어때. 타당한 이야기지?"

구름처럼 부드러운 목소리로 시를 읽듯 읊어 간 헛소리에 벤지는 말을 잃고 말았다.

"제가…… 가서 설득할까요, 전하."

"데려올 수 있겠나. 전쟁터에서 친하게 지냈던 기사를 보내고도 퇴짜를 맞았어. 내가 직접 갔을 땐 오히려 싸우고 왔지. 네가 가면 데려올 수 있겠어? 그 고집불통 미친 망나니를?"

확신할 수 없었기에 벤지는 입을 다물었다. 카일은 두 손에 얼굴을 파묻고 웅웅 울리는 낮은 목소리로 혼잣말을 중얼거렸다.

"사랑한대 놓고. 보고 싶다면서. 또 나만 혼자 이러지. 결혼하고도 저러면 어떡해. ……뭘 어떡해. 말리면 창틀을 뜯어서라도 도망갈 망아지인데 그냥 둬야지. 휴, 내가 어쩌다 이렇게 됐지. 아, 보고 싶은데. 그냥 좀 오지. 로타이스…… 멀어. 너무 멀어."

별안간 고개를 쳐든 카일이 좋은 생각이라도 난 것처럼 벤지에게 밝은 얼굴로 물었다.

"작위를 취소시키는 건 어때. 로타이스는 너무 머니까."

"……진심이십니까."

"그냥 한번 해 본 말이야."

팔걸이에 팔꿈치를 올려놓은 카일이 비스듬하게 몸을 기울여 턱을 괴었다. 평소 그에게선 볼 수 없는 나태한 꼴이었다.

"내가 뭘 어떻게 해야 조가 돌아올지 생각해 봐, 벤지. 넌 내 친구이기도 하지만 조의 친구이기도 하잖아."

"전하가 잘생기면,"

"그건 이미 해 봤어. 최선을 다해서 했지."

"그럼 아마 조는 전하께 도움이 되려고 나름대로 싸우고 있는 걸 겁니다. 혼자 힘으로요. 그 성격에 성과 없이는 돌아오지 않을 거예요."

카일은 두 눈을 질끈 감았다. 벤지 말대로 조는 그러고도 남을 인간이었다. 오늘도 밤이 깊어 가는데 보고 싶지도 않은 건지. 보고받은 조의 일상은 끼어들 틈도 없이 바빠 보였다.

"그래, 그러면 조에게 호감을 보이며 다가간 쪽이 브리엔느, 콜린, 피셔, 그린스틴, 위즐턴 정도인가. 그중 피셔와 콜린은 원래 나를 지지했으니 그렇다 쳐도 나머지는 조를 통해 얻은 수익이긴 하군."

"예, 조가 착실히 움직이고 있으니까요. 전하께 도움이 되는 건 확실합니다."

잔뜩 짜증이 난 얼굴로 눈썹 끝을 긁적이던 카일이 숨을 크게 들이마셨다가 한숨을 길게 내쉬었다.

"잘된 일이지. 그래, 다 좋은데, ……나도 좀 신경 썼으면 좋겠어. 아냐, 괜한 소리를 하는군. ……됐어. 이만 가 봐."

그 괜한 소리를 이미 몇 번이나 했는데도 자각이 없나 보다 하며 벤지는 자리에서 물러났다.

델로아 알베니스가 왜 갑자기 보좌관으로 임명받았는지에 대해 알아채는 데에는 그리 오랜 시간이 걸리지 않았다. 그로부터 1주일 뒤인 추밀원 회의에 그녀의 아버지인 스미티 알베니스가 등장하는 것만으로도 충분한 대답이 되었으니.

욕심이 그득한 축 늘어진 눈두덩을 접어 웃으며 스미티 알베니스가 회의장으로 들어섰다.

"제가 좀 늦었습니다. 스미티 알베니스입니다."

귀족들이 서로의 눈치를 보며 수군거리기 시작했다. 추밀원 회의는 작위를 달고 있다고 아무나 낄 수 없는 자리였다. 긴 테이블 중앙에 앉아 있던 카일은 기계적으로 살짝 미소 지으며 물었다.

"……알베니스 백. 여긴 어쩐 일입니까. 오늘은 추밀원의 회의가 있는 날인데."

의기양양한 표정으로 히죽거린 알베니스 백작은 품에서 샛노란 종이를 꺼내 들었다.

"황제 폐하의 명을 받고 왔습니다. 오늘부터 추밀원 회의에 참석하라는 칙서입니다."

종이에 찍힌 붉은 직인은 황제의 것이 분명했다. 장내가 크게 술렁였다. 갑자기 난데없이 왜 알베니스에 힘을 실어 주는지. 그것도 황제가 직접. 누가 봐도 명백히 이사크 황자를 밀어주는 것이다. 황제의 말없는 압박이 카일의 숨통을 조여 왔다.

결국 황제는 전쟁을 겪고 돌아온 카일에게 신생 귀족만큼의 무게도 실어 주지 않았다. 또다시 이사크와 동일 선상에서 시작하는 지독한 경기였다.

❖　❖　❖

조가 로타이스 영지를 황제께 하사받고 후작으로서 처음 참석한 추밀원 회의였다. 카일의 오른쪽에 앉아 있던 조는 주먹을 말아 쥔 채 입술을 앙다물었다.

어수선한 가운데 재무 장관인 오르본 후작이 검지를 살짝 들어 올려 어지러운 회장에 새로운 질문을 던졌다.

"지금 황제 폐하께서 미령하시어 카일 전하께서 업무 대리를 하시는 거 아니었습니까? 그런데 폐하께서 건재하시다면……."

시끄럽게 떠들던 회의장에서 귀족들 시선이 한순간에 카일에게 돌아갔다.

황제가 멀쩡하다면, 굳이 카일이 대리를 할 필요가 없다. 추밀원 회의에도 참석할 이유가 없었다.

델로아와 긴밀한 관계를 맺고 있는 궁내부 장관인 크랜슈너트 후작부터 이사크 황자의 초기 기반이 되었던 재무 장관인 오르본 후작, 그뿐 아니라 웰런스 백작과 이젠 알베니스까지. 모두 이사크 황자 쪽의 사람이었다. 칼 한 자루 보이지 않는 전쟁터 속에 카일은 자리하고 있었다. 떨리는 손으로 카일은 천천히 자리에서 일어났다.

"……폐하를 찾아뵙고 올 테니 경들은……."

알베니스 백작이 생글거리며 대답했다.

"여긴 걱정 마십시오. 전하."

회의는 지속하겠다는 의미였다. 어차피 원래 없어야 할 사람이 사라질 뿐이니.

따가운 시선 속에 카일은 묵묵히 회장을 빠져나갔다. 조가 자리에서 벌떡 일어서려는 찰나 피셔 공작이 그의 손목을 살짝 잡았다 놓았다. 분노한 조의 샛노란 눈이 피셔 공작을 향했다. 당장이라도 카일의 목줄을 거머쥔 양 구는 황제의 목을 치러 갈 기세였다.

피셔 공작은 조용히 조에게 속삭였다.

"지금 자네마저 자리를 뜨면 카일 전하의 사람이 또 하나 줄어드는 것뿐이네."

이를 악물며 조는 다시 자리에 바로 앉았다. 그를 보던 알베니스 백작이 크랜슈너트를 재촉했다.

"이제 올 사람도 다 왔고 정리도 됐으니 이만 추밀원 회의를 시작하시죠, 크랜슈너트 후작님."

부산스러운 분위기 속에서 궁내부 장관인 크랜슈너트가 입을 열려던 찰나 조가 고개를 갸웃했다. 냉랭한 음성이 테이블 위로 내리꽂혔다.

"……정리?"

피셔 공작의 시선이 조를 향했다. 그뿐 아니라 회의장의 긴 원목 테이블에 앉은 모든 귀족들이 소리를 낸 로타이스 후작을 바라봤다. 하, 하며 헛웃음을 친 조의 입술이 비스듬히 호선을 그리며 올라갔다.

"방금 이 제국의 1황자인 카일 전하가 회장을 나가셨는데 그걸 '정리'라 표현하십니까? 알베니스 백."

크랜슈너트 후작이 싸늘해진 분위기를 정리하려 조의 말에 대신 대답했다.

"자네가 추밀원 회의에 처음이라 잘 몰라 그럴 수 있네만, 원래가 이런저런 얘기를 하다 보면……"

"귀족들이 모인 추밀원에선 이런저런 얘기를 하면서 황족에 대한 모독도 즐겨 하나 봅니다?"

기름이 흐르는 알베니스 백작의 얼굴이 수치로 붉게 물들었다. 크랜슈너트에게 던진 말이나 실은 그를 지목한 발언임을 아는 까닭이었다. 크랜슈너트가 손을 휘저었다.

"알베니스 백. 일단 사과하게. 자네의 방금 발언은 듣기에 따라,"

"어지럽던 회장 분위기가 정리됐다는 의미에서 한 말이니 사과할 필요는 없지요! 마구간에서 일하다가 군대 꽁무니나 따라다니던 졸병 놈이 뭘 알고!"

회장이 찬물을 끼얹은 것처럼 적막에 휩싸였다. 이젠 사람들의 시선이 모두 조를 향했다. 조의 시선이 천천히 아래로 향했다가 다시 올라왔다.

"예, 저는 예의범절이라곤 군법밖에 모릅니다. 군대였으면,"

싸늘한 정적 속에서 조가 허리에 차고 있던 칼을 매만지며 싱긋 웃었다.

"죽였겠죠. 군법에 따라."

서늘한 목소리는 마치 날 선 칼날을 담고 있는 듯했다. 알베니스 백작은 소름 끼치는 기분에 저도 모르게 목 부근을 매만졌다. 저자가 당장에라도 자리에서 일어나 검으로 제 목을 칠 것만 같았다.

알베니스 백작이 뭐라 말을 잇지 못하는 사이, 조가 해맑은 얼굴로 콜린 후작에게 말을 걸었다.

"콜린 후작님. 기억나십니까. 그때 전하의 명령을 어긴 벨시리스 백작을 어디 묻었는지."

몇 번 눈을 껌뻑인 콜린의 눈앞이 번지듯 새하얗게 흐려졌다. 당황한 콜린을 대신해 조가 이어 말했다. 말하기 전, 손뼉을 짝 치는 소리가 경쾌하기 그지없었다.

"아차, 목과 몸을 따로 묻었지요. 어디라고 하셨더라."

여신의 사자니 어쩌니 하는 바람에 친숙하게 굴어 잊고 있었다. 로타이스 후작이 적들 사이에서 잔인무도한 전쟁터의 사신으로 불렸다는 걸.

콜린이 입을 열어 대답하기 직전, 크랜슈너트 후작이 테이블을 약하게 쿵 쳤다. 팔을 높게 쳐든 것에 반해 내려치는 소리는 미미하기 그지없었다.

"그. 그만하시오! 알베니스 백작의 발언은 내가 대신 사과하겠소! ……하지만 로타이스 후도 괜히 사람을 위, 위협하진 말고."

"제가 위협했습니까?"

눈썹을 가리는 앞머리 사이로 조의 호박색 눈동자가 서슬 퍼렇게 빛났다. 과연 카일 황자의 사냥개라 불릴 만한 오싹한 눈이었다.

"저를 마구간 새끼라 욕하든 졸병이라 부르든 상관없습니다. 틀린 말은 아니니까. 다만 황족에 대한 모독은……."

조여드는 긴장감에 알베니스 백작이 마른침을 꿀꺽 삼켰다.

"안 들리게 하시오. 군대 꽁무니나 쫓아다니던 놈이라 군법에만 빠삭합니다, 내가."

그 뒤 조가 처음으로 참석했던 추밀원 회의는 이렇다 할 성과 없이 시간만 흘러가다 끝나 버렸다. 알베니스 백작은 도망치듯 빠르게 빠져나와 마차에 올라타 다시 영지로 돌아갔다.

회의가 끝나자마자 곧장 카일에게 가려던 조는 피셔 공작에게 붙잡히고 말았다. 벤지가 아버지를 쏙 닮았다더니 볼 때마다 벤지가 그대로 늙으면 저리될까 싶은 용모인 남자였다.

"로타이스 후. 나랑 얘기 좀 하지."

피셔 공작의 굳은 표정으로 보아하니 방금 전 회장에서 있었던 무례한 언행에 대한 잔소리를 할 것만 같았다. 벤지도 사고를 칠 때마다 발을 동동거리며 잔소리를 퍼붓곤 했으니.

조는 시큰둥한 얼굴로 그에게 다가갔다. 벤지였으면 조용히 좀 하라고 모른 척이라도 했겠지만, 아버지뻘 되는 사람이라 그런지 험한 말이 바로 튀어나오진 않았다.

테이블에 다시 앉은 피셔 공작은 시종이 가져다준 찻잔을 들어서 입을 적셨다가 천천히 내려놓았다.

"자네는……."

"예."

"모름지기 기사의 긍지를 갖고 있는 사람이라면 그렇게 무작정 사람을 위협해선 안 되네."

아니나 다를까 헛소리였다. 영 달갑지 않은 말이라 조는 잠깐 먼 산을 바라봤다.

그러고 보니 이 중늙은이가 벤지의 어머니에게서 아이를 뺏다시피 해서 데려왔다고 했었나. 떠오른 옛 기억에 조가 피식피식 웃었다.

"피셔 공작."

새파랗게 젊은 놈의 앞뒤 잘라먹은 호명에 피셔 공작이 눈을 동그랗게 뜨고 조를 바라봤다.

"내내 그리 사십시오."

"……뭐?"

"검이 세상에서 제일 중하다 여기고, 기사의 명예만을 목숨처럼 여기며 사시다가."

"사시다가?"

"나중에 무엇이 남는지 꼭 손을 펼쳐 확인해 보십시오."

"자네 지금 그게 무슨……!"

피셔 공작의 표정이 일그러지기 직전 조가 밝게 웃으며 자리에서 일어났다. 방금 전의 말투는 거짓말인 양 맑은 얼굴이었다.

"제가 벤지랑 친한 건 아시죠. 친구 아버지라 생각되니 괜히 긴장이 되네요. 타실 마차를 불러 드리겠습니다. 공작의 그 커다란 저택으로 돌아가셔야죠."

"아…… 아닐세. 같이 나가지."

눈을 빠르게 깜짝인 피셔 공작이 올라간 코트 깃을 잡아 내리며 빠른 걸음으로 조와 함께 걸었다. 여신의 사자라는 것 때문에 조가 지나가듯 뱉은 말에도 신경이 쓰였다.

"내 여식인 카일라가 자네를 다시 보고 싶어 하는데 혹시 생각 있으면."

"아! 카일라 피셔 영애라면 벤지에게서 들어 본 적 있습니다. 어릴 때 벤지에게 물을 끼얹었다죠. 참, 어릴 때라는 게 그래요. 누군가에겐 어린 날의 치기인데 누구는 그게 트라우마가 되기도 하니까요. 그렇죠?"

더 이상 아무 말도 하지 못한 피셔가 마차를 타고 돌아간 후 조는 무심한 얼굴로 뒤돌았다. 근처에 있던 시종을 붙잡고 카일 황자는 어디 계시냐 물으니 그는 오들오들 떨며 손끝으로 황제의 궁을 가리켰다.

그 무렵, 황제는 뿌연 연기로 가득 찬 방에서 카일과 독대 중이었다.

"폐하."

"……."

부르는 소리에 대답도 않는 황제가 무슨 정신으로 알베니스 백작을 불러들이는 칙서까지 작성했는지 알 수 없었지만 카일은 차분히 인내심을 가지고 다시 황제를 불렀다.

"폐하. 업무를 보실 수 있으시다면 제가,"

"……엘린느."

"예?"

"눈이 아름다운 사람이었지. 새빨간. 내 황후."

죽은 황후의 얘기를 꺼내는 황제의 눈에는 초점이 없었다. 희던 동공 주변이 벌겋게 충혈되어 있었다. 벌어진 입새에서 뚝뚝 끊어지는 침음이 흘러나왔다. 카일을 세워 놓고 길고 넓은 카우치에 드러눕듯 앉은 황제는 여전히 꿈속을 헤맸다.

"무섭다, 무서워. 내가 무슨 벌을 받게 될지."

시체처럼 미동도 없이 늘어진 황제가 눈동자만 데굴 굴려 카일을 바라봤다. 엇박으로 입꼬리가 삐걱거리며 위로 올라갔다. 주름진 입가에서 단어가 아닌 신음이 다시 점점이 이어졌다.

그의 괴기스러운 얼굴에 저절로 몸이 굳어졌다. 이 남자의 변덕에 언제든 죽을 수 있다는 생각은 긴 시간 동안 각인처럼 깊게 자리 잡았다. 카일은 겨우 목소리를 내어 황제에게 다시 말을 걸었다.

"……폐하. 괜찮으십니까."

"너도 이 자리가 부러울 테지."

무언가 생각난 것처럼 불현듯 자리에서 벌떡 일어난 황제가 휘청거리며 외쳤다.

"헤론. 헤론을 불러와라!"

연기가 피어오르는 향초 근처까지 걸어간 황제가 번들거리는 눈으로 방 전체를 훑어보며 빙글빙글 돌았다. 낮게 읊조리던 작은 목소리는 점점 커져 방을 울렸다.

"황제, 내가 황제다. ……이 내가 황제란 말이다! 내 형제를 모두 죽이고! 내가 황제가 되었다! 가짜인 주제에! 저 태양을 속이고!"

황제의 알 수 없는 소리에 카일이 막으려 했지만 황제는 그를 뿌리치고 문을 벌컥 열었다.

"헤론을 불러오라 했잖느냐! 마지막 남은 붉은 눈을! 내게 데려와!"

황제의 궁 가장 깊은 곳에 박힌 방이라 긴 복도에 황제의 목소리가 부딪혀 울렸다. 잠시 후 시종들의 발걸음 소리가 분주하게 들려왔다. 저 멀리 보이는 시종이 머리를 조아렸다.

흡족하게 손을 대충 휘저어 보인 황제가 문을 채 닫지도 않고 다시 방 안으로 들어왔다. 한가운데 서 있는 카일을 지나쳐 걸어 이번엔 다른 의자에 털썩 주저앉았다.

숨을 크게 마시고 천천히 내쉬며 황제는 몸을 아래로 축 늘어뜨렸다. 반쯤 감은 눈은 정처 없이 허공을 떠돌았다. 카일은 고저 없는 목소리로 애써 담담히 황제에게 질문을 던졌다.

"알베니스 백작을 부르신 이유가 무엇입니까."

"……알베니스? 내가? 너는, 아. 1황자구나."

제정신도 차리지 못하는 이 와중에도 황제에게 카일은 '1황자'였다. 보이지 않을 정도로 미미하게 미간을 찌푸린 카일은 눈을 감았다 뜨며 황제에게 답했다.

"아직 피곤하신 거면 제가 일을 처리하겠습니다."

"헛소리."

카일의 시선을 받아 내며 황제가 히죽거리고는 테이블 위에 놓인 술병을 그대로 들어 입에 쏟아부었다. 입으로 들어가는 양보다 턱 아래로 흘러내리는 양이 더 많았다. 옷과 얼굴을 축축하게 적시는 술에도 황제는 목젖을 울렁이며 쏟아지는 술을 목구멍으로 넘겼다.

"태양이 있는데 네가 뭐 하러. 그래, 황제가 되려는 심산이지. 내 죄를 벌하고, 내 잘린 목을 들고 황좌 위로 올라설 계획이지."

"그게 무슨 말씀이십니까! 제가 어찌 폐하의 목을,"

"그렇겐 안 되지."

고개를 절레절레 흔든 황제가 스스로에게 확답을 주기라도 하는 것처럼 다시 한 번 되뇌었다.

"암, 그렇겐 안 되지."

비틀거리며 자리에서 일어난 황제가 카일의 앞으로 천천히 다가왔다. 황제의 붉은 눈이 카일을 응시했다.

"너의 사신이 나를 죽이려고 했으니 네게는 그 무엇도 줄 수 없다."

카일이 주먹을 꽉 쥐고 황제를 뚫어지도록 노려보자 그가 킬킬 웃으며 말을 이었다.

"그런데 이게 무슨 아이러니냐. 내 아들 중 누구에게도 황위를 줄 수가 없어."

제가 한 말이 마음에 들었는지 황제는 무릎을 치며 껄껄 웃다가 문득 웃음을 멈추고 카일에게 시선을 던졌다.

"너도 나를 죽이러 왔구나."

"그게 무슨,"

밖에서 작은 노크 소리가 울렸다. 헤론이 도착한 모양이었다. 동생 시에나 황녀의 유골을 돌려 달라고 몇 달을 빌 때는 소식도 없던 황제가 뒤늦게 그를 부르자 애타게 달려온 듯했다. 문이 살짝 열리고 헤론이 들어왔다. 얼마간 계속 마음고생을 했던 탓인지 얼굴이 말이 아니었다. 퍼석하게 마른 피부와 불이 꺼진 듯 어두운 눈으로 헤론은 황제를 응시했다.

하지만 황제의 눈은 여전히 카일에게 향하고 있었다.

"붉은 매가 나를 죽이려고 하는데 헤론인들 무사하겠느냐. 그 역시 가짜가 아니냐. 내 아들이 아닌 놈에게 황위를 물려줄 수도 없고, 붉은 눈도 아닌 네게는 더더욱 안 될 말이지. 내가 어찌 이 눈을 지켰는데! 내가 어찌해야 하느냐! 사실 내 목부터 단두대에 올려야 하는데!"

가래 끓는 소리로 목이 터져라 외친 황제가 제 목을 조르는 시늉을 하며 컥컥대다가 카펫 위로 털썩 쓰러져 한참을 웃었다. 황제의 커다란 몸이 웃음소리에 맞춰 불규칙적으로 들썩거렸다. 끊어질 듯 끊이지 않는 질척한 웃음소리가 넓은 방을 가득 채웠다. 목구멍에 가래가 걸려 콜록댄 황제가 느릿하게 몸을 돌려 문가를 바라봤다.

입을 앙다문 헤론이 흔들리는 시선을 어쩌지 못하고 떨고만 있었다. 비에 젖은 어린 짐승 같은 모양새가 구미가 당겼는지 황제는 한쪽 얼굴을 일그러뜨리며 미소 짓더니 갑자기 벌떡 일어나 섰다. 마치 반동처럼 헤론 황자가 털썩 주저앉았다.

노을처럼 새빨간 그의 두 눈이, 늙은 황제에게 향했다. 평생을 아비라고 생각했던 황제였다.

"……폐, 폐하. 그게 무슨 말씀이십니까."

황제가 환하게 웃으며 두 팔을 벌렸다. 그러곤 지극히 평범한 말투로 다정히 속삭였다.

나를 아버지라고 불러 보렴, 헤론.

하지만 구름 위를 걷는 것처럼 붕 뜬 목소리였다. 헤론이 자리에서 일어나지도 못하고 멍하니 황제를 올려다보자 그의 얼굴에 불같은 노기가 서렸다.

"아버지라 불러 보거라! 자, 어서! 아버지, 하고 불러 봐! 네가 황제가 되면 네 꿈에 선황제들이 찾아와 매일 숨통을 조일 것이다! 그래도 좋으면 나를 아버지라 불러 보아라, 헤론!"

믿을 수 없다는 듯 고개를 짧게 내저은 헤론의 두 눈에서 눈물이 줄줄 흘러내렸다. 울타리를 잃은 어린 청년에게 황제의 음성이 비수처럼 날아들었다.

"아니면, 네 아비를 불러 주랴? 아. 엘린느가 그를 곧장 죽였으니 네 아비 묘를 찾아 주어야 인사를 하겠구나."

번들거리는 붉은 눈이 헤론의 시야에 가득 찼다. 눈을 멀게 할 것처럼 선명한 핏빛이었다.

"폐하. 왜, ……왜 그런 말씀을 하십니까."

카일이 황제를 말리려 다가갔지만 황제가 그를 밀치고는 헤론의 앞으로 뛰어가 마주 보며 주저앉았다. 무릎을 꿇은 헤론의 앞에 앉은 황제가 고개를 까딱까딱 기울이며 헤실거렸다.

"어찌 이럴까. 나와 하나도 안 닮았구나."

"……폐하, 제발. 하지 마십시오. 죽은 제 어머니를 욕보이지 말아 주십시오."

헤론의 움푹 팬 두 볼 사이로 맑은 물줄기가 흘렀다. 그것을 물끄러미 보던 황제가 덥석 헤론의 얼굴을 붙잡고 이리저리 돌렸다.

"엘린느 황후를 닮았어! 그러니 그 이름 없는 노예의 핏줄인데도 황자로 이름을 올렸지!"

보다 못한 카일이 황제의 옆으로 가 간곡히 외쳤다.

"폐하! 대체 무슨 말씀을 하시는 겁니까! 아직 곤하시면 이만 가 보겠습니다. 헤론! 일어나라, 폐하께서 아직 미령하신 듯하니."

헤론의 얼굴을 붙잡고 보던 황제가 별안간 그의 손목을 잡고 벌떡 일어섰다.

"자! 이리 와라!"

황제의 손에 질질 끌려가다시피 따라가자 작은 문 앞이었다. 황제가 연신 웃는 얼굴로 벌컥 문을 열어젖히자 역대 황제들의 초상화가 줄줄이 걸린 복도가 이어졌다. 그곳은 길게 이어진 복도 형태의 방이었다.

"폐하! 싫, 싫습니다!"

황제는 싫다고 발버둥 치는 헤론의 멱살을 잡고 끌어당겼다. 방으로 집어넣은 뒤 헤론의 뒤에 버티고 서선 그의 얼굴을 잡고 선황제들의 초상화를 하나하나 마주 보게 했다. 악력 때문에 턱뼈가 으스러질 정도였다. 황제의 품에서 나는 비릿한 연기 냄새에 구역이 치밀었다.

"헤론. 봐라! 역대 황제들을! 네 꿈에도 곧 나올 것이다! 네 목줄을 조이고! 너를 단두대에 올리고! 가짜가 진짜 행세를 한다며 네 귓가에 천둥처럼 소리치고! 붉은 매가 네 눈을 파먹을 거다!"

"으아아악! 하지 마십시오! 폐하!"

온몸을 휘저으며 뿌리치려 하는데도 황제의 괴력에서 벗어날 수가 없었다. 광기 어린 황제의 붉은 눈이 번쩍였다.

"너는 익숙해져야지, 여기에. 태어나 황자로 살았으니."

붉은 융단이 깔린 바닥 한가운데에 헤론을 내던진 황제가 곧장 몸을 돌려 방을 빠져나왔다.

바닥에 쓰러져 있던 헤론이 닫히는 문을 향해 기다가 일어나 달려왔지만 코앞에서 닫혀 버렸다. 멍하니 뒤를 돌아보자 시야보다 높이 매달린 초상화 속 인물들이 모두 그를 노려보는 것만 같았다. 방금 황제에게 들었던 역겨운 비밀 때문에 숨이 막혀 왔다. 헤론은 바싹 밀라 버린 입술을 물어뜯다가 홀로 화들짝 놀라 뒤돌았다. 굳게 닫힌 문을 쿵쿵 두드리며 헤론이 목이 찢어져라 소리를 질렀다.

"열, 열어 주십시오! 폐하! 그게 무슨 말씀입니까! 나가게, 헉, 헉! 제발! 숨이 막힙니다! 폐하! 카일! 카일 전하! 형님, 형, 형님! 제 목소리를, 아니야. 저는 아닙니다. 저는 황자입니다!"

목이 찢어질 듯 부르짖는 헤론의 목소리에도 문을 잠그고 그 앞에 서 있는 황제는 언제 소리를 질렀냐는 듯 평온한 낯이었다. 카일을 날카롭게 노려보던 황제가 무심하게 툭 내뱉었다.

"나가라."

"……방금까지 하신 말씀들은 못 들은 걸로 하겠습니다."

"왜. 그런다고 네게 황위를 주는 것도 아닌데. 나가도 된다. 헤론과는 더 얘기를 한 후에 보내마."

미친 사람처럼 괴성을 지른 몇 분 전의 일들은 마치 카일이 만들어 낸 환각 같았다. 지금의 황제는 소름 돋게도 차분했다.

"그리고 내 대리로 나설 필요 없다. 아직은 건재하다."

그의 가라앉은 목소리와는 상반되는 발악이 문 안에서부터 퍼져 나왔다.

"살려 주십시오! 숨이, 숨이 막힙니다! 모르는 일, 크헉, 컥! 폐하, 제발!"

목 아래에서 뜨거운 무언가가 치받는 듯 문장 하나도 제대로 마무리하지 못하고 헤론은 문 너머에서 쉴 새 없이 쿨럭거렸다.

온화한 표정의 황제가 햇살이 부서지듯 웃었다.

"가짜라 그런가. 죄책감이 불어나는 점이 나와 닮지 않았느냐."

카일은 대답하지 않았다. 황제를 부르는 애타는 목소리에도 황제는 무덤덤했다.

"네가 나가야 헤론을 풀어 줄 것이다. 우리끼리 할 얘기가 있으니."

카일이 무어라 답하지 못하고 발걸음도 떼지 못하자 황제는 픽 웃으며 덧붙였다.

"아니면 여신이 보는 태양 아래서 사자를 찢어 죽일까. 이제 내겐 잃을 것이 없다."

황제의 허연 흰자위와 피에 젖은 것처럼 반짝이는 붉은 눈동자가 먼 곳을 보는 것처럼 일렁였다.

카일은 황제의 눈과 닫힌 문을 번갈아 봤다. 벽을 부술 듯 소리치는 헤론의 괴성이 길어졌다.

"네 눈에 내가 미친 것처럼 보이느냐?"

히죽대며 웃던 황제가 웃음을 꾹 눌러 참고 카일에게 물었다.

황제의 앞에서 그에게 미쳤다고 대답할 순 없었다. 명백히 카일에게 악의를 드러내고 있는데 미쳤다고 대답하면 그 핑계로 카일을 단두대에 올릴지도 몰랐다. 카일의 입술이 천천히 벌어졌다.

"……평소와 같으십니다."

"그래? 그럼 이만 나가 보거라."

황제의 방에서 빠져나온 카일은 처음 몇 분간 멍청히 닫힌 문 앞에 서 있었다. 문이 닫히자 안에서 들리던 헤론의 비명은 조금 더 작아져서 바짝 다가서지 않는 이상은 잘 들리지 않았다.

그래도 황제가 카일이 나온 뒤에 초상화 방의 문을 열었는지 몇 분 지나지 않아 헤론의 비명이 줄어들었다. 도란도란 이야기 소리가 들리는가 싶더니 갑자기 황제의 웃음이 터져 나왔다.

화들짝 놀란 카일이 문 앞에서 떨어졌다. 곧이어 그는 쫓기듯 빠른 걸음으로 복도를 지나 계단으로 향했다. 층계를 내려가는 동안 카일의 뒷덜미에서 식은 땀이 줄줄 흘렀다.

겨우 밖으로 빠져나왔을 즈음, 눈에 들어온 인형에 카일은 안도의 한숨을 내쉬었다. 은색 머리칼을 반짝이는 조가 황제의 궁 앞에서 서 있다 내려오는 카일을 향해 돌아섰다. 걱정이 가득한 그녀의 노란 눈을 보고 있으니 방금 전의 기괴하게 일그러지던 황제의 붉은 눈과 헤론의 비명 소리가 아득히 멀게 느껴졌다.

일단 조에게 가서, 황제가 했던 영문 모를 말들을 하나씩 얘기하고, 정리하면서…….

퍽.

불길하게도 둔탁한 소리가 오른편에서 들려왔다. 그의 정면에 서 있던 조가 입을 틀어막았다가 화살처럼 앞으로 튀어 나갔다. 카일은 자기도 모르게 달려가는 그녀를 붙잡았다.

"놔요! 사람이 창문에서 뛰어내렸다고요! 살아 있으면 살려야죠!"

확인하기가 두려웠다.

황제든, 헤론이든.

둘 중 누구라도 납득하기 어려운 죽음이었다. 조를 붙잡고 있는 두 손이 경련이 일듯 덜덜 떨리기 시작했다. 카일은 방금까지 자신이 머물렀던 그 방의 창문을 향해 시선을 올렸다. 깨진 창 사이로 천천히 한 인형이 모습을 드러냈다.

황제였다.

황제의 시뻘건 두 눈이 조를 향했다.

그 순간 카일의 머릿속에는 아무런 생각이 들지 않았다. 그저 이 사람을 보이면 안 된다는 것밖에는.

카일은 조를 제 품으로 바짝 끌어당겨 안았다.

"카일! 왜 이래요!"

조의 두 눈을 가린 카일은 고개를 쳐들고 황제를 노려보며 큰 소리로 외쳤다.

"근위병! 생사를 확인하라!"

멀지 않은 곳에 있던 병사들이 달려왔지만 이미 헤론의 숨이 끊어진 뒤였다. 사방으로 튄 핏자국에서는 비린내가 진동했다. 차마 헤론 황자를 바로 옮기지 못한 병사들은 참혹하게 박살이 난 그의 머리 위로 흰 천을 덮었다.

병사들이 카일에게 어찌 된 일인지 묻기도 전에 황제가 둔중한 발걸음 소리를 내며 계단을 걸어 내려왔다. 몇 달 만에 보는 황제의 모습에 근위병들이 잠깐 당황했지만 이내 머리를 조아렸다. 특유의 심드렁한 얼굴로 터덜터덜 계단을 내려온 황제는 엉망이 된 옷깃을 내보였다.

"2황자 헤론이 나를 시해하려 하다가 갑자기 창으로 몸을 내던졌다. 사형낭하기는 싫었던 건지."

무겁게 까라진 황제의 음성이 병사들의 머리 위로 내려앉았다. 감히 반박할 만한 인사는 없었다. 짙게 가라앉은 분위기 속에서 오직 황제만이 태연했다.

"황제를 시해하려다 죽었으니 2황자의 직위를 박탈하고 그의 시체를 불태워라."

방금 아들을 잃은 아버지라고는 보이지 않을 정도의 냉담한 명령이었다.

생판 모르는 사람이 길 위에서 죽은 것을 목격했어도 그보다는 다정했으리라.

근위병들이 멈칫거리며 아무도 움직이지 않자 황제가 가장 가까운 곳에 선 병사에게 다가가 단숨에 그가 허리에 차고 있던 검을 빼 들었다. 병사의 입술이 벌어지던 찰나, 그보다 먼저 그의 목이 바닥으로 떨어졌다. 황제는 길가의 스치는 꽃을 꺾었다가 내던지듯 대수롭지 않게 검을 바닥으로 툭 떨궜다.

"내가 오래 쉬어 그런가, 근위병들이 내 명령을 듣지 않는군."

방금까지 살아 숨 쉬던 병사가 제일 앞에 서 있었다는 이유만으로 죽었다. 근위병들은 떨어지지 않는 발걸음을 억지로 움직여 헤론 황자에게 다가갔다. 들것 위로 헤론의 몸을 실으려 했지만 고층에서 뛰어내린 헤론의 사지가 줄 끊어진 꼭두각시 인형처럼 나풀거리는 탓에 쉽지는 않았다. 깨진 머리에서 핏물이 주르륵 넘치듯 흘렀다.

겨우 수습한 헤론의 시체를 들고 가는 병사들을 향해 황제가 굴러다니는 근위병의 목을 가리키며 천연덕스럽게 명령했다.

"이것도 그것과 함께 태우라."

이것과 그것.

황제에게 충성을 맹세했던 병사와 그를 아비로 모셨던 황자의 마지막은 너절하다 못해 비참했다.

"오, 로타이스 후작. 거기 있었군."

연극 무대에 오른 배우처럼 크게 몸을 돌린 황제가 카일에게 다가왔다. 흠칫 떨며 카일이 조를 제 뒤로 숨기기라도 하는 것처럼 조 앞에 벽을 세워 섰다. 본능적인 방어였다.

"난 괜찮아요."

카일에게 작게 속삭인 조가 그의 품에서 빠져나와 황제에게 꾸벅 고개를 숙였다. 재판장에서 이후로 첫 조우였다.

"폐하를 뵙습니다."

"……무사하군."

숙였던 머리를 살짝 들어 올린 조가 황제의 붉은 눈을 가만히 응시했다.

비릿하게 웃음기를 머금고 황제가 말을 이었다.

"요새 그대에게 변고가 많았다고 들어 걱정이 되어 한 말이네. 독을 마셨다지. 그런데도 이리 멀쩡하다니. 역시 여신의 가호를 받는 몸이라 그런가."

"폐하의 영광 아래 무탈합니다. 심려를 끼쳐 드려 송구합니다. 폐하."

높낮이 없이 차분하게 대답한 조를 뚫어지게 주시하던 황제가 흡족하다는 양 양껏 광대를 올렸다. 깊게 팬 주름을 한껏 일그러뜨려 웃은 그는 천천히 손을 올려 조의 어깨를 짧게 다독였다.

미동도 없이 서 있는 조와 그런 그를 물끄러미 보는 황제가 대치하고 있는 몇 초의 시간이 마치 멈춘 것처럼 길게 늘어졌다. 게슴츠레 반만 접혀 있던 황제의 눈꺼풀이 서서히 펴졌다. 황제는 여전히 하얗게 질린 낯으로 그를 보고 있는 카일에게로 눈길을 돌렸다.

두 주먹을 꼭 쥔 카일이 제자리에서 굳은 듯 서 있었다. 맹수를 마주친 어린 사냥꾼처럼.

여유로운 비소를 머금은 황제는 조의 어깨를 잡아 돌려 카일과 마주 보게 한 후 그의 머리 위에서 느긋하게 빈정거렸다.

"후작이 1황자 곁에서 보필을 잘 해 줘야겠어. 전쟁도 겪고 왔는데 저리 심약하다니."

황제가 아가리를 벌릴 때마다 요상하게도 피 냄새가 진득하게 퍼졌다. 조가 아무런 대답도 하지 않자 흥미가 떨어졌는지 황제는 잡고 있던 조의 어깨를 툭 밀치듯 떨궈 냈다. 흡사 더러운 것을 몸에서 털어 내듯.

황제가 기괴하게 일그러져 있던 얼굴을 펴곤 카일을 보며 활짝 웃었다.

"내가 몸이 안 좋은 동안 1황자가 국정을 돌봤으니 상을 줘야 할 텐데, 받고 싶은 것이 있으면 말해 보라."

피 냄새가 공기 중에 감도는 와중에 황제의 목소리만 쾌활했다. 바짝 얼어 있던 카일은 볼 안쪽 여린 살을 살짝 씹었다. 저절로 숨이 막혀 올 정도의 압박감이 흉부를 조여 오는 듯해서였다.

"폐하께서 건재하신 것을 확인했으니 그것만으로도 제겐 충분합니다."

"……그래?"

황제가 천천히 카일에게 걸음을 옮겼다.

"그것만으로 충분한가? 참으로 그것이면 되었다?"

카일은 아무런 말 없이 그저 고개만 살짝 숙였다. 카일의 근처까지 다가간 황제가 조용히 읊조렸다.

"이제 붉은 눈도 없는데, 네게 황태자 자리를 주랴?"

카일의 눈이 일순간 크게 확장되었다. 평생을 바라 왔지만 이런 식으로 권유 받는 일이 있을 거라고는 한 번도 상상한 적 없었다. 이따위 하찮은 장난처럼 나불거릴 정도로 아무렇지 않다는 건가. 황자들이 그 자리 하나에 목숨을 걸었던 것을 모르는 것도 아니면서. 당신이 저울질하는 그 자리가 평생의 목표이자 족쇄였다.

수치스러움에 카일의 주먹이 바들바들 떨렸다. 잘 익은 무화과 같은 카일의 입술이 천천히 벌어졌다.

"폐하의 뜻대로 하소서."

"내 뜻대로 하라? 황자는 지금에 만족하는 건가?"

황제가 날 선 눈으로 카일을 훑어보듯 물었다.

황제의 눈을 똑바로 마주 본 카일은 떨림을 멈추고 차분하게 대답했다. 은은하게 머금은 아름다운 미소와 함께.

"무엇이든 폐하의 뜻대로 하시옵소서."

무엇이든 당신의 뜻대로 이뤄지진 않을 테니.

고개를 끄덕인 황제가 별다른 말 없이 다시 궁으로 돌아갔다.

묵묵히 그의 뒷모습을 뚫어지게 바라보던 카일은 황제의 그림자마저 사라진 직후 곧바로 몸을 틀었다.

"……카일, 괜찮아요? 식은땀까지 이렇게 흘리고. 헤론 황자는 대체 어떻게 된 거예요."

제게 뻗어 오는 조의 손을 그대로 잡아챈 카일은 무언가에 쫓기듯 그녀를 이끌고 제 궁으로 빠르게 돌아갔다. 궁 안으로 들어서자마자 시종들이 졸졸 따라붙었다.

"전하. 돌아오셨, 앗. 후작님까지 같이 오셨네요. 벨로이스트 공저로 돌아가지 않으시는 건가요?"

"……아무도 따라오지 마라."

냉랭한 어조로 시종을 모두 물린 카일은 개인 침실 문을 열어젖힌 뒤 조를 밀어 넣다시피 한 뒤 거세게 문을 닫았다.

"뭐가 이렇게 급하, 읍!"

동그란 눈을 빛내며 물어 오는 그녀를 품에 가둔 뒤 카일은 잠깐의 틈도 주지 않고 그녀에게 키스했다. 집어삼킬 것처럼 다급하게 이어지는 입맞춤에 조가 그의 어깨를 조금씩 두드렸지만 카일은 도무지 떨어질 생각을 하지 않았다.

바로 앞에 있어도 사라질 것만 같았다.

뜨거운 혀가 파도처럼 조에게 파고들었다. 그녀의 허리를 제 쪽으로 바짝 당겨 안은 카일이 잠깐 입을 떼어 그녀를 바라봤다. 들뜬 숨을 몰아쉬는 조의 눈매를 응시하던 카일이 갈증이라도 나는 듯 다시 조의 아랫입술을 머금으며 거친 입맞춤을 이어 갔다.

"읍, 카, 일……!"

입술이 맞붙은 상태에서 조가 카일을 진정시키려 했지만 불안이 쉽사리 가라앉질 않았다. 조의 뒤는 벽과 같은 문이었고, 바로 앞은 카일이었다. 벗어나지도 못하는 상태라 조는 결국 카일을 떼어 내는 것을 포기하고 그의 단단한 등을 마주 안았다. 다독이듯 날개뼈를 쓸어내리며 제 혀로 그의 혀를 얽었다. 부서질 듯 조를 안고 있던 카일의 손아귀에서 조금씩 힘이 풀리기 시작했다.

"하……. 이제 좀 진정이 돼요? 왜 그래요."

카일의 턱을 조심스레 감싸 쥔 조가 입술에 잘게 키스하다 그를 끌어안았다.

"무서웠어요?"

"……응."

"뭐가 그렇게 무서워서."

"그 사람이 미쳐서 너를 죽일 것 같았어."

"난 안 죽어요."

황제가 미쳤다는 건 동의하지만.

뒷말을 조용히 덧붙인 조는 카일의 손을 잡고 침대로 이끌었다. 아직도 안심이 되지 않았는지 카일은 침대에 걸터앉은 후 조를 제 다리 사이에 앉히고 뒤에서 힘껏 끌어안았다.

"조."

"네. 카일. 말해요."

"……로타이스로 가."

카일의 어깨에 뒤통수를 기대고 앉아 있던 조가 깜짝 놀라 몸을 틀었다. 안 그래도 가려고 하긴 했지만 이리 빠르게 움직일 생각은 없었다.

마주친 카일의 푸른 두 눈이 짙은 슬픔에 가라앉아 있었다. 뭐라 말을 잇지 못한 조가 입을 달싹이다 짧게 물었다.

"왜요."

"……황궁은 위험해. 지금 지내고 있는 벨로이스트 공저도 너무 가깝고. 로타이스는 얼마 전까지 로테나의 땅이었으니 황제가 쉽게 손을 뻗진 못할 거야. 거기서 기다리다가…… 내가 황제가 되면, 그때……."

말을 이어 가는 도중에도 카일은 떨림을 멈추지 못했다. 조를 속박하듯 강하게 안은 카일은 문장을 채 끝내지 못하고 그녀의 어깨에 얼굴을 묻었다.

"헤론이 죽었어. 만약, 너도 그렇게 되면……."

"난 헤론이 아니에요."

"……붉은 눈이 죽었다는 건, 황제가 누구든 죽일 수 있다는 말이야."

"그건 당신도 똑같죠. 당신 죽으면 내가 가만있을 거 같아요? 일단 죽게 안 두겠지만, 몸에 기스라도 나기만 해 봐. 황제고 뭐고 바로 죽여 버릴 거야."

험악한 그녀의 말에 피식 웃은 카일은 조의 목덜미에 쪽쪽 아기 새처럼 거듭 입 맞췄다.

"……황제가 그러는 건 이유가 있어요. 내가 그의 비밀을 알고 있어서 날 죽이고 싶어 해요."

"뭐?"

"전에 재판장에서요. 내가 신의 사자라는 걸 밝혀야 했잖아요. 그래서 황제만이 알고 있는 비밀을 얘기했거든요."

"그걸 어찌 알고, 아. ……책에서 읽은 거야?"

"네. 그 책에 나와 있었거든요."

머뭇거리던 카일은 조심스럽게 입을 떼어 조에게 물었다. 황제가 스스로를 '가짜'라고 칭하던데 그것과 관련이 있냐고.

조는 고개를 틀어 가만히 카일의 단정한 얼굴을 두 눈 가득 담아내다 물었다.

"놀랄 거예요. 어쩌면 실망할지도 모르고. 증거도 없어요. 하지만 확실한 사실이에요."

"괜찮으니 말해 봐."

조는 책에서 읽었던 차이베른 드 빌테온 황제의 출생에 대한 이야기를 차분히 풀어냈다. 아무런 말 없이 잠잠하게 모든 사실을 듣고 난 후 카일은 천천히 숨을 골랐다.

허무함이 파도처럼 밀려들었다.

황제라는 자리가 아무런 의미가 없는 것처럼 느껴지는 와중에 이젠 정상에 올라서지 않으면 제 소중한 것들을 지킬 수가 없어졌다. 제 핏줄인 현 황제가 황족이 아닌데, 제가 황위를 이어도 되는지에 대한 근원적인 죄책감이 잇따랐다. 내가 자격이 있을까.

카일은 조의 손을 만지작대며 질문하기를 몇 번이나 망설였다.

"태양이 사라진 자리에 내가 올라가도 괜찮은 건가. 여신께서는,"

"그 언니는 별로 신경 안 써요. 걱정하지 말고, 우리 카일 하고 싶은 거 다 해요."

애써 힘을 주어 웃는 조를 보고 있으면 저를 짓누르던 고민들이 모두 별거 아닌 것처럼 느껴졌다.

"그리고 어차피 당신은 빌테온의 별이잖아요. 푸른 별이 태양보다 온도는 더 뜨겁대요. 태양보다 더 뜨거운 푸른 별. 멋지잖아요. 나 때는 그런 거 배웠는데. 아무튼 이제 별이 황제가 될 때가 됐지."

그것만으로도 충분한 대답이 되었다.

조가 황제가 되어도 좋다고 하면, 정말로 될 것만 같았다. 이제 그녀가 카일의 종교이자 하나뿐인 교리였고, 신이었다. 밀려드는 안도감에 참지 못하고 카일은 조를 안아 올려 침대 위로 쓰러뜨렸다.

"……뭐야. 이렇게 갑자기?"

껄렁한 말투마저도 사랑스러웠다. 조의 가슴팍에 얼굴을 묻으며 카일은 조금은 급한 손놀림으로 그녀의 단추를 하나씩 풀었다.

"셔츠에 단추가 왜 이리 많아."

"잡아 뜯으시던가."

농담으로 던진 말인데 카일은 굳은 얼굴로 고개를 끄덕이더니 정말로 그녀의 셔츠를 양쪽으로 잡아당겨 버렸다. 단추가 공중으로 튀어 올랐다. 깜짝 놀란 조가 휘둥그레 커진 눈으로 바라봤지만 그는 아무렇지도 않은 듯했다.

"너나 나나 매번 잡아 뜯으니 단추 없는 옷을 만들라 해야겠어."

조의 품으로 파고든 카일이 그녀의 살갗에 붉은 자국을 만드는 동안 조는 맘속으로 재단사에게 심심한 사과를 건넸다.

옷을 자꾸 뜯어서 죄송합니다. 그러게 단추를 적당히 달았어야지.

�֍    �֍    ✖

헤론은 황제를 시해하려 하다 자살한 죄인이었다. 그 이면에 숨겨진 진짜 이유는 나와 카일을 제외한 그 누구도 몰랐지만 세상은 표면적으로 드러난 것만으로도 충분했다.

어머니와 동생을 잃고 계속된 냉대와 무시에 견디지 못하고 자살.

넓은 황궁에서 한 일가가 통째로 사라졌지만 뻘밭에서 진흙을 한 무더기 퍼낸 것처럼 덜어 낸 자리는 금방 다시 메워졌다. 억지로라도 그렇게 보여야 했다. 황제가 그것을 원했기 때문에.

헤론의 유골은 어딘지 모를 곳에 뿌려졌다 들었다.

제일 처음 헤론의 유골함을 어디에 묻을까요, 하고 묻던 시종장의 목을 단번에 베어 버린 황제는 피에 젖은 얼굴을 대충 소매로 닦은 후 대답했다.

"죄인에 대한 것은 묻지 말고, 대충 아무 곳에나 버리라. ……아차, 죽여 버려서 대답할 이가 없군. 여봐라."

집무실에 들어온 시종은 애써 벌어지는 입술을 꾹 다물어 참고 황제의 명령을 따랐다. 죽은 시종장의 시체를 치운 후, 헤론의 유골을 아무렇게나 버리듯 해치웠다.

이후로 황제 앞에서 죽은 황자의 이름을 꺼내는 사람은 아무도 없었다.

몰인정하다는 평가가 황제에게 따라붙었다. 유일한 적안의 황자였고, 그나

마 예뻐하던 황자였는데 어찌 저리 매몰차게 구냐는 여론이 있긴 했지만 그도 함부로 떠들 수 없었다. 위태로운 황궁의 분위기 속에서 황제는 새로운 명령을 내렸다.

로타이스 후작은 이제 그만 국경을 지키라는.

적당히 노닥거리라는 투의 칙서를 받아 들고 나는 시종 앞에서 쌍욕을 뱉지 않기 위해 필사적으로 참아야 했다. 시종이 돌아간 후 스노우와 단둘이 되어서야 욕을 마음껏 나불거릴 수 있었다.

"이, 개—쌍놈의 새끼! 언제는 저택 완공될 때까지 카일 황자의 궁에 머물러도 좋다고 해 놓고! 적당히 노닥거리라는 식으로 쓴 거 봐!"

요즘 이래저래 험악한 일이 많아져서 부쩍 걱정이 늘어난 스노우는 칙서를 읽은 후 다행이라고 했다.

"차라리 잘됐지. 널 죽이기보다 쫓아내길 선택한 게 아니냐."

"어차피 갈 거였어요. 카일도 로타이스로 가 있으라고 해서. 물론 얌전히 황제가 될 때까지 기다리는 건 아니고, 거기 정리만 하고 오려고 했다고요."

"그게 네 맘대로 되겠냐."

나는 고개를 갸웃하며 스노우를 바라봤다.

"……그게 무슨 말이에요. 로타이스로 가도 다시 돌아와야죠."

"넌 거기에 놀러 가는 게 아니라 그 영지의 주인으로 가는 건데 마음대로 자리를 오래 비울 순 없잖아. 사실 지금도 몇 달이나 주인 없는 땅으로 내버려 둔 거나 다름이 없어."

길게 한숨을 내쉰 스노우는 짧게 덧붙였다.

"벌써 무법지가 됐을지도 모르지."

피곤한지 스노우가 뻑뻑한 눈을 문질렀다. 요즘 그는 내가 용병들을 길들이고 훈련시키는 것을 지켜보고 조언하며 도와주고 있었다. 이백이었던 용병의 숫자는 며칠 만에 조금 더 늘어 로타이스에 가서 그 근처에 있는 용병까지 가세하면 삼백에 이를 정도였다.

로타이스로 내쫓는 모양은 별로라 판단했던 건지 황제는 이튿날 말 오십 필을 선물했다.

사실 말은 전쟁 때나 사냥할 때가 아니면 필요가 없는 귀족들의 사치품이라 여겨지기도 했는데, 지금 선물받은 말만 백오십 가까이 되었다.

"제국 전체의 말이란 말은 다 나한테 몰려오는 거 같아요."

"네가 마구간 출신이라 그런가."

시큰둥하게 대답한 스노우는 팔짱을 끼며 잠잠히 생각에 잠겨 들었다.

"괜찮은 방법이야."

"뭐가요."

"네 용병들은 하나같이 정신 사나운 놈들이고,"

반박을 못하겠네. 내게 충성하겠다며 모인 놈들은 딱히 군대에 걸맞은 성격들은 아니었다. 자유분방하고 가만히 있으면 좀이 쑤시는지 하루 종일 검을 들고 날뛰어 댔다.

"너처럼 얌전히 있으라 하면 좀이 쑤시는 놈들 같으니 본격적으로 기마병으로 키우는 것도 나쁘지 않지."

"하아……. 할아버지. 진짜 제 친할아버지, 아니 큰아버지라고 생각하고 대답해 주세요."

"뭔데 그래. 전술에 관한 거냐? 네 용병들은 공격형 진법은 금방 하는데 왜 그렇게 방어는 못하는지. 다 무식한 돌격대야."

"딴소리 말고요. 제가 처음 남장을 했을 때 목표는 오직 카일을 행복하게 하고, 그 귀염둥이 옆에서 일이나 열심히 하는 거였거든요."

"음?"

"근데 이제는 귀족이 돼서 군대를 거느리고 있어요. 저…… 돌아갈 수 있을까요."

입술을 삐죽이던 스노우가 갑자기 옆구리에서 검을 꺼내 나를 향해 휘둘렀다. 갑자기 머리 위로 날아드는 검을 본 나는 본능적으로 의자를 뒤로 빼며 마주한 책상을 발로 찼다. 단도를 꺼내 던지기 직전, 책상 위로 올라간 스노우가 픽 웃으며 두 손을 올렸다.

"적성에 맞는 일을 하는 사람이 얼마나 되겠냐, 조 로타이스 후작. 복 받은 줄 알아. 넌 검사가 재능에 맞고 다행히 네겐 좋은 스승이 있지."

"아……."

그러니까요. 그 스승이 너무 전투에 특화되어 있으셔서. 제 군대가 자꾸 커지고 비범해지거든요. 사신의 군대라는 별명도 꺼림칙한데. 투르가 여신의 이름 아래 결혼하겠다는 맹세까지 했는데 그거 언제가 됐든 지키기만 하면 되는 건가.

맹세에 대한 불안까지 깊어 갈 즈음, 로타이스로 떠나는 날이 되었다. 카일은 남몰래 하트가 새겨진 새하얀 손수건을 내게 선물했다.

"……언제 이런 걸 준비했어요. 사랑해요, 진짜. 당신 사랑에 나 죽어."

"다치지 말고 무사히 내게 돌아와, 조."

"그럼요."

"……사고도 치지 말고."

"알았어요."


웃으며 그에게 약속했는데. 제기랄.

이건 따지고 보면 카일 잘못이지. 어디까지가 사고인지 범위를 정확히 안 정해 줬잖아.

## 20. 로타이스 후작

별일은 아니었다. ……내게는.

로타이스까지 가는 길은 멀었고, 가는 길에 마을을 덮치는 도적 떼들을 봤고. 마침 훈련을 했던 용병들을 시험할 기회라고 생각했을 뿐이었다. 정말 그뿐이었다.

"공격!"

오른팔을 옆으로 펼쳤다가 앞을 향해 휘둘렀다. 그간 놀기만 했던 건 아니었다. 모인 용병들과 여러 대형들로 전투 훈련을 매일 했고, 가장 빠른 속도로 확실하게 적들을 무너뜨리는 진형을 파악했다. 앞에 서 있던 기마병들이 넓은 간격으로 퍼지며 진군함과 동시에 발 빠른 몇몇은 뒤로 돌아가 퇴각로를 차단했다. 뒤에서 따라오던 보병들은 정면에서 달려드는 적들과 맞섰다.

모두 공격성이 높은 데다가 전투 경험이 많은 용병들이라 가능한 대형이었다. 칼만 들고 있을 뿐인 도적들을 단 한 명의 사상자도 없이 쉽게 제압했다.

근처의 경비대에 도적들을 압송하고, 우리는 우리대로 갈 길을 갔다. 전쟁이 끝난 지 꽤 시간이 지났지만 국경 지역으로 가까워질수록 마을의 분위기는 스산했다. 도적들이 나타나는 빈도도 잦았다.

"훈련이라 생각하고 차근차근 나아갑시다."

"후작님. 훈련이라고 생각하기엔 적들이 검을 들고 있잖습니까."

말에 타고 있던 용병 하나가 시큰둥하게 대답했다. 로테나군과 전투를 할 때도 내게 이죽거리던 샘이었다.

"그럼 평생 허수아비랑 훈련할 계획인가 보지?"

단도로 머리를 긁적이며 고개를 까딱 기울였다. 나름 친절한 답변이었는데 샘은 파리하게 질린 얼굴로 손을 내저었다.

"하하, 그런 말은 아니고. 아이고, 저기 또 오네요. 제가 가겠습니다."

몇 년간 전쟁터를 오갔던 샘은 능숙하게 달려 나가 한 놈을 처리했다. 믿고 따르던 대장의 목이 떨어지자 나머지 놈들은 우왕좌왕하더니 반은 도망치고, 반은 곧 죽을 것처럼 달려들었다.

"도망치는 놈은 죽이고! 덤비는 놈은 생포해라!"

"뭐 그런 명령이 있소, 후작님!"

투덜거리면서도 샘은 커다란 검을 휘두르며 말의 엉덩이를 차 앞으로 달려갔다.

끈기 있게 덤비는 도적들을 생포해, 다시는 도적질을 하지 않겠다는 맹세를 받고 난 뒤 나는 그들에게 내 군대에 들어오지 않겠냐고 권유했다. 도망치는 것들보다 악으로 깡으로 덤비는 놈들을 바닥부터 아득바득 가르쳐 길들이는 것이 더 이득이었다. 게다가 어차피 도적질을 한 이상 제국의 국민으로 정상적으로 살아가기는 쉽지 않을 터였다. 또다시 도적질을 하며 빌어먹고 살 바에야 내 군대에 들어오라는 말이었고 봉급은 때에 맞춰 정기적으로 주겠다는 말에 그들은 대부분 승낙했다.

덕분에 출발 당시 이백을 넘겼던 내 군대는 로타이스에 도착했을 즈음에는 사백에 가까운 숫자로 불어 있었다. 그곳에 모여 있던 사람들까지 합하면 오백을 훌쩍 넘었다.

지나온 마을마다 깔끔하게 도적들을 정리하고 온 탓인지 로타이스에 도착한 직후에는 많은 감사 인사가 담긴 편지들을 받았다. 그중엔 카일이 보냈을 것이 분명한 황궁의 직인이 찍힌 편지도 있었다.

「내가 얌전히 가라고 했잖아. 왜 눈에 띄게 그러고 있어. 다행히 다들 로타이스 후작에게 감사하다고 전해 달라고 하네. 다치진 않았어? 또 거짓말하면 안 돼. 상처 생기면 바로 치료받아. 잘 도착했어? 로타이스는 많이 추울 텐데 감기 조심해야 돼.」

나는 피가 질척하게 묻은 검을 시종에게 넘긴 뒤 손에 남은 피는 셔츠에 대충 문질러 닦고서 바로 펜을 잡았다.

「당연히 하나도 안 다쳤죠. 감히 누가 나한테 검을 들이대겠어요. 내 군대 진짜 강한데 당신한테 보여 주고 싶다. 여기 있던 사람들이랑 내가 오면서 포섭한 사람들까지 합하면 오백이에요. 명령만 하면 누구 목이든 바로 따 올게요.」

바로 편지를 보내라고 시종에게 명령한 뒤 무거운 갑옷을 벗고 침대 위로 널브러졌다. 나는 아직 미완성인 저택 대신 작은 별채에서 지내야 했다.

"후작님."

"네. 누구야."

"……후작님을 뵙고 싶은 분이 있다고 합니다. 그리고 다음부터는 존댓말과 반말 중 하나를 정해서 써 주십시오."

"알았어요. 들어오라고 해."

어쩐지 한숨을 쉰 시종이 작은 사람을 들여보냈다. 도레스였다. 란티모스 군대에서 나를 챙기던 겁 많은 병사, 여신에게 빙의되고도 기억도 못하던 순둥이.

"도레스!"

"사, 아니, 후작님!"

"너 왜 란티모스에 안 가고 여기 있어? 쫓겨났어?"

전쟁이 끝난 이후로는 처음 보는 얼굴이었다. 반가운 마음에 마구 머리를 헝클어뜨리자 그는 배시시 웃으며 고개를 도리도리 저었다.

"공국에 돌아가긴 했는데, 사실 거기서도 있을 곳이 없어서 입대한 거였거든요. 제 생각에는 제가……"

"제가?"

내 눈치를 보는지 동그란 눈을 이리저리 굴리던 도레스가 입을 오물대다가 겨우 입을 열었다.

"제가 있을 곳은 후작님 옆인 거 같아요."

"거기 자리 있는데?"

무의식적으로 툭 튀어나온 대답에 도레스의 눈이 동그랗게 뜨였다. 하지만 내 옆자리는 황자님이 있단 말이야.

"시, 시종장님은 있지만…… 아직 시종들 자리가 많이 남았다고 들었는데요!"

"아, 아. 그거? 근데 너 군인 안 하고 시종 하게? 왜?"

도레스를 끌고 와 소파에 앉힌 후 차근차근 그간의 얘기를 들었다.

사람을 죽이는 게 아무래도 간이 떨려 못 하겠다는 얘기였다. 그런 건 후작님 같은 분이나 하는 거 같고 자기는 그냥 후작님이 시키는 일을 하는 게 마음이 편하다는.

말을 듣다 보니 표정이 묘하게 변했다.

"야. 후작님 같은 분이 뭐야."

"자비가 없으며 냉혹하고 잔악무도하신 후작."

"돌았냐."

"……살육에 재능이 넘치시는?"

"내 생각에는 너 시종도 못 하겠는데."

그런 눈치로 어디 가서 먹고살려고 그러니. 그냥 집 가서 농사지어라.

차를 가져다주던 그리든이 갑자기 만연한 미소를 지으며 도레스의 어깨를 짚었다.

"합격일세."

"저기요. 그리든."

"제게는 반말을 쓰시라 했습니다, 후작님. 늙은 제가 판단키로는 후작님께는 이렇게 말을 가려 하지 않는 사람이 있어야 할 성싶습니다. 자네는 나를 따라오게."

"잠깐만. 이렇게 취업이 된다고? 와. 나 때는 상상도 못 하던, 야! 도레스! 이리 와! 야, 이 시키야!"

샐쭉 웃으며 자리에서 벌떡 일어난 도레스는 내 부름은 무시하고 그리든을 쫓아 나갔다.

아는 사람이 하나도 없는 로타이스에서의 하루하루는 지루할 거라는 내 예상과는 다르게 매일 정신없이 지나갔다.

"대형 맞춰! 전진! 찌르고! 물러나고! 야! 튀어나오지 마!"

"후작님! 너무 힘들어요!"

"2보 전진 후에 1보 후퇴! 앞에 적이 있다고 생각하고!"

"죽을 거 같아요!"

"그럼 너희 기마병 할래? 나 말 많아."

나는 검으로 뒤쪽 기마병들을 가리켰다. 말 위에 올라탄 병사들은 며칠째 잠자는 시간을 제외하곤 내내 훈련 중이었다. 들어온 지 얼마 안 된 놈들이라 말 위에서의 균형을 익혀야 했다.

한 손에 고삐를 쥔 채 다른 한 손으로는 검을 자유자재로 휘두르며 짚으로 만든 허수아비를 베면서 앞으로 달려가고, 순식간에 방향을 틀어 뒤로 다시 달려와 땅을 긋듯 엎어진 허수아비의 목을 벤 뒤 다시 안장 위로 튀어 올라와 중심을 잡았다.

그때, 잘 달리던 중 한 병사가 말에서 내려오자마자 땅에 엎어져 구토했다. 내게 항의하던 용병 한 무리가 얌전히 다시 창을 들었다.

"아니요. 저희 그냥 하던 거 할게요. 뭐라고 하셨죠? 두 번 찌르고 한 번 후퇴? 너무 쉽다. 얘들아. 그냥 하자."

사실 이렇게까지 빡세게 굴릴 필요는 없었지만 모든 건 스노우의 조언 때문이었다.

돈만 주면 온갖 일을 하며 자유롭게 여기저기 떠돌던 용병들이라 콧대가 만만찮게 높을 거라고. 초반에 기 싸움이 중요하다고 했다.

"너희가 내 군대에 온 이유가 뭐야!"

"안정된! 생활과! 안전입니다!"

군기가 바짝 든 용병들이 외쳤다. 어떤 전쟁에서든 용병들을 자국의 병사보다 막 굴리기 마련이었고, 당연하게도 용병 생활은 안전이 보장되지 않았다. 매번 목숨을 걸고 싸우는 게 힘들었겠지. 용병을 아무도 죽게 내버려 두지 않으며 전쟁에서 전승을 거뒀다는 사신의 소문 때문에 지친 사람들이 모두 로타이스로 모인 거라니, 나는 그 기대에 맞춰 줘야지.

다행히 국경에 붙어 있는 로타이스는 자잘한 전투가 많았다.

그날도 높은 송곳니 산의 봉우리 사이 계곡을 타 넘어가는 적을 소탕하는 중이었다. 어차피 맞은편에서도 내 군대가 잠복하고 있을 터이니 걱정은 없었다.

"바짝 쫓아라!"

말발굽 소리가 계곡을 빼곡히 채우고 온 땅을 뒤흔드는 진동이 귓가에 메아리처럼 울려 퍼졌다. 이번의 도적들은 전쟁이 끝난 후 삶의 터전을 잃어버린 불쌍한 난민들이었다.

국경이 바뀐 탓에 로테나에도 돌아가지 못하고 국경 사이에서 도적질이나 해서 빌어먹고 살아야 했던.

"어쩐지, 검을 들어 본 티도 안 나더라니."

"……살, 살려 주십시오! 장군!"

"장군 아닙니다, 할아버지. 나는 그냥 여기 사는 주인인데 내 땅에서 도적질을 한다 하니 잡으러 왔지요."

"후……작? 조 로타이스 후작이십니까?"

"예, 그런데요."

주름진 얼굴을 구기며 할아범이 무릎을 꿇고 땅에 고개를 처박았다.

"감사합니다!"

"예?"

얼빠진 얼굴로 바라보자 할아범이 허리를 세워 뒤를 돌아보며 다른 도적들에게 소리를 질렀다.

"노엘을 죽인 분이시다!"

"감사합니다! 감사해요, 장군님!"

"장군이 아니라고요!"

"후작님! 노엘을 죽여 주셔서 감사해요!"

노엘, 누구더라.

머리를 긁적이며 옆에 있던 도레스의 얼굴을 슬쩍 쳐다보니 그가 화들짝 놀라 귀에 속삭였다.

"후작님이 마구간지기였을 때 로타이스 요새에 있던 장군의 목을 카일 전하께 바쳤다면서요. 그 장군 이름이 노엘이에요. 어떻게 자기가 죽인 사람 이름을 기억도 못하세요."

나는 도레스의 멱살을 잡아 짤짤 흔들었다.

"내가 죽인 사람들 이름 다 외우면 영재발굴 프로그램에 나갔겠지, 새끼야. 그걸 어떻게 다 외워."

캑캑거리는 도레스를 내려놓고 할아버지를 향해 한쪽 무릎을 굽혔다.

"할아버지. 로테나의 백성이었잖아요. 노엘은 로타이스를 지키던 장군이었고요. 왜 제게 고마워하세요. 적이었잖아요."

세월에 물든 흑갈색 눈동자에 물기가 어렸다.

"제 아들놈은 평생을 그놈 배불리려고 광산에서 노예처럼 일하다가 도망치는 길에 노엘 그놈의 군대에 잡혀 들어가 죽었습니다. 손자 역시 열 살도 안 되는 어린 나이에 광산에서 일하다 죽었고요."

주름살 사이로 물길이 줄줄 흘렀다. 그의 갈색 손이 뒤에 선 사람들을 가리켰다. 삐쩍 마른 해골 같은 몰골들이 나를 멀거니 바라봤다.

"이들도 모두 노엘 그 자식에게 가족을 뺏긴 사람입니다! 노엘 그놈은 자기가 데려온 직속 병사만 곁에 끼고 돌고 나머지는 모두 노예처럼 부리다가 심심풀이로 죽이곤 했습니다. 후작님께서 원수를 갚아 준 것이니 적이건 뭐건 무슨 상관입니까. 노엘 그놈의 마지막이 비참하기를 몇 번이나 바랐는지 모르실 겁니다!"

피를 토하듯 말한 할아범은 고개를 숙여 땅에 엎드려 울었다. 뒤에 있던 누군가가 소매로 거칠게 얼굴을 닦으며 소리쳤다.

"로테나 군사들을 다 죽인 당신을 존경한다는 말을 할 순 없습니다! 하지만……."

남자가 다시 입을 벌리자 끈적한 침이 입 새로 벌어졌다. 울먹이던 남자가 시뻘게진 눈으로 고개를 땅으로 처박았다.

"제 딸을 죽인 놈을 죽여 주셔서 감사합니다!"

이후로 다른 사람들 역시 하나둘씩 목청을 높여 내게 인사를 건넸다. 나는 참담한 심정으로 엎드려 있는 할아범의 어깨에 손을 올렸다. 로타이스로 오면서 죽인 도적들 중에서도 어쩌면 피치 못해 도적이 된 사람들도 있을 터였다.

어쩐지, 봉급만 준다고 하면 다 너무 잘 따라오더라.

나는 할아범을 두어 번 다독인 뒤 자리에서 일어섰다. 그러곤 계곡에 쭉 늘어서 있는 사람들을 향해 말했다.

"여긴 내 땅입니다."

아이를 안고 있는 젊은 남자가 두려움에 질려 조금씩 뒷걸음질 쳤다.

"멀리 가겠습니다. 죽, 죽이지만 말아 주세요……."

"그러니 내 땅 위에 서 있는 당신들도 내 사람입니다."

내 선언을 들은 사람들의 눈이 휘둥그레 뜨였다. 옆에 서 있던 도레스가 내 팔을 잡고 흔들었다.

"후작님! 마을에 쳐들어오려던 도적들인데 왜 그런 자비를 베푸세요!"

"전쟁에서 졌으면 나 또한 도적이 됐을지도 모르지. 시대를 잘 탄 덕에 내가 젊고 강할 때에 전쟁이 일어났고, 당신들은 집을 잃었지. 괜찮으니 여기 터전을 잡고 살아도, ……도레스 이 자식아. 그러는 지도 고향 내버리고 내 옆에 와서 살면서 헛소리하고 있네."

"아, 후작님!"

"아무튼 편히 사세요. 마을이라고 할 게 있나. 먹을 것도, 팔아먹을 것도 없는 순 돌덩이랑 땅밖에 없는 황무지인데. 알아서 사십시오."

감사하다며 몇 번이나 고개를 숙이던 도적들을 뒤로하고 나는 작은 별채로 돌아와 몸을 누였다.

아, 씻고 자야 되는데. 누가 좀 씻겨 줬으면 좋겠네. 여자인 거 알아도 기겁 안 하는 놈 없나. ……여자가 씻겨 주면 그건 그거대로 소문 이상하게 날 테고, 남자한테 맡길 수도 없고. 제기랄.

지친 몸을 이끌고 겨우 자리에서 일어섰다.

일단 카일한테 답장 먼저 하고.

편지가 갔다가 다시 돌아오는 데에는 한 달 하고도 보름이 넘는 시간이 걸렸다. 카일의 단정한 글씨가 하얀 편지지 위를 가득 채운 걸 보고만 있어도 가슴이 따듯해졌다.

'예전 같았으면 네 편지를 받고 당황했겠지. 명령만 하면 누구든 목을 따 온다니. 하지만 이제는 그냥 웃음만 나와. 든든하기까지 하고. 어떻게 너 같은 사람이 내게 왔을까.'

너 같은?

도레스가 몇 주 전에 내게 무자비하고 잔혹하고 냉담하다 했던 게 떠올라 입이 썼다. 하지만 카일이 뒤이어 쓴 문장은 달랐다.

'귀여워. 날 위해 사람을 죽인다는 말조차 로맨틱하게 들려.'

……내가 사람을 잘못 길들였나.

하지만 입가에 저절로 미소가 피어올랐다.

'길들여지지 않은 야생마 같던 네 망나니 행동들이 그리워.'

아, 얘도 좀 이상한데. 애인한테 망나니라니 이 사람아.

'모두 너를 그리워하고 있어. 나 역시. 떠난 지 얼마 되지도 않았는데 보고 싶어서 갈증이 날 정도야.'

내가 굳은 목을 좌우로 꺾어 가며 푼 뒤 펜을 잡고 새로운 종이에 답장을 적어 내려가려던 찰나. 도레스가 노크를 한 뒤 입술을 삐죽이며 들어왔다.

"이자가 할 말이 있다는데요."

"아이씨, 내가 들어오라는 소리도 안 했는데 들어오냐."

"귀족 중에서 후작님이 제일 입이 험하실걸요."

"나 손도 험한 거 알잖아. 도레스."

"……할아버지, 들어오세요."

혼자 파드득 떨며 놀란 도레스가 얼른 몸을 틀었다. 쟤는 겁이 많은 건지 없는 건지 모르겠네.

도레스의 뒤에 서 있는 사람은 아까 도적들 중 제일 앞에 섰던 영감이었다. 두 손을 모으고 들어온 영감은 그새 새로운 옷을 받아 입었는지 깔끔한 복장이었다.

"아직 이렇다 할 집이 없으시죠?"

내가 예의 바르게 웃으며 할아버지에게 여기 앉으시라고 의자를 가리키자, 그는 감격한 눈으로 잠깐 나를 올려다보더니 고개를 꾸벅 숙이곤 노쇠한 몸을 앉혔다.

"도레스. 차 가져와."

"도적한테 차도 가져와요?"

"입 험한 나한테 먹일 거니까 좀 가져와. 넌 왜 한 번에 말을 안 듣냐. 그리고 이제 도적 아니라고 했지."

투덜대던 도레스가 나가고 난 뒤 영감은 품속을 뒤적이며 종이 하나를 꺼냈다.

"이게 뭔가요."

"후작님, 편히 말씀하세요. 제가 발붙이고 살아갈 이 땅의 주인이시니까요."

"……제가 유교 국가에서 와서 저한테 존댓말 하는 나이 먹은 사람한테 말을 잘 못 놔요."

"유, 예?"

"그런 게 있습니다. 차차 놓을게요. 이건 뭡니까."

"광산의 지도입니다."

"광산이요?"

종이를 펼치자 지도가 보였다. 로타이스의 북부 쪽 송곳니 산이 있는 곳 근처의 지도인 듯했다.

곳곳에 붉은색으로 표시가 된 곳을 손으로 가리킨 노인이 단정한 얼굴로 차분히 대답했다.

"노엘이 죽기 직전, 붉은 돌을 발견했습니다. 붉게 빛나는 게 아무리 봐도 보석인데 저희는 당장 먹을 게 필요해서 내버려 뒀죠."

그제야 아까 노인이 얘기했던 광산에서 일하다가 죽었다던 아들이 떠올랐다.

"아까는 광산에서 아들이 죽었다고 했잖아요. 혹시 이곳에 내 군대를 데려가면 유인당해 죽는다거나."

"허허. 제가 설마 은혜를 갚아야 할 분께."

"나 농담하는 거 아닌데."

옆구리에 차고 있던 단검을 만지작거리며 덧붙이자 노인의 표정이 단번에 굳었다. 그는 손을 휘저으며 억울한 듯 말을 버벅거렸다.

"제가 왜 거짓말을 하겠습니까! 정말입니다. 내일 저와 함께 있던 사람들을 데려가셔도 좋습니다."

노엘은 이 근처에 광산이 있을 게 분명하니 땅을 파라고 명령했다고 한다. 하지만 그가 찾던 보석은 지하가 아닌 거대한 돌산인 송곳니 산 곳곳에서 발견되었다. 가끔 운 좋게 건지던 붉은 보석을 세공할 방법도 찾지 못한 노엘은 그대로 전쟁이 터져 어쩔 수 없이 광부들을 화살받이로 쓰며 전쟁에 참여했다고 한다.

노인은 먹을 것을 캐려고 돌산 곳곳을 파헤치다가 돌멩이마냥 발에 채는 붉은 보석이 넘치는 곳마다 표시해 두었다며 내게 내밀었다.

"……내가 아까 내 주민이 되라고 말했긴 하지만 아직 완전히 믿진 않습니다. 내일 가서 확인해 보고 아니면 두고 봅시다."

"후작님, 저는 정말 은혜를 갚으려는 겁니다."

결백한지 제 가슴을 움켜쥐며 노인이 간절하게 말했다.

"예, 근데 제가 죽을 위기를 몇 번 넘기다 보니 예민해져서요. 이해하시죠? 오늘은 이왕 오셨으니 차나 마시고 내일 같이 움직이시죠."

덜덜 떨리는 손으로 차를 마신 노인은 고개를 꾸벅 숙인 후 돌아갔다.

붉은 보석이라. 답장은 내일 할까.

대충 씻고 잔 뒤 다음 날은 일찍 움직였다. 노인의 말은 사실이었다. 돌멩이를 반으로 쩍 가르니 새빨간 보석이 반짝였다. 그 옆의 것을 쪼개니 그것 역시 붉게 빛나고 있었다.

"……도레스."

"예."

"세공사를 데려와. 일단 하나만, 아니다. 음, 엄청 많이. 되도록 많이."

지도에 표시된 곳은 아직도 많이 남아 있었다. 할아범은 그제야 안심한 듯 풀어진 얼굴로 내게 웃어 보였다.

"제 가족의 복수를 해 주셔서 다시 한번 감사드립니다. 후작님."

나는 영감의 손을 덥석 쥐었다.

"할아버지. 이 지도 위치 다 외우시죠. 돌멩이 중에서 뭐가 보석 돌멩이인지 구분도 하시고요."

"……예, 그런데요?"

"고향 사람들 중에 이렇게 도적일 하는 사람들 많이 알고 계신가요?"

"산 넘어가면…… 많다 들었습니다만…… 아이고! 후작님! 그들도 한때는 다 노엘의 탄압에 고생하던 사람들입니다. 부디 죽이진 마십시오!"

대체 날 뭘로 보고.

난 할아버지의 손을 잡고 일으킨 뒤 하늘을 찌를 듯 높이 솟아 있는 돌산을 올려다보며 미소 지었다.

이게 다 돈이네.

"만약 그 사람들한테 일자리를 주고, 돈도 충분하게 준다고 하면 나를 위해 일해 주겠습니까."

내 말뜻을 알아들은 노인이 깜짝 놀라더니 몸을 뒤로 뺐다.

"후작님! 한때 이 땅에 살았긴 해도 지금은 도적질로 연명하던 저희들입니다. 살려 주신 것만 해도 감사한데 일까지 주시며, 하물며 노예가 아니라 봉급까지 주신다뇨! 말도 안 됩니다."

"사람이 일을 했으면 돈을 받아야지. 노동청에 잡혀갈 소리 하시네. 산 곳곳에 퍼져 있는 도적들 찾아오는 건 내 병사들이 할 테니 걱정 마시고."

"꽁꽁 숨어 있는 사람들을 무슨 수로……."

늙은 노인의 머리 위로 물음표가 떠올랐다. 나는 부드럽게 웃으며 노인의 어깨에 오른손을 올렸다.

"제 군대가 사람 죽이는 것도 잘하지만 숨은 사람 찾는 것도 잘합니다. 이번엔 아무도 죽이지 말라고 할게요."

어쩐지 오들오들 떠는 노인은 내게 몇 번이나 사람들을 죽이지 말아 달라 부탁했다. 나는 당연히 그러마고 약속한 뒤 군대에 산 곳곳에 숨은 도적들을 찾아오라 명령했다.

잡혀 온 전쟁 난민들은 대부분 이를 갈며 나를 노려봤다. 곧 죽을 거라 예상했는지 내 발치에 침을 뱉으며 꽥꽥 소리 지르기도 했다.

"이 잔악무도하고 치사한 놈! 내 가족을 어쩌려는 거냐!"

"먹고살게 해 주려고 그러지. 나인 투 식스 근무제. 점심시간 1시간. 하루 한 번 30분 휴식. 기본 급여에 무게당 인센티브까지. 어때. 구미 당기지. 아는 놈 있으면 더 꼬셔 봐."

비릿하게 웃는 내 모습을 본 도레스는 후에 내가 악마와 다름없는 얼굴이었다며 진짜 사신이면 지금이라도 말해 달라고 절절 빌었다. 나는 도레스의 엉덩이를 발로 차 방 밖으로 내쫓았다.

모여든 전쟁 난민들은 내 계약 조건과 노인의 설득에 모두 로타이스의 광산에서 보석을 캐기 시작했다.

"됐어. 일단 지금 광산을 캐는 작업은 잠깐 멈춰."

"예? 저렇게 많은데 왜요."

내 옆을 졸졸 따라다니던 도레스가 수첩에 명령을 받아 적다 말고 고개를 쳐들었다.

"한 번에 시장에 풀면 값 떨어져서 안 돼. 보석은 희귀할수록 그 값이 올라가니까. 이렇게 티 없이 맑은 붉은색의 광물을, 여신의 사자인 내 땅에서 발견했다는 특수성에 희귀성까지 더하면 값이야 천정부지로 뛸 테니까 이제 앉아서 돈만 벌면 돼."

도레스가 기겁한 표정으로 조용히 읊조렸다.

"이런 놈들 때문에 시장이 도는 거구나."

우물대는 조그만 볼따구니를 쥐어 터뜨리고 싶었지만 겨우 참았다.

나는 며칠 뒤 조금 늦은 답장을 카일에게 송고했다.

'자기. 내가 선물을 준비했으니 조금만 기다려요. 깜짝 놀라서 뒤집어지게 해 줄게.'

짧은 편지였는데 답장이 굉장히 빨리 도착했다. 4주 만이었다. 보내자마자 금방 직통으로 달려온 모양이었다. 말을 타고 달려온 기사는 편지를 건넨 뒤 졸도하듯 쓰러졌다. 쉬지 않고 달린 건지 말까지 옆으로 풀썩 자빠지기에 겨우 물과 여물을 주고 마구간에 얌전히 데려다줬다.

"편지에 뭐가 쓰여 있길래 이렇게 급하게 오셨대."

카일의 답장은 왠지 전에 없이 다급한 필체였다.

'적의 머리는 필요 없어. 다른 사람 머리도 필요 없어. 뭔지는 모르겠지만 일단 가만히 있어. 제발. 전쟁 일으키면 안 돼.'

편지를 읽고서 어처구니가 없어서 헛웃음이 절로 나왔다.

"하! 야, 도레스!"

"네, 후작님!"

"내가 선물 보낸다고 하면, 어? 그게 뭐 같냐?"

"……적군 수장의 머리?"

"……옛날 일이잖아."

"노엘 말고도 후작님이 뗼군 머리가 한둘도 아닌데 옛날 일이라니. 역시 사신을 죽이고 돌아오신 전쟁터의 악……"

"너 진짜 혼나야 정신 차리지."

도레스에게 달려들려고 몸을 일으키자 그가 생쥐처럼 잽싸게 방을 빠져나갔다. 나는 카일의 편지를 고이 접어 서랍장에 넣은 뒤 팔짱을 끼고 발을 까딱거렸다.

적군 수장의 머리? 하. 진짜 확 그냥 사람 대가리만 한 보석을 보낼까 보다. 나는 말끔한 종이를 꺼내 무어라 적은 뒤 밖에 서 있던 도레스에게 건넸다.

"카일 전하께 보낼까요?"

"아니. 세공사에게 보내."

"답장은요?"

"내가 직접 갈 거야."

"……세공사의 머리를 들고요?"

"너 집에 네 제사상 미리 차려 놨어? 왜 이러지, 얘가."

내 명령이 적힌 종이를 들고 도레스가 빠르게 별채를 나갔다.

며칠 지나지 않아 세공사가 직접 작은 상자를 들고 내 방을 찾았다.

"후작님. 말씀하신 대로 세공했습니다."

상자를 열자 아이 주먹만 한 크기로 세공된 붉은 보석이 투명하게 반짝였다. 창가에 서서 햇빛에 비추자 각기 다른 방향으로 붉은 빛무리가 퍼지며 온 방을 물들였다.

"너무 아름답네요."

"……그런데 후작님. 시키는 대로 하긴 했지만 그 귀한 보석을 왜 그리 괴상한 모양으로 깎으라고 하셨는지 모르겠습니다."

"괴상하다니. 이건 하트라는 거예요."

"예?"

멍청한 얼굴로 되묻는 세공사에게 씩 웃은 뒤 나는 보석을 고이 상자에 넣었다.

"도레스! 내 말 준비해!"

"어디 가시게요?"

"황궁."

"군대도 준비시킬까요? 기동성 좋은 기마병들이 좋겠죠."

얘 진짜 일부러 이러는 건가. 내가 고개를 까딱이며 한 걸음 다가서자 도레스가 딸꾹질을 하며 뒤로 물러섰다.

"전쟁터에 있던 사신, 후작님이 너무 익숙해서 그만. ……크, 크로우가 마구간에 있던가……."

아무튼 카일. 기다려요. 제국 어디서도 본 적 없던 보석을 당신에게 제일 먼저 안겨 줄 테니까.

�֎ �֎ �֎

몇 달 동안 자르지 않아 애매하게 길러진 머리카락이 볼을 간질였다.

"크로우, 워워."

고삐를 당겨 잠깐 멈춘 후 머리카락을 질끈 동여매고는 다시 빠르게 달렸다. 얼른 이 보석을 카일한테 갖다주고 싶은데. 보면 좋아하겠지. 몇 날 며칠 얼마 쉬지도 않고 쪽잠을 자며 미친 듯이 달렸다. 겨우 황성이 보일 즈음 더욱 속도를 높여 수도를 가로지르자 마을에 있던 사람들이 소리쳤다.

"은발?!"

"로타이스 후작님이다!"

"후작님!"

"여기 좀 보세요!"

"인사 좀 하고 지나가 주세요!"

하지만 그들이 소리치는 것에 대답할 틈이 없었다. 외침이 겨우 내 귀에 닿았을 때엔 이미 한참 지나온 뒤였다.

겨우 황궁 앞까지 도착해 말을 멈추자 크로우가 거친 숨을 내쉬며 앞발을 높이 들었다가 내렸다. 앞에 선 보초병 두 명이 잔뜩 긴장한 눈으로 날 향해 창을 겨눴다.

"누, 누군데 말을 타고 황궁으로 질주하느냐!"

나는 헝클어진 머리를 쓸어 넘기고 크로우의 목을 쓰다듬었다.

"조 로타이스 후작이다. 카일 황자님을 뵈러 왔으니 비켜."

"용병왕 로타이스?"

아니 뭐 인사할 때마다 별명이 새로 생겨요. 어처구니가 없네. 내가 고개를 갸웃하자 옆에 있는 놈이 다른 보초병의 어깨를 툭 치며 길을 텄다.

"말씀 많이 들었습니다! 후작님!"

"후작님! 진짜 존경하고, 읍!"

"그만해! 후작님 피곤하신 거 안 보여!"

보초병들의 촌극을 뒤로하고 황궁 안으로 들어가 카일의 궁 쪽으로 약간 빠르게 말을 몰았다. 달릴 수는 없어서 빠른 걸음으로 가다가 이럴 바에야 내 다리로 달리는 게 낫겠다 싶어서 크로우의 등에서 내렸다. 근처에 있던 시종에게 말을 넘긴 후 뭉친 몸을 풀고 다리에 힘을 주었다가 빠르게 앞으로 튀어 나갔다.

가는 동안에 보초병에게 세 번을 붙잡혔다. 누군데 황궁에서 그리 뛰시냐고. 이래서야 내일은 돼야 얼굴 보겠네. 카일의 커다란 궁 앞에서 또 보초병에게 잡혔을 때 나는 결심했다. 또 잡히면 그땐 보초병 죽인다.

로타이스 후작이라고 말한 뒤 달라붙는 보초병을 지나쳐 걷다가 나는 주변에 아무도 없는 틈을 타 잽싸게 나무 위로 올랐다. 전쟁터에서 스노우한테 맞기 싫을 때마다 나무를 타 올라서 그 위에서 잤기 때문에 이 정도는 껌이었다. 나무 위로 이동하며 겨우 카일의 집무실 앞까지 다다랐다.

집무실 책상에 앉아 열심히 일에 집중한 카일의 모습을 보니 가슴께가 간질거렸다.

너무 예뻐. 잘생겼어. 못 살아. 가만 안 둬. 오늘은 왜 또 저렇게 단추 많은 옷을 입었대.

주변에 있던 잔 나뭇가지를 뜯어서 창문으로 던졌지만 워낙 집중하고 있어선지 카일은 이쪽을 바라보지 않았다.

어쩌지. 밖에서는 창문을 열 수가 없는데.

슬쩍 땅을 내려다봤지만 이제 와서 내려가자니 조금 꼴이 우스웠다. 지금 내려가면 분명히 또 붙잡혀서 누구냐, 부터 시작해서 왜 나무에 올라갔냐고 물을 텐데. 성질이 급해서 나무에 올라갔다고 하면 아무도 안 믿을 거 아냐. ……나뭇가지가 작아서 안 들리나.

나는 옆에 있는 보다 큰 나뭇가지를 힘껏 발을 굴러서 부러뜨린 뒤 창문을 향해 던졌다.

아, 그런데 창문이 깨지면 어쩌지.

이미 건장한 성인의 다리만 한 나뭇가지를 내던진 뒤였다. 역시나 쨍그랑 소리와 함께 창문이 깨지자 카일이 벌떡 일어서며 검을 빼 들었다. 카일의 눈이 나무에 매달린 나를 향했다.

"……조?"

커다랗던 그의 눈이 황당함으로 물들었다.

"안녕, 예쁜이."

몸을 크게 굴려서 카일의 집무실로 뛰어들자마자 문이 벌컥 열렸다. 달려왔는지 벤지가 숨을 고르며 검을 빼 들고 있었다.

"전하! 무슨 일, 조?"

뒤이어 쏟아지듯 들어온 장미 기사단이 나를 보며 경악했다.

"전하! 다치신 데는, 후작님?"

"조! 가 아니라 후작님!"

"후작님이 여긴 어떻게, 아니. 근데 왜 창문을 부쉈어요?"

"후작님이 또 사고를 치셨습니까!"

카일이 내 얼굴을 붙잡고 물었다.

"조. 다친 데는 없어? 깨진 창 사이로 들어오면 어떡해."

금세 요상해진 분위기에 문가에 주르륵 서 있던 사람들이 눈치를 보며 스멀스멀 뒤로 움직였다. 나는 허허 웃으며 카일을 슬쩍 밀어 냈다.

"저도 전쟁 갔다 온 사람인데 이런 걸로 상처 나는 것쯤이야 아무것도 아니죠. 황자님 깜짝 놀라게 해 드리려고 그랬어요. 하하. ……끼긍."

내게서 밀려난 카일은 충격받은 표정으로 나를 바라봤다. 저렇게 사람들이 다 보는데 당장 끌어안을 기세면 당연히 밀어 내죠. 당장 나랑 결혼할 것도 아닌데 동성애자라는 염문설 퍼뜨릴 거냐고.

사람들을 헤치고 들어온 시종장 펠의 얼굴이 희게 질렸다.

"전하! 후작님! 또 싸우셨습니까! 제가 싸울 때는 밖에 나가서 싸우시라고 했잖습니까!"

어리둥절한 표정으로 카일을 보자 그의 무화과빛 입술이 동그랗게 호선을 그리며 위로 올라갔다.

"저번에 우리 싸우다가 붉은 벨벳 소파 부쉈잖아. 그거. 펠이 화냈거든. 다음엔 나가서 싸우자, 조."

온 얼굴이 붉게 타올랐다. 나도 모르게 카일의 허벅지를 향해 로우 킥을 날렸다.

"못 살아, 진짜!"

카일이 윽 소리를 내며 왼쪽 다리를 꿇자 기사단이 펄쩍 뛰며 어쩔 줄 몰라 했다. 검을 들고 달려들어 나를 제압해야 할지, 충성스러운 내가 그럴 리 없다는 마음속 가정을 믿어야 하는지.

카일은 오른손을 들어 다가오는 그들을 모두 물렸다.

"조와 둘이 얘기할 테니 모두 나가 봐. 이 나뭇가지는 나중에 치워도 되니."

울상이 된 펠이 저 창틀 하나를 조각하기 위해 얼마나 많은 예술가가 달려들었는지 자기만 알 거라며 중얼거렸지만 아무도 신경 쓰지 않았다.

벤지가 날 보며 생긋 웃었다.

"조, 나중에 인사해."

"그래. 이따가 찾아갈게요."

"반말을 하든지 존댓말을 하든지 하나만 하라니까."

"알았다고."

못 말린다는 것처럼 웃은 벤지가 문을 닫고 나간 뒤 카일은 나를 덥석 끌어안았다.

"너무 보고 싶어서 편지를 한 통 더 쓰는 중이었어. 근데 어떻게 알고 왔어."

"내가 더 보고 싶었으니까 조용히 해요."

카일의 뒷덜미를 잡고 그의 입술에 키스했다. 나를 안아 올린 카일의 허리에 다리를 둘렀다. 그의 얼굴을 붙잡고 키스를 이어 가던 중 그가 내 허리를 툭툭 두드렸다.

"왜."

맞붙은 입술에서 뜨거운 숨이 새어 나왔다.

"커튼, ……하아, 커튼은 쳐야지. 네가 창문을 깼잖아."

"쌍. 문으로 들어올걸."

들뜬 숨을 겨우 추스른 후 카일에게서 내려와 커튼을 쳤다. 볕이 한가득 들어오던 방이 약간 더 어두워졌다. 카일이 나를 돌려 세우더니 두껍게 입은 코트 단추를 하나씩 벗겼다. 그와 입 맞추며 그의 셔츠 단추를 풀던 중 내 품에서 무언가 묵직한 것이 떨어졌다.

"악!"

카일이 발등을 붙잡으며 바닥으로 주저앉았다. 밖에서 펠이 다급하게 문을 두드렸다.

"전하! 혹시 조에게 또 맞으셨습니까! 후작님! 왜 자꾸 전하를 때리십니까!"

"아니야! 그냥 넘어졌어! 들어오지 마!"

"저 안 때렸어요! 아저씨!"

펠이 나무라는 목소리에 나도 모르게 예전처럼 대답해 버렸다. 발을 붙잡고 낑낑대는 카일의 앞에 한쪽 무릎을 꿇고 같이 주저앉았다. 그의 도톰한 입술에 짧게 입 맞춘 뒤 고이 싸 들고 왔던 커다란 보석을 건넸다.

"이게 뭐야."

"내 영지에서 발견된 보석이에요. 바닥에 떨어져도 안 깨지는 걸 보니 경도도 짱짱하네요. 당신 주려고 제일 먼저 세공해서 가져왔어."

"……미치겠다."

"왜요, 별로예요? 적군 수장의 머리가 아니라 실망했어?"

"나는 너로도 족한데 자꾸 왜 이렇게 나한테 과분한 선물을 주는 거야, 조."

하트 모양으로 세공된 붉은 보석을 매만지던 카일이 내 이마에 짧게 입 맞췄다.

"난 이 세상도 모자라 온 우주까지 당신한테 주고 싶어요. 이 정도야 검소하지."

카일이 팔을 둘러 나를 끌어당겨 안았다.

"내 미친 망아지."

"……애칭 좀 바꾸면 안 돼요?"

"내 미친 야생마."

"뭐가 바뀌었는지 모르겠는데요."

"사랑해."

"……나도요. 내가 더요. 항상 내가 더 많이요."

"사랑한다고 말해 줘."

카일이 품으로 파고들며 작게 웅얼거렸다. 목덜미에 키스하다가 아래로 내려가는 카일의 머리를 끌어안고 쓰러지며 나는 속삭이듯 대답했다.

사랑해요. ……근데 끝까지 정상적인 애칭으론 안 불러 주네.

나중에 들어온 펠은 찢어진 카펫을 보고 울상을 지었다.

"왜 자꾸 방에서 싸우십니까. 좀 나가세요!"

"후작이 싫어해."

"후작님은 왜 자꾸 황궁 물건을 부수신답니까!"

"조가 그런 거 아냐. 싸우다 보니까 찢어졌어. ……마음이 급해서 침대까지 못 갔어."

"예? 뭐 하다가 찢으셨다고요?"

찢긴 카펫을 들어 올린 채 묻는 펠을 향해 카일은 어깨를 으쓱거리며 모른 척했다.

"내구성이 별로인가 보던데."

"그럴 리가요! 빌테커만에서 선물받은 최상급의 카펫인데요! 후작님께 한마디 해야겠습니다!"

"후작은 도망갔어."

"싸우다 도망을 가요? 전하가 이길 것 같으니 자존심이 상하셨나 봅니다. 아무래도 용병왕이시니까요."

카일은 귀를 빨갛게 물들이고 수줍게 웃었다.

"그런 별명도 있구나. ……응, 내가 자꾸 이기려고 들어서 그게 마음이 상했나 봐. 더는 싸우기 싫다고 가 버렸어."

나는 서류 뭉치를 들고 지나가던 벤지의 어깨에 손을 올렸다.

"깜짝이야. 기척 지우고 다니지 마, 조."

놀란 눈으로 돌아보는 벤지를 최대한 불쌍하게 올려다봤다.

"나 좀 살려 줘요. 벤지."

"왜. 누가 괴롭혀?"

"누구겠어요. 당신 주군이지. 이러다간 로타이스로 돌아가지도 못하겠어요. 나 좀 숨겨 줘요. 진짜 피곤해서 죽을 지경이니까."

"전하께서 많이 그리워하셨어. 그래서 그래."

"두 번만 그리워했다간 요단강 건너겠네."

내 말이 재밌었는지 벤지가 하하 웃으며 서류 뭉치를 지나가던 하녀에게 맡겼다. 집무실까지 갖다 놓으라고 말한 뒤 그는 나를 이끌고 구석진 방까지 안내했다.

"여긴 어디예요?"

"내가 업무 보다가 피곤할 때 쉬었다가 가는 곳이야. 푹 자."

벤지와 방 안에서 잠깐 안부를 나누며 수다를 떨었지만 잠이 쏟아지듯 밀려와 길게 얘기를 나누진 못했다. 그를 보내고 난 뒤 침대에 누워 며칠간 쉬지 않고 달린 내 허리를 달래며 겨우 잠이 들었다.

몇 시간이나 지났을까, 방 밖에서 시끄러운 소리가 들려왔다.

"조가 왔다며! 왜 아무도 나한테 말 안 해 줬어!"

테오도르였다. ⋯⋯이 형제들 진짜 문제가 많다.

그대로 이불을 뒤집어쓰고 잘 생각이었는데 발걸음 소리가 점점 가까워져 왔다.

"조 아직 안 간 거 확실해? 왜 나랑 인사도 안 하지? 나도 조 보고 싶었는데."

잠은 재우고 보고 싶어 하라고. 보름이 넘게 걸릴 거리를 단 1주일 만에 질주한 나한테 박수갈채나 쳐 주고 놔두란 말이야. 제발. 피곤해서 엉엉 울고 싶을 정도였다.

나중에 인사하게, 테오 제발. 나 너무 자고 싶어.

방 안엔 침대 하나만 놓여 있어 숨을 곳도 없었다. 나는 졸린 눈을 비비며 또다시 창문을 열었다. 다행히 1층이라 창틀만 넘으면 간단했다. 건물에 몸을 붙여 빙 돌아 궁의 뒤편에 있는 정원을 통해 계속 걸었다.

이 근처에서 대충 자야지. 인적이 드문 정원을 거닐다 저 멀리 반가운 얼굴과 마주쳤다.

훌쩍 큰 그는 제 아비의 매서운 눈과 쏙 닮았으면서도 훨씬 다정한 분위기였다. 녹음이 우거진 나뭇잎 사이에 그의 검은 머리카락이 두드러졌다.

"이사크!"

날 보며 환하게 웃은 이사크가 손을 흔들었다.

"조! 여긴 웬일이야! 로타이스로 갔잖아!"

"잠깐 왔지! 형은 여기 어쩐 일이야."

"어? 여기…… 내 정원이잖아."

아, 몰랐네. 내가 또 정신 놓고 남의 정원까지 줄줄 걸었나 보다. 맥 빠진 얼굴로 중얼대는 내 관자놀이를 잡은 이사크가 눈 아래를 슥 문질렀다.

"너 눈 밑이 왜 이렇게 시커매? 잠 못 잤어?"

"형. 나 잠 좀 재워 주라."

"……오랜만에 들으니까 기분 좋다. 그래, 방이라면 얼마든지 내줄 수 있지."

방은 들킬 거 같으니 근처 창고면 된다고 대답하자 그는 또 누구에게 쫓기는 거냐며 말썽 좀 그만 피우라고 내 머리에 세게 꿀밤을 먹였다.

"와, 나 후작 작위 달고 나서 내 머리에 꿀밤 먹이는 사람 형이 처음이야."

"나 황자 된 후에 형, 형 하면서 덤비는 사람도 너밖에 없었어."

우리는 황궁에서 처음 친해졌던 것과 다름없이 낄낄거리며 웃었다. 아주 예전의 그때처럼.

❖　　❖　　❖

로타이스로 돌아온 뒤 정신없는 하루를 보냈다. 어떻게 제대로 된 인사 하나 안 해 주고 돌아갈 수가 있냐며 카일은 편지 한 통 내내 심통을 부렸다. 며칠 더 머무르면 카일이 날 잡고 놓아주질 않을 게 분명했다.

나는 분에 차서 펜을 잡고 편지를 휘갈기며 써 내려갔다.

「내가 가야 한다고 말한 아침마다 붙잡고 놓아주질 않아서 결국 야반도주한 거잖아요. 당신이 날 놔줘야 말이지. 밤에는 밤이라고 괴롭히고, 겨우 아침에 일어나면 또 못 가게 하려고 또 붙잡아서 몰아붙이고. 그래 놓고 서운하다니. 지금 그걸 말이라고 해요.

아, 참. 전에 그 보석은 너무 무식하게 커서 손에 낄 만한 반지 하나 더 보내요. 고운 당신 손에 잘 어울릴 거예요. 내가 끼워 주고 싶은데 못 가서 미안해요. 그리고 혹시나 해서 말하는데 왼손 약지에 끼지 마요. 오해 생기니까. 또 뾰로통 입술 내밀고 있죠? 귀여워 죽겠어. 결혼하기 싫다는 게 아니고 사람들이 다 나를 남자로 알고 있으니까 하는 말이에요. 알죠? 우리 카나리아. 얌전히 잘 있어야 돼요. 사랑해요.」

편지를 쓰고 나서 마르길 기다리며 나는 다른 종이를 꺼내 들었다.

「친애하는 벨라에게.
꼭 이렇게 써야 돼? 그냥 이사벨라라고 쓰면 안 되는 거야? 네가 벨라라고 부르라 하긴 했지만 오글거려.
잘 지내고 있지? 로타이스는 너무 추워. 네가 있는 플라반 영지는 따뜻해서 좋았는데. 너에게 잘 어울릴 만한 귀걸이를 선물할게. 이번에 내 영지에서 새롭게 발견한 보석이야. 아직 보석의 이름은 못 지었어. 그럼 다시 만나는 날까지 안녕.」

도레스를 시켜 편지를 보냈다. 수도를 기점으로 로타이스는 북쪽에 있고, 이사벨라의 플라반 영지는 남동쪽에 있어서 편지가 오가는 기간은 훨씬 더 길었다. 플라반에서 답장이 오길 기다렸는데 찾아온 건 이사벨라 본인이었다.

"아오, 깜짝이야!"

갑자기 내 말 앞으로 뛰어든 깃털이 화려하게 달린 모자 때문에 크로우가 놀라서 앞다리를 높이 들었다가 내렸다. 챙이 넓은 모자가 흙탕물이 질척이는 바닥으로 떨어지기 전에 나는 몸을 옆으로 숙여 잡아챈 후 다시 허리를 펴고 바로 앉았다.

모자가 날아왔으면 던진 사람이 있을 텐데. 주변을 돌아보자 내 뒤편에서 쾌활한 웃음소리가 들려왔다.

"조! 내 사랑! 나 여기 있어!"

"네 사랑 아니고 친구라고 했지!"

"친구 하다가 여보까지 하는 거지!"

달리는 마차의 문을 열어젖힌 이사벨라가 손을 높이 흔들며 깔깔 웃었다.

내가 여자인 걸 알고 있고, 이걸 길거리 한가운데서 말하지 못할 걸 알고 일부러 저러는 거다. 하여간 놀리는 데에는 도가 텄어.

오랜만에 봐서 반가운 마음이 커서 저절로 미소가 피어올랐다. 내가 말을 타고 그 옆으로 다가가자 이사벨라가 내게 뛰어들기라도 할 것처럼 몸을 밖으로 빼 냈다.

"그러다 떨어져! 조심해!"

"잡아 주면 되잖아!"

마차의 윗부분을 왼손으로 잡은 이사벨라가 오른손을 내게 뻗었다. 진짜 괴상한 사람인데 미워하지도 못하겠어. 마차 쪽으로 가까이 가며 나는 이사벨라를 향해 손을 뻗었다. 손끝이 닿을 만큼 가까워졌을 즈음 이사벨라가 환하게 웃으며 날 반겼다. 나는 몸을 살짝 틀어 이사벨라의 허리를 당겨 안았다. 크로우가 중심을 잡으며 적당히 속도를 늦췄고, 이사벨라가 내 목을 끌어안은 채 크로우의 위로 올라탔다. 들뜬 숨을 한껏 마셨다가 뱉으며 이사벨라는 큰 소리로 외쳤다.

"까아! 로타이스에 도착했어!"

"아가씨 진짜 제 버릇 개 못 주고! 아실 님 있었으면 작살나게 혼났을걸요!"

"존댓말 고치라니까, 조!"

이사벨라가 떨어질까 봐 오른손으로 잡았던 그녀의 허리에서 손을 떼지도 못하고 나는 왼손으로 말을 몰았다.

"왜 이렇게 듬직해졌어, 조."

"이사벨라! 좀 가만히 계세요."

"벨라라고 부르라니까."

"벨라. 좀 가만히 있어. 편지까지 보냈는데 왜 기다리질 못하고 온 거야."

"첫 친구니까. 친구네 집에 놀러 왔지."

그녀의 보라색 눈이 곱게 휘었다. 활짝 열린 마차의 문짝이 덜컹거리며 떨어지기 일보 직전, 마차에서 손이 빠져나와 문을 닫고는 작은 창문을 열었다. 아실이었다.

"아실! 같이 있었어요?"

"오랜만입니다. 후작님."

"벨라 너는 아실이 옆에 있는데도 말에 뛰어드는 짓을 해?"

"네가 잡아 줄 걸 알았으니까. 그리고 아실은 나 못 말리거든."

"……너는 진짜. 아이고. 말을 말자."

이사벨라와 함께 저택으로 들어가자 도레스가 빠른 걸음으로 달려오다 눈이 휘둥그레졌다.

"이, 이 아가씨는……. 후작님. 지나가는 아가씨를 납치하시면 안 돼요! 어떡하시려고, 세상에! 빨리 돌려보내 드리세요! 아무리 범죄에 능통하시다지만, 이건 심하잖아요!"

저 새끼가.

도레스가 허리가 접히도록 인사를 하며 아직 말에서 내리지 않은 이사벨라에게 거듭 사과했다.

"아가씨! 죄송합니다! 저희 후작님이 나이 스물이 넘어가도록 아직 결혼도 못 하셨거든요."

깃털이 꽂힌 화려한 모자를 비스듬히 쓰고 있던 이사벨라가 픽 웃으며 도레스에게 장단을 맞췄다.

"나도 마침 결혼을 못 해서, 마음에 들어서 따라왔단다."

"뭐 그런 헛소리를 받아 주고 있어. 됐어, 내려와."

말에서 뛰어내린 후 손을 내밀어 이사벨라가 내려오기 쉽도록 잡아 줬다. 한쪽으로 다리를 모으고 앉아 있던 이사벨라가 내 손을 잡지 않고 양손으로 내 어깨를 짚었다. 어쩔 수 없이 그녀의 허리를 잡고 들어서 조심히 땅으로 내려놓았다.

70

옆에서 지켜보던 도레스의 눈이 튀어나올 것처럼 커졌다. 뭐라 말을 하지도 못하고 우물거리던 그의 귀 끝부터 온 얼굴이 점점 빨갛게 물들어 갔다.

"후, 후작님은 전쟁이랑 돈밖에 모르는 악마라고 생각했어요."

내 어깨에 한쪽 팔꿈치를 올린 이사벨라가 모자를 벗고는 다가오는 아실에게 건넸다. 그녀의 곱슬곱슬한 검은 머리카락이 바람을 타고 보기 좋게 흔들리고, 붉게 칠한 도톰한 입술이 호선을 그리며 휘어졌다. 도레스를 야살스레 내려다보던 이사벨라가 고개를 살짝 꺾으며 싱긋 웃었다.

"전쟁이랑 돈, 그리고 나밖에 모르는 내 귀여운 악마지."

"벨라. 누누이 말하지만 나는."

"아유, 알았어. 아실, 들어가자. 마차를 오래 탔더니 온몸이 쑤셔."

도레스가 홀린 듯 이사벨라의 뒷모습을 멍하니 바라보고 서 있었다.

진짜 악마는 저 여자인데. 카일이랑 나랑 합쳐도 이사벨라는 못 이긴다고. 쟤가 이 세계의 진짜 최강자라고.

"도레스. 혹시나 싶어서 말하지만 이사벨라 아가씨는 정말 무서운 분이니까…… 옆에 가지 마."

"알, 알았, 세상에. 너무 아름다운, 아니, 와. 후작님은 개차반인 줄 알았는데 왜 주변에 다 저런 아름다운 분밖에 안 계세요."

"겉모습에 속지 마."

"네, 그래서 후작님한테 안 속았잖아요."

도레스를 들어다가 건초 더미에 거꾸로 집어 던진 뒤 나는 별채 안으로 발걸음을 옮겼다.


"그럼 내 편지도 못 받고 왔겠네."

"네가 귀걸이 보낸 줄 알았으면 그걸 끼고 올 걸 그랬어. 난 그냥 네가 황궁에서 나왔다는 소식만 듣고 바로 출발한 거였거든. 편지에 뭐라고 썼어?"

"네가 항상 시키는 대로. 친애하는 벨라에게, 라고 썼지."

도레스가 옷을 싹 갈아입고서 말끔하게 문을 열고 들어왔다. 트레이를 받치고 있는 손이 덜덜 떨렸다. 귀가 빨갛게 물들어 있는 걸 보니 어지간히 긴장한 것 같았다.

"귀, 귀, 귀한 손님이 오셔서 좋은 찻잎으로 우린 차를 가져왔습니다. 부디 입맛에 맞, 으,"

밖에 서 있던 그리든이 크흠, 헛기침을 하자 화들짝 놀란 도레스가 꾸벅 고개를 숙였다가 후다닥 사라졌다. 흥미롭다는 듯 사라지는 도레스의 뒷모습을 보던 이사벨라가 검지로 테이블을 툭툭 두들기다가 말했다.

"귀여워."

"안 돼."

"뭐가. 나 아무 말도 안 했어."

"도레스 달라고 할 거잖아. 안 돼."

"……많이 친해?"

"응, 전쟁터에서 친해졌어. 안 돼."

"아까 보니까 너랑 별로 안 친해 보이던데."

"데려가서 또 무슨 괴상한 짓을 시키려고. 옷 입히기 같은 이상한 인형 놀이 시키면 안 돼. 쟤 겁 많아서 운다고."

"그럼 더 좋지."

"좀!"

"알았어, 너만 볼게."

싱긋 웃은 이사벨라가 홍차를 한 입 마신 뒤 창문 너머를 바라봤다.

"놀러 온 김에 영지 구경을 시켜 줘야 하는데, 광산이랑 허허벌판 말고는 보여 줄 게 없네."

"괜찮아. 어차피 너 보려고 온 거니까."

낯 뜨거운 소리를 잘도 한 이사벨라는 박수를 짝 치며 내게로 몸을 기울였다.

"그런데 말이야, 조."

"응."

"하트가 무슨 뜻이야?"

"풉!"

뜨거운 홍차를 테이블 위로 뿜어낸 후 손수건으로 황급히 입을 닦았다.

"그, 그걸 어디서 들었어?"

"수도랑 그 근처는, 아니, 이젠 사교계에서 모르는 사람이 없을걸."

이사벨라가 아실에게 손짓하자 그녀가 신문을 꺼내 들고 내게 다가왔다.

"오는 길에 근처 마을에서 샀습니다. 신문에 났으니 빨리 보석을 시장에 푸셔야 할 것 같군요."

신문을 펼치자 1면에 대문짝만하게 실린 글씨가 눈에 들어왔다.

## 붉은색 보석 '하트', 카일 황자,
## "날 향한 로타이스 후작의 마음"

"이게 뭐야!"

"어머 너 몰랐어? 카일 황자님은 네가 선물했다고 하시던데."

나는 신문에 적힌 글을 천천히 읽어 내려갔다.

『카일 드 빌테온 1황자께서 지난 국가 기념일을 맞이하여 열린 무도회에 한 번도 발표된 적 없던 붉은 보석으로 치장하고서 등장했다.

투명한 모조석에 붉은색을 입혀 칠한 것과는 달리 선명하게 빛나는 붉은 보석 목걸이와 반지를 착용하고 등장한 카일 황자는 당일 많은 관심을 이끌었다.

많은 질문을 받은 카일 황자는 그 보석을 '하트'라고 일컬으며 "이는 날 향한 로타이스 후작의 마음"이라고 밝혔다.

과거 로테나의 영지였던 로타이스는 얼마 전 종전을 맞이한 후, 빌테온 제국령이 되었다. 로타이스는 전쟁에서 큰 공을 세웠던 '조'가 다스리고 있는 바이다.

선명한 붉은색을 띠고 있는 '하트'는 로타이스 영지의 광산에서 채굴하여 세공한 것이라는 추측이 일고 있다.

목숨을 바쳐 살린 카일 황자께 처음으로 채굴한 보석을 선물한 조 로타이스 후작의 '하트'는 '변하지 않는 진심, 충성, 영원'의 뜻이라며 심리학자 크리스

토 발라테가 설명했다. (p12 참고, 모든 마음을 담은 '하트')

현재 사교계뿐 아니라 기사들 사이에서도 변하지 않는 진심을 뜻하는 '하트'에 대한 초미의 관심이 쏟아지고 있다.」

"도대체 이게 뭔 소리야! 목걸이? 그 큰 보석을 목에 걸고 갔단 말이야? 목 근육을 왜 그런 식으로 써?"

이사벨라가 어깨를 으쓱 올렸다 내렸다.

"크리스토 발라테는 누구야, 조?"

"내가 어떻게 알아? 신문이 문제야! 이 나라는 어떻게 된 게 남의 가십을 목숨 걸고 보도를 해?"

"재밌잖아. 너 좋아할 거 같아서 이것도 사 왔는데."

아실이 고개를 끄덕이며 어디선가 책을 꺼내 왔다. 고급스러운 양장본으로 엮은 책은 붉은 바탕에 화려한 금테로 포인트가 들어가 있었다. 빌테온어의 필기체로 흩날리듯 적힌 제목은 간단했다.

〈하트〉

"무려 초판본이야. 아실이 서점에서 줄 서 있다가 사 왔는데. 주인공이 너랑 카일 전하라길래. 난 오면서 읽었으니까 너도 읽어 봐. 안에 그림도 있더라."

"미, 미쳤나, 진짜! 이걸 왜 사 왔어! 아니, 그 전에 왜 읽어!"

자리에서 벌떡 일어서면서 꽥 소리를 질렀다. 밖에 서 있던 도레스가 문을 벌컥 열고 들어왔다.

"후작님! 왜 그러세요!"

나는 책을 테이블 아래로 집어 던지며 소리쳤다.

"나가! 들어오지 마!"

"후작님 얼굴이 너무 빨개요! 또 독을 마시셨어요?"

"독 마셨으면 지금 멀쩡하게 서 있겠냐고, 나가! 도레스!"

맨날 소리만 질러, 투덜거리며 도레스가 나간 뒤 나는 의자에 털썩 주저앉았다.

얼이 빠진 내 얼굴을 보며 행복하게 미소 짓는 이사벨라는 진심으로 더할 나위 없이 즐거워 보였다.

"아직 시장에 풀리기 전이면 내가 여기서 사 갈래."

"……아, 어……어어."

"참고로 그 책 내용은 '하트' 라는 단어의 뜻이 사랑한다는 뜻일 거라는 추측으로 쓰인 거야. 네가 여신의 사자라는 설정을 이용해서, 신들의 나라에서 하트는 사랑한다는 뜻이라면서 네가 카일 전하께 고백한다는, 뭐. 그런. 재밌던데."

"아…… 그렇구나."

"진짜 뜻은 뭐야?"

"……그 엇비슷해."

"역시 그랬구나. 그럼 나한테 그걸 선물하는 이유도 사랑한다는 뜻이었어?"

"……친구한테도 사랑한다고 하잖아."

"글쎄, 여긴 아닌걸."

"……너 알아서 해……."

"그래, 조. 나도 사랑해."

빙긋이 웃는 이사벨라와는 달리 나는 머리를 싸매며 테이블에 머리를 박았다.

보석 이름 고민하고 있었는데! 빼도 박도 못하게 하트가 돼 버렸잖아!

❈   ❈   ❈

카일의 주접이 가득 담긴 홍보 덕에 하트는 시장에 풀자마자 날개 돋친 듯 팔려 나갔다. 가격은 천정부지로 솟아올랐고, 덕분에 하트를 비롯한 로타이스 전체의 가계를 맡고 있는 시종장 그리든의 얼굴이 꽃 피듯 피어올랐다.

느긋하게 몇 주 머무른다던 이사벨라는 외진 로타이스에 새로운 소식을 잘도 물어 왔다.

아침 식사를 끝낸 후 산책을 하던 이사벨라에게 다가온 아실이 그녀의 귀에 뭐라 속삭이며 신문을 건넸다. 신문의 헤드라인을 읽은 이사벨라가 미간을 찌푸렸다.

"이런. 이건 좀 안 좋은 소식인데."

"뭔데."

그녀가 건넨 신문에는 최근 나의 행보에 대한 평가가 적혀 있었다. 군대를 키우고, 대놓고 카일 황자를 지지하는 것들이 현 황제를 몰아내려는 반란의 전조가 아니냐는.

말도 안 되는 억측이었다. 물론 당연히 다음 황제는 카일이 되길 바라는 건 맞지만 그걸 반란을 통해 이뤄 낼 생각은 없었다. 정당한 근거 없는 반란은 어쨌든 부정적인 반향을 남길 우려가 있었다.

그걸 아니까 황제가 미쳐 날뛰는데도 그 자리에서 안 죽이고 얌전히 로타이스에서 몸을 사리면서 기회를 노리고 있는 거잖아.

신문을 구기며 표정을 굳히자 이사벨라가 내게서 신문을 가져가 읽었다.

"크리스토 발라테. 또 이 사람이 말한 거네."

"그 새끼 대체 누군데 함부로 입방아를 찧는 거야."

"얘가 누군지보다는, 누구를 믿고 까부는가가 더 중요하지. 아실, 이자에게 돈을 먹인 사람이 누군지 알아봐 줘."

아실이 예, 하는 짧은 대답을 남기고 빠른 걸음으로 사라졌다.

"······황제겠지."

"아니면 카일 황자님의 라이벌인 이사크 황자 쪽일 수도 있고."

"이사크는 이런 치사한 수를 쓸 사람이 아냐."

"이사크 황자라고는 안 했어. 이사크 황자의 '쪽'이라고 했지."

"······델로아라는 말이야?"

"머리가 꽤 좋다고 하긴 하더라."

황제인지 델로아인지 정확하지 않았지만 여론은 다소 부정적인 쪽으로 흘러갔다.

하트가 사교계에서 유행하는 것과는 별개로 나에 대한 평판은 지저분하게 변했다. 최근 수도에서 돌고 있는 전염병 때문에 많은 사상자가 발생했다고 한다. 심지어 이사크 황자의 모친인 루이지엔느 황비까지 죽었다는 소식마저 전해졌다. 내가 그녀의 부고를 들었을 때는 이미 장례식이 끝난 후였다. 이사크에게 위로의 편지를 쓸까 하다가 어떤 말로도 진심이 전해질 것 같지 않아 황궁으로 출발하려 했다. 그런 나를 말린 건 이사벨라였다.

"가지 않는 게 좋아."

"왜. 이사크는 내 친구야. ……어머니와 썩 사이가 좋았던 건 아니었지만 어쨌든 가족을 잃었잖아. 가서 위로를 해 주는 게 좋."

이사벨라가 여러 장의 신문을 테이블 위로 내려놓았다. 루이지엔느 황비가 죽은 이후의 날짜부터 바로 오늘 아침까지.

"날짜별로 봐 봐. 상황이 어떻게 돌아가는지."

수도를 덮친 전염병으로 인해 수많은 사람들이 죽었다는 내용으로 시작한 헤드라인은 점점 자극적으로 변했다.

'수도를 가득 채운 탄 내음.'

신문 한구석에는 전염병 확산을 막기 위한 주의 사항이 따로 기재되어 있었다.

'환자가 사용한 물건을 맨손으로 만지지 마시고, 환자가 사망한 후에는 빠르게 시체를 불태우십시오.'

사태의 심각성이 점점 두드러지는 신문들을 읽어 가며 내 표정은 점점 굳어 갔다. 오늘 아침에 발행됐다는 신문 1면은 끝난 지 오래인 전쟁을 다시 언급하고 있었다.

'빌테온, 전쟁으로 흘린 피의 죗값을 치르나.'

"이건 대체 무슨 개소리야. 피의 죗값이라니."

이런 근거도 없는 추측성 기사는 전쟁을 이끈 총사령관인 카일 황자와 그 전쟁을 통해 작위를 얻은 내게 부정적인 영향을 미칠 게 분명했다.

아니, 분명 그걸 염두에 두고 썼겠지.

"전쟁이랑 전염병은 아무런 상관 없잖아. 사람이 많은 수도에서 병이 발병하고, 순식간에 퍼지는 건 어찌 보면 당연한 거고. 전쟁 끝난 지가 언젠데 이딴 개소리를 지껄여!"

테이블 위로 신문을 패대기치며 소리쳤다. 이사벨라는 싸늘하게 식은 얼굴로 내게 대답했다.

"그래서 지금인 거야. 전쟁에서 승리한 영광의 기억이 적당히 흐려진 지금. 공평하신 신께서 많은 이를 죽인 쪽에 벌을 준다는 거, 언뜻 들으면 타당하잖아. 영원한 선은 없고, 죽음에는 책임이 따르고."

"……내가 여신의 사자라고 다들 두 손 들고 반길 때는 언제고 이따위로 매도하다니."

"시간이 흘렀으니까 메시지가 많이 흐려졌지. 사람들은 새로운 드라마를 찾았어."

신문을 들어 올린 이사벨라가 짜잔, 하며 1면을 다시 펼쳐 내보였다.

"자극적이고 재미있잖아. 남 탓하기도 좋고."

굳은 얼굴로 그녀를 바라보자 이사벨라는 신문을 테이블에 내려놓고 차분하게 말을 이었다.

"나약한 인간은 언제나 하늘을 보지."

이사벨라의 자안이 나를 뚫어지도록 바라봤다.

"신을 경외하거나, 신을 탓하거나."

경외의 시간은 지나갔고, 전염병을 통제할 수 없으니 신의 형벌이라고 생각하는 건가.

"전쟁에서 승리했고, 완벽한 군대를 나날이 키우고 있으며, 새로운 재화를 차지한 조 로타이스 후작. 너무 완벽하잖아. 말이 안 될 정도로."

이사벨라가 한 페이지짜리 종이를 펼쳤다.

"1테랑이면 살 수 있는 값싼 일간지야. 내용은 소설에 가깝지."

누런 종이 위에는 시커먼 글씨로 자극적인 제목이 적혀 있었다.

'사자인가 사신인가'

죽은 자들의 저주가 이 땅 위에 내린 걸지도 모른다는 내용이 가득했다. 이사벨라의 말처럼 소설 같은 내용이었다. 신문을 쥐고 있는 내 두 손이 벌벌 떨려 오기 시작했다.

"소설이라고 했잖아. 자극적이지?"

"벨라……. 이건, 아니야. 난 이런 적 없어. 전염병이랑 나랑은 전혀 관계없어. 난 진짜 모르는 일이야."

"알아. 하지만 아까 말했잖아. 통제 안 되는 상황에서 사람은 신을 탓하기 마련이라고. 넌 신과 다름없는 대우를 받으면서 전쟁에서 돌아왔고, 명예와 부를 얻었어. 널 환영하는 동시에 사람들은 여신이 빌테온을 돌본다고 생각했겠지. 그런데 짜잔, 돌아온 건 뭐? 전염병 떼죽음이지."

이사벨라의 얘기를 듣는 내내 내 눈과 입이 조금씩 벌어졌다. 내 잘못이라고는 하나도 없는데도 억울해하는 것 말고는 할 수 있는 일이 없는 것처럼 느껴졌다. 지독한 무력감이 발끝을 휘감으며 올라왔다.

"전쟁을 한 이상 죽는 사람이 생기는 건 당연한 건데도 그 화살이 모조리 너한테 돌아가고 있어. 이미 전쟁에서 아이를 하나 잃은 부모가 전염병으로 남은 아이마저 잃었다네. 그 인터뷰는 그 일간지 뒤에 있으니 읽어 봐. 굉장히 자극적이고 슬프니까. 나까지 눈물이 나서 혼났네."

과장해서 눈가에 손부채질을 하는 이사벨라는 언뜻 보기에 장난스러워 보였지만 말투는 시리도록 차갑기 그지없었다.

"……아주 간단하지. 궁지에 몰린 사람들의 간절한 심정을 쥐고 흔든다는 건."

한쪽 입꼬리를 비스듬히 올리고서 말하던 이사벨라가 천천히 표정을 굳혔다.

"이 일간지의 사장이 최근에 누구로 바뀌었는지 알아?"

나는 조용히 고개를 가로저었다. 내가 그런 걸 알 턱이 없었다. 최근 몇 달간 나는 병사가 되겠다며 찾아오는 사람들을 훈련시키거나 광산으로 보내 보석을 캐는 데에 여념이 없었으니.

"길 테이텀."

"그게 누군데."

"알베니스 백작의 오랜 후원자지. 넬로아 알베니스의 아버지 말이야."

……넬로아.

그러고 보니 이사크를 황제로 만들기 위해 신문사를 움직여 여론을 장악한 건 원래 책에서도 있는 내용이었다. 손끝이 파르르 떨려 왔다. 이사벨라는 내 떨림을 애써 무시하고 말을 이었다.

"이깟 1테랑짜리 일간지라고 해도 어쨌든 제국 전역에 찍어 돌리는 신문사야. 그 인쇄값을 감당하려면 어마어마한 부호여야겠지."

"길 테이텀이라는 그 인간이 그렇게 돈이 많아?"

"그 인간이 갖고 있는 사업체 중에 이 일간지쯤이야 아주 소소한 정도일 거야. 알베니스의 철강을 바다 건너 동대륙까지 수출시킨 장본인이기도 하니까."

이사벨라는 오래되어 너덜너덜한 종이 한 장을 꺼냈다.

"귀여운 아기 토마토. 언니랑 글자 공부할까? 위에서부터 쭉 읽어 봐."

"……그딴 식으로 부르지 말라고 내가 몇 번이나, 하…… 됐다. '테이텀가의 후원에 감사드립니다. 폰트리안 예술연구회.' 이게 뭐야."

"폰트리안 예술연구회. 지금은 없어졌다네. 왜냐하면 거기 돈 관리하던 글쟁이 하나가 돈을 몽땅 들고 튀었거든. 근데 후원자가 그놈을 숨겨 주고, 이름도 바꿔 줬더라고. 계속 글도 쓸 수 있게 일자리도 소개시켜 주고. 그게 누굴 거 같아? 너를 잘 아는 양 떠들어 대는 사람인데."

"……크리스토 발라테."

"그래, 길 테이텀, 그 늙은이가 발라테를 델로아에게 소개시켜 준 거야. 약점을 쥐고 있으니 제 입맛에 맞게 굴릴 수 있잖아. 이사크가 황제가 되면 테이텀 앞으로 떨어질 돈이 한두 푼은 아닐 테니까 그중 얼마 정도는 준다고 약속했을지도 모르고."

나는 한숨을 쉬며 두 손에 얼굴을 파묻었다. 모든 것이 너무 막연히 멀게만 느껴졌다.

애초에 카일의 황제 즉위를 돕는다는 게 내게 가당키나 한 일이었을까. 현실적으로 가능하긴 할까. 이런 사람들의 시선을 타개하고서 다시 내게 호의적인 반응을 끌어낸다는 게. 전쟁에서 그렇게 온몸에 피 칠갑을 하면서 제국을 지켜 낸 대가가 고작 이거라니. 카일에게 힘이 되어 주고자 했는데 결국은 또 짐이 되고 말았다.

"벨라, 난……. 난 왜 뭐 하나 제대로 끝을 맺지 못할까. 그 사람한테 힘이 되고 싶었는데."

이사벨라가 내 손을 잡으며 나지막하게 속삭였다.

"걱정하지 마. 퍼포먼스에는 퍼포먼스로 돌려주면 돼."

처음엔 그녀의 말을 이해하지 못했다. 이제는 친한 이사크에게 위로가 담긴 안부 편지를 쉽게 보낼 수조차 없어졌는데. 도대체 지금 무슨 퍼포먼스를 할 수 있다는 건지.

이런 내 걱정을 비웃기라도 하듯 며칠 뒤 이사벨라는 커다란 마차를 황궁으로 보냈다. 마차의 뒤에 달린 깃발에는 말 머리가 그려져 있었다.

"급하게 만들었는데 괜찮지?"

"저게 뭔데."

"로타이스 가문의 문장이야. 이미지가 기억에 남는 법이니까."

은빛 말이 그려진 로타이스의 문장이 찍힌 깃발이 바람을 따라 마구 펄럭였다. 이사벨라는 악마처럼 웃으며 내 어깨를 끌어안았다.

"자기, 나만 믿어."

"자기 같은 소리 하고 있네."

시큰둥한 내 말투에도 이사벨라는 자신만만했다.

이사벨라가 수도를 향해 보낸 마차 안에는 수많은 하트와 돈다발이 들어 있었다.

"너 왜 내 돈에 손을 대냐! 친구 사이에도, 어? 상도덕이 있는데! 너 손버릇 아주, 어? 지저분하구나!"

당황해 마구 버벅거리는 내 머리를 헝클어뜨린 이사벨라가 깔깔 웃었다.

"돈이야 네 광산에서 다시 퍼내면 될 일이고, 진심을 살 수 있는 기회는 지금뿐이니까. 더 늦으면 안 돼."

마차 안의 돈은 전염병 치료약 개발 지원에 사용됐고, 수도 곳곳에서는 벨로이스트 공작이 주선하는 하트 자선 경매가 열렸다. 이름이 보증된 스노우가 주최한 경매라 그런지 많은 사람들이 모였다. 하트를 사기 위해 모인 귀족들은 비싼 가격에도 아랑곳하지 않고 경매에 참가했다. 그들이 내놓은 수많은 자금은 내 이름으로 수도를 비롯한 마을 각지에 기부금으로 전달되었다.

제국 전체에서 사람들이 내 이름을 부르며 내 가문의 문장이 찍힌 마차를 애타게 기다리기 시작하는 데에는 그리 긴 시간이 걸리지 않았다. 전염병으로 인해 무너진 생활의 안정과 죽은 가족의 빈틈을 메꾸기 위해선 많은 돈이 필요했다.

마차가 점차 널리 퍼져 나갈수록 전염병의 발병 빈도는 줄어 갔다. 비위생적인 환경에서 벗어날수록 전염병 발병이 줄어드는 건 어찌 보면 당연한 수순이었다.

말 머리를 그려 놓은 로타이스의 문장이 박힌 마차가 며칠에 걸쳐 제국 곳곳으로 퍼졌다. 소문도 마차의 바퀴 자국을 따라 널리 퍼져 나갔다.

로타이스 후작이 자기 광산을 털어 죽어 가는 백성들을 살린다. 그 어느 귀족도 쉽사리 하지 못한 행동이었다. 대물림된 부를 이어받은 귀족이 아닌, 밑바닥부터 올라왔던 나만이 할 수 있는 방법이라며 이사벨라는 내게 말했다.

영향을 받은 다른 귀족들 중 몇몇이 잇따라 기부금을 내놓기 시작했다.

하트가 아직 잔뜩 남아 있는 내 광산은 건재했고, 나를 향하는 사람들의 인식은 달라졌다.

하지만 이걸로 정말 괜찮을까. 돈으로 사람의 환심을 사고, 인식을 돌려놓는 게?

모두가 잠든 밤, 달빛을 받으며 크로우와 함께 평원을 천천히 거닐었다.

나를 제외한 다른 모든 것들이 빠르게 지나가는 기분이 들었다. 나 홀로 연극 무대에 대본조차 외우지 않고 올라가 억지로 연기하며, 관객들을 기만하는 것 같은 수치가 밀려들었다. 이런 식의 해결은…….

옆에서 발걸음이 들려와 고개를 돌리자 도레스가 다가왔다. 평소와는 달리 말간 얼굴에 눈물 자국이 아래로 번져 있었다.

"도레스? 왜 울어."

"……아. 닦는다고 닦았는데."

콧잔등을 빨갛게 물들인 것과는 달리 도레스의 목소리는 멀쩡했다. 달아오른 얼굴과 괴리감이 느껴질 정도의 평소다운 말투였다. 나는 미간을 찌푸리며 그에게 다가가 손수건을 건넸다. 내 손수건을 받아 든 도레스가 배시시 웃으며 얼굴을 문질러 닦았다.

"후작님은 처음 봤을 때부터 지금까지 항상 다정하시네요."

"무슨 일 있어?"

내 질문에 도레스는 잠깐 동안 아무런 대답도 하지 않았다. 말을 하지 않는 걸 굳이 재우쳐 물으며 닦달할 마음은 없었다. 대답하지 않을 만한 이유가 그에게도 있을 거라 생각했고, 내가 할 수 있는 최선은 슬퍼 보이는 도레스의 옆자리를 지키는 것이었다.

숨을 깊게 들이마셨다가 후, 하며 길게 내뱉은 도레스가 날 올려다보며 말했다.

"이것 보세요. 다른 귀족이면 저한테 묻는 말에 왜 대답도 안 하냐고 혼냈을 거라고요."

"……가만히 두면 어련히 말을 할까. 너도 네 감정이 있을 텐데."

나를 가만히 바라보던 도레스가 조심스럽게 발을 떼어 앞으로 걸었다. 함께 걷자는 의미인 것 같아 그와 함께 달 아래의 평원을 묵묵히 걸었다. 꽤 시간이 지난 후에야 그는 머뭇거리며 입을 열었다.

"감사합니다, 후작님."

"갑자기 왜 그래."

입술을 우물대던 도레스의 작은 머리통이 작게 흔들렸다.

"제가 란티모스 공국에서 자라긴 했는데요. 낳아 주신 분은 여기, 빌테온 제국에 계시거든요."

전쟁터에서도, 이곳에서 내 시종으로 지내는 동안에도 듣지 못했던 얘기였다.

"집에 아이가 너무 많은데 저를 죽게 내버려 둘 수가 없었대요. 그래서 저만 란티모스에 있는 대부님에게 갔는데……."

나는 조용히 그의 다음 말을 기다렸다.

"대부님은 좋은 분이었어요. 갑자기 생긴 군식구도 잘 챙겨 주셨죠. 근데 제가 문제였어요. 항상 주눅이 들어 있었고, 대부님의 형제들과도 잘 지내지도 못했고, 도망치듯 입대했는데…… 거기서도 적응을 못했고요."

어쩐지. 항상 동떨어져 있는 느낌이더라니.

도레스는 아래로 주욱 길게 늘어진 자신의 그림자를 밟으며 계속해서 느긋하게 걸었다.

"제국으로 돌아오곤 싶었는데, 저를 보낸 부모님한테 돌아갈 자신이 없었어요. 솔직히 말하자면 제 기억 속에서 부모님이 제게 따뜻하게 대한 적은 몇 번 없었거든요."

묵묵히 과거를 말하는 도레스는 담담해 보였다. 차분한 말투로 그는 계속해서 말을 이었다.

"며칠 전에 편지를 썼어요. 나는 로타이스에서 지낸다고. 아직 그곳에 사는지는 모르지만 편지를 받으면 답장해 달라고, 나는 잘 지낸다고. 그러니까……이제는 걱정하지 말라고. 이상하죠. 나한테 따뜻하게 대한 적도 없는데. 내가 마차에 실려 갈 때 엄마랑 아빠가 울던 것만 자꾸, 생각이, 흐, 나니까……. 손붙잡고 미안하다고 하던, 그 시커먼 얼굴이랑 냄새나던 손이, 꿈에 나와서."

조금씩 흐느끼는 도레스의 어깨에 손을 올리려던 찰나, 그가 고개를 들었다. 동그란 얼굴을 가로지르며 투명한 물줄기가 아래로 흘렀다.

"죽었대요."

"……어?"

"아빠는 예전에 가뭄이 왔을 때 죽었고, 엄마도 이번에 전염병 때문에 죽었는데, 시체를 끌고 갈 수레를 빌릴 돈이 없어서……. 형이, 업고 가려고 했는데 누나가 말렸대요. 그러다가 병균 옮아 죽는다고. 수레, 그, 흑, 수레를 빌릴 돈도 없어서……."

어떤 말도 덧붙이지 못하고 나는 입을 꾹 다문 채 도레스를 가만히 바라보기만 했다. 흐느껴 울던 도레스가 내게 꾸벅 인사했다.

"며칠 전에 후작님이, 끄흐, 후작님의 마차가 마을에 도착해서 엄마 장례를 치렀대요. 그래서 답장에 후작님께 감사하다고…… 전해 달라고, 형이랑 누나가……."

"아."

도레스의 고향 마을에도 갔구나. 입술이 살짝 벌어졌다. 어느새 눈물로 범벅이 된 도레스가 내 손을 잡고 흙바닥에 무릎을 꿇었다.

"감사합니다, 후작님. 정말로 감사해요. 엄마 장례를 치르고 남은 돈으로 형은 씨앗을 조금 샀대요. 봄이 오면 그걸 키울 거래요. 우리도 잘 살 테니까, 저한테 걱정 말래요. 감, 흑, 흐으으, 감스, 사합니드, 흐윽, 다."

마지막에는 말을 제대로 끝맺지도 못할 정도로 울먹이는 도레스의 어깨를 조심스럽게 끌어안았다. 어떤 말조차 쉽사리 나오지 않았다. 내 체온이 도레스에게 잠깐의 위로라도 되길 바랐다. 내 어깨에 기댄 도레스는 한참을 울었다.

한심하게 감상에 젖어 옳고 그름을 생각할 때가 아니었다. 나는 내 자리에서 할 수 있는 걸 했고, 누군가가 그로 인해 다시 살아갈 수 있게 됐다면, 그거면 충분했다.

## 21. 북부

겨울이 끝나기 전, 은색 말이 그려진 문장이 펄럭이는 내 저택이 완공되었다.

그 무렵의 나는 더할 나위 없는 완벽한 귀족이 되어 있었다.

하트로 쌓은 재물 덕인지 내 타고난 인망 덕인지 로타이스에 사람들이 몰려들어 영지민들의 수가 처음에 비해 두 배 가까이 많아졌고, 내 군대 역시 이제는 천 명에 육박할 정도의 숫자였다.

결정적으로 시종장 그리든이 저녁마다 올리는 '후작님. 귀족이란 무릇……'으로 시작하는 긴 편지를 받아 보는 횟수가 확 줄어들었다. 그리든은 나름대로 찾아낸 최선의 방법으로 나를 교화하려 애썼다.

그거 때문에 얼마나 힘들었던가. 차라리 우리 스노우 영감처럼 날 두들겨 패면서 가르치든가, 아실처럼 그때그때 바로 쥐 잡듯 잡으며 고치든가.

고상한 그리든은 일과가 끝난 후에 조용히 찾아와 편지만 올려놓고 나갔다. 종이에 빼곡히 적힌 그 날의 내 잘못된 언행과 지나친 방자함에 대한 다정한 타이름을 보고 있으면 돌아가신 조상님들한테까지 죄송스러워지는 기분이었다.

이제는 어딜 가도 귀족처럼 허리를 곧추세우고 여유롭게 인사했다. 내가 유일하게 막 대하는 건 내 군대와 담당 시종인 도레스뿐이었다.

"도레스!"

"왜요!"

"왜요? 너 지금 내가 부르는데 '왜요!' 라고 했냐? 많이 컸다. 야, 방에 커튼 좀 쳐 줘."

한가롭게 방에 누워서 발로 창문을 가리키자 도레스가 질색팔색을 하며 펄쩍 뛰었다. 이상하게 남동생 같아서 자꾸 장난을 치고 싶어졌다. 그건 그도 마찬가지였는지 도레스 역시 내 앞에서만 편하게 투덜거렸다.

"후작님은 커튼 치는 것도 혼자 못 하면서 빨래는 무슨 정신으로 손수 하세요! 커튼 쳐 줘, 불 켜 줘, 불 꺼 줘, 꺼져, 와라. 그런 사소한 명령 말고 이런 게 진짜 시종이 두 번 일하게 되는 거라니까요!"

진짜로 내가 널어 뒀던 걸 다시 빨아 왔는지 도레스가 흰 천을 서랍에 넣으며 입술을 삐죽거렸다.

하지만 그건 내 생리대인데…… 그걸 빨아 달라고 할 순 없잖아.

예전에 전쟁터에서 묶여 있던 나를 풀어 주며 내가 여자인 걸 확인했던 도레스는 그걸 기억하지 못했다. 아마도 그땐 여신이 빙의해 있었기에 그런 거겠지. 지금 굳이 내 치부를 밝힐 필요도 없었고, 도레스 저 건방진 성격에 내가 여자인 걸 말해 봤자 믿을 것 같지도 않았다.

"아니, 그리고! 후작님은 어디서 자꾸 혼자 훈련을 하시면서 다쳐 오시는 거예요? 붕대가 몇 개야, 대체! 멋져 보이려고 일부러 다친 척하시는 거죠!"

"하녀한테 맡겨, 인마! 투덜대지 말고!"

가슴을 싸매는 붕대를 서랍 아래 칸에 차곡차곡 넣으며 도레스가 쉬지 않고 툴툴거렸다.

"하녀들이 수군거렸거든요! '우리 후작님은 어쩜, 훈련을 게을리 하지도 않으실까!', '후작님은 왜 자꾸 다쳐서 오실까, 마음 아파!' 이랬어요!"

"그, 그런 게 있어! 너는 별거를 가지고 다 시비를 건다!"

왁왁 소리를 지르며 도레스와 싸우던 중, 시종장 그리든이 노크를 한 뒤 방으로 들어왔다.

"황궁에서 편지가 왔습니다."

"황궁? 카일 전하한테서?"

어제 답장 써서 보냈는데 또 왔다고? 그럴 리가. 카일한테 편지 한 번에 하나씩만 쓰라고 했는데.

하지만 받아 든 편지는 카일의 직인이 찍힌 게 아니었다. 추밀원의 장인 크랜슈너트 후작의 것이었다. 4주 뒤 추밀원 회의가 있으니 참석 의사가 있으면 황궁으로 오라는 내용이었다.

"잠깐만, 이거 보낸 날짜가 언제야?"

"3주 전입니다."

"황궁까지 마차 타고 가면 2주가 넘게 걸리는데 이걸 이제 보냈다고? 로타이스까지 편지가 오는 데 3주가 걸리는 걸 뻔히 알면서. 이 새끼들이 누구 왕따시키는 것도 아니고. 도레스!"

"예?"

"크로우한테 안장 올려. 지금 당장 황궁으로 갈 테니까."

도레스가 재빠르게 튀어 나간 뒤 나는 겉옷을 벗어 던지고는 그리든이 입혀 주는 두꺼운 조끼와 털이 달린 무거운 코트를 입었다. 겨울에 말을 타려면 이 정도로 겹쳐 입어야 했다. 그렇지 않으면 금세 온몸이 얼어서 달릴 수조차 없었으니까.

"얼마나 계시다 돌아오실 예정입니까."

"몰라, 보고."

카일한테 붙잡혀 있지만 않으면 금방 올 거야. 라는 말은 속으로만 했다.

하지만 날 붙잡은 건 카일이 아니라 황제였다. 그는 나를 불러다 놓고 못 본 몇 달 새 더 퀭해진 누런 눈으로 나를 뚫어지게 바라봤다.

"그대의. 군, 대가…… 아주― 음, 그래. 아주 대단하다지……."

음절마다 뚝뚝 끊기며 겨우 문장이 이어졌다. 황제가 앉은 층계 위를 잠깐 보고 그와 눈을 맞춘 뒤 나는 곧바로 고개를 살짝 숙이며 대답했다.

"높이 평가해 주셔서 영광입니다."

"영광. 영광⋯⋯. 푸흐흐, 영광."

갑자기 바람 빠지듯 웃은 황제가 옆에 서 있는 호위 기사의 옆구리를 긴 지팡이로 푹 찔렀다.

"영광이라니, 웃기지 않나. 나를 죽이려는 자가, 영광을 논하다니."

뭔 소리야. 황제가 진짜로 노망이 나서 미친 건가.

나는 눈을 휘둥그레 뜨고 외쳤다.

"무슨 말씀이십니까. 폐하!"

죽이고 싶다고 생각한 적은 있지만 직접 죽이겠다고 결심한 적은 없었다. 그건 아주 큰 차이잖아. 지금도 내가 마음만 먹으면 당신을 죽일 수 있는데 살려 두고 있잖아요. 혹시라도 카일한테 해가 갈까 봐.

진심 어린 내 눈을 본 황제가 두 눈을 부라리며 지팡이로 바닥을 쿵 내려찍었다.

"그럼 왜 필요도 없는 군대를 키우면서 날 위협하는 거지."

"국경 지대를 지키라 명하신 건 폐하셨습니다. 저는 폐하의 명을 지킬 뿐 다른 뜻은 추호도 없습니다."

"아, 그것 또한 내 탓이다?"

"폐하의 은덕으로 귀족이 됐고, 로타이스의 군대는 결국 제국의 국력입니다."

"어쨌든 그건 자네의 사병이지. 자네의 명령이라면 죽는 시늉이라도 하는 용장들만 모아 뒀다던데."

국경을 지키라고 그 먼 곳까지 보낼 때는 언제고, 이제 와서 사병의 규모가 커졌다고 트집을 잡다니. 진짜로 미친 게 아니고서야.

어금니를 맞물리도록 씹자 입 안쪽에서 으드득 소리가 났다. 황제는 이죽거리는 말투로 계속해서 말을 이었다.

"분노한 그대의 군대가 내 목을 치러 와도 그건 제대로 감시하지 못한 내 탓이겠군?"

"대체 무슨 말씀을 하시는 겁니까!"

흥분해 목소리를 높이자마자 황제의 한쪽 눈썹이 올라갔다. 축축 늘어지듯 말하던 황제의 말투가 한순간에 날 선 듯 날카롭게 변했다.

"왜 그런 반응이지? 내가 광증이 일어 헛소리를 한다는 건가?"

지나가던 똥개가 브레이크 댄스 추면서 봐도 네가 헛소리에 억지 부린다는 건 알겠다.

하지만 지금 이 상황에서 내가 '예, 폐하. 미치셨습니다.'라고 말한다면 그 또한 황제에 대한 모독이었다. 아무런 대답도 하지 못하고 고개를 숙인 채 꾹 쥔 주먹만 바들바들 떨었다. 추밀원 회의에 참석해야 할 시간은 이미 지나갔을 게 분명했다. 지친 몸으로 황궁에 입성하자마자 황제의 부름으로 알현실에 끌려오듯 왔으니까. 설마 이 또한 황제가 노리고 있던 바인가.

지독한 침묵이 이어진 끝에 황제가 판결을 내리듯 지팡이로 바닥을 쿵, 쿵, 쿵 세 번 찍었다.

"제국을 위한 군대라면 제국을 위해 쓰라. 쓸모도 없이 규모만을 키우는 지금은, 꿍꿍이가 있다고밖에는 생각되지 않으니."

"……제국을 위하라 하시면 정확히 어떤 걸 말씀하시는 겁니까. 지금 국경 지대를 지키는 것만으로는 부족하십니까."

냉랭한 내 말투에도 황제는 느긋했다.

"북방의 마누칸족을 정벌하라."

"……예?"

"골치가 아파. 야만스러운 마누칸족이 자꾸 덩치를 키운다며. 그렇지 않나, 슈트리안 경?"

옆에 있는 호위병을 향해 몸을 기울인 황제가 히죽거리며 물었다. 호위병이 '예, 폐하.'라고 대답한 후에도 황제는 옆에 있던 시종에게도 똑같이 물었다. 시종 역시 무감한 마른 얼굴로 같은 말을 반복했다.

꼭두각시 인형들을 세워 놓고 무슨 동의를 구하겠다는 거야. 저절로 이가 아드득 갈렸지만 인형처럼 보이는 그들 역시 이 자리에 선 증인이었다. 다른 이가 지켜보는 앞에서는 저 미친 황제의 말에 반문하는 것조차 위험했다.

황제가 지팡이를 내 옆으로 내던지고 박수를 치며 자리에서 일어섰다. 층계를 내려오는 그의 둔중한 몸이 쿵쿵 반동을 일으켰다. 내 바로 앞까지 다가온 그가 입을 열 때마다 썩은 냄새와 알 수 없는 탄 내음이 진동을 했다. 연기에 흠뻑 절여졌다가 나온 것처럼 축축한 탄 냄새였다. 내 양쪽 어깨를 틀어쥔 황제가 진실로 기껍다는 듯 함박웃음을 지으며 큰 소리로 외쳤다.

"빌테온 제국을 지키는! 믿음직한! 로타이스 후작의! 출정이 멀지 않았네!"

대놓고 항변할 수 없는 상황 속에서 황제의 붉은 눈을 뚫어질 듯 노려보자 그가 비릿하게 웃으며 내 귓가에 속삭였다.

"아니면 반역을 꾀하고 있다는 죄로 1황자와 너를 묶어 목을 썰어 주리?"

북방으로 떠나지 않으면 나와 카일을 죽이겠다는 협박이었다.

황제와 눈을 똑바로 맞추며 한 글자, 한 글자 짓씹듯 또박또박 말했다.

"마누칸족을 정벌하면 되겠습니까?"

"그럼. 하지만 지금 제국이 여러 문제로 혼란스러우니 그대의 군대만 출정할 수밖에 없겠네. 괜찮겠지?"

여러 산들이 겹쳐 오르듯 솟아 있는 북부 곳곳에 퍼져 있는 마누칸족을 정벌한다는 건 실상 불가능에 가까웠다. 빤히 보이는 수작질에 당장이라도 황제의 붉은 혀를 뽑다가 짐승에게 던져 주고픈 심정이었지만, 입꼬리만 올려 웃으며 대답했다.

"예, 폐하. 여부가 있겠습니까."


뒤늦게 회의장으로 발걸음을 옮겼지만 이제 막 회의가 끝났는지 다들 회의장을 빠져나오는 중이었다. 콜린 후작이 시퍼렇게 질린 얼굴로 내게 다가왔다.

"이게 무슨 소리요, 로타이스 후! 마누칸족 정벌이라니!"

방금 황제에게 명을 듣고 왔는데 추밀원에서도 그 얘기가 나왔다니. 이건 역시나 황제가 미리 준비하고 날 불러들였다는 얘기였다. 즉, 죽어서 돌아오라는 뜻이겠지.

나는 빠져나오는 귀족들 하나하나와 눈을 맞췄다. 슬쩍 내 눈을 피하는 크랜슈너트 후작과는 달리 알베니스 백작은 눈썹을 팔자로 일그러뜨리며 다가왔다.

"이런, 우리 로타이스 후작께선 항상 국경을 지키느라 수고가 많으신데 또 전쟁이시라니. 역시 군인은 뭐가 달라도 다릅니다!"

내 굳은 표정에도 알베니스 백작은 계속해서 말을 이었다.

"마누칸족은 적의 혓바닥을 잘라 구워 먹는 야만족이라던데, 나 원 참. 폐하께서도 마누칸족 정벌이 무에 그리 급한 일이라고 이 귀한 인재를 그 먼 곳까지 보내시는지."

아랫사람을 대하듯 내 어깨를 툭툭 친 알베니스 백작이 나를 보며 안쓰럽다는 듯 말했다.

"부디 무사히 돌아오시게. 로타이스 후작. 온 국민이 기다리고 있을 테니."

나는 비릿하게 웃으며 그의 손을 쳐 냈다.

"제 혓바닥을 내어 주는 한이 있더라도 반드시 살아 돌아와 알베니스 백작을 찾아뵙죠."

그때 백작이 무사할 거란 보장은 못 하겠지만 말입니다. 뒷말을 속으로 이어붙인 나는 그대로 그에게서 돌아섰다.

스노우는 황궁이 싫다며 추밀원의 회의에는 항상 참석하지 않았으니까 만날 수 없겠지.

무심코 카일의 궁을 향해 발걸음을 옮기려다가 우뚝 멈췄다. 그의 얼굴을 보면 나도 모르게 매달리게 될 것 같았다.

이번이 정말 우리의 마지막이 되면 어떻게 하냐고, 혼자 군대를 이끌고 전쟁터에 가는 건 긴장되고 무섭다고. 옆에 있어 달라고. 아니면 차라리 나와 함께 도망가자고.

하지만 그런 말을 할 수는 없었다. 카일이 평생 해 온 노력을 무너뜨리고 싶지 않았다. 지금 이 순간에도 카일은 그가 할 수 있는 최선으로 황자의 자리를 지키고 있었으니까.

……그래. 괜찮아. 난 어차피 돌아올 거니까.

피셔 공작이 빠른 걸음으로 내 뒤를 쫓았다.

"후작! 필요하다면 내 사병을 충원할 테니,"

"됐습니다. 황제는 내게 내 군대만 이끌고 마누칸을 정벌하라고 했으니까요. 황명을 거스를 순 없죠."

"하지만……."

"또 무슨 트집을 잡을지 어떻게 압니까. 필요 없습니다."

나는 피셔 공작을 뒤로하고 곧장 황궁의 정문을 향해 걸어갔다. 넓은 황궁이 오늘따라 더욱 하염없이 크고 외롭게 느껴졌다. 시종에게 맡긴 내 말을 기다리던 도중 스노우가 빠르게 말을 타고 황궁을 통과해 달려와서는 눈앞에서 뛰어내렸다.

"조! 갑자기 또 전쟁이라니! 로테나전이 끝난 지 아직 1년도 안 지났는데!"

"소문 엄청 빠르네요. 그럴 거면 추밀원 회의에 오시지."

"추밀원 회의 주제를 보고 설마 했지만, 이런 제기랄. 추밀원에서 결정된 거냐? 이, 말도 안 되는……!"

"황제가 직접 명령한 거예요. 날 불러서, 직접이요. 반역을 목적으로 군대를 키우는 게 아니라면 제국을 위해 쓰라고. 내가 가지 않으면 반역이라 여기고 카일이랑 저를 치겠대요."

스노우의 푸른 눈이 분노로 타올랐다.

"미친……."

"할아버지. 여기 황궁이에요."

모든 것을 체념해 시큰둥하게 말했지만 스노우는 분을 참을 수 없는지 단말마의 비명을 지르더니 들고 있던 칼로 옆에 있는 커다란 나무를 단번에 베었다. 우뚝 솟아 있던 큰 나무가 금세 기우뚱 기울어지다가 옆으로 쓰러졌다. 쿵, 하는 소리와 함께 땅이 낮게 진동했다. 근처에 있던 호위병들이 놀라 달려오는데도 스노우는 아랑곳하지 않고 내게 말했다.

"내가 함께 가마. 너는 아무 걱정 하지 말고,"

"황제가 허락하지 않을 거예요."

"그게 무슨 상관이야!"

"나보고 혼자 가라고 했어요. 내 군대만 이끌고."

이를 악문 스노우의 아래턱이 덜덜 경련하며 떨려 왔다. 눈에 실핏줄이 터져 스노우의 흰자위에 붉은 피가 스며들었다.

"할배, 흥분하지 마세요. 연세도 있으시면서."

장난처럼 말을 건넸지만 스노우의 분노는 쉽게 가라앉지 않았다.

"내가, 내가 죽이고 반란을 저질렀다고 잡혀가면 너는 그리로 안 가도 된다."

"벨로이스트 공작이 반역을 저지르면 카일도 나도 끝이에요. 알잖아요."

스노우가 손을 들어 얼굴을 가렸다. 신음인지 침음인지 모를 소리가 그의 잇새로 흘러나왔다. 한참 말이 없던 스노우는 겨우 고개를 들었다.

"……카일에게는."

"반드시 돌아오겠다고 전해 주세요."

내 대답에 그의 눈이 일순간 커졌다.

"인사도 안 하고 갈 작정이냐. 그래도 카일에게는,"

"돌아올 거니까."

스노우의 말을 끊은 나는 무거운 목소리로 다시 한 번 결심을 다지며 각오를 전했다.

"거창한 작별 인사는 필요 없어요. 난 무슨 일이 있어도 돌아올 거고 그땐 이 제국에 내 이름을 모르는 사람이 없을 거예요."

나는 다시 씨익 웃으며 스노우를 끌어안았다.

"할배, 죽지 말고 기다려요. 오늘내일하는 건 알지만, 내가 아직 할배 정원에서 튤립 안 꺾어 갔잖아요."

아무 말도 없던 스노우는 단단한 손을 들어 나를 마주 안고서 내 뒤통수를 쓰다듬었다.

다행인지 불행인지 카일은 그 날 황궁에 없어 내 소식을 바로 듣지 못했다. 황제의 명령으로 수도 외곽 지역의 조세를 조사하러 직접 행차했다고 하니, 아마 그 역시 황제가 계산하고 미리 보내 놓은 게 분명했다. 노망난 미친 늙은이인 줄로만 알았더니 꽤나 머리를 굴린 모양이었다.

카일에게 내 출정 소식이 전해졌을 때 난 이미 로타이스에 도착해 군대를 정비한 후였고, 그가 미친 듯이 말을 몰아 로타이스에 도착했을 때 난 북방으로 출정한 뒤였다.

그가 마주한 건 끝도 없이 광활한 평원의 텅 빈 모습이었다.

병장기가 부딪히며 울리던 훈련장의 시끄럽던 소리도, 광산을 캐는 인부들의 와자지껄한 대화도 없는. 모든 것이 사라진 듯 적막에 휩싸인 로타이스를 마주한 카일은 그날의 모든 풍경이 꿈 같았다고 후일 얘기했다.

그는 땅에 주저앉아 모든 것을 잃은 것처럼 소리를 질렀지만 그의 비명이 이미 멀리 떠난 내게 닿을 길은 없었다.

�֎ ✖ ✖

카일의 집무실에 작은 노크 소리가 울렸다.

"들어와."

묵직한 대답이 들리자 문이 부드럽게 열리며 벤지가 안으로 들어왔다. 잠깐 열린 문틈으로 복도에서부터 차가운 한기가 들어왔다. 두꺼운 코트를 입은 카일은 고개를 들어 벤지와 눈을 맞췄다.

"무슨 일이야."

"전하. 1황비마마께서 찾으십니다."

"바쁘다고 해."

"하지만,"

"어차피 결혼하라고 여러 가문을 거론하며 들이대는 얘기일 테니 갈 필요 없어. 바쁘다고 답해."

빠르게 말한 카일은 시선을 책상 위에 수북하게 쌓인 종이들로 옮겼다.

"하지만 황비님께서 재촉하시는 것도 이해는 갑니다."

"지금 조가 여자라는 걸 밝혀 봤자 결혼할 수 있는 것도 아닌데. 결혼은 그가 돌아오면 할 거야."

애초에 조가 아닌 사람과의 결혼은 염두에 둔 적 없다는 말투였다. 벤지는 아무런 대답도 하지 못했다.

북방으로 진군한 로타이스의 군대는 어느 순간 소식이 끊어졌다. 죽었는지 살았는지 알 길도 없었고, 어디로 갔는지 물어볼 사람조차 없었다. 단 한 명의 생존자도 돌아오지 않았다. 북방을 가로막은 산맥 너머로 정찰을 보내도 봤지만, 얼음 산맥에선 먹을 것을 구할 수도 없어 정찰대도 오래 버티지 못하고 돌아와야 했다. 몇 번의 정찰이 실패로 돌아간 뒤 카일은 더 시도하지 않고 가만히 조를 기다렸다. 조의 생사조차 알 수 없는 상황에서도 카일은 무덤덤하게 행동했다.

"크랜슈너트 후작이 죽으면 추밀원의 의장 자리는 누구에게 돌아가는 거지."

"크랜슈너트 공자는 아직 어리니 후작가만 겨우 물려받을 테고, 의장 자리는 피셔 공작이 될 가능성이 크겠죠. 하지만,"

"그 역시 황제가 훼방을 놓으면 모를 일이고."

카일은 펜촉으로 종이 위를 툭툭 두드렸다. 지독한 폐렴을 얻었다는 크랜슈너트 후작은 한 달째 집 밖으로 나오지도 못하고 있었다. 그가 죽는 건 시간문제였고, 텅 비게 될 그의 빈자리를 누가 채우는지에 관심이 쏠렸다.

종이 위로 펜을 꾹 누르자 검은 잉크가 종이를 축축하게 적시다 이내 구멍을 뚫었다.

"황제의 상태는 어때."

"……큰 변화는 없습니다."

조를 전쟁터에 보낸 이후로 황제는 왜인지 정말로 정신을 놓은 것처럼 밤만 되면 황궁의 복도를 떠돌았다. 시종들이 쉬쉬하며 침실로 데려다 놓았지만 그는 금방 다시 튀어나와 창문을 열고 괴성을 지르곤 했다. 황제가 광증이 일었다는 얘기가 퍼졌지만 해가 뜨면 황제는 언제 그랬냐는 것처럼 멀쩡하게 업무를 보고, 대화했다. 그런 와중에도 간혹 알아들을 수 없는 말을 중얼거리다 꿈에서 깬 것처럼 화들짝 놀라며 검을 휘두르곤 했다. 때문에 황제의 검에 피가 마를 날이 없었다. 낮과 밤 중, 언제를 미쳤다고 불러야 할지 모르는 상태가 지속되었다.

금방 끝날 것 같았던 그 해의 겨울은 지독하게도 길게 이어졌다. 사람들 사이에선 북방을 정벌하러 간 여신의 사자가 죽었기 때문에 봄도 오지 않는 거라는 소설 같은 이야기가 떠돌았다.

조의 소식이 끊긴 지 4개월이 넘어가고 있었다.

황제가 얼마 남지 않은 자신의 탄신일에 황태자를 책봉하려 한다는 이야기가 돌았다. 최근 이사크 황자와 잦은 교류를 한 걸로 봐서는 분명히 그를 뽑을 터였다. 카일이 란티모스 공국과 우호적인 관계를 유지하고 있고, 많은 귀족들이 그를 지지하고야 있지만, 황제가 이사크를 선택한다면 다 아무짝에도 쓸모없는 일이었다.

지금 황제를 끌어내려 황위를 찬탈하는 수가 아니면.

벤지를 내보내고 카일은 살을 에는 찬 바람이 불어오는 테라스에 홀로 섰다. 미미하게 찰랑이는 잔 속의 술이 쓰게만 느껴졌다.

"……네가 없는데 황제가 된들 그게 다 무슨 소용이지. 나한테는 남은 게 아무것도 없는데."

밤만 되면 짙은 후회가 목구멍을 틀어막았다.

전쟁이 끝난 후 돌아오지 말았어야 했다. 너를 데리고 어디로든 도망가서 살았더라면 널 다시 사지로 내모는 일은 없었을 텐데.

1황자는 죽었다고 공표하고 너와 바다를 건넜다면 어땠을까. 넌 도망에 재주가 있으니 잡히지 않았겠지. 아마 넓은 바다 위에서 파도가 칠 때마다 너는 내 눈을 보며 유난을 떨었을 거야.

'당신 눈 바다랑 닮았어요. 너무 예뻐. 이게 내 거라니, 말도 안 돼.'

매번 사랑한다는 말에, 환희에 가득 찬 얼굴로 벅찬 듯 웃던 너를. 그런 너를, 내가……

카일은 힘을 주어 잔을 꽉 움켜쥐었다. 유리잔이 쩌적 소리를 내며 갈라졌다. 힘없이 잔을 떨어뜨리자 유리잔은 바닥으로 떨어져 산산조각으로 깨졌다. 사방으로 퍼진 파편을 물끄러미 바라보며 카일은 습관처럼 그녀를 떠올렸다.

'있잖아요, 카일. 개빡쳤을 때.'

'……개빡쳤을, 이 무슨 뜻이지?'

'엄청 화났을 때요. 이런 물건을 그 걱정이라고 생각하고 완전 박살을 내는 거예요. 마음속에서 감정을 꺼내서 이런 거에 넣어 놓고 쾅쾅 깨부수고 버리는 거죠.'

'그럼 속이 시원해질까?'

'당연하죠. 안 시원해지면 마음이 닫혀 있어서 그런가 봐. 열려 있는지 내가 한 번 볼게요. 가슴 좀 이리 줘 봐요.'

'그만해! 넌 대체!'

'에헤이. 거참, 본다고 닳나.'

지금보다 더 말랐고 말 한마디 꺼낼 때마다 장난기가 가득했었지. 카일은 부서지는 것처럼 여리게 입꼬리를 올려 웃었다. 멀리서 날 보고 달려올 때면 네 주변으로 풍경들이 천천히 흐려져서 나는 매번 놀라웠는데. 너도 그랬을까.

……그랬겠지. 넌 항상 날 보고 기적 같다고 해 줬잖아.

깨진 유리 조각 위로 카일의 손바닥에서 흐르는 핏방울이 뚝뚝 떨어졌다. 무심코 손수건을 꺼내려던 카일은 가슴팍 안쪽에 넣어 둔 그것이 조가 처음으로 줬던 손수건임을 깨닫고 도로 넣어 버렸다.

하루에도 수백 번씩 황제를 죽이고 싶다가도, 그 이상으로 두려워 저도 모르게 떨다가, 그를 죽여 봤자 조가 없으면 무슨 소용인가 싶어 수천 번을 무너졌다.

피가 흐르는 주먹을 움켜쥔 카일은 천천히 손을 올려 눈가를 짓눌렀다. 두 볼 아래로 흐르는 물방울은 땅으로 닿기도 전에 차디찬 바람에 날려 어딘가로 사라졌다. 가슴 어딘가에 커다란 무게 추를 단 것처럼 숨 쉬는 것이 버거워져 카일은 저도 모르게 헉헉거리며 목구멍 언저리를 긁었다. 가쁘게 내쉬는 숨은 이내 흐느끼는 울먹임으로 변했다.

나는 너만 있으면 되는데, 너만 없다.

"흐, 어디, 흐윽, 어디…… 흑, 왜…… 보고, 흐, 보고 싶어. 보고 싶어, 조……."


며칠 뒤 카일의 방으로 시종장 펠이 노크를 한 후 들어왔다.

"전하. 프리실라 황비마마께서 찾아오셨습니다."

"잔다고 해."

"……하지만 이미,"

"황자!"

문이 벌컥 열리며 프리실라가 들이닥쳤다. 분노에 젖은 목소리로 황비가 차갑게 말했다.

"당장 보름 뒤면 황제의 탄신일인데 대체 뭘 하고 있는 거냐."

시큰둥한 얼굴로 돌아선 카일은 무섭도록 냉랭하게 말했다.

"이제 어떡할까요. 황제를 칠까요? 아니면 저를 형님이라 부르는 이사크를 죽이면 되겠습니까. 아. 혹시 모르니 테오도르도 정리할까요. 황제는 위험을 남겨 두지 않아야 한다 하지 않으셨습니까."

잠깐 떨리는 눈으로 카일을 노려본 프리실라가 한숨을 쉬더니 말을 이었다.

"아끼던 군신을 잃었다고 자기 자신까지 잃으면 안 되지, 카일. 정신 차려라. 이사크 황자의 경계가 심해서 쉽게 다가갈 순 없지만 어디에도 빈틈은 있는 법이고,"

"어머니도 황제가 이사크를 뽑을 거라는 걸 알고 계시네요. 그런데 말입니다. 어마마마. 만약,"

카일은 굳은 표정으로 프리실라에게 다가갔다.

"갖은 수를 써서 황제가 되면 그다음은 어떻게 해야 합니까."

"……약한 소리 마라."

이를 악물고 짓씹듯 말을 뱉어 낸 프리실라가 카일의 턱을 부여잡았다.

"황제가 되면, 이 넓은 제국이 네 것이다. 널 위해 평생을 쏟아부은 수많은 사람과 다가올 영광. 그것을 생각해. 지금 네 자리는 너 혼자만의 것이 아니다."

"제국에 제가 원하는 것은 없습니다."

"……설마 진짜로 그 후작 놈과 정이라도 통한 것은,"

그때였다. 황비의 말을 더는 참기 어려워 카일이 막 입을 열려는 찰나, 벤지가 문을 열어젖히며 들어왔다. 방 한가운데 선 황비를 보고 놀란 벤지가 꾸벅 인사하자 프리실라가 대답 없이 등을 보이며 돌아섰다. 카일은 지끈지끈 아파 오는 머리를 쓸어 넘긴 후 벤지에게 물었다.

"무슨 일이야."

감당하기 어려운 것을 담은 것처럼 벤지의 입술이 몇 번이나 열렸다가 닫혔다. 마침내 그가 소리쳤다.

"로타이스 군대가 돌아오고 있습니다!"

"……뭐?"

서서히 벤지가 한 말의 뜻을 깨달은 카일의 눈이 일순간 크게 뜨였다. 제 귀로 듣고도 믿을 수가 없었던 그가 빠른 걸음으로 벤지에게 다가갔다.

"그게 무슨 소리야. 몇 번이나 수색대를 보냈는데 없다고 했잖아."

"로타이스의 북부가 아니라 그 반대편인 프랑코 쪽으로 내려오고 있다고 합니다!"

흥분한 벤지가 눈을 빛내며 큰 소리로 외쳤다.

"전하! 조가 정말로 마누칸족을 정벌하고 내려오고 있단 말입니다!"

먼 곳을 보는 듯 시선이 한순간에 흐려졌다.

벤지가 쏟아 낸 말이 머릿속에서 뒤죽박죽으로 엉켰지만 단 하나의 사실만은 명확하게 뇌리에 꽂혔다.

'조가 살아 있다.'

덜덜 떨리는 아래턱을 부여잡은 카일은 애써 침착한 말투로 벤지에게 물었다.

"조는? 다친 곳은 없는 건가."

"보고에 따르면 무사하다고 합니다. 사상자들의 숫자에 대한 것은 조사를 해 봐야 알겠지만, 일단 후작은 크게 다치지 않은 상태로 국경을 통과했다고 전달받았습니다."

흥분한 벤지가 빠르게 말을 뱉어 냈다. 카일이 긴 숨을 토해 내듯 내쉬며 두 눈을 질끈 감았다. 긴장이 풀린 탓에 잠깐 휘청거렸지만 그는 이내 중심을 바로잡았다. 하지만 온몸에 감도는 흥분을 감추지는 못했다. 발바닥이 축축하게 젖어 오는 것이 느껴졌다. 목뒤에서부터 돋은 소름에 손끝 발끝은 차가운 것 같은데도 연신 땀이 흘러내렸다.

"카일."

존재를 잠깐 잊고 있었던 프리실라 황비가 그때 카일에게 말을 걸어왔다.

"예, 어마마마."

조금은 누그러진 듯 차분한 대답이 돌아왔다. 아까의 날 선 태도와는 확연히 달라진 말투였다. 프리실라는 보일 듯 말 듯 미미하게 미간을 구겼다. 로타이스 후작이 돌아왔다는 것이 그들에게 희소식이긴 했으나 저리 들뜬 얼굴로 안심하는 카일에게서 묘한 감정을 느꼈다.

저건 단순히 친구의 소식에 안심하는 표정이 아니었다. 그 천한 놈이 칼부림에 재주가 있어 귀족이 되었다고는 하나, 곧 황제가 될 제 아들과 이렇게 막역해지는 건 안 될 말이었다.

"……피셔 경은 이만 나가 보라. 아직 아들과 얘기가 끝나지 않았으니."

미소가 피어오르기 시작하는 카일과 대조되는 냉랭한 말투로 프리실라가 명령했다. 눈을 빠르게 깜빡이던 벤지가 이내 '예, 황비마마.' 하고 짧게 대답한 후 카일의 집무실을 빠져나갔다. 그가 나간 걸 확인한 후 프리실라는 빠르게 카일의 앞으로 다가왔다.

그새 발갛게 상기된 카일의 두 볼은 아무리 봐도 연정을 품은 사내의 그것이었다. 분에 찬 프리실라가 그의 면전에서 쏘아붙였다.

"정신 차려라, 카일. 이 나라의 황자가 사내 하나 따위에게 목숨을 건 양 굴지 말란 말이다."

그녀의 엄포에도 카일은 한결 느긋해 보였다. 카일은 종전과 달리 여유로워진 얼굴로 그녀의 말을 되받아쳤다.

"목숨을 건 쪽은 제가 아니라 그쪽입니다. 목숨을 걸고 날 지킨 것도 모자라 이번에도 전쟁터에서 무사히 다시 돌아왔잖습니까, 감사하게도."

주먹을 말아 쥔 그녀의 손이 바들바들 떨렸다. 어금니를 악물던 프리실라가 짧게 한숨을 끊어 쉰 뒤 흐트러져 내려온 머리칼을 쓸어 넘겼다.

"네가 그 사내를 어떤 눈으로 보고, 어떤 마음으로 욕망하는지 그건 알고 싶지 않다. 그래, 원하는 게 있다면 네 마음대로 해라."

카일의 눈썹이 묘하게 일그러졌다. 프리실라는 아랑곳 않고 차분하게 말을 이었다.

"허나 황제가 된 후에."

그녀는 팔을 쭉 뻗어 곧은 손가락으로 집무실의 어느 벽을 가리켰다. 황제의 기거하는 궁이 있는 방향이었다.

"네가 저 황좌에 올라 모든 이를 네 발아래에 두면! 그때 하란 말이다. 남자와 뭘 하든 감히 누가 말을 얹겠느냐. 심심풀이로 사람을 죽이는 금황에 비하면 네 그 감정이야 흠집도 나지 않을 고상한 취미겠지."

말을 마친 프리실라가 그대로 몸을 돌려 문으로 향했다. 무거운 분위기 속에서 카일의 날카로운 질문이 날아왔다.

"제가 황제가 되면 어머니는 무엇을 얻습니까."

프리실라는 카일에게 등을 보인 채로 대답했다.

"아무것도."

"……예?"

"음식에 독이 있을지도 모른다는 불안과 공포, 내일도 살고 싶다는 욕망 그 따위 것이 아닌, 그저 아무것도 없는 평안한 생활을 얻겠지."

살짝 고개를 돌린 프리실라의 얼굴이 지친 듯 고되 보였다. 아래로 내리깐 푸른 눈이 느리게 깜빡였다. 고작 사내 따위에 눈이 멀어 자유로운 일상을 꿈꾸는 아들이 한심하게만 보였다.

"자유? 이 황궁 담벼락 안에서 자유라니."

프리실라가 헛웃음을 터뜨리며 픽 하고 웃었다.

"황제의 명령 하나에 곧장 목을 내걸고 전쟁터로 가야 하는 그 어린 귀족이 계속 너를 지킬 수 있을 것 같으냐."

어린 나이에 입궁한 프리실라는 황제가 벨로이스트 공작가를 이용해 황권을 장악한 후 얼마 지나지 않아 그녀의 가문을 내다 버리듯 내치는 것을 보고서 결심했다. 제 아들을 황제로 만들어야겠다고.

그녀는 편안히 잠들었다가 아침에 무사히 눈을 뜨는 생을 원했다. 시녀가 다급하게 문을 열며 누가 죽었다더라고 말하지 않는. 그러기 위해선 일단 필사적으로 살아남아야 했다.

프리실라가 다시 정면을 바라보며 살짝 고개를 쳐들었다.

"너는 꿈속에 살고 있구나, 카일."

그녀는 말을 마친 후 곧장 문을 열고 나갔다. 카일은 그녀가 나간 후 둔중한 소리를 내며 닫히는 문을 보다가 천천히 입을 열었다.

"예, 조가 저의 꿈이니까요."

조가 얼마나 사력을 다해 저를 지키는지 알면, 그걸 한 번이라도 봤으면 저런 말도 안 하실 텐데.

그러나 프리실라의 입장이 이해가 가지 않는 것도 아니었다. 실은 조를 전쟁터에 보낸 지금 그 어느 때보다도 실감하고 있었다. 그녀의 말처럼 아무도 감히 뭐라고 할 수 없는 높은 지위가 필요한 건 사실이다.

조의 위에 아무도 없고, 그 누구도 다시는 조를 사지로 내몰 수 없을 정도의 높은 곳. 태양 아래 그런 자리는 단 하나뿐이었다. 조가 살아 있는 걸 알았으니 망설일 필요는 없었다.

며칠 지나지 않아 추밀원의 의장을 맡고 있던 궁내부 장관 크랜슈너트 후작이 죽었다. 장례식도 채 끝나기 전, 황제는 다음 궁내부 장관으로 휴스카만 후작을 지명했다. 그답지 않은 빠른 선택이었다. 아마도 제정신일 때 이사크 황자에게 힘을 실어 주기 위함이었으리라. 크랜슈너트 후작의 장례식에 참여했다가 돌아오는 길에 휴스카만 후작은 황제의 명을 받고 붉은 매 휘장을 가슴에 꽂았다.

더 이상 의심할 것도 없이 황태자를 이사크로 뽑겠다는 황제의 암묵적인 신호였다. 이사크가 황자로서의 자질이 부족한 것도 아니었지만, 이상하다 싶을 정도로 카일 황자를 내모는 것에 몇몇 귀족은 의구심을 표하기도 했다.

그러나 그뿐이었다. 귀족들 입장에서는 줄을 잘 서서 다음 황정까지 살아남는 게 중요했으니.

벌써 몇몇 귀족은 프리실라에게 아양을 떨던 것을 멈추고 이사크 황자에게 선물을 실어 나르고, 그의 보좌를 맡고 있는 델로아 알베니스와 그의 부친인 알베니스 백작에게 부쩍 알은체를 해 댔다.

카일 황자의 모, 1황비 프리실라 드 벨로이스트는 추밀원의 의장이 바뀌었다는 소식을 듣고 살짝 미간을 찌푸린 후 말없이 홀로 방으로 들어갔다.

지독한 분노와 무력감이 그녀를 찾아왔다. 악 소리 한 번 크게 낸 적 없던 프리실라 황비는 주먹을 꾹 쥐었다가 테이블을 쿵 소리 나게 내려쳤다. 순진하게 대답하던 제 아들 카일의 목소리가 귓가에 감돌았다.

'목숨을 걸고 날 지킨 것도 모자라 이번에도 전쟁터에서 다시 돌아왔잖습니까, 감사하게도.'

"하, 멍청한 놈."

프리실라로서는 조의 행보가 마음에 들지 않았다. 전쟁터에서 아무리 이름을 날리고, 수많은 승리를 가져와도 결국은 황제가 제 편할 때 휘두르는 검일 뿐이다. 아비가 그리 이용되다가 홀로 늙어 갔으니까.

황제에게 충성을 하는 것이 황궁으로 간 딸을 지키는 것이라 생각하던 제 아비 스노우는 일평생을 전쟁터에서 보냈다. 추밀원에 몇 번 발걸음하지도 못하고 이름만 귀족으로서 그리 박대 받다 천천히 구석으로 내몰렸지. 전쟁터에서 이름을 날리는 게 다 무슨 소용인가. 황제가 인정하지 않으면 그런 명예 따위 힘이 되지 못하고 사람들에게 빠르게 잊혀 갈 게 분명했다.

이대로 이사크 황자가 황제가 되면 제 아들인 카일이 제일 먼저 제거 대상이 될 텐데.

두 손에 얼굴을 파묻은 채 홀로 침음을 삼키던 프리실라는 번쩍 고개를 쳐들었다. 머릿속에 하나의 생각만이 단단하게 뿌리를 내렸다.

검은 황자를 없애야 해. 그리해야 모두가 산다.

"……밖에 누구 없느냐."

그녀가 소리 내어 말하기 무섭게 밖에서 대기 중이던 시녀가 문을 열고 들어왔다. 프리실라는 밀랍처럼 단단하게 굳어 버린 푸른 눈으로 시녀에게 무어라 속삭이며 명령했다.

평소의 프리실라였다면 조금 더 치밀했겠지만 그녀에게는 현재 그럴 여유가 없었다. 이사크의 정치 기반을 흔들 시간도, 명분조차 부족했다. 지금 그녀에게 남은 방법이라고는 검은 황자를 죽이는 것뿐이었다.

며칠 지나지 않아 마누칸족 때문에 골치를 썩던 북쪽 경계 지역뿐 아니라 온 제국이 조의 이름으로 들썩이기 시작했다. 로타이스 군대가 지나가는 마을마다 사람들의 환대가 잇따랐다. 군대 행렬이 말을 타고 거리를 가로지르면 사람들이 쏟아지듯 밖으로 나왔다. 조의 이름을 끝없이 연호하는 이들도 있었고, 개중에는 꽃을 뿌리며 환영하는 사람도 꽤 보였다. 길었던 로테나와의 전투를 끝내고 돌아왔을 때보다 더 열렬한 반응이었다.

"대장님, 밥 안 드세요?"

"……어, 먹고 있어라."

마누칸족 정벌의 명령을 받았으나 병력이 조의 개인 사병이라는 이유로 황제에게 총지휘권이나 장군 직함을 받지도 못했다. 정말 그냥 내쫓기듯 몰린 거라는 반증이었다. 그런 이유로 병사들은 얼음 산맥에서 싸우는 내내 조를 대장이라 불렀다. 전쟁 중이니 후작님이라 부르긴 거추장스러웠고, 예전처럼 사신이라 부르는 건 더더욱 안 될 말이었다.

이제는 어깨를 넘어가 날개뼈에서 간질이는 은빛 머리카락을 풀어 헤치며 조는 여관 2층으로 올라갔다.

"잘 거니까 내 방 들어오지 마. 뭔 일 생기면 알아서 처리하고."

남아 있는 사병들은 저들끼리 떠들었다.

"왜 대장은 항상 따로 자고, 따로 씻고."

로테나전에서부터 조를 봐 왔던 검은 용병 중 하나가 그의 머리를 후려쳤다.

"쪼다 새끼야. 저게 바로 귀족의 위엄이란 거다."

"그런 거치곤 전쟁터에선 얼음 파서 언 땅에 묻혀 있던 나무뿌리 잘만 캐 드시던데. 늑대도 잡아서 고깃국 끓여서 나눠 먹었잖아."

"……솔, 솔선수범하신 거지! 굶어 죽을 순 없으니까! 아무튼 대장님 덕에 무사히 돌아온 거니까 다들 감사한 줄 알아야 돼."

"아, 누가 모르냐. 그냥 궁금하단 거지. 난 물어볼 용기도 없어. 대장 칼에 내 피까지 묻히고 싶지 않아."

투덜대던 병사들이 음식을 와와 입으로 집어넣었다. 그들의 테이블 위로 새로운 고기가 올라왔다. 젊은 사장은 환한 미소로 그들에게 말을 걸었다.

"이건 서비스입니다. 우리 마을 지켜 주신 기사님들께 드리는 감사의 표시니까 맛있게 드셔 주십시오."

나이 든 병사가 입에 한껏 음식을 집어넣은 상태라 말 못하는 대신 손사래 치다가 입 안에 든 것을 꿀꺽 삼킨 뒤에야 대답했다.

"저희는 정식으로 기사 작위를 받지도 않았고, 그냥 대장님, 아니, 로타이스 후작님 밑에 있는 사병입니다."

"그게 무슨 상관입니까. ……필요도 없는 전쟁에 내몰렸는데도 이리 무사히 돌아오시고, 걱정거리도 해치워 주시고, 얼음도 녹아 가니 저희들은 그저 다 감사할 뿐입니다."

눈치를 보며 잘 구운 닭다리 하나를 뜯어 먹던 어린 병사가 고개를 갸웃 기울였다. 무사히 돌아온 거나, 마누칸족을 해치워 걱정거리를 덜어 준 것은 그렇다 치고, 얼음이 녹은 것은 왜 우리 덕이지. 부드러운 살을 씹으며 생각해 보니 아마도 우리네 대장이 여신의 사자라 그런 것 같았다.

"게다가…… 폐하께서 치하도 내리지 않으셔서 사비로 여관에 머무시잖아요. 이런 것이라도 더 드리고 싶습니다."

납득한 이후 병사들은 다시 옥수수밭을 지나가는 메뚜기 떼마냥 테이블 위의 음식을 모조리 쓸어버렸다.

젊은 사장이 흐뭇하게 그들을 보는 동안 그녀의 아들은 가진 것 중 가장 좋은 옷을 입고 조심스럽게 계단 층계를 올랐다. 전쟁터에서 연승을 거두고, 그 흉악하다는 마누칸족까지 토벌하고 돌아온 로타이스 후작의 식사를 직접 챙기고 싶었다. 그 김에 겸사겸사 싸인도 받고, 전쟁터의 이야기도 들어 보고, 여차하면 훈련을 열심히 받을 테니 따라가게 해 달라 빌어도 볼 생각이었다.

하지만 방 안은 텅 비어 있었다. 급하게 벗어 던진 듯 옷가지가 켜켜이 쌓인 것을 멀뚱히 바라보던 중, 안쪽에 딸린 작은 욕실에서 물을 끼얹는 쏴아아 소리가 들려왔다.

소년은 호기심이 동해 조심스럽게 욕실의 문을 열었다. 전쟁터의 사신이라 불리는 후작의 단단한 몸을 구경이라도 하고팠다. 고개를 삐죽 내밀고 안을 들여다봤지만 아무도 보이지 않았다.

"……잘못 들었나."

"누구냐."

"악!"

깜짝 놀라 주저앉은 소년은 눈을 감고 바들바들 떨었다.

잘못 생각했어. 들어오지 말걸. 어머니는 영웅이라고는 하지만 어쨌든 전쟁터의 사신인데 무슨 싸인이고, 나 같은 촌놈을 어떻게 받아 주겠어. 살, 살려 주세요.

겁을 집어먹고 떨던 소년은 아무런 소리도 들리지 않자 살짝 눈을 떴다. 눈앞에 보이는 건 붉은 천을 뒤집어쓴 한 인영이었다. 몸 선을 보아하니 여자였다.

하지만 아까 분명 후작님의 목소리가 들렸는데. ……아.

소년이 바닥에 머리를 박을 듯 조아리며 욕실 어딘가에 있을 후작을 향해 소리쳤다.

"죄송합니다! 후작님! 좋은 시간 방해해서 정말 죄송합니다!"

빠르게 방을 뛰쳐나간 소년은 이마에 흐르는 식은땀을 닦으며 거친 숨을 몰아쉬었다.

"……후작님 화끈하시네, 목욕부터 같이 하시는 건가. 하긴, 젊은 분이시니까."

이렇게 작은 마을에서 시작한 소년의 이야기는 점점 부풀어져 퍼져 나갔다. 그것도 아주 빠르게.

'로타이스 후작님이 어떤 여자랑 욕실에서 같이 목욕을 하시더라.'

'후작님이 어찌나 절륜한지 초저녁부터 해 뜰 때까지 아주 그냥 사람을 가만 내버려 두지를 않는다더라.'

'지나온 마을마다 후작님을 잊지 못하고 기다리는 이들이 그리 많단다.'

'하룻밤 같이 보냈다 하면 침대 밖으로 걸어 나오질 못한대. 아침이면 사람

실어 나를 수레 하나 필요하다더라.'

'그런데 매너는 또 어찌나 좋으신지 거친 용병들이랑은 차원이 다르단다.'

'이른 새벽에 젊은 여자 하나를 배웅하더란다, 정인이 있으신가 보지.'

'고향에 두고 온 애인이 죽었대. 그래서 그 여자랑 닮은 사람만 보면 눈물을 흘리신다더라.'

'어머머, 어쩜 좋누. 어쩐지, 전에 한 번 뵌 적 있는데 눈에 눈물이 글썽하시더라니까.'

'그게 형님 봐서 그런 거겠수? 옆에 젊은 처자가 있었겠지.'

'야, 애인이 꼭 젊다는 말은 없었잖아! 내가 남자를 아는데, 그런 곱상한 미남은 연상을 좋아해!'

'하, 참 내! 연상을 좋아해도 그게 형님은 아닐 거요! 말이 되는 소릴 해야 맞장구를 치지.'

굴지의 기동성을 자랑하는 로타이스 군대 기마병들이라고 해 봤자 발 없는 말이 퍼지는 속도에는 못 미쳤다.

어떤 소문이 퍼지고 있는지 전혀 알지 못한 채 잠을 줄여 빠르게 달린 조의 군대는 여러 마을을 거치며 수도와 매일 가까워졌다. 쏟아지듯 거리로 나온 사람들이 말을 타고 지나가는 그들을 환영했다.

졸음이 밀려오는 탓에 조는 남몰래 하품을 슬쩍 한 후 눈가에 맺힌 눈물을 슬쩍 닦았다.

"아이고, 어머, 어쩜 좋아."

갑자기 근처에서 안타까운 탄성이 들려와 조는 발간 눈으로 옆을 돌아봤다. 시선이 마주친 사람들이 발갛게 볼을 물들이다가 화들짝 놀라 눈을 돌렸다. 그러다가도 이내 안쓰러운 눈빛으로 저를 바라보는 것이 영 꺼림칙했다.

"……야. 요새 마을 지나갈 때 사람들이 나 보는 눈이 좀 이상해진 거 같지 않냐."

"다들 대장님을 선망의 대상으로 봐서 그런 거 아닐까요? 아니면 무서워서 그런가."

"아니, 뭔가 묘한데……."

무언가 저만 모르는 것이 있는 것 같았다.

이틀간 두 개의 산골짜기를 넘었지만 여전히 수도가 멀게만 느껴졌다. 국경을 넘어온 이후로 최소한의 잠과 식사를 취하며 달리고 있지만 이상하게 자꾸 처지는 기분이었다. 불안해진 조는 속도를 높여 걸으며 따라오는 병사에게 물었다.

"우리 국경 넘어온 지 얼마나 됐지?"

"이제 겨우 2주 지났습니다. 대장님 왜 이렇게 조급하세요. 전쟁에서 이기고 돌아왔는데 저희도 이 환영을 만끽하고 싶어요."

입술을 삐죽대며 너스레를 떨던 병사는 고삐를 한 번 흔들었다. 왼쪽 팔뚝으로 고삐를 한 번 감아 잘게 흔드는 모양새를 보니 이제는 손가락이 없는 것에 퍽 익숙해진 듯 보였다. 그는 얼음 산맥에서 동상을 입어 왼손의 손가락을 모두 잘라야만 했다. 꽁꽁 얼어서 끝부터 썩어 가는 손가락을 붙잡고서 살려 달라 훌쩍이던 모습이 아직도 눈에 선했다.

병사가 따라오는 다른 사람들을 향해 외쳤다.

"속도 내자! 후작님이 집에 빨리 가고 싶으시댄다!"

"아, 대장님 성질 진짜 급하시네!"

투덜대면서도 다들 속도를 올렸다.

그날 밤 여관에서 조는 불편한 마음으로 한참을 뒤척이다 밖으로 나왔다.

카일한테 인사도 못 하고 왔는데 화 많이 났겠지. 나한테 실망했으면 어떡하지. 그래도 내가 무사히 돌아왔으니까 기뻐해 주겠지. 헤어지자고 하는 거 아냐? ……아냐, 여신한테 맹세까지 했는데 무슨 수로 헤어져. 적어도 애 둘 낳을 때까지 절대 안 놔줘.

얼음 산맥에 있을 때보다 훨씬 훈기가 도는 날씨였다. 아래쪽 지역으로 많이 내려와서 그런 탓도 있었지만 정말로 봄이 오고 있는 듯 바람에 살갗이 찢어지는 느낌은 더 이상 들지 않았다.

그때 아직 잠들지 않았는지 주인 부부의 목소리가 들려왔다.

"아무리 황제 폐하의 탄신일 때문이라지만 수확량을 늘려서 올리라고 하시다니, 진짜 너무하시네요. 서민은 굶어 죽으라는 거야, 뭐야."

"매년 그런 것도 아니니 올해만 참읍시다. 이번엔 황태자 전하 책봉식도 겸한다고 하니까."

조가 귀를 의심하며 그들에게 다가갔다.

"방금 뭐라고 했지."

"누구, 아! 후작님! 어떻게 아직도 안 주무셨어요. 저, 저희는 황제 폐하에 대해 안 좋은 말을 한 게 아니고,"

"황태자를 뽑는다고?"

날카로운 말투에 당황하던 남자가 말을 이었다.

"예, 아마 이사크 황자님으로 결정하셨나 보더라고요. 제 조카가 수도에 있어서 아는데 수도 쪽에선 다들 이사크 황자님이 황제가 될 거라, 윽!"

눈치 없는 남자의 옆구리를 찌른 여자가 멋쩍게 웃었다.

"발표가 안 났으니 모를 일이긴 하죠, 카일 황자님을 응원하는 분들도 많으니까요. 아마 황제 폐하도 고민하실 거예요."

조의 황금색 눈동자가 빠르게 흔들렸다.

"아니야."

"예?"

혼잣말을 하는 것처럼 조가 빠르게 덧붙였다.

"그 미친 황제가 그럴 리 없어."

그대로 돌아선 조가 빠르게 마구간 쪽으로 달렸다. 곧장 말 한 마리를 빼 온 조는 순식간에 말 위에 올라탔다. 앞으로 달려 나가기 직전 조는 부부를 향해 외쳤다.

"급한 일이 있어 먼저 간다고 전해 줘요!"

여관 주인 부부는 멍하니 자리에 서 있다가 고개를 끄덕였다.

"방금 후작님이 폐하께 미친 황제라고 한 건가?"

"……잘못 들었겠죠. 저분도 귀족인데, 설마."

"그리고 방금 후작님이 존댓말을 하지 않았나?"

"……그것도 잘못 들었겠죠. 귀족이신 분이, 설마. 우리한테."

홀린 듯 서 있는 여관 부부를 뒤로하고 눈도 쉽게 뜨이지 않을 정도로 빠르게 달리며 조는 날짜를 계산했다. 책을 읽은 지 워낙 오래되어 가물가물했지만 기억이 틀리지 않았다면 황제의 탄신일은 원작 책 속에서 꽤 상징적인 날이었다.

이사크를 황태자로 지목한 직후 황제는 머리에 쓰고 있던 왕관을 내려놓았다. 사람들이 술렁이기 시작하자 그는 근엄한 목소리로 자신은 자리에서 물러날 것이며 뒤는 이사크 황태자가 곧바로 이을 것이라는 폭탄 발언을 뱉었다.

그 순간 갑자기 하늘이 검게 물들기 시작했다. 우연히 일어난 개기 일식이었다. 어쩌면 주인공인 이사크 황자를 너무 아낀 투르가 여신의 축하 이벤트였을 수도 있고. 원작에선 제정신이었던 황제는 검게 변했던 태양이 다시 모습을 드러내며 세상을 밝게 비추자 안심한 듯 편하게 미소 지었다. 긴 죄책감과 부담에서의 해방이었다. 황제는 이사크의 머리에 왕관을 씌우며 말했다.

'태양이 다시 태어났구나.'

검은 태양의 시대가 왔다며 사람들은 환호했고, 이사크는 그렇게 황제로 즉위했다.

하지만 이번엔 그렇게 둘 수 없었다. 원작 줄거리랑 많이 달라지긴 했지만 날짜까지 바뀌진 않았겠지.

이번은 달라야 했다. 다를 것이다.

황제는 미쳤고, 카일은 살아 있고, 그리고 내가 있으니까.

조는 몸을 더 앞으로 숙이며 말의 옆구리를 발로 살짝 차 재촉했다. 크로우가 더 빠르게 움직이며 앞으로 달려 나갔다. 순간 머릿속에 많은 잡념이 스쳤다.

내 선택이 이사크가 그간 쌓아 왔던 노력을 무너뜨리는 건 아닐까. 책을 통해서 봤던 그의 고생을 모르는 게 아닌데. 델로아는 어떻게 되는 거지. 내 우상이던 그녀를 내 손으로…….

여름날 밤, 녹안을 빛내며 마구간 울타리 너머에 서 있던 델로아의 얼굴이 떠올랐다. 함께 웃고 떠들던 정원에서의 시간도. 하지만 황제 앞에서 거짓된 증언을 하던 델로아의 차가운 눈빛도 동시에 머릿속에서 솟아났다. 델로아의 추진력과 승리를 향한 강한 욕망은 주인공이었기 때문에 포장된 것일 수도 있었다. 그렇다면 이미 원작과 달라진 현재의 그녀는.

조는 머리를 잘게 가로저은 후 고삐를 움켜쥐었다.

"내가 있는 지금이 원작이야, 다 상관없어."

이건 동화가 아니었다. 모두가 완벽하게 행복할 수 없다면 최선으로 행복해야 했고, 그 최우선의 기준에 있는 건 저 자신과 카일이어야 했다.

❖ ❖ ❖

조가 황궁에 도착한 것은 다행히 황제의 탄신일을 1주일 앞둔 날이었다. 미친 듯이 달려 도착한 황궁 입구에서 병사들은 아연실색하여 조의 귀환을 알렸다.

"로타이스 후작이 돌아왔습니다!"

"수선 떨지 말고 비켜."

당장이라도 카일에게 가고 싶었지만 전쟁을 끝내고 왔으니 황제에게 먼저 가야만 했다.

"……카일 황자 전하께 내가 왔다고 전해 드려 줘. 오늘은 카일 황자님의 궁에서 머물러야 할 테니."

고개를 주억거린 병사가 잽싸게 달려가는 걸 확인한 후 조는 황제를 만나기 위해 몸을 틀어 걸었다. 걸음마다 비장한 다짐이 뚝뚝 떨어지는 듯 보였다.

알현실에 도착했으나 황제의 부재로 인해 바로 만날 수 없었다. 대신 시종을 통해 알현을 요청했지만 몇 분 지나지 않아 시종이 홀로 돌아왔다.

"폐하께서 정무를 보느라 바빠 후작을 만날 수 없다고 전하셨습니다."

"폐하께서 맡기셨던 임무를 무사히 수행하고 돌아왔습니다. 말씀하신 대로 북방의 마누칸족을 싸그리 씨를 말리고 돌아왔다고 다시 전해 주십시오."

형형한 눈으로 시종을 바라보자 그가 몸을 흠칫 떨며 꾸벅 고개를 숙이고 다시 알현실을 빠져나갔다. 그러나 이번에도 시종은 혼자 돌아왔다. 그는 곤란한 빛으로 조와 눈을 마주치지도 못한 채 바닥을 보며 말했다.

"폐하께서는, 수고는 잘 알았으니…… 이만 돌아가라 하셨습니다."

아드득 이가 맞물리는 소리가 들렸다.

죽지 않고 돌아온 것은 반갑지도 않으니 얼굴도 보지 않겠다는 건가.

몇 달 동안 제대로 씻지도 못하고 눈만 뜨면 검을 쥐고 적을 베고 또 벴다. 전투가 한 번 끝난 뒤엔 검을 쥔 손이 아리다 못해 펴지질 않았다. 얼음 산맥에서 몸을 말고 정신을 잃듯 잠들던 매일 밤마다 수백 수천 번씩 고민했다. 차라리 돌아갈까. 숨어 있는 마누칸족을 모두 죽였다고 거짓으로 고해도 괜찮지 않을까. 그러나 나를 믿고 내게 등을 맡긴 저자들은 다 어떡하지.

조금만 더 있으면 북방을 정벌할 수 있다는 확신과는 별개로 살을 에는 추위와 목을 죄어 오는 무거운 책임감은 매일 끝없는 갈등을 불러왔다.

하지만 도망간 병사들을 잡아 왔을 때는 그런 약한 마음을 내비칠 수 없었다. 엄하게 다스리지 않으면 분명 또 탈영하는 자들이 생길 터였다. 지휘관에 대한 신임이 훼손된 군대가 어찌 무너져 가는지 알고 있었다. 조는 이를 악물고 그들에게 물었다.

'이기지 못할 것 같아서 도망친 건가.'

'그게 아니고, 대, 대장님. 너무 춥고, 배고프고 힘들어서……. 정말로 죽을 것 같았습니다!'

'그럼 도망가면 살 것 같았나?'

'……그건,'

'우리가 살아 돌아갈 수 있는 방법은 승리뿐이다.'

떨리는 손을 감추려 조는 더욱 강하게 검을 감아쥐었다. 두 눈을 똑바로 뜬 채 조는 제가 직접 훈련시켰던 병사의 목을 단번에 벴다. 붉고 뜨거운 피가 하얀 눈 위로 흩뿌려졌다.

조는 피 묻은 칼을 손에 쥐고서 남아 있는 자들을 향해 말했다.

'그 외의 것은 생각하지 마라.'

로타이스 후작이 군율에 엄하다는 얘기가 퍼진 후 자리를 이탈하는 병사들은 없어졌다. 대신 공포와 경외의 시선이 조를 향했다.

조는 매일 밤 홀로 몸을 옹송그려 안고 죄책감에 이를 악물었지만 그 또한 혼자 감내해야 할 감정이었다.

먹을 것이 없어 얼은 땅을 파헤쳐 나무뿌리를 캤고, 떠도는 짐승 몇 마리를 죽여 희멀건 고깃국을 끓여 먹었다. 그조차도 못 먹는 날이 많았다. 본국에서 원군은커녕 물자 지원조차 없었으니. 눈앞에서 죽음이 어른거리는 불확실한 매일이 계속 이어졌다.

전쟁을 모두 끝낸 뒤 피로 물든 설원 위에서 승리를 확인한 후에야 조는 함께 싸워 준 병사들에게 고맙고 수고 많았다는 말을 전했다. 몇 달간의 긴 싸움을 끝내고 돌아오는 길에는 긴장을 풀고 평소처럼 굴었지만, 악몽처럼 남아 버린 기억 때문에 밤이 편치 못했다.

내가 그 빌어먹을 얼음 골짜기에서 어떻게 살아남았는데.

오기가 생긴 조는 굳은 표정으로 알현실의 텅 빈 황좌를 노려보다 낮게 뇌까렸다.

"정무를 마치고 오실 때까지 기다리겠다고 전해 주십시오."

"하지만 황제 폐하께서,"

"기다리겠다고 전해 주십시오."

"……예."

얼마 지나지 않아 황제가 모습을 드러냈다. 바쁘다고 했던 건 역시 거짓이었는지 황제는 앞섶을 풀어 헤치고 비틀거리며 알현실로 들어왔다.

"로타이스 후. 용케도 살아 돌아왔군."

"명령하신 북부의 마누칸족 정벌을 마치고 '무사히' 돌아왔습니다."

아쉽다는 듯 입을 쩝쩝댄 황제가 층계 위의 자리까지 올라가지도 않고 중간에 늘어지듯 주저앉았다.

"흠, 어쩌지. 이를 어쩌지. 아, 검. 검을 가져오라."

옆에 있던 호위병이 제 검을 들어서 황제에게 건넸다. 단숨에 검집에서 검을 빼 든 황제가 휘청거리며 층계를 내려와 조를 향해 검을 겨눴다.

"그대가 이걸 피하면 반역인가?"

"……본능이겠지요."

"후작은 마구간에서 지낸 것치고는 말을 심히 잘하는군. 아는 것도 많고.

'그건' 여신이 가르쳐 주던가."

황제가 조의 멱살을 잡고 제 쪽으로 끌어당겼다. 코가 맞닿을 거리에서 황제의 붉은 눈이 적개심으로 타올랐다.

"여신께서 뭐라고 했나. 황좌를 더럽힌 나를 쳐 죽이라 했나, 아니면 찢어발기라고? 그것도 아니면 자네에게 모든 걸 밝히라고? 그래서 더러운 피를 지닌 자가 황위를 이었다고 백성들에게 돌을 맞아 치욕스럽게 죽게끔 하라고?"

"투르가 여신께서는 그저 흘러가는 대로 둘 뿐입니다."

조의 대답을 들은 황제의 미간이 일그러졌다. 그의 콧잔등이 바르르 떨렸다. 분을 참지 못한 황제는 멱살을 잡고 있던 조를 뒤로 밀며 힘껏 검을 휘둘렀다. 힘이 과도하게 실린 것치고는 정확하지 않았다. 조가 몸을 뒤로 틀어 피하자 황제가 격분하여 소리쳤다.

"왜! 왜 죽질 않느냐! 빌어먹을, 내 어미도 이 손으로 죽여 비밀을 지켰는데! 네놈은 왜!"

한참 괴성을 지르며 검을 마구 휘두르던 황제가 불현듯 뒤로 돌아 호위병을 바라봤다.

"……내 심정을 자네는 이해하겠나."

"무슨 말씀이신지 정확히 알 수는 없지만 저는 그저 폐하께 충성을,"

호위병의 대답이 채 끝나기 전, 황제는 그의 목을 베어 버렸다. 비명조차 지르지 못하고 쓰러진 호위병의 붉은 피가 분수처럼 쏟아졌다.

"틀렸다. 못 들은 척했어야지."

이제 알현실에는 황제와 조 둘뿐이었다. 조를 죽일 듯 노려보던 황제가 히죽 웃으면서 검을 내던졌다.

"네가 가장 지키고 싶은 것을 죽여야 너도 괴롭겠지."

"그게 무슨,"

"밖에 누구 없나!"

황제가 소리치자 밖에 있던 시종이 빠르게 알현실의 문 안으로 들어섰다.

"치워라. 비린내는 딱 질색이구나."

바닥에 늘어진 시체를 보고도 시종은 무감한 얼굴로 조용히 사람을 더 불러 시체를 치우기만 했다. 황제는 비틀거리며 피가 묻은 겉옷을 벗어 던졌다.

"그러고 보니 그대도 사람이 죽은 것에는 눈 하나 깜짝 안 하는군."

"방금 전쟁을 끝내고 돌아왔는데 아무렴요."

픽 웃은 황제가 조용히 뇌까렸다.

"건방지긴."

긴 망토를 질질 끌며 걸어 나가는 황제는 노래하듯 흥얼거렸다.

그가 사라진 후 조는 곧장 몸을 돌려 알현실에서 빠져나왔다. 머릿속에서 황제가 했던 말이 빙빙 돌았다.

'네가 가장 지키고 싶은 것을 죽여야 너도 괴롭겠지.'

카일의 궁으로 향하는 조의 발걸음이 점점 더 빨라졌다. 초조한 마음에 손톱을 잘근잘근 씹었지만 불안은 쉽게 가라앉지 않았다. 바닥을 보며 내딛는 발걸음 하나하나마다 늪으로 들어가는 듯 아득했다. 시야가 검게 물들어 갔다.

"조!"

익숙한 목소리에 조는 번뜩 고개를 쳐들었다. 카일이 저를 향해 달려오고 있었다. 몇 달 만에 보는데 그새 살이 빠졌는지 뻗어 오는 손끝이 마디마다 툭툭 불거진 것이 눈에 띄었다.

밥 챙겨 먹으라고 했잖아요. 보고 싶었어요. 편지 한 장 안 남기고 가서 미안해요. 나 많이 기다렸어요? 얼굴이 왜 그렇게 상했어요. 나 엄청 힘들었긴 한데 당신 생각하면서 열심히 견뎠어요.

여러 말들이 머릿속에서 순식간에 떠올랐지만 조는 아무 말도 하지 못했다.

감각도, 계절도, 다 무너지고 나를 잃어 가는 매 순간 내가 버틸 수 있었던 건, 당신이 내게 유일한 계절이라서. 당신만 있으면 나는 다 괜찮아지니까.

카일을 보는 순간 조는 저도 모르게 눈가에 눈물이 차올랐다. 스스로 어떻게 할 새도 없이 투명한 눈물이 아래로 주르륵 흘러내렸다.

조가 흘리는 눈물을 본 카일이 화들짝 놀라 다급하게 달려왔다. 커다란 손이 조의 어깨를 붙잡았다.

"왜 그래. 무슨 일이야. 왜 우는 거야. 조."

"모르겠어요. 나도 모르게……. 나 왜 이러지. 나 진짜 그동안 안 울고 잘 참 있는데."

혹여 다른 사람이 볼세라 조는 얼른 소매로 눈물을 닦았다. 그를 걱정스레 내려다보던 카일은 눈물 자국이 남은 조의 볼을 감싸 쥐었다.

"늦게 와서 미안해요, 카일."

"……만나면 화내려고 했더니. 그러지도 못하겠네."

"……화 많이 났어요?"

고개를 올려 묻는 조의 눈을 지그시 바라보던 카일은 그저 빙긋 웃으며 그녀를 품에 안았다.

"고마워."

"뭐가요."

"그냥 다."

누가 보면 어쩌나 하는 걱정 따위는 그에게 중요한 게 아닌 것 같았다. 주변 눈치를 살피며 눈을 굴리는 조의 머리를 느리게 쓰다듬으며 카일은 낮게 속삭였다.

"돌아와 줘서 고마워. 내가 닦아 줄 수 있게 내 앞에서 울어 주는 것마저 감사해."

조는 겨우 닦아 낸 눈물이 다시 터지려 하는 걸 꾹 눌러 참았다. 그런 조를 눈치챈 건지 카일은 그녀의 어깨를 다독였다.

"왜 이렇게 말랐어. 뼈밖에 안 남았네."

"……그거 근육인데요."

"살은 어디 가고 근육이랑 뼈밖에 안 남았네."

"보급품도 다 얼어서……. 그러는 카일은 왜 이렇게 말랐어요. 근 손실 왔잖아. 이 몸 다 내 건데."

작은 목소리로 웅얼거리는 조를 품에 안은 카일이 작게 픽 웃었다.

"내 방으로 가자. 뭘 좀 먹여야겠어. 찬 바람을 많이 맞아서 그런지 얼굴도 다 텄잖아. 이게 뭐야."

"……그래서 내 얼굴 별로예요?"

어떤 상황에서도 생기를 잃은 적 없던 조의 빛나는 눈동자가 카일의 눈에 가득 차고, 그의 입꼬리가 부드럽게 호선을 그리며 올라갔다.

"그럴 리가."

카일에게 손이 잡힌 채 궁으로 돌아가며, 조는 속으로 작게 한숨을 내쉬었다.

"카일. 할 말이 있어요."

"응. 나도 사랑해."

앞서 걷던 카일이 그녀의 귓가에 속삭이자 조가 당황해 파드득대며 그에게서 떨어졌다.

"지, 지금 무슨 소리를 하는 거예요."

"난 그 얘기가 너무 하고 싶어 죽을 것 같았어."

"그게 아니라⋯⋯! 그것보다 중요한 게 남아 있잖아요!"

"그래, 일단 너 좀 쉬고. 몇 시간이라도 쉬고 얘기해. 그다음에 해도 늦지 않아."

카일은 궁에 들어서자마자 시종 펠에게 뜨거운 물수건과 속에 부담이 가지 않는 따뜻한 식사를 가져오라 명령했다.

오랜만에 조를 본 펠의 표정이 한껏 밝아졌다.

"후작님, 돌아오셨다는 소식은 들었는데 예상보다 훨씬 빠르게 도착하셨네요! 정말! 정말! 제가 얼마나 걱정했는지."

"펠."

카일이 음산하게 말을 끊자 그가 흠칫 놀라며 뒤로 물러났다. 그러면서도 환한 얼굴을 숨기지는 않았다.

"돌아오셔서 기쁩니다, 후작님."

"저도 다시 뵈니 좋아요, 펠."

카일의 눈치를 보다 빠르게 돌아가는 펠을 보며 조는 카일의 팔을 살짝 잡았다 놓으며 면박을 줬다.

"펠한테 왜 그래요, 반가워서 그러는 건데."

"아까워. 시간 남으면 내게 써."

불퉁한 얼굴로 대답한 카일은 얼른 방 안으로 조를 들여보냈다. 방으로 들어서자마자 소파에 털썩 앉은 조는 피곤한 듯 긴 한숨을 내쉬었다. 푸른색의 긴 소파는 새로 산 것인지 부드러웠다. 지쳐서 늘어진 조의 뒤에서 카일은 그녀의 두꺼운 털 조끼와 안의 무거운 갑옷을 직접 벗겨 냈다. 셔츠 한 장만 남게 되자 가벼워진 무게로 한결 가뿐해진 조는 뻑뻑한 눈을 꼭 감았다 뜬 후 카일에게 말했다.

"황제가 위험해요."

"그는 항상 위험했지."

"그런 게 아니라 정말로요, 나한테 협박했어요. 내가 가장 지키고 싶은 것을 죽인다고 했단 말이에요."

조는 앉은 채로 뒤돌아 카일의 두 손목을 잡았다. 그녀의 호박색 두 눈이 불안하게 마구 흔들렸다.

"나 당신 잃기 싫어요. 정말 죽기보다 싫어요. 차라리 죽었으면 내가 죽었지."

"그건 나도 마찬가지야. 그런 말 하지 마. 네가 죽는 걸 보는 건 한 번으로 족하니까."

조가 죽는 걸 무력하게 지켜봐야만 하는 것도, 그녀의 생사를 몰라 하루하루 말라 가는 기분으로 살아가는 것도 넌더리가 났다.

"두 번 다신 너랑 떨어지는 일 없어. 내가 그렇게 안 해."

"그럼 좋겠지만……."

"일단 네 몸부터 추스르고 다시 얘기하자. 프랑코에서 여기까지 5일 만에 온 게 말이 안 되잖아. 잠은, 말 위에서 자면서 달렸어?"

"어떻게 알았어요?"

농담으로 건넨 말이었는데 진짜였는지 조의 두 눈이 휘둥그레 커졌다. 잠깐 말을 잃은 카일은 지친 조를 일으켜 방 안에 딸린 욕실로 데려갔다.

"내가 씻겨 줄게."

조의 얼굴이 삽시간에 붉게 변했다.

"미, 미, 미쳤나 봐! 아니, 내가 무슨 애도 개도 아니고, 무슨, 씻기긴 뭘 씻겨요!"

"잠도 못 자고 오느라 너 피곤하잖아. 내가 씻겨 줄게."

"피곤해도 못 씻을 정도는 아니거든요!"

"괜찮아. 너 전에 기절하듯 쓰러져 잠들었을 때는 내가 닦았어."

"나가요!"

카일의 뒷덜미를 잡아채 욕실 밖으로 밀어 버린 후, 조는 문을 잠갔다. 처음엔 좋아한다는 말만 해도 온 얼굴을 붉게 물들이더니 갈수록 부끄러움이란 걸 모르는 것처럼 뻔뻔하게 행동한다.

카일은 문을 두드리며 애처롭게 조의 이름을 불렀다.

"조, 너무 보고 싶었단 말이야. 내가 얼마나 걱정했는데. 떨어져 있기 싫어. 문 열어 줘, 응? 네가 싫다고 하면 씻기진 않을게. 얼굴만, 응? 아니면 손잡고 있을래."

"그, 금방 나갈게요! 아니, 왜, 왜 이렇게 보채요!"

당황해 말을 버벅거린 조는 혹여 카일이 문을 부수고 들어올까 싶어 옆에 있던 서랍장을 끌어와 문을 막았다.

"조? 문 막았어? 왜 그랬어. 힘 빠져서 못 나오면 어떡해. 그거 밀다가 쓰러지면 어떡해."

옷을 벗어 던진 조는 진심으로 이해가 안 간다는 표정으로 잠가 놓은 문을 바라봤다.

내 귀여운 카일이 못 본 몇 달 사이에 나를 까먹은 건가. 전쟁터에서 사람 몸만 한 길이의 창을 들고 하루 종일 싸웠는데. 이제 내 몸에 남은 건 상처와 흉터, 근육뿐인데. 저 서랍장을 밀다가 쓰러질 거라는 깜찍한 발상은 대체 어디서 나오는 거야.

"카일. 조용히 기다리면 얼른 씻고 나갈게요."

"……너무해. 알았어. 빨리 나와야 돼."

문 너머의 조에게 시무룩한 목소리로 답한 카일은 이내 조용히 생각에 빠졌다.

황제가 이사크를 황태자로 뽑을 예정이라는 건 이미 알고 있다. 사랑스러운 제 연인은 이사크를 형이라 부르며 아끼니 그를 죽이면 날 원망하겠지. 그렇다고 조가 황제의 검처럼 마구 부려지는 이 꼴을 마냥 두고 볼 수도 없었다. ……
그럼 이사크가 황제가 되기 전에 현 황위를 찬탈하는 수밖에 없지.

카일은 조용히 복도 쪽의 문을 열어 벤지를 불렀다.

"……날씨는 어떤가."

"함박눈이 쌓였습니다."

고개를 짧게 끄덕인 후 카일은 문을 닫았다. 꽤 날이 풀린 바깥 날씨는 눈은
커녕 오히려 화창했다. 카일은 얼었다 풀린 나뭇가지 위의 작은 꽃송이를 보며
느리게 미소 지었다.

"참 이상하지. 내내 추운 겨울이었는데 네가 살아 있는 걸 알자마자 날이 풀
리다니. 네가 나한테만 봄인 게 아닌가 봐. 위대한 여신 투르가가 네 곁에 머물
고 있구나, 조."

조가 들었으면 그 언니 성질 몰라서 하는 소리라며 기함할 말을 혼자 조용히
읊조린 카일은 얌전히 침대에 앉아 조를 기다렸다.

## 22. 함정

몇 번이나 하품을 하며 조는 따듯한 물에 빠르게 씻고 서랍장을 밀어 제자리에 둔 후 굳게 잠갔던 문을 열었다. 언제 온 건지 음식들이 왜건에 넘치도록 진열돼 있었다.

"……근데 왜 멀쩡한 테이블에 안 올려 두고 왜건에 그대로 올라가 있어요? 그것도 침대 옆에?"

조의 질문에 대답은 않고 카일은 배시시 웃으며 조의 손을 잡고 침대로 끌었다.

"음식 식을 텐데."

"지금 먹을 거야, 괜찮아."

침대 등받이에 베개를 켜켜이 쌓아 폭신하게 만들어 놓은 카일은 거기에 조를 기대게 한 후 맞은편에 앉았다.

"여기서 불편하게 어떻게 먹, ……왜 수저가 하나야."

"내가 먹여 줄 거야."

"굳이?"

"굳이."

수프부터 조심스럽게 뜬 카일은 후후 불어 식힌 후 스푼을 조의 입 앞까지 갖다 댔다.

"자, 아."

"진짜요?"

"빨리. 아."

민망함에 조의 얼굴이 빨개졌지만 카일은 아랑곳 않고 스푼을 들고 기다렸다.

"팔 아파."

"내가 먹을게요."

"욕실 문 잠갔으니까 이건 내 맘대로 할래."

"그게 무슨 억지예요."

몇 번이나 실랑이했지만 결국 카일에게서 수저를 뺏어 올 순 없었다. 조는 뜨거워지는 낯을 꾹 참고 카일이 먹여 주는 대로 식사를 마쳤다. 터질 것처럼 빨간 얼굴을 감싼 카일이 조의 입술 위로 짧게 입을 맞췄다.

"잘 먹네, 너무 예뻐."

"그, 그만. 오늘 그만해요. 너무 오랜만에 봐서 그런가, 적응이 안 돼요. 심장이 터질 것 같아요."

"난 아직 시작도 안 했어."

"……뭘 얼마나 더 하려고요."

식사하느라 식었다며 다시 뜨거운 수건을 가져오게 시킨 카일은 조의 발을 수건으로 감쌌다.

"뭐 해요!"

"발이 엉망이네. 새끼발가락 발톱은 어디 갔어. 도망갔어?"

"……매일 뛰다 보니까 그렇게 됐어요."

아무런 대답 없이 카일은 살짝 굳은 표정으로 조의 발을 꼼꼼히 닦고는 조금씩 주물렀다.

"……다신 그런 곳에 보내지 않을 거야."

한참 조의 발을 주무르던 카일은 천천히 고개를 들었다. 싫다고 발버둥 칠 때 언제고 어느새 조는 편하게 잠들어 있었다. 천천히 그녀의 옆자리에 가 누운 카일은 혹여 깰까 싶어 조심하며 조를 제 쪽으로 당겨 안았다.

다음 날 아침까지 깨지도 않고 제 품에서 깊이 잠든 조를 보며 카일은 은은하게 미소 지었다. 베개에 찌그러진 볼도, 추위에 살짝 터서 찢어진 입술도, 자르지 못해 어깨를 넘어간 은색으로 빛나는 머리카락도 모두 사랑스러웠다. 게다가 감고 있는 두 눈을 떠서 올곧이 바라볼 때면, 정말. 세상 그 무엇도 필요 없다는 듯 눈을 빛내며 자신을 보는 조를 마주하고 있으면 카일은 가슴이 저절로 벅차올랐다. 심장 어딘가가 간지러운 한편 온몸이 뜨겁게 달아올라 머리가 터질 것 같기도 했다.

전쟁터에서 자잘한 상처를 많이 얻었는지 이마를 가린 앞머리를 걷어 내자 동그란 이마에 작은 흉터가 보였다. 귓바퀴는 전에 로테나전에서 찢어졌다가 다시 붙은 자국이 그대로 남아 있었다.

카일이 그녀의 작은 귓바퀴를 살짝 입에 물자 자고 있던 조의 입에서 '으응…….' 하는 신음이 흘러나왔다.

"미안, 더 자도 돼."

조의 등을 쓸어내리던 그때 누군가가 다급하게 방문을 두드렸다. 혹여 조가 깰까 자리에서 조심스럽게 일어난 카일이 문을 열고 음산하게 말했다.

"내 분명 아무도,"

"전하! 로타이스 후작에게 할 말이 있습니다."

"중요한 일이 아니라면 물러가."

"……조의 군대가 수도로 오던 중 피습당했습니다."

카일의 미간이 찌푸려지기 무섭게 그의 등 뒤에서 벌떡 일어나는 소리가 들렸다. 돌아보니 잠에서 깬 조가 황급히 외투를 챙겨 입은 후 문가로 달려왔다. 카일의 몸에 가릴 만큼 살짝 열려 있던 문을 벌컥 열어젖힌 후 조는 굳은 얼굴로 벤지에게 물었다.

"그게 무슨 소리예요. 내 군대가 뭐 어쨌다고요?"

복도에서 할 얘기는 아니라 카일은 벤지를 방 안으로 들였다. 커다란 문이 닫히고 난 후에야 벤지는 조에게 대답했다.

"들은 그대로야. 네 군대가 수도를 향해 오다가 누군지도 모를 도적 떼들에게 습격을 받았어."

"도적 떼가 바보도 아니고, 무장한 군대를 건드렸다니 그게 말이 돼요?"

"일반 도적 떼는 아니겠지."

아랫입술을 깨문 조가 빠르게 벤지에게 물었다.

"다친 사람은."

"나도 자세히는 못 들어서 일단 직접 봐야 할 것 같아. 방금 막 황궁 입구를 통과했다고 하니 곧 전하의 궁으로 올 거야."

이를 악문 채 고개를 끄덕인 조는 벤지와 카일을 내보낸 후 옷을 제대로 챙겨 입곤 밖으로 향했다. 카일의 궁 앞에 있는 로타이스 문장을 달고 있는 조의 용병들 수는 조촐하기 짝이 없었다.

"이게 대체 무슨……."

분노한 조의 눈동자가 빠르게 떨렸다.

얼음 산맥에서 마누칸족을 상대했을 때도 이렇게 많은 사람을 잃진 않았는데. 주먹을 움켜쥔 채 이를 악물고 계단을 내려오는 조를 발견한 용병 몇이 환하게 웃었다.

"대장!"

"대장님! 왜 먼저 갔어요!"

"쫓아오느라 식겁했잖아요!"

백 명 남짓한 용병들은 몸에 피 칠갑을 하고서도 해맑았다.

"지금 웃음이 나와!"

굳은 얼굴로 일갈한 조를 보며 눈치를 보던 용병 중 하나가 겨우 입을 열었다.

"대장, 오해하지 마세요. 저희 다 무사해요. 설마 저희가 그런 애들한테 죽겠습니까. 군대 전부가 황궁에 들어오진 못한다고 해서 밖 여관에서 다들 쉬고 있어요."

"그럼 그 온몸의 피는 뭐야."

"저희 피 아니에요."

손사래를 치며 결백을 표하는 용병을 보던 조가 그제야 숨을 몰아쉬며 마른 세수를 했다.

"다 죽였어? 한 놈은 살려서 붙잡았어야지. 어느 소속인지 알아냈어?"

"그럴 작정으로 싸웠긴 한데,"

"한데?"

"죽이는 게 습관이 돼서 깜빡하고 다 죽여 버렸어요."

"이런 썅."

앞머리를 거칠게 쓸어 올린 조가 한숨을 퍽 내쉬자 용병 중 하나가 옆에 있던 놈을 팔꿈치로 찌르며 나무랐다.

"내가 그때 한 놈 살리랬잖아."

"네가 언제. 지도 칼 마구잡이로 휘둘러 놓고서."

"놀라서 그래, 깜짝 놀라서."

"놀라서 사람을 열댓을 죽이냐?"

"밀리온이 하나 잡았던 거 같은데. 내가 언뜻 봤어."

"그거 에쉬튼이 바로 목 찔러 죽였을걸."

"다들 왜 이렇게 손이 빨라. 너희들도 아무도 못 건졌지?"

앞에 있던 놈이 뒤를 돌아보며 물었지만 용병들은 하나같이 어깨를 으쓱 올 렸다 내리며 모른 척으로 일관했다. 뒤에서 픔, 소리가 들려 뒤를 돌아보니 카 일이 입을 틀어막고 있었다.

"웃어요?"

"……아니. 네 군대답다 싶어서."

그때 뒤에 서 있던 어린 용병이 손을 들어 조를 불렀다.

"대장! 근데 나 시체에서 이거 찾았는데!"

그가 손을 번쩍 들어 조에게 무언가를 휙 던졌다. 저를 향해 날아오는 것을 잡은 조는 손안에 든 걸 펼쳤다.

휘장이었다. 붉은 매가 그려진.

황제 이 개새끼. 내가 가르친 용병들을 죽일 작정이었구나. 이것 자체가 증거이자 도발이었다. 뻔히 이걸 들고 피습을 했다는 건 한번 해보자는 거지.

조는 휘장이 박힌 검은 천을 피가 날 정도로 움켜쥐었다가 빠르게 몸을 돌렸다.

"조, 어디 가!"

"카일, ……전하는 들어가 계세요."

보는 눈이 많아 평소처럼 말하지 못하고 조는 이를 악물고 다시 앞으로 걸었다. 카일이 그의 손목을 잡고 뒤로 돌려 세웠다.

"가지 마."

"이 꼴을 보고도 참으라고요? 뻔히 내 사람들을 죽이려 한 걸."

"그러니까. 너무 당당하게 죽이려고 했잖아. 지금 가면 너한테 무슨 짓을 할 줄 알고."

조를 붙잡은 카일의 두 눈에 두려움이 서렸다. 잃은 줄 알았다가 겨우 돌아온 사람을 이렇게 또 보낼 순 없었다.

"너 못 보내."

"난 이대로는 못 참아요."

"욱해서 뛰쳐나간다고 해결될 일이 아니야. 가서 뭐라고 할 건데. 황제의 휘장을 달고 있는 도적 떼가 내 군대를 공격했으니 나도 당신 목을 베겠습니다, 할 거야?"

카일의 말이 틀린 건 아니었다. 황제에게 이 일에 대해 따져 묻는다고 해서 그가 논리적인 대화가 되는 상대도 아니었다. 가만히 카일을 보던 조는 담담히 그에게 잡혀 있던 손을 빼냈다.

"알았어요. 안 갈게요."

말은 그렇게 했지만 분노는 쉽게 가라앉지 않았다. 조는 용병 하나를 불러 물었다.

"여관 한 군데에서 쉬고 있어?"

"아뇨. 저희 수가 몇 백인데요. 당연히 그렇게는 못 쉬죠. 근방에 다 퍼져서 숙소 잡았어요."

"……가서 다들 각별히 조심하라고 전해. 내가 명령할 때까지는 경거망동하지 말고."

"경거망동이 뭔데요."

"까불지 말란 소리야."

"아유, 대장. 저흰 대장 명령 절대 안 어기죠. 알겠슴다!"

너스레를 떨던 용병이 자리에서 일어났다.

"아니다, 됐어. 내가 황궁 밖으로 나가서 직접 봐야겠어. 도레스는 어디 있는 거야?"

"도레스요? 저희랑 같이 왔는데. ……어라, 얘 어디 갔지."

조를 보필하겠다며 기어코 전쟁터까지 쫓아온 도레스는 용케도 끝까지 살아남았었다. 그런 놈이 갑자기 사라졌을 리가 없는데. 용병이 주변을 두리번거리며 찾기 시작했다. 인상을 굳힌 조 역시 주변을 둘러보며 도레스를 찾았다.

얘가 지금 이 시국에 황궁 구경이라도 갔나.

주변을 살피니 저 멀리 수풀 사이에서 도레스의 작은 머리가 보인 듯도 했다. 조는 망설임 없이 그곳을 향해 걸어갔다. 카일이 뒤에서 조를 부르기도 했지만 왜인지 돌아봐지지 않았다.

수풀 사이에 서 있던 도레스는 조를 보자 환하게 웃었다. 묘하게 이질감이 느껴지는 얼굴이었다. 가만히 도레스를 내려다보던 조가 꾸벅 인사한 뒤 달갑지 않은 목소리로 말을 걸었다.

"……투르가 님. 이제 우리 다시 안 보기로 하지 않았나요."

"그래, 그랬지. 근데 네가 균형을 자꾸 깨니까."

"애초에 균형이랄 게 있나요. 투르가 당신이 생각한 대로 흘러가지 않으면 그게 깨진 거예요?"

신경질적으로 묻는 조의 목소리에 도레스에게 빙의한 투르가의 입꼬리가 비스듬히 올라갔다.

"그런 뜻이 아니란다. 정말로 균형이 틀어져서 한 말이야. ……스노우에게 가 보는 게 좋을 거야. 그 말을 전하기 위해 왔단다."

"스노우요? 거길 왜……!"

원래는 진한 갈색이던 도레스의 눈이 순간 붉게 빛나다가 다시 진한 갈색으로 돌아갔다.

"어라? 후작님. 왜 그렇게 죽일 거 같은 눈으로 절 보세요? 제가 그러니까 너무 급하게 가지 말라고, 악!"

종알대는 도레스의 머리를 밀친 후 조는 빠르게 수풀을 빠져나왔다.

"말! 내 말을 가져와!"

다급하게 외치며 달려가는 조의 얼굴을 본 카일이 황급히 그녀의 앞을 가로막았다.

"왜 그래, 무슨 일이야."

"벨로이스트 공작가로 가야 돼요! ……못 들었어? 말 가져오라고!"

카일에게 대답한 후 시종에게 소리친 조는 눈 깜짝할 새 옆에 있는 나무를 타고 올라가 카일의 방으로 들어갔다. 원숭이 같은 그녀의 재빠른 몸놀림에 다들 할 말을 잃은 채 바라봤다. 이윽고 다시 창가에서 모습을 드러낸 조는 곧장 나무 쪽으로 뛰어내린 후 몇 번의 발돋움으로 다시 땅을 디뎠다.

"조, 정신 차려. 왜 그래. 어?"

하얗게 질린 얼굴로 옆구리에 검을 차는 조를 돌려 세운 카일이 양쪽 어깨를 부여잡고 다그쳤다.

"뭐 때문인지 설명을 해 봐!"

"여기서 기다려요. 카일. 내가 금방 가서 무슨 일인지 보고 올,"

"제발 좀! 말 한마디가 그렇게 어려워! 아니면, 내가 그렇게 못 미더워? 언제나 네가 돌아오기만 기다리면서 속이 타들어 가는 내 입장은 생각 안 해?"

"상황이 급하니까 그런 거잖아요!"

"그러니까 설명이라도 해 달란 거잖아! 만약 또 너한테 무슨 일이 생기면 어떡하라고! 또 가만히 손 놓고 있다가 널 잃으란 말이야?"

묘한 분위기에 용병들과 근처에 있던 벤지까지 입을 다물고 그들을 지켜봤다. 황자와 그를 모시는 귀족이 나누기엔 영 거시기한 내용의 대화였다. 가만히 카일을 올려다보던 조가 이내 입을 열었다.

"……스노우한테 무슨 일이 생긴 것 같아요. 자세한 건 나도 몰라요. 그러니까 가 보려는 거예요."

"그럼 나도 같이 가."

상황이 상황이니만큼 카일은 더 붙잡지 않고 용병이 타고 왔던 흑마 위에 올라탔다. 조 역시 크로우를 타고 힘차게 앞으로 달려 나갔다. 한 마디 말도 없이 득달같이 달려 도착한 벨로이스트 공작저는 시커먼 연기 속에서 붉게 타오르고 있었다.

"스노우!"

말에서 뛰어내린 조가 곧장 앞으로 튀어 나가려 하자 카일이 그를 막았다.

"위험해!"

"놔요! 이거 놓으라고요!"

"정문으로 가면 죽는다고! 정신 차려!"

뜨거운 열기에 말들이 날뛰며 뒤로 물러났다. 높이 치솟은 불꽃에 눈이 부실 정도였다. 카일은 물동이를 들고 바쁘게 뛰는 시녀를 붙잡았다.

"스노우 공작은! 어디 있나!"

"안에, 흑, 안에 계시는 거 같은데! 불 때문에 들어갈 수가 없어서……!"

휘날리는 재 때문인지 눈도 제대로 뜨지 못하고 시녀가 콜록거리며 대답했다. 카일은 그녀의 대답을 들은 후 빠르게 발길을 돌렸다.

"조, 일단 저택의 뒤로 돌아가서, ……조?"

그때, 방금까지 옆에 있었던 조가 보이지 않았다. 시녀에게 말을 거는 그 틈에 사라진 것 같았다.

"젠장!"


그 무렵, 지나가는 시종에게서 물동이를 빼앗아 몸에 끼얹은 조는 무너지는 담벼락을 디디고 뛰어올라 건물 외벽을 타고 2층으로 들어간 후였다.

"영감! 콜록! 씨발, 진짜 돌아 버리겠네."

도저히 눈을 뜰 수가 없었다. 똑바로 눈을 뜨면 따가운 연기에 눈이 시렸고, 환하게 타오르는 연기에 눈알이 타 버릴 것 같았다. 젖은 옷소매를 찢어 코와 입을 가린 후 조는 빠르게 복도를 뛰었다. 스노우의 이름을 아무리 불러도 그는 나타나지 않았다.

"할아버지!"

스노우가 지내던 방 문을 발로 차 열자 안에서 검은 인영이 움직였다.

"스노우!"

실눈을 뜨고 가까이 다가갔지만 그는 스노우가 아니었다. 시커먼 복면으로 얼굴을 가린 놈이 손에 들고 있던 텅 빈 기름병을 옆의 벽을 향해 던져 깨트렸다. 쨍그랑 소리와 함께 붉은 화염이 솟았다. 남자는 조를 노려보며 긴 검을 빼 들고 다가왔다. 저놈이 불을 지른 게 분명했다. 게다가 스노우의 방까지 들어와 있는 걸 보면 화재를 낸 직후 스노우를 죽일 작정이었을 것이다.

조는 말없이 오른손으로 검을 뽑았다. 불의 열기가 손잡이까지 옮겨 갔는지 손바닥에 뜨거운 열감이 느껴졌다. 서로 누구냐는 질문도 없이 의문의 사내와 조는 불타는 방에서 서로를 향해 달려들었다. 놈의 검이 큰 궤도를 그리며 조의 목을 향해 빠른 속도로 다가왔다. 다리를 굽히며 피한 조는 검을 아래에서 위로 쳐올렸다. 불탄 바닥을 긁는 소리에 남자의 한쪽 눈이 비웃듯 일그러졌다. 조가 누군지 알지 못하기에 검조차 제대로 다루지 못하는 어린 병사로 파악한 것 같았다. 그때 남자의 오른쪽 관자놀이로 작은 불똥이 튀었다.

"아악!"

뜨거운 불씨에 남자가 눈을 질끈 감은 순간, 조는 단번에 그의 목을 벴다. 사내의 머리가 바닥을 구르자 조는 그의 머리채를 잡고 창밖으로 내던졌다.

불이 꺼진 이후에 그의 얼굴을 아는 놈을 찾아내 배후를 정확히 밝혀내야 했다.

방은 처음 들어왔을 때보다 더 뜨겁게 불타고 있었다. 한쪽 벽이 무너져 내리며 굉음을 울렸다. 거대한 불길이 조를 덮칠 듯 크게 넘실거렸다. 몸을 웅크린 채 방 밖으로 뛰쳐나갔지만 아직도 스노우를 찾지 못한 건 여전했다.

스노우는 이미 나갔을까. 그 영감이 자리보전하고 있는 늙은이도 아니고 벌써 도망쳤겠지. 만약 쓰러졌다 해도 누군가 도왔을 거야.

하지만 그게 아니라면.

복잡한 생각이 마구 넘쳐흘러 머릿속이 시끄러웠다. 어찌 됐든 스노우는 화재 사고로 죽을 위인은 아니었다. 뭔가에 얽매여 있지만 않으면.

문득 타샤의 초상화가 있던 방이 떠올랐다. 조는 빠르게 3층 맨 끝 방으로 뛰어 올라갔다. 연기가 한층 더 독해져 한 치 앞도 가늠하기조차 어려웠다.

"스노우!"

입 밖으로 소리 내어 그의 이름을 부르는 순간 검은 연기가 곧장 목구멍으로 파고들었다. 정신이 혼미해지려는 찰나 마치 대답처럼 검이 부딪히는 소리가 들렸다.

'한 놈이 아니었던 건가.'

조는 빠르게 끝 방으로 향해 문을 박차며 열어젖혔다. 타샤의 초상화를 등진 채 두 명의 장정과 검을 맞대고 있는 스노우가 눈에 들어왔다. 순식간에 조가 검을 내던졌다. 윽, 소리와 함께 등에 검이 꽂힌 한 놈이 그대로 바닥으로 쓰러졌다.

한 놈이 옆으로 쿵 소리를 내며 쓰러지자마자 스노우가 다른 녀석을 발로 차며 뒤로 밀었다. 그러곤 검으로 그의 가슴을 베려는 순간 넘어져 있던 사내가 스노우를 향해 단도를 집어 던졌다. 침입자의 가슴팍을 깊게 베기도 전, 스노우의 배에 단도가 꽂혔다.

"크윽!"

스노우가 배를 움켜쥐고서 한쪽 다리를 꺾으며 휘청거렸다.

"스노우!"

스노우를 향해 달려간 조가 쓰러진 놈을 발로 차 기절시키자 옆에 있던 사내가 괴성을 지르며 검을 높이 쳐들었다.

"으라아앗!"

앞이 흐렸다. 연기와 불 때문에 제대로 보이지도 않고, 목구멍 안은 불이 붙은 것마냥 화끈거렸다. 끝이라고 생각했다. 남자의 검에 목이 베이기 일보 직전 와장창 소리와 함께 창문이 깨졌다.

놀란 사내가 순간적으로 고개를 돌림과 동시에 그의 목이 잘려 바닥을 굴렀다. 카일이었다.

"스노우! 조!"

잔뜩 흐트러진 얼굴로 둘을 살핀 카일은 독한 연기에 금세 입을 틀어막았다.

안도할 시간조차 부족했다. 서둘러 자리에서 일어난 조는 스노우를 일으켰다.

"카일! 난 괜찮으니까 스노우를 챙겨요!"

스노우가 초상화를 향해 손을 뻗었지만 이미 불타 버린 그림은 거의 남아 있지도 않았다. 망연한 눈길로 아내의 마지막 초상을 보던 스노우의 몸이 곧 축 늘어졌다.

카일은 스노우를 안고서 창밖으로 뛰어내렸고 조 역시 그를 뒤따라 곧바로 건물에서 탈출했다. 그때 검게 물든 하늘에서 갑자기 비가 내리기 시작했고, 얼마 지나지 않아 커다란 성처럼 웅장하던 벨로이스트 공작가의 저택이 굉음과 함께 주저앉듯 무너져 내렸다. 이미 불길이 건물 전체에 퍼져 빗물이 꺼트리기엔 역부족이었다.

카일에게 부축을 받으며 화염에서 멀어진 스노우는 풀밭 위로 쓰러졌다. 그의 입에서 흘러나온 것은 배를 꿰뚫은 단도로 인한 고통의 신음도, 사라진 재산이나 황제에게 받았던 훈장에 대한 아쉬움도 아니었다. 척척하게 내리는 비를 온 얼굴로 맞으며 스노우는 목구멍에서 절절 끓어오르는 목소리로 읊조렸다.

"……타샤……."

그가 돌보던 노란 튤립 꽃밭 위로 검은 재가 휘날렸다. 타샤가 좋아하던 노란색 튤립이었다. 늘 은은하게 빛나던 스노우의 푸른 눈이 불이 꺼지듯 차분하게 가라앉았다.

"할아버지!"

카일의 목소리가 점점 다급해졌다. 뜨거운 불에 익어 붉게 변한 조의 얼굴도 굳어 갔다.

"뭘 가만 보고 있어! 의사 데려와! 당장!"

근처에 있는 시종에게 소리치자 그가 화들짝 놀라며 물동이를 놓치고 황급히 뛰어갔다. 스노우의 배에서 피가 물처럼 줄줄 흘러나왔다.

"조부님, 스노우. 눈 감지 마십시오. 저를 보세요. 예?"

"할배. 나 아직 못 배운 게 많아요. 다들 나보고 전성기 때 영감보다 못하대. 내가 또 스승을 꺾는 게 내 목표거든? 어? 스노우. 눈 좀 떠 봐요."

날이 풀렸다고는 하나 아직 겨울이었다. 차가운 비를 맞는 스노우의 체온이 서늘하게 식어 갔다. 멀뚱히 서서 발을 동동거리는 시종들을 향해 카일이 노기 띤 음성으로 외쳤다.

"마차를 가져와! 직접 병원으로 가겠다!"

"스노우. 추워도 좀 참아요. 늙은이는 감기 걸리면 혹 가잖아, 어? 할아버지. 스노우."

눈을 감은 스노우가 조의 말을 들었는지 살짝 눈을 떴다. 뚝뚝 끊겨 알아듣 기 힘든 말이었다.

"사람이…… 칼에, 찔렸는데…… 감기 같은 소리 하네……. 멍청한 놈."

파르르 떨리는 입술을 겨우 올려 웃으며 조는 스노우의 손을 잡고 눈을 맞췄 다.

"웃기죠? 할아버지. 내가 계속 웃긴 얘기 해 줄게요. 앞으로는 존댓말도 써 줄게."

"……지랄하고 있네."

스노우의 짙푸른 눈이 천천히 휘어졌다. 만면한 미소를 띤 채 스노우는 손을 들어 조의 뺨을 감싸 쥐었다.

"내 손자며느리가 될 놈 얼굴 꼴이 이게 뭐야. ……다 탔잖아. 망할."

헛웃음을 터뜨리며 조가 스노우와 이마를 맞대고 작게 속삭였다.

"놈이라니. 내가 황후만 돼 봐라. 영감은 바로 죽었어."

"존댓말 쓴다며, 개자식아."

마차가 도착하자 카일은 스노우를 조심스럽게 안아 들었다.

"괜찮습니다. 조부님. 상처가 깊지 않으니까 금방 나을 거예요."

마차를 타고 이동하는 와중에 조는 계속해서 스노우에게 말을 걸었다. 그가 입 좀 다물라고 피 묻은 손으로 조의 머리를 쥐어뜯을 때까지.

"눈 감을까 봐 그러지! 스노우. 할아버지. 어? 죽지 마. 내가 투르가랑 친한 거 알지? 그 언니가 할배 아직 올 때가 안 됐대."

병원 안으로 스노우를 옮길 때까지는 다행히 그가 정신을 잃지 않은 상태였 다. 병원 침대에 스노우를 누이자 의사 서넛이 공작을 살리기 위해 달려들었다. 저택이 불탔어도 귀족은 귀족이고, 게다가 황자의 외조부였다. 살리기만 하면 상을 받을 게 뻔했다.

스노우가 치료받는 걸 지켜보던 조는 차가운 병원 바닥에 주저앉았다. 그제야 목구멍에서 기침이 쏟아지듯 터져 나왔다.

"카, 콜록! 크, 쿨럭! 카일⋯⋯."

"조, 연기를 너무 많이 마셔서 그런 건가. 물이라도, 제길. 잠깐 기다려. 그러게 내가 조금만 기다리라고 했잖아."

근처에 있던 물병을 들어 조에게 건네자 그가 목구멍에 쏟아붓듯 벌컥거리며 마셨다.

"내가, 으윽. 조금만 늦었어도 큰일 났을지도 몰라요."

"고마워."

"아, 따가워!"

카일이 쓰다듬은 조의 목덜미가 붉게 달아올라 있었다. 목뿐 아니라 볼과 손까지. 성한 구석이라고는 없었다.

"이런."

미간을 찌푸린 카일은 지나가는 이에게 화상에 좋은 약을 가져다 달라 부탁했다. 부탁을 받은 의사가 복도를 돌아 사라지기 무섭게 스노우에게 달라붙어 있던 의사 하나가 어색하게 웃으며 카일에게 다가왔다.

비에 젖은 꼴이었지만 빛나는 금발과 비싸 보이는 옷, 푸른 눈은 아무리 봐도 1황자 카일이었다.

입술을 안으로 말며 살짝 웃은 의사는 슬금슬금 말을 건넸다. 눈치 잘 보고, 말만 잘하면 포상금을 받을지도 모르지.

"화, 황자님. 영광입니다. 저는 드미트리라고 합니다. 공작님께서는 상처도 깊지 않고⋯⋯. 워낙, 연세답지 않게 튼튼하셔서요."

"어이. 결론만 말해."

황자 옆에 있는 이 젊은 양아치는 뭔데 반말이지.

입술을 삐죽거린 의사가 그를 흘긋 노려보았다. 그 역시 의사를 죽일 듯 쩌려보며 멱살을 거머쥐었다.

135

"결론이 뭐냐고."

"금, 금방 쾌차하실 겁니다!"

뒤늦게 기억났다.

전쟁 영웅이라는 공적과는 어울리지 않는 별명을 가진 사람.

사신, 혹은 ……1황자의 사냥개. 로타이스 후작이었다. 식은땀을 흘리며 의사가 다급하게 말을 이어 붙였다.

"진짭니다! 정말로!"

그 뒤로 다른 의사들이 졸졸 따라붙었다.

"황자님과 후작님을 뵙습니다! 공, 공작님께서 피를 많이 흘리시긴 했지만 상처가 깊지 않으시고, 또,"

드미트리를 내던지듯 내려놓은 조가 말이 길다는 듯 고개를 까딱 기울이자 맨 앞에 서 있던 이가 얼른 결론만 말했다.

"안정만 취하시면 됩니다!"

황자가 햇살처럼 웃으며 조의 어깨를 다독였다.

"조, 다행이다. 조부님이 무사하시다니. 그렇지."

로타이스 후작이 한껏 누그러진 얼굴로 고개를 끄덕이며 카일을 바라봤다. 의사들은 식은땀을 닦은 뒤 조용히 속으로 생각했다.

'1황자가 악귀를 다스린다는 소문이 어디서부터 퍼졌나 했더니.'

인자하게 웃으며 안심하는 황자의 옆에 서 있던 조가 꾸벅 고개를 숙였다. 별안간 귀족의 인사를 받은 의사들이 화들짝 놀라 반걸음 뒤로 물러섰지만 조는 태연한 얼굴이었다.

"스승님을 살려 주셔서 감사합니다. 제 가족과도 같은 분이시니 부디 쾌차하실 때까지 힘써 주세요. 잘 부탁드립니다."

귀족에게 이런 대우를 받은 것은 또 처음인지라 의사들이 어쩔 줄 몰라 하자 뒤에 서 있던 황자가 그림처럼 미소 지으며 의사들에게 말을 걸었다.

"……정말, 다정하지 않나. 내 조는?"

후작을 향한 1황자의 따스한 눈빛을 보며 의사들은 어색하게 웃었다. 묘한데, 신하와 황자 사이의 텐션이라기엔 분명 무언가 이상한데 딱히 정의하기가 뭐했다.

화상 약을 가지러 갔던 의사가 돌아와 약을 건네자 조는 대충 얼굴에 펴 바른 후 곧바로 몸을 돌렸다.

"어디 가. 제대로 치료를 받고 가야지."

"약 받았잖아요. 침입자가 누군지 밝혀내야죠. 그다음에 뼈랑 살을 발라 버릴 거예요."

"불에 탔는데 그걸 어떻게 찾아."

"내가 한 놈 머리는 창문 밖으로 던졌거든요. 그건 멀쩡할 테니까."

"꼼꼼하기도 해라. 잘했어. 너무 예뻐."

대화를 듣고 있던 의사들의 낯이 파리하게 질려 갔다.

실랑이하던 카일과 조는 빠른 걸음으로 밖으로 향했다. 그런데 병원 문을 여는 순간, 화살 하나가 그들 사이로 날아들었다.

"반역을 일으킨 조 로타이스 후작은 당장 항복하라!"

"반역? 내가? 반역이라고?"

병원을 에워싼 황실 근위병들이 형형한 눈빛으로 조를 노려봤다. 이를 악문 조가 앞으로 나서려는 순간 카일이 그녀의 손목을 잡았다.

"……조. 분위기가 심상치 않아."

등 뒤 병원에서는 스노우가 누워서 치료를 받고 있으니 함부로 난동을 부릴 수 없었다. 조는 제 손목을 잡은 카일의 손을 풀고는 천천히 앞으로 걸어갔다.

전쟁 영웅이자 사신이라는 명성을 알고 있는 근위병들은 잔뜩 긴장한 얼굴로 천천히 뒤로 물러났다. 조가 한 걸음 다가가면, 다시 한 걸음이 멀어졌다. 반역자를 포박하러 온 놈들치고는 배포가 그리 크진 않은 모양이었다.

조는 검을 꺼내려 허리끈 부분을 더듬거렸지만 아무것도 잡히지 않았다. 스노우가 상대하던 두 장정 중 한 놈의 등에 검을 꽂아 넣은 채로 저택을 빠져나온 탓이었다.

"……쌍."

"예?"

작게 읊조리는 조의 목소리에 그녀의 앞에 서 있던 근위병들이 무심코 되물었다. 조는 태연하게 병원 입구에 있는 나뭇가지 하나를 똑 부러트려 손에 쥔 후 말했다.

"너희 그 얘긴 알지?"

근위병들이 아무도 대답하지 않자 나뭇가지에 달린 나뭇잎을 툭툭 떼 낸 조가 싱긋 웃으며 제 질문에 스스로 답했다.

"내가 나뭇가지 하나로 로테나 적들 죽인 거. 폐하 앞에서."

살인적인 미소를 지으며 조는 조금씩 병원과 멀어졌다. 어느 정도 안전거리가 확보된 이후, 카일이 다가와 단단한 음성으로 근위병들에게 말했다.

"로타이스 후작은 폐하의 명령으로 전쟁터도 마다하지 않고 다녀온 충신이다. 후작이 반역자라는 증거가 있나."

냉랭한 목소리로 묻는 카일에게 제일 앞에 서 있던 근위대장이 머뭇거리며 대답했다.

"불필요한 사병을 모아 계속해서 군사 훈련을 하는 것도 모자라, 벨로이스트 공작의 집에서 지낼 때도 병법과 제국의 군주론을 배웠다고 들었습니다."

허술한 대답이었다. 고작 그것만으로 반역을 준비하는 사람으로 몰기에는 턱없이 부족했다. 근위대장 역시 그것을 알고 있었는지 곧바로 품속에서 종이를 꺼냈다.

"여기 보십시오. 황제 폐하께서 로타이스 후작을 제국의 기병 장관으로 임명하시며 사병을 해체한 후 황궁으로 귀속시키라고 명령하신 기록이 있습니다. 또한 폐하께서 명령 불복종시 현장에서 즉결 처형하라 하셨으니 속히 마차에 오르십시오."

"……뭐?"

사병이 공격 받아 이리저리 흩어지고, 그때 마침 스노우의 저택이 불에 타고, 황제의 비밀을 알고 있는 유일한 자가 궁 밖으로 나서자마자 기다렸다는 듯 황제의 근위대가 출동해서 반역자를 체포하러 왔다니. 모든 일이 과하다 싶을 정도로 매끄러웠다.

조의 미간이 구겨졌다. 부글부글 화가 끓어오르고 온몸이 덜덜 떨려 왔다. 살벌한 기색에도 아랑곳 않고 근위대장은 종이를 들이밀었다.

"장군 칭호를 버린 것은 후작입니다. 본인의 용병들을 황제 폐하께 드리긴 싫다 거부한 뒤 멋대로 마누칸족을 정벌하겠다며 군대를 끌고 간 것 아닙니까! 이는 폐하에 대한 도전이며, 불충이자 반역입니다! 그에 따라 황실에서는,"

"닥쳐!"

불에 익은 조의 붉은 얼굴이 분노로 일그러졌다. 치를 떨며 한 걸음 앞으로 나선 그녀는 짓씹듯 천천히 말을 뱉어 냈다.

"갖다 붙이면 다 말인 줄 아나. 폐하는 한 번도 나를 기병 장관으로 임명하신 적 없다. 얼음 산맥에서 내 병사들은 날 어찌 불러야 할지 몰라 그저 대장이라고 부르며 따랐는데 어딜 개소리야! 내려오면서 묵었던 여관 주인들에게만 물어도 뻔히 드러나는 사실인데! 그깟 위조문서 한 장 따위로 넘어갈 줄 알았나!"

황제가 시키는 대로 마누칸족을 정벌하고 돌아오면 반역죄로 잡혀가는 일은 없을 줄 알았는데. 이딴 식으로 사람 뒤통수를 치나. 그것도 문서까지 위조해 가며. 진짜로 기병 장관 제의라도 받았으면 덜 억울하지.

분노와 억울함에 조의 몸이 바들바들 떨렸다. 당장에라도 뻔뻔하게 들이미는 저 종잇조각을 찢어발기고 근위대장의 목구멍에 나뭇가지를 쑤셔 박고 싶은 충동이 들끓었다. 하지만 황제의 근위대장을 죽이는 순간, 반역은 누명이 아니라 진짜가 된다.

카일이 차갑게 굳은 목소리로 그들을 향해 명령했다.

"어느 누구도 '진짜' 증거 없이 후작을 데려갈 수 없다. 그가 반역을 꾀했다는 정당한 증거를 가져와."

넓게 포진해 있던 근위병들이 서로 눈치를 보기 시작했다. 그중 가운데 서 있던 남자가 애써 떨리는 목소리로 말했다.

"……로타이스 후작의 최측근이신 1황자님께서도 같이 가 주셔야겠습니다."

조의 얼굴이 차갑게 굳었다.

"내가 뭔 짓을 했든 황자 전하와는 무관하다. 털끝 하나도 건드리지 마. 모조리 죽여 버릴 테니까."

"그래도 1황자님께도 의혹이 있으니까,"

"개새끼들이 듣자 듣자 하니까."

한쪽 다리를 앞으로 내밀며 금세 앞으로 튀어 나갈 기세로 조가 몸을 기울였다. 그와 동시에 카일이 뒤에서 조를 잡아당겨 안았다.

"안 돼!"

조의 얼굴을 가린 카일의 손가락 틈 사이로 호박색 눈동자가 형형하게 빛났다. 공기를 짓누르는 듯 무거운 살기가 느껴졌다. 몇몇 근위병들이 바짝 굳은 채 뒤로 물러났다. 흥분한 조의 눈을 가린다고 해서 그녀가 차분해지는 마법 같은 일은 생기지 않았지만 최소한 근위병들이 죽게 둘 순 없었다.

당장에라도 튀어 나가 모조리 쳐 죽일 기세인 조를 진정시키며 카일은 다급하게 외쳤다.

"근위병을 죽이면 안 돼, 조."

"놔요! 감히 누굴 입에 올려."

"진정해. 봐주자. 한 번만 봐주자."

"아, 놓으라고요!"

"죽이면 진짜 끝이야. 황제의 근위병을 죽였다가는 정말 돌이킬 수 없어져."

"내 눈앞에서 전하가 없어지는 순간, 저 새끼들 인생도 돌이킬 수 없어질걸요."

으르렁거리듯 말하는 조가 나뭇가지를 고쳐 쥐며 두 다리에 힘을 줬다. 금방이라도 앞으로 튕겨 나갈 것 같았다. 카일이 조를 잡은 손에 힘을 준 채 앞에 있는 근위병들을 향해 말했다.

"반역이 아니라고 말한들 놓아주진 않겠지."

"……에? 예, 아. 네. 송구합니다. 황자 전하."

"송구고 나발이고, 시발놈아. 일로 오라고."

허공을 향해 발 차기 하며 조가 펄쩍펄쩍 뛰기 시작하자 카일은 그녀를 번쩍 들어 한쪽 어깨 위에 짐짝을 얹듯 엎어 버렸다. 그것도 잠시 뒤면 풀려나겠지만.

불길에서 조부를 구해 냈을 때보다 더 많은 땀을 흘리던 카일이 빠르게 말했다.

"자네, 후회하지 않을 수 있나."

근위대장은 카일의 어깨 위에 엎어진 채 미친 사냥개처럼 날뛰는 조를 가만히 바라보고 있었다. 거꾸로 매달린 조의 상체가 한참 파닥거렸다. 카일의 옆구리 옆으로 시계추처럼 조의 살기등등한 노란색 눈이 보였다가 사라지길 반복했다. 은색 머리카락이 뒤집어져 드러난 이마 위로 불그스름한 흉터가 눈에 들어왔다.

수많은 전쟁을 겪으며 새긴 훈장 같은 거겠지, 저 사람에겐.

등골이 서늘해지는 걸 느낀 근위대장은 저도 모르게 제 목을 어루만졌다. 정말 죽는 걸까. 집에 있는 처자식은 어떻게 되는 거지. 눈앞이 컴컴했다. 하지만 어떻게 제 입으로 말할 수 있겠는가. 저는 명령만 받았을 뿐이라 잘 모른다고. 그러니 그냥 도망가시라고.

입술을 꾹 깨물던 근위대장이 옆에 있던 죄인 호송 마차를 가리키며 간절히 부탁했다.

"두 분 제발 여기 타 주시면 안 되겠습니까."

"와중에 공손하네. 야! 안 간다고! 전하가 그걸 왜 타! 이 개새끼. 주둥이를 찢었다가 염전에 담가 버릴라니까."

어깨 위에서 날뛰는 조를 단단히 붙잡은 채 카일은 서늘하게 식은 눈으로 근위대장에게 말했다.

"내가 이 손을 놓으면, 자네들은 모두 죽는다."

미친개의 목줄을 쥐고 있는 카일은 당당했다. 그럴 법했다. 로타이스 후작이 썩 고상하지 않다는 얘기는 들었지만 저 정도일 줄이야.

카일의 어깨 위에 짐짝처럼 매달려 있던 조가 허리 힘으로 몸을 일으키더니 뒤를 돌아봤다.

"너. 얼굴 외웠다."

근위대장이 황급히 뒤돌아섰다.

"대, 대장님! 대장님이 뒤도시면 어떡해요!"

다른 근위병들이 말렸지만 이미 그의 낯빛은 하얗게 질려 있었다. 겁먹은 근위대장의 뒤통수를 향해 카일은 묵묵히 제 할 말을 이었다.

"도망은 가지 않겠다. 하지만 죄도 밝혀지지 않은 상황에서 저런 걸 타고 황궁으로 갈 순 없어. 저 더러운 통나무 마차에 나와 이 사람을 넣겠다고?"

그에 반색한 근위대장이 얼굴을 비스듬히 기울여 돌린 채 겨우 대답했다.

"그럼 새 마차를 가져오면 타 주시겠습니까. 황자 전하."

"그러도록 하지."

"미쳤어요? 미쳤냐고! 우리 전하가 어딜 봐서 반역자야! 눈이 착하게 생겼잖아! 쥐 새끼 하나 못 잡게 생긴 이 아름다운 사람이 무슨 반역이야! 너희 내가 얼굴 다 봐 뒀어. 진짜야. 외웠어."

카일의 뒤쪽에서 그들을 포위하고 있던 근위병들은 조와 눈이 마주치자 뒷걸음질을 치기 시작했다.

근위대장은 사실 좀 억울했다. 눈이 아름다운 거랑 반역이랑 무슨 연관인지 이해도 가지 않았다. 심지어 저 카일 황자는 로테나 전쟁의 총사령관을 맡아 전쟁을 승리로 이끌었던 사람이 아닌가. 쥐 새끼도 못 잡게 생겼다니. 사람은 잡게 생겼나, 그럼.

입술을 삐죽거리다 슬쩍 눈을 올려 카일 황자와 눈이 마주쳤다.

……정말 쥐 한 마리도 사랑할 것처럼, 아니 만물에게서 사랑을 받을 것처럼 생기긴 하셨다. 잠깐 헛생각을 하던 근위대장은 제 뺨을 후려치며 뒤에 있던 병사들에게 명령했다.

"마차를 대령해라."

"하지만 대장님!"

"……어차피 아무도 로타이스 후작과 싸워서 이길 수 없다."

게다가 로타이스 후작뿐 아니라, 그에게 손을 댔을 때 카일 황자가 어찌 나올지도 모를 일이었다.

몇 분의 대치 상황 끝에 으리으리한 마차가 그들 앞에 도착했다. 근위대장이 문을 열며 황자와 미친개를, 아니 후작을 인도했다.

"바, 바로 황궁으로 가겠습니다. 전하."

"알았네."

근위대장이 무어라 말을 잇기도 전에 눈앞에서 두꺼운 마차의 문이 쾅 하고 닫혔다. 반역을 저지른 죄인들을 마차에 고이 모셔 가며 근위대장은 눈물을 머금었다.

한편, 마차 안에서 카일은 조를 붙잡고 신신당부하는 중이었다.

"내가 신호를 보내기 전까지 절대로 난동을 피우면 안 돼. 위험한 짓 하지 마. 다치지 말란 말이야."

"다치는 게 대수예요? 이대로 잡혀가면 죽어요. 분명 죽는다고요. 지금도 안 늦었어요, 카일. 도망가요. 응?"

주머니에서 아까 챙긴 화상 연고를 꺼낸 카일은 조의 뺨에 조심히 펴 바르며 밖에 들리지 않을 정도로 작게 속삭였다.

"……사랑해."

"갑자기 불안하게 왜 그런 말을 해요. 카일."

카일은 품에서 작은 단도를 꺼내 조에게 쥐여 줬다. 죄인으로 잡혀가는 도중이지만 일련의 난동으로 몸수색을 안 한 덕이었다. 단도를 챙겨 넣으며 조는 불안한 듯 카일의 옷자락을 몇 번이나 쥐었다 놓았다.

"왜 순순히 따라온 거예요. 큰일이라도 나면……."

채 말을 잇지 못하는 조의 손을 잡았다 놓은 카일은 그녀를 보며 미소 지었다.

"예상보다 조금 흐트러졌긴 하지만 준비해 둔 게 있으니 걱정하지 마."

"하지만 잡혀 있는 상황은 또 다르잖아요. 감옥에 갇히면 뭘 할 수 있겠어요."

"무슨 일이 있어도 널 놓지 않아. 너만 괜찮으면 난 다 괜찮으니 걱정하지 마."

"……난 아니에요, 난 아니라고요. 나는 당신이,"

카일의 입술이 조에게 닿았다. 손바닥만 한 창으로 작은 햇빛이 들어와 카일의 얼굴에 그늘을 만들어 냈다. 푸른색으로 빛나는 눈을 조에게 고정한 후 카일은 낮고 단단한 목소리로 말했다.

"나는, 내 전부를 걸어서 반드시 황제가 되겠다. 그리고 널 사랑하는 데에 모든 걸 쏟아부을 거야."

당장 반역자로 몰리고 있는 이런 위험한 상황에 어울리는 다짐은 아니었지만 왜인지 그러면 그렇게 할 것 같았다. 조가 작게 고개를 끄덕이는 순간 마차가 크게 덜컹이며 멈춰 섰다.

"수도성을 지났고, ……두 분 이제 따로 가셔야 합니다. ……더는 저희도 힘듭니다."

밖에서 들려오는 근위대장의 목소리에 조는 카일의 귓가에 빠르게 소곤거렸다.

'황제의 탄신일, 태양이 가려졌다가 다시 나타나는 순간. 그때가 주인공이 될 시간이에요.'

카일의 눈이 일순간 커졌다.

"태양이 가려지다니? 무슨 소리야."

마차 문이 벌컥 열렸다. 근위대장이 조를 보며 말했다.

"후작님. 나오십시오. 이제 따로 이동하셔야 됩니다."

카일은 더 묻지 못하고 조를 향해 잘게 고개를 끄덕였다. 조가 죄인답지 않은 당당한 자태로 밖으로 나가자마자 기다렸다는 듯이 카일이 탄 마차가 그대로 출발해 버렸다. 황궁으로 향하는 마차의 뒤꽁무니를 멍하니 보고 있던 조의 손목에 수갑이 채워졌다.

"야."

"예!"

기합이 바짝 들어간 근위병에게 조가 질문했다.

"이상하잖아. 황궁도 아니고, 수도성 안에 들어왔다고 나만 따로 구금해서 조사할 필요가 있나? 반역죄는 황궁에서 조사해야 되는 거 아냐?"

조목조목 맞는 말만 건네는 조에게 대답을 못 하던 근위병이 억울한 듯 손사래를 치며 물러났다.

"저는 모릅니다. 폐하가 명령하신 대로 이행한 거예요."

그러니까. 황제의 꿍꿍이가 뭐기에 이런 짓을 하냔 말이야.

하지만 조의 예상과는 달리 근위병들은 하루가 지나도록 조를 더러운 감옥에 수감해 놓을 뿐, 조사를 하거나 고문을 하지도 않았다.

"야! 밥은 줘야 될 거 아냐!"

소리를 질러 봤지만 근위병은 꼼짝도 하지 않았다. 조는 가만히 머리를 굴렸다.

가만, 탈옥 정도는 난동 축에 안 끼지 않나?

＊ ＊ ＊

조 로타이스 후작이 뜬금없이 반역죄로 몰려 수배 중이라는 이야기가 황궁 안을 한 바퀴 돌았다.

프리실라는 초조한 마음으로 며칠 전 명령의 결과를 기다렸지만 프리실라의 방 문을 두드린 건 의외로 델로아였다. 이런 상황에 이사크의 측근과 조우하고 싶지는 않았으나 찾아온 사람을 쫓아낼 명분도 없었다. 어쩔 수 없이 프리실라는 그녀를 맞으며 영 달갑지 않다는 듯 차갑게 말했다.

"무슨 일이죠, 알베니스 영애. 딱히 얼굴 마주할 반가운 사이도 아닌데 말입니다."

델로아는 무심한 얼굴로 데리고 온 시녀가 들고 있던 찻주전자를 테이블 위로 내려놓았다.

"폐하께서 내리시는 차입니다."

프리실라의 표정이 굳었다. 며칠 전 그녀는 시녀에게 이사크 황자가 마실 차에 독을 타라 명령했다. 델로아가 하필이면 차를 들고 왔다는 것은 모든 걸 알고 있다는 뜻이었다. 그런데 그것을 '폐하께서 내리시는 차'라며 들이민다니. 이사크가 황태자가 될 것이라 일부러 약 올리는 것도 아니고.

프리실라의 푸른 동공이 빠르게 흔들렸다. 찌푸린 눈가가 삽시간에 붉게 변했다. 왼손으로 드레스를 힘껏 쥔 탓에 옷이 구겨졌다. 그런 프리실라를 가만히 내려다보던 델로아가 찻잔 위로 차를 부으며 말했다.

"마마. 폐하께서는 차를 마시라 하셨습니다. 어서 드셔 보세요."

"이…… 건방진. 감히 내게."

"뭐가 건방지단 말씀이십니까. 폐하께서 차를 내리셨고, 시녀도 아닌 제가 마마를 존경하는 마음으로 차를 올리러 왔는데 뭐가 그리 치욕스러우셔서."

앉아 있는 프리실라를 선 채로 고고히 내려다보며 말하는 델로아의 목소리에는 고저가 없었다. 기품 있게 내리까는 음성에선 승자만이 가질 수 있는 당당함이 묻어 나왔다.

프리실라가 찻주전자를 그대로 손으로 쳐 내자 유리 조각이 박살 나며 카펫을 축축하게 적셨다.

"건방 떨지 마라."

"이런."

깨진 찻주전자와 찻잔을 힐긋 본 델로아는 살짝 젖은 드레스 밑단을 쥐었다 놓았다.

"차가 마음에 들지 않으셨습니까. 황제 폐하께선 마마를 위해 준비하신 것 같던데."

"비켜라."

프리실라는 델로아를 밀치고 자리에서 일어섰다. 저 건방진 얼굴을 마주하고서는 할 말이 없었다. 차라리 황제에게 직접 묻고 싶었다. 정말로 검은 황자로 결정한 것이냐고. 어렸을 때부터 황제가 되기 위해 준비하고, 전쟁까지 치르고 온 내 아들이 아니라. 길바닥 출신인 그놈인 거냐고.

복도로 내딛는 걸음마다 분노와 설움이 점점 피어났다. 프리실라가 빠른 걸음으로 황제의 알현실로 들어가자 그는 마치 기다렸다는 듯 의자에 앉아 인사를 건넸다.

"왔는가."

태연한 목소리로 말하는 황제와 달리 바닥에는 프리실라의 시녀가 사람인지 알아볼 수조차 없을 정도로 피를 흘리며 하나의 가죽처럼 쓰러져 있었다. 프리실라는 본능적으로 코와 입을 틀어막았다. 피비린내가 코를 찔러 와 속에서부터 가시로 찌르는 듯 구역질이 올라왔다.

"이자가 이사크 황자의 차에 독을 탔다더군. 자네도 알고 있었나."

다 알면서도 묻는 저 얼굴에 당장이라도 칼을 꽂아 넣고 싶었다. 입이 어디인지도 알아볼 수 없을 정도로 엉망이 된 얼굴로 시녀는 더듬거리며 말했다.

"제, 제가…… 전부 혼자서……. 혼자, 꾸민……"

황제가 자리에서 일어나 의자 옆에 놓여 있던 활을 들어 시위를 당겼다. 그러곤 마치 사냥을 하듯 쓰러져 있는 시녀를 향해 활을 쐈다. 그리 멀지 않은 거리라 화살은 단박에 시녀의 목을 꿰뚫었다. 단말마의 비명조차 지르지 못한 채 울컥거리며 피를 토해 낸 시녀는 얼마 가지 않아 숨을 멈추고 말았다. 알현실이 무거운 침묵에 휩싸였다.

"누가 저 말을 믿겠는가. 내가 바보도 아니고."

어깨를 으쓱 올렸다 내리며 활을 바닥에 내려놓은 황제는 다시 의자에 앉았다.

"이사크 황자를 암살하려 한 죄를 인정하는가, 황비."

프리실라 황비의 부릅뜬 눈에 공포와 분노가 동시에 들어찼다.

"왜 하필 그 검은 황자입니까. 붉은 눈도 아니잖습니까."

여태 황궁에서 무수히 많은 목숨이 한 철 꽃처럼 스러져 갔으나 황제는 눈 하나 깜빡한 적이 없었다. 제 목숨이 아닌 것에는 큰 관심도 없었는데 갑자기 그놈에겐 왜. 그 검은 황자가 무엇이 특별하다고.

황제는 프리실라의 질문이 언짢았는지 한쪽 눈썹을 일그러트렸다.

"그것이 중요하나. 내가 결정한 것이 중요하지."

이를 악물며 프리실라가 황제를 바라봤다.

"내가 여기서 죽으면, 내 아들도 황제를 시해하려 한 반역자의 아들이 됩니다. 난 그렇게 죽을 순 없어요."

금색 의자에 비스듬히 앉은 황제가 황비를 바라보며 픽 웃었다.

"아, 황비로 죽고 싶다?"

번들거리는 황제의 눈동자가 프리실라를 향했다. 어쩐지 사람이 아닌 것처럼 기묘한 눈빛이었다.

구역이 치미는 탓에 덜덜 떨려 오는 아래턱을 겨우 앙다문 프리실라는 황제를 찢어 죽일 듯 노려보며 짓씹듯 내뱉었다.

"……내 죽음에 선택권이 없다는 것이 분하다. 차이베른."

"감히 황제의 이름을 부르다니. 이래서야 진짜로 죽여도 할 말이 없겠군."

살려 줄 것도 아니면서 기만적으로 말을 뱉은 황제가 목을 긁적였다.

"그 사랑하는 아들도 곧 만나게 해 주지. 혼자 떠나면 외로울 테니."

프리실라는 이를 악물고 말했다.

"네 남은 날에 절망만이 깃들기를 태양 아래 간절히 기도,"

그녀의 마지막 기도는 채 끝맺지도 못하고 저물었다. 프리실라의 드레스가 금세 피로 물들었다. 프리실라의 가슴 한가운데에 꽂힌 장검이 창을 타고 들어온 빛에 반사되어 아름답게 빛났다.

아까까지 차분하게 그녀를 대하던 황제의 얼굴이 주름마다 경련이 일듯 잘게 떨려 왔다. 프리실라에게 검을 집어 던진 황제는 머리를 싸매며 발을 쾅쾅 굴렸다.

"태양! 태양! 그 빌어먹을 태양!"

텅 빈 알현실에서 황제는 몸을 떨면서 큰 소리로 외쳤다.

"내가 태양이다, 으으. 내가! 이 내가! 태양이란 말이다!"

벌겋게 충혈된 눈으로 허공을 노려보는 황제는 손톱을 잘근잘근 씹으며 끝도 없이 중얼거렸다.

태양이 곧 나다. 내가 태양이다. 아무도 나를 벌할 수 없다. 황제가 곧 태양이며 신이다. 내가 태양이다.

❖  ❖  ❖

설마 날 아사시키려는 건 아니겠지. 쫄쫄 굶은 지 하루 하고도 반나절이 넘어가자 머릿속에 아무 생각도 들지 않았다.

카일. 진짜 얌전히 있으려고 했는데요. 정말로 가만히 있으려고 했는데. 얘네가 밥을 안 줘요.

나는 창살을 거세게 발로 차며 말했다.

"야. 나 목말라."

움찔 놀란 근위병은 아무런 대답도 하지 않았다.

"나 불에서 훈제 됐다가 나왔어. 진짜 너무 목마르고 힘들어. 물 좀 갖다줘. 안 그러면 탈옥해서 너부터 죽일 거야."

"……안 됩니다."

"뭐가 안 돼. 물? 탈옥? 널 죽이는 게?"

"……세 개 다 안 됩니다."

"내가 세 개 다 내 힘으로 못할 거 같아서 너 살려 두는 거 같아?"

감옥을 지키고 있던 병사는 뒤를 돌아보지도 않은 채 묵묵부답이었지만 대충 알 수 있었다. 저놈 쫄았다. 조금만 더 약 올리면 분에 차서 달려들 것 같았다. 그럼 그때 이용해서 나가야겠다. 감옥 안에 쓸 만한 무기는 없었지만 괜찮았다. 내 실력이 전쟁 나가기 전과는 달랐으니까.

나는 창살에 가까이 다가가며 얼굴을 옆으로 돌렸다. 근위병의 옆얼굴이 살짝 보였다.

"너 혼자야?"

살짝 눈동자를 돌려 나를 흘긋 본 근위병이 온몸을 파드득 떨며 옆으로 물러났다. 질끈 감은 두 눈에 공포가 깃들었다. 근위병이 다시 눈을 뜨자 흰자위가 촉촉하게 젖어 있었다.

"지원군……."

"뭐라고?"

너무 작게 말해 들리지 않아 가까이 다가가자 근위병이 옆에 쥐고 있던 검을 다시 한 번 꾹 쥐며 조금 더 크게 말했다.

"지원군, 불러 주세요."

어처구니가 없어서 헛웃음이 터졌다.

"너 지금 나한테 말한 거야? 내가 지원군을 어떻게 불러. 아니, 애초에 내가 한 말에 울기까지 할 거면서 여길 왜 너 혼자 지키고 있냐고."

내 질문에도 근위병은 대답은 않고 겁에 질려 계속해서 한 문장만 반복했다.

"지원군 필요합니다."

"야, 대화를 하자. 울지 말고. 쫄지 말고. 어? 가까이 좀 와 봐."

"……흐으, 지원군."

"야!"

꽥 소리를 지르자 놈이 어깨를 흠칫 떨며 내게서 아예 등을 돌려 버렸다.

"알았어. 안 죽일게. 손 안 댈게. 내가 여기서 무슨 개수작을 부려서 나가게 돼도 너는 진짜로 안 죽일게. 됐지?"

"……살려 주세요."

애초에 감옥에 갇혀 있는 나한테 할 말은 아닌 것 같았지만. 나는 한숨을 퍽 내쉬며 창살 앞에 주저앉았다.

"밥 좀 갖다줘. 아니면 물이나."

"제가 감옥 안으로 손 넣으면 저 죽이실 거죠. 후작님."

"……물통을 안으로 던지면 되잖아."

어떻게 이런 겁 많은 말랑한 애가 감옥을 지키지.

"감옥에 나밖에 없는 거 같긴 한데 아무리 그래도 너만 여길 지키는 건 말이 안 되는데."

가죽 물통을 멀찍이서 휙 집어 던져 안으로 넣은 근위병은 다시 내게서 멀어졌다.

"저도 처음엔 싫다고 했습니다."

시무룩한 목소리로 근위병이 대답했다.

"그런데 한결같이 다들 후작님이 있는 감옥에는 가까이 오기 싫대요. 저는 황실 근위대이긴 하지만, 얼마 되지도 않았고…… 왜 제가 혼자 있어야 되는지 저도 잘 모르겠습니다."

말을 마친 후 히끅거리며 근위병이 딸꾹질을 시작했다. 불쌍하긴 했지만 여기서 더 시간을 지체할 순 없었다. 그때, 덜컹하는 문이 열리는 소리와 함께 밖에서 누군가 들어왔다.

"루벤!"

어린 근위병이 고개를 번쩍 들더니 환하게 웃었다.

"엘!"

"너 혼자 여기 있는 거 걱정된다고 대장님이 가 보라고 하셔서 왔다. 괜찮냐."

"너무, 너무 무서웠습니다. 엘. 후작님이 아까 물 안 주면 죽인다고 하셔서."

고자질하는 놈의 말을 듣고 나는 눈썹을 일그러뜨리며 창살을 발로 찼다.

"야! 내가 살려 주겠다고 했잖아!"

입술을 툭 내민 루벤이 내게 뭐라고 대답하기 전, 엘이라고 불린 검붉은 피부의 근위병이 창살 앞으로 다가왔다.

"그래서 물을 줬어? 이 반역자한테?"

이놈은 루벤과는 달랐다. 확실히. 나를 바라보는 번들거리는 눈이나 비소를 머금은 입 자체가 한껏 나를 무시하고 있었다.

"오줌이나 싸 갈기지 그랬어. 이런 놈한테는 그 정도가 적당하잖아."

엘은 바지춤을 끌러 내리더니 흉한 것을 밖으로 내보였다.

"에, 엘! 하지 마세요. 그러다가 사신한테 죽으면 어쩌려고요."

나는 무심한 얼굴로 몇 발자국 뒤로 물러났다. 엘은 감옥 안을 향해 오줌을 싸며 날 희롱했다.

"사신? 그딴 게 어디 있어. 1 대 1로 대련하면 이딴 비실한 놈 따윈 한칼에 죽일 수 있다고. 야, 이거나 마셔. 어? 똥개 새끼처럼 와서 이거나 마셔 보란 말이야."

보잘것없는 물건을 내게 내보이며 엘은 하체를 덩실덩실 흔들어 댔다. 주먹을 말아 쥔 채 가만히 기다리다가 놈이 제 하찮은 물건을 다시 바지 안으로 넣으려는 즉시 달려들었다. 루벤이 말릴 틈도 없었다.

나는 놈의 멱살을 잡고 창살 사이로 잡아당겼다. 쾅! 하는 소리와 함께 엘의 머리가 창살에 부닥쳤다. 놈은 큰 충격에 잠깐 정신을 차리지 못하다가 제 머리가 창살 사이에 낀 것을 알아채곤 빼내려 버둥거렸다. 기름기 낀 놈의 머리가 창살을 빠져나가기 전, 그놈의 멱살을 힘주어 잡고 다리를 창살에 얹은 채 지지대 삼아 순식간에 놈의 머리를 통과시켰다.

"끄아아아악!"

엘의 양 볼이 창살에 갈려 피가 줄줄 흘러내렸다. 머리가 창살 사이에 끼인 엘은 허우적대다가 옆구리에 있는 검을 꺼내려 손을 뻗었다. 아직 바지를 올려 묶지 않은 탓에 놈의 바지가 스르륵 아래로 내려갔다. 그가 검을 꺼내기 직전,

나는 놈의 머리를 위에서 발로 내려찍었다. 그러곤 곧장 기절하여 아래로 엎어진 엘의 옆구리에 반쯤 나온 검으로 손을 뻗었다.

"근위병치곤 검이 가볍구나."

나는 검을 들어 똑바로 세운 뒤 그대로 엘의 목뒤를 부드럽게 눌렀다. 신음소리 한 번 없이 엘의 몸이 짧게 퍼덕였다. 자기가 싸 놓은 오줌에 얼굴을 처박고서 엘은 죽어 버렸다.

뒤에 서 있던 루벤의 낯이 하얗게 질렸다. 덜덜 떠는 루벤을 가만히 보며 말했다.

"넌 살려 줄게. 아까 물도 줬고, 약속도 했으니까. 이리 와서 이거 열어 봐."

갑옷 어딘가를 뒤적여 열쇠를 꺼내긴 했지만 루벤은 경기하듯 몸을 떨다가 결국 떨어뜨리고 말았다. 루벤이 열쇠를 주우려 몸을 낮춘 순간, 밖에 있는 쇠문이 쾅 소리와 함께 다시 열렸다. 시끄러운 소음이 한꺼번에 파도처럼 밀려들었다.

"후작님은 여기 계신가!"

한두 명이 아닌 것 같았다. 뭔 사람이 저렇게 한도 끝도 없이 몰려들어 와? 루벤의 눈이 휘둥그레 커졌다. 엄청난 수의 발소리가 마치 전쟁터의 진군하는 군사들처럼 다가왔다.

"……어?"

카일이 보낸 병사들은 아니었고, 내가 키운 용병들은 더더욱 아니었다. 남루한 옷에 농기구나 식칼을 들고 있는 백성들이었다.

금색의 갑옷을 입은 채 서 있는 루벤과, 창살에 머리가 끼인 채 바지를 내리고 죽어 있는 엘을 보고 당황한 백성들이 멈칫거리며 상황을 파악하려 눈을 굴렸다.

"후작님! 무사하십니까!"

그중 낫을 들고 있는 남자가 나를 보며 말을 걸었다.

근데 나 진짜 저 아저씨 모르는데. 정말 단 한 번도, 내 전생까지 통틀어도 만난 적 없는 사람인데. 상황이 이해가 가지 않아 나는 창살에 가까이 붙어서 그들에게 물었다.

"저기, 저 아세요?"

"모를 리가 있습니까! 결백하신 후작님이 반역죄로 곤욕을 치르고 계신다기에 저희가 왔습니다!"

"아니, 그러니까 저를 아시고 구하시러 온 거세요?"

농기구를 들고 있던 백성들이 저희들끼리 머쓱하게 쳐다보더니 배시시 웃었다. 험악하게 쳐들어온 것과는 상반되는 순수한 낯이었다.

"후작님은 저희를 모르시겠지만 저희는 후작님을 잘 알죠."

뭔 소리야. 내가 무슨 연예인인가. 어리둥절한 내 얼굴을 보며 한 여자가 다가왔다.

"후작님이 도와주신 덕에 제 딸 장례를 치렀습니다. 정말 감사했어요."

"후작님 덕분에 제 남편이 전염병에서 살아났습니다. 예전처럼 움직이진 못하지만, 그래도 살았다는 게 기뻐요."

"제 아들은 전쟁터에서 후작님 덕분에 살아 돌아왔습니다!"

한 명씩 말하다가 점점 목소리가 겹쳐 들리기 시작했다. 대충 듣자 하니 다들 내게 감사하다는 말을 전하고 있었다. 환하게 웃으며 나에게 인사하던 이들은 금세 얼굴을 살벌하게 굳히고 루벤을 노려봤다.

"저놈만 죽이면 됩니까?"

"예?"

창살을 붙잡고 멍청하게 되묻자 덩치가 큰 남자가 앞으로 나서며 말했다.

"한 놈은 이미 후작님이 처리하신 것 같고, 이제 이 사람만 죽이면…… 후작님이 풀려나시는 거죠."

루벤이 왼쪽에 있는 검 손잡이를 쥔 채 그들을 위협했다.

"물러나라! 여기서 후작을 빼내면 다들 반역이다!"

"훼!"

딸의 장례를 치러 주어 감사하다 고개를 숙이던 인자한 웃음의 여자가 살벌한 낯빛으로 루벤에게 침을 뱉었다.

"여기 쳐들어온 순간부터 그런 건 이미 각오했어."

루벤에게 다들 한 걸음씩 다가갔다. 아무리 황실에서 정식 훈련을 받은 루벤이라 할지라도 이렇게 많은 사람과 싸워서는 죽을 게 분명했다. 나는 손을 뻗어 그들을 말렸다.

"그만! 다들 그만두십시오! 어차피 루벤은 저를 풀어 주려고 했어요!"

"예? 하지만, 이자가 방금 후작님을 빼내면 반역이라고……."

"직업 정신이 투철해서 그렇습니다. 저는 괜찮으니 이자는 살려 두세요. 루벤! 이리 와! 열쇠 들고! 얼른!"

땅에 떨어져 있던 열쇠를 조심스럽게 집어 든 루벤은 낫을 들이대며 위협하는 백성들과 나를 번갈아 쳐다보며 슬금슬금 다가왔다. 루벤이 문을 열어 주자마자 나는 밖으로 나가서 루벤의 앞을 가로막았다. 그제야 감옥 밖에서 퍼지는 커다란 괴성과 비명들이 들려왔다.

"……바깥 상황이 어떻길래 저렇게 소란스럽습니까."

내 질문에 식칼을 들고 있던 남자가 성실히 답했다.

"난리가 났어요."

"예?"

"애초에 후작님이 반역죄라는 것도 말이 안 되는데 여신의 힘을 이용해서 프리실라 황비님을 죽였다는 건 더더욱 말도 안 되잖아요. 저희가 바보도 아니고, 후작님의 은혜를 모르겠습니까. 다들 그래서 뭐라도 챙겨 들고 이렇게 달려왔습니다! 저희는 후작님을 구하려고 이리로 왔고! 나머지는 황궁으로 갔습니다."

"……폭동이 일어났다는 건가."

루벤이 작게 읊조리자 앞에 있던 남자가 식칼을 들이댔다.

"폭동이든 반란이든 뭐라 불리든 상관없다. 후작님처럼 우리를 위해 목숨 바친 분은 없었어."

나는 멍하니 선 채 남자의 식칼을 잡고 아래로 내렸다.

"잠깐. 아까 뭐라고 했어요?"

'예?' 하며 되묻는 백성들에게 나는 다시 물었다.

"프리실라 황비님이 죽었다니?"

얼이 빠져서 머리가 제대로 돌아가지도 않았다. 차라리 잘못 들었기를 간절히 바라며 대답을 기다렸지만 남자의 대답은 아까와 같았다.

"걱정 마십시오! 저희 모두 후작님이 그렇게 하셨다고는 생각하지 않습니다!"

손사래를 치며 남자가 대답하자 옆에 있던 다른 사람이 그의 옆구리를 쿡 찌르며 덧붙였다.

"그거야 당연한 일이죠! 황실에서 그렇게 발표를 했긴 하지만, 프리실라 황비님의 죽음과 후작님이 무관하다는 것쯤은 저희도 다 압니다!"

귀에서 이명이 들렸다. 징그럽게 귓가를 울리는 소리와 함께 머리 속이 새하얗게 비워지는 듯 아무런 생각도 들지 않았다. 나는 멍청히 앞으로 다가섰다.

"……황비마마가 언제 서거하셨습니까."

"어제 소식을 들었습니다만, 저기…… 후작님?"

앞에 선 사내를 보고 있는데도 시선은 더 먼 곳을 보는 듯 공허했다.

그녀는 나 때문에 죽은 거야. 내가 내 위기에서 벗어나기 위해 황제를 도발했기 때문에. 태양의 사자라고 속이려고 황제의 비밀을 들춰서. 내가 카일의 어머니를 죽인 거야.

프리실라의 모습이 생생히 떠올랐다. 고고하게 앉아 내게 질문을 던지던 그녀의 당당한 미소가 아직도 눈앞에 선연히 그려졌다. 나는 얼굴을 가리며 고개를 푹 숙였다.

어머니를 잃은 카일의 심정이 얼마나 타들어 갈지는 감히 상상조차 할 수 없었다. 혼자 남겨진 카일에게 얼른 돌아가고 싶었지만 마음 한편 구석진 어딘가에서 불안함이 안개처럼 피어올랐다.

만약, 정말 만약에 카일이 나를 원망하면 어쩌지. 너 때문에 어머니가 죽었다고 하면 나는 어떻게 해야 하지. 나는, 뭐라고 대답할 수 있을까.

황제는 내가 마음을 쏟은 모든 사람들이 절망하는 것. 그러다 결국 참지 못한 그들이 나를 버리는 것. 그걸 바랐던 거겠지.

설사 그렇게 된다고 해도, 이대로 황제가 원하는 모양대로 흘러가게 둘 순 없었다. 황제가 내게 퍼부었던 저주보다 중요한 것은 카일이 내게 직접 했던 말이었다.

'무슨 일이 있어도 널 놓지 않아.'

나를 바라보던 따스한 그의 눈빛과 몇 번이나 사랑한다고 귓가에 새기듯 속삭이던 어느 새벽들.

"……가야 해."

카일에게.

혹시 듣게 될지도 모를 원망에 겁먹어 도망갈 순 없었다. 내가 아는 카일이라면 나를 기다리고 있을 게 분명하니까.

"비키십시오. 황자 전하께 가야 하니."

하지만 어쩐 일인지 사람들은 쉽게 앞을 터 주지 않았다.

"뭐 하는 거지."

음산하게 묻자 그들은 난처한 듯 서로를 보며 대답을 피했다.

"황자 전하께서는……."

남자가 뒷말을 흐렸다. 불쾌할 정도의 불안이 갑작스레 가슴에서 구토할 듯 밀려 올라왔다. 나는 내 뒤에 있는 루벤의 옆구리에 꽂힌 검을 빼 들어 남자를 겨눴다.

"대답해. 빨리. 황자 전하께서는 어떻게 된 거야."

그때 헤어지지 말았어야 했어. 그 자리에 있던 근위병을 모두 죽이고 도망치는 한이 있더라도 카일과 찢어져선 안 됐는데. 손끝이 덜덜 떨려 왔다. 날카로운 검 끝에 선 사내가 눈을 굴리며 황급히 대답했다.

"황자 전하께서 탄 마차가 황궁에 채 들어가기도 전에 길가에 전복이 되어 있었습니다. 저희도…… 찾고는 있는데, 어디로 가셨는지……."

"……뭐?"

챙그랑, 하는 검이 떨어지는 소리가 감옥 안을 울렸다. 마차를 습격한 건가. 그럼 카일은? 내가 스노우에게 간다고 막 뛰어나오는 바람에 카일은 호위병 하나 없이 날 쫓아왔는데. 그럼 혼자서 마차를 습격한 사람들과 싸웠다는 건가.

아무런 말소리도 들리지 않았다. 그저 귀에 물이 찬 것처럼 먹먹했다. 온몸에 있는 피가 발가락으로 빠져나가는 기분과 함께 시야가 검게 물들었다. 눈을 떠도, 감아도 온통 검었다. 나는 그대로 바닥으로 쓰러졌다.

눈을 뜨자마자 보인 것은 내 손을 잡고 우는 도레스의 얼굴이었다.

"후작님? 후작님. 정신이 좀 드시나요? 저 보이세요?"

나는 아무런 대답도 하지 않고 자리에서 스르륵 일어났다. 침상에 고이 누워 있는 걸 보니 감옥에서 나를 데리고 나온 모양이었다. 나는 목에 힘을 주고 겨우 소리를 내어 말했다.

"검."

"네?"

"검 어디 있어."

낮은 목소리로 느리게 묻자 도레스가 파드득 놀라 움직이며 구석에 놓인 검을 내게 건넸다.

"깨어나시면 검을 찾을 거라고, 용병들이 주고 갔어요. 여기요."

벨로이스트 공저에 두고 왔던 내 검이었다.

"……황자 전하는."

"아직, 찾지 못했어요."

망설이며 말하는 도레스의 얼굴을 보고 있으니 나도 모르게 울화가 치밀었다. 이 얼굴로 투르가 내게 스노우에게 가 보라고 했지. 그 덕분에 스노우의 목숨은 건졌지만, 카일과 나는 속수무책으로 잡혀 와야 했는데. 거기까지 내다보고 일부러 날 사지로 내몬 걸까. 여신께서는 정말로, 공평하지 않은 건가.

눈물 대신 한숨이 척척하게 흘러나왔다. 붉어지려는 눈가를 애써 참았다. 울고 있을 시간 따위 없었다.

"내가 기절한 지 시간이 얼마나 지났지. 여긴 어디야. 폭동은?"

"다, 다섯 시간 정도 지났습니다. 여기는 근처에 있는 여관이고요. 황궁 앞에 있는 보초병들은 공격을 받자마자 황궁 안으로 들어가 문을 잠갔어요. 그래서 이도 저도 못하는 상황이에요. 사람들은 계속 화나서 황궁으로 화염병을 던지고 있긴 한데 벽이 워낙."

"됐어."

나는 도레스의 말을 끊고 그의 어깨를 붙잡았다.

"근데 넌 왜 여기 있어. 황궁에 있었잖아."

내 의심스러운 눈초리에 도레스가 억울하단 듯 펄쩍 뛰며 대답했다.

"저는 당연히 후작님 시종이니까 후작님 따라왔죠! 근데 너무 빨리 가셔서 바로 못 쫓아간 거고요! 저 말고도 다른 용병들도 열두 명 같이 계세요."

도레스의 말에 의심을 거듭하다 여관방의 문을 열었다. 1층 홀에 어수선하게 퍼져 있는 사람들 가운데 검은 옷을 입은 용병들이 앉아 있다가 날 보며 벌떡 일어섰다.

"대장님!"

"후작님! 일어나셨어요?"

"깨셨습니까?"

재회의 반가움을 나눌 시간도 여유도 없었다. 나는 그들에게 다가가 냉담한 어조로 명령했다.

"다들 준비해."

"뭐를 말입니까."

"이 폭동을 진짜 반란으로 만들 거니까."

## 23. 반란

소란스럽던 여관이 순식간에 차갑게 가라앉았다. 구석에서 화염병을 준비하던 농민들이 모두 멈추고 나를 바라보았다. 앞에 서 있던 용병이 당황한 듯 눈을 굴리며 질문했다.

"……하지만, 후작님. 이렇게 아무 계획도 없이……. 반역은, 계획이나 명분이 있어야 하는 거 아닙니까."

멍청이가 아니고서야 나도 안다. 카일의 행방도 알 수 없는 지금 당장 밀어붙이기 힘든 상황이라는 것도 알고 있다. ……하지만.

나는 이를 악물고 말했다.

"다음 황제가 누가 되든 상관없어. 난 지금 황제만 죽이면 된다."

황제를 죽이겠다는 말에 잠깐 침묵에 휩싸였던 여관이 이내 술렁거리기 시작했다. 그따위는 아무래도 좋았다. 어차피 따를 사람만 따르면 되니까. 혼자서라도 가서 황제를 죽일 작정이었다. 용병들의 대답을 기다리지도 않고 여관의 정문을 향해 몸을 돌리자 그들이 나를 불러 세웠다.

"후작님! 잠깐만요! 저희도 무기 챙길 시간은 주셔야지! 거참, 성질도 한결같

159

이 급하셔라."

"뭐?"

뒤돌아보니 그들은 급하게 검이며 갑옷을 챙기는 중이었다. 내가 방금 황제를 죽이겠다고 말한 것에는 아무런 거부감도 느끼지 못한 것처럼 태연한 얼굴이었다.

"후작님이 가시면, 저희도 가야죠."

약간 든든해진 마음으로 여관의 정문을 활짝 열었다. 온통 시커먼 옷을 입은 놈들이 앞에 포진해 있었다. 내 용병들이었다.

"여기 계셨네! 한참 찾았잖아요, 후작님!"

"……다들 어떻게 된 거야? 감옥에 갇힌 거 아니었어?"

후작인 내가 갇혔으니 그 사병들도 감옥에 가는 게 당연했다. 구름 떼처럼 모인 검은 옷의 용병들이 수줍게 웃으며 대답했다.

"대장한테 피해가 갈까 봐 기다리고 있었는데 대장이 구출되셨다길래 저희도 안심하고 그냥 나왔죠."

음? 감옥이 그냥 나온다고 해서 나올 수 있는 곳이었던가. 약간 의아하긴 했지만 곧 납득했다. 나도 나오고 싶을 때 나왔으니까.

용병들이 끌고 온 말 중 한 마리에 올라타 큰 소리로 외쳤다.

"황궁으로 가자!"

"예!"

함성과 다를 바 없는 대답이 길을 가득 채웠다. 말을 타고 황궁으로 진군하는 검은 군사들의 뒤로 성난 백성들의 행렬이 길게 잇따랐다.

차갑게 가라앉은 분노를 원동력 삼아 몇 분이나 달렸을까, 처음엔 박살이 난 나뭇조각이 눈에 들어왔다. 고개를 들어 더 멀리 바라보았다. 길 위에 바퀴가 빠지고, 몸체가 부서진 마차가 나동그라진 채 그대로 방치되어 있었다. 나는 아무런 말도 하지 못하고 굳은 듯 멈춰 섰다.

거침없이 앞으로 향하던 행군이 멈추자 뒤에서 중얼대는 소리가 들렸다.

"……왜 앞으로 안 가?"

옆에서 따라오던 도레스가 눈치를 보며 다른 용병들에게 언질을 줬다.

"이거 황자님이 타고 가시던 마차잖아요."

물을 끼얹은 것처럼 순식간에 거리가 조용해졌다. 박살 난 마차를 보면 눈물이 흐를 줄 알았다. 울고 무너지고, 카일을 생각하다가 그를 지켜 주겠다고 했던 약속을 지키지 못했다는 것에 죄책감을 느껴 일어나지 못할지도 모른다는 생각도 했다. 하지만 실제로 마주하니 아무런 말도 나오지 않았다. 그저 어깨가 굳은 것처럼 아무런 행동도 할 수가 없을 뿐이었다.

"……저, 후작님?"

몇 분 지나자 뒤에 있던 게일이 나를 불렀다. 대답을 하려 입을 열었지만 목구멍 사이로 바람이 지나가는 것처럼 소리가 나오지 않았다. 몇 번이나 입을 달싹이다 겨우 말을 꺼냈다.

"……잠깐만."

한참 만에 말에서 내려 천천히 마차로 다가갔다. 모든 게 거짓말 같았다. 이 마차 안에 카일이 타고 있었다는 사실마저도. 그가 쥐여 줬던 단도가 아직도 내게 있는데.

바보야. 나한테 칼을 주지 말고 가지고 있었어야지. 누가 가까이 오면 망설이지 말고 찔러서 죽였어야지. 이게 뭐야.

한쪽 무릎을 꿇고 마차를 향해 조용히 고개를 숙였다.

"목격한 사람은 없나."

작게 읊조린 말인데도 도레스가 들었는지 재빠르게 대답했다.

"후작님이 누워 계시는 동안 백방으로 알아봤지만……. 마차가 습격당하는 걸 봤다는 사람은 있는데, 이후에 그 강도들이 어디로 사라지는지는 아무도 본 사람이 없습니다."

"……됐어. 가자."

마차 근처에 근위병들의 시체가 널브러져 있었다. 가슴과 목에 박힌 화살을 보니 전문적으로 훈련받은 자들이 공격한 것 같았다. 황제가 보낸 최정예군이 겠지. 길 한가운데서 대놓고 황자를 죽일 순 없었을 테니까. 나는 마차에 꽂힌 화살을 하나 뽑아 든 후 다시 말에 올랐다. 말 머리를 돌려 느리게 뒤돌아 나를 바라보는 수백 개의 눈동자와 눈을 맞췄다.

"······지금 이 순간부터 우리는 반란군이 되는 거다. 다시는 되돌아갈 수 없는 길을 가게 될 테고, 어쩌면 죽을지도 모른다. 두렵다면 돌아가도 좋다. 그러나······"

화살을 힘주어 쥐자 손톱이 손바닥으로 파고들었다. 핏방울이 화살을 감아쥔 주먹 사이로 뚝뚝 흘러내렸다. 악문 잇새로 고통의 신음이 아닌 분노가 흘러나왔다.

"끝내지 못하면 결코 비극은 끝나지 않는다. 누가 죽을지 모르는 불안 속에서 남은 날을 보낼 수는 없다."

쥐고 있던 활이 콰직, 하는 소리와 함께 부서져 아래로 떨어졌다. 나는 품에서 검은 천을 꺼내 눈 아래를 가렸다. 로테나의 전투가 벌써 몇 년 전처럼 까마득히 멀게 느껴졌다. 그동안 얼마나 많은 일들이 있었던가. 황제를 죽일 수 있다면 몇 번이고 사신이 되어도 상관없었다.

황궁을 향해 출발하려던 때, 누군가가 손을 들어 나를 불러 세웠다.

"대장님! 작전이 뭔가요!"

나는 뒤를 돌아본 뒤 짧고 간략하게 답했다.

"방해되면 죽여라."

내가 할 말은 그것뿐이었다. 곧장 말의 옆구리를 발로 차며 앞으로 달려 나가자 내 뒤로 수많은 말발굽 소리가 땅을 흔들었다. 황궁 앞에 도착하자 황궁 소속 보초 병사들이 방패로 진을 치고 나를 기다리고 있었다.

"반역자 조는 로타이스 영지를 국가에 반환하고 죗값을 받아라!"

"지랄하네. 로타이스는 내가 먹은 땅인데 니네가 뭐 한 게 있다고 돌려줘."

"조, 조는! 황권을 위협하는 군사와 가벼운 언행으로,"

나는 내 옆의 병사가 들고 있던 창을 빼앗아 들고 단번에 집어 던졌다. 내게 소리치는 기사를 향해 던졌지만 그의 옆에 있던 놈이 빠르게 방패로 막는 덕에 죽이진 못했다. 하지만 창의 힘을 견디지 못한 나무 방패가 산산조각으로 부서졌다. 아래로 우수수 떨어지는 방패의 부스러기를 본 기사가 눈을 빠르게 깜빡이며 마른침을 꿀꺽 삼켰다. 놈이 타고 있는 말이 길게 울며 발버둥 치는 동안 나는 큰 소리로 외쳤다.

"매일같이! 황궁의 뒷문으로 시체가 쓰레기처럼 버려지고! 멜틱스 강에 핏물이 흐른다! 사람이 살 수 없는 땅 위에는 황제도 있을 수 없다!"

어딘가에서 둥둥 울리는 북소리가 들려오는 것 같았다. 나는 옆에 차고 있던 검을 빼 들었다.

"그러니 비켜라. 죽기 싫으면."

"……반역자를 처단하라!"

방패로 앞을 막고 있던 황실의 병사들이 잠깐 머뭇대더니 자리에서 일어섰다.

아이고야, 안 봐도 비디오, 안 들어도 오디오, 안 겪어도 4DX네. 얘들아. 내 스승이 아주 귀에 못이 박히게 한 말이 있거든.

나는 검을 높이 들며 외쳤다.

"전쟁에서 가장 중요한 것은!"

"기백!"

내 뒤에 대기하던 용병들이 큰 소리로 대답하며 시커먼 구름처럼 앞으로 달려 나갔다. 병장기 부딪치는 소리가 잠깐 들리는가 싶더니 대부분의 적들이 얼마 합을 겨루지도 못하고 쓰러졌다.

전쟁을 밥 먹듯이 하다가 엊그제 돌아온 우리랑 가만히 궁이나 지키던 너희랑 같겠니. 이게 바로 짬에서 나오는 바이브라는 거다.

나는 우두머리로 보이는 기사의 앞으로 달려가 놈의 목을 노렸다. 방어한답시고 검을 들어 나를 막긴 했지만 놈의 팔이 부들부들 떨렸다.

"무기는 두 개씩 들고 다녀야지."

조언과 함께 나는 왼손으로 단도를 꺼내 놈의 가슴에 깊숙이 꽂아 넣었다. 나를 노려보던 기사의 입술 사이로 붉은 피가 터지듯 흘러나왔다. 맞붙은 지 얼마 되지도 않아 대부분의 병력을 잃자 남은 병사들은 우왕좌왕하다 결국 우리에게 등을 보이며 도망치기 시작했다. 거침없이 궁을 향해 도망가는 놈들에게로 달려가 등을 베며 앞으로 진군했다.

"뒤에 백성들이 있다. 그들에게 적을 보내지 마! 한 놈도 살려 두지 마라!"

평생 검 한 번 만져 본 적 없는 백성들이 이 행렬의 끝에 있었다. 나와 내 용

163

병들은 적을 남겨 두지 않고 모조리 죽이며 앞으로 나아갔다. 하지만 황궁의 문은 도레스가 말한 대로 굳게 닫혀 있었고, 아무도 보이지 않았다. 높이 솟아 있는 회색 벽을 올려다보며 나는 제자리에서 큰 소리로 외쳤다.

"갈고리!"

어느새 열을 맞춰 선 병사들 중 1열에 있던 용병들이 황궁 벽을 향해 갈고리를 집어 던졌다. 대기하고 있었던 건지 보초병들이 성벽 위에서 모습을 드러내 화살을 겨눴다.

"창병!"

내 명령에 2열에 서 있던 창병들이 앞으로 나와 긴 창을 성벽을 향해 던졌다. 허공을 가르며 날아간 긴 창이 보초병들의 몸을 꿰뚫는 동안 내 병사들은 밧줄을 타고 성벽을 올랐다. 하지만 그것으로는 역부족이었는지 몇 명은 화살을 맞고 아래로 떨어졌다.

저 성벽의 정문을 열어야 하는데. 초조한 마음으로 닫힌 성문을 보고 있는 와중에 뒤에서 익숙한 목소리가 들려왔다.

"비켜!"

뒤를 돌아보자 커다란 기둥을 짊어진 사람들이 우르르 달려오는 것이 보였다. 몸을 피하는 순간 거대한 통나무가 황궁의 정문 중앙을 거세게 때렸다. 쿠웅 하는 묵직한 울림이 귓가를 울렸다. 성벽에서 활을 쏘던 보초병들 중 절반이 정문을 지키려 아래로 내려갔는지 날아오는 화살의 수가 현저히 줄었다.

"한 번 더!"

커다란 통나무가 뒤로 갔다가 다시 한 번 정문을 강하게 부술 듯 강타했다. 명령을 내리는 적갈빛 머리칼이 눈에 들어왔다.

"……테오도르?"

내 목소리를 들었는지 그가 나를 돌아보며 소리쳤다.

"형이 가만히 있으라고 했다며! 왜 갑자기 반란군의 수장이 된 거야!"

"……뭐? 무슨 소리야? 카일이 살아 있어?"

"나중에 얘기해! 너 때문에 지금 우리도 비상이니까!"

164

우리? 우리라니 그게 무슨.

나는 황급히 말을 타고 테오도르의 옆으로 달려가 그를 불렀다.

"야! 똑바로 말해! 카일 살아 있냐고 물었잖아!"

"반란군 되더니 눈에 뵈는 게 없어! 황자한테 야가 뭐야!"

"테오!"

"그래, 살아 있다! 형님이 너 안 다치게 하라고 했는데, 몰라! 네가 최전방에서 군대를 이끄는데 나더러 어쩌라는 건지. 일단 이거부터 뚫어!"

카일이 살아 있단 말이지. 발끝부터 심장까지 차오르는 안도감에 나는 말에서 내려 쓰러진 놈이 들고 있던 방패를 오른손에 들고 곧장 성벽에 걸린 밧줄을 잡았다.

"조! 네가 직접 가면 어떡해!"

뒤에서 다급하게 외치는 테오도르의 목소리가 들렸지만 망설일 틈이 없었다. 방패 위로 비처럼 쏟아지는 화살들의 소리가 들렸지만 다행히 방패를 뚫진 못했다. 발목에 밧줄을 감은 채 이로 밧줄을 물고 왼손으로 잡고 당기며 조금씩 위로 올라갔다. 성벽을 거의 다 올랐을 즈음 무거운 방패를 적들을 향해 집어 던지고 단숨에 벽 위로 올라섰다. 잠깐 동안 시간이 멈춘 것처럼 긴장한 보초병들의 떨리는 눈동자와 눈이 마주쳤다.

"항복하면 살려 주겠다."

"호, 혼자 올라와 놓고 웃기지 마라! 공격해라!"

내게 달려드는 보초병들을 정신없이 쓰러뜨렸다. 검이 맞부딪치며 울리는 웅웅대는 소리가 귀를 가득 채웠고 핏물이 머리 위로 쏟아졌다. 달려드는 보초병을 베고, 돌려 세워 앞으로 밀며 검을 휘두르자 성벽 위에 있던 병사들이 아래로 떨어졌다.

나한테 몰린 보초병들 덕에 내 용병들은 수월하게 성벽을 올랐다. 그때, 커다란 소리와 함께 성문이 부서지며 열렸고 많은 수의 병력이 황궁 안으로 쏟아지듯 들어왔다. 아래가 뚫린 걸 안 보초병들이 꽁지가 빠지게 도망쳤다. 나는 놈들의 등을 베며 소리쳤다.

"한 놈도 남기지 마라!"

아래로 내려가 아무 말이나 골라 타고 다시 앞으로 달려갔다. 그런데 무언가 이상했다. 내가 생각했던 것보다 황궁 내의 병력이 더 적었다. 나는 옆에서 달리는 테오도르에게 물었다.

"황궁을 지키는 놈들이 이거밖에 안 돼?"

"다른 곳에도 있으니까!"

"어?"

내 얼빠진 표정을 힐끗 본 테오도르가 날아오는 활을 쳐 내며 외쳤다.

"다른 곳에 있으니까! 네 덕에 병력이 두 군데로 나뉘어서 다행이었어."

"뭐? 그럼 다른 곳은 어딘데?"

테오도르의 대답을 기다리던 중 황제의 궁 앞에 다다랐다. 한데 묘하게 이상했다. 아무리 두 곳으로 나뉘었다고 하지만 이렇게 지키는 사람이 없을 수가 있나. 황제의 궁 안으로 쳐들어갔지만 이미 텅 비어 있었다.

"황제를 찾아라!"

카일이 살아 있다고 해도 여기까지 온 이상 물러설 수는 없었다. 오늘 반드시 황제를 끌어내리고 카일을 황제로 만들어야 한다. 테오도르와 주변을 둘러보던 중 어딘가에서 커다란 함성이 들려왔다. 테오도르와 나는 곧장 그쪽으로 말을 몰았다.

며칠 뒤 황제의 탄신일에 대관식이 거행될 예정이었던 광장에 군사들이 몰려 있었다. 황제의 최정예 부대와 황실 근위대가 광장 전체를 진 치듯 둘러싼 채 가운데 선 황제를 지키고 있었고 그 주변을 다른 병사들이 포위한 채 대치 중이었다. 그리고 그곳에 카일이 있었다.

"카일! ……전하!"

평소처럼 그의 이름을 불렀다가 주변의 시선을 생각해 '전하'를 덧붙여 불렀다. 빠르게 그에게 달려가자 카일이 놀란 눈으로 소리쳤다.

"가만히 있으랬더니 넌 왜 갑자기 반란군의 수장이 된 거야! 깜짝 놀랐잖아! 테오 안 보냈으면 어쩔 거였어!"

"그래도 어떻게든 성문 열고 들어왔을 거라고요! 그러는 전하는 이게 다 무슨 일이에요!"

내 질문에 카일은 가만히 날 보더니 근위대들 사이에 포위된 황제를 향해 외쳤다.

"폐하. 그만 황위에서 내려오십시오. 동의하는 추밀원 귀족들의 수가 과반을 넘었습니다."

카일이 품에서 돌돌 말린 종이를 꺼내 아래로 쭉 펼쳤다. 귀족들의 이름과 직인이 줄줄이 찍힌 성명서였다. 그제야 그가 며칠 전에 했던 말이 생각났다.

'나는, 내 전부를 걸어서 반드시 황제가 되겠다. 그리고 널 사랑하는 데에 모든 걸 쏟아부을 거야.'

그러고 보니 황제의 근위대를 둘러싼 군사들이 장미 기사단만 있는 게 아니었다. 다른 귀족들이 사병을 보냈는지 꽤 많은 수의 군사가 황제를 둘러싸고 있었다. 거기다가 내 사병들의 숫자까지 더해지니 정말이지 황제의 승산은 없어 보였다. 나는 놀란 눈으로 카일을 바라봤다.

세상에. 진짜로 반역을 준비했단 말이야? 언제부터? 나처럼 빡돌아서 쳐들어온 게 아니라 차근차근 귀족들 동의를 받아 가면서 군사를 모으고 계획을 세운 뒤에 기다리고 있었다고?

카일이 날 힐긋 보더니 작게 속삭였다.

'너무 갑자기라 미리 말 못했어.'

이런 상황에 귀엽지 말라고요. 상황 봐 가면서 잘생기고 귀여워야지. 이렇게 시도 때도 없이 예쁘면 나 어떡하라고. 뭘 어째. 충성이지. 나는 검을 들어 카일의 길을 막는 정예군의 목을 겨눴다.

"비켜. 내 카나…… 주군이 가는 길 위에 서 있지 마라."

이미 포위된 상황에 더 이상의 반항은 의미 없다는 걸 알았는지 정예군들이 눈치를 보다가 들고 있던 검을 내린 후 옆으로 비켜섰다.

카일이 황제를 향해 천천히 걸어 나갔다. 어느새 태양이 구름에서 벗어나 카일의 머리 위를 강하게 비췄다. 밝은 금발이 빛살을 받아 화려하게 빛났다. 그는 등을 곧게 펴고 부드럽고 여유롭게 앞으로 걸었다.

높은 층계 위에서 이를 모두 지켜보고 있던 황제가 옆에 선 누군가의 팔을 잡아끌었다. 이사크였다. 굳은 얼굴로 서 있는 이사크를 앞세우며 황제가 눈을 부릅뜨고 소리쳤다.

"내가! 크하하핫! 내가 왜 이 광장에 있는 줄 아느냐! 이사크 황자를 황태자로 임명한다! 내가 이 왕관을 벗으면, 더 이상 황제가 아닌데 무슨 명분으로 날 죽일 테냐!"

진심으로 신이 나는 듯 발을 쾅쾅 굴리던 황제가 곧바로 왕관을 벗어 이사크에게 넘기려 했다. 어떡해야 하지. 어쩌지. 카일의 뒤를 따라 걷느라 그의 표정이 보이지 않았다. 그러나 걸음을 멈추지 않는 카일에게선 여유로움마저 느껴졌다.

머리 위로 황제의 관이 씌워지기 직전, 이사크가 뒤로 물러났다. 황제의 붉은 눈동자가 빠르게 흔들렸다.

"뭐, 뭐 하는 거냐. 이사크?"

"이 관을 써야 할 사람은 제가 아닙니다."

이사크는 카일을 보며 그를 향해 한쪽 무릎을 꿇었다. 카일은 이 상황이 당연하다는 듯 멈칫하지도 않고 걷는 속도를 늦추지도 않았다.

뭐야. 뭔데. 나만 모르는 거 같은데 이거 뭐야.

"성명서에 제일 먼저 이름을 올린 이가 이사크 황자입니다, 폐하."

카일의 단단한 목소리가 광장을 울렸다. 몇 백의 사람이 모여 있는데도 시간이 정지된 것처럼 조용했다. 뿌리박힌 듯 제자리에 서 있던 황제는 멍하니 카일의 말을 듣다가 갑자기 발악하듯 괴성을 질러 댔다.

"말도 안 돼!"

"차이베른 황제는 불필요한 전쟁을 거듭 일으켜 백성들에게 과도한 세금을 징수하였으며, 무의미한 살인을 일삼았다. 국정을 제대로 돌보지 않고 광증에 시달리는 황제는 이만 황위에서 물러나라."

차분하게 말하는데도 카일의 목소리에는 거부할 수 없는 힘이 있었다.

과연 어릴 때부터 교육받은 황자는 다르다는 건가.

황제의 옆으로 비켜선 이사크가 무심한 눈으로 제 아비를 바라봤다.

"당신 밑에서 태어나 영문도 모르고 죽어 갔던 검은 눈의 제 형제를 대신해 아버지를 저주합니다. 안녕히 가시길."

눈에 벌건 핏발을 세운 황제가 이사크를 퍽 소리 나게 밀치며 층계 위에서 목이 터져라 소리쳤다.

"감히 누구의 자리를 넘보느냐! 여기는 태양의 자리다! 태양이 앉는 자리다! 너 따위가 아니라! 내가! 이 내가 태양이란 말이다!"

뻥 뚫린 광장인데도 황제의 목소리가 메아리치듯 울려 댔다. 마치 이 자리에 있는 모두를 잡아먹을 것만 같았다. 황제의 비명 같은 고함 소리에 나도 모르게 몸이 굳어졌다.

"내가 바로 태……!"

그는 말을 끝맺지 못했다. 황제가 층계를 한 칸 내려오는 순간 어디선가 나타난 매가 태양을 가렸다.

삐이익―

귀를 찢을 듯 커다란 매 울음소리가 들린 직후 갑자기 태양이 검은 빛으로 가려지기 시작했다.

"……일식?"

하지만 오늘은 황제의 생일이 아닌데. 날짜상으로는 며칠 뒤에 일식이 일어나야 했다. 갑자기 왜? 붉은 매는 또 뭐 때문에 나타난 거지. 잠깐 사이에 태양이 완전히 검게 물들었다. 해가 진 어스름한 저녁처럼 세상이 어두침침하게 변했다. 광장을 가득 채운 사람들의 입에서 웅성거리는 소리가 점차 크게 퍼졌다.

"태양이…… 태양이 없어졌어."

붉은 띠만을 남겨 놓고 자취를 감춘 태양을 올려다본 사람들이 크게 동요했다. 하늘을 멍하니 올려다보다가 나는 시선을 내려 황제를 똑바로 쳐다보며 말했다.

"여신이 노했습니다. 황제."

"……."

저 멀리 보이는 황제가 붉은 망토를 휘날리며 나를 죽일 듯 노려보다가 온몸을 바들바들 떨어 댔다.

"네가 뭘 아느냐! 태양은, ……태양은 나다!"

"태양의 뜻을 이어 가는 자가 황제입니다. 저 스스로가 태양이라며 신에게 도전하는 당신 따위가 아니라."

자기 세계에 프라이드가 그렇게 강한 언니인데, 황제가 본인이 태양이라고 자꾸 외치니까 화낼 만도 하지. 날짜를 바꿔서 해를 가릴 정도로.

여신의 목소리를 전하는 사자라고 알려진 내가 황제에게 말하자 다들 놀란 눈으로 황제를 바라봤다.

"사라진 태양. 이것이 투르가 여신의 뜻입니다."

어지간히 화난 게 아니었는지 몇 분이 지났는데도 태양은 다시 모습을 드러내지 않았다. 차이베른의 눈가에 경련이 일었다. 순식간이었다.

그가 활을 들어 내게 쏜 건.

날 향해 날아오는 화살을 보며 피해야 한다는 생각을 하자마자 시야가 검게 변했다. 카일이 내 앞을 가로막았다.

'어……?'

상황을 파악하기도 전에 카일의 몸이 크게 진동한 뒤 아래로 무너졌다.

"……카일!"

목이 찢어져라 그의 이름을 외치며 그를 붙잡았다. 내가 신의 역작이라 부르던 카일의 하얗고 빛나는 얼굴이 고통으로 일그러져 있었다. 가슴팍에 꽂힌 긴 화살이나 쓰러진 카일을 잡고 있는 내 두 손 같은 것들이 모두 비현실적으로 느껴졌다.

"크하하핫! 거봐라! 네가 지키는 것들은 내가 죽인다고 했지! 내가 모조리 죽인다고! 하하!"

미쳐 버린 황제의 소리도 들리지 않았다. 나는 카일의 얼굴을 쓰다듬으며 몇 번이나 그의 이름을 불렀다.

"카일, 눈 떠요. 네? 죽지 마요. 전하. 카일. 죽으면 안 된다고요. 이제 다 왔는데. 눈 떠요."

카일의 손을 잡은 채 나는 내 용병들에게 명령했다.

"죽여라."

대상을 말하지 않았음에도 용병들은 검을 들고 황제에게 향했다.

"하하하! 내가! 죽였다! 죽였어! 네 어미는 내게 검을 맞아 죽고! 너는 활을 맞고 죽는구나! 하하하!"

완전히 미쳐 버려 침을 질질 흘리며 황제는 끊임없이 웃었다. 결국 분노를 참지 못하고 나는 자리에서 벌떡 일어섰다. 검을 쥐고 황제에게 달려가려는 순간, 주변을 둘러싼 이들의 눈이 휘둥그레 커졌다. 그들은 모두 내 뒤를 보고 있었다. 갑작스러운 적막 가운데 넋이 빠진 듯 몽롱하게 내뱉는 황제의 목소리만이 선명히 들려왔다.

"……거짓말. 저건 거짓이다."

설마. 뒤돌아보자 카일이 천천히 몸을 일으키는 중이었다. 콜록대는 기침과 함께 일어나 앉은 카일은 날 향해 손을 뻗었다.

"……조. 이리 와."

가슴에 박힌 화살을 스스로 빼낸 카일이 내 손끝을 잡자마자 강하게 끌어당겼다. 그의 웃옷 사이에서 붉은 보석 조각이 우수수 떨어졌다.

"……이게 뭐예요?"

"……너한테 받은 하트 목걸이가 깨졌네."

"하트 목걸이?"

몇 달 전에 준 그 무식하게 큰 하트 모양 목걸이? 그걸 아직까지 하고 다녔다는 말이야? 목 근육을 왜 그런 데다가 낭비하세요. 그나저나 그럼 이 화살이 보석에 박혀서 무사하다는 건가. 무슨 이런 우연이 있지.

튀어나올 것처럼 크게 떠진 내 눈을 보며 카일이 부드럽게 웃었다.

"또 네가 날 지켜 줬네."

카일이 자리에서 완전히 일어서자마자 태양을 가리던 그림자가 느리게 물러가며 붉은 태양이 다시 모습을 드러내기 시작했다.

"태양이다."

누군가가 손가락으로 하늘을 가리키며 읊조렸다. 밝게 빛나는 빛이 카일의 머리 위를 다시 비췄다. 경외의 시선이 카일과 나를 향했다.

"여신의 사자가 황자를 살렸다!"

"태양의 뜻이야……!"

술렁이는 소리가 점차 커졌다. 소란스러운 와중에 찢어질 것 같은 비명이 광장을 울렸다.

"놔라! 내가! 이, 내가! 태양이다! 어떻게 지켰는데! 1황자! 네깟 놈이 이 자리에 올라 봤자 나와 같을 것이다! 가짜라는 생각에 매일 죽어 갈 것이다!"

금방이라도 피를 토할 것처럼 고함을 지르던 황제가 카일의 기사들에게 붙잡혀 질질 끌려 내려왔다. 황제의 신발이 벗겨지자 퉁퉁 부은 발이 드러났다. 삐쩍 꼴아 있는 손목과는 대비되는 괴상한 모양이었다. 한 걸음씩 차분히 걸어간 카일은 마침내 황제 앞에 섰다.

"저를 아들로 생각하신 적이 한 번이라도 있습니까."

황제의 입꼬리가 비스듬히 올라갔다. 광기 서린 눈을 휜 황제는 하늘을 보며 말했다.

"아니."

눈이 시릴 정도로 밝은 빛이었다. 카일이 검을 빼 들자 검에 가려 황제의 얼굴에 그림자가 졌다. 그제야 황제는 눈을 감았다.

"다행입니다. 아버지가 아닌 폭군을 베는 것이라."

카일의 커다란 검이 빛을 받아 반짝이고, 이윽고 붉은 피가 광장에 흩뿌려졌다. 삶의 마지막에서 황제는 반쯤 감긴 눈으로 환하게 웃고 있었다. 검이 태양을 가린 순간, 그토록 바라던 평온을 찾은 듯했다. 모순되게도 황제의 머리는 몸과 분리되어 형편없는 모양새로 바닥을 굴렀다.

카일은 얼굴에 튄 피를 닦으며 황제의 시체를 넘어가 피가 스민 돌바닥 위에 놓인 왕관을 들어 올린 후 광장을 가득 채운 군사들을 향해 뒤돌아섰다. 폭군의 황정을 끝낸 새로운 황제는 피 묻은 왕관을 손에 쥔 채 차갑게 식은 눈으로 칼날로 저미듯 아래를 내려다보다 무거운 왕관을 스스로 머리 위에 씌웠다.

황좌의 새로운 주인을 향해 천천히 한쪽 무릎을 꿇자 내 뒤로 파도처럼 모든 사람들이 줄줄이 무릎을 꿇었다. 주변을 둘러싼 사람들을 묵묵히 돌아보던 카일의 시선이 진득하게 내게 박혔다.

'나는, 내 전부를 걸어서 반드시 황제가 되겠다. 그리고 널 사랑하는 데에 모든 걸 쏟아부을 거야.'

그가 내게 했던 약속 중 전자는 방금 이뤘으니, 이제 딱 하나만 남았다.

## 24. 황좌의 주인

지하 감옥을 지키는 병사는 곤란한 얼굴로 조를 막아 세웠다.

"죄송하지만, 면회할 수 없습니다. 후작님."

"난 돼."

"예?"

"나는 돼."

당당하게 말하는 후작이 너무 자신감 넘쳐 보여서 병사는 저도 모르게 비켜 줄 뻔했지만 겨우 정신을 차리고 다시 한 번 같은 말을 반복했다.

"면회할 수 없습니다. 후작님."

"내가 누구지?"

"……로타이스 후작님이요……."

"내 별명이 뭐지?"

미소를 머금은 채 묻는 조의 얼굴이 너무나 다정해서 앳된 병사는 그만 머릿 속에 있는 것들을 그대로 입 밖으로 낼 뻔했다. 사냥개라든지, 전쟁의 사신이나 악마 같은 것들을.

입을 살짝 열었다가 '합' 하며 다물어 버린 병사를 보며 조는 인자하게 웃었다.

"네가 생각한 그게 맞을 거야. 그러니 내가 여기를 들어갔다고 해도 아무도 너를 탓하지 못해."

"그, 그래도⋯⋯."

"나중에 증언이라도 하려면 기절하지 않은 채로 비키는 게 낫겠지?"

조곤조곤 말하고는 있지만 명백한 협박이었다. 병사는 눈물을 머금고 지하 감옥 입구에서 비켜섰다. 조는 제 손으로 문을 열고 천천히 계단을 내려갔다. 층계를 하나씩 내려갈 때마다 퀴퀴한 곰팡이 냄새와 습기 가득 찬 오물 썩은 내가 진동을 했다. 조는 가장 안쪽, 불빛조차 닿지 않는 음습한 곳으로 걸어갔다.

창살 너머 돌바닥에 가지런히 앉아 있는 델로아는 어쩐지 지쳐 보였다. 늘 밝게 빛나던 피부는 푸석푸석했고, 잘 빗어 넘겼던 머리카락 역시 엉망으로 흐트러져 있었다. 그럼에도 그녀의 녹안만은 선명했다.

"⋯⋯마지막 인사라도 하러 왔나 보네."

"왜 그랬어."

조의 질문에 델로아는 아무런 대답도 하지 않았다. 그저 무감한 얼굴로 가만히 조를 바라볼 뿐이었다.

그녀와 눈을 맞추는 조의 낯빛에 슬픈 기색이 조금 비치다 이내 사라져 버렸다. 무거운 숨을 들이마시는 조의 가슴팍이 조금 부풀었다가 천천히 가라앉았다.

"⋯⋯그날, 재판에서 왜 나를 모함했어요. 왜 내가⋯⋯ 일부러 신임을 얻기 위해서 그런 짓을 저질렀을 거라고 말했어요?"

질문을 들은 델로아의 눈꺼풀이 아주 느리게 닫혔다가 다시 열렸다. 그녀는 여전히 세상의 주인공 같았다. 델로아가 녹빛 눈동자를 깜빡일 때마다 온 세상이 빛을 잃었다가 다시 찾는 듯 흐려졌다 선명해지길 반복했다. 그녀에게서 대답이 나오지 않자 조는 입술을 앙다물었다가 다시 열었다.

"왜 프리실라 황비님께 독이 든 차를 갖다드렸어요?"

델로아는 여전히 입을 열지 않았다. 한참 침묵 후, 조는 이전보다 더 낮은 목소리로 물었다.

"……스노우에게 암살자를 보내고, 그의 저택에 불을 지른 것도 네 짓이야?"

스노우의 저택에 불이 났던 날, 암살자의 머리를 잘라 밖으로 내던지긴 했지만 반역죄로 호송당한 탓에 조사하지 못했다. 하지만 그런 짓을 할 만한 사람은 황제 아니면 델로아뿐이었다. 질문하는 목소리 끝이 조금 떨려 왔다. 조의 질문을 들은 델로아는 그제야 하얗게 튼 입술을 열어 답했다.

"넌 아직도 무르구나. 조."

어금니를 악문 조는 한 걸음 앞으로 다가서서 창살을 그러쥐었다. 창살을 쥔 손에서부터 마치 감전이라도 된 양 덜덜 떨려 오기 시작했다. 발끝까지 잔뜩 힘이 들어가, 어딘가로 튕겨 나갈 것만 같았다. 큰 노란 눈을 빛내며 조는 델로아를 뚫어지게 응시했다.

"건방 떨지 마. 이깟 철창 밖에서도 쥐도 새도 모르게 당신 죽일 수 있어. 아니, 차라리 죽여 달라 빌게 할 수도 있어. 진실을 말할 그 망할 입만 붙어 있으면 되니까 네 팔다리 잘라 내는 건 일도 아냐."

당장이라도 철창을 뜯어 안으로 쳐들어갈 기세로 으르렁거리듯 말했지만 델로아는 태연하게 답했다.

"그렇게 하고 싶으면 해. 그러진 않겠지만."

"무슨 자신감으로."

"너는 내가 아니니까."

단호하게 답한 델로아는 자리에서 일어섰다. 부스스 작은 돌 조각들이 떨어지는 소리가 들리는가 싶더니 그녀는 어느새 앞으로 다가와 조와 마주 섰다.

"내가 너라면, 너처럼 미래를 알고 있었다면, 절대 그렇게 하지 않았을 거야."

"……그게 무슨."

전쟁에 나서기 전까지는 델로아가 약간은 더 컸는데, 이제는 조가 더 커져 그녀를 내려다보고 있었다. 하지만 허리를 꼿꼿이 펴고 당당하게 고개를 들고 있는 델로아의 알 수 없는 위압감에 언뜻 비슷하다는 느낌마저 들었다.

"우린 친구가 될 수 없을 거라고 했잖아."

"그건,"

"난 너처럼 될 수 없어. 그따위로 아량 넓게 주변을 살피고 남을 먼저 챙기면서 날 돌보는 일 따위 못해. 난 평생을 내가 세운 목표만을 위해 살았으니까."

며칠간 물도 제대로 마시지 못했을 텐데도 델로아의 음성을 잘 벼려진 칼날처럼 선명했다.

"내가 미래를 알았다면 너처럼 전쟁터에서 쓸모없는 명성을 쌓고 오진 않았을 거야. 황제와 가장 가까운 곳에서 그의 손발을 잘라 가며 그가 눈치도 못 챌 어느 순간에 나의 주군을 그 자리에 세웠겠지."

한마디씩 뱉을 때마다 델로아가 조금씩 다가왔다.

"잘 생각해 봐, 조. 네가 주변 사람들을 살피며 오느라 얼마나 먼 길을 빙빙 돌았는지. 미래를 알고 있다는 그 좋은 수를 가지고도 말이야."

조는 건조한 눈으로 델로아를 보며 물었다.

"……이사크가 그걸 원했어?"

잠깐 망설이던 델로아가 씁쓸하게 웃으며 답했다.

"그와 약속했으니까. 반드시 황제로 만들어 주겠다고."

"이사크가 널 얼마나…… 그날의 약속에 얽매이는 널 볼 때마다 얼마나 후회했는지 알면서!"

책 속에서 그랬고, 지금의 현실 속에서는 더했을 것이다. 조금씩 망가지는 델로아를 보며 수백, 수천 번을 후회했겠지. 돌아가자고, 차라리 다 버리자고, 그냥 마음 편히 나를 좋아해 주는 걸로는 안 되겠냐고 그녀에게 매달렸을 이사크가 떠올랐다.

델로아는 모래가 부서지듯, 약간은 허망한 표정으로 웃었다.

"이미 많은 길을 걸었으니 돌아갈 수가 없었잖아. 너도, 우리도."

델로아 알베니스는 어쩌면 친구가 될 수도 있었을 이를 가만히 바라보았다. 황궁에 들어온 시기는 비슷했는데 우리는 어쩜 이리 다른 결말을 맞았을까. 조가 살아가는 방식은, 그녀가 이미 한 번 실패했던 것이었다.

노력과 재능, 그리고 약간의 운으로 일궈 낸 삶. 열심히 살면 어떻게든 될 줄 알았던 때가 물론 델로아에게도 있었다. 순진하게도.

하지만 세상은 뜻대로 굴러가지 않았다. 알베니스의 가주가 될 거라 철석같이 믿으며 공부하고, 가끔은 남의 비위도 맞추며 올라섰지만 남동생이 태어나고부터는 모든 것에서 밀려났다. 직접 준비하던 여러 사업들과 영지를 다스릴 정책과 썩어 가는 영지의 붉은 흙을 연구한 각종 데이터들은 수고했다는 말과 함께 아버지의 공으로 돌아갔다. 곧 남동생이 이어받게 될 알베니스의 영광이었다.

델로아의 것은 아무것도 없었다. 그녀를 비웃는 소문은 금세 돌았다. 콧대 높은 위선자가 드디어 기가 죽었구나, 하더라는. 말 한 마디 한 마디 날아오는 것들이 모두 칼날처럼 날카로웠다.

한순간에 존재할 가치가 없는 인간이 되었다. 평생의 노력이 한순간에 물거품이 되어 사라지고, 저를 바라보는 이들이 모두 저를 비웃고 있다는 걸 알았을 때 어떻게 했어야 했지. 남동생이 태어난 날 그 아이의 작은 머리를 베개로 눌러서라도 내 자릴 찾았어야 했나.

가문의 쓸모를 위해서 결혼을 하라는 아버지의 말에 '그런 건 제가 원한 삶이 아니었습니다.' 라는 답밖에 하지 못했다. 애초에 그곳에 '델로아'의 자리는 없었다. 알베니스의 젊고 아름다운 영애만이 있으면 대충 메워질 자리였다. 그녀가 밥을 먹는 식당의 의자 위나 화장을 하는 화장대 앞은.

'델로아'는 필요 없다. 그것이 가족의 뜻이었다. 그녀 역시 그런 줄로 알고 있었다. 검은 머리카락을 지닌 소년을 만나기 전까지는. 이사크가 잃어버렸던 자리를 찾아 주고, 그의 곁에 계속 남아 있으면 그의 '쓸모'가 될 수 있을 것 같았다.

그것뿐이었는데. 나도, 그저 누군가에게 필요한 사람이 되고 싶었는데.

이번에는 버려지면 안 된다는 초조함이 비틀려 구역질 나는 욕망으로 자라는 걸 알면서도 멈출 수가 없었다. 단 하나의 빈틈도 남겨 놓으면 안 돼. 또 내 자리를 빼앗길 순 없어. 내가 있을 자리를 내 손으로 다져 놓지 않으면 서 있는 것조차 할 수 없으니까.

순수한 노력으로 일궈 낼 수 없는 것들이라면, 그깟 순수 따위 버리겠다고 결심했다.

……내가 또 틀렸구나.

너무 열심히 달려왔는지 이제는 조금 지쳤다. 쉬고 싶었다. 문득 그의 얼굴이 떠올랐다.

'델로아! 꽃 좋아해?'

'그다지 좋아하지 않습니다.'

'……아, 그래? 그럼 어쩔 수 없지. 나 이거 몰래 다시 심고 올게.'

히죽 웃으며 돌아서는 뒤에 대고 델로아는 작게 속삭였다.

'……하지만 꽃을 꺾어 와, 대답을 기다리는 당신의 들뜬 얼굴은 꽤 좋아했습니다.'

저의 마지막 쓸모는 그를 궁지에서 빼내는 것이다. 모든 죄를 제가 짊어지고 가야만, 그가 무사할 수 있었다.

델로아의 얼굴을 스쳤던 쓸쓸한 표정이 금세 신기루처럼 사라졌다. 다시 또렷한 눈빛으로 돌아온 델로아는 숨결이 닿을 만큼 조에게 가까이 다가가서는 조용히 읊조렸다.

"적에게는, 절대 네 빈틈을 보이지 마."

조의 한쪽 눈썹이 약간 찡그려지는 걸 본 건지 델로아가 부드럽게 미소 지었다. 바짝 말라 있는 그녀의 입술이 세로로 찢어져 핏방울이 맺혔다.

"감정에 휩쓸리지 마. 때론 가혹할 줄도 알아야 돼."

"잠깐, 너 지금 무슨 말을 하는 거야?"

스릉, 소리와 함께 조의 옆구리에 있던 검이 빠져나가며 델로아가 빠르게 뒷걸음질 쳤다. 화들짝 놀란 조가 무심코 검을 쥐었지만 델로아는 한 치의 망설임도 없이 검을 제 쪽으로 잡아당겼다. 그녀다운 가차 없는 몸짓이었다.

날카로운 검날이 조의 손바닥과 손가락 마디를 베며 지나갔다. 순식간에 핏방울이 바닥으로 후드득 떨어졌다. 조는 제 상처엔 신경도 쓰지 않고 외쳤다.

"미쳤어? 뭐 하는 거야! 델로아!"

"내가 남아 있는 한, 이사크는 아무것도 할 수 없어. 오히려 그 멍청한 바보는 내 죄를 나눠 갖겠지."

창살을 잡고 마구 흔들었지만 꼼짝도 하지 않았다. 소리를 지르는 조와는 달리 검을 쥔 델로아의 손은 흔들리지 않았다. 검을 거꾸로 쥐어 검날을 제 쪽으로 향하게 한 델로아는 약간 끊어지듯 말했다.

"……이사크는, 살려 줘."

그대로 긴 검이 그녀의 배 한복판에 망설임도 없이 빠르게 꽂혔다.

"윽."

목에서 끓어오르는 짧은 신음만을 뱉은 델로아는 조를 응시하며 다시 한 번 말했다. 그녀가 입을 열 때마다 피가 턱을 타고 흘러내렸다.

"살려……. 이사크는…… 아무런."

창살 앞에서 델로아의 이름을 몇 번이나 부르며 창살을 흔들던 조는 빠르게 계단을 뛰어올랐다. 지하 감옥 입구를 지키고 있을 병사를 부르러 가는 모양이었다.

델로아는 멀어지는 발걸음 소리를 들으며 끝까지 검을 쥐고 있는 손을 놓지 않았다. 지금은 아주 멀게만 느껴지는 언젠가의 기억이 떠올랐다. 이사크와 함께 무도회가 끝난 뒤 돌아가던 중, 달빛이 비치는 강을 보던 때가 있었다.

'있잖아, 델로아. 그, 저기, 조, 조. 아이, 그게…… 조…….'

무슨 말을 할지 뻔히 보였다. 빨개진 얼굴이나 눈을 맞추지 못하고 땅만 보며 머뭇대는 것들이. 새어 나오는 웃음을 애써 가라앉히며 모른 척했다.

'지금 1황자 궁 마구간지기의 이름은 듣고 싶지 않군요.'

일부러 그에게서 뒤돌아 걷자 안절부절못하며 따라오는 발걸음 소리가 들려왔다.

'그게 아니라, 델로아! 나 좋아한다는 말 하려고 했던 거야! 조가 아니라! 걔 이름이 여기서 왜 나와! 델로아, 어디 가! 마차 저기 있는데!'

'……황궁에는 조금 늦게 돌아가도 될 것 같으니 산책을 좀 더 하시지요, 전하.'

180

앞서 걷는 내내 얼굴에 미소가 피어 있었다. 잔뜩 당황한 이사크는 눈치채지도 못했었지만.

'내, 내가 한 말 들었어?'

'글쎄요. 강줄기가 세서.'

'……지금 엄청 조용한데.'

의기소침해져 목뒤를 매만지던 이사크의 목소리가 귓가에 울리는 듯 선명하게 느껴졌다. 강바람에 실려 온 비린내와 지하 감옥을 메우는 이끼 냄새는 언뜻 닮아 있는 듯도 했다. 축축한 습기마저도.

이사크 당신도 같았을까. 평생을 뒷골목에서 살아온 탓에 당신을 알아봤다는 이유로 고작 나 같은 것에게 빠져 이 고생을 한 걸까. 날 좋아한 걸 후회하고 있다면 좋을 텐데. 쉽게 잊을 수 있도록.

병사들과 함께 내려와 철창 밖에서 열쇠로 자물쇠를 열며 소리치는 조의 모습 뒤로 언뜻, 검은 머리카락이 보인 것도 같았다.

❈　❈　❈

카일은 차가운 눈으로 제게 무릎 꿇은 이복동생을 바라봤다. 시커먼 머리카락이 바닥에 닿아 흐트러진 채였다.

"……폐하. 제발, 제발 부탁입니다. 살려 주십시오."

"죄인에게 의사를 붙일 수 없다."

"폐하. 살려만 주십시오. 그 이후엔 이 나라에서 추방하셔도 됩니다. 아무것도 없이 쫓겨나도 괜찮습니다. 제발, 살려만 주십시오."

땅에 머리를 박아 가며 비는 이사크의 두 손과 옷에는 피가 한가득 묻어 있었다.

죽은 프리실라 황비에게 독이 들어 있는 차를 건넨 것으로도 모자라 황제에게 환각제와 정신 착란을 일으키는 약물을 주기적으로 조달한 인물로 밝혀진 델로아였다. 그런 그녀의 상처를 황제의 명령도 없이 돌볼 만한 사람은 적어도 황궁 내엔 아무도 없었다.

"폐하, 다 제가 시킨 짓입니다. 제 측근이었잖습니까. 저를, 저를 벌하십시오. 알고도 묵인한 것도 있습니다. 노예가 되라면 되겠습니다. 폐하. 제발, 제가 무슨 수를 써서든 평생에 걸쳐 죄를 갚아 나가겠습니다. 그러니 제발. 지혈제라도 구할 수 있도록 한 마디만 해 주십시오. 부탁입니다. 폐하. 형님. 제발……."

절절 끓는 목소리로 빌었지만 카일은 담담했다. 이사크가 황위에 올랐다면 델로아는 다른 식으로 해석되고 기록되었겠지. 원래 역사는 승자의 시선일 뿐이니. 허나 지금은 제가 황제였다. 카일은 무릎을 꿇은 채 울고 있는 이사크와 상반되는 무심한 낯으로 말했다.

"이사크 네가 여기 있으니 그 여자 옆엔 조가 있겠군."

"폐하……. 제발…… 흑, 부탁, 부탁합니다."

목이 메어 오는지 중간에 음절이 끊겼다가 다시 이어졌다. 붉은 카펫 위를 적시는 눈물과 콧물이 지저분하게 흘러내렸다. 이사크는 볼썽사나운 꼴로 계속해서 이마를 바닥에 대고 빌었다.

"그녀를, 저를, 살려 주세요. 폐하."

고개를 들어 올린 이사크의 검은 눈동자가 눈물 탓에 반짝이며 영롱하게 빛났다. 카일은 잠깐 동안 말없이 이사크의 검은 눈을 가만히 바라봤다. 지독하게 검기만 했다. 붉은 기라고는 하나도 없이. 붉은 눈인 아이와 아닌 것들. 황가의 아이들이 그렇게 나뉘던 때. 그때는 이사크를 비슷한 처지의 동생이라 여겨 동정이 일기도 했다. 그러나 지금은 아니었다.

"이사크. 그 여자는 재판장에서 조를 모함했는데 내가 그를 살려야 할 이유가 뭐지."

"……폐하. 송구하지만 제가 폐하의 즉위를 도왔잖습니까, 그러니 제발 이번 한 번만……. 델로아가 없으면 전 안 됩니다. 제발이요."

좋아하는 사람을 살려 달라 울며 비는 이사크에게서 잠깐 스스로가 비쳤다. 조가 죽던 날의 새벽 내내 돌아와 달라고 빌었던.

갑자기 문이 벌컥 열리더니 피 칠갑이 된 조가 들이닥쳤다. 들어가면 안 된다고 붙잡는 시종들을 모조리 뿌리치며 조는 빠르게 카일을 향해 걸어와 이사크 옆에 섰다.

"폐하. 델로아는 제 검에 찔려 죽어 가고 있습니다. 위험한 죄인을 만나러 가는데 날붙이를 챙겨 가 이런 사달을 낸 저를 먼저 벌하셔야죠."

"지금 무슨 소릴 하는 거야."

아드득, 이 맞물리는 소리를 내며 카일이 자리에서 벌떡 일어섰다. 이사크가 옆에 선 조의 바짓가랑이를 잡으며 정신없이 물었다.

"조, 델로아는. 델로아는 어떻게 하고 왔어?"

이사크의 물음에도 조는 카일만을 주시하며 말을 이어 나갔다.

"지금 델로아가 죽으면, 재판도 없이 함부로 폐하의 죄인에게 손을 댄 저도 유죄입니다. 아시죠?"

"……그딴 건 상관없다. 이대로 죽으면 그녀는 자살이야."

"델로아의 배에 꽂힌 검이 제 검인 줄 모르는 병사가 황궁에 드물 텐데요."

"상관없다고 했어. 이만 돌아가, 조."

"아뇨. 못 돌아가요. 델로아가 살아나지 않으면 재판을 무시하고 죄인이 자살할 수 있게 돕고 방조한 저도 죄인이니까요. 저도 죽겠습니다."

"조!"

집무실을 울릴 정도의 큰 목소리로 카일은 단숨에 조의 앞까지 다가왔다. 그녀의 어깨를 그러쥔 카일은 분노에 가득 차 으르렁거렸다.

"네가 어떻게 내 앞에서 그런 말을 해."

으스러져라 붙잡고 있는데도 조의 눈빛은 전혀 흔들림 없이 선명했다.

"……살려 주세요. 이사크도, 델로아도. 이사크에게 도움받았잖아요. 델로아 없이 살아갈 이사크가 어떤 심정일지 폐하도 아시잖아요. ……이사크는 폐하의 동생이잖아요."

한숨을 푹 내쉬며 한 걸음 떨어지려는 순간 조의 왼손에서 피가 뚝뚝 흐르는 걸 발견한 카일이 그녀의 손목을 그러쥐었다.

"너, 손이……!"

놀라 묻는 카일에게서 제 손을 빼낸 조가 주먹을 말아 쥐었다. 강한 압력에 감아쥔 주먹 사이로 새어 나온 피가 아래로 후드득 떨어졌다.

"뭐 하는 거야! 주먹 펴!"

카일은 곧바로 조의 손목을 잡아당겼지만 억지로 펴 내다가 상처가 덧날까 봐 함부로 세게 쥘 수도 없었다. 이마에 핏줄을 세운 채, 조를 노려보던 카일은 이를 악물었다가 밖을 향해 외쳤다.

"펠! 의사를 지하 감옥으로 보내! 그리고 그 여자를 살려 내라!"

금방 밖에서 분주하게 움직이는 발소리가 들려왔다.

"……델로아예요. 정확하게 명령해 줘요."

카일은 어깨에서 찰랑이는 조의 머리카락 끄트머리를 움켜쥔 채 낮게 말했다.

"그만해. 더 이상은 못 참아."

카일이 상처를 살피려 피가 흐르는 손의 손목을 잡아당겼지만 조는 제 자리에서 버티고 선 채 카일을 따라가지 않았다.

"델로아가 무사하다는 소식이 오면, 그때 치료할 거예요."

쥐고 있는 주먹 틈새로 새어 나온 피가 바닥으로 떨어졌다. 하얀 대리석 바닥으로 떨어진 핏방울은 여기저기로 퍼졌다. 카일의 하얀 바지 밑단에 붉은 자국을 내기에 충분할 정도였다. 냉랭한 공기가 둘 사이를 가득 메웠다. 눈꺼풀조차 깜빡이지 않고 조를 노려보던 카일의 붉은 입술이 천천히 열렸다.

"아직 그 여자의 숨이 붙어 있으니, 내가 지금 그 여잘 죽여 버리면 네 죄는 없는 게 되겠군. 그게 나의 판결이 될 테니."

"……카일!"

"그러니 고집부리지 말고 곱게 따라와서 치료받아."

말을 끝낸 뒤 카일은 곧장 조를 안아 들었다. 조가 발버둥 치자 그녀의 목뒤를 쳐 기절시키곤 가뿐히 고쳐 안아 다시 문으로 향했다. 집무실의 문이 열리기 전, 카일은 뒤돌아 아직도 무릎을 꿇고서 떨고 있는 이사크에게 말했다.

"가 봐. 살려 둘 테니."

복도에 서 있는 시종에게 제 침실로 의사를 부르라고 명령한 카일은 빠른 걸음으로 침실로 향했다.

넓은 침대 위에 조를 고이 눕히고서야 다친 손을 펼쳐 볼 수 있었다.

그 여자는 조가 가지고 있던 검을 이용해 자살을 시도했고, 조는 손이 베였으니 설명을 듣지 않아도 어떤 상황이었는지 훤히 그려졌다. 순간적으로 어찌나 힘을 주어 칼날을 잡았는지 상처가 꽤 깊었다. 다친 상처를 보며 짧게 혀를 찬 카일은 짜증 섞인 한숨을 길게 내뱉었다.

가끔은, 네가 더 이상 아무것도 볼 수 없거나 어떤 소리도 들을 수 없었으면 좋겠어. 아무에게도 이 마음을 줄 수 없도록. ……조금 더 솔직히 말하면 가둬 놓고 나만 보고 싶어. 그럼 너는 답답하다며 또 도망가겠지만.

카일은 조의 동그란 이마 위로 입 맞추며 조용히 속삭였다.

"내가 무슨 예쁜 짓을 해야 나만 볼 거야? 응?"

정신을 잃은 이가 대답할 리는 없었지만 카일은 그녀의 눈가나 코끝, 입꼬리에 몇 번이나 키스하며 귓가에 세뇌시키듯 중얼거렸다.

"네 눈에 나만 담으란 말이야. 내 이름만 말하고. 나만 쫓아. 조."

밖에서 크흠흠, 흠, 커흠흠, 큼! 어흠! 에흠! 컥! 콜록, 콜록! 하는 긴 헛기침 소리와 사레들린 기침 소리가 들려왔다. 벤지가 억지로 침실 문밖에서 신호를 내고 있었다. 짐승처럼 달아오른 카일을 예상하기라도 한 것처럼 친절하게도 긴 신호였다.

카일이 뜨거운 숨을 가라앉히자 곧이어 종종종 울리는 비교적 가벼운 발걸음 소리가 들렸다. 펠이었다.

"폐하. 의사를 데려왔습니다."

"들어와."

치료를 모두 마친 의사는 더 다친 곳은 없냐며 확인하려 조의 소매를 걷어 올렸지만 카일이 붙잡은 탓에 더 이상 몸을 확인할 수 없었다.

"더 다친 곳은 없으니 물러나."

"……폐하. 저는 단지 피가 곳곳에 묻어 있어서 확인을 하려 했던 것입니다."

"내가 이미 확인했다. 이건 다른 사람의 피니 더 이상 손대지 마."

과하게 방어적으로 구는 황제 탓에 의사는 냉큼 자리에서 물러났지만 영 꺼림칙했다.

'항간에 떠도는 황제가 남색을 한다는 소문이 진짜일까.'

침실을 나와서 걷는 동안 옆에서 나란히 걷는 황제의 시종 펠이 연신 종알거렸다.

"두 분이 자주 싸우시긴 해도 참 사이가 좋지요."

진짜일까? 정말로 황제 폐하와 후작님이 남색을 하시나? 사이가 얼마나 좋은 건지. 싸운다는 건 어떻게 싸우는지 궁금해진 의사는 호기심을 참지 못하고 펠에게 물었다.

"······두 분이 자주 싸우시나요?"

"예, 항상 방 안에서 싸움이 붙으시는데 한 번 싸웠다 하시면 방이 아주 엉망입니다. 책상에 있는 것도 모조리 우르르 떨어지고, 저번에는 소파도 부수시고요. 밤이 새도록 아주 그냥, 우당탕탕! 할 때도 있습니다. 어휴. 젊은 분들이시라 그런지 피가 끓나 봅니다. 하하하!"

의사의 머리가 혼돈으로 헝클어졌다. 확신이 점점 피어올랐다. 황제와 후작은 '싸움'을 하는 게 아니다.

그때, 눈치 없는 펠이 의사의 묘해진 표정을 알아채지 못하고 고개를 휙 돌려 옆에 있는 벤지에게 물었다.

"벤지 님도 폐하와 싸우십니까?"

"아니, 저는······."

질문을 들은 벤지의 얼굴이 당혹으로 물드는 걸 본 의사의 확신이 점점 강해졌다.

폐하와 후작과 친하다는 보좌관이 저 질문에 저렇게 당황한다는 건, 정말로 둘 사이에 뭔가 있다는 거다. 정말로 알고 있다면, 아니라고 하겠지. 그런 오해를 받기 싫을 테니까.

미심쩍은 눈초리로 노려보는 의사가 무슨 생각을 하고 있는지는 벤지 역시 알고 있었다.

방금 침실로 들어갔을 때의 미묘한 온도와 방어적인 황제의 태도. 애초에 누가 신하를 안아 옮긴단 말인가. 의사는 아마도 황제와 후작이 남색을 즐기고 있다 생각하고 있을 것이다. 어떤 대답을 해야 하지.

충성을 지켜야 할지, 결백을 증명해야 할지.

어느 쪽으로도 대답하고 싶지 않았지만 의사의 의심 가득한 눈을 피할 순 없었다.

"……가끔 폐하가 고집을 부리실 때가 있어서…… 그분이야 원체 황자 시절부터 두루두루 친하셨고,"

의사가 성큼 다가와 물었다.

"벤지 님도 폐하와 진짜로 싸우십니까?"

벤지의 어물쩍 넘어가려는 대답을 수상하게 여기고서 지독하게 묻는 탓에 결국 벤지는 울며 겨자 먹기로 대답하고 말았다.

"아, 싸우죠! 당연히 싸우죠! 한번 싸웠다 하면 엄청 심하게 싸웁니다! 폐, 폐하가 가끔 화나시면 주체를 못 하셔서! 전쟁도 갔다 오신 분이라서 거센 부분이 있지요! 친한 사이에선 자주 싸웁니다! 하하! 하하하! 후작과도 친하시니! 싸우시는 거죠! 저, 저, 저와도 자주 싸우시고요!"

죄송합니다, 폐하! ……아니, 죄송해 주세요, 저에게!

마음속으로 엉엉 울며 볼 안쪽을 짓씹는 벤지에게 펠이 호기심 가득한 눈으로 물었다.

"그럼 세 분이서도 싸우십니까?"

세 명이서……? 의사가 경악 어린 눈으로 벤지를 휘둥그레 바라봤다.

"무슨 소릴 하시는 겁니까! 무슨! 아니에요! 그런! 망측한! 아닙니다! 사람을 뭘로 보고!"

결국 참지 못하고 폭주한 벤지는 황궁을 벗어날 때까지 시뻘게진 얼굴로 괴성을 질렀다.

"셋이라니! 큰일 날 소리를! 아닙니다! 셋? 하! 무슨! 말도 안 됩니다! 두 번 다신 입 밖으로 꺼내지도 마십시오! 셋? 하! 참! 세엣? 아닙니다! 내, 내가 무슨, 어?"

잠깐 헷갈릴 뻔했지만 귀를 씻을 듯이 퍽퍽 쳐 대며 사라지는 벤지의 반응을 보고 의사는 확신했다.

……폐하는 남색을 하는 난봉꾼이군.

✻ ✻ ✻

델로아는 살아났지만 귀족들의 반대가 극심했다. 죄가 무거운데도 어찌 명을 붙여 두시냐는 목소리가 추밀원 회의에서도 나왔다.

그중에는 델로아가 포섭한 사람들도 있었지만 이미 카일이 황권을 잡은 상황에서, 그들이 이전처럼 당당히 목소리를 낼 수는 없었다. 대부분은 델로아를 도왔다는 이유로 같은 죄로 묶여 제국에서 추방당하거나 국가에 재산을 몰수당했고, 죄질이 심각한 이들은 사형당하기도 했다.

그 가운데 델로아가, 정확히는 이사크의 세력이 있었으니 둘 다 사형을 당하는 것이 맞았지만 이사크는 카일의 즉위에 결정적인 도움을 준 이라 아무래도 사형은 면하지 않겠냐는 것이 귀족들의 추측이었다.

반란 직전, 이사크가 직접 설득한 가문들도 있었지만 비밀을 지켜야 했기 때문에 모두에게 알리는 건 불가능했다. 길 잃은 원망은 지저분한 소문으로 퍼졌다.

'뒷골목 출신이라 그런지, 빠져나갈 구멍은 기똥차게 만들어 뒀구만.'

'귀족들은 가문이 몇 개나 무너졌는데 혼자만 쏙 빠져나가?'

험한 말들과 미묘한 냉대 속에서도 이사크는 묵묵히 델로아의 곁을 지켰다.

피를 많이 흘린 탓에 오랫동안 눈을 뜨지 못하던 델로아는 며칠이 지난 뒤, 파리한 몰골로 겨우 정신을 차렸다. 살아 있다는 걸 자각하는 순간, 그녀는 옆에 놓인 화병을 깨트렸다. 쨍그랑 소리가 들리자마자 문밖에서 이사크가 뛰어 들어왔다. 화병 조각을 들고 손목을 그으려는 델로아를 본 이사크는 손에 든 대야와 수건을 내팽개치고 달려와 그녀에게서 조각을 빼앗았다.

"이거 놔요!"

"델로아! 하지 마!"

"이사크!"

큰 상처를 입은 델로아에게서 조각을 뺏는 것은 어렵지 않을 거라 예상했는데 그녀는 필사적이었다. 가녀린 손에서 화병 조각을 빼내려는 이사크의 손목을 물어뜯으며 어떻게든 제 몸에 상처를 내려 했다. 델로아의 손목을 거세게 잡아 조각을 빼낸 이사크는 물어뜯긴 탓에 피가 맺힌 제 손목은 아랑곳 않고 그녀를 침대에 눕혔다. 발버둥 치며 발악하는 그녀를 위에서 찍어 누르며 이사크는 눈물 고인 눈으로 다정하게 말했다.

"이제야 나를 이사크라고 불러 주는구나."

"……왜 나를 살렸어요. 왜…… 내가 있으면, 당신은 더 이상 아무런 희망도 없고, 더러운 소문을 줄줄이 꼬리표처럼 달고 살아야 할 거고……."

"그것까지 다 해도 네가 소중하니까. 네 옆이 내 자리니까."

델로아의 아래턱이 덜덜 떨렸다.

"나는 결국 다 실패했어요. 난 아무리 해도 안 되는 거예요."

"괜찮아, 내 옆에 있어."

"쓸모가 없다고요, 있어 봤자 짐이라고요! 내가 어떻게 그래요! 나는, 난……!"

"있어 줘. 네가 필요해."

"이제 뭘 해야 될지도 모르겠다고요! 다 끝난,"

"우리 둘이 살자."

"이사크!"

"그래, 델로아."

그는 주문처럼 말했다. 내 옆에 있어, 델로아.

그제야 델로아는 울음을 터뜨렸다. 아이처럼 길게, 서러운 것을 토해 내듯 크게. 하얗게 퍼석거리는 인형 같은 작은 몸을 끌어안으며 이사크는 계속해서 속삭였다.

"내 옆에 남아 줘."

❖　❖　❖

카일은 귀족들을 모아 놓고 특유의 냉랭한 얼굴로 발표했다.

"알베니스가(家)를 추밀원 의원 자격에서 박탈하고 세금을 횡령한 알베니스의 가주 스미티 알베니스와 그 일가를 모두 사형에 처한다. 선황에게 환각제를 지속적으로 조달하여 제국을 혼란에 빠뜨린 델로아 알베니스는 죽어 마땅하나 내 즉위를 도운 이사크 황자의 청을 받아들여 북부의 젤링턴으로 추방한다."

젤링턴은 국가에서 직접 관리하는 작은 항구 도시였다. 항구가 있다고는 하나 너무 작고 초라해 작은 배들만 하루에 두세 척 드나드는. 있으나 마나 한 곳. 그러니 아무도 탐내는 귀족이 없었다. 인적도 드문 외진 곳이라 사람도 몇 없었다.

하지만 그런 곳이라 해도 어쨌든 사람이 사는 곳이었고, 황제의 그런 결정에 불만을 표하는 이들 역시 당연히 있었다.

"폐하! 선황에게 환각제를 조달한 막중한 죄를 지은 사람이 추방이라니요. 이는,"

"이미 결정된 일이다."

무심하게 말을 잘라 낸 카일의 눈치를 살피며 피셔 공작이 조심스럽게 끼어들었다.

"하지만 폐하. 이사크 황자가 폐하의 즉위를 도운 것은 사실이나 그 역시 황좌를 노렸던 분이고, 알베니스와 무관하다고 볼 수 없습니다."

"해서, 이사크 황자를 죄인 델로아 알베니스와 결혼시킬 생각이다."

별안간 터진 결혼 발표에 귀족들이 술렁거렸다. 황제는 태연하게 설명했다.

"이사크는 황위 계승권을 가진 황자가 아니라 죄인의 가족으로 남은 생을 살게 될 것이다. 짐의 허락 없이 그 일가는 살아 숨 쉬는 동안은 물론이고, 죽어서까지 젤링턴을 벗어날 수 없다. 하루에 한 번씩 젤링턴 관리 지부에 신고해야 하며, 만약 거처가 불분명하다 판단되는 즉시."

황제는 말을 하다 말고 조를 바라봤다. 놀라서인지 눈을 동그랗게 뜨고 있는 제 연인을 힐긋 본 카일은 이내 고개를 돌려 버렸다.

"죽일 것이다."

회의장을 나오는 귀족들의 얼굴은 짜기라도 한 듯 하나같이 어리둥절한 낯이었다. 처음에야 죄인을 살리는 것으로도 모자라 황자와 결혼을 시킨다기에 자비가 과하신 것이 아닌가 했지만, 황제의 말이 이어질수록 귀족들의 입이 점점 벌어졌다.

"……그런 치욕이라면 죽는 것이 낫지 않겠소?"

"그러니 살려 둔 게 아니겠소. 평생을 귀족으로 살아온 자에게 노예의 낙인을 찍은 것과 다름없으니."

"그 사이에서 태어날 자식들은 또 어떻고요."

조금 전 충격 선언을 한 황제는 마지막으로 한 가지를 덧붙였다.

'이사크와 죄인 사이에서 태어난 아이는 어느 누구의 성도 받지 못하며 젤링턴이라는 성을 잇게 된다.'

아무도 관심을 가지지 않는 제국의 끄트머리, 젤링턴.

그곳은 여러모로 귀족이 다스리기엔 부족한 땅이었다. 그 탓에 젤링턴을 성으로 쓰는 가문은 없었다. 굴릴 만한 사업체도 없거니와 자그마한 토지 규모도 그렇고, 그 땅이 가진 별칭으로도 그러했다.

'도망자의 바다.'

젤링턴에는 하루에 몰아치는 파도의 숫자만큼 범죄자가 오간다는 소문이 있었다. 불법 입국자들이 많았으며 그만큼 밀항으로 다시 빠져나가는 이들 역시 심심치 않은 숫자였다. 치안에 신경 써야 하는 것이 당연하지만, 관리를 맡은 지부 담당자가 범죄자들을 잡아들이려다 몇 번이나 죽어 나간 뒤로는 지금은 그저 자리만 지키는 것이 다였다.

그렇다고 갈 곳 없는 범죄자들이 터를 잡지도 않았다. 며칠 뒤면 더 악독한 놈들이 굴러들어 와 마을을 뒤숭숭하게 만들 테고, 그중 몇 명은 언제 죽었는지도 모르게 바다로 던져질 테니. 독 안에 갇힌 사마귀들처럼 서로를 물고 뜯어야만 살아갈 수 있는 곳이었다.

해초가 마르는 역한 비린내 사이로 부패된 시체 냄새가 섞여서 퍼질 때는 그저 빨리 파도가 모든 것을 지워 주기를, 하고 비는 수밖에 없었다. 때문에 젤링턴에 계속 머무는 이는 아무도 없었다.

복도를 걷던 귀족들 사이에서 잠깐의 침묵이 흘렀다.

딸이나 아들, 둘 중 어느 쪽을 낳아도 평생 결혼하지 못하리라. 이름이 불릴 때마다 죄인의 자식임을 자각하며 살 텐데.

콜린 후작은 말끝을 흐렸다.

"……그래도, 이사크 님은 황자시니 금전적인 면에서야 사는 데에 지장은 없으시겠지요……."

"그래도, 사는 것이 지옥이면 그게 다 무슨 소용인가 싶고……."

"에이. 그래도 알베니스가 지은 죄에 비하면 가볍, ……지가 않나."

지금 이 순간 그들의 머릿속에 떠오르는 생각은 비슷했다.

차라리 죽이시지.

누군가 조용히 질문을 던졌다.

"폐하는 대체 왜 살리신 걸까요."


모두 빠져나간 회의장에서 조는 복잡한 얼굴로 자리에 우두커니 앉아 있었다. 카일 역시 자리를 뜨지 않고 가만히 기다렸다. 한참 지나서야 조는 멍한 얼굴로 시선을 들어 카일을 바라봤다. 그녀의 노란 눈동자 가득 카일이 담겼다.

"……저, 카일."

"응, 조."

"……살린다고 약속했잖아요."

"살렸지. 아주 멀쩡하게도."

"그럼, 왜……."

차마 말을 잇지 못하고 망설이던 조가 습관처럼 주먹을 쥐자 카일이 벌떡 일어나 다가왔다. 그러곤 그녀의 손을 잡아 펼쳤다.

"쉬이, 흥분하지 마. 손의 상처가 덧날라."

"……당신에게 이사크를 감시자로 보내서 델로아가 자결하지 않도록, 그녀의 곁에서 계속 있을 수 있게 해 달라고 부탁했죠. 내가. 하지만……."

"이사크는 델로아와 함께 있을 수만 있다면 무엇이든 상관없다고 했어. 회의장 오기 전에 이미 이사크를 만나 모든 사항을 전달했고, 그는 이 모든 걸 받아들였어."

담담하게 이어지는 카일의 말에 조는 그제야 막혀 있던 한숨을 뱉어 냈다.

"……그래요, 그게 그녀가 받아야 할 죗값이겠죠."

카일은 조를 가만히 안아 주며 그녀의 뒤통수를 쓰다듬었다.

이 사랑스러운 연인은 기어이 죄인의 행복을 빌어 주고 싶었나 보다. 하지만 카일에게 그 정도의 아량은 남아 있지 않았다. 애초에 조를 건드린 인간을 살려 주고 싶지도 않았으니 이것이 그가 할 수 있는 최대한의 자비였다.

"그자는 네 부탁대로 사랑하는 사람과 평생을 살게 됐어."

"대신 델로아는 이사크의 얼굴을 볼 때마다 죄책감에 몸서리치겠네요. 아이를 낳아도 그럴 테고요. ……잔인하긴 하지만……."

제 품에 안겨 있는 조를 살짝 떨어뜨린 카일은 그녀의 양 뺨을 감싸고 눈을 마주쳤다.

"내게 그 여자가 행복한 걸 보라는 건, 너무 잔인하잖아."

그녀는 너를 죽일 뻔했는데.

말을 꺼내고서도 카일은 조용히 조의 말이 이어지길 기다렸지만 무슨 생각을 하는지 그녀는 아무런 답이 없었다. 카일은 묵직한 목소리로 조곤조곤 고백했다.

"사실 나는 알베니스를 멸문시키고 지도 위에서 그 땅의 이름을 아예 지워 버리고 싶었어."

"왜 그렇게 안 했어요?"

"……혹시라도 네가 슬퍼할까 봐. 그건 보기 싫은걸."

조가 카일에게 무자비하고 악랄하다 나무라며 화를 내거나, 예전의 정을 털어 내지 못하고 델로아를 동정하며 슬퍼했다면 견디기 힘들었을 것이다. 그러나 지금과 같이 침울해하는 것 또한 힘든 건 마찬가지였다.

"……혹시 실망했어?"

아까 회의에서 '이미 결정한 사안이다.' 라며 못을 박던 박력은 어디 가고 카일은 비 맞은 강아지마냥 눈꼬리를 아래로 늘어뜨리고 조의 표정을 살폈다.

후, 하며 긴 한숨을 내쉰 조는 모래가 부서지는 것처럼 웃어 보였다.

"화 안 났어요. 그저 조금 놀랐어요. ……동정심이 드는데도, '이제 끝이다.' 하는 안심이 드는 저한테. 전 같았으면 자유롭게 해 달라고 당신한테 부탁했을 텐데."

"그래?"

카일이 반색하며 낯빛을 밝히자 조는 그를 따라 미소 지었다.

"네, 내 가족을 건드렸잖아요."

가족? 나? 네 마음속에서 우린 벌써 결혼을 한 거야? 나 이미 네 남편이야?

카일의 심장 소리가 밖으로도 훤히 들릴 정도로 쿵쿵 울렸다. 하지만 조의 얼굴은 비장했다.

"감히 내 할, 아버지를 슬프게 하다니."

할아버지라는 단어로 말을 하긴 했지만 할과 아버지 사이에 묘한 쉼이 있었다. 할이라는 명칭을 붙인 '아버지' 처럼 들리는 단어였다.

……나는? 나도 슬펐는데.

카일의 미간이 찌푸려진 걸 보지 못했는지 조는 목을 좌우로 뚝뚝 꺾으며 카일에게서 두어 발짝 더 떨어졌다.

"스노우의 튤립들이 다 타 버렸다고요, 타샤와 함께 지냈던 추억이 가득한 저택도 다시 지어야 하고요."

"언, 언제 스노우를 할, 아버지라 부르기로 했어? 아……버지라니. 그건,"

"법적으로는 당연히 아니고요. 심적으로요. 이렇게 저렇게 막 불러도 다 된다고 했고, 또 제가 스노우를 많이 의지하고, 좋아하고."

아니, 나는?

어느새 품 안의 온기가 완전히 떠나갔다.

복합적인 감정이 섞인 듯 조의 얼굴 위로 쓸쓸한 표정이 잠깐 스쳤지만 이내 결심을 했는지 고개를 크게 끄덕였다. 그녀는 빠르게 문을 향해 떠나갔다.

"할 말이 생겼어요. 델로아가 떠나기 전에 한 번 봐야겠어요. 이따 봐요, 카일."

카일은 빠른 걸음으로 멀어지는 연인에게 아주 조금, 애처롭게 말했다.

"……다녀와요."

끝까지 말하지 못했다.

우리 서로 좋아하는데, 나는 아직 당신 가족이 아닌가요, 여보…….

아직 델로아의 상처가 완전히 낫지 않았지만 더는 황궁에 있을 수 없었다. 황제의 명령이 떨어지기도 했고, 그녀가 이곳에 더 남아 있을 염치가 없다며 재촉한 탓이기도 했다.

챙길 만한 짐도 그다지 많지 않았다. 옷 몇 가지와 튼튼한 신발 몇 켤레가 다였다. 그들을 돕는 시종도 없어 이사크 혼자서 모든 짐을 챙겨야 했다. 가짓수도 별로 없는데 두 사람 몫이라 시간이 꽤나 걸리던 참이었다. 이사크는 건물 외부에 있는 창고로 하나둘씩 짐을 옮겼다. 호송 마차가 오면 빠르게 실어 날라야 할 테니 밖으로 미리 빼 두어야 했다.

창고의 문을 닫고 다시 건물로 들어가려던 찰나, 씩씩한 발걸음 소리가 들려왔다.

"어……? 조."

죄를 지어 떠나는 것은 사실이지만 자기도 모르게 반가운 마음에 이사크는 살짝 미소를 지었다. 조의 입에서 델로아의 이름이 나오기 전까지는.

"델로아 어디 있어."

"……아직 상처가 안 나았어. 그, 그러지 마. 죽이지는 마."

"황제가 명령을 했는데 내가 죽일 순 없지. 형도, 델로아도 안 죽일 거야. 애기만 하고 오게. 어디 있냐고. 나 할 말 있어서 그래."

형형한 기색에 이사크는 무심코 1층의 제일 끝 방을 가리켰다가 냉큼 조의 허리춤을 붙잡았다.

"거, 검!"

"검 뭐?"

"검 내려놓고 가. 무기가 될 만한 거 다 내려놓고 가. 돌아오면 다시 차고. 응?"

"웃기지 마. 검문하는 것도 아니면서. 그리고 안 죽인다니까?"

"울컥할까 봐 그래. 대화하다가 화가 나면 어떡해."

"형. 내가 그렇게 대책 없는 사람으로 보여?"

이사크는 그 질문에는 대답하지 못하고 조에게 빌었다.

"내가 바보 같았어. 나는 위선자야. 델로아를 말리지도 못했고, 그렇다고 모두를 저버리는 짓도 못하고, 내가 위선자였어. 미안해. 정말로 많이 후회하고 있어. 조, 그러니 차라리 나를."

절절 매달리는 이사크를 퍽 밀쳐 낸 조는 허리에 매고 있던 검을 풀었다.

"무기 내려놓고 갔다 오면 되지? 설마 맨손으로 팰 수 있으니 손 자르고 가라 하진 않을 테고."

꽤 가능성 있는 말이었지만 손을 자르라곤 할 수가 없어 이사크는 가만히 기다렸다.

허리에 매고 있던 장검 하나, 중간 크기의 검 하나, 품 안에 있던 단도 하나, 발목에 차고 있던 아주 작은 검까지 모두 털어 낸 조는 한결 가뿐해 보였다.

"너, 너 이게 무슨…… 이게 사람이야, 괴물이야."

영혼이 정수리로 빠져나간 듯 이사크는 얼빠진 표정으로 조의 무기들을 내려다봤다.

"됐지? 간다."

이사크의 어깨를 툭 친 후, 몇 걸음 척척 걸어가던 조는 휙 뒤돌아 다시 다가왔다.

"완벽히 착한 사람 없고, 완벽히 악한 사람 없다지만, 이사크 너는 너무했어. 델로아에게도, 나에게도. 넌 스스로 악해지고 싶지 않아서 결정을 타인에게 미룬 거야. 결국 네 몫까지 델로아가 짊어진 거고."

벙찐 표정으로 굳은 이사크의 멱살을 쥔 조는 차분하게 말했다.

"이 악물어. 턱 나가니까."

응? 하고 되물을 시간도 없었다. 눈 깜짝할 새 시야가 휙 돌아갔다. 아주 잠깐 삐 하는 이명이 들린 것도 같았는데, 그대로 땅이 마구 흔들리며 올라와 발 디디고 선 땅의 위치조차 알 수 없게 돼 버렸다. 그대로 이사크는 기절했다.

속 시원하게 주먹을 날린 조는 건물 안으로 척척 걸어 들어갔다. 복도의 끝 방문을 열자 침대 등받이에 앉아 있던 델로아는 입술을 꾹 다물고 조용히 물었다.

"……날 죽이러 온 거야?"

"죽일 거면 이사크 먼저 죽였겠지. 공평하게."

"그럼 사과라도 듣고 싶었니."

"네 성격에 사과를 할 것 같지도 않고. 한 대 때리러 왔다."

태연하게 앉아 있긴 했지만 델로아는 내심 놀랐다. 방금 창문으로 이사크가 쓰러지는 걸 봤는데. 당황해 아무런 말도 못 하는 사이 척척 다가온 조는 그대로 손을 올렸다. 주먹을 쥔 걸 보니 따귀 정도가 아닌 듯했다.

"델로아. ……만약 그렇게 황후가 됐다면 행복했을 거 같아? 솔직하게 말해 봐."

"패자를 이해하고 동정하려는 그런 태도는 좋지 않아. 승자에게는 더더욱."

"패자는 닥치고 승자가 묻는 말에 대답해."

델로아는 천천히 눈을 감았다가 뜨며 고민했다. 곁에 누군가 있긴 했을까. 평생 남을 의심하며 살았겠지. 아무도 믿지 못하면서. 이사크조차도.

그녀는 처음으로 진실하게 대답했다.

"아니."

"……스노우의 집에 불을 지르라고 시킨 게 정말로 너야? 확실하게 대답해."

"……아니야, 모르진 않았지만."

"……그래. 이제 눈 감아."

눈꺼풀을 감았다.

'쌓인 게 많을 테지. 이 황궁에서 생판 남인 나를 믿어 주었는데.'

"아!"

따끔한 고통에 델로아는 눈을 동그랗게 뜨고 귀를 감싸 쥐었다. 손을 떼어 보니 피가 묻어 나왔다. 귀에서 피가 흐르고 있었다. 귀에 대롱대롱 매달린 느낌이나 만져지는 질감으로 짐작하건대 아마도 손에 귀걸이를 쥐고 있다가 그대로 귓불을 뚫은 것 같았다.

휘둥그레 뜬 커다란 녹안이 조를 향했다.

"이, 이게 무슨……."

"이걸 이제야 주네. 이 나쁜 년."

"뭐?"

"전쟁 나갔다 오는 길에 너 주려고 샀었는데. 배신이나 때리고. 맘 같아서는 귓방망이를 후려쳐서 한쪽 귀를 멀게 하고 싶은데."

조의 싸늘한 눈동자가 델로아를 똑바로 바라봤다. 금방이라도 맨손으로 목을 꺾어 버릴 것만 같았다.

"델로아. 앞으로 남은 평생 동안 네가 사랑하는 사람들은 너 때문에 힘들어 할 거고, 넌 그걸 느끼는 순간마다 죽고 싶겠지만."

속삭이듯 나붓한 말이 바람처럼 날아들었다.

"견뎌. 그게 네가 받아야 할 벌이니까."

닫히는 문 사이로 조의 작은 혼잣말이 언뜻 들려왔다.

잘 가, 내 주인공.

❋　❋　❋

며칠 뒤 이사크가 떠나는 날, 나는 그를 찾아갔다. 날 보고 흠칫 놀라긴 했지만 이내 이사크는 입꼬리를 올려 웃으며 내게 악수를 건넸다.

"나 갈게."

"어, 잘 가고. 신고 재깍재깍 해. 하루라도 까먹으면 형 모가지 날아간다."

"……너는 그러고도 나를 형이라고 불러 주네."

미운 마음이 없다고 하면 거짓말이었다. 이사크의 순진함 때문에 누군가는 그의 몫까지 독해져야 했으니까. 하지만 나 역시도 그의 순진함 덕에 숨을 쉬었던 순간이 있었다. 사람은 기계가 아닌지라 하나의 정확한 감정으로 답을 내릴 순 없었다. 나는 숨을 크게 몰아쉬었다 내뱉으며 가볍게 웃었다.

"한 대 더 때리게 해 주면 오빠라고도 부를 수 있을 것 같은데."

농담이었는데 이사크의 표정이 기묘하게 일그러졌다.

"야, 무슨 남자끼리 오빠야, 오빠는······."

그냥 말 안 하고 때릴걸.

"흠, 결혼······ 축하는 못 하게 됐지만. 아무튼, 열심히 살아."

젤링턴에 도착하면 이렇다 할 결혼식도 없이 두 사람은 부부가 될 터였다. 제국에 큰 죄를 짓고 떠나는 죄인이라 그런 듯했다. 그럼에도 이사크는 홀가분해 보였다. 그에게 황궁은 너무 삭막한 곳이었나 보다.

주변을 살펴던 이사크가 살짝 고개를 숙여 내게 은밀히 속삭였다.

"근데 있잖아. 나야 이렇게 풀렸지만······ 너는 어떡해. 남자끼리 결혼은 못 할 거 아냐. 폐하가 법을 바꾸신대?"

걱정 가득한 목소리로 묻는 이사크를 향해 터지려는 웃음을 필사적으로 참으며 대답했다.

"폐하가 알아서 하시겠지."

그건 형이 걱정 안 해도 돼. 아, 참. 이제 조만간 형이라고 부르지도 못하겠네.

하지만 내 예상과는 달리, 그 '조만간'은 금방 찾아오지 않았다.

❖　❖　❖

벤지의 극구 만류로 내가 여자라는 사실을 밝히는 건 미뤄졌다. 황제가 되자마자 굳이 커다란 가십을 터뜨릴 필요는 없다. 사람들의 관심이 새로운 황제가 아니라 그의 스캔들에 집중되면 황권에 불리하다는 이유였다.

동의는 하는 모양이지만 분한 건 감추기 싫었는지 카일의 찌푸려진 미간은 돌아올 줄을 몰랐다. 카일은 이사크를 보낸 후, 억울하게 죽은 프리실라 황비의 장례를 다시 치렀다.

그리고 한동안 나를 찾아오지 않았다. 내가 찾아가도 바쁘다는 답변만 들을 뿐 그를 만날 수 없었다. 못 만난 지 2주가 넘어가고, 카일 금단 증상에 시달리던 나는 결국 보좌관인 벤지를 붙잡고 푸념만 줄줄 늘어놓았다.

"아니, 바쁘면 왜 바쁜지나 얘길 해 주지. 꽁꽁 숨기만 하면 어떡해. 나는 궁금해 뒤지라는 거야, 뭐야."

"조. 일단 진정해."

"그렇잖아요. 갓 즉위해서 바쁜 거 알지. 나도 아는데, 잠깐 얼굴도 못 봐? 밥은 안 먹어? 식사나 한 번 같이 하자는데 왜 밥도 같이 안 먹는대. 이게 나라냐? 황제가 밥도 안 먹어?"

"그게 아니라……."

벤지는 한참 망설이다가 입을 열었다.

"귀족들이 너 관련해서 상소를 많이 올렸어. 그래서 식사 한 번만 같이 해도 이때다 싶어 득달같이 달려들 게 뻔하잖아."

"상소? 또 뭔 놈의 상소요? 이야. 황제고 뭐고 나라가 참 민주적이다. 여기 공화정이야?"

말이 곱게 나가질 않았다. 의자에 걸터앉아 오만상을 찌푸린 채 말하자 벤지가 눈치를 보며 말을 이었다.

"선황이 문서를 위조했었잖아. 너를 기병 장관으로 권했는데 네가 걷어찼다고."

갑자기 그 얘기를 왜 해. 나는 시큰둥하게 고개를 끄덕였다. 벤지는 곤란한 듯 입술을 꾹 다물었다가 다시 열었다.

"그 직위를 후작에게 맡기라고 계속 청이 올라오고 있어."

기병 장관? 그거 우리나라로 치면 국방부 장관 아닌가?

"타임. 그거 장군 아니에요?"

"그렇지. 기병 장관이 되면 전쟁 터졌을 때 무조건 네가 총사령관이지."

"지금도 어차피 국경 지대에 있는 후작이라면서 경계 지역 지키라고 하잖아요. 그거랑 많이 달라요?"

내 순진한 물음에 벤지는 눈썹을 구기고선 귀 가까이에 대고 속삭였다.

"그런 문제를 떠나서 넌…… 폐하랑 결혼을 해야 하는데 총사령관이 되면 어떡해."

"전쟁이야 안 나면 그만 아닌가?"

"사람 일은 장담할 수 없으니까. 폐하랑 결혼을 한다는 건 황후가 된다는 뜻이야. 한 나라의 황후가 기병 장관을 겸하고 있는 경우는 없어. 애초에 황후가 기병 장관을 할 일도 없지."

하지만 그걸 언제까지고 무시할 수 있을까. 기병 장관의 자리는 비어 있고, 다른 사람들이 보기에 적임자는 나다. 그러니 계속 추천을 하는 거겠지. 결국 이러지도 저러지도 못하는 중이라 이거구만. ⋯⋯근데 황후가 기병 장관 하면 월급도 두 배로 들어오나. 그럼 난 두 개 다 하고 싶은데.

그런 와중에 내게 오는 초대장은 줄줄이 쌓여만 갔다. 나는 초대장 다발을 들고 벨로이스트로 달려갔다. 저택은 아직 공사 중이니, 스노우가 머물고 있는 병원으로 뛰어 들어갔다.

"할, 아버지!"

"야. 이 자식아. 그 염병할 띄어쓰기 좀 하지 마!"

"힝! 하다버디가 그로캐 못땟게 말하몬 조가 넘무넘무 슬푼걸."

"⋯⋯내가 너무 오래 살았구나, 오래 살았어."

"힝구! 하다버디 주그면 조는 넘무넘무넘무 슬플 꼬 가튼데."

"그만해."

"네."

연락은 자주 하지 않았지만 그래도 하나뿐인 딸이었던 프리실라를 잃고 정신적 충격으로 다시 몸져누웠던 스노우는 이제는 많이 나았는지 자리에서 일어나 병원 복도를 거닐거나 테오도르의 부축을 받으며 근처를 조금씩 걷기도 했다. 테오도르는 할아버지의 간호를 하겠다며 벨로이스트로 내려와 있는 중이었다.

내가 들고 온 가방 안의 초대장을 보던 테오도르가 눈을 동그랗게 뜨고 내게 물었다.

"조, 이게 다 뭐야?"

언제 봐도 사랑스러운 분홍색 눈이었다.

하, 귀여운 분홍 뼈약이. 개구쟁이라도 좋다. 튼튼하게만 자라 다오, 했더니 너무 튼튼하게 자란 마이 리틀 분홍 뼈약.

"조?"

"아, 어, 어. 나한테 온 초대장인데 다 갈 순 없으니까 울 하다버디한테 조언을 구하려고 왔지. 카일은 보나 마나 아무 데도 가지 말라고 할 테고, 벤지는 눈코 뜰 새 없이 바빠 보이고, 글구 조는 하다버디가 넘무 보고 싶픈걸!"

"죽는다."

"네."

이마를 짚은 스노우의 손 아래로 벌겋게 솟은 핏줄이 언뜻 보였다.

진짜 빠쳤나 보네. 이제 그만해야지.

비틀대며 옆의 벤치에 앉은 스노우는 험한 말과는 달리 초대장을 하나씩 세심하게 살펴보며 내게 말했다.

"필덤한테는 가고, 브리엔느도 좋고, 아미트리랑은 그냥 뭐, 인사만 해도 되지. ······아니, 브리엔느 백작이 보낸 거는 무도회 초대잖아. 그냥 여길 가서 한번에 인사 다 하고 오면 되잖아. 인마!"

"아······. 아, 근데 브리엔느네 무도회는 가기 좀 그래요."

"왜?"

브리엔느 영애는 지적이고 굉장히 친절한 사람이었다. 다만, 그의 오빠가 문제였다. 살갑게 굴며 잘 챙겨 주는 사람이었지만 묘하게······

"그 댁 영윤이 나한테 관심 있는 것 같아."

"응?"

"뭐라고?!"

버럭 화를 내며 테오도르가 달려들어 초대장을 벅벅 찢어 버렸다. 그것도 모자라 조각을 짓이기듯 발로 으깨 버렸다.

"감히 누굴! 이런 망할! 개자식!"

스노우가 목을 뒤로 젖히고 껄껄 웃었다.

"테오도르 너 조랑 결혼이라도 하고 싶은 거면 가서 황제의 목부터 따야 하는 거 아니냐."

"······혀, 형님은, 형님은 괜, 괜찮······ 나는 그냥 조가 아까우니까, 그, 그냥······."

형님은 괜찮다고 말을 하려고 하는 것 같았지만 테오도르는 이내 울상이 되어 뒤돌아 가 버렸다. 훌쩍이는 소리가 들린 것도 같았다. 갑자기 자리를 피하고 떠나 버린 테오도르는 신경도 쓰이지 않는 건지 스노우는 가볍게 말했다.

"네가 카일이랑 하도 붙어 있으니까 남색을 한다는 말이 떠돌아서 그렇잖아."

"그렇다기에는 나를 영 그쪽으로 보는 것 같진 않던데. 저 영애들한테도 꽤 인기 많거든요. 아마 이사벨라랑 사건다는 소문 때문에 그런가 봐요."

가만, 그 소문 설마 이사벨라가 낸 건가? 등골이 오싹해져 오는 바로 그때, 병원 밖 길거리에 어린 청년들이 지나갔다. 깔끔하게 예복을 갖춰 입은 걸 보니 귀족인 것 같았다. 스노우와 나를 보지 못한 채 자기들끼리 바쁘게 수다를 떠는 중이었다.

"요새 무도회 가면 다 같이 손을 잡고 추는 평민들의 춤이 유행하더라."

"그래, 여자 남자 할 것 없이 섞여서 웃고, 떠들고, 손잡고, 포옹하잖아. 한 곡이 끝날 때까지 여러 번 파트너가 바뀌고. 재밌긴 하던데."

"……하, 로타이스 후작님은 안 오시려나. 그 틈 타서 한 번만 안기고 싶다."

"……그러게. 그 후작님 때문에 그 이름도 없는 춤이 유행이 된 걸걸."

"그렇겠지. 아, 그냥 미친 척하고 한 번 끌어안고 감옥 갔다 올까."

"딱 한 번만 안아 보고 싶다. 안겨도 되는데. 아니면 손이라도."

도란도란 얘기를 하며 그들은 금방 멀어졌다. 요새 무도회에서 그런 춤이 유행하는구나. 나 인기 많네. 전쟁에서 활약해서 그런 걸까.

안이하게 생각하고 있던 중, 옆에서 아드득 부서지는 소리가 들렸다. 돌아보자 벤치의 손잡이를 부순 스노우가 코너를 돌아 사라지는 두 명을 죽일 듯 노려보고 있었다. 스노우의 옆에는 어느새 돌아온 테오도르가 검 손잡이를 쥐고 있었다. 금방이라도 검을 빼어 들 기세였다.

"테오."

"예, 스노우 님."

평소처럼 할아버지가 아니라 전장에서나 쓰던 이름으로 '스노우 님'이라 대답한 테오도르는 사뭇 진지해 보였다.

"가서 놈들의 아래를 잘라. 그리고 들개에게 먹이로 던져 줘라."

"예."

한걸음에 달려가려는 테오도르를 기겁해서는 가까스로 가로막았다.

"하지 마! 테오! 정신 차려!"

검을 든 팔을 붙잡고 온몸으로 막고 있는데도 테오도르는 힘으로 밀어붙이며 밖으로 뛰쳐나가려고 했다. 그 와중에 스노우는 어찌나 흥분했는지 눈알에 핏줄이 터져 있었다.

"네가 못 가면 내가 가지."

부서진 벤치의 조각을 오른손에 거머쥔 스노우가 자리에서 벌떡 일어섰다.

"안 돼! 할배, 진정해요! 눈! 피! 핏줄 터졌어요! 손! 손에 나무 가시 박혀서 피 나요! 의사! 의사 선생님! 테오도르! 좀 가만히 있어! 간호사님! 여기 미친 사람이 있어요! 사람 살려!"

나는 필사적으로 두 명을 뜯어말렸다. 테오도르와 스노우는 이미 그들이 사라지고 없는 텅 빈 길가를 향해 삿대질을 하며 외쳤다.

"어딜 건방지게 탐을 내! 가슴도, 엉덩이도 하나도 안 예쁜 게!"

"그래, 이 빌어먹을 쭉정이들아! 내 제자는 어지간한 엉덩이로는 성에 안 차!"

……그러게요. 정작 가슴, 아니, 카나리아는 만나지도 못하는데 말입니다. 하……. 엉덩, 아니, 카나리아 보고 싶다.


몇 주 내내 보이지 않던 카일은 많이 답답했던 건지 어느 날 저녁, 시종들 몰래 내 방으로 찾아왔다.

"더는 못 참겠어."

딱딱하게 굳은 목소리로 낮게 말하는 카일 때문에 나는 눈을 반짝이며 구두와 재킷을 벗어 던졌다.

"정말요? 알았어요. 일단 나 씻고 올게요."

"아니, 그거 말고."

뭐 맨날 아니래. 너는 바쁘다고 밥도 안 먹냐.

정염으로 뜨겁게 타오르는 내 눈빛을 알아채지도 못하고, 아니, 모른 척하는 건지는 모르겠지만 아무튼 피식 웃으며 넘긴 카일은 다소 힘이 없는 목소리로 말을 이었다.

"상소 말이야. 대체 그 많은 귀족들이 어떻게 다 네 얘기만 하지. 다 너를 기병 장관으로 올리라고 난리야."

"아. 그거요."

"여자인 걸 밝힐까."

"굳이 지금 터뜨릴 필요는 없잖아요."

"왜 안 돼."

카일이 미간을 찡그리고 불만스럽다는 듯 나를 바라봤다. 하, 화내도 예쁘네. 내 카나리아.

"물론 반란을 준비한 건 카일이긴 하지만 당일에 있었던 일식 사건이랑 화살 맞고 죽었다가 살아난 일 때문에 지금은 그 모든 일들이 그냥 여신의 뜻처럼 돼 버렸잖아요. 이 와중에 여신의 사자라고 알려진 내가 여자인 게 밝혀지면 관심이 또 나한테 쏠려요. 나는 지금 당신이 주인공이었으면 좋겠어요."

"……내 주인공은 너야."

"지금은 빌테온 제국에 필요한 건 폐하라는 인식을 모두에게 심는 게 중요해요. 스스로 황제가 된 푸른 별이요."

"꼭 그래야 돼?"

"네?"

"그러니까 네 말은, 내가 내 힘으로 황제가 됐다고 귀족들에게 인식시키라는 거잖아."

"그렇죠. 지금도 여신의 사자인 내가 당신 편이었기 때문에 당신이 황제가된 거라는 소리를 하는 놈들이 있잖아요. 당신 능력은 완전 쏙 빼놓고 순 내 덕인 양"

인상을 찌푸리고 카일을 바라봤지만 그의 얼굴은 강건하게 굳어 있었다.

"사실이잖아. 난 네가 없었으면 이 자리까지 오지도 못했어. 이건 네가 만들어 준 자리야. 만약 네가 기병 장관이 하고 싶다고 하면, 그것도 하게 해 줄 거야. 황후……도 되어 주면 좋겠지만 아무튼."

카일의 푸른 눈동자가 나를 올곧게 바라봤다.

"지금의 나는 다 네가 만들어 준 거야. 다 네 거야."

뚫어지게 나를 바라보는 카일의 눈동자에는 한 치의 흔들림도 없었다. 말을 이어 가던 카일이 무언가를 결심했는지 살짝 고개를 끄덕였다.

"그래, 애초에 고민 따위 할 필요도 없는 문제였어. 안 그래도 불미스러운 얘기가 돌던데 잘됐군."

"……예? 뭐, 뭐가요."

남색을 한다는 소문을 들었나? 아니면 이사벨라랑 사귄다는 소문을 들었나? 아니면, 나 때문에 요즘 무도회를 가면 여자, 남자 다 상관없이 파트너를 맺는다는 소문을 들었나?

찔리는 게 많아 말을 버벅거렸지만 카일은 태연했다.

"황제보다 많은 관심을 받는 너를 견제하느라 공신인 네게 아무런 직위도, 상도 주지 않는 거라는 말이 있더라고."

천천히 다가온 카일이 내 손을 맞잡았다.

"지금 당장 내 황후가 되어 줄 수 있는 게 아니라면 널 기병 장관으로 눌러앉혀야겠어."

어감이 너무 이상한데. 눌러앉히다니. 눈동자를 한 바퀴 굴리고 다시 카일을 봤지만 그는 미동도 없이 날 보고 있었다.

"벤, 벤지가! 나보고 황후가 되려면 기병 장관은 하면 안 된다고 했는데요!"

"그래. 나한테도 그렇게 말했지. 하지만 그게 뭐가 중요하지? 이 나라의 황제는 나야. 나는 재능 있는 너를 기병 장관에 앉힐 거고, 사랑하는 너를 황후로 맞을 거야. 둘 다 하면 왜 안 돼. 난 너한테 세상에서 제일 좋은 것들을 다 가져다줄 거야. 애초에 그러기 위해 황제가 됐는데."

말을 마친 카일은 얼빠진 내 볼에 짧게 입을 맞춘 뒤 그대로 몸을 돌려 방에서 빠져나갔다.

'도망가지 말고 기다리고 있어.'

……라는 말을 남긴 채.

다음 날 아침, 나는 황제에게 칙서를 받았다.

"조 로타이스 후작을 기병 장관으로 임명한다."

"……예. 황은이 망……극합니다. 더없을 광영이고, 제국의 번영을 위하여 더욱 노력을……."

기병 장관이라니. 아니 얼마 전까지만 해도 전쟁터 나가지 말라고 광광 날뛰더니. 내가 칼부림 좋아한다고 이렇게까지 밀어줄 일인가. 하지만 황제의 칙서는 아직 끝난 게 아니었다.

"……하여, 로타이스 후작의 신성을 높이 기념하기 위하여 위대한 여신 투르가 신전의 특별 사제로 임명하며, 수도 및 로타이스 영지에 그를 기념하여 신전을 신축한다."

"예?"

너무 놀라 벌떡 일어서자 인상을 구긴 백발 곱슬머리 가발 할배가 다시 한 번 힘주어 말했다.

"그대의 이름으로 된 신전을! 신축한다!"

"……뭐, 뭐라고요?"

"그리고! 로타이스 영지의 보석 '하트'를 국가 특산품으로 제정하여 해외 수출 목록에 추가한다!"

"잠깐만! 황, 황제 폐하를 뵈고 와야겠어요!"

이 미친 황제가 중간이 없어! 가만 냅뒀다가는 나라도 퍼 줄 기세잖아.

무릎을 꿇고 있다가 벌떡 일어서서 앞으로 걸어 나가자 줄줄이 서 있던 사람들이 다급하게 고개를 숙이며 비켜섰다. 내 뒤를 바짝 쫓아온 도레스가 내 팔을 붙잡고 잡아당겼다.

"후작님! 후작님! 아직 칙서가 끝나지 않았잖아요!"

뒤를 돌아보자 하얀 가발을 쓴 할아버지가 놀란 눈으로 나를 바라보고 있었다. 칙서를 꽉 붙든 채로. 그의 뒤에 선 다른 영감이 안절부절못하며 내게 손짓했다.

'뭐야, 아직도 할 말이 남은 거야?'

나는 다시 그에게로 성큼성큼 걸어가 말했다.

"남은 거 있으면 빠르게 말해 주세요."

내 눈을 바라보던 영감은 고개를 꾸벅 숙이더니 다시 입을 열었다. 내 재촉에 따라 뒤로 갈수록 점점 말이 빨라졌다.

"로타이스 후작에게 황제의 이름으로 미들 네임 '하트'를 하사한다. 그대는 지금 이 순간부터 조 하트 로타이스다. 이는 공식 석상을 제외하고서 짐만이 부를 수 있는 이름이다. ……라는 말씀까지 전하라 하셨습니다."

이 인간이 진짜. 주접의 정도를 몰라. 나보다 더하잖아. 황제의 명령이라는데 얼굴을 구길 수가 없어 나는 애써 입꼬리를 올려 웃었다.

"하하. 폐하가 이름까지 내려 주시다니 정말 황은이 망극하네요. 황제 폐하는 어디 계십니까. 직접 인사를 드리고 싶습니다."

"폐하께서는 지금 이 칙서 내용을 다른 귀족들에게 직접 발표하고 계십니다."

어휴, 아주 그냥 말뚝을 박아 버리시네.

"그러니까 어디에서요? 회의장?"

할배가 고개를 끄덕이는 걸 확인한 후 그가 다음 말을 채 잇기도 전에 나는 몸을 돌려 빠르게 회의장을 향해 걸었다.

기병 장관으로 임명한 것도 모자라서 특별 사제? 게다가 나를 기념하는 신전을 세워? 그리고 하트를 국가 제정 수출 상품으로 등록한다니 그건 또 무슨 소리야. 그 와중에 내 미들 네임은 또 왜 하트인 거냐고. 나중에 사람들이 뜻 물어보면 뭐라고 답하려고 내 이름에 하트를 넣느냔 말이야. 사랑한다는 말은 좋지, 너무 좋지만…… 이름에 넣는 건 이상하잖아.

한국 버전으로 생각하면 '김사랑해금자' 같은 건데 이걸 온 귀족들이 알게 된다니 쪽팔려서 고개를 들 수가 없었다. 잡히기만 해 봐라, 가만 안 둬.

내 걸음 속도를 따라오지 못한 도레스는 연신 헥헥대며 뒤에서 나를 애타게 불렀다.

"후작님! 좀 천천히 가세요! 진짜 인사하러 가시는 거 맞아요? 누구 죽이러

가는 거 같아요!"

커다란 황제의 궁 앞에 도착한 뒤 나는 헝클어진 옷깃을 정돈하고 엉망이 된 머리카락을 풀었다가 다시 묶었다. 그사이에 쫓아온 도레스가 헉헉거리며 내 허리춤을 끌어안았다.

"후, 허억, 후작님!"

"놔라, 이거."

"후작님. 솔, 헉, 솔직히 말하세요. 죽이러 가는 거죠."

"그래. 아주 반 죽여 놓으려고 간다. 건의가 계속 올라왔으니 기병 장관이야 그렇다 쳐도 사제에다가 신전에 하트까지. 분명히 다른 귀족들이 미쳤다고 할 거야. 놔."

"아악! 후작님! 폐하께서 회의하고 계시다고 하니까 조금만 기다렸다가 가요, 우리! 후작님!"

"됐어! 놔!"

나는 도레스의 뒷덜미를 잡고 떨쳐 낸 뒤 계단을 성큼성큼 올랐다.

……그러지 말았어야 했다. 도레스의 말을 들었어야 했는데.

회의장 앞에 서 있던 시종은 나를 보자마자 반색하더니 별다른 말도 없이 곧장 회의장의 문을 열었다.

"조 로타이스 후작께서 찾아오셨습니다."

뭔가 이상한데. 황제 폐하도 있는 회의장에 허락도 안 받고 이렇게 들이닥쳐도 된다고?

들이닥친 건 나지만, 안 열어 주면 문을 박차고 들어갈 각오를 하고 찾아와서인지 의아했다. 내 궁금증은 금방 풀렸다. 긴 테이블 끝에 앉은 카일이 나를 보고 활짝 웃으며 손을 흔들었다.

"왔구나. 조. 네가 오면 바로 문을 열라고 했어. 앞으로 어디서든, 내가 뭘 하고 있든 너는 언제든 네 마음대로 들어와도 돼."

"……예?"

"황궁이든 제국 어디든 네가 못 갈 곳은 없어."

표정이나 뉘앙스가 거의 프러포즈 아니냐고요. 그런 말을 이렇게 귀족들 다 모아 놓은 데서 왜 해. 물론 편하기야 하겠지만……. 그래도 이건 아니잖아.

편안함과 이성 사이에서 잠깐 갈등했지만 얼른 정신을 차리고 고개를 뒤흔들었다.

"저기……. 폐하? 그렇게까지 제 편의를 봐주지 않으셔도 됩니다."

"이미 그렇게 명령했으니 편히 다녀. 이제 내게 오는 길을 가로막는 자는 없을 테니."

"……황은이, 망극."

미친놈.

왜 브레이크가 없는 내리막길의 미친 볼케이노 전차가 된 거지? 누가 우리 예쁜 카나리아를 저렇게 만든 거야. 사랑하는 방법을 잘못 배웠나. 대체 사랑을 누구한테 배웠기에.

……나구나, 시발. 뿌린 대로 거둔다는 게 이런 거였네.

얼굴이 새빨개진 채 고개를 숙이며 인사했지만 카일은 태연했다. 천천히 자리에서 일어난 그는 그림처럼 내게 걸어왔다. 그가 걸을 때마다 길게 늘어진 붉은 망토가 부드럽게 흔들렸다. 카일은 환하게 웃으며 내 앞으로 와 내 어깨에 손을 올린 후, 나를 귀족들에게 돌려 세웠다.

설마 지금 당장 나를 여자라고 밝힐 셈인가. 아직 마음의 준비가 안 됐는데.

당황해 눈만 굴리고 있었는데 카일의 입에서는 다른 말이 흘러나왔다.

"기병 장관이 된 조 로타이스 후작을 축하해 주게."

귀족들이 박수를 치며 한마디씩 건네 왔다.

"후작님, 축하드립니다."

"후작. 축하하오."

"후작 말고 우리 제국을 지킬 사람은 아무도 없지요."

"아주 든든합니다!"

밑도 끝도 없이 주접에 집중하는 카일이야 그렇다 쳐도 다른 귀족들까지 이럴 필요가 있나.

눈을 동그랗게 뜨고 그들을 바라봤지만 대부분 진심으로 기꺼운 듯 보였다. 헤벌쭉 웃고 있던 콜린 후작이 목소리를 높였다.

"여신의 뜻을 받들 수 있어 기쁩니다, 후작!"

"하하. 하하하. 여신⋯⋯. 네."

아직도 투르가가 왜 마지막에 카일의 즉위를 도왔는지는 알 수 없었다. 도레스를 붙잡고서 '야. 너 잠깐 멍때려 봐. 누군가가 네 몸에 들어오는 느낌이 들진 않아?' 라고 여러 번 닦달도 해 봤다. 하지만 도레스는 시뻘게진 얼굴로 울먹거리며 '저한테 무슨 짓을 하시려는 거예요.' 라며 오들오들 떨 뿐이었다.

속 시원하게 말이나 해 주지. 일식을 왜 일으킨 거며, 왜 카일을 도운 거냐고. 여신과 몇 번이나 아웅다웅 싸우기까지 했는데 특별 사제로 임명된 게 영 부담스러웠다. 엉망이 된 내 머릿속 사정은 모른 채 다른 귀족이 들뜬 목소리로 말을 건넸다.

"하트의 수출 관련 무역 담당은 내가 관리하게 됐습니다, 후작. 그런데 '하트'의 뜻이 뭔지 물어도 되겠소?"

순간적으로 아무런 대답도 하지 못하고 어버버하는 찰나 내 뒤에 서 있던 카일이 의기양양하게 끼어들었다.

"그건 내가 알고 있지. 조가 내게 선물할 때 말해 줬어. 온 마음을 다해 사,"

"사력을 다하여 충성!"

다급하게 카일의 말을 끊었다. 그를 가만 내버려 뒀으면 온 마음을 다해 사랑한다는 뜻을 그대로 말할 작정이었다. 이젠 고민 따위 하지 않겠다더니 그게 아예 생각도 안 하고 말하겠다는 뜻이었냐고.

회의장을 쩌렁쩌렁 울릴 정도로 대답하자 귀족들이 잠깐 놀라 나를 쳐다보더니 금방 저들끼리 고개를 끄덕였다.

"역시 그런 거군요. 대단합니다."

내 뒤에 선 카일이 작은 목소리로 속삭였다.

"그 뜻 아니라며."

나는 몸을 살짝 돌려 어금니를 물고 웅얼거리며 답했다.

"그럼 솔직하게 말할 거냐고요."

눈썹을 아래로 늘어뜨린 카일이 귀엽게 입술을 삐죽였다.

"나는 자랑하고 싶은데."

하…….

잘생긴 게 귀여운 짓까지 하면 어쩌란 말이야. 지금 당장 여자라고 밝히고 카일이랑 혼인 도장 찍고 싶은 마음은 굴뚝같았지만 시기상 영 좋지 않았다.

아직 카일이 정식으로 대관식도 치르지 않았는데 내가 여자인 게 밝혀지면 관심이 또 이리로 쏠릴 거 아냐. 나는 카일의 손목을 잡고 귀족들에게서 뒤돌려 세운 후 작은 목소리로 속삭였다.

"이 사람아. 대관식 먼저 하고요. 그다음에 밝히든가 해야죠. 왜 못 참고 이렇게 한 번에 우당탕."

내 말이 다 끝나기도 전에 카일의 커다란 손이 내 머리를 쓰다듬었다. 눈을 동그랗게 뜨고 바라봤지만 그는 느긋하게 미소 지을 뿐이었다.

"착한 내 사람."

얘 왜 데시벨 조절을 안 하지? 황제 되고 나서 진짜로 눈에 뵈는 게 없는 건가.

눈동자를 옆으로 굴리자 회의장 가득 앉아 있는 귀족들이 애써 다른 쪽을 보며 헛기침을 하는 게 보였다.

다 들었어. 지금 저 중늙은이들이랑 노인네들 다 들었다고. 어떡할 거야.

콜린 후작이 껄껄 웃으며 박수를 쳤다.

"역시! 로타이스 후작의 충심 정도는 되어야 폐하께 인정받는 거군요."

"하하! 네, 그렇죠. 그런 거죠."

"후작의 이름으로 된 투르가 여신의 신전을 지을 생각하니 기쁩니다."

진심으로 벅차올랐는지 콜린 후작의 눈동자가 반짝거렸다. 나는 머쓱하게 오른손을 들어 올렸다.

"다른 거야 그렇다 쳐도 신전은…… 조금 과하지 않나요."

"아니, 왜요. 전혀 과하지 않습니다."

제일 처음 대답한 건 역시 콜린이었지만 다른 귀족들도 생각이 비슷한 것 같았다.

"여신을 섬기는 나라는 근처에도 많지만 말입니다, 후작. 죽었다가 여신의 부름으로 깨어나고, 태양의 뜻을 받들 자를 직접 살려 내는 정도의 신성력을 지닌 사제는 어디에도 없습니다."

단호하게 말하는 낯짝에 대고 '전자는 여신의 부름이 아니라 여신한테 맹세를 잘못 한 탓이고, 후자는 순전히 운빨이었습니다.' 라고 답할 수가 없었다. 게다가 카일까지 진지한 목소리로 덧붙였다.

"네게는 그 무엇도 과하지 않아."

아, 좀! 이제는 누가 나한테 와서 '황제를 현혹한 흑주술사가 네놈이구나.' 라고 해도 변명도 못하겠네.

"기병 장관도 좋고, 하트 수출도 좋아요. 조 하트…… 로타이스라는 이름도……. 네. 좋아요. 그래도 신전은 오바죠. 신전은 뺍시다."

"누구 마음대로."

무거운 음성으로 말한 카일이 내 뒤에서 음산하게 읊조렸다.

"너는 나를 위해 모든 걸 바쳤는데 나는 고작 신전도 못 세우나."

고작? 신전이 무슨 하루아침에 뿅 생기는 것도 아니고. 고작이라니! 네 대관식을 먼저 해야 할 거 아냐. 황제는 뚝딱 도깨비 방망이 두드리면 되는 게 아니잖아. 왕관을 썼으면 대외적으로도 그걸 알려야지.

"폐하."

"왜."

그렇게 삐친 티를 팍팍 내셔도 안 된다고.

나는 빨개지는 귀를 손으로 슥슥 문지른 후 차분하게 숨을 골랐다.

"'저'에 관한 걸 빼고 생각해 보세요. 신전은 무슨 돈으로, 누가 짓습니까."

"국고에 있는 돈으로, 콜린 후작이 담당하기로 했습니다."

재무장관이 대신 대답했지만 내가 원하는 답은 아니었다.

"콜린 후작님이 담당하시는 거지 실제로 짓는 건 인부들, 즉 백성들입니다. 그 많은 인력을 데려다가 신전을 짓는다니요. 게다가 대관식 준비에만 총력을 다해도 모자랄 판에 신전 신축이라니. 절대로 안 될 말입니다."

귀족들의 머리가 갸우뚱 기울어졌다. 왜 말귀를 한 번에 못 알아먹냐.

"제가 여신의 목소리를 들었던 이유는 멋지고 으리으리한 신전에서 기도를 했기 때문이 아닙니다. 그저 진심이 닿았을 뿐이에요. 신전이 뭐가 중요합니까. 그것도 백성들의 고혈을 짜내 세운 신전이라뇨. 그게 가당키나 합니까."

어느 포인트에서 감동했는지는 모르지만 콜린을 비롯하여 독실한 몇 귀족들의 눈에 물기가 아른아른 들어차기 시작했다.

어디선가 한숨 소리가 들려와 고개를 돌리자 카일이 관자놀이를 짚고 서 있었다.

"조. 네가 뭔가 오해하는 것 같아 하는 말인데, 빌테온의 국고는 신전을 지을 대리석을 사 온다고 해서 바닥날 만큼 얄팍하지 않아. 돈 때문이라면 그깟 신전, 열 개는 더 지어도 돼."

……그건 몰랐네.

"그, 그래도 신전을 짓는 동안에 계속 거기서 노역을 해야 하잖아요. 어릴 때 역사책 같은 데서 보면 막, 백성들이 반발하고 그랬다고요."

카일이 부드럽게 입꼬리를 올려 미소 지었다.

"그걸 걱정한 거야? 민심이 흐트러져서 내가 욕먹을까 봐?"

또 카일을 둘러싼 분위기가 묘한 핑크빛으로 물들기 시작했다.

카일. 제발 나 남장하고 있는 거 자각을 좀 해 줘요.

수줍게 웃던 카일이 살짝 고개를 끄덕였다.

"알았어, 신전은 뺄게."

"네, 잘 생각하셨,"

"……하트."

"……예?"

귓바퀴 끝을 붉게 물들인 카일이 눈을 아래로 내리깔았다.

카일. 사람 많은 데서 이러지 마세요. 묘지에 들어갈 때까지 하트의 뜻은 '온 마음을 다해 충성합니다.' 여야만 한다. 목에 칼이 들어와도 충성이라고 답할 거야.

황당한 얼굴로 올려다보는 나를 보고도 카일은 뭐가 문제인지 모르겠다는 건지 가만히 웃기만 했다. 묘하게 달달해진 분위기에 재무 장관이 슬쩍 끼어들었다.

"그, 그럼…… 신전은 빼고, 나머지는 진행하겠습니다."

"그래. 대관식은 '로타이스 후작의 뜻대로' 성대하게 열도록 하지. 오늘 회의는 여기까지 하는 걸로 하고. 하트는 남아."

귀족들의 눈이 당황스러움으로 물들었다.

많이 놀랐죠. 네. 저도 많이 놀랐습니다. 제가 사람을 잘못 길들였나 봐요.

"……폐하. 대관식 일정이나, 규모에 관해서 더 회의 안 하시고요?"

"그대들의 능력을 믿겠네."

귀족들이 슬그머니 자리에서 일어나며 나를 힐긋거렸다.

안 돼. 이렇게 나가면 분명히 이상한 소문 난다.

나는 카일의 소매를 잡아끌며 소리쳤다.

"폐하! 전에 말씀하셨던 마누칸족 정벌 이후의 북부 토지에 관해서는 저희 로타이스에서……"

"응?"

"아. 일단, 나중에 얘기하시죠."

슬금슬금 나가는 중이던 귀족들에게 눈치를 주자 그들이 고개를 끄덕이며 빠르게 회의장을 나섰다. 이렇게 말하면 되게 중요한 일에 관해 얘기하는 것처럼 보이겠지.

회의장이 텅 비자 카일은 내 손을 슬며시 잡았다.

"조, 혹시 화났어?"

"……하."

"나한테 화내지 마. 응?"

카일이 커다란 눈을 깜빡이며 나를 바라봤다. 그의 푸른색 눈동자 안에 내가 담겼다. 투명하게 빛나는 동공 가득 애정이 넘쳐흘렀다. 상아색으로 부드럽게 윤기가 흐르는 피부에 정점을 찍듯 불그스름한 무화과빛 입술을 보고 있으면 쪽팔리던 것도 다 잊을 정도였다.

이런 식으로 얼굴을 들이밀면 내가 화도 못 낼 줄 아나 본데,

어쩜 이렇게 나를 잘 알지.

나는 이마를 짚으며 한숨을 내쉬었다.

"카일. 이번이 끝이에요. 더는 이런 식으로 나를 주목받게 하면 안 돼요."

"왜. 나는 온 대륙에 넘치도록 널 자랑하고 싶어."

이 여자가 내 여자다. 이 여자가 내 사람이다. 왜 말을 하고 다니냐고!

그 옛날, 드라마 명대사를 그대로 뒤집어서 속으로 되뇌었다.

"다른 사람들이 보면 오해하잖아요."

"그게 왜 오해야. 내가 널 좋아하는 건 오해가 아닌데."

"그런 말이 아니라,"

"아. 오해군."

"예?"

"사랑하니까."

명화 속에 길이 남을 화려한 얼굴로 매끄럽게 웃은 카일이 천천히 다가와 내 이마에 짧게 키스했다.

"너랑 같이 있으면, 난 항상 세상의 중심이 된 것 같았어. 누군가의 주인공이 된다는 이런 기분을 너한테도 느끼게 하고 싶어."

"어디 학원 다니세요?"

픽 웃은 카일은 내 어깨를 감싸 안으며 내 귓가에 속삭였다.

"넌 내가 너의 전부인 것처럼 느끼게 해 줬어."

"전부예요. 난 애초에 당신 때문에 여기로 왔으니까. 설마 아직도 안 믿는 건 아니죠."

"믿어. 너무 믿어서 곤란할 정도로."

카일의 체향이 몸에 밸 정도로 그를 안고 있다가 황궁에서 나온 뒤 깨달았다.

제기랄. 앞으로는 이러지 말라고 확답을 받아 냈어야 했는데. 또 얼굴에 넘어가서 얼렁뚱땅 사랑 고백만 받고 왔네.

"……젠장."

구겨진 내 얼굴을 보던 도레스가 옆에서 깐족거렸다.

"무섭게 생기셨으면서 인상까지 안 좋으면 어떡해요, 후작님. 얼굴 펴세요."

"……너 저번에 나한테 감사하다면서 울고 막 그랬지 않냐."

"감사한 거랑 무서운 건 다른 거죠."

"처음 만났을 때는 사신님, 사신님 하면서 덜덜 떨었잖아."

"그게 언젠데요. 이제 후작님이 저 안 죽인다는 거 아는데요."

생글거리며 웃는 도레스는 전에 비해 확실히 명랑한 모습이었다. 보기는 좋다만, 점점 나 놀리는 거에 맛 들리는 것 같은데.

"후작님, 그러면 대관식 전까지는 어디서 지내세요?"

"일단 폐하가 전에 쓰시던 궁에서 지내야지."

도레스에게 대답하기 무섭게 저 멀리 서 있던 콜린이 손을 흔들며 다가왔다. 여태 나를 기다린 모양인지 그는 반가운 기색을 숨기지 못했다.

"후작!"

"아까는 경황이 없어서 인사도 못 했네요, 콜린 후작님."

이 영감이 날 기다릴 만한 이유가 뭐 있지. 또 여신 얘기를 몇 시간 동안 할 작정인가. 내 예상과는 달리 콜린은 밖에 있는 마차를 가리켰다.

"괜찮다면 내 저택으로 가지."

"……예?"

"오랜만인데 저녁 식사도 하고, 수가 내일 자선 파티를 여는데 자네가 파트너가 돼 주지 않겠나."

"……파트너요."

"그래. 자네라면 얼마든지 수를 맡길 수 있지."

의미심장한 말이었다. 마치 내일 자선 파티가 아니라 앞으로도 영영 수잔 콜린을 내게 맡기기라도 할 것처럼.

"아하하, 저는 내일 스노우에게 병문안을,"

내 말이 끝나기도 전에 도레스가 활짝 웃으며 끼어들었다.

"후작님, 저번에 선물받으신 옷감으로 지은 옷 내일 입으시면 되겠어요! 전쟁 갔다 오느라 한 번도 못 입으셨잖아요! 어제 벨로이스트 공작님도 괜찮으니까 다음 주에나 오라고 하셨고! 와, 저 파티는 처음 가 봐요!"

이 새끼가.

나는 콜린 후작에게 기계적으로 웃은 뒤 살짝 몸을 돌려 도레스의 어깨를 짓누르듯 쥐었다.

"……도레스. 후작님이 말씀하실 때는 끼어들면 안 된단다."

어금니를 물고 말하자 도레스가 동그란 눈을 이리저리 굴리며 고개를 푹 숙였다.

"죄, 죄송합니다. 신나서 그만."

콜린이 기분 좋게 허허 웃으며 나를 달랬다.

"아직 어린 시종인 것 같은데 충분히 그럴 수 있죠. 내일 오실 수 있다니 다행입니다! 우리 수가 선물한 옷감으로 옷을 입고 오시면, 정말, ……정말 좋아하겠군요."

온 얼굴을 활짝 펴 웃으며 콜린이 내 손을 잡고 위아래로 흔들었다. 꼼짝없이 콜린의 마차를 타고 갈 수밖에 없었다. 카일이 알면 분명히 질투할 텐데…….

콜린에게 내색하지도 못하고 나는 마차로 발걸음을 옮겼다. 잔뜩 신난 도레스가 내 뒤에서 종알거렸다.

"후작님! 저는 그러면 후작님 옷이랑 구두를 챙겨서 금방 따라갈게요!"

"……그래. 그렇게 해."

마차 위로 발을 올리기 전, 나는 도레스의 멱살을 잡고 콜린에게 들리지 않을 정도로 작게 명령했다.

"혹시 누가 물으면, 내가 자선 파티에 참가만 했다가 금방 돌아올 거라고 전해. 알았지?"

누가 들으면 골치 아파지니까. 뒤의 말은 삼킨 채로 콜린의 저택으로 향했다.

저녁쯤 도착한 콜린의 저택에는 수잔이 나와서 나를 기다리고 있었다. 개나리색 드레스를 입은 수잔은 두 손을 모은 채 내게 인사했다.

"안녕하세요, 후작님."

"오랜만입니다. 콜린 영애."

내 인사를 듣고 수줍게 미소를 짓는 수잔의 얼굴이 어째선지 발그레했다.

에이, 설마. 아니겠지. 내가 도끼병이라서 그런 거겠지. 수잔이 얼굴을 붉힐 일이 뭐가 있겠어.

하지만 저녁 식사에서 굳이 내 옆에 수잔을 앉힌 콜린 후작은 연신 들뜬 얼굴로 나와 엮었다.

"제 딸이 어찌나 로타이스 후 걱정을 많이 했는지. 매일 신전으로 가서 후작이 건강하게 돌아오게 해 달라고 빌었답니다."

"하하하. 정말 감사한 일이네요."

어색하게 웃으며 옆을 돌아보자 수잔이 부끄러운 듯 볼을 붉히며 살짝 미소 지었다.

"수. 로타이스 후가 오늘 기병 장관으로 임명되셨단다."

"축하드려요. 후작님."

"식사 후에 네가 후작님께 피아노라도 한 곡 쳐 드리는 건 어떠니."

"아직 손님께 보여 드리기엔 부끄러운 실력이라……."

손을 내저으며 당황한 수잔이 고개를 푹 숙였다. 머리를 틀어 올린 수잔의 목덜미가 금세 빨갛게 물들었다. 제발 저를 좋아하지 마세요. 제발.

죄책감이 철철 흘러넘쳤다.

"제 입으로 자랑하긴 낯 뜨겁지만 우리 수는 연주회를 열 정도로 실력이 출중하답니다."

콜린이 이렇게까지 권하는데 가만히 웃고 있을 수도 없었다.

"그럼 한 곡 청해 들어도 괜찮을까요."

고개를 살짝 끄덕인 수잔은 식사가 끝난 후 옷을 갈아입겠다며 방으로 향했다. 피아노가 놓인 큰 거실에 후작과 함께 앉아 있는 동안 나는 내내 수잔이 얼마나 많은 재주가 있고, 사랑을 듬뿍 받으며 자랐는지 들어야 했다.

"후작님께서 영애를 아끼실 만하네요."

적당히 받아치려고 했지만 후작은 그때마다 빈틈을 놓치지 않고 파고들었다.

"예, 누구에게 견주어도 빠지지 않지요. 이제 좋은 사람만 만나면 아버지로서 걱정이 없겠습니다."

은근히 나를 보는 콜린 후작의 시선을 애써 모른 척하며 나는 홍차를 들이켰다. 목이 바짝바짝 타들어 갔다. 이럴 줄 알았으면 오늘 하트가 무슨 뜻이냐고 물을 때 그냥 사랑한다는 뜻이라고 말할 걸 그랬나. 여자인 걸 밝힌 후에 수잔이 받을 상처를 생각하면 눈앞이 캄캄했다.

그때, 또각또각 소리와 함께 2층에서 진한 초록색 드레스를 입은 수잔이 걸어 내려왔다.

"수. 손님을 너무 오래 기다리게 했잖니."

"……죄송해요. 아버지, 후작님."

"괜찮습니다."

머리도 새로 한 건지 다른 모양으로 묶어 올린 수잔은 사뿐사뿐 걸으며 피아노 앞으로 가 앉았다. 그녀를 보는 내 시선을 끈덕지게 좇아오며 후작은 뿌듯하게 웃었다.

실력이 출중하다는 말은 거짓말이 아니었는지 수잔의 손가락은 건반 위를 춤추듯 부드럽게 노닐었다. 연주가 끝난 후 박수를 치며 그녀의 연주를 칭찬하자 수잔은 눈을 아래로 내리깔고 대답했다.

"……감사해요, 후작님."

너무 순수하고 좋은 사람이었다. 콜린 후작이 무슨 생각으로 나를 초대했는지는 뻔했기에 계속 모른 척할 수가 없었다.

"수, 후작을 방으로 안내해 드리렴. 로타이스 후. 제가 나이가 들어 이만 쉬어야겠습니다."

"예, 그럼요. 내일 아침에 뵙겠습니다."

기분 좋게 눈을 접으며 웃은 콜린은 수잔의 등을 살짝 밀며 내 쪽으로 넘겼다.

"네, 아버지. 후작님, 이쪽으로……."

조용히 2층으로 올라간 수잔은 손님이 머무는 객실의 문을 열며 내게 말을 걸었다.

"저, 후작님."

"네?"

불러 놓고도 아무런 말도 없이 가만히 손을 만지작대던 수잔이 겨우 입을 열었다.

"……프, 플라반 영애와는 무슨 사이신지 여쭤봐도 될까요."

"벨라요?"

무심코 튀어나온 대답에 수잔이 고개를 번쩍 쳐들었다가 금세 푹 숙였다.

"……벨라라고 부르시는군요."

"친구예요!"

나도 모르게 대답이 튀어나왔다. 이사벨라랑은 정말로 친구였으니까. 오해 받고 싶지 않았다. 하지만 내 대답을 들은 수잔은 안도한 것처럼 작게 미소 지으며 고개를 끄덕거렸다.

"친구시구나……."

아아아아. 수잔. 이러지 마세요.

내 마음의 소리를 들을 리 없는 수잔의 어깨가 살짝 위로 올라갔다가 그녀가 내뱉는 숨에 맞춰 아래로 내려갔다. 무언가 결심한 듯 큰 숨을 들이마셨다가 내쉰 수잔은 단단한 목소리로 내게 말했다.

"후작님. 내일 파티에 저랑 같이 입장해 주시면 안 될까요."

"저, 저요?"

아까 콜린에게 듣긴 했지만 본인에게 듣는 것과는 파급력이 달랐다. 이 소심하고 겁 많은 영애가 얼마나 큰 용기를 냈는지, 그리고 파트너가 되어 달라는 저 말에 내포된 의미가 뭔지 모른 척하려야 할 수가 없었다. 더 이상의 거짓말은 그녀에게 실례였다.

내 표정이 굳어 가는 걸 본 수잔의 얼굴이 파랗게 질려 갔다.

"죄, 죄송합니다! 후작님께선 그냥 친절하게 대해 주신 건데, 제가 실례를……. 쉬세요, 후작님."

빠르게 말을 내뱉은 수잔이 급하게 몸을 돌리다가 드레스 자락에 걸려 휘청거렸다. 복도에 넘어지기 직전 나는 수잔의 손목을 쥐고 내 쪽으로 당겨 잡았다. 내게 허리를 잡혀 안긴 수잔의 붉은 입술이 천천히 열렸다.

"……아. 감, 감사합니다……."

복도에 켜 놓은 주황빛 촛불에 비친 수잔의 얼굴이 타는 것처럼 붉게 변했다. 죄책감에 가슴이 콕콕 찔렸다. 더 이상 카일이 알고 말고의 문제가 아니었다. 나는 그녀의 얼굴을 똑바로 쳐다보며 말했다.

"둘이서만 조용히 할 얘기가 있습니다, 영애."

"……네?"

수잔의 연한 회색 눈동자가 휘둥그레 커졌다. 그녀를 놓아준 뒤 머리를 긁적이며 나는 문고리를 잡았다가 놓았다.

"방으로 초대하는 건 영애께 실례니, 잠깐 걸을까요?"

놀란 토끼 눈을 한 수잔이 눈을 깜빡이다가 고개를 잘게 끄덕였다. 그러다 스스로 고개만 끄덕인 걸 뒤늦게 깨달았는지 화들짝 놀라 대답했다.

"아, 네! 걸, 걸어요!"

달이 환하게 뜬 밤이라 걷기엔 무리가 없었다. 들리지도 않을 정도의 작은 발소리로 내 옆을 따라 걷는 수잔의 숨소리가 바람결에 실려 왔다. 어떤 말부터 시작해야 할지 감이 오지 않았다.

"에취!"

아직 날이 풀리지 않아 쌀쌀한 날씨였다. 나는 코트를 입고 있었지만 어깨를 드러내는 드레스를 입은 수잔에게는 무리였다. 재채기 소리에 놀라 뒤를 돌아보자 수잔이 입을 가로막고 얼굴을 빨갛게 물들이며 나를 보고 있었다. 갑자기 터진 재채기에 그녀 역시 놀란 눈치였다. 부끄러웠는지 수잔의 두 눈이 울 것처럼 붉게 달아올랐다.

"죄송해요, 후작님. 제가 바보같이. 옷을 챙겨 나왔어야 했는데. 너, 너무 갑자기라 경황이 없어서 그만……."

"아니에요! 제가 문제죠. 이 야밤에 영애께 산책을 하자고 했으니."

나는 급하게 코트를 벗어 그녀에게 건넸다. 얼음 산맥에 비하면 내게는 완연한 봄 날씨였지만 저택에서 겨울을 지낸 수잔에게는 감기 걸리기 딱 좋았다. 내 코트를 받은 수잔이 고개를 꾸벅 숙이며 인사했다.

"감사해요, 후작님. 항상 제게 친절하시고……. 제가 워낙 소심해서 아버지가 걱정이 많으신데 후작님은 늘 다정하셔서……."

"영애."

"네?"

"말을 끊는 게 예의가 아닌 줄은 알지만 영애의 얘기를 듣기 전에 꼭 해야 할 말이 있습니다."

거절의 말인 걸 직감했는지 들고 있는 코트를 꾹 말아 쥔 수잔의 손이 조금씩 떨렸다. 그 와중에도 추운 건지 그녀의 어깨 위로 닭살이 오소소 돋아 왔다.

"일단 옷부터 걸치시고, 그다음에 얘기할게요."

수잔의 큰 눈이 쏟아질 것처럼 일렁거렸다.

"……싫어요, 이런 때마저 다정하시면 저는, 저는……."

상황이 자꾸만 엇나가자 나로서는 미안해서 접시 물에 코를 박고 죽고 싶은 심정이었다.

"감기 걸리면 큰일이잖아요. 고작 저 때문에. 빨리 옷부터 입으세요. 그다음에 솔직하게 다 말할게요."

"고작이라니, 그런 말씀 마세요!"

결국 그녀의 눈동자에 투명한 물방울이 그렁그렁 맺혔다.

"다들 저한테 바보처럼 말이나 버벅거리는 소심한 둔치라고 하는걸요! 그런데 후작님은 한 번도 저를 재촉하신 적이 없잖아요. 제게 이렇게 다정하신 건 후작님이 처음인데, 흑, 후작님도 제가 성에 안 차시는 건 알지만……. 저는, 진짜로, 저는 안 되나요."

결국 듣고 말았다. 덜덜 떠는 수잔의 손에서 코트를 뺏어 들고 펼쳐서는, 그녀의 작은 어깨 위로 둘러 주었다. 울먹거리며 조금씩 떨리기 시작하는 수잔의 어깨를 쥐고 그녀를 내려다봤다. 아직 젖살이 빠지지 않아 약간은 동그란 그녀의 하얀 두 볼 사이로 투명한 물줄기가 주륵 흘러내렸다. 봇물 터지듯 입 밖으로 사과가 튀어 나갔다.

"영애, 미안합니다. 아니, 죄송해요. 진심으로요."

"흑, 흐으윽……."

"속일 생각은 없었습니다. 아니, 있었지만, 영애의 진심을 가지고 장난을 칠 생각은 정말로 없었어요."

흙바닥에 무릎을 꿇었다. 처음 산책을 권했을 때만 해도 무릎까지 꿇을 생각은 아니었는데 순수한 수잔의 진심을 듣고 보니 안 꿇을 수 없었다. 내가 바닥에 무릎을 꿇자 수잔의 젖은 눈이 번쩍 뜨였다.

"저 때문에 무릎까지. 세상에, 후작님. 이러지 마세요!"

나를 일으키려 손을 뻗는 수잔의 두 손을 잡고서 나는 말을 이었다.

"콜린 영애. 아니, 수잔."

"······네?"

"놀라지 말고 들으세요."

말을 꺼내긴 했지만 막상 말하려고 하니 입이 떨어지질 않았다. 놀란 눈으로 나를 보는 수잔의 손을 붙잡고 나는 한참 후에야 겨우 말했다.

"저, 여자예요."

"네? 그게 무슨······."

눈을 빠르게 깜빡이던 수잔의 미간이 살짝 구겨졌다. 입술을 꾹 다문 수잔이 내게 잡혀 있던 손을 빼낸 후 아랫입술을 덜덜 떨었다.

"아무리 제가 싫으셔도 어떻게 그런 장난을 치세요. 정말 너무하세요. 제가······ 사람을 잘못 봤어요."

그대로 돌아서려는 수잔을 다시 붙잡았다.

"진짜예요! 수잔, 믿어 주세요!"

"거짓말! 세상에 후작님 같은 여자가 어디 있어요!"

아, 잠깐만.

당황한 내 얼굴을 보지 못했는지 수잔이 방언 터지듯 말을 쏟아 냈다.

"세상 어느 여자가 한 번도 안 들키고 마구간에서 몇 년이나 일하다가 전쟁에 참전해서 공을 세우겠어요! 그것도 전쟁에 한 번 갔다 온 것도 아니고, 두 번이나! 바로 오늘은 기병 장관으로 임명받기까지 하셨다면서! 황제 폐하 즉위하시기 직전에 반란군 선봉에 서셨다면서! 저도 아버지한테 들어서 알고 있다고요! 제국에서 가장 강한 군대를 이끄시는 장군님이 여자라니, 터무니없는 소리마세요! 아무도 안 믿을 거예요!"

······그러게나 말입니다. 제 팔자가 이렇게 사나울 줄이야. 전혀 몰랐네요.

말을 쏟아 낸 수잔은 씩씩거리며 작게 중얼거렸다.

'여자라니, 말도 안 돼.'

네. 저도 말이 안 된다고 생각해요. 다 들켜 끝나나 했더니 대물 취급이나 받고 남들 연애 상담이나 해 주다가 전쟁까지 나가 이렇게나 안 들키다니. 아무래도 여신의 가호가 잘못 이뤄지고 있는 것 같아요.

"······수잔의 입으로 듣고 보니 정말 아무도 안 믿을 거 같긴 하네요. 하지만 사실인걸요."

"후작님까지 저를 바보 취급하시는 건가요?"

수잔의 얼굴이 수치심으로 물들었다.

"난 한 번도 수잔을 바보 취급한 적 없어요. 그건 당신이 더 잘 알잖아요."

"······정말로, 정말이에요?"

"그렇지 않으면 내가 왜 수잔을 거절하겠어요. 세상 어느 남자가 수잔을 마다하겠냐고요."

내 말에 발그레 볼을 물들이던 수잔이 갑자기 불에 덴 듯 놀라며 내 뺨을 때렸다. 하지만 따귀를 때렸다기보다는 건드린 수준에 가까운 강도였다.

"그, 그런 말을 습관적으로 하시니까······! 아무도 안 믿죠!"

그건 제가 예쁜 사람만 보면 정신을 못 차려서. 흑흑. 진짜 죄송해요.

혼자 때려 놓고 또 깜짝 놀란 수잔이 내 앞에 마주 앉으며 내 뺨을 감싸 쥐었다.

"제, 제가 무슨 짓을. 후작님, 죄송해요!"

"아니에요, 맞을 거 각오하고 있었으니까. 그럼 믿어 주는 거죠."

"사실, 아직도 잘······."

나는 수잔의 손을 잡고 내 목으로 가져다 댔다. 이 나이의 청년에겐 당연히 튀어나와 있어야 할 목젖 자국이 내겐 없었다. 옷깃을 싸매고 다닌 데다가 주의 깊게 살피는 사람이 별로 없어 아무도 눈치채지 못한 부분이었다.

"원하면 윗도리도 벗을 수 있어요. 확인해 볼래요?"

"괜, 괜찮아요!"

수잔은 내 눈을 똑바로 마주 보며 망설이다 물었다.

"그럼 여자라서…… 거절하시는 거죠? 제가 모자라거나 싫어서 거절하시는
건 아니죠."

"당연하죠. 감히 누가 수잔한테 모자라다고 해요. 차고 넘치죠. 보는 눈이
모자란 새끼들이네. 데리고 와요. 다 죽여 버릴 테니까."

내 말에 수잔은 작게 미소 지으며 한숨을 폭 내쉬었다.

"다행이에요."

"뭐가요."

"후작님은 제가 태어나서 처음으로 좋아한 사람이잖아요. ……성에 안 찬다
고 거절당했으면 내내 울었을지도 몰라요."

정말로 다행이라는 듯 말하며 수잔은 내 눈에 시선을 맞추곤 배시시 웃었다.
이렇게 착하고 순진한 사람이 세상에 있구나. 내가 너무 얼룩지고 더러운 눈으
로 세상을 봐 왔는지도 모르겠어요. 투르가 여신님. 당신의 세상은 이렇게나 맑
고 희망찹니다.

"후작님은 좋게 말씀하셨지만, 아무래도 제가 부족한 점이 많아서……."

나도 모르게 수잔을 끌어안았다. 애정의 표현보다는 안쓰러운 사람에게 건
네는 위로에 가까운 포옹이었다.

"왜 그렇게 자기를 과소평가해요. 일단 수잔은 피아노도 잘 치고, 저처럼 싸
가지 없지도 않고, 식사 예절도 잘 지키고, 드레스도 이렇게나 잘 어울리고, 결
정적으로 뒤집어지게 예쁘잖아요."

말이 끝나기 무섭게 내게 안겨 있는 수잔의 웃음소리가 귀에 울렸다. 구슬이
굴러가는 것처럼 부드럽고 명쾌한 웃음이었다.

"점잖게 말하는 후작님도 좋지만, 이런 후작님도 좋아요."

그녀의 말에 놀라 포옹을 풀고 나는 버벅거리며 다시 물었다.

"어, 혹시나 해서 묻는 건데 저…… 여자라고 말했,"

"알아요. 그냥, 인간적으로 좋다고요. 일어나세요, 후작님."

자리에서 일어난 수잔은 내 손을 잡고 나를 일으켰다. 그 이후 밤이 늦도록
수잔과 걸으며 나는 그녀에게 남장을 하게 된 경위에 대해 설명했다.

책 속 세상으로 들어왔다거나 내 마음의 소리가 카일에게 들렸다는 건 말할
수 없었지만, 우연히 카일을 만났다가 그에게 반해 궁으로 들어와 일자리를 구
한 게 여기까지 왔다고 말했다.

"후작님은 굉장히 용기가 넘치는 것 같아요."

"사실 제 좌우명이 '어떻게든 되겠지.' 거든요. 인생 대부분의 고민은 그 마
음가짐이면 해결되더라고요."

내 말을 들은 수잔은 입꼬리를 당겨 웃으며 답했다.

"정말 그렇겠네요. 저한테도 필요한 말이에요."

달밤의 산책이 끝날 무렵 수잔은 한층 가벼워진 말투로 내게 말했다.

"후작님. 내일 제 파트너가 되어 주시겠어요?"

"네? 아니, 저는……."

"알아요. 하지만 저는 제가 여는 첫 파티의 파트너가 후작님이었으면 좋겠
어요. 친구잖아요. 뭐, 아버지가 나중에 사실을 알게 되시면 속상해하시기야 하
겠지만, 그거야 뭐, 어떻게든 되겠죠."

내 말투를 따라 하며 '어떻게든 되겠죠.' 라고 말하는 수잔의 부탁을 차마 거
절할 순 없었다. 그리고 이제 와서 파티에 참석하지 못한다고 돌아갈 수도 없
는 노릇이라 나는 흔쾌히 고개를 끄덕였다. 그게 어떤 소문을 낳게 될 줄도 모
르고.


다음 날, 수잔과 파티에 참석하자 아니나 다를까 다른 사람들이 의미심장한
눈으로 바라봤다.

"두 분, 조만간 들려올 좋은 소식을 기다려도 되는 건가요?"

대놓고 물어 오는 사람들에게는 수잔이 칼로 잰 듯 단호하게 '후작님과 저
는 친구예요.' 말한 덕에 딱히 걱정하지 않았다. 내가 남자라고 알고 있었을 때
보다 수잔은 편해 보였다. 와인을 한 잔 마신 수잔은 발그레 물든 볼로 내게 말
했다.

"저요, 솔직히 어제는 속상해서 혼자 방에서 조금 울었어요. 그런데 오늘 보
니까 이것도 나쁘지 않은 것 같아요. 계속 친구 해도 돼요?"

미인에게 마음이 약한 나는 빠르게 고개를 끄덕였다.

그러고는 기분 좋게 황궁으로 돌아가 하루를 꼬박 잤다. 전쟁을 다녀온 후에도 이렇게 지쳐서 쓰러진 적이 없었는데, 아마도 처음으로 내 입으로 여자인걸 말한 탓인 듯했다. 엄청 쫄긴 했지. 순진한 사람한테 미안해서 심장이 아주오그라들 뻔했어. 잘 풀렸긴 하지만.

하품을 쩌억 하며 도레스에게 입을 옷을 가져다 달라고 명령했다. 세수를 한뒤 도레스가 갖다준 옷을 받아 드는 순간, 그가 나를 보며 히죽거렸다. 장난꾸러기처럼 웃는 걸 보니 불안감이 도졌다.

"뭔데 그렇게 웃어."

"후작님. 저 다 들었어요."

"뭘 들어."

"벌써 알 만한 사람들은 다 안다고요."

"뭔데 그래. 빨리 말해라."

"콜린 후작가의 영애께 청혼하셨다면서요?"

쨍그랑.

"후작님! 물잔을 놓치시면 어떡해요! 손아귀 힘이 풀릴 정도로 좋으신 거예요?"

내가 다쳤냐고 먼저 물어야지, 새끼야. 아니, 그 전에 왜 그런 소문이 난 거야. 수잔이 그런 말을 하고 돌아다녔나? ……파티에서는 나랑 친구라고 했는데.

도레스가 유리잔 파편을 줍는 와중에도 나는 멍하니 정신이 나간 채 아무 말도 못 하고 입만 벌리고 있었다.

"……도레스. 나가. 나 옷 입고 해명하러 가야 돼."

"편히 갈아입으세요. 제가 도와드릴까요? 후작님은 항상 시중을 안 받으시더라. 그러든 시종장님이 자고로 시종이란 항상 주인의,"

"도레스!"

후다닥 방 밖으로 튀어 나간 도레스의 뒤통수가 시야에서 사라진 후 나는 머리를 감싸 쥐었다.

청혼이라니. 예전에 테오도르와 사귀니 어쨌니 소문이 난 적도 있었지만 그때와는 상황이 완전히 달랐다. 그건 그냥 우스갯소리로 치부될 가십이었고, 이건…… 정말로 스캔들이잖아.

빠르게 옷을 갈아입고 문을 열려는 순간, 굳게 닫혀 있던 문이 먼저 벌컥 열렸다. 문 너머에 있는 커다란 분홍색 눈동자가 시야에 가득 들어찼다. 테오도르였다.

"대체 이게 무슨 소리야, 조! 너, 너……. 아니, 어차피 다른 사람한테 청혼할 거면 난 왜 거절했어!"

"무슨 소리야! 아니에요!"

테오도르가 방으로 밀고 들어온 뒤 얼마 지나지 않아 곧바로 벤지가 찾아왔다. 뛰어왔는지 숨을 헉헉거리며 벤지는 다급하게 물었다.

"무슨 생각으로 청혼을 한 거야? 남자로 남기로 결정했어?"

"아니라고요! 청혼한 적 없어요!"

카일은 보이지 않았다. 제기랄.

"카일은요? 카일은 뭐라고 그래요? 설마 믿는 건 아니겠죠?"

급한 마음에 벤지의 멱살을 잡고 짤짤 흔들었지만 그는 어쩔 수 없다는 듯 고개를 절레절레 흔들 뿐이었다. 흡사 한국 드라마에서 가족을 잃은 사람이 의사를 붙잡고 마구 물었을 때 '저도 최선을 다했습니다.'라고 말할 법한 모든 걸 놓은 표정이었다.

"악! 그렇게 포기한 표정 짓지 말라고요! 설마, 에이. 아니겠지. 이제 와서 내 사랑을 의심할 리 없어."

멘붕에 빠진 내 어깨를 짚은 벤지가 한숨을 길게 내쉬었다.

"아니, 폐하께선 네 사랑을 의심하진 않으셨어."

"아, 정말요? 다행이다."

"너의 꿈을 응원하셨지."

"……그건 또 무슨……."

뒷골이 싸늘했다. 말을 골라내려는지 벤지는 몇 번이나 입을 달싹였다. 속이 답답해진 나는 벤지를 지나쳐 문을 열어젖혔다.

"내가 직접 들어야겠어요."

곧장 황제가 기거하는 궁으로 달려갔지만 그곳에 카일은 없었다.

"톰! 폐하는 어디 계셔요!"

궁 앞에서 돌아다니던 장미 기사단의 톰은 나를 보고 환하게 웃으며 악수를 건넸다.

"이야, 후작님! 축하해! 곧 결혼할지도 모른다면서. 축, 으악!"

톰의 오금을 걷어찬 뒤 멱살을 잡고 흔들었다.

"폐하 어디 계시냐고! 그리고 나 결혼 안 해!"

"베, 베르디움홀로 가셨어. 날 왜 때려! 난 그냥 들은 대로 축하해 준 것뿐인데!"

톰을 내팽개치고 나는 베르디움홀을 향해 달려갔다. 이 염병할 황궁은 어찌나 넓은지 10분이 넘도록 전속력으로 뛰었는데 아직도 베르디움홀의 지붕조차 보이지 않았다. 결국 근처에 있는 마구간에서 말 한 마리를 빼 와 올라탔다.

"후작님! 잠깐만요! 안장을 올려 드리겠습니다!"

누구의 궁인지도 모를 곳의 마구간지기가 달려 나오며 나를 뜯어말렸지만 나는 말의 갈기를 쥔 채 앞으로 튀어 나갔다.

"이랴!"

"후작니이이임!"

아련하게 퍼지는 마구간지기의 소리를 뒤로하고 베르디움홀로 말을 몰았다. 겨우 도착한 홀 앞에는 많은 시종과 시녀들이 줄줄이 대기하고 있었다. 황제가 한 번 움직일 때마다 많은 시종들이 대동된다는 건 알았지만 눈으로 확인하니 굉장한 정도였다. 타고 온 말이 콧김을 거칠게 내뿜으며 푸르릉 하고 울었다. 말에서 훌쩍 뛰어내린 후 베르디움홀의 앞 계단을 두 칸씩 건너뛰며 올라갔다. 시종과 시녀들이 한마디씩 건네 왔다.

"후작님! 안녕하세요. 축하드려요!"

"너무 낭만적이세요!"

"저희랑 같이 카드 치고 놀았던 거 잊으시면 안 돼요!"

"후작님, 제가 닭고기 챙겨 드린 거 기억하시죠!"

"매일 저희만 맺어 주시더니 드디어 후작님도 결혼하시네요!"

대체 누가 이딴 헛소문을 퍼뜨린 거야.

거대한 아치형으로 된 베르디움홀의 정문 앞에 서서야 겨우 멈춘 나는 크게 심호흡을 한 뒤 뒤돌았다.

"그거 헛소문이야. 믿지 마."

"예?"

계단 아래에 있는 사람들의 얼굴이 당황스러움으로 물들어 가는 걸 보며 나는 다시 돌아서서 문을 활짝 열었다. 끼이이익 소리와 함께 커다란 문이 양쪽으로 열렸다. 대관식 전에 미리 연습이라도 하려 했던 건지 카일은 홀로 서 있었다. 나를 돌아본 카일은 평소와 다름없는 얼굴로 환하게 웃으며 날 반겼다.

"조, 왔어?"

어라, 소문을 못 들은 건가? 아까 벤지는 카일이 들은 것처럼 말했는데.

"카일."

그를 부르며 다가갔지만 마치 듣지 못한 것처럼 카일은 다른 얘기를 꺼냈다.

"대관식이 얼마 안 남았어. 그때 조는 아마 저 자리에 서 있겠지."

"저기,"

"얼마 전까지만 해도 정말로 황제가 될 거라고는 생각도 못 했는데. 다 네 덕이야. 네가 없었으면 절대로 여기까지 못 왔겠지."

"카일, 일단 내 말을 좀 들어요. 소문은,"

"그래서 생각을 해 봤어."

씁쓸하게 웃은 카일은 황좌가 놓인 단상 아래의 계단에 느리게 앉았다. 퍽 쓸쓸해 보였다.

"그런 너를…… 내가 독차지할 자격이나 있는 걸까. 너는 나를 위해 살아 줬는데, 나도 너를 위해……"

그는 말을 끝맺지 못하고 뒤를 흐리며 눈을 아래로 내리깔았다. 나는 아무런 말도 하지 않고 그를 바라봤다. 몇 번 입을 달싹이던 카일은 힘겹게 말을 이어

갔다.

"너는…… 용병이 되고 싶다고 했잖아. 결과적으로는 네 실력만으로 기병 장관이 됐고, ……내가 바라는 걸 너도 똑같이 바라는 건 어쩌면 내 욕심일지도 모르고."

"그래서 뭐요."

카일이 고개를 들었다. 커다란 통유리 창을 통해 쏟아진 빛살에 카일의 얼굴에 그늘이 졌다. 드러난 한쪽의 푸른 눈동자는 여전히 아름다웠다. 검은 그림자에 반쯤 가려진 카일의 입이 천천히 떨렸다.

"네가 진심으로 그렇게 결정했다면 내가 그러지 말라고 할 수가 없으니까, 그러니까…… 너를……"

"끝내겠다는 말도 못 꺼내면서 날 놓겠다고?"

굳은 듯 서 있던 나는 빠른 걸음으로 카일에게 다가갔다. 한 걸음 내디딜 때마다 쿵쿵 소리가 홀 전체를 울렸다. 그의 앞에 서자, 카일의 올곧은 시선이 나를 향했다. 나는 카일을 내려다보며 단단한 음성으로 말했다.

"나, 결혼해?"

"……뭐?"

"카일. 내가 콜린 영애랑 결혼해도 행복할 수 있어?"

카일의 두 눈이 빠르게 흔들렸다. 입을 열었다가 꾹 다문 카일이 자리에서 천천히 일어섰다. 그는 두 손으로 눈가를 누른 채 힘겹게 대답했다.

"내가 어떻게 행복할 수가 있어. 네가 없는데."

"근데 왜 그딴 말을 해요."

"……너는 내 행복을 위해 살았잖아. 나도 네 꿈을 응원, 윽!"

카일의 복부를 강하게 가격하자 그가 배를 감싸 쥔 채 휘청거리다 내 어깨를 짚었다.

"당신이 행복한 게 내 행복이라고 했지. 나 수잔한테 청혼 안 했어."

내 말에 찌푸린 카일의 미간이 순식간에 펴졌다. 나는 카일의 멱살을 잡고 물었다.

"다시 물을게. 나, 다른 사람이랑 결혼해도 괜찮아?"

크게 뜬 눈으로 나를 보던 카일이 입술을 달싹였다.

"······아니, 아니야. 하지 마. 아무 데도 가지 마. 내 옆에 있어."

말을 꺼내는 것조차 힘겨운 듯 눈을 질끈 감은 채 카일은 고개를 가로저었다. 내 어깨를 잡고 있는 카일의 손에 힘이 들어갔다. 그는 느리게 나를 당겨 안았다. 흔들리는 숨소리로 카일은 내 귓가에 속삭였다.

"네가 없으면 안 돼."

"진작 그럴 것이지."

나는 카일의 뒷목을 잡고 고개를 틀어 그에게 키스했다. 반짝이는 햇빛이 우리 머리 위로 부서지듯 내렸다. 몇 주 뒤면 이 자리에서 대관식을 열게 될 황제와 뜨거운 숨을 나누고 있으니 묘한 배덕감이 차올랐다. 겨우 입술을 떼 낸 후 카일은 촉촉이 젖은 입술로 중얼거렸다.

"······황후가 되기 싫어도, 다른 사람과 결혼은 하지 마. 내 옆에 있어."

나는 카일의 얼굴을 붙잡고 그의 눈을 똑바로 쳐다보며 말했다.

"귀엽긴 하다만, 당신은 좀 더 용기를 가질 필요가 있어. 난 내 인생을 전부 카일한테 배팅했으니까."

"······뭐?"

자기 능력을 믿지 못하고, 미치도록 황홀한 이 얼굴의 파급력도 모르는 카일. 내가 만든 귀여운 내 황제. 이건 내가 가질 거야.

울상이 된 카일의 얼굴을 밀어 냈다.

"······조."

애처롭게 나를 부르는 카일의 목소리에 나는 고개를 저었다.

"벌이에요. 대관식 전까지 나 찾지 마. 얼굴도 안 보여 줄 거야."

"그런 게 어디 있어."

카일에게서 한 발자국 멀어지며 그의 가슴팍을 살짝 뒤로 밀었다. 어느새 내 허리를 잡고 있던 카일의 손이 허망하게 허공에 나돌았다.

"방금 전까지 헤어진다는 말 하고 있었으면서 억울한 척하긴. 됐어요."

"결국 말 못 꺼냈잖아."

"꺼낼 작정이었잖아요."

나는 그에게서 뒤돌아 입구를 향해 걷다가 우뚝 멈춰 섰다.

"나 못 만난다고 시무룩해져서 대관식 준비 대충 하지 말고요. 괜히 다른 귀족들 쥐 잡듯 잡지 말고."

방금 전의 키스로 달아오른 카일의 붉은 입술이 삐죽 튀어나왔다.

하, 진짜 엄한 상상 하게 만드네.

결국 참지 못하고 카일에게 다시 달려갔다. 환한 얼굴로 내게 팔을 벌린 그의 품속으로 파고들어 순식간에 옷을 풀어 헤쳤다. 당황한 카일의 목소리가 머리 위에서 울렸다.

"잠, 잠깐만, 조. 여기서는 안 돼. 여, 여기서는 조금 그래."

"가만히 있어 봐요."

나를 힘껏 밀치지도 못하고 몸을 움찔움찔 떨다가 카일은 얼굴을 빨갛게 물들인 채로 눈을 질끈 감아 버렸다. 몇 겹의 옷을 풀어내자 드디어 단단하고 하얀 맨가슴이 드러났다. 전쟁 이후로 남은 자잘한 흉터들조차 예술적으로 보이는 몸이었다. 부끄러움에 발갛게 달아오른 피부마저도.

하, 사람 돌아 버리게 하는 데 뭐 있어. 진짜.

나는 카일의 심장이 있을 법한 가슴 한가운데를 이를 세워 힘껏 깨물었다. 아드득하는 살 씹는 소리가 귓가에 크게 울렸다.

"윽……!"

"쉬이…… 차카죠. 쉿."

살을 입에 한가득 물고서 옹얼거리자 카일은 내 양 어깨를 쥐고서 입술을 앙다문 채 가만히 기다렸다. 입술을 떼 내자 하얀 살갗 위의 붉은 잇자국 위로 핏방울이 송골송골 올라오는 중이었다.

"내 거야, 당신."

"……이렇게 안 해도 난 네 건데."

"얌전히 기다려요. 이거 자국 지워지기 전에 올 테니까."

내 인생 최고로 떨어지지 않는 발걸음이었지만 필사적으로 카일에게서 돌아서서 걸어 나갔다. 베르디움홀 밖에 서 있던 시종들의 눈동자가 동시에 나를 향했다.

"후작님, 폐하는요?"

"안에 계시는데 조금 이따가 들어가."

빠르게 말을 마친 후 나는 계단을 내려가 타고 왔던 말에 다시 올랐다. 일단 이 헛소문이 왜 퍼졌는지부터 알아야겠어. 그대로 출발하려던 순간 저 멀리 도레스가 안장을 들고 뛰어오는 게 눈에 들어왔다.

"아이고, 후작님! 안, 헉! 안장도 안 얹고! 헉, 누가 보면 양아치인 줄 알겠어요."

쟤는 어쩐 내가 후작이 되기 전보다 더 막 나가는 거 같은데.

달려온 도레스가 더딘 손으로 마구를 채우기 시작했다. 나름대로 열심히 하느라 온 인상을 찌푸리고 있긴 하지만 안장을 채우는 속도를 보니 오늘 안에 황궁을 빠져나가긴 글렀다 싶었다.

"비켜. 도레스, 내가 할게."

빠르게 마구를 마저 채운 후 말에 올라타자 도레스가 아래에서 똘망똘망한 눈을 맞추며 물었다.

"어디 가세요, 후작님?"

"콜린 후작저에. ……청혼하러 가는 거 아니야. 청혼한 적도 없어. 누가 헛소리하는 거 들리면 내가 일러 준 대로 말해."

"어떻게요?"

"'후작님이 청혼의 청 자만 꺼내도 죽여 버린대요.' 이렇게."

"지, 진짜요?"

내게 익숙해져 장난을 치곤 했지만 소심한 성격이 남아 있었는지 도레스의 겁먹은 눈이 휘둥그레 커졌다. 나는 고개를 끄덕인 후 곧장 말을 몰았다.

황궁 안에서 말을 타고 달리면 안 된다지만, 알 게 뭐야. 황제가 날 죽일 리 없는데.

정신없이 달려 콜린 후작저에 도착하자마자 콜린 후작이 환하게 웃으며 마중 나왔다.

"어서 오게! 로타이스! 안 그래도 자네를 기다리고 있었지!"

"저를요?"

"세상에나, 얼마나 마음이 급했으면 마차 없이 말 한 마리만 타고 왔나."

"제가 왜 마음이 급할 거라 생각하십니까."

"그야 자네가 내 딸을……"

말을 끝마치지 못하고 콜린의 이맛살이 구겨졌다.

"자네라면 대환영이지만 그래도 조금은 내 딸의 체면을 위해 주게."

"후작님, 무언가 오해가 있으신 것 같습니다. 저는 영애께 청혼한 적이 없습니다."

콜린의 눈이 번쩍 뜨였다. 그가 고개를 갸웃거리다 입을 꾹 다물었다.

"그럼 왜 그날 밤에 내 딸에게 무릎을 꿇었나."

내가 대답하려던 순간 수잔이 저택에서 뛰어나왔다.

"아버지!"

"쉿! 정말로 아니었던 거냐!"

"제가 아니라고 몇 번을 말씀드렸어요!"

아, 어쩐지. 소문을 퍼뜨린 건 수잔이 아니었던 듯했다. 달이 휘영청 떠오른 야심한 밤에 딸에게 무릎을 꿇은 청년이라니. 오해할 만한 비주얼이긴 하지. 그래도 설마 그걸 보고 소문을 퍼뜨리다니. 그것도 단 하루 만에.

콜린과 내 앞까지 달려온 수잔이 고개 숙여 내게 사과했다.

"죄송해요, 후작님!"

"애야!"

콜린이 다급하게 수잔을 일으켜 세웠지만 그녀는 강건했다.

"아버지는 왜 후작님을 곤란하게 하세요!"

잔뜩 화가 난 수잔의 앞에 선 콜린이 어쩔 줄 몰라 하며 내 눈치를 봤다.

"수. 이 애비는 정말로 네가 청혼을 받은 줄 알고,"

"제가 아니라고 했잖아요! 정말, 왜 듣질 않으셔요!"

주름진 입술을 일자로 다물던 콜린이 갑자기 덥석 내 손을 잡았다.

"내 딸과 결혼해 주게! 이미 눈치챘겠지만 나는 이미 자네를 내 사위로 점찍어 뒀어. 수도 자네라면 괜찮은 듯하고,"

"아니에요!"

수잔이 펄쩍 뛰며 콜린 후작에게 잡혀 있던 내 손을 빼냈다.

"후작님은 저랑 결혼 못 해요!"

"로타이스! 대체 왜인가! 내 딸이 뭐가 부족해서!"

"……굳이 말하자면 부족한 건 접니다."

제가 사타구니 사이가 부족해요. 거기 뭐가 없어요.

"그게 무슨 소리인가."

콜린 후작의 눈에 실망스러운 기색이 비쳤다. 나는 콜린 후작께 짧게 인사했다.

"나중에 다 설명드리겠습니다. 그때가 되면 이해하실 겁니다. 그리고……"

"그리고?"

"며칠만 재워 주시면 안 될까요."

제가 가출을 해서요.

콜린의 대답도 듣기 전에 수잔이 내 손을 잡고 저택 안으로 이끌었다. 콜린은 굳은 듯 서서 제 딸이 외간 남자를 집 안으로 끌고 가는 걸 멍하니 보고만 있어야 했다.

마당을 지나쳐 저택의 정문으로 들어서자 뒤늦게 콜린이 따라 들어왔다.

"안 돼! 내 딸을 거절한 파렴치한 양아치 놈을 내 집에서 재울 순 없어! 감히 순진한 내 딸을!"

"아빠!"

내 손을 잡고 앞서 걷던 수잔이 목소리를 높이며 뒤돌았다. 콜린이 흠칫 놀라며 제자리에 멈춰 서자 수잔은 그를 꿰뚫을 듯 노려봤다.

"후작님을 양아치라고 욕하지 마세요. 제 첫 친구고, 나쁜 분도 아니니까요."

수잔은 빠르게 계단 위로 올라갔다. 뒤에서 콜린이 발을 동동 구르며 소리를 질렀다.

"이럴 리가 없어. 우리 착한 수가 저 날강도……! 아니, 로타이스, 사제님. 제발 우리 수를 돌려주십시오. 세상에, 투르가 여신님. 제 딸이!"

"후작님! 제가 나중에 다 설명드릴게요! 진짜로요!"

수잔에게 끌려가며 급하게 말했지만 콜린에게는 들리지 않는 듯했다. 방으로 들어간 수잔은 거칠게 문을 쾅 닫아 버렸다. 그러나 문소리에 스스로 놀란 듯 밖을 향해 외쳤다.

"바, 바람 때문에 세게 닫혔어요!"

그조차 콜린은 듣지 못한 것 같았지만.

"아아! 수—"

1층에서 절규하는 콜린의 목소리가 생생하게 들렸다. 웃으면 안 되는데 나도 모르게 웃음이 터져 나와 품 하고 소리를 내자 수잔이 부끄러운 듯 살짝 미소 지었다.

"아버지는 아직도 제가 아기인 줄 아시나 봐요."

"저러실 만도 하죠. 이렇게 고운데 어디 내놨다가 저 같은 날강도 양아치가 잡아가면 어떡해요."

"……아버지의 무례를 용서하세요."

두 손을 가지런히 모은 수잔이 내게 꾸벅 인사했다. 나는 손을 흔들며 웃었다. 그제야 안심했는지 수잔이 나를 따라 웃었다.

"그런데 왜 저희 집에서 지내시려고요? 황궁에서 지낸다고 하지 않으셨나요?"

나는 수잔에게 자초지종과 앞으로의 내 계획에 대해 설명했다.

"어머, 그러면……."

"네. 그러니까 발 빠른 시종을 시켜 편지 하나만 부쳐도 될까요?"

"누구에게요?"

"이사벨라 플라반이요. 이쪽 분야로는 걔가 전문가거든요. 만나서 얘기 나눠 보시면 수잔도 마음에 들걸요. ……아니, 벨라가 수잔을 마음에 들어 할 것 같긴 한데."

무슨 뜻인지 다 이해하진 못한 것 같지만 수잔은 해맑게 웃었다. 봄볕처럼 따스한 미소였다.

첫날, 수잔의 방 앞에서 '대체 내 딸과 무슨 얘길 하기에 하루 종일 같이 있는 거요, 로타이스!' 라며 소리 지르던 콜린은 밤이 되어 내 방을 불쑥 찾아왔다.

"자네가 무슨 꿍꿍이속인지는 모르겠으나 금이야 옥이야 아껴 가며 키운 내 딸 수잔을,"

그의 말이 끝나기도 전에 수잔이 방문을 벌컥 열었다.

"아버지! 로타이스 후작님이 쉴 때 함부로 방에 들어가지 마세요!"

"그게 무슨 소리냐! 얘야, 너 왜 이 애비 편을 안 들고! 세상에, 억장이 무너지는 기분이다. 수!"

"후작님도 편히 쉬어야 돼요!"

"수—"

수잔에게 끌려 나가는 콜린 후작의 비명이 저택을 울렸다. 덕분에 가슴을 옥죄고 있는 끈을 풀고 나는 편하게 잠들 수 있었다.

아침이 되자 콜린 후작의 따가운 시선이 나를 졸졸 좇아왔다.

"아버지, 후작님이 식사하고 계시는데 왜 자꾸 눈치를 주세요!"

"수, 어제부터 왜 그러니. 로타이스의 편을 그리 들면서도 결혼은 않겠다고 하고, 난 정말 모르겠구나!"

"하하하……."

어색하게 웃으며 상황으로 모면하려 했지만 콜린 후작은 영 마뜩잖다는 표정으로 아침 식사 내내 날 노려봤다.

"안 되겠어요! 내일부터는 식사를 따로 제 방으로 올려 주세요. 후작님과 제 몫만요."

뒤에서 대기하고 있는 시녀장에게 명령한 수잔은 자리에서 일어섰다.

"아버지, 좋은 하루 보내세요. 가요, 후작님."

늘 얌전하던 수잔의 첫 반항에 적응하지 못한 콜린은 허망한 눈길로 수잔의 뒷모습을 좇다가 이내 나를 노려봤다.

점심도 수잔과 단둘이서 먹었다. 날이 좋아서 테라스에서 느긋하게 오후의 티타임을 즐기던 중, 나무 뒤에 숨은 콜린 후작을 발견했지만 애써 모른 척했다. 손수건을 입에 물고서 콜린이 나를 죽일 듯 째려보고 있었다.

"……저기, 수잔."

"네, 후작님."

"아버님께 먼저 말을 할까요? 아무래도 저 조만간 암살당할 거 같은데."

"아버지는 입이 가벼우셔서 안 돼요. 그리고 암살자가 들어오면 후작님이 금방 처리하시면 되잖아요."

"사람 죽이라는 말을 어떻게 그렇게 상큼하게 하세요."

나한테 물었나. 아니면 이 제국에 풍수지리적으로 마가 낀 걸까.

그다음 날이 되자 콜린은 이젠 내게 부탁하기 시작했다.

"자네가 하루 온종일 우리 수와 같이 있는데, 결혼은 하지 않겠다니, 그 무슨 소리인가. 이 아버지의 마음을 이해해 주게. 귀하게 키운 딸이네."

"저도 수잔도 결혼을 원하지 않습니다. 후작님. 조금만 기다려 주세요."

"결혼도 않는 남녀가 아침부터 밤까지 붙어 있다니! 잠만 따로 잘 뿐, 내내 같이 다니는데! 그것도 내 집에서……. 후작, 이러지 말게. 혹시 내가 전쟁터에서 자네에게 험한 소리를 했던 것에 대한 복수라면 내가 사과하겠네."

"아니, 그런 게 아니라니까요."

"제발! 수잔의 인생에 한 치의 오점도 있어선 안 되네."

내가 왜 오점이냐고. 물론 지금은 그렇게 보일 수도 있겠지만 조금만 기다려 달라고요.

이튿날, 내 편지를 받은 이사벨라가 콜린의 저택에 도착했다. 으리으리한 마차를 끌고. 커다란 남색 마차에서 내린 이사벨라가 챙이 넓은 모자를 살짝 기울이며 콜린 후작의 저택과 넓은 마당을 천천히 둘러봤다. 풍성하고 긴 검은색 속눈썹이 느리게 깜빡였다. 역시 압도적으로 매혹적인 미인이었다. 그녀의 옆에는 늘 그랬듯 시녀 아실이 자리를 지키고 서 있었다. 언제 봐도 환상의 조합이야.

"저분이 플라반 영애신가요?"

"예, 좋은…… 분이니 걱정하지 마세요."

"방금 말 사이에 공백이 있었지 않나요."

망설이던 수잔은 이내 결심한 듯 숨을 크게 내쉰 후 이사벨라에게 총총 걸어

240

갔다.

"안녕하세요, 플라반 영애. 수잔 콜린입니다."

연한 분홍색의 드레스를 입은 수잔이 벨라에게 인사를 건네자 이사벨라의 고양이 같은 눈매가 곱게 휘었다.

"……어머. 예뻐."

그래, 네가 이 고운 영애를 그냥 둘 리가 없지.

이사벨라가 수잔과 눈을 맞추며 슬쩍 손을 잡았다.

"콜린 영애. 제가 수, 라고 불러도 될까요?"

"……예? 그, 그건 애칭인데……."

"오늘부터 막역하게 지내죠. 수도 날 벨라라고 불러도 좋아요."

사교계에서 친구를 사귄 적이 없다던 수잔은 수줍게 고개를 끄덕인 후 그녀를 방으로 안내했다. 이사벨라와 수잔, 내가 같은 방으로 들어가자 소식을 듣고 집으로 돌아온 콜린 후작이 조급하게 문을 두드렸다.

"대체 무슨 조합인지 알 수가 없구나, 수. 응? 우리 딸. 아빠에게 말해 주지 않을래?"

이사벨라가 문으로 또각또각 구두 소리를 내며 걸어갔다. 살짝 문을 연 그녀는 문틈으로 콜린 후작에게 조용히 속삭였다.

"후작님, 이제 수도 어른이랍니다."

"뭐, 뭐라고요……? 아니, 플라반 영애. 지금, 무슨……."

"비밀을 만들 나이라는 뜻이죠. 그럼 이만."

생긋 웃은 이사벨라는 그대로 문을 쿵 닫아 버렸다. 닫힌 문 너머에서 콜린이 무슨 표정을 짓고 있을지 뻔했다.

박수를 짝 하고 친 이사벨라는 나를 보며 눈을 느리게 깜빡였다.

"조, 이번 일이 끝나면 내게 그 시종을 넘겨줘. 이름이 뭐랬지. 도리스?"

"미쳤어? 도레스는 내 시종이라고 했잖아."

"이런 비싼 일을 의리로 그냥 하라니, 잔인해라. 그렇죠? 수."

이사벨라의 물음에 바로 대답하지 못하고 망설이던 수잔이 얼굴을 들어 이사벨라에게 말을 걸었다.

"……벨라."

"네, 수."

"제, 제게도 편히 말해 주세요. 막역한 사이가 되자고 하셨으니까아……."

쑥스러웠는지 말끝을 흐리는 수잔의 볼이 발그레 물들었다. 이사벨라가 입을 틀어막더니 옆에 있던 아실을 잡아당겼다.

"아실! 내 마차에 빈자리가 있나!"

"예, 아가씨."

"저택에도 빈방이 있지?"

"예, 아가씨."

"내 침대에 빈자리가 있을 텐데!"

"그건 안 됩니다."

칼같은 아실의 대답에도 이사벨라는 아랑곳 않고 수의 두 손을 덥석 잡았다.

"얼마든지, 그럼! 수, 오늘부터 우린 친구야! 알았지?"

"네, 네!"

"응, 이라고 대답해야지."

"아, 응!"

이사벨라의 기백에 놀란 수잔이 바들바들 떨면서도 대답했다.

"야, 날 황후로 만들라고 불렀잖아."

우정을 쌓는 건 좋지만, 대관식이 얼마 안 남았잖아. 그제야 이사벨라와 수잔이 나를 쳐다봤다. 아실의 건조한 목소리가 방을 울렸다.

"일단 허리를 펴십시오. 황후는 소파에 드러눕지 않습니다."

이어서 이사벨라가 커다란 가방에서 드레스를 줄줄이 꺼냈다.

"2주? 촉박한걸. 남자를 여자로 만들어야 한다니, 투르가도 못하실 거야."

"벨라. 이분은 여자잖아요."

"귀엽고 사랑스러운 수. 알맹이가 여자지만 다른 건 다 남자잖아. 그리고 우리 말 편하게 하기로 했던 것 같은데."

수의 턱을 살짝 잡은 이사벨라가 고혹적으로 입꼬리를 올려 웃자 수잔의 볼이 발그레하게 달아올랐다.

"나! 나를 좀! 날 바꾸라고!"

내가 언성을 높이자 문밖에서 콜린의 목소리가 다시 들려왔다.

"뭘 바꾼단 말인가! 로타이스! 내 딸에게 손대지 말게!"

그야말로 엉망진창인 변태기였다.

## 25. 사랑이나 해

대관식 날 아침이 밝았다. 카일은 초조한 눈으로 화려한 색감의 붉은 망토를 어깨에 둘렀다.

"폐하, 혹시 불편하신 점이 있으십니까."

"……아니, 괜찮다."

말은 그렇게 했지만 영 표정이 좋지 않아 시종 펠은 며칠째 가시방석이었다. 꽃이 시들어 가듯 나날이 가라앉는 카일의 분위기에 결국 펠은 참지 못하고 묻고 말았다.

"폐하. 며칠 전 황궁을 나간 로타이스 후작 때문입니까?"

딱 그맘때부터 제 주군이 이렇게 우울에 젖어 들기 시작했다. 황자 시절부터 친한 사이였으니 대관식 전에 인사 한 번 안 하는 게 서운할 만도 했다. 납득할 만한 이유를 생각한 펠은 함부로 입을 놀렸다.

"감히 폐하께 화를 내고 황궁을 박차고 나가다니, 정말 말도 안 되는,"

"펠."

"예?"

"조용히 해."

카일은 굳은 얼굴로 자리에서 일어섰다.

대관식 전까지 찾지 말라고 했으니까 오늘이 지나면 찾아와야지. 거울을 볼 때마다 가슴의 상처가 사라질까 봐 조마조마했다.

방을 울리는 노크 소리에 카일이 들어오라 허락하자 벤지가 문을 열었다.

"폐하, 모든 준비가 끝났습니다."

"가지."

방을 나서던 카일은 벤지에게 조용히 명령했다.

"대관식이 끝나면 조를 찾아. 어디 있는지만 말해. 내가 직접 갈 테니."

벤지가 고개를 끄덕이는 걸 본 카일은 약간은 조급하게 베르디움홀로 향했다. 그의 뒤로 많은 시종들이 줄줄이 잇따랐다. 베르디움홀의 커다란 문이 열리자 홀을 가득 채운 귀족들의 시선이 카일에게 향했다.

빠르게 눈을 훑었지만 은발은 보이지 않았다. 내색하지 않으려 카일은 마음을 다잡고 정중앙의 붉은 카펫 위를 차분하게 걸었다. 그저 대관식이 빨리 끝나기만을 빌었다.

'날 황제로 만든 건 넌데. 특별 사제라는 이유로 내 머리에 황제의 관을 씌우는 사람이 너여도 좋았을 텐데.'

혼자 투덜거려 봤지만 어쨌든 이 자리에 조는 없었다.

황제의 관을 씌우기 위해 다가온 사제는 투르가 여신의 신전에서 랜덤으로 뽑힌 이름 모를 사제로, 머리부터 발끝까지 하얀 가운으로 가리고 있어 누군지 알기 어려웠다. 여신을 받드는 자는 평등하다는 뜻으로 대관식에서는 제비뽑기로 황제의 관을 내리는 사제를 뽑는 것이 관례였다. 또한, 마찬가지 이유로 차후 특혜가 내려지지 않도록 사제는 반드시 제 얼굴을 가려야만 했다.

약간은 굳은 얼굴인 카일의 머리 위로 황제의 관이 씌워졌다. 그가 천천히 뒤돌자 사제는 곧장 물러났고, 넓고 높은 단상 위에는 오직 황제만이 존재했다.

빛나는 황제의 관 아래 눈부시게 밝은 금발과 투명한 푸른빛의 눈, 꾹 다문 붉은 입술까지. 놀랍도록 화사한 미모였지만 고압적인 분위기가 온몸에서 뿜어져 나왔다.

귀족들의 시선이 언젠가 푸른 별이라 조롱하던 1황자에게 잠시간 머물렀다. 그는 이제 누구도 반박할 수 없는 이 나라의 황제였다.

대관식이 끝난 후, 저녁이 되었을 즈음 파티가 이어졌다.

가벼운 옷으로 갈아입고 온 황제는 어쩐지 초조한 낯으로 문을 넘어서는 이들의 얼굴을 하나하나 바라봤다. 그때 입구에서 작은 소란이 일었다.

"미스 이사벨라 플라반, 미스 수잔 콜린, 미스…… 예? 어? ……아니, 그럴 리가? 으억!"

버벅거리던 시종의 비명이 들렸다.

"……사람을 패지 않습니다."

"내 이름을 보고도 안 읽잖아."

짧게 타이르는 소리와 투덜대는 익숙한 말투가 들려왔다. 입구를 바라본 순간, 언제나 제 세상을 환하게 비추던 밝은 호박색 눈동자와 눈이 마주쳤다. 시큰둥하게 앉아 있던 황제가 자리에서 벌떡 일어서자 그를 보필하던 시종들이 놀란 눈으로 황제를 바라봤다.

카일은 벌어진 입술로 감탄하듯 그녀의 이름을 불렀다.

"……조."

한 대 얻어맞은 시종이 뒤늦게 그녀의 이름을 외쳤다.

"……조 하트 로타이스 후작께서 오셨습니다!"

연회장을 가득 채운 사람들의 시선이 입구를 향해 쏠렸다.

곱슬거리는 검은 머리카락을 틀어 올린 고혹적인 미모의 이사벨라 플라반, 콜린 후작이 그리도 아낀다는 봄비처럼 맑고 깨끗한 미소를 지닌 수잔 콜린, 그리고 저분은……? 은색 머리카락을 올려 묶은 저 영애는 누구지.

호기심 가득한 눈들은 이내 웅성거림으로 번졌다.

"로타이스 후작은 어디에 계신 거지."

"못 보던 영애가 있군. 사교계 첫 데뷔를 황제 폐하의 대관식에서 하다니."

"그런데 아까 저이가 후작님이 오셨다고 하지 않았나요?"

작게 소곤거리는 음성들 가운데 카일의 단단한 목소리가 다시 한 번 울렸다.

"조."

시종 펠은 제 주군의 시선이 향하는 곳을 바라봤다. 입구 쪽에 서서 자신만 만한 얼굴로 비스듬히 웃는 저 영애는 어느 가문인지는 모르지만, 가만⋯⋯ 묘하게 익숙한데, 누구더라.

짙푸른색 드레스를 입은 그녀가 홀의 가운데를 천천히 가로질러 황제의 바로 앞까지 걸어왔다. 단상 앞을 지키던 병사 중 하나가 팔을 들어 그녀를 가로막았다.

"영애, 실례지만 폐하가 먼저 부르시기 전에는 올라가실 수 없습니다."

그녀의 호박색 눈동자가 병사를 똑바로 쳐다봤다. 저도 모르게 움찔 떤 병사는 묘한 기시감에 약간 뒤로 물러났다.

"톰."

"⋯⋯어?"

"언제는 형 동생 하자며. 전쟁터에서 한솥밥 먹을 땐 언제고 날 몰라봐?"

"네? 어? 잠깐, 예?"

"형 이제 잘 서? 도와 달라며."

"⋯⋯잠, 잠깐만."

톰이 멍청한 얼굴로 팔을 천천히 내렸다. 무례하다는 것도 잊은 채 그는 조의 머리부터 발끝까지 몇 번이나 훑다가 이내 소리를 지르고 말았다.

"으악!"

옆에 있던 기사단장이 톰을 잡아당기며 나무랐다.

"폐하 앞에서 이게 무슨 소란이야!"

하지만 이미 얼이 나간 톰의 귀에는 아무것도 들리지 않았다.

"저, 저거 조잖아요. 조! 마구간! 사신! 로타이스 후작! 기병 장관이요, 조!"

소란스럽게 목소리를 높인 톰 덕분에 조에게 모든 이목이 집중되었다. 넓은 연회장에 무거운 적막이 흘렀다. 어디선가 쨍그랑, 하는 잔 깨지는 소리가 들려왔다. 시간이 멈춘 것처럼 조용한 홀에서 오직 카일의 목소리만 멀쩡했다.

"조, 내가 찾아가려고 했는데."

감동했는지 물기 어린 황제의 말에 조가 기세등등하게 웃어 보였다.

"짜잔, 놀랐죠."

"넌 언제나 놀라워."

이제 그녀의 앞을 가로막는 사람은 없었다. 조와 몇 번이나 대련했던 기사단장 크룩 에반스는 그대로 뒤로 넘어가 혼절했다.

"쯧, 우리 단장님. 나이가 들어서 그런가. 영 시원찮네."

혀를 찬 조가 단상 위로 한 걸음 올라섰다. 단상 한편에 서서 부드럽게 웃고 있는 이와 눈이 마주쳤다. 단정한 흰 제복을 입고서 카일의 옆을 지키고 있는 주근깨 기사님. 오렌지색 머리칼에 같은 빛 눈동자.

"벤지. 오늘 멋지네요."

"……너도."

진심으로 재밌다는 듯 웃던 벤지가 조에게 눈인사를 건넸다. 그의 태연한 작태에 벤지 옆에 있던 다른 기사들은 기함을 하며 그를 쳐다봤다.

시종 펠은 눈을 비비고 질끈 감았다가, 다시 번쩍 뜨고 계단을 오르는 조를 바라봤다. 드레스를 입고 있는 조를 뚫어지게 보던 펠의 입이 쩍 벌어졌다.

"말도 안 돼! 아니, 이런……! 이게 무슨! 그럼 그 모든 게, 세상에!"

"아저씨. 이렇게는 처음 인사드리네요. 안녕하세요?"

눈알이 튀어나오도록 눈을 크게 뜬 펠이 손가락을 들어 조를 가리켰다. 벌어진 입새로 감탄사만 줄줄이 흘러나왔다.

"아이고, 이게, 하, 무슨, 그런, 그럴 수가."

조를 향해 뻗은 펠의 검지를 잡아 내린 카일은 한껏 감동하여 촉촉한 목소리로 조를 부르며 단상을 내려갔다.

"조, 어떻게 이런 생각을 했어?"

"폐하가 저 하고 싶은 거 다 하라면서요. 나도 내가 하고 싶은 대로 해야 직성이 풀려서요."

카일의 크고 흰 손이 조의 손을 맞잡았다. 흉터 많은 손을 가린 그녀의 장갑을 벗긴 후, 카일은 조의 손등에 짧게 키스했다.

"하트. 저와 한 곡 추시겠습니까."

"좋죠."

조의 손을 잡고 단상을 마저 내려온 황제가 더없이 환한 미소로 그녀를 이끌었다. 주변에서 경악 어린 침음이 흘렀다.

"……저주받았다는 얘기가 있었잖아요. 혹시 이번에는 여자로 변한 게 아닐까요."

"그게 가능한 건가요……?"

"등에 저 흉터를 좀 보세요, 저건 진짜인데?"

조의 허리를 감고 매끄러지듯 왈츠를 추던 카일이 작게 속삭였다.

"아무도 너인 걸 믿지 못하나 봐."

"누가 옷이라도 벗길까 봐 걱정했는데 이 정도면 양호하네요."

장난스럽게 웃음 짓는 조의 얼굴은 언제나 그가 사랑하던 그것이었다. 제 눈에는 하나도 달라진 것이 없는데 남들 보기엔 어떨까. 남들 눈에도 세상에 비할 것 없을 정도로 아름다울까.

스텝을 옮기면서도 카일은 내리깐 조의 속눈썹과 제 어깨에 숨결을 내뱉는 가지런한 코, 그 아래 자리한 붉은 입술을 뚫어지도록 바라봤다.

"……저기요, 카일."

입술을 보일 듯 말 듯 살짝 연 조가 이를 악물고 말했다.

"내 얼굴만 뚫어지게 보지 마요. 남들이 이상하게 생각해요."

"당장 키스하고 싶은 걸 겨우 참고 있으니 너도 견뎌."

조는 더 이상 아무 말도 하지 않았다.

환한 조명 아래에서 조의 은색 머리카락은 빛을 받아 반짝였다. 그녀가 몸을 움직일 때마다 은은한 체향이 코끝을 간질여 카일은 몇 번이나 끓어오르는 충동을 가라앉혀야 했다. 어깨 아래와 등에 남아 있는 몇 개의 흉터가 눈에 들어왔지만 조금도 흉하지 않았다. 그저 늘 그랬듯 사랑스러웠다. 카일은 그녀가 제 품에 있을 때, 그 어느 때보다 살아 있다고 느꼈다.

"춤은 또 플라반 영애가 가르쳤어?"

"이제 이 정도야 껌이죠."

말 끝나기 무섭게 조가 턴을 돌다 카일의 발을 살짝 밟아 버렸다. 스스로의 실수에 놀라서 아차 하며 뒤로 물러난 조가 눈치를 보자 카일은 부드럽게 웃으며 그녀를 끌어당겼다. 세상에 둘밖에 남지 않은 듯 카일의 눈동자에 오롯이 조만 가득했다.

"……내 거."

홀린 듯 중얼거리는 조를 보며 카일은 눈을 휘어 웃었다.

"그래, 다 네 거야."

한 곡의 춤이 끝난 후, 멈칫거리던 귀족들이 서서히 조에게 다가왔다. 밀물처럼 밀려드는 인파에 당황하던 찰나 사람들 사이로 테오도르가 스노우와 함께 나타났다.

"조!"

"테오 전하. 어디 있었어요? 한참 찾았네."

"거짓말. 폐하랑 춤추느라 난 뒷전이었으면서."

테오도르 황자와의 대화를 통해 확인받은 주변에서 부채로 입을 가린 부인들의 말소리가 들려왔다.

"진짜였잖아. 세상에."

난처하게 웃으며 조는 테오도르를 바라봤지만 그는 태연했다. 테오가 한마디씩 뱉을 때마다 주변에서 중얼거리는 소리가 따라붙었다.

"나 네가 여장한 거 처음 봐."

'테오 전하가 여장이라고 말씀하시는 걸 보니, 역시 남자였나 봐요.'

"조 그동안 늘 남장하고 있었잖아. 이렇게 보니까 신기하다."

'아니, 원래 여자였나 본데.'

"드레스 잘 어울려!"

'거봐, 여자라니까.'

"그래도 난 역시 조가 검을 차고 있는 게 좋아."

'……테오 전하는 남자인 로타이스 후작을 좋아한 게 아니었을까.'

가만히 테오도르의 말을 듣고 있던 조의 얼굴이 점점 굳어 갔다.

이 황자는 정말로 몸만 컸지, 눈치는 하나도 안 자랐네. 주변에서 떠드는 거 하나도 안 들리나.

스노우 역시 드레스 입은 걸 처음 본 탓인지 꽤나 놀란 눈치였다.

"어이, 할배. 어때요. 손자 나한테 줄 만해요?"

장난스럽게 웃으며 제자리에서 빙그르르 돌자 스노우는 울상을 지으며 한숨을 내쉬었다.

"……이 양아치 같은 놈이 내 외손주며느리라니."

"힝! 하다버디 글게 말하면 조는 넘무 섭섭한걸!"

평소처럼 장난을 쳤는데도 스노우는 슬픈 표정이었다. 역시 그도 나처럼 시원섭섭한 걸까. 덩달아 서글퍼지는 기분에 스노우를 안으려고 다가가자 그가 입을 열었다.

"이런 변태가 내 외손주며느리라니……."

"저기요, 할아버지. 그만 놀리시고 저랑 춤이나 춰 주세요."

아직 온전히 낫지 않아 춤은 출 수 없다며 스노우는 테오도르를 앞으로 내밀었다.

"이거랑 춰."

"손주한테 이거라니, 거 영감 말하는 본새하곤. 테오. 누나랑 춤출까?"

조가 춤을 권하자 그는 환한 얼굴로 고개를 끄덕이며 그녀를 중앙으로 이끌었다. 황제에 이어 황자와도 춤을 추고도 조는 지친 기색 없이 멀쩡해 보였다. 느긋하게 와인을 들이마시는 조를 보며 사람들은 기함을 하며 돌아섰다.

왜인지 섣불리 조에게 말을 걸 수가 없어 귀족들은 조와 함께 연회장으로 들어섰던 수잔과 이사벨라에게 온갖 질문을 쏟아부었다.

"두 분은 벌써 알고 계셨던 건가요! 대체 이게 어떻게 된 일이에요."

"아…… 저기 그게,"

우물쭈물하는 수잔의 어깨를 잡아당기며 이사벨라가 싱긋 웃었다.

"후작님께 직접 물어보세요."

"예? 아니, 드레스를 입고 있는 영애를 후작이라고…… 부르기는 조금……."

"바지를 입고 있을 땐 잘만 하셨으면서. 그럼 직책에 맞게 장군님이라 부르시든지요. 가자, 수."

"으응, 벨라."

수잔을 끌고 간 이사벨라는 그녀에게 갖가지 간식을 먹이며 즐거워했다.

한편 조는 콜린 후작에게 슬금슬금 다가가는 중이었다. 이미 모든 이목이 집중된 탓에 슬금슬금이라 표현하기엔 무리가 있었지만.

"저, 후작님."

"자네…… 언제부터? 우리, 전우가 아니던가."

같은 전쟁터에서 2년을 보내 놓고도 한 번도 안 들킨 게 믿기지 않는지 콜린은 연신 마른세수를 해 댔다. 조는 허허 하고 너털웃음을 지으며 콜린에게 사과했다.

"뜻하지 않게 속여서 죄송합니다. 하지만 수잔과 저는 진짜로 친구예요. 이제 믿으시죠?"

"아이고, 투르가 세상에. 그렇구만. 그랬던, 그게 가능하다고?"

"인간이 마음먹으면 못할 게 뭐가 있습니까."

"……그렇지, 그렇고말고."

고개를 끄덕이던 콜린이 휘청거리며 연회장을 빠져나갔다. 심신이 자꾸 흔들려 신전으로 가 기도를 한다는 것 같았다. 그사이 카일의 곁으로 귀족들이 몰려왔다.

"폐하는 원래 알고 계셨습니까."

"기병 장관이라니, 말도 안 됩니다."

"언제부터입니까."

"저이는 원래 여자였던 겁니까."

갑자기 터진 조의 비밀 덕분에 연회를 더 이상 이을 수 없을 정도였다. 작게 한숨을 내쉰 카일이 미간을 찌푸렸다. 그의 숨소리에 잠깐 주변이 얼어붙은 듯 조용해졌다.

"조금, 피곤하군."

싸늘하게 가라앉은 주변을 둘러보던 카일의 눈에 조가 들어왔다. 그녀는 정체를 숨기지 않아도 되는 파티가 마음에 들었는지 잔이 비기 무섭게 다시 술을 채우며 위장에 때려 박고 있었다.

'파티를 멈추면 조가 싫어하겠지. 오늘은 그녀를 위한 날이니까.'

오늘이 대관식이었던 것조차 잊었는지 카일은 조가 연회장 술을 모두 동내는 것을 흐뭇하게 바라봤다.

"……일단 오늘은 즐기도록 하지. 자세한 건 내일 얘기하고."

카일의 명령 덕에 더 이상 분위기가 어수선하게 흘러가진 않았지만 문제는 조였다. 얼마 뒤, 기분 좋게 취한 조의 눈가가 발그레 달아올랐다.

"……조, 취했어."

"내 거야."

"물론 난 언제나 네 거지. 그러니까 진정해. 눈이 맛이 갔어."

소파에 앉은 채 카일을 올려다보던 조의 손이 서서히 카일의 바지춤으로 향했다. 바지를 벗기려는 손길에 카일은 저도 모르게 뒤로 물러났다.

"……후작. 일단 오늘은 황궁에서 잠을 자는 게 어때."

"수잔이랑 벨라는요?"

"돌려보내지 않을 테니까 내일 얘기하고."

"네!"

배시시 웃으며 조가 정문으로 향하는 순간, 병사 하나가 중얼거렸다.

"저딴 여자가 기병 장관이라니."

카일의 귀에 들릴 만큼 선명한 음성이었다. 감히 내 사람에게 불만을 가지는 건가, 라고 말할 참이었다.

조가 병사를 거꾸로 메다꽂기 전까지는.

"나한테 이기고 말해, 조무래기 새끼."

기절한 병사를 그대로 내팽개치고 콧노래를 흥얼거리며 정문으로 나간 조는 밤하늘을 닮은 드레스 자락을 잡고 익숙하게 아무 말이나 골라 타고 가 버렸다. 멍한 얼굴로 서 있던 시종 펠은 잠시 후에야 겨우 정신을 차리고 기겁하며 카일을 바라봤지만, 그는 어쩐지 꿈에 젖은 표정이었다.

"귀엽지. 언제나 망설임이 없어, 내 조는."

"……폐하?"

전에야 부하를 아끼시는 마음이라 생각했는데 조가 여자라면 좀 문제가 심각해지는 게 아닌가. 로타이스 후작이 황후의 자리에 앉아 있는 걸 상상한 펠은 그만 눈을 질끈 감고 말았다. 벤지가 그런 펠의 어깨를 토닥였다. 두 사람의 눈이 마주쳤다. 너그럽게 웃은 벤지는 포기하라는 것처럼 고개를 천천히 가로 저었다.

이미 돌이킬 수 없을 만큼 먼 길을 와 버린 후였다. 저 콩깍지는 톱질을 해도 썰리질 않을 만큼 두꺼웠다.

❖   ❖   ❖

황제의 궁 앞을 지키던 기사의 귓가에 말발굽 소리가 들려왔다.

어떤 미친놈이 감히 황궁에서 말을 타는 거지. 황제궁 앞에 내린 것은 의외로 젊은 영애였다. 윤기가 흐르는 푸른색 드레스를 입은 영애는 말에서 뛰어내린 후 당당하게 다가왔다. 한 치의 망설임도 없는 걸음걸이였다. 건물 안으로 들어가려는 영애를 막아선 기사는 사무적으로 말했다.

"영애. 실례지만 이곳은 함부로 들어오실 수 없습니다."

그는 황궁을 지키는 자신의 임무를 다할 뿐이었다. 문제는 그가 오늘 파티를 발칵 뒤집어 놓은 해괴한 이야기를 아직 전해 듣지 못했다는 것.

술에 취한 영애의 동그란 눈동자가 기사를 향했다.

"괜찮아. 폐하가 난 어디든 들어가도 된다고 했어. 그리고 오늘 나보고 여기서 자라고 했는데."

건방진 소리를 하는 젊은 영애에게선 술 냄새가 물씬 풍겼다.

"술을 많이 드신 것 같은데 자택으로 돌아가시지요."

"이름이 뭐지, 너? 어디 기사단이야."

"……저도 기사 작위를 받은 사람입니다. 영애께 반말을 들을 이유는 없습니다."

"내가 네 상관이어도?"

상관이라니. 그게 무슨 소리인가. 기사단의 상관이라고 해 봐야 제 주군인 황제나 군대 전체를 통솔하는 기병 장관뿐이었다.

"영애. 마차를 불러 드릴 테니 집으로 돌아가시죠."

"아, 나 술 많이 마셔서 진짜 피곤한데. 비켜 봐."

어쩐지 달빛에 비친 은색 머리카락이나 껄렁한 말투에서 익숙한 느낌을 받았다. 어디서 만난 적이 있던가, 하고 잠깐 기억을 더듬으려는 찰나 제 어깨를 밀고 들어가려는 영애 탓에 상념에서 금방 깨고 말았다.

"안 된다니까!"

기사는 여자의 손목을 잡는 순간 느꼈다. 이길 수 없다는 걸.

짐승 같은 반사 신경과 힘을 지닌 영애는 그대로 팔을 **빼낸** 후 기사의 다리를 걸어 넘어뜨렸다. 곧바로 일어서려 했지만 언제 뺏겼는지도 모를 자신의 검이 영애의 손에 들려 있었다. 날카로운 검날로 상대의 목을 겨누고도 이 이름 모를 영애에게선 여유가 넘쳐흘렀다. 꽤 무거운 검을 한 손으로 든 영애는 흔들림 없이 무심한 눈으로 기사에게 말했다.

"저기."

"……에, 예?"

"나 피곤하다고 했어."

그대로 검을 들고 영애가 건물로 들어가자 아니나 다를까, 꺄악! 하는 비명이 들려왔다. 잠깐 멍하니 멈춰 있던 기사가 황급히 안으로 뛰어 들어갔다.

"잘 왔어, 검 가져가."

"이보시오! 영애!"

"영애가 아니라 후작."

"……예?"

입구의 홀을 환하게 밝히는 조명에 그제야 영애의 얼굴이 선명하게 보였다. 아는 낯이었다.

"어라……? 로타이스 후작님?"

이윽고 궁 입구에서 황제의 보좌관인 벤지가 다급하게 뛰어 들어왔다.

"내가 이러고 있을 줄 알았어! 조! 사람을 죽인 건 아니지?"

"내가 무슨 사람만 보면 썰고 다니는 줄 알아요. 마침 잘 왔어요, 나 피곤해 죽겠는데 안 들여보내 주잖아요."

255

"그래, 일단 아무도 안 다쳤으면 다행이야."

잔뜩 뿔이 난 젊은 영애를 데리고 객실로 안내하는 황제의 보좌관을 본 시종들의 눈에 의구심이 가득 들어찼다.

방금 벤지 님이 조라고 하지 않았나.

계단을 내려온 벤지는 이마로 흐르는 땀을 닦으며 시종들에게 답했다.

"조 로타이스 후작이야."

"예?!"

"궁금한 게 많을 테지만 폐하가 나중에 돌아오셔도 묻지 마. 이미 충분히 피곤하실 테니."

그날 밤은 빌테온 제국 역사상 가장 많은 이들이 잠들지 못한 밤이었다.

❊ ❊ ❊

똑똑.

노크 소리가 잠을 깨웠다.

아, 카일 나오는 꿈 꾸고 있었는데 누구야. 어제 너무 신나서 과음했더니 아직도 골이 울리네.

인상이 저절로 구겨졌다. 나는 몇 번의 헛기침 후 들어오라고 명령했다. 열린 문 틈으로 빼꼼 고개를 내민 도레스는 잔뜩 겁먹은 초식 동물 같은 얼굴로 나를 뚫어지게 바라봤다.

"뭐. 왜."

"……후작님, 진짜 여자예요?"

"아이고, 앞으로 그 질문 며칠 동안 받을지 생각만 해도 골이 아프네."

흐아아암.

하품을 늘어지게 한 후 자리에서 일어났다. 어제 벤지가 주고 간 잠옷용 원피스를 입은 걸 본 도레스가 입을 틀어막았다.

"으악! 징그러워! 남자한테 가슴이 왜 있어요!"

"이 새끼가."

기겁을 하는 도레스의 뒷덜미를 잡고 꿀밤을 먹였다. 눈꼬리에 눈물방울을 그렁그렁 매단 도레스가 정수리를 문지르며 물었다.

"원래 여자였어요, 후작님? 처음 만났을 때부터?"

"그럼, 뭐. 중간에 변했겠어?"

"폐하도 알고 계셨고요?"

"응."

"……두 분, 좋아하는 사이라는 것도 사실이에요?"

"……응. 왜."

"흐어엉."

"왜 울어?"

"폐하가 너무 불쌍해요! 어쩌다 이런 분을 좋아하게 되신 걸까요."

"잡히면 죽었다, 너."

문밖으로 도망가는 도레스를 잡으러 나가려던 순간 문 앞에 서 있는 이사벨라와 수잔과 마주쳤다.

"도리스가 울면서 도망가네. 잡으면 내가 가져도 되니."

"도레스라니까. 그리고 안 된다고 했지."

이사벨라가 나를 도로 방으로 집어넣으며 수잔과 함께 들어왔다.

"미안, 어제는 내가 술을 많이 먹어서."

"괜찮아. 수랑 밤새도록 재밌게 놀다가 잤으니까."

"네! 재밌었어요! 집이 아닌 곳에서 자는 건 처음인데 그게 황궁이라니. 너무 신났어요."

해사하게 웃는 수잔을 보고 있으면 세상 근심이 다 사라지는 기분이었다.

"수잔 부모님은 수잔을 키우면서 얼마나 행복하셨을까. 나라면 결혼 안 시켜."

수잔의 손을 맞잡고 중얼거리자 그녀의 얼굴이 금방 발그레 달아올랐다.

"그래. 조에게선 찾아볼 수 없는 순수한 귀여움이야."

"너도 똑같아."

이사벨라와 아웅다웅하던 찰나, 노크 소리 후 아실이 들어왔다. 양팔 가득

257

드레스를 들고 등장한 아실은 침대 위로 한 벌씩 내려놓았다.

"이게 다 몇 벌이야, 대체!"

놀라 물었지만 이사벨라는 언제나처럼 차분했다.

"열다섯 벌 정도밖에 안 돼. 일단 평소 옷차림이랑 번갈아 입는 걸로 하자. 어제 보니까 다들 충격을 심하게 받더라고. 단계적으로 조가 여자란 걸 인식시켜야겠어."

"네! 저도 옆에서 같이 힘낼게요!"

"아냐. 수잔은 그냥 숨만 쉬어도 힘이 된답니다."

나는 이사벨라와 수잔이 조언한 대로 최대한 심플한 드레스를 입고 허리에 검을 찼다. 시험해 보기 위해서는 가장 충격이 큰 사람에게 보여 주는 게 낫겠지.

"도레스!"

"예!"

아까 울면서 뛰쳐나갔던 도레스가 다시 방으로 들어왔다. 그는 흠칫 놀라긴 했어도 아침처럼 소리를 지르며 기겁하진 않았다. 드레스를 입고 있는 나를 경악 어린 표정으로 보다가 도망치듯 나가긴 했지만.

오후에는 스노우가 다시 찾아왔다.

"영감님 몸은 어때요."

스노우에게 질문을 던졌지만 옆에서 수잔이 찻잔을 받침대 위로 소리 나게 떨어뜨렸다.

"세상에, 후작님! 공작님께, 그것도 폐하의 외조부이신 벨로이스트 공작님께 영감님이라뇨."

충격받은 수의 얼굴에 되레 내가 더 놀랐지만 스노우는 히죽대며 내게 비아냥거렸다.

"망나니가 드디어 상식이 통하는 친구를 사귀었구나."

"수잔. 지금 이 영감이 나보고 망나니라고 했잖아요. 그건 괜찮은 거예요?"

내 억울한 질문에 이사벨라는 눈을 아래로 내리깔고 수잔을 자리에서 일으켰다.

"세상에, 우리 마음 여린 수가 얼마나 놀랐을까. 수, 나랑 저기 가서 뱃놀이 할까요."

수잔은 자리에서 일어서며 내게 신신당부했다.

"후작님은 앞으로 더 큰 인물이 되실 테니 남에게 흠을 보이시면 안 돼요! 아셨죠! 사신이라는 별명이 있지만, 이제는 너무 개망나니처럼 보이시면 안 된다고요!"

수잔. 그 상큼한 얼굴로 그런 말을 하다니…….

이사벨라가 수잔을 데리고 가 버린 후, 스노우는 나를 보며 한참을 키득거렸다.

"재밌는 친구들이네. 난 이제 한숨 놔도 되겠어."

"그렇게 곧 갈 영감처럼 말하지 마요. 내가 그 날 얼마나 놀랐는데요."

저택이 불탄 후 스노우는 한동안 병원에서 치료를 받다가 최근에는 테오도르의 궁에서 지낸다고 들었다. 카일이 황제가 됐으니 테오도르는 벨로이스트 공작가를 잇겠네.

"그래, 네놈 결혼할 때 비웃어 주려면 오래 살아야지."

킬킬 웃던 스노우가 불어오는 바람에 한숨을 길게 내쉬었다. 그의 백발이 부드럽게 흩날렸다. 서정적인 분위기와는 맞지 않는 말이 그의 입에서 흘러나왔다.

"콜린 영애에게는 미안한 말이지만, 네가 또 가서 한바탕 신나게 엎어야겠던걸."

"그게 무슨 말이에요?"

"지금 카일이 혼자 고군분투하고 있어. 어제 파티에서 또 둘이서 물고 빨고 로맨스를 찍었다며."

"무, 물고 빨다뇨! 춤만 췄구만! 그게 무슨 망측한 소리예요. 이 영감이 진짜."

의자에 느긋하게 앉아 있던 스노우가 피식 웃으며 답했다.

"어제 분위기로 보니, 분명히 황제가 너랑 결혼할 것 같은데 영 적합하지 않다는 거지."

"……적합지 않다?"

순식간에 차가워진 내 목소리에 스노우가 흡족하단 듯 온 얼굴에 미소를 띠었다.

"좋아. 그 표정으로 가는 거야. 가라, 내 최고의 역작."

있는 대로 화를 돋워 놓고 무슨 포켓몬 대하듯 말하네. 자리에서 일어난 나는 그대로 박차고 나가려다가 스노우에게 돌아왔다.

"이제 진짜로 엎으러 가는 김에 정식으로 여쭤볼게요."

"뭔데."

"벨로이스트 공작이자 카일 황제 폐하의 외조부이신 스완넬우드 님. 저, 카일이랑 결혼해도 되죠?"

"……이 자식은 뭐 맡겨 놨던 거 찾아간다는 식으로 묻고 있네. 야. 기억 안 나!"

"왜 소리를 질러요!"

"내가 전쟁터에서 너 2년 동안 가르치면서 제일 많이 들었던 말이 '카일 내 거예요, 카일이랑 결혼할래요.' 였다! 이 염병할 놈아! 이제 와서 예의 차리긴!"

"그, 그때는 몰랐고! 지금은 알잖아요! 이 백발 영감아!"

"뭐? 야 인마! 이리 와! 내가 몸만 다 나으면 죽을 줄 알아!"

지팡이를 높이 들며 휘두르는 스노우의 얼굴에 웃음기가 가득했다.

말로만 저러지, 날 엄청 좋아한다니까. 히죽 웃는 순간 무언가 불안해 본능적으로 허리를 숙였다. 내 머리보다 약간 더 위쪽 벽에 어느새 날아온 지팡이가 꽂혀 있었다.

"제법인데. 카일 너 주마."

"……진짜 노망이 났나! 할배! 나 죽는 꼴 보고 싶어?!"

펄쩍 뛰며 뒤돌았지만 스노우는 지팡이를 던진 기색도 없이 의자 위에 가지런하게 앉아 있었다.

"걱정 마. 이 스노우가 인정한 외손자며느리는 너뿐이니까."

확신 어린 단단한 음성을 들으니 어딘지 모르게 용기가 솟아났다.

그대로 카일이 있는 알현실로 찾아갔다. 거대한 문 앞에 서 있던 병사 둘이 눈치를 보며 나를 말렸다.

"저, 후작님……. 안에서 다른 귀족분들이 폐하께 말씀을 올리는 중이라서 들어가실 수 없습니다."

"알아. 내 얘기하고 있다며. 그래서 왔어. 열어."

더 이상 나를 말리지 못하고 병사들은 내가 왔음을 고하고 문을 열었다. 넓은 알현실에 서 있던 귀족들의 날카로운 시선이 열린 문 사이의 내게 일제히 향했다. 그들 하나하나와 눈을 맞추며 알현실로 들어서자 내 뒤로 무거운 문이 쿵 소리를 내며 닫혔다.

단상 위 황좌에 앉은 카일이 부드럽게 웃었다.

"로타이스 후작. 잠은 잘 잤나. 아침은 속을 차분히 가라앉히는 종류로 준비하라 명했는데 다 먹었는지. 아, 혹시 그대도 내게 할 말이 있어 온 거라면 잠깐만 기다려 줘."

들들 볶이고 있다던 스노우의 말과는 달리 카일은 그저 나를 봐서 기분이 좋아 보였다. 사르르 풀어진 얼굴로 그는 나를 보며 연신 방긋방긋 웃었다.

"신경 써 주셔서 감사합니다. 폐하. 저는 그저 여기 있는 귀족들이 무슨 얘길 하나 들으러 왔습니다."

내 대답이 어지간히 건방지게 들렸나 보다. 헛기침 소리가 여기저기서 들려왔다. 그러다 누군가가 용기 있게 목소리를 높였다.

"여자가 기병 장관을 할 수는 없습니다, 폐하."

내가 그 말에 반박하려던 순간 카일이 웃음을 터뜨렸다.

이게 웃기나? 지금 나보고 기병 장관을 때려치우라는 말을 했는데 웃긴 거야?

진심으로 이해가 안 가서 카일을 보며 눈살을 찌푸렸는데 그는 정말로 재밌는 말을 들은 것처럼 한참 웃다가 눈꼬리 끝에 맺힌 눈물을 닦았다.

"그럼 누가 하게?"

웃음 끝에 카일은 귀족들에게 반문했다. 여전히 즐거운 듯 들뜬 목소리였지만 어쩐지 어미 끝이 차갑게 가라앉아 있었다. 귀족들이 우물쭈물하며 답하지 못하자 카일이 말을 이었다.

"전대 기병 장관인 스노우가 장관직에서 은퇴한 뒤 마땅한 이가 없어 자리를 오래 비어 뒀음은 모두 알고 있지 않나. 전 군대를 통솔할 만큼의 막강한 통솔력과 군사력을 지닌 자가 이 제국에 로타이스 후작 말고 또 누가 있지."

"하, 하지만 그것은 사실을 밝히기 전의 얘기입니다. ……저자가 지금 군대를 이끈다고 하면 누가 따르겠습니까."

긴 손가락으로 비스듬히 얼굴을 받치고 있던 카일이 고개를 갸우뚱 꺾었다.

"그것 참 이상하군. 조가 여자인 것을 밝혔다고 해서 그가 죽인 자들이 살아 돌아오는 것도 아닌데 왜 따르질 못해."

"폐하, 그것보다는……"

"피셔 공작."

"예, 폐하."

황제의 부름에 추밀원 귀족들 무리 구석에 서 있던 피셔 공작이 대답했다.

"조가 구해 준 자네 아들, 벤지 말이야. 치욕스럽다던가? 분해서 따를 수 없으니 그 덕에 구한 목숨을 버리겠다고 했나."

이 양반이 무슨 소리야. 지난밤에 꽐라 된 나를 방에 집어넣어 주고, 잠옷도 꺼내다 주고, 물까지 갖다주고 나간 사람인데. 벤지가 그럴 리 없잖아.

내 불퉁한 표정에도 아랑곳 않고 카일은 피셔 공작에게 대답을 부추겼다.

"……아닙니다. 벤지는 어젯밤 저를 찾아와 로타이스 후작을 따르겠다 했습니다. 원래부터 여자인 걸 알고 있었으니 불만도 없다고. 괜히…… 아버지랍시고 끼어들지 말라고…….."

마지막 말은 괜히 꺼냈다 싶었는지 피셔 공작의 말끝이 흐려졌다. 하지만 카일은 개의치 않는다는 것처럼 시선을 콜린에게 돌렸다. 그 역시 추밀원 의원이라 알현실에 있었지만 중심에 서 있지는 않았다.

"콜린."

"예, 폐하."

"자네는 조가 전쟁터에서 어떻게 살아남았는지 봤지 않나. 아는 사람 하나 없는 전장에서 용병이 되어 돌아온 조가 적들을 어떻게 '쓸어버리는지'."

쓸어버린다는 말에 악센트 두고 말하지 말라고요. 듣는 당사자까지 섬뜩하네.

콜린의 시선이 잠깐 나를 향했다. 지난밤 내내 신전에서 기도한 건지 그의 눈가가 검었다.

"어떤 이유로 남장을 했는지에 대한 것과는 별개로, 능력으로만 따졌을 때 제국에서 로타이스 후작을 능가할 사람은 없습니다."

깔끔한 콜린의 대답에 카일은 고개를 끄덕였다. 하지만 그런 대답조차도 마음에 들지 않았던 건지 내게 불만을 품은 귀족이 짜증 섞인 목소리로 다시 입을 열었다.

"폐하! 그러면 저자의,"

"후작이다."

"……예?"

카일의 미간이 찌푸려졌다.

"전쟁에서 홀로 공을 세워서 정당하게 작위를 받은 사람이다. 예의를 갖추라."

얼어붙을 듯 차가운 카일의 눈동자에 감히 눈을 맞추지도 못하고 귀족은 겨우 대답한 후 말을 이었다.

"……예, 폐하. 말씀하신 대로 과거의 공적은 인정하는 바입니다. 그러나 앞으로 로타이스 후작의 지휘가 통할 것인지는 또 다른 문제라 생각됩니다. 하여, 이를 조금이나마 시험해 보시는 것이 어떠할지……."

"시험? 지금 후작에게 또 전쟁을 나가라 명령하라는 건가?"

첫 번째 전쟁에서는 내가 없어져서 날 찾느라 고생했고, 나 혼자 나갔던 두 번째 전쟁 때는 아예 내가 죽은 줄 알고 있었으니 카일에게 '전쟁'이란 트라우마와 다름없을 텐데. 아니나 다를까, 카일의 이가 맞물리는 소리가 알현실을 울렸다. 그가 부서져라 주먹을 말아 쥐자 으드득하는 소리가 손아귀에서 들려왔다.

"조를…… 또 어디로 보내라는 거냐."

금방이라도 말을 꺼낸 놈의 삼대를 잡아 멸할 것 같은 황제의 모습에 귀족이 황급히 말을 덧붙였다.

"요, 용병들 말입니다! 로타이스 후작의 개인 사병들이 사실을 알고도 단 한 명도 빠짐없이 자리를 지킨다면 저희도 믿고 맡길 수 있지 않겠습니까! 자기 병사마저 다스리지 못하는 기병 장관은 있을 수 없, 없는 일이니까요. 예, 그렇죠. 그, 그거면 됩니다."

식은땀을 흘리며 빠르게 말을 마친 귀족은 시선을 아래로 내리깔았다.

그거라면 간단하지.

"다 부를까요?"

알현실 뒤편에 서 있던 내게로 다시 시선이 우르르 쏠렸다. 나는 사람들 사이로 들어가 그 말을 꺼낸 귀족의 앞으로 가 마주 섰다. 황제에게 등을 보이는 꼴이었지만 그의 눈을 똑바로 보고 말하고 싶었다.

"폐하의 즉위 이후 아직 제 사병들이 로타이스로 돌아가지 않았습니다. 기껏해야 근처 도시에 머물러 있겠지요. 그들 모두를 오늘 안에 이 황궁으로 다 불러 모으겠습니다. 그럼 되죠?"

"······다는 너무 수가 많으니,"

"그럼 기마병만 불러 볼까요? 보병보다는 그쪽이 훨씬 호전적이니 제게 반항을 해도 거기서부터 하겠죠."

"조, 좋소!"

무슨 자신감인지 크게 대답하는 귀족의 눈을 뚫어지게 바라보자 그가 금세 겁을 집어먹고 더듬거렸다.

"저, 로타이스 후작. 나는 자네에게 악감정은 없네만······ 그저 다소 걱정이 되어······"

겁을 집어먹은 그의 말이 끝나기 전에 나는 뒤를 돌아보며 카일과 눈을 마주쳤다. 그가 작게 끄덕이는 걸 확인한 후 밖을 향해 외쳤다.

"도레스!"

내 시종 도레스가 들어왔다. 항상 장난치던 얼굴보다는 퍽 진지한 분위기였다. 아마도 밖에서 조금은 들렸겠지.

"내 기마병들에게 전해라. 내가 찾는다고. 그 한마디면 돼."

"예, 후작님."

허리를 꾸벅 숙이고 도레스가 나가자마자 다른 귀족이 기름진 목소리로 불만을 토했다.

"허나, 폐하. 로타이스 후작에게 기병 장관을 맡기신다는 것은 그에게 아무런 사심이 없으시다는 뜻입니까. 황제의 비는 장관직을 겸할 수 없습니다."

카일의 미간이 구겨졌다. 바로 어제 대관식을 치렀는데, 이런 피곤한 일을 겪게 하기 싫었다.

"아니면 두 분이 그저······ 조용히 그, 우정만 나누신다면······ 상관없지만."

카일과 결혼하지 않고 몰래 연인 관계만 잇는다면 상관없다는 뜻이었다. 능글거리는 목소리로 말한 귀족이 히죽거리며 나를 바라봤다. 끈적한 시선에 저절로 불쾌감이 피어올랐다. 내 몸을 훑는 저열한 그의 눈동자에 나도 모르게 옆구리에 찬 검으로 손이 올라갔다.

"에반스."

황제의 곁을 지키는 기사단장을 부른 카일은 그에게 명령했다.

"일로몬드 백작의 눈을 뽑아라."

"폐, 폐하! 그게 무슨 말씀이십니까! 저는 그저 합당한 질문을 한 것으로,"

"내 황후가 될 사람이다. 그를 모욕했으니 합당한 벌을 받아야지. 보기 거북하니 밖에 나가서 처리해라."

"예, 폐하."

장미 기사단이 일로몬드 백작을 잡고 밖으로 끌고 나간 후 카일은 차분하게 말을 이었다.

"투르가 여신께 조와 결혼하겠다고 맹세했다. 돌이킬 수도 없지. 내 목숨을 담보로 걸었으니."

귀족들이 술렁거렸지만 카일은 낯빛 하나 변하지 않았다. 아니, 그런데 언제 목숨을 담보로 걸었어. 그런 건 안 했잖아. 놀라 쳐다보는 내게 내색하지 않고 카일은 태연하게 진실과 교묘하게 섞어 구라를 치기 시작했다.

"다시 살아날 때 나는 여신께 약속했다. 반드시 여신께서 아끼시는 조와 결혼하여 행복하게 해 주겠다고. 전쟁을 승리로 이끌고 나를 인정하신 위대한 투르가 여신에게 반(反)하는 자가 누구인가."

카일, 모르는 사람이 들으면 투르가가 우리 결혼하라고 중매라도 선 줄 알겠어요. 어이가 없네.

"나를 위해 목숨을 던진 사람이며, 제국의 충신이자 내 사랑하는 연인이다. 반대할 이유…… 글쎄. 있으면 말해 보라."

말하면 죽일 것 같은데.

하지만 추밀원도 나름대로 강경했다.

"……투르가 여신께 약속하셨다니 로타이스 후작을 황후로 맞으시는 것에 더 이상 반대하지 않겠습니다. 하지만, 후작이 황후 폐하가 되시면 장관직은 자연히 내려놓으셔야 합니다."

벤지가 걱정했던 대로였다. 황후가 되면 기병 장관을 병행할 수 없었다. 나는 카일이 어떻게 대답하는지 보기 위해 고개를 들어 올렸다. 하지만 내가 걱정했던 것과 달리 카일은 한껏 짜증스러운 낯이었다.

"똑같은 질문을 두 번 하게 하는군. 그럼 누가 하겠나. 최근 두 번의 전쟁을 거쳐 불안정한 시국이니 비워 둘 순 없고. 그 존재만으로도 타국에 위협이 될 만한 상징적인 존재면, 좋아. 반대하지 않겠다. 어떤가, 콜린 후?"

"아니, 폐하. 저는…… 이제 전쟁터는……."

"엘몬트 자네는 어떤가?"

"로, 로타이스 후작의 명성에 비하면 저는 아무것도 아닙니다."

"피셔 공. 그대는 가문 대대로 기사 집안이었잖나."

"……저 역시 로타이스 후작만큼 해낼 자신은 없습니다."

카일이 눈짓하자 그의 옆에 서 있던 펠이 종이를 건넸다.

"전대 기병 장관이었던 벨로이스트 공이 오늘 아침에 내게 전한 편지네. 내 읽어 주지."

카일은 무뚝뚝한 얼굴로 편지를 읽어 내렸다.

"'조 로타이스는 전쟁터에서 1년 반이 넘도록 제 훈련을 받았습니다. 철을 두드려 검을 만들듯 매일 강하게 훈련시켜 인간 병기로 만들었'…… 제기랄. 이런 표현은,"

"예?"

"아니, 계속하지. '만들었습니다. 후회는 없습니다. 지옥 불구덩이에 던져도 악마 수장의 목을 따 올 사람이니 제 후임으로는 그자가 적당합니다.' ……라고 적혀 있군."

저 편지를 읽는 게 과연 내게 도움이 되는 선택이었을까.

내 생각과 비슷했는지 콜린이 슬그머니 손을 들었다.

"저, 폐하."

스노우의 편지가 마음에 들지 않았는지 편지를 고이고이 접어, 손바닥만 하게 만든 카일이 고개를 끄덕이자 콜린이 조심스럽게 말을 이었다.

"물론, 스노우 공작이 한 말에 저도 전적으로 동의합니다. 여태 그 어느 누구도 벨로이스트 공작의 무자비한 훈련을 따라간 이가 없었고, 저리 재능을 보인 사람도 없었습니다. 로타이스 후작은 전무후무한 인재입니다. 그, 그런데……"

"그런데?"

"그런 사람이 황후라니…… 제가 신하로서 조금 걱정이 되어서……."

시발.

아아, 웃고 있어도 눈물이 난다. 아니야. 나 안 웃었는데요. 누가 웃어. 하나도 안 웃겨.

너무나 진심이 가득 담긴 걱정에 날 서 있던 카일의 표정도 약간 풀어졌다.

"처음엔 나도 당황스러웠지……."

"폐하. 그렇게 말씀하시면 제가 뭐가 됩니까."

나도 모르게 끼어들었지만 카일은 아랑곳 않고 말을 이었다.

"악마의 목을 따 온다고 한들, 나를 위해 따 온 거라면 그게 무슨 상관인가. 오히려 기쁜 일이지."

미쳤나 진짜. 악마 목 따 오라고 보내면 그때는 거절할 거야. 내가 진짜 사신인 줄 아나. 하지만 카일의 주접은 한 번 시동이 걸리자 꺼지질 않았다.

"사랑이란 상대를 위해 제 한목숨 바치는 거 아닌가. 하지만 조는 남의 목숨을 내게 바쳐 나를 지키지. 이거야말로 완벽한 사랑이 아닌가 싶어."

"잠깐, 잠깐만요. 폐하. 그만하세요."

"제국 북부를 한 바퀴 돌아 얼음 산맥을 깨부수며 내게 돌아오는 사람이야, 조는. 그런 사람을 어찌 포기하라는 건지."

충격받은 추밀원 귀족들의 눈동자가 마구 흔들렸다. 하지만 카일의 지옥의 주둥아리가 좀처럼 닫히지 않았다.

"누가 감히 빌테온으로 쳐들어오겠어. 멋있어, 예뻐 죽겠어. 어쩜 그리 강할까. 자네들도 이런 사랑을 받아 봐야 할 텐데."

"그만! 폐하, 제발!"

시뻘겋게 달아오른 얼굴로 카일에게 소리를 지르는데도 아무도 나를 말리는 사람이 없었다. 귀족들 역시 이 막무가내 주접킹 황제에게서 벗어나고 싶은 것 같았다. 스노우가 아까 나보고 판을 엎고 오라고 했는데. 엎어진 건 나였다.

"너랑 빨리 결혼하고 싶어, 조."

"알겠, 알았어요! 진짜 빠르게 해요. 그, 재무 장관님?"

홀린 듯 서 있던 재무 장관 오르본이 파드득 놀라 나를 바라봤다.

"예, 예. 로타이스 후."

"결혼. 국혼 빨리, 어떻게 안 될까요?"

"아? 일단 어제의 대관식 이후로 재정 상태를 확인하고 다른 일정과 맞물리지 않도록,"

재무 장관이 말을 끝맺기도 전에 카일이 인상을 찌푸렸다.

"투르가께서 허락했는데 그냥 물 한 잔 떠 놓고 태양 아래 인사만 올리는 걸로 하지."

"안 될 말입니다! 최대한 빠르게 준비할 테니 그런 말씀은 마십시오, 폐하!"

"1주일."

"폐하. 국혼인데 적어도 6개월은 준비를,"

"2주."

"세 달만 주시면 최선을 다하여 폐하께 한 치의 모자람 없도록 준비하겠습니다."

"보름."

"2주에서 하루 더 늘리신다고 될 일이 아닙니다! 폐하, 제발. 한 달이라도,

그 이하는 절대로 안 됩니다. 제발 한 달만 여유를 주십시오!"

이젠 다른 귀족들까지 카일에게 매달렸다. 내내 시큰둥한 얼굴로 준비 시간을 늘려 달라는 귀족들을 내려다보던 카일은 한숨을 푹 내쉬며 허락했다.

"4주 뒤 오늘 이 시간에 조가 황후가 되어 있지 않으면 더는 참지 않겠다."

정확히 뭘 참지 않는다는 건지는 말하지 않았지만 굉장히 어마어마하게 들렸다. 나까지 쫄릴 정도로. 귀족들은 겨우 안도하며 가슴을 쓸어내렸다.

저기요, 정신 차리세요. 방금까지 저 반대하셨잖아요. 지금 다들 앙큼한 황제한테 낚인 거라고요.

❖  ❖  ❖

한참의 실랑이 후 4주라는 귀한 시간을 확보한 귀족들은 초조하게 발을 동동거렸다.

"……폐하. 국혼 준비를 해야 하니 이만,"

"아니."

"예?"

"아까 조의 사병을 부르겠다고 하지 않았나. 웰런스 백작이 시키는 대로 사병들을 모두 불렀으니 일단 대기하는 것으로 하지. 모두 확인해야 할 것 아닌가."

저거 완전 똥고집 아냐.

재무 장관의 입이 서서히 벌어졌다. 1분 1초가 아까운 이 상황에 언제 올지도 모를 내 사병을 기다려야 한다니. 흔들리는 눈으로 황제를 올려다봤지만 카일은 무심하게 그의 시선을 무시했다. 카일은 정말 이제 눈에 뵈는 게 없는 걸까. 황제가 되기 전 카일이 내게 했던 말이 떠올랐다.

'나는, 내 전부를 걸어서 반드시 황제가 되겠다. 그리고 널 사랑하는 데에 모든 걸 쏟아부을 거야.'

하지만 폐하. 이건 너무 쏟아부으시는 거 아닐까요.

아까 내게 사병을 부르라고 시켰던 백작이 다시 입을 열었다.

"폐하. ……아무래도 제가 잘못 생각한 것 같습니다. 로타이스 후작 말고는 기병 장관을 맡을 이가 없습니다."

느긋한 태도로 카일은 고개를 갸우뚱 꺾었다.

"그래도 확인은 해 봐야 자네도 이 방 안의 다른 사람들도 속이 시원할 텐데. 황후도 장관도 다 해내는 것에 믿음이 없다지 않았나."

이제 웰런스 백작은 거의 울 지경이었다. 카일은 상냥한 말투로 사람을 괴롭히는 것에 도가 튼 것 같았다. 내 귀여운 카나리아가 원래 저런 느낌이었나. 묘하게 사악한데.

하지만 잘생겼으니 만사 OK입니다.

앞으로 나선 웰런스 백작이 손바닥으로 나를 가리키며 말했다.

"로타이스 후작이 뭔들 못하겠습니까. 후작의 능력은 모두가 알고 있습니다."

"아니. 난 조가 사병들을 부리는 것을 자네들이 봤으면 해."

울상이 된 재무 장관이 나를 애처로이 바라봤다. 어느새 옆으로 다가온 콜린이 조용히 속삭였다.

"……후작, 폐하를 말려 주게. 자네뿐이야."

제가 감금플에 대한 로망이 잠깐 있었던 적도 있었는데요. 감금을 이렇게 귀족들과 다 같이, 그것도 황제의 알현실에서 할 뜻은 없었거든요.

나는 조심스럽게 손을 들었다.

"저, 폐하."

"조."

내가 말을 걸기 무섭게 카일이 내 말을 잘라먹고 나를 불렀다.

"예?"

화들짝 놀라며 대답하자 그는 부드럽게 웃으며 내게 질문했다.

"그대의 기마병은 얼마나 빠르지? 예를 들어 위즐틴에서 여기까지 온다고 쳤을 때 말이야."

"위즐틴이면…… 바로 옆이니 두어 시간이면 올 겁니다."

"그럼 곧 도착하겠군."

카일와 내 대화가 끝나기 무섭게 옆에 있던 다른 귀족이 목소리를 높였다.

"위즐턴에서 말을 타고 달려서 2시간 만에 온다니. 허풍이 과한 것 아닌가."

"허풍이라니요, 백작. 내 병사들은 그렇게 달립니다."

"아무리 로타이스의 기마병들이 대단하다고는 하지만,"

그때, 굳게 닫혀 있던 알현실의 문 밖에서 반가운 소리가 들렸다.

"조 하트 로타이스 후작의 군대가 도착했습니다!"

카일은 천천히 자리에서 일어서 단상 계단을 내려왔다. 한 걸음씩 내디디며 그가 내게 다가올 때마다 묘한 불안감이 피어올랐다. 내 얼굴을 살핀 건지 카일은 내 앞을 지나갈 때 아주 작게 중얼거렸다.

"너를 믿어."

카일이 나를 믿는다는 소리인지, 내게 나 자신을 믿으라고 한 말인지 알 수는 없었지만 어쩐지 자신감이 금세 차올랐다.

그래, 내가 누군데. 나 김금자야. 난공불락 외딴섬 카일을 자빠뜨린 김금자라고.

나는 성큼성큼 황제의 뒤를 따랐다. 문이 열리고, 긴 복도를 지나 건물 밖까지 걸어 나갔다. 검은 물결이 내 시야를 가득 채웠다. 제일 앞에 서 있던 도레스가 나를 보며 싱긋 웃었다.

"후작님. 로타이스의 기마병들이 모두 모였습니다."

카일이 흡족한 듯 미소 지으며 내 어깨를 다독였다. 그들의 앞까지 천천히 걸어 나가자 앞줄의 샘이 콧잔등을 긁적이며 도끼를 꺼냈다.

"미친놈아. 폐하 앞에서 도끼를 왜 꺼내!"

깜짝 놀라 소리를 지르자 샘 역시 후다닥 도끼를 다시 뒤로 감췄다.

"대장이! 아니다, 후작님이 모두 모이라고 하니까 이번에도 누구 쓸어버리러 가는구나 했죠!"

"여기 황궁이야! 이 정신 나간 자식아!"

샘에게 윽박을 지르자 뒷줄에서도 비슷한 소리가 튀어나왔다. 누군지 가늠하기 힘들 정도로 빽빽하게 서 있는 군사들 중 한 명이었다.

"예? 전쟁 가는 거 아니에요? 저 아들한테 인사하고 왔는데!"

"후작님 갑옷 챙겨 왔단 말이에요. 온 김에 어디 들렀다 가요."

이 새끼들은 전쟁터가 무슨 백화점인가.

이마를 짚으며 한숨을 쉬는 내 모습에 뒤에 선 카일이 큰 소리로 웃음을 터 뜨렸다. 턱을 빠져라 벌리고 서 있던 추밀원 귀족들 중 하나가 내 검은 병사들에게 삿대질을 하며 앞으로 튀어나왔다.

"어떻, 어떻게 이럴 수가 있단 말이야! 말도 안 되지 않는가. 로타이스 후작이 여자란 걸 모르는 거야?!"

갈색 머리카락을 벅벅 긁는 닉스는 진심으로 이해할 수 없다는 듯 미간을 찌푸렸다.

"……예? 후작님이 싸우는 거 보신 적 없으세요?"

"풉!"

아까 겨우 웃음을 멈췄던 카일이 다시 입을 틀어막으며 웃기 시작했다. 내가 그를 쏘아보자 카일은 눈을 질끈 감으며 오른손을 휘휘 내저었다. 계속 말해 보라는 의미였다. 닉스는 카일을 향해 꾸벅 인사한 후 다시 말을 이어 갔다.

"저, 실례지만 무슨 말씀을 하고 싶으신지 모르겠습니다. 저는 지는 싸움은 하지 않고, 후작님과는 싸우지 않는데요……. 무섭다고요."

뒤에 있던 다른 병사들이 말을 얹었다.

"안 맞아 봐서 그런 소리가 나오시는 거예요!"

"저번주에 대련했을 때도 졌습니다. 오늘이라고 이길 리 없습니다!"

이건 도움이 되는 건지, 마는 건지.

가장 어린 소년병 율리가 앞으로 나섰다.

"저도 말해도 될까요?"

카일이 흐뭇하게 웃으며 고개를 끄덕이자 율리가 입을 열었다.

"물론 저희 대장, 아. 후작님은 가끔 엄청 무섭고, 잔인하고, 적에게 자비가 없지만,"

이건 나 엿 먹이는 거 같은데.

물끄러미 보고 있는 내 시선은 신경도 쓰지 않고 율리는 계속해서 작은 입술을 움직였다.

"전쟁터에서 가장 먼저 일어나고 가장 늦게 주무십니다. 그래서 저를 찾으신 거예요. 가족들이 죽고 혼자 남아 있던 저를 데려오신 후작님은, 저를 훈련시키며 키워 주셨습니다. 이분을 따르는 데에 어떤 다른 이유가 더 필요한지 모르겠습니다."

"……율리."

약간 감동한 기분으로 율리에게 손을 뻗자 그가 흠칫 놀라며 픽 웃었다.

"드레스 입으신 모습이 아직 어색하긴 하지만요."

율리와 마주 보며 웃자 뒤에서 카일의 음성이 들려왔다.

"검증까지 다 됐으니 더 이상 문제는 없군. 딱 4주다. 그 후에 로타이스 후작은 내 옆자리에 서 있어야 해."

오만할 정도의 당당한 자세로 카일은 한쪽 입꼬리를 올려 웃은 뒤 자리를 벗어났다. 몇몇 귀족들은 빠르게 회의장으로 발걸음을 옮겼고 웰런스 백작을 비롯한 날 반대했던 사람들은 내 눈치를 보며 황궁을 빠져나갔다. 나는 황궁 안을 구름처럼 메운 검은 군대를 향해 외쳤다.

"얘들아. 해산. 일단 모인 김에 1조의 서른 명 정도만 남고 나머지는 로타이스로 돌아가."

"후작님은요?"

"난 4주 뒤에 결혼을 해야 돼서 바로는 못 가."

"예?!"

"훈련 게을리하지 말고. 나 검사하러 갈 거니까. 농땡이 치다 걸리면 죽기 직전까지만 살려 둘 줄 알아. 진짜야."

엄포를 늘어놓았지만 이미 들리지 않는 듯 갑자기 누구와 결혼을 하느냐는 질문이 쏟아졌다.

"방금 폐하가 말씀하셨잖아. 4주 뒤에 로타이스 후작은 옆에 서 있어야 한다고."

앞에 서 있던 놈들의 눈이 휘둥그레 커지며 콧구멍과 입까지 동시에 벌어졌다.

"예에? 그거 그냥 옆에 자리 지키고 있으라는 거 아니셨어요?"

"말도 안 돼! 폐하와 결혼하시면 황후마마가 되는 거잖아요!"

"신이 죽었나 봐!"

"마지막 '신이 죽었나 봐.' 나와. 엎드려."

그 뒤로 정신없이 쏟아지는 질문에 대답하며 나는 기분 좋게 웃었다. 한 치의 흔들림도 없이 여기까지 찾아온 녀석들이 고마웠다.

이젠 정말로, 카일과 결혼하는 날만 남아 있었다. 그런 줄 알았는데…….

갑작스레 동대륙의 겔르펜디안국에서 사신이 온다는 연락이 왔다. 겔르펜디안의 사신을 대접하려면 어쩔 수 없이 결혼식을 2주 뒤로 미뤄야 했다. 소식을 전해 들은 카일은 냉정한 얼굴로 추밀원에 명령했다.

"오지 말라 전해라."

카일의 옆에 서 있던 벤지가 짧게 한숨을 흘리고 카일을 말렸다.

"……폐하. 이미 바다를 건너오는 중인데 어찌 돌아가라고 하겠습니까."

"맞습니다. 폐하. 망망대해에서 배끼리 만나서 돌아가라는 말을 전할 수도 없습니다."

귀족들이 최선을 다해 만류해도 카일은 연신 불만스러운 낯으로 테이블을 긴 검지로 탁탁 두드렸다. 마음이 조급한 거야 인정하겠지만 고생해서 배 타고 오는 사신한테 후진하라고 할 순 없잖아.

사람 생각은 다 비슷한 건지 콜린이 조심스럽게 카일에게 말했다.

"폐하……. 혹시 국혼 때문에 그러시는 거라면, 로타이스 후작이 어딜 도망가는 것도 아닌데 걱정이 과하신 듯합니다."

나는 조용히 고개를 끄덕였지만 카일은 생각이 달랐는지 인상을 찌푸리며 목소리를 높였다.

"그건 자네들이 저자를 몰라서 그래! 눈만 떼면 사라지는데!"

미친 사람아. 왜 그래 진짜.

당황해 눈이 마구 흔들리는 나를 못 본 건지 카일은 큰 소리로 추밀원 귀족들을 들들 볶았다.

"로테나전이 있기 전에는 감옥에 두 번 가뒀는데 두 번 다 탈옥했고. 전쟁터에서도 말 한마디 없이 사라져서 반년 뒤에야 겨우 찾았지. 돌아오는 길에도!

눈만 떼면! 어디서 이름 모를 놈들과 술 마시고 있거나 카드를 치고 놀았는데! 아차 하면 감옥에 있고, 아차차 하면 탈옥을 하는 사람이야! 갑자기 또 사라지면 어찌 찾을 건가!"

그거야 당신이 24시간 내내 물고 빨고 하니까! 나도 사람인데 쉬어야 될 거 아냐, 인간아! 마차 밖으로 한 발자국도 못 나가게 하는데 답답해서 어떡하냐고요. 차마 입 밖으로 내지 못할 변명이라 혼자 씩씩거리고 있었다.

귀족들의 따가운 시선이 한꺼번에 나를 향했다. 콜린이 입술을 안으로 말고서 '음…….' 하는 침음을 흘린 후 다시 충언을 올렸다.

"그러면, 결혼식 전까지 황궁 정예군을 시켜 로타이스 후를 지키라고 하는 건 어떨지요."

카일이 천천히 고개를 가로저었다.

"혼자 전쟁터를 쓸고 다닌 사람인데 정예군 정도로 잡아 둘 수 있을 거라 생각하나."

곧바로 다른 사람이 손을 들고 의견을 내며 적극적으로 참여했다.

"아니면 오르브시델로 만든 특수 감옥에 수감시켜 두는 것이 어떠합니까. 오르브시델은 절대 휘어지거나 부서지지 않습니다."

"감옥은 이미 탈옥한 전적이 있으니 안 돼. 그리고 자칫하면 간수가 희생될 수 있다."

사신을 어찌 대접할 것인지에 대해 의논하기 위해 시작됐던 회의는 이상한 방향으로 번져 버렸다.

"저기요. 저 여기 앉아 있거든요. 사람을 무슨 들짐승 취급하시네."

불만스러운 목소리로 손을 들고 말했지만 카일은 가뿐하게 무시한 후 벤지에게 의견을 물었다.

"벤지. 조를 어떻게 하면 붙잡아 둘 수 있지."

"현실적으로 불가능하다 생각됩니다. 폐하."

"도망 안 가요. 결혼한다니까요? 저기요? 이봐요. 제 목소리 안 들리세요? 나 귀신이니. 언제 죽었니."

얘들아. 나 여기 있단다.

그때 플라반 후작이 손을 번쩍 들었다. 환하게 웃는 얼굴을 보니 무언가 좋은 생각이 난 것 같았다.

"사냥터로 관광을 보내시는 건 어떻습니까!"

"……사냥?"

"로타이스 후작이 성미가 워낙 불같고, 따분한 것을 참지 못하시니 쉴 새 없이 흥겹게 해 드리면 때가 되어 돌아오시지 않을까요."

카일이 턱을 감싸 쥐고 천천히 고개를 끄덕였다.

"그래, 조는 예전에 귀족 작위 받기 전에도 사냥터에서 쌓인 피로를 풀고 온 적이 있었지."

잠깐 생각에 빠져 있던 카일이 그제야 나를 보며 나긋나긋 말을 걸었다.

"하트, 날 위해 하얀 여우를 잡아 와 주겠어?"

붉은 빛이 도는 카일의 도톰한 입술이 움직이는 걸 보고 있으면 머릿속이 하얗게 비는 것 같았다. 나는 홀린 듯 대답하고 말았다.

"……네, 자기."

미인계에 또 넘어갔어! 젠장!

분명히 예전에는 내가 카일을 쥐락펴락하는 것 같았는데 이젠 완전히 카일 마음대로 나를 주무르고 있잖아! 너무 잘생겨서 화도 안 나!

"대장! 황궁 나왔으니까 대장이라고 불러도 되죠?"

소년병 율리가 자리를 이탈하고 내 옆으로 바짝 따라붙었다.

"율리."

"예?"

"우리는 전속력으로 달려 사냥터로 간 뒤, 백여우만 잡고 바로 돌아가는 거야. 알았지?"

"예? 이왕 나오셨는데 좀 즐기시지 않고요."

뒤에 있던 다른 병사들도 입을 모아 말했다.

"대장. 그냥 더 놀다가 가면 안 돼요?"

"내 자존심 문제야! 폐하가 나를 무슨 미친 들짐승, 개망나니 정도로 알고 있는 거 같다니까!"

짜증을 내며 뒤를 돌아봤다. 줄줄이 따라오던 서른 명 남짓한 내 사병들이 아무런 말도 못 하고 서로 눈치만 보고 있었다.

"……뭐야. 너희 보기에도 내가 그래?"

싸늘하게 묻는 내 목소리에 샘이 다급하게 대답했다.

"하. 하. 하! 설마요! 하. 하! 그럴 리가! 황후가 되실 분인데!"

"1초만 늦었어도 너희 다 죽었다."

말을 타고 수도를 벗어나는 순간부터 속도를 올렸다. 뒤에서 따라오는 말발굽 소리가 온 땅을 뒤흔들었다. 중간에 쉬기 위해 들른 마을에서 주점의 주인은 걱정스러운 낯으로 조심스럽게 물었다.

"또 전쟁터로 가시는 겁니까."

옆에 있던 게일이 고기를 뜯어 먹으며 손을 휘휘 내저었다.

"주인장! 오해 마슈! 우리 사냥 갑니다!"

"예? 사냥?"

테이블을 가득 채울 정도의 커다란 접시에 담긴 칠면조 다리를 뜯은 율리가 큰 소리로 대답했다.

"네! 저희 후작님이 또 따분하고 열받는다고 튈까 봐 폐하가 놀다가 때맞춰 들어오라 하셨습니다!"

필터링 좀 하고 말해. 괴물이라도 만난 것처럼 얼어붙은 주인장을 향해 애써 입꼬리를 당겨 웃자 그가 어색하게 마주 웃으며 천천히 고개를 꾸벅 숙였다.

날이 밝자마자 힘껏 달리며 스치는 영지의 영주들에게 허가를 받아 가면서 온 산과 들을 뒤졌는데 도저히 하얀 여우를 찾을 수가 없었다. 눈에 띄는 하얀 동물은 일단 다 잡아 봤지만 딱 여우만 없었다.

"대장! 하얀 뱀은요?"

"하얀색 족제비는 안 된대요?"

"흰쥐는요? 대장 흰쥐 처음 보죠?! 나도!"

"저는 이 마을 촌장 흰머리 뽑아 왔어요. 혹시 몰라 촌장도 데려왔는데요."

"촌장님을 왜 데려와! 마지막 새끼 엎드리고. 아니, 왜 백여우가 없지?"

뜬금없이 잡혀 온 백발의 늙은 촌장이 온몸을 덜덜 떨며 나를 올려다봤다.

"촌장님, 죄송해요. 저희 애들이 배움이 부족해서 실례를 범했습니다. 많이 놀라셨죠."

놀란 영감의 손을 잡으며 정중히 사과하자 그가 눈을 몇 번이나 깜빡이다가 겨우 입을 열었다.

"전쟁 영웅 로타이스 후작님 아니십니까."

"아…… 예, 그런 감사한 별명으로 불러 주시니 영광입니다."

환하게 웃으며 영감을 근처 의자에 앉혀 드린 후 따뜻한 차를 대접했다.

"갑자기 산 입구까지 끌려오시게 해서 죄송합니다. 해 지기 전에 제가 직접 자택으로 다시 모셔다드릴게요."

예의 바르게 말하자 촌장은 손에 든 컵을 꾹 쥐었다가 천천히 고개를 들었다.

"하얀색 여우를 찾으십니까?"

"예, 혹시 보신 적이 있으세요?"

"여기서 반나절 정도 더 북쪽으로 향하면 설산이 있습니다. 수년도 더 전에 그곳에서 길을 잃었다가 꼭대기 부근에서 본 적이 있는데 아직까지 터를 잡고 있을지는……."

"그 정도라도 충분합니다!"

그렇게나 찾기 힘들다는 하얀 여우를 미션으로 내걸다니. 아마 카일은 적당히 밖에서 돌다가 시간 맞춰서 돌아오라는 뜻이었겠지. 하지만, 백여우를 당신에게 반드시 데려가고 말겠어. 아주 놀라서 자빠지게 해 주지.

자리에서 벌떡 일어나려는 순간, 촌장이 내 옷깃을 부여잡았다.

"후작님, 조심하십시오. 그곳에는 야생 늑대가 무리 지어서 살고 있습니다."

어지간히 걱정이 됐는지 촌장의 늙은 두 눈동자가 빠르게 흔들렸다. 내가 대답하려는 찰나, 옆에 서 있던 율리가 환하게 웃으며 덧붙였다.

"걱정 마세요! 우리 대장은 북부에서 혼자 늑대를 잡아 와서 고깃국을 끓여 주신 적도 있거든요!"

"예?"

"하하하……. 북부에는 먹을 게 없어서……. 아무튼, 네. 걱정 감사합니다."

놀라서 눈을 커다랗게 뜨고 바라보는 촌장 앞에서 나는 머쓱하게 웃었다. 여우는 겁이 많고 예민하니 너무 많은 수의 병사들과 움직이면 안 된다는 조언까지 듣고 나는 빠르게 북쪽의 설산으로 향했다. 설산 입구에서 게일에게 물었다.

"수도에서 출발한 지 며칠이나 됐지?"

"5일 지났습니다."

묵묵히 고개를 끄덕인 뒤 나는 서른 명의 병사들을 각 역할별로 찢었다.

"난 혼자 올라갈게."

"그러다 큰일 나시면 어쩌려고요, 후작님!"

"괜찮아. 여우가 발소리에 놀라서 도망가면 안 되니까. 1조, 2조, 3조는 꼭 대기까지 서서히 몰고, 나머지는 중턱에서 대기해. 하얀 여우가 보이면 반드시 생포해."

명령을 내린 후 산을 올랐지만 밤이 될 때까지 동물 발자국도 찾지 못했다. 산짐승들은 산에 다니는 길이 있어서 분명히 흔적이 남을 텐데. 눈이 소복하게 쌓여 있어서 단서를 찾기가 쉽지 않았다.

옷을 칭칭 감아 손을 감쌌다. 추위에 손가락이 떨어져 나갈 것 같았다. 하얀 여우 잡은 다음에 콧대를 꺾어 주, 아니야. 그건 백만 불짜리 콧대니까 꺾진 않을 건데, 아무튼 깜짝 놀라게 해 주지. 내 아기 고양이.

불타오르는 승부욕에 하얀 입김을 호 불며 흰 눈이 쌓인 바위들을 멍하니 보던 중, 무언가 꿈틀하고 움직이는 게 보였다.

"……여우인가."

눈살을 찌푸리며 멀리서 움직이는 것에 집중했다.

어라, 그런데 좀 큰데?

멀리 있는 짐승도 날 봤는지 내 쪽을 향해 머리를 돌렸다. 백늑대였다. 그것도 웬만한 사람보다 큰.

"……좆됐네."

나는 천천히 검을 빼 들었다.

"아가, 미안하지만 나 예비 신부라서 얼굴엔 기스 나면 안 되니까 적당히 좀 봐줘."

이빨을 드러낸 백늑대가 으르렁거리며 천천히 내게 다가왔다. 놈의 벌린 잇속에서 풍기는 진한 혈향이 흩날리는 눈 속에서도 선명하게 느껴졌다.

❊ ❊ ❊

"……해서, 겔르펜디안의 군사들은 모두 늑대 고기만 먹으니 그 용맹함이 이루 말할 수 없지요!"

새로운 황제의 즉위를 축하할 겸 해서 찾아왔다는 동대륙의 겔르펜디안국 사신은 다소 건방진 자였다. 1시간이 넘도록 떠들어 대는 겔르펜디안의 군사력에 대한 자랑에도 황제인 카일은 사무적인 얼굴로 미소를 잃지 않았다.

"그렇군."

대답이 간결할 뿐.

듣다 못한 피셔 공작이 입을 열었다.

"빌테온 제국의 군사들도 뛰어난데, 한 번쯤 보여 드리고 싶군요."

피셔 공작의 말에 사신 쿤은 피식 웃으며 답했다.

"제국은 워낙 크고, 사람이 많으니 어느 정도 평균치가 있는 것이지요. 용맹하기로 따지면 우리 겔르펜디안이 제일이지 않겠습니까! 동대륙에서 가장 강하지요."

"그렇군."

짧게 답하는 황제의 눈이 웃고 있지 않다는 걸 아직도 눈치채지 못했는지 쿤은 계속해서 떠들었다.

"그러니까, 우리 겔르펜디안은 늑대를 보고도,"

"조 하트 로타이스 후작이 오셨습니다!"

쿤의 얼굴이 구겨졌다.

"빌테온의 시종은 감히, 사신의 말을 끊어 먹고 목소리를 높입니까."

"그것이, 로타이스 후작은……"

콜린이 난처한 듯 무어라 설명하려던 찰나 문이 벌컥 열렸다. 그런데 걸어 들어온 것은 사람이 아닌 백늑대였다. 웬만한 사람보다 더 큰 하얀 늑대가 붉은 눈을 번쩍이며 안으로 들어오자 쿤이 자리에서 벌떡 일어섰다.

"으아아악!"

고함 소리가 채 끝나기도 전에 백늑대가 바닥으로 쿵 떨어졌다. 늑대를 안고 들어온 자는 다름 아닌 조 로타이스 후작이었다. 자기 몸보다 큰 늑대를 짊어지고 와서 내려놓은 후작은 해맑은 얼굴로 웃었다.

"폐하! 제가 하얀 여우를 잡고 돌아왔습니다!"

카일은 더없이 환하게 미소 지으며 답했다.

"그래? 여우는 어디 있지?"

조가 고개를 돌리자 시종 도레스가 작은 우리를 들고 등장했다. 우리 안에는 작고 하얀 여우가 작고 세모난 귀를 쫑긋 세우고 새카만 눈으로 카일을 보고 있었다.

"너무 귀엽죠! 오는 길에 친해졌습니다."

여우를 우리에서 꺼내자 하얀 여우가 조의 품으로 파고들어 차분히 안겼다. 다들 여우를 보며 귀엽다고 탄성을 내질렀지만 카일의 시선은 오로지 조의 얼굴만을 향했다.

"⋯⋯응. 너무 사랑스러워. 안고 싶을 정도로."

"그죠?"

카일의 대답이 여우를 향한 것이 아니란 걸 알아챈 벤지가 조용히 황제의 귓가에 속삭였다.

"사신을 위한 연회 중입니다. 폐하. 자중하십시오."

그때 겔르펜디안의 사신 쿤이 자리에서 벌떡 일어나 조에게 손가락질했다.

"고작 여우를 자랑하다니! 그리고 이 커다란 늑, 늑대는 뭔가!"

쿤을 힐긋 본 조는 여유롭게 웃으며 답했다.

"국혼을 앞두신 폐하를 위한 결혼 선물입니다."

조가 카일을 똑바로 쳐다보며 꾸벅 허리를 숙였다.

"폐하를 생각하며 혼자 잡았습니다. 오직 저의 손길만 닿은 백늑대예요."

"어쩜, 저리 낭만적일까."

황홀하게 웃으며 카일은 단상을 천천히 내려왔다. 귀족들은 이제 익숙해졌는지 아무도 신경 쓰지 않았다. 오직 쿤만이 얼굴을 붉히고 있었다.

"말도 안 돼! 이리 큰 늑대를 혼자 잡았다니! 그게 무슨 말도 안 되는 허풍이요!"

조의 앞까지 다가온 카일은 조에게서 하얀 여우를 건네받고서 천천히 쓰다듬었다.

"아, 자네도 들어 봤을지 모르겠군. 로테나를 지옥까지 몰아붙인 전쟁터의 사신. 그게 이 사람이지. 빌테온의 기병 장관이네."

대수롭지 않게 대답한 카일은 조의 손끝을 살짝 잡고서 단상을 향해 걸어가다 까먹은 게 생각난 것처럼 우뚝 멈춰 섰다. 천천히 돌아선 그는 쿤에게 물었다.

"근데 아까 자네, 늑대 고기가 뭐 어쨌다 하지 않았나?"

"늑대? 늑대 좋아하세요? 그거 고기는 좀 질기지 않나요?"

아무렇지 않게 늑대 고기의 질을 얘기하는 조에게 살짝 웃어 준 카일은 그녀의 귀에 무어라 소곤거렸다.

아, 그래요? 아. 그렇구나.

황제의 귓속말에 고개를 끄덕이며 대답한 조는 쿤의 앞으로 터벅터벅 걸어갔다.

"정식으로 인사드리겠습니다. 저는 조 로타이스라고 합니다. 혹시 실례가 아니라면 내일 대동하고 오신 기사들과 대련해도 될까요?"

쿤의 떨리는 눈이 조에게 한 번 향했다가 그의 뒤에 선 황제에게로 이어졌다. 반대편에 앉아 있는 빌테온의 귀족들은 어쩐지 잘게 고개를 흔들며 입 모양으로 '안 돼. 안 돼.'라고 연이어 외치는 듯했다. 하지만 쿤은 겔르펜디안의 사신이었다. 이미 기 싸움에 한 번 밀렸는데 이대로 돌아갈 순 없었다.

"좋습니다!"

그는 속으로 생각했다. 늑대는 아마 황제 앞에서 겉멋을 부리느라 허풍을 부린 것일 테니, 겔르펜디안의 용맹함을 보여 주고 말겠다고.

그리고 쿤은, 다음 날 자신의 호위병들이 가을날 낙엽처럼 줄줄이 나가떨어 지는 걸 두 눈으로 지켜봐야 했다.

"겔르펜디안의 검은 빌테온의 것보다 가볍고 훨씬 더 기네요!"

다섯 명과 연달아 대련을 끝내고도 지친 기색 하나 없이 검에 대한 감상평을 늘어놓는 자를 목도한 쿤은 눈을 질끈 감았다.

저런 자가 기병 장관이라니, 괴물이 따로 없군.

불쾌한 듯 입을 꾹 다물던 쿤은 다시 눈을 떠 황제를 바라봤다. 그는 발갛게 볼을 물들이고 사랑에 빠진 듯 눈을 빛내며 박수를 치고 있었다. 기병 장관이 라는 저자가 사람을 집어 던질 때면 볼에 팬 보조개가 보일 정도로 활짝 웃었 다.

'저건 꼭…… 사랑하는 사람을 보는 것 같잖아.'

기분이 상한 쿤의 옆으로 귀족 하나가 술잔을 들고 찾아왔다.

"정말 대단하신 분이지요."

"그렇긴 합니다만, 믿기 힘들 정도군요. 사람은 맞는지."

"하하하. 한때 죽음의 신을 죽였기 때문에 전쟁터에서 무사히 돌아왔다는 소문이 돌았던 적도 있었지요."

"……그게 무슨."

기겁한 쿤이 귀족을 돌아보는 순간 챙그랑, 하는 검이 날아가는 소리가 들 렸다. 쿤이 내세운 열 명의 기사 중 마지막 기사가 패배한 뒤 자리로 돌아갔 다. 자존심이 잔뜩 상한 쿤이 일어나 자리를 뜨려 하자 황제는 친절하게 물었 다.

"이왕 먼 길 오셨으니 내 결혼식도 보고 가지 그러나."

데려온 기사가 몽땅 졌지만 어쨌든 황제에게 대답해야 했다.

"어느 댁 영애분과 결혼하십니까?"

"방금 봤지 않나."

"……예?"

카일이 눈짓으로 연무장 한가운데에서 헉헉 숨을 내쉬고 있는 기병 장관을 가리켰다.

"저 괴물 말입니까!"

"괴물이라니. 나의 황후가 될 사람이야."

쿤은 근처에 앉은 귀족들을 둘러봤다. 분명 짜고 치는 속임수일 거라 생각했는데 아무도 웃지 않았다. 세상을 다 가진 것처럼 웃고 있는 건 황제와 저 맹수뿐이었다.

즐거운 대련이었다며 조는 신난 얼굴로 젤르펜디안의 기사들과 이후 시작된 연회에서 회포를 나누었다. 모두와 술을 나눠 마시며 검술 얘기를 나누는 그를 불만스레 보고 있는 건 황제와 쿤뿐이었다. 물론 각자 다른 이유였지만.

불퉁한 얼굴로 조를 보고 있던 황제는 참지 못하고 제 연인을 불렀다.

"하트."

"예, 폐하!"

분위기 파악 못하고 기어코 옆에 앉은 타국의 기사들을 황제에게 소개라도 할 모양인지, 조는 싱글싱글 웃으며 말을 이었다.

"폐하. 여기 앉아 있는 트볼트는 원래 주 무기가 도끼래요. 양손으로 들,"

"그건 그렇고, 하트가 무슨 뜻인지 아나. 자네들."

무거운 카일의 목소리에 웃고 떠들던 파티장이 차갑게 가라앉았다.

몇 초 후, 눈치 없이 콜린 후작이 끼어들었다.

"폐하, 그건 온 힘을 다해 충성한다는 뜻 아닙니까. 그 뜻을 높이 사서 폐하께서 후작에게 이름으로 내리신 걸로 알고 있습니다."

콜린의 대답을 들은 카일은 조용히 한쪽 입꼬리만 올려 웃었다.

"아니. 그건 '내 조'가 쑥스러워서 한 말이지."

그제야 이어질 말을 눈치챈 조가 자리에서 벌떡 일어났지만 카일이 더 빨랐다.

"하트는 온 마음을 다해 사랑한다는 뜻이지. 조는 나를 처음 봤을 때부터 지금까지 수백, 아니 수천 번은 더 내게 사랑한다고 말했어."

"아…… 그러, 그렇습니까."

어색하게 덧붙인 쿤의 반응에도 카일은 태연했다.

"날 위해 몇 년이나 남장을 하고 마구간에서 지낸 걸로도 모자라 전쟁까지 따라와 날 해치려는 적들을 직접 지옥으로 보냈지."

조가 못 견디고 황급히 두 손에 얼굴을 파묻었다. 그녀의 옆에 앉아 있던 기사들이 슬금슬금 자리에서 일어났다.

"내 고백이 부끄러워, 조?"

황제의 질문에 조가 천천히 고개를 들었다. 연회장의 귀족들은 질투에 불타오르는 황제와 평생을 살아야 하는 예비 황후를 안쓰럽게 바라봤다. 그때, 온 얼굴을 빨갛게 물들인 예비 황후의 입이 열렸다.

"못 살아요. 그 잠깐을 못 참아서 질투를 하시면 어떡해요. 귀여워 죽겠어. 누가 훔쳐 가면 어쩌려고 그렇게 대책도 없이 사랑스러우세요. 카일 그거 알아요? 너무 예쁘고 귀여운 걸 보면 기억 상실이 온대요, 너무 웃기죠. 아 맞다, 카일 그거 알아요? 너무 예쁘고 귀여운 걸 보면 기억 상실이 온대요, 너무 웃기죠. 카일 그거 알아요? 너무 예쁘고 귀여운 걸 보면……"

"응, 나도 사랑해. 조."

호수 위로 퍼지는 물안개처럼 부드럽게 퍼지는 카일의 웃음소리를 들으며 귀족들은 가만히 술잔을 기울였다.

사람은 역시 끼리끼리구나.

"조."

"어욱! 깜짝이야! 누가 결혼식 전날에 예비 신부 방을 찾아와요!"

"너 술 마시고 있을 것 같아서."

"내가 무슨 술만 보면 정신 못 차리고 달려드는 망아지도 아니고."

"이사크랑 있으면 정신 못 차리고 마시잖아."

나는 입술을 삐죽이며 카일을 노려봤다.

결혼이 결정되고 난 후, 이사크를 부르고 싶다는 내 부탁에 카일은 생각보다 흔쾌히 허락했고 난 곧장 황제의 직인이 찍힌 통행서를 편지와 동봉하여 보냈다. 겨우 오늘 낮이 되어서야 도착한 이사크는 마차에서 내리자마자 내게 뛰어와 물었다.

"조! 이게 어떻게 된 거야. 폐하가 결국 남자끼리 결혼해도 되는 법을 만드신 거야?!"

"어?"

나는 하필이면 품이 큰 셔츠와 바지를 입고 있었다. 당황해 바로 대답하지 못하고 버벅거렸지만 이사크는 눈썹을 팔자로 휘며 안도의 한숨을 길게 내쉬었다.

"진짜 걱정 많이 했는데. 다행이다. 난 네가 평생 혼자 살다 죽을 줄 알았거든."

주변에 있던 시녀들이 어금니를 꽉 물고 참고 있는 게 눈에 들어왔다.

젤링턴까지 소식이 안 전해졌나? 아니면 이 자식 장가가서 그동안 감금이라도 당한 건가. 어디부터 설명해야 할지 몰라 골머리를 썩이고 있던 중 내 뒤에서 카일이 등장했다.

"이사크, 왔구나."

"예, 폐하."

예의 바르게 인사한 이사크는 감격한 얼굴로 카일에게 말했다.

"정말 힘든 결정 하셨습니다, 폐하. 반대도 많으셨을 텐데."

"음? 그랬지. ……하지만 그런 것쯤이야 조의 능력으로 납득 가능하니 밀어붙였다."

아니, 너희 지금 대화 주제가 달라. 얘들아. 정신 차려. 이 각박한 세상 속에서…….

설명을 하려고 했지만 이사크는 입을 멈추지 않았다.

"소식을 듣고 처음엔 놀랐지만, 이 또한 제국 발전의 밑거름이 될 거라 믿습니다."

"당연하지. 조의 존재 자체가 제국에 영광이 될 테니."

이 말도 안 되는 주접과 착각으로 대화가 되는 게 이상하네. 황후가 되면 빌테온 놈들 말할 때 꼭 목적어 넣어서 말하라고 시켜야겠어. ……뭐. 내일 결혼식이 되면 이사크도 알겠지.


그게 바로 오늘 낮이었는데.

어스름한 달빛이 새어 들어오는 창가에 걸터앉은 카일은 푸른 눈동자를 빛내며 나를 바라보고 있었다. 그를 처음 만났던 때처럼 검은 밤이었지만, 이제는 그도 나도 많이 달라져 있었다.

날렵한 몸놀림으로 방 안으로 들어온 그는 내 손을 잡으며 방 한가운데로 나를 이끌었다.

"잘 밤에 왜 이렇게 각 잡힌 정복을 입고 오신 거예요?"

내 질문에 카일은 낮은 목소리로 속삭이듯 말했다.

"결혼식 때는 못 할 말을 하려고 왔어."

"무슨 말이요?"

카일은 조용히 한쪽 무릎을 꿇었다. 긴장이라도 한 건지 앉은 채 몇 번의 숨을 고르던 그는 주머니에서 작은 반지를 꺼냈다.

"날이 밝으면 네가 온전히 내 사람이 되는데 기쁨을 제대로 표현할 말이 없네. 일단 지금은 이것뿐이야. ……사랑해."

영롱하게 빛나는 보석 같은 푸른 눈동자가 나를 올려다봤다. 카일의 붉은 입술이 천천히 열렸다.

"깅, 깅, ……금자."

심장이 쿵 내려앉았다. 이쪽 세계에서 한 번도 듣지 못했던 과거의 내 이름이었다. 한 번 죽고 새로 태어났으니 이제는 잊어야 한다고 스스로 몇 번이나 다독이며 지웠던 내 이름.

"나를 사랑해 주고, 살게 해 줘서 고마워. 사랑해. ……깅깅, 김금자."

웃음과 함께 눈물이 터졌다. 발음이 여전히 힘든지 입술을 꾹 다물었다가 다시 벌린 카일은 내 눈치를 보며 몇 번 더 되뇌었다.

"잊지 않을게. 네가 내게 온 길을 절대로 잊지 않고 매 순간 감사할게. 깅……깅자. 아니, 깅, 금자. 이 발음이 맞나?"

분명히 웃긴데도 자꾸만 눈물이 나서 나는 손끝으로 눈물을 닦으며 대답했다.

"맞아요, 카일. ……사랑해요, 정말 많이 사랑해요. 매 순간 조금씩 더 사랑하고 있어요. 당신이 날 얼마만큼 사랑하든 내가 이겨."

"아니. 이젠 내가 이겨. 자신하지."

그가 부스러지는 빛 조각처럼 웃으며 드러난 내 어깨에 키스했다.

"내 예쁜 망나, ……망아지."

……너 방금 망나니라고 했지.

※　※　※

이사벨라가 직접 상세하게 주문한 눈부시게 하얀 드레스를 입으니 그제야 결혼이 실감이 났다. 눈꽃처럼 하얀 드레스를 입은 내 모습이 낯설기 그지없었다. 드레스 곳곳에 줄줄이 박힌 보석이 반짝이며 빛났다. 흉터가 많은 팔과 등은 꽃을 수놓은 레이스가 모두 감싸고 있었지만 허리선이 고스란히 드러나는 드레스였다.

"카일이 나 못 알아보고 도망가면 어쩌지."

"걱정 마, 조. 혹시라도 너 도망갈까 봐 폐하께서 밖에 기사들을 깔아 뒀어."

음? 농담으로 던졌는데 다큐가 돌아오네. 제 인생 최애캐가 원래 이런 집착캐는 아니었는데 말입니다. 싱긋 웃은 이사벨라가 눈짓하자 아실이 방문을 열었다. 문 앞에 서 있던 이사크와 대기 중이던 내 시종 도레스의 눈이 동시에 커졌다.

"……어, 누, 누구세요? 조는요?"

"형. 나야."

한쪽 입꼬리를 올려 웃으며 대답하자 이사크가 입을 틀어막고는 경악했다. 물론 도레스도 조금 다른 이유로 경악했다.

"세상에! 후작님! 오늘 결혼하시면 황후가 되실 텐데! 형이라뇨!"

"내가 꿈을 꾸고 있는 건가? 그럴 리 없잖아. 몸, 몸이 왜 이래. 조. 부었어.

꼭…… 여자처럼 부었다니까. 하하하하. 정말, 내가 미친 건가. 네가 여자인 줄
알았어. 하하하."

헛소리를 시작하는 이사크를 뒤로하고 나는 조금은 빠른 걸음으로 복도를
걸었다. 홀로 남겨진 이사크는 잠깐 그 자리에 멈춰 있더니 곧 빠르게 따라붙
었다.

"진짜야? 정말 여자였어? 언제부터? 처음부터?"

"젤링턴이 진짜 위험한 동네구나. 신문도 안 가나 봐. 아니면 형이 친구가
없나."

내 대답에 이사크는 털레털레 내 뒤에서 걸어오며 나라 잃은 얼굴로 중얼거
렸다.

'여자? 진짜로? 형이라며……'


베르디움홀에 도착하자 정문 앞에 서 있던 카일이 화려하게 웃으며 내게 손
짓했다. 가까이 다가갈수록 카일의 얼굴이 환하게 피어났다.

"어떻게 이렇게 예쁠 수가 있어."

그러나 카일을 보는 내 귀에는 뭐라 말하였는지 제대로 들리지가 않았다.

혹시 방금 제게 말을 건 사람은 남신인가요?

부드러운 노란 머리카락이 이마를 반쯤 가려 내려오고, 티 하나 없이 맑은
피부의 얼굴은 반짝거렸다. 입가에 머문 미소는 그 주변에 있는 다른 풍경들을
모두 지워 버릴 정도였다. 가을 하늘을 닮은 청명한 하늘색 눈동자가 온전히
나를 향했다. 짙은 푸른색이 살짝 가미된 어두운 남색 정복에 황금색 단추를
여기저기 달고 있었지만 가슴 한가운데 달린 보석은 붉은색 하트였다.

대관식 전에 내가 깨물어 상처를 남겼던 바로 그 자리였다.

너무 답답하겠다. 기다려요, 카일. 불쌍하게도 옷에 꽁꽁 싸여 숨도 못 쉬는
당신 몸을 곧 구해 줄게요.

군침을 흘리며 다가가자 옆에서 벤지가 조용히 속삭였다.

"참으십시오."

돌아가지 않는 혀를 겨우 움직여 필사적인 주접으로 욕망을 덮었다.

"……대체 당신 뭘 바른 거예요. 머리부터 발끝까지 간지라는 것이 흘러넘치고 있잖아요. 세상에. 당신 정말 오늘 작정했구나. 어떻게 이렇게 예쁠 수가 있어. 가만 안 둬. 결혼식 미루고 바지부터 내려."

되로 주고 말로 받은 카일이 못 말리겠다는 듯 고개를 가로저으며 웃었다.

'참으라고 했는데.'

벤지가 중얼대는 소리가 들렸지만 내 입장에선 최선을 다해 참은 거였다. 나를 바라보는 카일의 따뜻한 시선이 느껴졌다. 홀린 듯 카일을 올려다보는 찰나, 베르디움홀의 정문이 열리며 커다란 음악 소리가 귀를 가득 메웠다.

바닥에 길게 늘어진 붉은 카펫 위를 카일과 발 맞춰 걸었다. 남들에게 들리지 않을 정도의 작은 소리로 카일이 옆에서 속삭였다.

"오늘 오후가 되면 너를 황후라고 부를 수 있겠네."

"……난 카일이랑 서로 이름 부르는 게 좋은데."

입술을 거의 움직이지 않으며 중얼거리는 내 말을 들은 건지 카일이 한껏 귀를 붉히며 나를 힐긋 바라봤다.

"알았어. 공식 석상이 아닌 곳에선 항상 조라고 할게. 아니면 킹킹자가 좋아?"

"고개 돌리고 앞에 봐요, 다들 보잖아요. ……아니, 어제는 잘만 금자야 하시던 분이 왜 또 킹킹자래."

"알았어, 하트."

"미친, 나도 사랑해요. 하트."

계단을 한 걸음씩 올라서자니 감회가 새로워 추억에 젖어 들었다.

"나 카일 대관식 날에도 이 자리에 있었는데."

"……파티 할 때 오지 않았어?"

속삭이듯 물어본 카일에게만 들릴 정도로 나는 조용히 대답했다.

"그날, 관 씌워 준 사제. 나였어요."

팔짱을 끼고 있던 내 손을 잡은 채로 카일이 고개를 휙 돌려 나를 바라봤다. 안 그래도 큰 눈이 튀어나올 정도였다.

"진짜야?"

"네, 당신한테 손 닿는 건데 당연히 나여야지. 누구한테 맡겨, 그걸. 나중에 자세히 얘기해 줄게요. 쉿."

겨우 카일을 다시 돌려 세워 정면을 바라보게 한 후, 계단 위에 올라섰다. 커다란 붉은 망토를 뒤집어쓴 사제가 뭐라 뭐라 설교를 늘어놓은 뒤 결혼 서약을 읊었다.

"나 카일 드 빌테온은,"

"나 조 로타이스는,"

"……하트."

카일이 음산하게 덧붙였다.

"……나 조 하트 로타이스는,"

우리는 입을 맞춰 말했다.

"영원히 당신을 사랑하겠습니다."

영원의 약속을 나누고 반지를 나눠 낀 후, 우리가 공식적으로 부부가 됐음을 사제가 선포했다.

기분이 묘했다.

카일이랑 사랑을 하겠다는 일념 하나로 여기까지 오다니. 참, 나도 나다. 그러게 카일. 어지간히 잘생겼어야지. 나는 당신한테 인생을 걸었다고요.

홀에 가득 찬 사람들 중 익숙한 얼굴들이 많았다.

아직도 충격에서 헤어 나오지 못한 채 입을 벌리고 날 보고 있는 내 친구이자 형, 이사크와 그런 그를 위로하는 귀여운 도레스. 무섭도록 매혹적이게 생겼으면서 다정하기만 한 이사벨라와 착한 수잔. 결혼은 내가 했는데 왜 울고 있는지 모를 분홍 뼈약이 테오도르. 너 인마. 너는 내가 살린 목숨이야. 덤으로 주어진 인생이니 잘 살아야 돼. 은은하게 웃으며 박수를 치고 있는 벤지도 보였다. 언제나 카일의 곁에서 든든하게 보필해 온 벤지는 이제 내 일도 자기 일처럼 달려들고. 이야, 생각해 보면 벤지도 내가 살렸네. 크, 내 손 안 닿은 곳이 없구만.

사람들 사이에서 스노우가 한 번도 본 적 없는 환한 미소를 띠고 박수를 치고 있었다. 뭐야, 할배. 사람을 인간 병기로 만들어 놓을 땐 언제고, 결혼했다고 박수를 그렇게 해맑게 쳐? 영감탱이 말년에 이 외손자며느리랑 아주 즐거운 시간 보내게 해 주지.

온통 아는 사람들이었다. 여기서 많은 추억을 쌓았던 귀한 내 인연들. 천천히 둘러보던 그때, 선명하게 붉은 눈과 마주쳤다.

어라?

깜짝 놀라 다시 그곳을 바라봤지만 이미 그 자리엔 아무도 없었다. 그 순간 귓가에 다정한 목소리가 스치듯 들려왔다.

*행복해야 돼, 내 아가. 이젠 모두 너의 이야기란다.*

내 이상한 기색을 눈치챈 카일이 내 손등을 덮으며 조심스럽게 물었다.

"왜 그래?"

"……여신이 결혼식에 참석도 하나요?"

"글쎄. 축하하러 오신 건가."

"와 주셔서 감사하다고 나중에 신전에 인사라도 가야겠네."

"그래. 같이 가자. 앞으로 어디든 같이 가."

카일이 내게 손을 내밀었다. 나는 그의 크고 흰 손을 잡고 앞으로 걸었다.


예쁜 내 카일. 앞으로 영영 나랑 사랑만 하는 거야.

# 외전 1. 황후는 못 말려

　결혼식을 마친 후, 조는 불편하게 질질 늘어뜨리고 다니는—조의 말에 따르면, 여간 불편한 게 아니었다고 했다. 그 드레스 한 벌에 얼마가 들어갔는지 알면 절대 하지 못했을 말이지만—흰 드레스에서 이사벨라가 '또' 특별 주문 제작했다는 옷으로 갈아입고 다시 연회장으로 등장했다. 걸리적거리는 치장에서 벗어난 조는 한결 편해 보였다. 심적으로 편해 보이는 것만 아니라 옷이 그러했다.

　적당히 달라붙어 탄력 있는 몸을 강조하는 상의와 허리의 가장 가는 부분을 강조하는 굵은 벨트를 한 조의 모습은 맵시 좋은 사냥꾼처럼 보이기도 했다.

　다행히 치마는 입으셨네요, 라고 도레스가 안도 섞인 한숨을 내쉬긴 했지만 그 밑으로 퍼져 있는 치맛자락은 치마라고 보기엔 애매했다. 천을 두른 것처럼 걸을 때마다 무릎 위까지 다리 모양이 드러났다. 곡선으로 떨어지는 치맛자락은 조가 걸을 때마다 옆으로 벌어져 팔락거리며 드라마틱한 효과를 자아냈다. 길이까지 짧아 정강이 정도밖에 내려오지 않았다.

　안에는 승마복처럼 딱 붙는 바지를 입고 무릎 바로 밑까지 오는 진한 갈색

부츠를 신은 조의 모습은, 오늘 결혼한 신부라고 보기엔 약간의 무리가 있었다.

황후의 파격적인 옷차림은 그날 두 개의 문제를 야기했다. 첫 번째 문제는, 그걸 카일이 너무 좋아했다는 것이다. 안 그래도 사람들의 시선을 신경 쓰지 않는 황제는 황후의 곁에서 도무지 떨어지질 않았다.

"……너무 잘 어울려, 조."

"다행이에요. 카일이 좋아하니까 나도 너무 기뻐. 예뻐 죽겠어요, 어떻게 이렇게 웃어요?"

일부러 고개를 기울이며 더 환하게 웃은 카일은 조의 볼에 짧게 키스했다.

"누가 보면 어쩌려고 그래요."

"괜찮아, 아무도 안 봐."

아무도 안 보긴 개뿔, 두 분이 주인공인데 초대된 사람들이 두 분을 안 보면 대체 어딜 본답니까.

또 둘만의 세상에 갇힌 두 사람을 보며 벤지는 눈물을 머금고 주변을 향해 손짓했다. 언제 황제와 새 황후에게 말을 걸어야 하나 대기하고 있던 다른 귀족들이 황급히 돌아섰다.

황제가 아무도 안 본다고 했으니 아무도 안 봐야 했다.

파티 내내 둘만의 세상에 갇혀 있었으면 좋았겠지만, 카일은 황제였다. 초대된 사람들에게 적당한 접대를 해야 했다. 조와 한시도 떨어지기 싫었던 카일은 제가 황제인 탓에 상황이 불리하다는 걸 깨닫고는 일부러 조의 곁에 붙어서 그녀의 귀에 각종 가십을 속삭거렸다. 하지만 카일이 이야기꾼이 아니었고, 나중에는 얼굴로 어필하는 수밖에 없었다.

"나 얼마나 예쁜지 말해 줘."

"말로만 하라고요? 우리가 법적으로 부부가 된 데에는 다 이유가 있지 않겠어요?"

얼굴이 빨개진 카일이 그대로 조를 들고 튀려는 찰나, 벤지는 재빠르게 스노우에게 도움을 요청했다.

"스노우 님. 명색이 황제고 황후신데 이렇게 결혼 연회를 끝낼 순 없습니다.

도와주세요."

구석에서 느긋하게 앉아 술을 마시던 스노우는 한숨과 함께 벌떡 일어나 두 사람만의 세상으로 들어갔다.

"어이."

"스노우!"

조는 제 허리를 감싸 안고 있는 카일에게서 금세 벗어나 환한 낯으로 스노우에게 다가갔다.

"할배 아까 눈물 그렁하던데?"

"웃기지 마."

"원래 자식처럼 귀한 제자 결혼할 때 스승들이 울고 그런다더라고요. 나도 다 알아. 부끄러워 안 해도 돼요."

너스레를 떠는 조의 머리에 꿀밤을 놓고 함께 웃다가 문득 스노우는 섬뜩한 느낌에 조의 뒤를 바라봤다.

"……너는 네 외할애비를 그렇게 쏘아보냐. 눈알로 쏴 죽일 기세구나."

"……착각이십니다."

한쪽 입꼬리를 올리며 비웃은 스노우는 자연스럽게 조의 손을 잡고 에스코트했다.

"어이, 귀한 제자. 아버지라고 생각하고 춤출까? 원래 딸 결혼식에는 아버지랑 춤을 추는 법이거든. 비록 나는 '할, 아버지'지만."

생글생글 웃고 있던 조의 낯에 잠깐 그리움이 스쳤다. 아랫입술이 불퉁하게 튀어나오고, 반짝이는 눈가가 영롱하게 물드는 것을 보니 또 가족 생각을 한 모양이었다. 스노우는 부드럽게 웃으며 조를 안아 주었다.

"춤추쟀더니 울고 지랄이네."

"흐잉."

우는 소리를 냈지만 겨우 눈물을 참은 조는 스노우의 손을 잡고 연회장 한가운데로 나아가 춤을 췄다. 이사벨라의 댄스 강습이 빛을 발하는 순간이었다.

이때다 싶었는지 귀족들 역시 적당히 눈치를 보다가 황제에게 말을 걸어왔다.

스노우와 춤을 끝낸 조는 곧바로 테오도르와 박자에 맞춰 무려 두 곡이나 춤을 췄다. 이를 갈며 지켜보던 카일이 앞으로 튀어 나가려는 걸, 벤지가 기를 쓰고 막았다.

"오늘! 오늘 잠깐만 참으시면, 이후로 두 분이 내내 같이 있으실 수 있게 하겠습니다! 폐하, 보는 눈이 많으니까요. 제발."

거칠게 숨을 내뱉으며 카일은 애써 충동을 잠재웠다.

'조금만 참자, 조금만 참자.'

한편, 테오도르와 춤을 끝낸 조의 곁으로 이사벨라 플라반이 다가갔다.

"어? 벨라. 나랑 춤추게?"

"남자 역의 춤도 알잖아. 오늘 마침 안에 바지를 입었으니 괜찮을 테고."

잠깐 고민하던 조는 흔쾌히 고개를 끄덕였다. 이게 두 번째 문제였다. 조의 참신한 옷차림은, 카일에게 두 배의 라이벌을 선물했다.

이사벨라는 춤이 끝난 이후, 조의 볼에 짧게 키스했다.

"어? 어어?"

당황한 조가 버벅댔지만 이사벨라는 태연하게 손수건을 꺼내 눈물을 닦는 척 연기했다.

"유부녀가 되다니, 가슴이 아파."

"방금 뽀뽀했지 않아?"

이사벨라는 대답을 미루고 수잔에게 손짓했다. 어쩐지 들뜬 얼굴의 수잔 콜린이 조에게 다가왔다.

"저와도 춤을 춰 주시면 좋겠어요! 후작, 아니 황후마마."

"……그래요, 그럼."

수잔과 손을 맞잡고 춤을 추기 시작하자 어딘가에서 콜린 후작의 아련한 비명이 들리는 것도 같았다. 한 곡의 춤이 끝난 후 수잔은 벨라처럼 조의 볼에 키스하며 물러났다.

"수! 왜 뽀뽀를 해요?"

"하하, 저도 한때 후작님을 좋아했으니까요. 지금은 황후마마가 되셨지만."

당황한 조의 얼굴 위로 여러 의문이 지나갔다.

'뽀뽀를 해도 되는 건가?'

'빌테온은 개방적인 나라인가?'

'역시 서양이라 이건가.'

'하지만 나는 걸걸헤이유교걸 제례제례제례 제사걸인데.'

조의 복잡한 고민이야 어쨌든 간에 수잔과 이사벨라는 즐거워 보였다. 미인들의 환한 미소를 보며 조는 마주 웃었다.

미인들이 행복하다면 OK입니다~

수잔 이후로 많은 영애들이 다가와 함께 춤을 추고 싶다고 청했고, 그중 몇은 아주 많이 좋아했다며 눈물 젖은 고백을 하고 가기도 했다. 뒤늦게 영윤들도 영애들 사이에 슬쩍 끼어들어 손을 내밀기도 했다.

"화, 황후마마. 결혼을 축하드립니다. 로테나전에서의 활약을 들었을 때부터 존경하고 있었습니다. 비록 저는 아직 로타이스 기사단에 들어갈 만큼의 실력은 안 되지만,"

이 어린 영윤은 로타이스의 기사단이 되는 것이 꿈이라 했다. 물론 로타이스는 아직 정식 기사단이 없고 조가 꾸린 용병단만 존재했다. 기사 작위를 받지 않았지만 황후가 후작이던 시절부터 직접 끌고 다닌 이들이라 곧 기사 작위가 내려질 것이 분명해 다들 기사단이라 높여 부르곤 했다.

갓 청년이 된 듯 아직 솜털이 보송한 영윤의 이야기를 들어 주며 조는 그의 얼굴을 샅샅이 뜯어봤다.

'수줍음이 많고 얼굴이 잘 빨개지는 게 딱 이사벨라가 좋아할 관상이군. 벨라는 나랑 안목이 비슷하니까……'

"저랑 춤출까요? 그리고 나서 저기, 벨라한테 가서 말 걸어 볼래요?"

"벨, 벨라라 하심은, 아, 플라반 영애 말씀이십니까?"

조는 몇 명의 남자들을 이사벨라에게 보냈지만 그녀는 몇 번 대화만 나눴을 뿐 그다지 신나 보이진 않았다. 이사벨라는 조에게 다가와 작게 속삭였다.

"다 시시하니 그만 넘겨. 너한테 키스해 버리기 전에."

히끅, 딸꾹질을 한 조가 조심스럽게 고개를 돌려 물었다.

"취향이 그쪽이야?"

벨라는 고개를 까딱 움직였다.

"굳이 정하자면 놀리고 싶은 쪽을 선호하지."

"그, 그렇구나. 그래도 도레스는 내 시종이야, 안 돼."

"나도 그렇게 앙칼지게 떠드는 애는 이제 싫어. 흠, 뭐랄까. 좀 사연 있어 보이는 순진한 사람을 울리고 싶은데."

"······취향 참."

어색하게 대답한 후 조는 잠깐 쉬고 다른 영윤들과도 몇 곡의 춤을 췄다. 귀족들의 말 상대까지 하고 나니 이제는 발바닥이 뻐근할 지경이었다.

"차라리 칼 들고 사냥을 한 번 더 가겠네."

구석에 있는 소파로 가 널브러진 조에게 술을 건네며 벤지가 옆에 와 섰다.

"······결혼 축하해, 조."

의자에 퍼져 있는 조를 힐긋 내려다본 벤지는 티 나지 않을 정도로 약간 시리게 웃었다.

"잘 어울려. 행복할 거야. 너도, 폐하도."

마음을 정리한 뒤 꽤 시간이 지났는데도 조가 결혼하는 걸 보니 속이 꿈틀거렸다. 이제 와 질투 따위를 하는 것도, 아쉬운 것도 아니었다. 다만 어쩔 수 없이 찾아오는 쓸쓸함을 스스로도 말릴 수 없었다.

벤지의 말끝에 스미는 축축한 기운을 느꼈는지 조는 들고 있던 술을 단숨에 비워 버리고 자리에서 벌떡 일어섰다.

"벤지, 앞으로는 내게 존댓말을 해야 할 테니 오늘 마지막으로 편하게 춤이나 추실까요?"

"하하, 미친 사람."

벤지는 아무렇지 않게 황후를 미친 사람이라 칭하며 그녀와 손을 맞잡았다.

이제는 정말로 놓아야지.

결심하며 조와 스테이지를 돌던 순간, 벤지의 매끈한 뒤통수가 흠칫 떨렸다. 살기였다.

척추를 타고 흐르는 소름 끼치는 느낌에 벤지는 조용히 조에게 속삭였다.

"······조, 자연스럽게 내 뒤를 살펴봐. 아무래도 자객이 들어온 모양인데."

살짝 고개를 끄덕인 조는 능청스럽게 벤지와 스텝을 밟으며 그의 뒤에 선 사람들의 기척을 살폈지만 자객이라고 할 만한 이는 없었다. 하지만 어디선가 살기등등한 눈빛이 느껴지긴 했다.

이사벨라였다.

어느새 팔짱을 낀 이사벨라는 우뚝 선 채로 벤지의 머리부터 발끝까지 훑어보고 있었다. 그녀의 붉은 혀가 입술을 스치며 입맛을 다시고 지나갔다.

평소에는 신경도 안 쓰더니 벤지의 얼굴에 비친 쓸쓸함의 무게를 읽어 낸 거다. 저 귀신같이 기민한 변태가.

조는 황급히 춤을 끝내고 벤지를 테라스로 끌고 갔다. 지금이 결혼식 후인 게 문제가 아니었다. 벤지의 목숨이, 아, 그게 아니라 정조가 걸려 있었다.

"조. 무슨 일이야. 너랑 내가 테라스로 들어온 걸 폐하가 보셨을 텐데 분명히 화를,"

"지금 그게 문제가 아니에요!"

"……역시 실수가 있었던 거지. 누구야. 내가 조용히 처리하지."

조는 잠깐 망설였다.

이사벨라가 수상하긴 한데, 당신이 처리하러 가면 영영 돌아올 수 없는 강을 건너게 되는 게 아닐까요.

결국 조는 벤지의 손을 잡고 조심스럽게 물었다.

"저기, 벤지 혹시 이상형이 어떻게 돼요?"

"그, 그런 걸 왜 물어봐."

얼굴을 발그레 물들인 벤지가 당황하며 붙잡힌 손을 빼내려 애를 썼다. 하지만 그만큼 다급한 조 역시 쉽게 놓아줄 수는 없었다.

"혹시 인생 저당 잡히는 거 좋아하세요?"

"뭐?"

"취향이 아니시면 지금 당장 짐을 싸서 멀리 도망가는 걸 추천드리긴 하는데, 도망을…… 간들 안 잡힌다는 보장은 없지만."

"대체 무슨 소리야?"

"우는 거 좋아하세요? 아니, 견딜 수 있으세요?"

"뭐?"

"약간 치욕스러운 거, 그런 거 괜찮으세요? 면역이 없으신가."

벤지가 얼굴을 찡그리며 되물었다.

"대체 무슨 얘길 하는 거야."

그때 문이 벌컥 열렸다. 이사벨라의 눈이 자연스럽게 벤지에게 향했다. 조의 동공이 팝콘처럼 튕겨 올랐다.

둘 다 친구인데 어떡하지. 벤지를 지켜 주겠다고 약속했던 거 아직 유효하지 않나. 벤지가 이사벨라를 감당할 수 있을까.

"조. 내가, 뭔가…… 해 줬으면 좋겠어?"

천천히 음절마다 떼어 말하며 이사벨라가 조용히 눈짓했다. 밤바람에 이사벨라의 새카만 머리카락이 휘날리고 보라색 동공이 달빛을 받아 번뜩이며 빛났다. 그녀의 붉고 도톰한 입술이 비스듬히 올라갔다. 조는 경련이 일듯 잘게 고개를 저었다.

"아니, 아니. 아무것도 하지 마. 내가, 내가 나갈게. 갈게, 벨라."

조가 나가자마자 벤지가 뒤따르려 발을 떼 냈다. 하지만 그 순간, 발이 무언가에 걸렸는지 벤지의 몸이 크게 휘청거렸다. 정신을 차려 보니 두 팔 사이에 이사벨라를 가둔 채 테라스 난간을 붙잡고 있었다.

"어머. 넘어지시는 걸 잡아 드리려 했는데, 저를 이렇게 궁지로 모시다니."

"아, 아니요. 그러려고 했던 게 아니라…… 죄송합니다, 플라반 영애. 실례가 많았."

이사벨라의 차고 흰 손이 벤지의 귀 끝머리를 살짝 스치고 지나갔다. 머리카락에 닿는 것 같기도 하고, 그의 뒤에 있는 조에게 인사를 하는 것 같기도 한, 묘한 온도에 벤지는 저도 모르게 어깨를 움찔 떨고 말았다.

"……사과는 다른 것으로 받을까요? 이 귀여운 주근깨는 어디까지 있나요?"

"예? 아니, 그게……. 네?"

"불쌍하게도. ……온통 빨갛게 물들었네요."

조는 조용히 묵념하며 테라스 문을 닫아 주었다. 문을 열고 가 봤자 이사벨라는 신경도 안 쓰고 볼일을 볼 것 같으니 문을 닫고, 이왕이면 안 보이게 안에서 커튼까지 쳐 주고 가는 것이 벤지의 명예를 위한 것이라 생각했다.

미안해요, 벤지. 잘 견뎌 봐요.

테라스에서 조가 빠져나오자 기다렸다는 듯 카일이 그녀에게 다가왔다. 넓은 연회장에 사람들이 가득 차 있는데도 조의 눈에는 오직 그만이 선명했다. 성큼성큼 걸어오는 카일의 걸음마다 머리카락이 부드럽게 찰랑였고, 긴 다리를 쭉쭉 뻗어 다가오는 매초 심장이 쿵쿵 터질 듯 울렸다.

저게 다 내 거라니.

조의 머릿속에 빨간 적신호가 켜졌다.

코앞까지 다가온 카일은 바로 조에게 말을 걸려다가 주변을 살피고 곤란한 듯 작게 속삭였다.

"저, 조……."

"네?"

"바, 바지에서 손 떼."

"예?"

"둘이 있을 땐 괜찮지만 지금, 거기는 조금, ……아."

귀를 빨갛게 물들인 카일이 조의 양어깨를 붙잡고서 잘게 떨었다. 조의 손이 얌전히 있으라는 머리의 명령을 무시하고 본능대로 움직이고 있었다. 다행히 카일이 두른 망토 탓에 주변에 보이진 않았지만 조의 손은 착실하게 본능을 우선시하는 파렴치한 짓을 하는 중이었다.

오른손이 하는 일을 왼손이 너무 몰랐던 탓에 뒤늦게 알아차린 조는 화들짝 놀라 손을 거둬들였다.

"헉! 미안해요, 이게 언제 그리로 갔지? 나도 모르게 그만."

내가 이사벨라를 조심하라고 말할 만한 인간이 아니구나.

짧은 자아 성찰을 마친 조가 허허, 헛웃음을 지었다. 여러모로 곤란해진 카일의 뒤로 하얀 옷을 둘러 입은 투르가 신전의 사제들이 다가왔다.

"폐하와 황후마마를 뵙습니다."

"안녕하세요. 사제님들."

조를 앞세운 카일이 그녀의 뒤에서 인자하게 미소 지었다.

"꽤 늦은 저녁인데도 결혼을 축하하러 와 주다니 감사하군."

황후와 꼭 붙어 선 채 미소 짓고 있는 황제는 세상 모든 것을 얻은 듯 만족스러워 보였다. 사제 중 하나가 흐뭇한 낯으로 말을 걸었다.

"폐하, 외람되오나 대관식을 올리던 그날보다도 더 기뻐 보이십니다."

"하하, 먼 길을 돌아서 겨우 내게 온 귀한 사람이라……"

볼을 발그레 물들인 황제가 묘하게 곤란해 보이긴 했지만 큰 문제는 없는 듯했다. 사제들은 이내 카일과 조의 앞에 서서 축복을 내리는 기도를 중얼거렸다.

"……태양의 축복이 두 분과 함께하길."

여유로운 태도로 조는 다정히 대답했다.

"감사해요. 태양으로 대지 곳곳이 붉게 물들듯, 그대들의 삶에도 광영이 함께할 것입니다."

사제들은 감명받은 표정으로 깊이 고개를 숙였다.

"축복을 드리러 와서 여신의 사자께 이리 귀한 축복을 받고 가다니. 면목이 없습니다. 황후마마."

"여신의 사자……. 하하, 네."

조는 마음속으로 투르가와 몇 번이나 싸우고 화해하길 반복했는지 되새기다 이내 포기했다. 웃으며 대답하던 조는 이내 불편한 표정으로 뒤를 돌아봤다. 평소라면 느긋하게 웃으며 사제들에게 대답했어야 할 카일이 지금은 어색한 분위기로 그저 미소만 짓고 있었다.

"카일, 어디 불편해요? 아프면 앉아서 쉴래요?"

"……아니, 그게 아니라……."

카일은 대답을 하지 못하고 조의 뒤에서 그녀의 양어깨에 손을 올린 채 어색하게 입꼬리만 올렸다. 눈치 없는 사제들이 한 걸음 가까이 다가왔다.

"폐하. 미령하시면 의사를 부르겠습니다."

"괜찮다, 아프진 않으니 걱정은 말고, 그대들은 이만 물러가는 것이 어떻겠나."

사제들은 덕담을 몇 마디 더 건넨 뒤 조용히 뒤로 물러났다. 그들과 어느 정도 거리가 생기자 조는 다른 귀족이 다가오기 전에 카일을 돌아보며 물었다.

"그런데 폐하. 왜 검을 차고 왔어요? 자꾸 허리 찌르지 말아요. 아프다고요."

카일의 검을 치우려는지 조는 제 손을 뒤로 돌려 검의 손잡이를 잡았다. 조의 어깨를 짚고 있는 카일의 커다란 손이 크게 떨렸다. 단단한 제 연인의 어깨를 으스러져라 잡고서 카일은 아주 작게, 그녀의 귀에 속삭였다.

"……그거 검 아니야."

어쩐지, 시바. 뜨겁더라니.

입술을 앙다문 조가 눈을 질끈 감고서 웃음을 참았다.

"검, 푸, 검인 줄 알았는데……."

"……아닌 줄 알았으면 이제 좀 놓지."

"……아, 웃겨. 얘 왜 이러는데요. 자아가 따로 있나요."

"그게 아니라……! 아까 네가 먼저 손을 대 놓고!"

억울했는지 목소리가 커지는 카일의 앞으로 사제 중 하나가 뒤돌아 다시 다가왔다. 조는 재빠르게 카일의 검 아닌 검을 던지듯 떨쳐 내고 두 손을 다시 앞으로 얌전히 모았다. 사제는 아무것도 모르고 빠른 걸음으로 다가와 조용히 전했다.

"저, 폐하. 은밀히 드릴 말씀이 있습니다."

"……나중에 하는 것이 어떻겠나."

"제가 직접 폐하께 말씀드려야 하는 사안입니다."

사제의 얼굴은 진지했지만, 카일은 제 앞을 가리고 있는 조를 떼 낼 수 없는 상황이었다.

"황후와 함께 듣겠다."

"하오나 이는 폐하와 저만 알아야 하는 긴밀한,"

"황후는 나와 결혼했으니 이미 한 몸이나 다름없다. 여러 말 말고 따라와."

당황스러운 빛이 사제의 얼굴을 스쳤지만 그는 이내 고개를 끄덕이곤 황제의 뒤를 따랐다. 황후를 앞세우고 그 뒤에 바짝 붙어 걷는 황제는 남들이 보면 아주 금슬 좋은 부부처럼 보였다. 이를 악물고 웃음을 참느라 벌건 얼굴의 황후가 조금 의뭉스럽긴 했지만.

아무도 없는 테라스로 나간 카일은 어둠을 틈타 뒤돌아섰다.

"폐하, 어찌…… 제게 등을 돌리시는지…….."

"……태양이 없는 시간에는 기도를 하지 않는 전통이 있지 않나. 해서, 여신의 안배를 받고 있는 황제인 내가 사제와 야밤에 밀담을 나누기가 저어되는군. 나의 황후는 여신의 말을 전하는 사람이니, 황후에게 말하라. 아까 말했듯 그는 이미 나와 한 몸이니."

"그런 깊은 뜻이……!"

축복까지 받은 마당에 사제가 조금만 영특했다면 바로 눈치챌 만큼 씨알도 안 먹힐 소리였으나 다행히도 사제는 그리 영특한 사람은 아닌 듯했다. 카일은 테라스 난간을 붙잡고 조심스럽게 숨을 고르며 마음을 가라앉혔다.

하도 웃음을 참아서인지 조는 이제 눈물이 터질 것 같았다.

"황후마마, 어찌 눈시울이 붉어지십니까?"

사제의 순진한 질문에 조는 이를 악문 채 울먹였다.

"폐하가…… 저를 너무…… 귀하게 여기시니까, 하…… 눈물이 앞을 가리네요."

"두 분, 정말 감동입니다."

손끝으로 겨우 눈물을 훔친 조는 겨우 숨을 고른 뒤 물었다.

"어떤 일 때문에 그러십니까? 신전에 무슨 일이 생겼나요?"

"실은 폐하의 대관식 날, 제가 폐하께 관을 씌워 드렸어야 하온데 어떻게 된 일인지 그날의 기억이 없습니다."

"아……."

파랗게 질려 가는 조의 표정을 못 본 건지 젊은 사제는 의기소침한 목소리를 겨우 꺼내어 바람에 흔들리는 촛불처럼 간신히 얘기를 이어 갔다.

"아시다시피, 관을 씌우는 사제를 뽑은 후에는 누구에게도 자기가 뽑혔음을 알리지 않습니다. 대관식 날에도 각자 방에서 여신께 기도하며 축복을 드리지요. 오직 선택된 자만이 당일에 준비를 마치고 나와 베르디움홀의 뒷문으로 향합니다."

"······그렇지요."

어느새 돌아서 있던 황제가 반쯤 고개를 돌리고 흥미로운 듯 사제의 얘기를 듣고 있었다. 사제가 고개를 갸우뚱 기울이자 황제는 말을 계속하라 손짓했다. 저도 모르게 뒷짐을 진 조는 손톱 거스러미를 투둑투둑 뜯으며 초조한 티를 양껏 내고 있었다.

기민하게 조의 불안을 알아챈 카일의 머릿속에 불현듯 아까 낮의 대화가 떠올랐다.

'나 카일 대관식 날에도 이 자리에 있었는데.'

'······파티 할 때 오지 않았어?'

'그날, 관 씌워 준 사제, 나였어요.'

사제의 떨리는 두 눈동자가 황후에게 향했다. 그녀가 범인인 줄도 모르고.

"저는 분명히 베르디움홀의 뒷문까지 갔고, 쪽문 사이에 서서 때에 맞춰 나갈 수 있게 기다리고 있었습니다. 그런데, 눈을 감았다 뜨니 이미 밤이었고, 대관식은 어떻게 된 건지 무사히 끝나 있었습니다. 황급히 신전으로 돌아갔으나 모두들 평소와 같았습니다. 대체 누구의 짓일까요."

하얀 옷을 두르고 있는 이 순진해 보이는 사제는 공격받았다는 게 두려웠지만 주변에 알릴 수가 없어 황제와 독대할 수 있는 타이밍만 노렸겠지.

그사이 조는 손거스러미를 하도 뜯어서 이제는 피가 날 지경이었다. 저도 모르게 손을 입으로 가져가 물어뜯을 뻔한 조는 급히 입을 틀어막으며 놀란 척 연기했다.

"그렇군요······. 세상에나. 하하. 그건 아마 여신님의 기적이 아닐까요."

어물쩍 넘어가려는 조의 수작은 사제의 대답에 막혀 버렸다.

"아니요. 일어났을 때 뒤통수부터 목으로 내려오는 부근이 얼얼했던 걸로 봐선, 필시 누군가에게 공격받은 것이 분명합니다. 대체 누가 그런 해괴하고도 잔악한 짓을 저질렀을까요, 마마."

조의 동그란 눈동자가 변명을 떠올리기 위해 이리저리 난잡하게 굴러다녔다.

"글쎄요, 사제님이 수행하는 대관식 역할이 부러웠던 다른 사제님의 소행 아닐까요."

"저희 신관들은 남을 공격하지 않습니다."

조는 망설였다.

신관 사이에서 벌어진 일일 거라며 '투르가 여신도 제멋대로 구는 언니인데 사제들도 다 그 나물에 그 밥 아니겠어요.' 라고 몰아붙이기에는 하필 그게 국교(國敎)였다.

카일이 짐짓 심각한 표정으로 끼어들었다.

"그냥 넘어가선 안 될 문제군."

당황한 조를 모른 척 넘기고서 얼굴에 스멀스멀 올라오는 웃음기를 감추지도 않은 채 카일은 사제에게 말했다.

"마침 나의 황후가 자객을 죽이고, 사람 찾아 손보고, 음습한 사건의 주모자를 잡아 해결하는 데에는 이골이 나 있으니 황후에게 맡기는 것은 어떻겠나."

어라, 이거 칭찬 맞나.

조가 눈을 빠르게 깜빡이며 고개를 갸웃 꺾었다.

사제가 손바닥을 맞부딪치며 환하게 웃었다.

"다행입니다! 황후마마께서는 그런 놈 정도야 손쉽게 잡아서 해치워 주시겠지요!"

"그럼. 당연하지."

카일이 흡족하게 입꼬리를 올리며 답했다.

"하하, 하. 하! 네, 그럼요! 밥이죠, 그 정도야. 하하! 하!"

뚝뚝 끊어 웃은 조는 황급히 사제를 돌려보내고 불안감에 발을 동동 굴렀다.

"범인이 나인 거 알면서!"

"그러니까 너한테 맡겼지. 나중에 혹시 물으면 조용히 묻었다고 해."

"묻었다고 하라고요?"

"조금 그런가? 그럼 처리했다고 해. 자격도 없이 대관식에 손을 댄 자라 은밀하고도 엄중히 처벌했다고."

조곤조곤 말을 하는 카일의 눈은 여느 때와 다름없이 차분했다. 눈을 빠르게 깜빡인 조가 조심스럽게 물었다.

"혹시 내가 카일 대관식에 끼어들었다고 생각하는 거 아니죠. 사제의 자격도 없으면서."

달빛을 받아 투명하게 빛나는 환한 얼굴의 카일이 천천히 미소 지었다. 파도가 발아래 와서 부서질 때처럼 찬란한 기적을 머금은 미소였다.

"설마. 너는 여신의 목소리를 들은 특별 사제인걸. 내가 임명했잖아. 설령 그렇지 않다고 해도 내게 관을 씌워 준 게 너였다는 게 기뻐."

카일은 조를 안고 테라스에서 밤바람을 맞으며 그녀가 풀어 주는 뒷얘기를 마저 들었다.

베르디움홀 근처에서 사제가 들어오기를 기다리다가 사제가 뒷문을 열고 들어갈 때 따라 들어가 그의 뒷목을 후려쳤다는. 그러곤 쓰러지는 사제를 한쪽에 고이 눕혀 놓고 그의 옷을 벗겨 걸치고 홀로 나갔다는, 영웅담이라기에는 다소 불량한 것들.

"네가 나 말고 다른 이의 옷을 벗겼다는 게 조금 불만이네."

"이제 매일 당신 옷만 주구장창 벗길 텐데. 아니다, 앞으론 그냥 벗고 있어요. 내 앞에서만. 알았죠?"

기분 좋게 웃은 카일이 드러난 조의 목덜미에 몇 번이나 연거푸 입을 맞췄다.

그때, 열기 어린 목소리가 들려왔다.

"윽!"

묵직하고 낮은 신음 소리가 근처에서 울리자 카일은 조금 당황한 탓에 조에게서 몸을 떼 내고 물었다.

"방금 그거, 네가 낸 목소리야? ……저주받아서 진짜 남자가 된 건 아니지?"

"내가 낸 거 아니에요."

"그럼 대체 누구야."

조는 테라스 난간에 앉아 발을 걸고서 허리 힘으로 몸을 뒤로 넘기며 오른쪽 벽면에 있는 다른 테라스를 살폈다.

"대체 누가 간 크게 황제의 결혼식 날 테라스에서……. 흡!"

화들짝 놀란 조가 테라스 난간에서 내려왔다.

"왜 그래, 조?"

"가요, 나가요. 우리가 주인공인데 너무 오래 자리를 비웠어요."

"왜. 우리가 아는 자인가?"

"쉿! 목소리 낮춰요."

벤지라고요.

내 평생에 벤지 목소리를 이렇게 들을 날이 있을 거라곤 상상도 못 했다고요.

조의 마음의 소리는 이제 아무에게도 전해지지 않는 건지 카일은 여전히 호기심 가득한 얼굴이었고, 건물 오른편 테라스에 있는 벤지의 목소리는 한 번 더 울렸다.

"읏……. 그, 만. 앗."

카일의 이맛살이 찌푸려졌다.

"누군지 얼굴을 봐야겠군."

"아니아니제발그러지말고우리그냥가요여보우리바로방으로갈까당신오늘가만안둬원하는대로하게해줄게요오늘을기다렸어짝짝이런밤이오기를짝짝."

다급하게 이어지는 조의 말을 들은 카일은 이내 얼굴을 환하게 밝히고선 조를 그대로 안아 들었다. 실은 아까 파티가 시작할 때부터 둘만 있고 싶었다. 급하게 황후를 둘러메고 사라지는 황제를 보며 귀족들은 애써 태연하게 웃었다.

"하, 하하! 급한 일이 있으신가 봅니다. 하하!"

스노우는 인상을 찌푸리고 투덜거렸다.

"벤지 이놈은 이런 상황 정리 안 하고 어딜 간 거야."

애석하게도 벤지는 여전히 테라스에 붙잡혀 있는 중이었다.

❀ ❀ ❀

아비를 제 손으로 끌어내리고 황좌에 오른 빌테온의 새 황제를 향한 관심이 쏟아졌다. 황자 시절, 단 한 번도 염문설이 나지 않았던 것에 대한 갖은 추측과 다정했던 소년기를 지나 다소 무자비한 성격으로 변해 버린 지금까지.

어떤 이들은 전쟁의 참혹함을 예로 들며, 그리 귀하신 황자님도 험한 곳에서 죽음을 목도하시니 변하신 걸 테다 떠들었지만 실상은 달랐다.

"폐하요? 좋으신 분 같긴 한데…… 조금 무서워요."

"엄청 다정하게 말씀하시는데 눈이 안 웃으셔요."

"회의하다가 한쪽 눈썹만 올리실 때가 있거든요. 그땐 빨리 취소하고 다른 의견 내야 돼요."

"검지로 의자 툭툭 두드릴 때는 회의 끝내야 돼요. 저번에 계속 안건 올렸거든요. 그랬더니 다음 날부터 업무량이 많아지더라고요. 왜 그랬었지."

"'미리 업무를 정리해 오는 것이 그대들의 일이 아닌가. 짐이 그간 느슨했군.' 이라고 하셨어요. 거짓말. 후작님 보러 가야 되는데 시간 늦춰져서 그런 거였으면서. 아, 그땐 결혼 전이셨거든요."

"와, 너 폐하랑 목소리 똑같다. 잘 따라 하네."

"그런 소리 황후마마 앞에서 하지 마. 목을 뚫으실걸. '감히 폐하와 네가?' 이러신다고."

"으. 큰일 날 뻔했네."

황궁의 정원사는 고개를 갸웃거리며 말을 보탰다.

"조랑 얘기할 땐 웃으시던데요."

"뗵! 릭! 후작님께 조라니! 폐하가 들으셨으면 사지를 따로 날리셨을 거예요!"

"……틸리. 후작님이 아니라 이제 황후마마잖아요."

"아 참! 내 정신 좀 봐! 아직도 헷갈리네요. 제가 그 아이를 뽑았거든요! 어머, 난 정말 남자애인 줄 알았지 뭐야. 처음엔 영 비실비실하더니 나중엔 마차도 번쩍번쩍 진흙에서 빼내고, 다른 사람들이랑 싸워서 경고도 몇 번이나 먹었답니다. 아니, 세상에. 조가 얼마나 힘이 센 줄 아세요? 폐하께서는 모르시겠지만, 가끔 인부들끼리 모여서 격투 내기를 할 때가 있거든요. 그때 조가 끼더니 그 작은 체구로 훨씬 덩치 큰 놈들을 넘겨 버렸다니까요. 그리고 100테랑을 따 갔어요! 완전 돈에 미친,"

"틸리! 그만. 당신 그런 얘기 하다가 걸리면 죽어!"

"릭! 나 그때 너무 신기했다니까! 이거 어차피 적당히 편집돼서 신문에 나가는 거죠? 그때 조가 뭐라 그랬냐면,"

"여보. 틸리. 제발. 조가 아니라 황후마마라니까."

"아, 참, 맞다. 그때 황후마마가 덩치 큰 놈들 넘기고 나서 뭐라고 하셨냐면요. '이게 바로 항쿡의 씨, 씨,' 뭐라고 했더라, 릭? 걔가 자주 했던 시발 시발, 말고 말이야."

"…… '씨릉 밧다리 기술이라는 거다! 이 생모긴 놈들아.' 라고 했지 않나."

"맞아! 그랬어! 어머, 자기 기억력도 좋아. 그런데 생모긴이 뭐지."

깔깔 웃으며 박수를 친 틸리는 릭의 어깨를 퍽퍽 쳐 댔다. 고개를 들고 호탕하게 웃는 틸리는 최근에 결혼했다던 정원사 릭과 사이가 좋은 듯했다.

릭은 취재를 마치고 돌아가는 사람을 쫓아가 그에게 돈을 쥐여 줬다.

"저…… 오늘 황후마마가 마구간지기일 때 쌍욕을 했다거나 그런 거는 신문에 싣지 마시고…… 무슨 말인지 아시지요? 아무쪼록 잘 부탁드립니다."

황제와 황후에 대한 특집 기사를 싣기 위해 수도를 쏘다니고, 마침내 허가를 받고 황궁까지 들어와 취재하던 베로니카는 릭이 준 돈을 제 주머니로 넣으며 환하게 웃었다.

"걱정 마세요! 황궁에서 취재한 분들 모두 황후마마께 호의적이시던걸요! 굉장히 막역한,"

"쉿!"

'막역한' 이라는 단어가 나오자마자 릭은 검지로 제 입술을 막으며 누가 들었을세라 주변 눈치를 살폈다.

"왜, 왜 그러세요?"

"……황후마마와 '막역한' 이라는 단어를 함께 입에 올리지 마세요. 폐하께서 들으시면 큰일 납니다."

흡사 사냥꾼에게 쫓기는 소동물같이 부푼 동공으로 릭은 나이답지 않게 오들오들 떨었다. 덩달아 겁을 집어먹은 베로니카가 제 입을 두 손으로 조심스레 틀어막으며 근처를 조심스럽게 살펴봤지만 눈에 뵈는 것은 천지로 깔린 꽃과 나무, 저 멀리 보이는 호위병들뿐이었다. 베로니카는 동그란 눈을 데굴 굴렸다가 조심스럽게 물었다.

"'막역한' 이 왜요?"

나지막하게 묻는 베로니카의 말에 릭은 머리를 긁적거리다가 한숨을 푹 내쉬었다.

"……황후마마께서 주변에 친구가 많으시고, 폐하께서는……"

"……께서는?"

무언가 굉장한 비밀이 나올 것 같은 예감에 베로니카는 마른침을 꿀꺽 삼키며 다음 말을 기다렸다. 어쩌면 황후의 마구간지기 시절에 아주 절친했다던 이 정원사에게서만 들을 수 있는 고급 정보일지도 모른다.

"눈이 삐셔서……."

"예?"

베로니카는 귀를 의심했다.

앞의 주어가 뭐였지? 방금 황제 폐하와 황후마마에 대해 얘기하고 있지 않았나? 뭐가 삐어?

"……눈이 삐다뇨?"

헛것을 들은 양 고개를 갸웃거리는 베로니카를 보다 못한 릭이 그녀에게 조곤조곤 설명했다.

"좋죠, 다 좋아요. 좋은데…… 기품이……."

"기품이?"

"없어요. 너무 없어. 그냥 없어요. 눈을 씻고 찾아봐도 없어."

"예?!"

릭의 말을 수첩에 필기하던 베로니카는 화들짝 놀라 허리를 폈다.

"말도 안 돼! 황후마마께서는 전쟁터의 사신이었잖아요. 기품이 없다니요."

311

"위엄이나 박력은 있죠. 사람도 좋으십니다. 인간미 넘치시고."

"근데 방금 눈이 삐셨다고…….."

입술을 앙다물며 고민하던 릭은 주위를 두리번거리다 쯧, 하고 혀를 찼다.

"'황후' 하면 딱 생각나는 느낌과는 아무래도 동떨어져 있지 않나, 하는 거죠. 뭐, 어쩔 도리가 있나요. 반대하던 귀족 중에 하나는 폐하의 명령으로 혀가 잘렸다고 하던데."

"어머나. 듣던 대로 잔인하고 다정하셔라…….."

어지간히 식겁했는지 입을 벌렸다가 꾹 다문 베로니카는 넌지시 마지막 질문을 던졌다.

"국혼을 올린 지 오늘로 1주일째인데 두 분께서는 왜 공식 석상에 모습을 안 보여 주시는 걸까요. 아무래도 제국의 황제와 기병 장관이시니 회의라도 하시는 건지, 아니면 불화라든가…….."

릭은 멋쩍게 웃으며 대답을 피했다. 졸졸 쫓아오며 답을 채근하는 베로니카를 겨우 황궁 밖으로 보낸 후 그는 겨우 정원으로 돌아왔다.

……회의는 무슨. 두 분이 아주 꼭 붙어서는 침대 밖으로도 안 내려오신다는데.

시녀고 시종이고 아무도 방 안으로 들어가지도 못하고 밖에서 음식만 전해 준다는 소문이 온 황궁에 파다했다.

세상 쪽팔려서 말도 못 하겠어.

릭은 조와 함께 드나들었던 생활관을 지나쳐 걸으며 그를 떠올렸다.

아카시아 꿀 빨아 먹으면 맛있다고 무서운 줄도 모르고 남몰래 황궁의 꽃을 따 먹던 도둑놈…….

아니. 아니지. 이런 생각은 불경하지.

고개를 도리도리 저으며 릭은 다시 조를 떠올렸다.

벌겋게 달아오른 얼굴로 프리지아를 보다가 갑자기 꽃을 입 안으로 쑤셔 넣기에 무슨 짓이냐 물었더니 '카일 같아서 참을 수 없었어.'라고 대답하던 변태 중의 변태…….

앗. 이것도 불경한데.

몇 가지 더 떠올려 보려 했지만 다 비슷비슷했다. 조는, 원래 그런 사람이었다.

결국 릭은 생각을 포기해 버렸다.

넓은 정원을 거닐다가 릭은 황제가 머무른다는 침실 쪽을 올려다보았다. 해가 중천에 떴는데도 커튼이 걷히지도 않았다. 대체 며칠이 지나야 모습을 보이시려나.

황궁의 모든 사람들의 걱정이 닿은 걸까. 드디어 열흘 만에 안에서 먼저 침실의 문이 열렸다. 이전처럼 밥을 이리 문 앞으로 가져오라는 손짓이 아니었다.

"……의사를 데려와라."

낮게 잠긴 묵직한 목소리가 복도에 울리자 앞에 서 있던 펠이 파드득 떨며 고개를 쳐들었다. 잘못 들은 걸까 잠깐 의심했지만 열린 문틈으로 늑대 같은 카일의 눈동자가 서슬 퍼렇게 빛나는 걸 보고는 흠칫 놀라 등을 곧추세웠다.

"펠. 의사를."

"예? 에, 예!"

선명하게 울리는 카일의 목소리에 펠이 힘 있게 대답하자 커다란 문이 둔중한 소리를 내며 다시 굳게 닫혀 버렸다. 종종걸음으로 복도를 빠르게 걸어가는 펠의 뒤로 시녀들이 줄줄이 잇따랐다.

"펠 님. 폐하께서 드디어 나오시는 건가요? 아니면 오늘도 식사를 수저 하나만 해서 준비하라고 할까요?"

"아니! 아무래도 두 분이 또 싸우신 게 틀림이 없다! 의사를 데려오라 하셨어!"

몇 개나 되는 층계를 단번에 내려가며 펠은 다급한 목소리로 외쳤다.

"후작, 아니, 황후마마와 싸우셨으면 온전하지는 않으실 터! 피를 닦을 헝겊을 준비하고 대기해!"

아래층에서 대기하고 있던 벤지가 펠의 외침을 듣고 두 칸씩 계단을 뛰어올랐다.

"두 분이 싸우셨다니 무슨 소리야!"

지혈할 형겊과 붕대들을 챙기며 분주히 움직이던 시녀들이 울상인 얼굴로 말했다.

"어떡해요. 폐하께서 황후마마께 화가 나신 걸까요. 황후마마 몸에 상처가 나셨으면 어쩌죠. 안 그래도 몸에 흉이 많으신 분인데."

"넌 폐하가 이길 거라고 생각하니. 난 황후마마가 폐하를 찢으셨을까 봐 걱정이야."

벤지는 사뭇 진지한 얼굴로 답했다.

"아니. 황후마마께서는 절대 폐하의 얼굴에 손대지 않으실 거다."

"얼굴이 아닌 곳을 찢으셨으면 어떡하죠."

"앗, 그건……."

그때, 문이 다시 열렸다.

이번엔 헝클어진 샛노란 머리카락이 먼저 보이더니 반들반들 물이 오른 말간 피부에 어쩐지 입술이 붉게 퉁퉁 부어 있는 카일이 밖으로 빼꼼 얼굴을 내밀었다.

"벤지. 의사가 오기 전에 내 옷을 먼저 가져와."

"……옷 말입니까?"

정말로 조가 제 주군을 찢은 걸까. 언젠가 맺었던 충성 맹세가 벤지의 뇌 속에서 맞물렸다. 당황해 버벅거리는 벤지를 물끄러미 보던 카일이 몸을 방 안으로 넣어 무어라 대답했다.

"응? 무슨 뜻이야? 나 예뻐? 아니라고? 그럼 나 안 예뻐? 아. 지금 그 얘기가 아니라고. 음……. 아, 옷?"

그의 얼굴이 다시 복도로 빠져나왔다.

"황후가 입을 옷도 가져와. 다 찢어졌으니. 뭐? 목? 목을 왜? 아. 가려야 한다고. ……그걸 왜 가려."

투정 부리듯 볼멘소리를 하는 황제의 말이 들리자마자 무언가가 문으로 날아와 꽂혔다. 밖으로 튀어나온 것은 분명히 검이었다.

검을 던졌어?

벤지의 작은 낑깡 같은 오렌지색 눈동자가 밖으로 튀어나올 듯 휘둥그레 변했지만 카일은 태연했다.

"하하. 조가 새삼 낯을 가리네. 가리는 거라곤 내 얼굴뿐이면서. 목부터 발목까지 싹 다 가리는 옷으로 가져오라는군. 나는 아무거나 괜찮아."

잠시 후 옷을 건네받은 카일은 다시 무거운 문을 닫고 안으로 들어가 버렸다. 의사가 도착했으니 문을 열어도 괜찮겠냐 물어도 한참 답이 없었다. 그러던 중 갑자기 쿵 소리와 함께 커다란 문이 거세게 흔들렸다.

침대라도 집어 던진 게 아니고서야.

잠시 후, 이음새가 틀어졌는지 문이 삐걱 소리를 내며 열렸다.

"아야……. 아, 와 있었군. 정신이 없어서 못 들었어."

조가 던진 건 황제였다.

황급히 의사들이 방 안으로 들어가자 침대 위에서 황후가 황급히 단추를 끝까지 채운 뒤 반쯤은 누운 상태로 그들을 맞이했다. 고개를 기울이고 살짝 미소 짓는 걸 보면 어디가 아파 보이거나 피를 흘린 것 같지도 않았다. ……지쳐 보일 뿐.

"폐하, 무슨 이유로 저희들을 부르셨습니까."

가장 연로한 의사가 카일에게 묻자 그는 눈썹을 아래로 축 늘어뜨리며 말했다.

"조의 목소리가 나오지 않는다."

"예?"

"새벽까지만 해도 괜찮았는데 아침부터 전혀 말도 못 하는군. 혹시 전에 먹었던 독의 부작용이 아닌지 걱정이 돼서 말이야. 얼른 치료해라. 황후가 낫지 않으면 하루가 지날 때마다 의사들의 목을 자르겠다."

험악한 말을 상큼하게 던지고서 카일은 조의 옆에 가 앉았다. 온 얼굴을 찌푸린 황후는 어쩐지 이 모든 것이 마음에 들지 않는 듯했다. 오들오들 떨던 의사가 조의 입 안을 자세히 살피고, 소리를 내 보시라 청한 뒤 목 안의 움직임까지 보고서야 최대한 태연히 황제에게 고했다.

"……마마께서는 말씀을 많이 하셔서 목이 쉰 것으로 판단되옵니다. 충분히 휴식을 취하시면 다시 돌아올 것으로."

"말? 말은 그다지 하지 않았는데."

벤지가 다시 낑깡 같은 눈동자를 휘둥그레 뜨고 앞으로 튀어 나갔다. 불길한 예감이 온몸을 휘감았다. 저 황제의 입을 막아야 했다.

"정말이다. 말은 열 마디도 채 하지 않았어. 정확히 따지자면 그건 말이 아니라."

우지끈 소리와 함께 침대 헤드가 가루가 되었다. 새빨개진 얼굴로 조는 잡아 뜯은, 한때 침대의 틀이었던 그것을 황제에게 던졌다. 태연하게 피한 카일은 고개를 푹 숙인 의사들에게 질문을 던졌다.

"아, 참. 조가 자리에서 도통 일어나질 못하는데 그것도 비슷한 문제인가. 말을 타고 1주일을 달려도 괜찮았던 사람인데."

"……그것도 휴식을 충분히 취하시면 될 것 같습니다."

대충 눈치를 챈 의사들이 입을 모아 황후마마를 쉬게 하시라 했지만 황제는 그게 불만인 듯했다.

"언제까지 쉬어야 하는 거지. 중간중간 꽤 쉬었던 거 같은데."

퍽 소리와 함께 카일이 앞으로 풀썩 쓰러졌다. 결국 자리에서 일어난 황후가 방심한 황제의 뒷목을 힘껏 쳐서 기절시킨 것이었다. 그녀는 손가락으로 문을 가리켰다.

모두 나가라는 뜻이었다.

❖　❖　❖

검은 후드를 깊이 눌러쓴 한 사내가 빠른 걸음으로 걸으며 주변을 살폈다. 시끌벅적한 시장의 사람들은 아무도 사내에게 시선을 주지 않았다. 그럼에도 사내는 안심하지 못하고 한참을 두리번거리다 한적한 골목으로 걸음을 옮겼다. 비 온 뒤 질척해진 땅에 사내의 발자국이 깊이 남았다. 안쪽으로 한참 걷다 보니 볕조차 제대로 들지 않아, 붉은 벽 외부에 자라다 만 담쟁이덩굴이 지저분하게 달라붙은 한 가게가 모습을 드러냈다. 사내는 고개를 들어 삐걱거리는 가게 간판의 이름을 살폈다.

'필튼 주점'.

낡은 문을 열고 들어가자 퀴퀴한 먼지 냄새가 코를 찔러 왔다. 인적이라곤 찾아볼 수 없을 정도로 조용한 가게 한 모퉁이에 늙은이 하나가 의자에 앉아 있었다.

"주문할 거요?"

"……짧은 손톱과 송골매."

영문 모를 소리를 뱉었음에도 노인은 전혀 당황하지 않고 주름살 가득한 손을 들어 2층을 가리켰다.

"복도를 돌아서 제일 끝."

층계를 밟자 오래된 계단에서 까드득, 끼으윽 하는 괴이한 소리가 울려 퍼졌다. 사내가 고개를 돌리자 노인은 어느새 어딘가로 사라져 있었다. 잔뜩 긴장했는지 사내의 턱 아래로 투명한 땀이 한 줄기 흘러내렸다. 떨리는 손을 들어 땀을 닦은 후, 검은 눈을 반짝이며 사내는 제일 안쪽에 자리한 방 문손잡이를 잡아당겼다. 열린 문틈으로 서서히 빛이 새어 나왔다.

징그럽게도 조용하던 골목이 거짓말처럼 느껴질 정도로 방 안은 소란스러웠다. 방을 가득 채운 사람들은 남루한 옷을 입고 있긴 했으나 오래도록 관리받은 티를 벗어던지진 못한 귀족이었다. 그중 간혹 말씨가 험한 기사나 용병들도 몇 보였다. 사내는 익숙한 얼굴들을 확인하며 천천히 후드를 완전히 벗었다. 그의 얼굴을 알아본 다른 이들이 모두 자리에서 일어섰다.

"……오셨습니까."

"다 모인 겁니까."

비장하게 고개를 끄덕인 한 남자가 긴 두루마리를 내밀었다.

"여기 성함을 써 주시지요."

"……새어 나갈 일은 없겠죠."

"새어 나가면 죽음인데 감히 누가요."

"아래에 있는 노인은,"

"그자는 이미 죽을 날을 받아 둔 자입니다. 이 건물 역시 제 거고요."

그제야 안심했다는 듯 검은 후드의 사내는 종이에 제 이름을 채워 넣었다.

'이사크 드 빌테온.'

✵  ✵  ✵

시녀들이 분주하게 복도를 오가며 발을 종종거렸다.

"일리나. 황후마마 못 봤어?"

"아침에 분명 격투장에 계셨는데…… 어떡해요. 멜데일은 봤어요?"

울상이 된 시녀장 멜데일이 두 손을 들어 얼굴을 파묻었다.

"못 찾았어. 아무 데도 안 계셔. 혹시 황제 폐하 침실에 계실까 해서 거기도 살폈는데 안 계셨다고."

하얗게 질린 얼굴로 뛰어온 도레스가 대화에 끼어들었다.

"……멜데일. 침대 밑은 살펴봤어요? 창문틀이나 밖의 나뭇가지에 매달려 있진 않았어요?"

"다 찾아봤지. 은색 머리카락 한 올도 못 찾았어. 어떡해. 분명히 폐하가 조금 있으면 같이 차 마시고 싶다고 황후마마를 찾으실 텐데."

"마구간에 갔다 왔는데 크로우도 그대로 있어요. 옛날에 지내시던 오두막에도 안 계세요. 오두막 서까래에 올라가서 몰래 낮잠 주무실까 봐 거기도 확인했는데 안 계셨어요!"

건드리면 눈물을 쏟을 것 같은 간절한 얼굴로 도레스가 시종의 팔에 매달렸다.

"감, 감방은요? 감옥엔 안 계세요? 저희 후작, 아니 마마께서 손버릇이 안 좋으셔서 그새 누구 패서 감옥에 갇히셨을 수도 있잖아요."

"누가 감히 황후마마를 황궁 감옥에 가두겠어. ……폐하가 아니고서야."

말을 꺼낸 시종장은 입을 꾹 다물었다가 고개를 절레절레 흔들었다.

"하지만 폐하는 오늘 아침부터 내내 정무만 보셨으니 마마를 가뒀을 리 없어."

"어떡, 어떡해요. 난 죽었다."

제 머리를 쥐어뜯은 도레스가 두 손을 모으며 마음속으로 간절히 외쳤다.

'제발 돌아오세요, 황후마마. 사람 목으로 도미노 하고 싶은 게 아니라면.'

그때, 일리나가 조심스럽게 손을 들었다.

"저, 벤지 님께 부탁을 드려 보는 건 어떨까요."

"하지만 저희가 다 헤매도 못 찾았는데 벤지 님이라고 찾으실 수 있을까요."

탐탁지 않다는 반응이 대부분이었지만 이제는 달리 방도가 없었다. 황후의 시종과 시녀들이 모두 업무를 내팽개치고 찾아다녔지만 반나절이 다 지나가도록 흔적조차 찾지 못했으니.

"그래도 벤지 님은 폐하와 황후마마를 가장 오래 보필하신 분이잖아요. 저희보다 잘 아시지 않을까요."

"내가 뭘 어쨌다고."

갑자기 들리는 목소리에 시종과 시녀들이 우르르 고개를 돌렸다. 오렌지색 머리카락을 깔끔하게 넘긴 벤지가 고개를 갸웃 꺾었다. 시퍼렇게 질린 얼굴로 사람들이 머뭇거리자 가만히 답을 기다리던 벤지의 얼굴이 서서히 식어 갔다.

"설마……."

도레스가 고개를 잘게 끄덕였다. 입술을 꽉 물었다가 다시 살짝 열었다가 하며 한참 망설이던 도레스가 겨우 입을 열었다.

"황후마마가 아무래도 황궁 밖으로 나가신 것 같습니다."

"그럴 리가! ……아니, 그럴 수도."

눈을 휘둥그레 뜨며 그럴 리 없다 말하던 벤지는 이내 빠르게 납득한 양, 턱을 문지르며 아랫입술을 잘근잘근 씹어 댔다.

"도레스. 마마께서 로타이스로 못 돌아가신 지 얼마나 됐지."

"결혼 준비하실 때부터 못 가셨으니까 족히 3개월은 됐을 거예요."

"분명 좀이 쑤시다는 이유로 망나니, 아니 망아지마냥 튀어 나가셨을 게 분명하다."

사람들 가운데서 심각한 표정으로 얘기를 나누고는 있지만 지나가는 다른 이가 들었으면 황후에 대한 얘기라고는 상상도 못 할 비유였다. 벤지는 표정 하나 바뀌지 않은 채 도레스에게 명령했다.

"수도 감옥이나 술집 먼저 체크하고, 그다음에 허가받지 않고 말을 데리고 나간 자가 있는지, ……변장을 하셨을 수도 있다. 170 정도 되는 키의 여자, 아니, 남자……. 제기랄. 어느 쪽이지."

어느새 수첩을 꺼낸 도레스는 벤지의 말을 꼼꼼히 기록하다가 빼꼼 손을 들었다.

"금품은 챙겨 가지 않으셨더라고요."

"그럼 단순한 나들이일 가능성이 높군. 일단 폐하가 알아채시기 전에,"

"이사크 본 사람!"

"악!"

"악! 깜짝이야!"

"느으어억!"

십수 명이 불을 밟기라도 한 것처럼 제자리에서 파닥거렸다. 수첩을 집어 던진 도레스는 옆에 있던 벤지의 뒤로 냉큼 숨어 버렸다. 복도 창문 밖에서 갑자기 달랑 올라온 은색 머리통은 사람들의 반응은 신경 쓰지도 않고 상큼하게 말을 이었다.

"이사크! 이사크 본 사람?"

앞으로 내려온 머리카락을 신경질적으로 뒤로 쓸어 넘긴 벤지가 버럭 소리를 질렀다.

"뭐가 그리 태연하십니까! 올라오세요!"

"……아, 알았어. 성질은."

입술을 삐죽거리며 창틀을 넘어 복도에 올라선 채 셔츠와 바지에 묻은 먼지를 탈탈 털어 내고 있는 저 사람은 이 제국의 황후였다. 와락 느껴지는 참담한 기분에 황궁에서만 20년 넘게 일해 온 시녀장 멜데일은 그만 손바닥으로 눈을 가리고 말았다.

투르가 여신이시여, 대체 제게 왜 이런 시련을.

시녀의 마음의 소리는 듣지 못한 채 조는 대충 높게 묶은 은색 머리카락을 풀어 손가락으로 얽어 빗으며 다가왔다.

"……이사크 본 사람?"

눈치를 보며 슬쩍 물었지만 벤지의 얼굴이 심상찮았다. 그는 잔뜩 굳은 얼굴로 제 뒤에 숨어서 아직 오들오들 떨고 있는 도레스의 뒷덜미를 잡아 빼낸 뒤, 언젠가 충성 맹세를 했던 조를 혼내기 시작했다.

"대체 어딜 갔다 오셨길래, 예? 이 많은 사람들이 전부 황후마마를 찾느라 오전 업무도 못 한 걸 아시긴 한 겁니까? 로타이스에서 지낼 때도 이러셨어요? 이제 이 제국의 황후 되시는 분께서 이렇게 막무가내로,"

"벤지! 뭔가 오해가 있나 본데 나도 연무장 뒤뜰에서 그냥 놀았을 뿐이야."

"연무장 뒤뜰에 안 계셨잖아요!"

깜짝 놀란 탓에 눈물이 그렁그렁해진 도레스가 냉큼 대화에 끼어들었다. 조는 눈을 빠르게 굴리며 다른 대답을 생각해 내려 고심했지만 헛수고였다.

"폐하께 말씀드리기 전에 마마의 입으로 말하십시오. 어딜 갔다 오신 겁니까."

"……아니, 그게……. 나 결혼할 때 정신이 없어서 이사크 형이랑 술 한 잔 못 했잖아. 그 형도 신혼인지 유배인지 가느라 바빴고. 근데 듣기로 황궁 지하에 엄청 오래된 귀한 술이 있다길래 그냥, 형이랑 딱 한 잔만 하려고 내려갔지. 근데 술 종류가 엄청 많더라고."

벤지의 표정이 싸늘하게 식어 가는 걸 보지 못했는지 조는 능청스럽게 말을 이었다.

"그래서 그중에 잘빠진 거 한 병은 내가 테이스팅 좀 해 보고, 그리고 이제 딱 그 전설의 술을 챙겨 오는데…… 이야, 이사크가 없네? 그 형 어디 갔지? 아는 사람?"

깔끔하게 이야기를 끝낸 조가 이사크의 행방을 물었지만 벤지는 호락호락하지 않았다.

"고작 술 한 병 찾겠다고 직접 황궁 지하까지 내려가서 창고를 뒤졌단 말씀입니까? 허가도 안 받고 갔다 오신 거면 훔친 거잖습니까! 먼지를 이렇게 다닥다닥 붙여 와 가지고! 황후가!"

잔소리를 폭탄처럼 퍼부으며 벤지가 조의 등짝에 묻은 먼지를 퍽퍽 내려쳤다.

"아야! 벤지! 아! 나 황후다, 어? 아!"

품에서 손수건을 신경질적으로 휙 꺼낸 벤지는 조의 턱을 붙잡더니 얼굴에 시커멓게 묻어 있는 먼지를 슥슥 문질러 닦았다.

"이게 대체 뭡니까! 까마귀가 '형님.' 하겠습니다!"

"나 여잔데."

"입 다무세요! 먼지 들어갑니다!"

먼지를 다 닦아 낸 벤지가 심각한 얼굴로 경고했다.

"어딜 가면 간다 말을 하고 가시란 말입니다."

"딱 생각이 나서 술 창고 가려고 하는데 주변에 사람이 하나도 없더라니까. 그리고 그거 보고하면 또 막 우르르 가서 황제한테 허가받고, 국가 보물을 꺼내니 마니 했을 테니까……."

"국가 보물을 훔치느라 마마가 실종되는 것보다는 낫습니, 아니, 애초에 황후가 왜 보물을 훔칩니까! 용병단이 아니라 도적단 만드셨어요?"

"걔들은 이제 손 털어서 물건 안 훔쳐! 내가 엄하게,"

"마마나 훔치지 마세요! 마마나! 지하 창고를 지키는 사람이 얼마나 많은데!"

벤지에 의해 겨우 거지꼴을 면한 조는 품에서 술 한 병을 꺼내며 호기롭게 웃었다.

"짜잔, 그 많은 사람들을 뚫고 내가 몰래 싹 가져왔지롱."

멜데일이 이마를 짚으며 풀썩 쓰러졌다. 뒤편에서 '시녀장님! 멜데일!' 하고 애타게 부르는 소리가 들려와 조는 안쓰러운 눈빛으로 그녀를 바라봤다.

"멜데일 아프면 쉬라 그래."

고개를 절레절레 흔든 벤지가 조금은 분노가 사그라든 말투로 물었다.

"이사크 황자 전하를 집에 돌려보내지도 않으시더니. 같이 술 마시고 싶으셔서 그런 거였습니까."

"뭐, 그렇기도 하고. 회포도 좀 풀고. 아니 그런데 오늘 무슨 날인가? 내가 좋아하는 사람들이 다 안 보이네. 장미 기사단들도 몇 명밖에 안 보이고, 테오도르도 어딜 갔는지 없고, 나 빼고 자기들끼리 노는 건가."

"터무니없는 소리 마시고요. 폐하 있잖습니까. 폐하한테 가서 술 한잔 하자고 하세요."

"카일은…… 좀 그래."

"폐하가 왜요."

조는 벤지의 옷깃을 잡아당겨 그의 귓가에 속닥거렸다.

"난 술만 마시고 싶단 말이야."

화들짝 놀란 벤지가 귀를 손으로 덮으며 눈을 휘둥그레 뜨고 조를 바라봤다.

"이, 무슨! 대체, 하, 저한테 왜 이러시는!"

"벤지! 벤지가 나랑 술 마실래? 나 벤지도 좋아해."

"좀! 그런 말 하지 마십시오! 싫습니다. 폐하한테 죽어요."

"아, 왜. 한잔하자. 옛날에 나한테 충성 맹세도 했었잖아. 갸륵한 마음을 높게 사서 내가."

"……하, 왜 했지."

빠른 걸음으로 복도를 벗어나는 벤지를 따라가며 조가 습관처럼 치근덕거렸다.

"어이, 거기 큐티 오렌지. 누나랑 술 한잔 할까."

"아악! 제발! 조! 그만해!"

"어? 너 방금 조라고 불렀다? 황후한테 조라고 했어. 내가 한 번 봐줄 테니까 나랑 이거 따자."

"저 이제 고향으로 돌아가 농사지으며 살고 싶습니다."

"무슨 소리야. 어디 가. 벤지!"

귀를 틀어막으며 이젠 달리기 시작한 벤지를 빠르게 쫓아가는 황후를 바라보며 시종과 시녀들은 한숨을 푹 내쉬었다.

"다행이에요. 황후마마가 또 감옥에 가셨을까 봐……."

"사실 저는 황제 폐하 망토 뒤에 매달려 계실 줄 알았어요."

"미쳤나 봐, 설마 그럴 리가 있겠어요!"

"전에 한 번 달고 오셨다가 들켜서 간만에 황궁에 오셨던 스노우 공작님이 책상 집어 던지셨잖아요."

"아, 참. 그랬지."

고개를 끄덕이며 사람들이 뿔뿔이 흩어진 뒤 도레스는 터덜터덜 걸어 황궁 밖으로 향했다. 황후에게 시달려 피곤해 죽겠다는 얼굴로 궁을 벗어난 그는 시장 한가운데서 긴 천으로 얼굴을 돌돌 말아 가린 뒤, 골목으로 사라졌다. 이윽고 필튼 주점의 문이 한 번 더 열렸다가 닫혔다.

본래 이사크는 조의 결혼식이 끝난 후 바로 젤링턴으로 돌아가야 했다. 젤링턴이라는 곳 자체가 그에게 감옥이었기 때문에 지금은 잠시간 외출 허가를 받은 거나 다름없었다.

하지만 조는 불퉁한 얼굴로 이사크를 붙잡았다.

"형. 가지 말어."

"……저기요, 마마. 지엄하신 분께서 형이라니요."

"형도 황자 되고 나서도 나한테 편하게 생각하라며. 형이라 부르라고 했잖아."

무심결에 잠깐 동의할 뻔했지만 이사크는 이내 고개를 흔들었다.

미친 사람……. 형이라니요. 당신은 황후잖아요. 마음의 소리는 속으로만 조용히 속삭였다.

"아니, 그런 것보다 더 우선돼야 할 문제가 있잖아요."

"형, 편하게 말해. 둘밖에 없는데."

"……아니, 그게 아니라 일단 성별부터가,"

"나는 괜찮으니까 편하게 말하라니까. 전처럼 대해 줘."

"마마. 저 정말 많이 놀랐거든요. 이제는 마마랑 그런,"

"아, 혀엉."

"야! 사람이 말을 하면, 말을 좀 들어, 인마!"

결국 참지 못한 이사크가 버럭 소리를 지르며 자리에서 일어섰다.

"하하! 반말했다! 하하하! 결국 반말했네!"

황궁 정원에 놓인 벤치에 앉은 채 조는 배를 잡고 깔깔 웃었다.

이 얄미운 놈. 황후가 되면 뭐 하냐. 하나도 변한 게 없어.

이사크는 평소처럼 조에게 꿀밤을 먹이려고 손을 쳐들었다가 얼른 내렸다. 또 휘말릴 뻔했다.

"저기요, 마마."

"아이, 형. 편하게 하라니까."

제 어깨를 툭 치며 싱긋 웃는 조에게서 '호방하다'라는 수식어가 잘 어울리는 대장부의 느낌이 났다.

"지나간 일에 개의치 않으시는 마마께서는 아무렇지 않게 생각하실지 모르겠으나 저는 마마께 죄를 지은 사람입니다. 사실은, 이리 나란히 앉아 있는 것조차 불가능한 일이 아닙니까."

이사크는 벤치에서 일어나서, 태연하게 앉아 있는 조를 바라봤다. 바지를 입고서 팔걸이에 한쪽 팔을 걸치고 고개를 까딱 기울이는 그녀는 전과 달라진 게 아무것도 없어서 과거로 돌아간 느낌이 들기도 했다. 그래도 제대로 된 사과는 해야지 싶어 이사크는 천천히 무릎을 꿇었다.

"……뭐 하는 거지."

아까까지만 해도 싱글거리던 조의 목소리가 차분하게 가라앉았다. 동요하지 않고 이사크는 솔직하게 입을 열었다.

"……그때 마마께 한 대 맞고, 기절한 이후에 많은 생각을 했습니다. 떠나는 그날까지 비겁했던 탓에 이제야 사죄하는 점을 부디 긍서하여 주십시오. 마마."

흙바닥에 시선을 고정한 채 이사크는 떨리는 손가락을 교차시켜 꽉 붙들었다. 깍지를 낀 그 손은 어딘가에 제 죄를 고백하며 기도하는 이처럼 보이기도 했다.

"저는 비겁한 겁쟁이입니다. 델로아와의 약속을 저버리게 되면 그녀가 저를 떠나갈 것이 두려워 말리지도 못했고 마마의 믿음에 보답하지도 못했습니다. 제 하찮은 이기심에 모두 망친 것입니다. 제가……."

"죄는 그것뿐이야?"

"예?"

머리 위로 닿는 차가운 음성에 이사크는 지레 놀라 고개를 쳐들었다. 번쩍이는 금안이 이사크를 향하고 있었다.

"내게 말할 죄가 정말 그것뿐이냐고."

한참의 침묵 후에 이사크는 겨우 입을 열었다.

"……예."

이사크가 입술을 열어 짧은 대답을 하자마자 조는 씩 웃으며 이사크의 어깨를 툭 쳤다. 목을 죄어 오는 무거운 분위기가 삽시간에 공중으로 퍼지듯 사라졌다. 평소처럼 가벼운 목소리의 조가 생글거리며 장난스레 말을 걸어왔다.

"그거야 뭐, 폐하도 벌을 내렸고 나도 전에 한 대 쳐서 끝낸 일을. 그래도 사과를 직접 들으니 기분은 상쾌하네. 알았어, 형. 이제 진짜 편하게 말해도 돼. 괜찮으니까."

"그래도……."

"온 사람들이 다 마마라고 하는데 형까지 그러면 좀 외롭잖아."

온 사람들이 다 마마라고 부르는 이유는 당신이 황후이기 때문이잖아. 역시 속으로만 조용히 대답하며 이사크는 그저 씩 웃고 말았다. 어느새 해가 머리 위에 떠 있었다. 이사크는 매일 소재지 신고를 위해 황궁 정문 근처에 있는 출입 관리부까지 걸어가야 했다.

"나 가 볼게."

약간은 편해진 얼굴로 이사크는 조를 따라 웃으며 손을 흔들었다. 해가 더 넘어가기 전에 정문까지 가야 했기에 부지런히 움직여야 했다. 이사크의 두 발이 빠르게 움직였다. 검소한 옷차림의 이사크가 멀어질 때까지 정원에 서서 손을 흔들며 웃던 조는 얼른 뒤돌아섰다.

놓치기 전에 따라가야 했다. 조는 시종들의 인사를 받으며 계단을 올라 임시로 마련된 제 방 앞에 섰다. 황후궁은 카일이 굳이 재공사를 하여 어울리게 짓겠다며 난리를 피우는 통에 황제가 기거하는 궁에서 지내야 했다. 관자놀이를 짚으며 조는 일부러 한숨을 내쉬었다.

"아우, 골이야. 나 어제 술을 너무 많이 마셔서 숙취 때문에 잘 거야. 깨우지 마."

지나가는 시녀들이 웃으며 농담을 건네 왔다.

"하하하. 마마. 폐하가 아니시면 또 감방 보내시겠어요."

……그런 농담은 좀.

방으로 들어간 조는 입고 있던 셔츠와 바지 위에 검은색 긴 후드를 둘러썼다. 그러곤 벽 한편에 걸려 있는 제 검 앞으로 다가가 섰다.

검을 챙겨야 할까.

이사크는 매일 궁을 빠져나가 저녁 즈음 돌아온다. 그리고 같은 시간대에 기사들 역시 훈련 사이 쉬는 시간에 놀러 간다는 핑계로 대거 궁을 빠져나갔다. 심지어 도레스까지도. 제 결혼 이후부터 반복된 패턴이니 분명히 우연은 아닐 텐데.

조는 주먹을 조금 움켜쥐었다.

반란으로 올라선 나의 황제를, 그 또한 반란으로 잡겠다는 의미라면.

"……두 번의 용서는 없어. 나를 실망시키지 마, 이사크."

검을 챙겨 후드 안, 옆구리에 벨트 형식으로 연결해 매달며 조는 창문 앞으로 가 바깥의 동태를 살폈다. 큰 창문 아래에는 근위병들이 지키고 있었다.

"저것도 분명히 카일이 명령한 거였지."

'내 황후가 다칠지도 모르니 24시간 철통으로 경비를 세우고 그녀를 보호하라.'

그 명령을 내릴 때 근위병들 표정이 잊히질 않는다.

'누가 누굴 보호합니까.' 하는 불만 가득한 얼굴이었는데. 피식 웃음이 난 조는 큰 창문의 반대편 높은 곳에 달려 있는 작은 창으로 향했다. 몸을 구기고 구겨야 겨우 한 명이 지나갈 만한 크기였다. 조는 근위병들이 교대하느라 자리를 비운 타이밍에 맞춰 빠르게 움직였다.

아까 정문으로 향한 이사크의 뒤를 밟으려면 더 이상 지체할 시간이 없었다.

반쪽씩밖에 열리지 않는 창을 들어 빼낸 조는 조심스럽게 몸을 웅크려 밖으로 밀어 냈다. 상체는 나왔는데 엉덩이부터 다리가 걸려서 나오질 않았다. 튀어나온 벽돌을 잡고 있는 손과 복근에 힘을 주고 조는 팔 힘으로 몸을 띄운 채 다리를 그대로 통과시켰다. 정강이까지 나온 뒤, 창틀을 밟고서 조는 건너편 나무와의 거리를 가늠하고 반동을 준 후 펄쩍 뛰었다. 나뭇잎이 푸스스 소리와 함께 잠깐 흔들렸다. 커다란 나무 위에서 잠깐 숨을 참고 기척을 지운 채 기다렸지만 알아챈 사람은 아무도 없는 것 같았다.

조는 그대로 나무 위를 옮겨 다니고, 담벼락 밑을 지나가며 이사크의 뒤를 쫓았다. 오늘만이라도 밖으로 나가지 않으면 모른 척 넘어갈 심산이었다. 우연이었겠지. 그저 시간이 마침 맞물려서 모두들 그때 자리를 비운 거겠지. 하며 눈 가리고 아웅, 그깟 거 해 줄 마음도 있었다. 젤링턴에서 평생을 살아야 한다는 치욕으로 충분했을 거라 믿었으니까.

하지만 이사크는 관리부에 신고를 마친 후 정문이 아닌 다른 문을 통해 궁을 빠져나갔다.

……친구였으면서. 나는 정말로 당신을 내 친구로 여겼는데. 속이 절절 끓듯이 아파 왔지만 정확한 증거 없이는 속단하기엔 아직 일렀다.

황궁을 나간 이사크는 빠르게 걸으며 여러 골목을 지나갔다. 마치 따라붙는 자가 있을 거라 예감한 듯한 몸짓이었다.

자칫하면 놓칠세라 조는 다른 사람들의 눈에 띄지 않게 후드를 더욱 깊이 눌러쓰고 그의 뒤를 쫓았다. 하지만 시장 안으로 들어가자 사람들의 수가 너무 많아 그를 따라가는 게 버거웠다. 잠깐만 눈을 떼도 그는 저 멀리 앞서가 있었다.

"아이씨. 저 형은 키라도 좀 훌쩍 크든가. 어중간해 가지고, 사람들 틈에 묻히면 보이지도 않네. 하여튼 주인공이었으면서 주인공 아닌 거 같은 새끼."

투덜거린 조는 빠르게 움직이려다 앞에서 달려오는 꼬마와 부딪히고 말았다.

"아야!"

아이가 뒤로 넘어지려는 걸 잡아 일으켰지만 아이의 눈망울에는 벌써 물방울이 스멀스멀 차오르기 시작했다. 동그란 입술이 삐죽이더니 이내 울음이 터졌다.

"으, 으아앙!"

갑작스러운 소란에 사람들의 눈길이 한꺼번에 조를 향했다. 여러 시선들이 검은 후드를 뒤집어쓴 조와 그가 붙들고 있는 아이에게 향했다. 다분히 수상해 보이는 차림새와 상황이었다. 울고 있는 어린아이와 검은 후드를 뒤집어쓴 사람.

"······이봐요, 애는 놓고 말하지."

개중 정의감이 투철한 시민이 조에게 말을 걸어왔다. 조는 빠르게 아이에게서 물러나며 고개를 꾸벅 숙였다.

"아이가 저랑 부딪혀서요. 그럼 이만."

서둘러 미행하던 큰 골목을 벗어나 옆에 있는 좁은 골목으로 들어간 조는 이사크가 간 방향으로 뛰며 입술을 물어뜯었다. 이사크가 봤을까? 미행인 걸 알아챘을까? 벌써 눈치채고 도망쳤으면 어떻게 꼬리를 잡지? 잠깐의 소동 때문에 지체된 시간만큼 달렸으나 이사크는 이미 어디로 갔는지 보이지 않았다.

"아, 제기랄."

허탕 쳤다는 생각에 이를 악물던 그때, 저 멀리 적갈색 머리카락이 보였다. 조심스레 주변을 살피는 그의 눈동자는 갓 피어난 꽃잎처럼 맑은 분홍색이었다.

"······테오도르?"

머리까지 치솟던 열기가 금세 빠져나가 발끝을 통해 사라지는 감각에 사로잡혀 조는 잠시간 아무런 말도 할 수 없었다. 평민처럼 검소한 복장을 한 테오도르는 인적이 드문 한 골목으로 들어섰다.

홀린 듯 서 있던 조는 테오도르가 간 방향을 그대로 따라가면서 쉴 새 없이 중얼거렸다.

"에이, 아니겠지. 아닐 거야. ······테오가 왜. 아닐 거야."

다음 황제로 추대될 사람이라면야 이사크보다야 테오도르가 더 그럴듯했다. 죄인인 이사크는 정당성이 부족하니까. 이사크에게 자유를 준다고 약속하고 테오도르가 황위를 차지한다고 했던 걸까. 적안은 아니지만 푸른 눈보다는 분홍색 눈이 적안에 가까우니 그의 편을 드는 귀족들이 많았던 걸까. 하지만 전 황제를 폐위시킨 지 몇 주 지나지도 않았는데······?

여러 궁금증이 이는 와중에도 테오도르는 쉬지 않고 움직여 한 주점으로 들어갔다.

'필튼 주점'.

건물 근처를 빙 돌며 살폈지만 다른 곳으로 향하는 문은 보이지 않았다. 주점은 너무 조용해 섣불리 안으로 들어갈 수도 없었다. 조는 벽을 딛고 발돋움을 해 건물의 지붕 위로 올라갔다. 낡은 지붕 위에선 습기 찬 벽돌의 눅눅한 냄새가 서서히 퍼져 왔다. 복도가 끝날 즈음에 있는 지붕의 끄트머리에 다가가자 사람들의 말소리가 들려왔다. 한둘이 아닌 듯 말소리가 꽤나 시끄러웠다. 창문 안에 커튼을 쳤는지 안쪽을 볼 수는 없어서 안에서도 자신이 보이지 않을 거라 판단한 조는 조심스럽게 창문을 약간 열어 두었다.

"옛 성현들이 말씀하셨지. 범죄는 현장 검거."

아무도 듣지 못할 정도로 낮게 읊조리며 조는 귀를 기울였다. 이내 사람들이 말하는 소리가 들려왔다.

"아, 진짜 깜짝 놀랐다니까요!"

"너만 놀랐냐? 다 놀랐지!"

"기병 장관님이 여자분이신 줄 어느 누가 상상이나 했냔 말이야."

이가 아드득 갈렸다. 앞에는 얌전히 있으면서 뒤에선 이런 뒷담화나 까고 있었다니. 치졸한 것들. 이런 모임에 이사크와 테오도르가 함께 있다는 것에 배신감이 밀려들었다. 검을 쥐려는 찰나, 익숙한 목소리가 들렸다. 콜린 후작이었다.

"장관님이 여자라는 이유 때문일까, 최근에 여자아이들이 기사가 되려 한다고 들었소."

"기사뿐 아니라 일반 교육에 대한 열성도 높아졌습니다. 글을 모르는 여아들에게 교육을 해도 좋을 것 같은데."

"학교를 짓자는 말이오, 벨로이스트 공자?"

벨로이스트 공자라면, 스노우의 뒤를 잇게 된 테오도르였다.

'너 거기서 뭐 해.' 라는 말이 목 끝까지 튀어나왔지만 조는 조금 더 상황을 살피기로 하고 귀를 기울였다.

그때, 장미 기사단의 톰과 제 용병단 중 하나인 게일의 목소리가 함께 들려왔다.

"에이, 정책에 관한 것은 정식으로 폐하나 마마께 얘기하시고요!"

"오늘은 평소처럼 허심탄회하게 서로 묵은 얘기나 하자고요!"

술기운이 섞인 목소리였다. 그들의 말이 끝나고 얼마 지나지 않아 콜린이 억울하단 목소리로 외쳤다.

"나는! 나는 정말로! 진짜 남자인 줄 알고! 내 딸을! 결혼시키려고 했는데! 아아, 수잔─"

바로 이어서 이사크의 목소리가 터졌다.

"저는! 결혼하는 바로 전날까지! 남동생인 줄 알았다고요! 같이 술도 먹고! 서로 주먹질도 했는데! 진짜 남자인 줄 알았는데! 으아악!"

여러 목소리들이 터지듯 흘러나왔다.

"저는 사신인 줄 알았는데! 물론 지금도 사신이지만! 처음 봤을 때는 너무 놀라서 남자 몸에 가슴이 붙어 있는 줄 알았어요!"

'저거 도레스 목소리인데. 저 새끼가 진짜.'

"개울가에서 등목하는데 마침 지나가길래 등에 물 끼얹어 달라고 했다고요! 얼마나 제가 우스워 보였겠습니까. 지금도 생각하면 쪽팔립니다!"

'괜찮아요. 네 것만 본 거 아니니까.'

"아니, 대체 왜 나무 앞에서 가만히 서 있다가 바지춤을 추스르고 가는 겁니까! 그런 태연함 때문에 당연히 남자인 줄 알았다고요! 그렇게 치밀하게 남자인 척을 했어야 했냔 말입니다!"

'그런 퍼펙트한 연기가 저를 이 자리까지 오게 한 게 아닐까요.'

"아, 내 말이 그 말이에요! 대물인 줄 알았는데!"

'……그건 벤지 잘못인데.'

"저는 말입니다, 우리 형님이 남색을 하는 줄 알았어요…….'"

테오도르의 말이 끝나자 사람들은 잠깐 정적에 휩싸였다.

"그, 그렇게 오해를 했을 수도 있겠군요……. 놀라셨겠습니다."

침울해진 분위기 속에서 슬금슬금 다시 시끌시끌해지는데 톰이 마지막 한마디를 더했다.

"……저는, 마마에게 발기 부전 상담을 한 적이 있습니다."

순식간에 시끄럽던 방 안이 물을 끼얹은 듯 조용해졌다.

"지, 지금은 아무 문제도 없습니다!"

황급히 덧붙이는 소리가 들렸지만 그래도 방 안은 조용했다. 몇 번 톰에게 위로의 말이 오간 후 잔이 달그락하는 소리가 들렸다. 곧 방 안의 사람들이 한꺼번에 건배사를 외쳤다.

"나만 속은 게, 아니다!"

조는 지붕 위에 천천히 드러누웠다.

여러분, 반역 모의가 아니라 저한테 속은 피해자들끼리 모임을 즐기고 계셨군요.


혹시라도 반란의 전조가 보일까 싶어 지붕 위에서 계속 기다렸지만 주점 끝방에서는 나에게 속은 사람들의 넋두리만 줄줄 이어졌다.

"저는 진짜로 폐하가 남색인 줄 알았다고요!"

"하긴, 국혼 전부터 각별하긴 하셨지."

"······근데 말입니다."

진지한 목소리가 흘러나오자 방 안은 삽시간에 조용해졌다. 익숙한 음성이었다. 나는 지붕 끄트머리를 양손으로 힘주어 잡고 몸을 아래로 숙였다. 열린 창문 틈새로 커튼을 아주 살짝 걷자 방 안을 가득 채운 사람들이 눈에 들어왔다.

말을 꺼낸 놈은 예전에 내가 낫으로 자객을 잡았을 때 내 편을 들어 줬던 감성적인 기사, 파무크였다.

"황후마마의 고향에 진심을 나누었던 여자 친구가 있다는 건, 진짜가 아닐까요."

저 새끼가 진짜.

몇 초간의 침묵 후, 사람들은 헛웃음을 치며 손을 내저었다. 하지만 파무크는 확신 어린 목소리로 단단하게 말했다.

"마마께서 제게 직접 말씀하셨다고요. 고향에 여자 친구가 있고, 미래를 약속하며 나눴던 증표까지 받아 왔다고요."

"에이, 설마……. 하하, 그럴 리가 있나. 그렇게 따지면 마마께서 본인 입으로 직접 남자라고 말씀하고 다녔는데! 그럼 마마가 진짜 남자겠냐!"

고개를 도리도리 저으며 파무크에게 면박을 주던 사람들이 갑자기 말을 아끼며 조용히 침묵 속으로 젖어 들었다. 앵무새처럼 비슷한 말들이 반복해서 들렸다.

"아닐 텐데."

"아니겠지?"

"……아닐 거야."

"……아닌 게 맞나?"

콜린 후작이 턱을 쓰다듬으며 진중한 목소리로 말을 얹었다.

"……그러고 보면 마마께서는 여자인데도, 영애들에게 곧잘 이상형으로 뽑혔지 않나. 대화를 하거나 만나 볼수록 더 호감이 높아졌다 하던데."

드디어 제 편이 나타난 것이 반가웠는지 파무크의 목소리가 커졌다.

"바로 그겁니다! 황후마마께서는 여자 친구도 있으셨던 게 틀림없습니다!"

아닙니다, 개새끼야.

"제 딸도 반했다고 했습니다!"

……그게 제 잘못은 아니잖아요! 당신 딸 누군데!

당장이라도 창문을 발로 차고 들어가고 싶었지만 멋대로 황궁을 나온 게 들통날까 두려웠다. 카일이 가만두지 않을 테니까. 그리고 정말 순수한 피해자 모임이라면, ……방해하기 미안한 기분도 조금 들었다. 나 때문에 몇 년을 속은 사람들이니 오죽 억울하겠냐고요.

도레스가 박수를 짝 치며 자리에서 벌떡 일어났다.

"그러고 보니! 로타이스 영지에 어마어마하게 아름다우신 분이 놀러 오셨었습니다! 플라반 후작가의 영애 되시는 분인데 항상 저희 후작님께 '내 사랑'이라고 불렀다고요!"

그거 그냥 개 말버릇이야.

하지만 내 마음의 소리는 아무에게도 전달되지 못했고, 사람들은 입을 틀어막으며 심각한 분위기로 빠져들었다.

"……황후마마께서…… 양다리라는 말인가."

"그것도 우리 폐하와?"

"고향에 있는 여자까지 하면 삼 다리입니다."

내 용병단에 속해 있는 게일이 술을 벌컥벌컥 마시더니 쿵 하고 내려놓았다.

"여자와 헐벗고 목욕을 즐긴다는 소문도 있습니다! 수도에서 몇 날 놀다 보니 들은 거긴 한데, 모를 때야 어마어마하게 화끈한 분이구나 했지만……! 지금 와서 생각해 보면 여자관계가 아주 복잡했다는 게 아닙니까!"

"세상에나!"

"거, 참! 망측한지고!"

아, 소리 지르고 싶다. 산꼭대기 올라가서 해가 넘어가는 산봉우리 사이를 바라보며 힘껏 소리치고 싶다.

야, 이 모자란 놈들아! 내가 카일을 두고 여자관계가 복잡하다는 게 말이 되냐! 에라이. 상상력 뛰어난 새끼들아!

답답해서 목구멍에서 사리가 나올 지경이었다. 머릿속에서 빠르게 계산했다. 뭐가 더 나을까.

1번. 지금 들어가서 변명하고 말없이 황궁 밖으로 나온 것을 카일에게 들켜서 작살이 난다?

이 경우에는 감방을 갈 수도 있고, 방 안에 감금이 될 수도 있고, 최악의 경우 전처럼 침대에서 못 나올 수도 있지.

2번. 조용히 황궁으로 돌아가 내게는 카일만이 유일한 사랑임을 다른 사람들에게 확인시킨다.

두 번째 방법을 시행하려고 다른 이들 앞에서 카일에게 사랑 고백을 하면, 어쨌든 카일에게 잡혀서 침대로 갈 확률이 컸다.

……비슷한 결론인데 왜 고민을 하지. 그래도 2번은 해피엔딩이지만, 1번은 후폭풍이 거셀 게 분명하니 조금 더 생각해 보자.

고민을 하는 와중에 머리에 피가 쏠려 다시 허리를 세우고 지붕 위에 똑바로 앉았다. 안에서는 계속 내 연인 관계에 대한 설전이 이어지는 중이었다.

그때, 테오도르가 분노에 찬 목소리로 다른 사람들에게 소리쳤다.

"정신 차리십시오! 마마가 어떤 사람입니까!"

그래, 테오도르! 내 억울함을 밝혀 줘! 사람들한테 결백함을 증명해 줘!

흥미진진한 마음으로 귀를 기울였다. 다른 이들이 수군거리기는 했지만 명확한 대답은 하지 못하고 있었다.

"······사신 아닙니까."

"사냥꾼."

"여신의 사자."

"폐하께서는 망아지라고 부르시지 않습니까."

"짐ㅅ, 사냥개······."

방금 누가 그냥 짐승이라고 하려고 했던 거 같은데. 아니, 카일이 자꾸 사람들 앞에서 망아지라고 하니까 사람들도 망아지라고 하잖아요. 나 정말 눈물이 앞을 가리네.

테오도르는 사람들의 대답이 불만족스러웠는지 책상을 쿵 쳤다.

"모두 틀렸습니다!"

그렇지, 잘한다! 테오 파이팅!

"아주 안목이 높은!"

높은! 그래! 마저 말해!

"변태입니다!"

······나 집에 갈래. 때려치워. 다 때려치우자. 내가 무슨 부귀영화를 보겠다고. 하. 눈물을 머금고 지붕 위에서 몸을 일으켰다. 이 영양가 없는 토론을 더 이상 듣고 싶지 않았다. 내 슬픈 심정은 아무도 모른 채, 테오도르는 열심히 사람들을 설득했다.

"잘 생각해 보십시오. 폐하의 미모를요. 머리부터 발끝까지! 그, 제 입으로 차마 설명은 못 하겠지만, 아무튼 대단하지 않습니까! 마마는, 그 정도 급이 아니면 눈에 차지 않습니다! 호락호락한 변태가 아니란 말입니다!"

웅성웅성 떠드는 소리 사이에 수긍하는 답도 들려왔다.

됐어. 집에 갈 거야. 나쁜 놈들아.

집무실 문을 벌컥 열고 들어선 조의 낯빛이 심히 어두워 카일은 자리에서 벌떡 일어섰다.

"왜 그래, 조. 무슨 일이야. 누가 괴롭혔어?"

"……카일."

팔을 벌리며 걸어오는 제 연인이 너무 사랑스러운 나머지 카일 역시 두 팔을 활짝 벌렸다. 곧장 안길 줄 알았지만 조의 손은 카일의 가슴팍으로 향했다.

"너무 서러워요. 나보고 다 변태래. 슬프니까 가슴 보여 줘."

패닉에 빠진 건지 자기가 무슨 말을 하는지도 모르는 것 같았다. 빠르게 재킷을 벗고 셔츠 단추를 푸는 조의 손놀림을 본 카일은 번뜩 고개를 쳐들었다. 집무실 책상 옆에서 업무 보고를 하던 벤지와 재무 장관이 당황한 낮으로 이러지도 저러지도 못하고 있었다. 카일은 황급한 손짓으로 그들을 내보냈다.

이윽고 문이 쿵 닫히자 조가 뭉그적거리며 고개를 들었다.

"……여기 누구 있었어요?"

"하하, 아니. 하던 거 해."

"네에에……."

시무룩한 얼굴을 하고서 손은 재빠르기 그지없다. 어느새 카일은 훤히 가슴을 드러내고 있었다. 차가운 조의 손이 그의 살갗을 움켜쥐었다.

"……그래, 봐도 되고, 만져도 되는데 일단 좀 진정해. 무슨 일이야? 내 얼굴도 보고."

그제야 조가 고개를 들었다. 노란 눈동자에 말갛게 물기가 들어찼다.

"카일 보기에도 나 그렇게 변태 같아요? 주변에 숨겨 둔 애인도 많아 보이고?"

눈 깜짝할 사이에 카일의 옷을 벗기고서 묻기에는 다분히 양심 없는 질문이었다. 카일은 묵묵히 입꼬리만 올려 웃었다.

"……글쎄. 숨겨 둔 애인은 없는 거 같은데. 왜, 나보다 더 아름다운 사람이라도 발견했어?"

떡 본 김에 제사 지낸다고, 셔츠 단추 푼 김에 바지까지 벗길 참으로 조의 두 손이 조금은 성급하게 카일의 허리로 향했다. 옷을 벗기느라 여념이 없는 조의 집중한 얼굴을 보며 웃음이 터진 카일은 그녀의 얼굴을 잡고 제 눈앞으로 당겼다.

"나보다 예쁜 사람. 봤냐니까."

며칠 전, '당신 머리 쓰다듬고 싶어요.' 라는 조의 한마디에 더 이상 머리 세팅을 하지 않게 되어 부드럽게 흘러내리는 카일의 노란색 머리칼 사이로 커다란 푸른 눈동자가 아름답게 빛났다. 조의 입술이 홀린 듯 천천히 벌어졌다.

"······너무 좋아."

"내가 제일 좋아?"

"네, 응. 너무요."

"주인님, 직접 말해 줘요."

웃음기를 머금은 카일이 그녀의 얼굴을 당겨 볼에 짧게 입 맞췄다. 조는 달콤한 입맞춤에 녹아내리듯 눈꺼풀을 닫았다. 하지만 다시 뜬 그녀의 두 눈은 카일을 꿰뚫을 것처럼 번뜩이고 있었다.

"사랑해요."

카일은 기분 좋게 웃었다. 어디서든 이 목소리를 알아들을 수 있을 것 같았다. 독을 먹었다가 깨어난 탓에 말을 할 때 늘 말의 앞 글자가 반은 묵혔다가 소리가 나고, 낮게 깔린 것 같지만 열에 들떠 그르렁거리는 것 같은 목소리.

조는 카일이 제게 입 맞춘 것처럼 그의 볼에 똑같이 쪽 소리를 내며 입을 맞췄다가 이내 고개를 틀어 그의 목덜미를 깨물었다.

"······으음, 내 주인님은 입버릇이 나쁘네."

"손버릇도 나쁜데."

조가 분주히 움직이던 손을 떼 내자 카일의 바지가 아래로 스르륵 내려갔다. 조는 튀어나온 카일의 쇄골을 깨물어 잇자국을 내며 천천히 아래로 내려갔다. 배꼽 언저리에 숨결이 닿자 카일은 참지 못하고 그녀를 일으켜 안아 올려 집무실 책상 위에 앉혔다.

"아, 깜짝이야!"

"……주인님. 정말 변태네요."

빨갛게 달아오른 눈가를 곱게 접어 웃는 카일의 하얀 얼굴 아래에 자리한 탄탄한 몸 위로 조가 힘껏 깨문 붉은 자국들이 선명히 드러났다. 숨을 마시고 내쉴 때마다 자국들이 일렁이듯 꿈틀거렸다. 제가 만든 흉들을 보며 조는 뿌듯하게 미소 지었다.

"내가 그럼 그렇지, 뭐."

카일의 커다란 손이 조의 목덜미를 어루만지며 천천히 내려갔다. 들뜬 숨소리가 서로를 빈틈없이 가득 메웠다.


몇 시간 후, 시종에게 커다란 이불을 들고 오라 시킨 카일은 지쳐 잠든 조를 누가 볼세라 이불에 꽁꽁 싸매 하나의 덩어리로 만들고서 품에 안아 들었다. 복도를 지나는 동안 시종들은 마치 약속이나 한 듯 아무도 모습을 드러내지 않았다.

품 속 이불 안에서 '끄응.' 앓는 소리가 들려오자 카일은 그녀의 등을 토닥이며 마저 재우곤 천천히 복도를 걸었다. 침실의 문을 열고 침대에 고이 누이자 조는 언제 꿍얼거렸냐는 듯 금세 이불 속으로 파고들어 잠을 청했다.

방에 딸린 욕실에서 간단히 샤워를 마치고 나온 후 그녀를 내려다보며 만족스럽게 웃은 카일은 그녀의 이마에 짧게 키스하곤 다시 집무실로 향했다. 미처 검토를 끝내지 못한 서류들을 봐야 했으니. 긴 복도를 걸어가는 동안 어느새 발소리가 따라붙었다.

"……폐하, 드릴 말씀이 있습니다."

"테오도르."

해 질 녘 노을에 비친 카일의 얼굴은 행복으로 가득 차 있어 테오도르는 차마 입술을 떼기가 힘들었다.

"저는 물론, 황후마마가 정말로 결백하다고 믿습니다만……. 워낙 소문이 흉흉해서 드리는 말씀입니다."

"우리밖에 없으니 편히 말해도 된다, 테오."

즐거운 오후를 보내서인지 카일은 심히 너그러웠다. 테오도르는 카일에게 한 걸음 다가서서 조용히 속삭였다.

"조한테 숨겨 둔 애인들이 있다는데, 형 어떡해?"

잠깐 커졌던 카일의 눈이 금세 사그라들었다.

"어디서 그런 얘기가 나왔어?"

"……아. 조가 남자라고 철석같이 믿었던 사람들끼리 술을 자주 마시거든. 회포도 풀고……. 물론 조한테는 비밀이야. 아무튼 거기서 얘기가 나와서. ……나는, 형! 난 진짜! 아니라고 했어! 진짜야! 조한테 형밖에 없는 거 나 너무 잘 알지! 아닌 거 알아!"

손사래를 치며 테오도르는 필사적으로 자신은 그 소문에 연관이 없음을 어필했다. 카일의 고개가 천천히 위아래로 움직였다.

"그 모임, 해체해야겠다. 테오."

"응? 왜?"

"조한테 비밀이라며. 들켰으니 해체해야지. 오늘 나한테 와서 자기가 그렇게 변태 같고, 숨겨 둔 애인도 있을 것 같냐고 묻더라."

놀란 테오도르가 입을 틀어막은 채 머리를 헝클어뜨렸다.

"그래서 형 뭐라고 대답했어?"

카일의 입이 비스듬히 올라갔다.

"……글쎄. 뭐라고 답했는지 기억이 잘 안 나네."

고개를 돌려 집무실로 들어가는 카일의 목덜미에는 생긴 지 얼마 되지 않은 잇자국이 선명했다.

'나한테 말도 없이 밖에 나갔다 온 건 슬프지만, 그래도…… 오늘 오후 내내 같이 있었으니까 됐어.'

카일은 남몰래 미소 지었다.

❀　❀　❀

오늘도 평화롭고 화목한 빌테온 제국……은 되지 못했다. 황제는 다분히 불만스러운 발걸음으로 복도를 성큼성큼 걸었다.

이사크는 1주일 전에 젤링턴으로 돌아갔다. 제 돈으로 직접 경호 인력을 사서 델로아를 지키라고 명하고 왔고, 그녀 역시 이사크를 웃으며 보내 주긴 했지만 그래도 시일이 많이 지났으니 젤링턴에 혼자 남아 있는 델로아가 걱정된다는 이유였다.

안타까운 이유야 어찌 되었든 카일의 입장에선 황후의 막역한 술친구가 사라졌으니 다행이었다. 이제 황후는 제 눈에 확연히 보이는, 위치가 파악되는 곳에서! 누구보다 '안전하게' 있어야 했다. 하지만 그녀가 누구인가.

전대미문 개망나니. 조 하트 로타이스였다.

미간을 찌푸린 카일은 복도 끝 객실을 열어젖혔다.

"……여기도 비었군."

그의 뒤에 졸졸 따라오던 시종들의 뒷덜미에서 식은땀이 주르륵 흘러내렸다. 황제의 심기가 여간 심상찮은 것이 아니었다. 황후마마를 찾지 못하면 허수아비라도 만들어 와야 할 판이었다. 폐하가 속아 줄 리는 없었지만 정성을 갸륵히 여겨서라도 한 번쯤은 눈감아 주지 않으실까, 하는 잠깐의 희망을 가졌다.

반대편에서 급히 걸어오는 황후 담당 시종들의 울상을 보아하니 그들도 그런 헛된 희망을 비슷하게 갖고 있는 듯했다. 저기도 황후를 못 찾았다는 말이다. 아니나 다를까, 제일 앞에 선 시녀가 한숨과 함께 슬픈 소식을 전했다.

"폐하. 황후마마께서…… 어디로 가셨는지 도무지 보이지 않습니다."

"분명히 나와 점심을 함께 먹었는데 잠깐 업무를 보고 온 사이에 또 어디로 간 거지. 마구간에도 없고, 정원에도 없고, 침실에도, 평원에도 없는데. 차 한 번 같이 마시는 게 그리 어려운 일인가."

궁에서 일한 지 오래된 시녀장 멜데일이 어떻게든 황후를 두둔하려 노력했다.

"외람되오나, 황후마마께서는 본디 성정이 불같고, 자유분방하시니 폐하께서 조금 이해하시어……."

실은 말하면서도 이상했다. 역대 황후마마 중에 이렇게 한시도 가만있지 않으셨던 분이 계셨던가. 역사서에서도 보지 못했는데.

모두를 걱정시킨 황후는 저녁 늦게 고주망태가 되어 창문으로 들어왔다. 비틀대며 창틀을 넘어서는 조의 얼굴은 술기운에 벌겋게 달아올라 있었다. 침대 옆 소파에 앉아 있던 카일이 깊은 한숨을 내쉬며 몸을 바로 가누지 못하는 조를 부축하려 다가서자 그녀는 곧장 단도를 꺼내 들었다.

"……야, 손대지 마라. 나 남편 있다."

웃음이 물안개처럼 부스스 터졌다. 이렇게 정신없는 와중에도 남편이 있다며 낯선 손길을 거부하다니. 모처럼 쓴소리를 하려던 마음이 저 밑으로 가라앉아 버렸다. 카일은 퍼지려는 웃음을 꾹 눌러 참으며 한 걸음 물러섰다. 조는 단도를 손에 꾹 쥔 채로 중얼거리며 욕실로 향했다.

"나는, 인마, 어? 왕 잘생기고 다정한 남편이 있단 말이야."

"……그래?"

"그래! 어딜 감히."

"남편이 그렇게 좋아요?"

욕실 문 앞에 선 채 가만히 눈을 끔뻑거리던 조가 배시시 웃으며 답했다.

"너무 좋아요……."

"그럼 남편 몰래 어디를 다녀오시는 길입니까, 부인?"

그제야 조가 고개를 들어 카일의 눈과 마주했다. 등불에 비쳐 보이는 카일의 얼굴에 조는 환한 얼굴로 두 팔을 벌렸다.

카일은 대답 대신 그녀의 앞으로 다가가 외투를 벗겨 주고, 흉터가 남은 이마와 귓바퀴에 짧게 입을 맞췄다. 카일의 품에서 간지럽다는 듯 잠깐 어깨를 움츠린 조는 웅얼거리며 말했다.

"아니이, 카일. 내가 말했죠. 나 남자인 줄 알고 있었던, 그, 깜짝 놀란 사람들끼리 모여서 노는 피해자 모임 있다고 했잖아요……."

"응."

"오늘도 거기 갔는데 다 술 마시길래 얼떨결에 같이 껴서 한잔 마시다가……. 아, 나 너무 잠 와. 씻고 자야 되는데."

"같이 씻을까?"

벽에 조의 등을 기대게 한 후, 셔츠 단추를 하나둘씩 풀며 묻자 조가 씩 입꼬리를 올리며 그를 밀어 냈다.

"히히, 카일. 내가 왜 바지 입고 다니는 줄 알아요?"

"······왜?"

그러고 보니 조는 여자인 것을 밝히고 난 이후로도 셔츠와 바지를 즐겨 입었다. 딱히 중요하다 생각지는 않아서 이유를 묻지 않았는데 이렇게 역으로 물어 오니 궁금해졌다. 조는 한 손으로 바지의 허리 부분을 잡고 한 손으로 셔츠의 목깃을 잡으며 자랑스럽게 대답했다.

"드레스는 단추가 많고 안에 받쳐 입는 것도 많아서 번거로운데 이거는······ 한 번에 벗을 수 있거든요. 짜잔!"

눈 깜짝할 새 옷을 벗어 던진 조가 도망치듯 욕실로 휙 들어가 버렸다. 섬광처럼 빛났다가 사라진 조의 살갗에 카일은 넋이 빠져 잠깐 멍하니 서 있다가 큰 소리로 웃으며 옷을 벗고 욕실로 따라 들어갔다. 욕조에 물을 채우며 바닥에 주저앉아 있는 조는 그새 잠들어 버린 듯 조용했다. 흥 많은 등과 팔이 오늘따라 신경 쓰여 카일은 나중에 술이 깰 그녀에게 화내지 않기로 결심했다.

반쯤 물이 채워진 후 카일은 그녀를 안아 들고 욕조 안으로 들어갔다. 두 명이 들어가니 욕조의 물이 넘쳐 욕실 바닥을 흥건하게 적셨다. 제 품 사이에 조를 앉혀 등에 기대게 하자 얼마 지나지 않아 그녀의 얇은 눈꺼풀이 천천히 뜨였다.

"······아, 욕조다. 어, 나 왜 발이 네 개지. 근데 발 두 개는 엄청 크네."

갑자기 생긴 발 두 개를 확인이라도 하려는 모양인지 몸을 앞으로 숙인 조는 카일의 발목을 잡아 들어 올렸다. 물 밖으로 나온 발을 물끄러미 보며 만지작거리다가 또 잠이 들었는지 조가 수면 아래로 꼬르륵 잠기자 뒤에서 나온 단단한 팔이 조의 허리를 잡아당겨 끌어안았다.

"물에 빠지잖아, 조."

"어프, 아. 카일이다."

두 다리를 접어 옆으로 돌아앉은 조는 카일의 다리 사이에 앉아 그의 어깨에 머리를 기대고는 손장난을 몇 번 치다 이내 깊은 잠에 빠져 버렸다.

"······자? ······이러고 그냥 자는 거야?"

조는 대답이 없었다. 카일은 물방울이 뚝뚝 떨어지는 앞머리를 뒤로 넘기며 깊은 숨을 내쉬곤 조심스러운 손길로 그녀를 씻기고, 안고 나와 수건에 돌돌 말아서 말리고, 다시 잠옷을 입혀 침대에 뉘었다. 카일의 욕심 그득한 손길을 받으면서도 조는 한 번도 깨지 않았다. 제 몸을 만지는 것이 카일이라는 것을 알아서였는지도 모른다. 낯선 기척을 알아채는 것에 귀신같은 사람이니.

그것이 어쩐지 뿌듯해 카일은 이불을 고이 덮어 주며 촉촉하게 젖은 조의 입술에 몇 번이나 키스했다. 입을 맞추다 보니 어쩐지 모자란 기분이라 카일은 잠옷을 걷어 올리고 그녀의 몸 위에 깊게 새겨진 흉터들에 모두 숨결을 불어넣듯 입술을 갖다 댔다.

독을 마셨던 목, 활이 스쳐 지나갔던 어깨, 검에 베였던 가슴과 배, 비교적 얕게 스친 갈비뼈 아래에도.

며칠 전에 그만 힘껏 잡은 탓에 손자국이 그대로 멍이 되어 남아 버린 툭 튀어나온 골반의 뼈 위를 물끄러미 보고 있자니 갈증이 이는 것처럼 혀가 바싹 말라 왔다. 그곳에 입을 맞추는 순간, 갑자기 머리채가 잡혔다.

"아이씨, 잔다고……."

"……미안, 이제 진짜 자. 안 건드릴게. 자."

잠옷을 다시 내리고, 이불을 덮어 준 뒤 카일은 창가에 서서 반성했다.

나는 짐승이 아니다. 나는 사람이다. 자는 사람한테 이러면 안 돼. 조는 되지만 나는 안 돼.

몇 분 뒤 방을 나선 카일은 벤지를 불러 명령했다.

"빠른 시일 안에 발이 빠르고 기척을 지우는 데 능하며 검술과 무술이 뛰어난 사람을 몇 명 데려와. 반드시 기척을 지울 줄 알아야 한다."

무심코 고개를 끄덕이고 돌아서려다가 벤지가 우뚝 멈춰 섰다.

"왜 그런 자들을 찾으시는지 여쭤봐도 되겠습니까."

카일은 가만히 벤지의 앞에 서 있다가 붉은 입술을 열어 답했다.

"조에게 붙일 사람들이다."

오늘의 소동을 그냥 넘어가나 싶었는데 결국 사람을 붙일 모양이시군.

벤지는 말없이 머리를 짧게 숙여 인사한 후 복도 끝으로 사라졌다.

며칠 후 벤지가 데려온 자들은 모두 재빠르고 그림자 속으로 숨어 자취를 감추는 것에 능수능란한 자들이었다. 대부분 암살을 주로 하던 이들이었으나 이번에 그들이 맡게 된 임무는 '보호' 였다. 그들을 은밀히 한데 불러 모은 카일은 낮은 목소리로 명령했다.

"황후의 뒤에 붙어서 그녀가 어딘가로 사라지진 않는지 감시, 아니, 보호하라. 만약 황후가 알아채면 그 즉시 도망쳐라. 절대로 들키면 안 돼. 지금까지는 개별로 움직였겠지만 이제부터는 하나의 몸처럼 유기적으로 움직이며 서로를 도우며 황후를 감시, 아니, 관찰 및 보호해야 한다."

'그림자단' 이라는 명칭을 하사받은 그들은 황궁의 밀실에 모여 작전을 짜고 흩어졌다. 그들의 머릿속에 하나의 의문이 들었다.

'우리가 하는 일은 감시인가, 보호인가. ……어쨌든 황제가 관찰 및 보호라고 했으니 그런 걸로 해야지.'

황후의 일과는 복잡했다.

아침이 되면 침실에서 파김치가 되어 시체처럼 질질 발을 끌며 나왔다가 아침을 먹고는 다시 태어난 것처럼 살아나선 연무장으로 달려갔다. 장미 기사단과 황궁 근위병들에게 대련하자고 말하고 몇 번이나 거절당하고 잔뜩 토라진 얼굴을 하고선 험악한 손길로 허수아비를 두들겨 패다가 지치면 정원으로 가서 꽃을 양껏 꺾어 꽃다발을 만들었다. 정원사 릭에게 꽃을 꺾었다고 혼이 나다가 오금을 발로 차 릭을 무릎 꿇렸다.

'아무리 친하다지만 황후마마가 정원사를 발로 차다니……!'

그림자단의 라리타가 깜짝 놀라 입을 틀어막는 순간 정원사가 주변에 아무도 없는 걸 확인하고는 삽을 들어 황후의 탄탄한 허벅지를 쳤다. 아프지는 않게 친 모양이지만 어쨌든 황후의 몸에 손을 댄 것이다.

'감히 정원사가 황후마마를 치다니!'

맡은 임무에 보호도 있었기에 라리타는 황후가 사라진 후에 정원사를 처리할 생각이었다. 그때 황후가 큰 소리로 웃으며 릭의 어깨에 어깨동무를 하곤 그의 삽을 대신 쥐었다.

'……마마? 왜 삽을 쥐십니까? 삽으로 저자를 쳐 죽일 생각이십니까?'

두근거리는 라리타의 심정은 꿈에도 모른 채 조는 삽을 들어 땅을 파기 시작했다. 그러곤 릭과 함께 화원에 새로운 꽃을 심었다.

'……마마? 정원사의 일을 왜 나누어 하십니까.'

릭이 내내 잔소리를 퍼부으며 황후를 밀어 냈지만 황후는 아랑곳 않고 릭을 삽으로 아프지 않게 후려치곤, 색색으로 피어난 꽃을 손수 심었다. 꽃 냄새를 맡으며 쭈그려 앉아 있는 모습을 보니 소박한 차림새의 소녀처럼 보이기도 했다.

땀을 흘린 후 조는 릭이 빌려준 모자를 뒤집어쓰고 생활관으로 들어가 인부들과 함께 점심을 먹었다.

"여! 조지! 오랜만이다!"

"악, 깜짝이야! 황후마마! 생활관엔 왜 오셨어요! 미치겠네, 진짜!"

사람들이 기겁을 해도 황후는 깔깔 웃으며 마른 빵에 수프를 양껏 적셔서 먹을 뿐이었다. 처음에 깜짝 놀랐던 인부들은 이내 그녀의 곁으로 모여들어 그간 있었던 일을 편하게 얘기했다.

"아니, 어쩌다 황후가 되셨어요? 폐하는 깡패도 괜찮으시대요?"

"깡패한테 맞아 죽으면 너희 아버지가 얼마나 슬프시겠니."

"……죄송합니다. 마마. 한결같으시네요."

와자지껄 웃고 떠들며 점심을 먹은 후엔 마구간으로 가서 본인의 말인 크로우를 타고 돌다가 순식간에 사라져 황제의 궁 앞으로 가더니 또 눈 깜짝할 새 나무를 타고 올라가 집무실 안에서 일하고 있는 황제를 구경했다. 나무줄기 위에서 몇 번 자세를 바꾸더니 어느새 잠이 들었는지 휙 떨어질 뻔하곤 고개를 뒤흔들며 잠에서 깨어 매미처럼 절절 기어 나무에서 내려왔다. 그리고 몸을 휙휙 털고는 또 어딘가로 사라졌다.

겨우 황궁 안인데도 라리타는 몇 번이나 그녀를 놓칠 뻔했다. 다른 방향에서 황후를 감시, 아니 보호하고 있을 다른 그림자단도 고초를 겪고 있을 것이 분명했다. 기척을 지우면서 황후의 뒤를 쫓는 것은 여간 힘든 것이 아니었다. 겨우 하루를 따라다녔는데 진이 다 빠졌다.

'……어쩐지, 황제가 돈을 많이 준다 했더니. 임무가 힘들어서였군. 그래도

곧 저녁이니 조금 쉬시겠지. ……사람이라면.'

그런데 한숨을 쉬는 사이에 황후가 어디로 갔는지 도무지 보이지 않았다.

'제기랄, 또 어디로 가신 거지.'

고개를 두리번거리는 순간, 뒷덜미가 잡혀 라리타는 햇빛 아래로 끌려 나왔다. 목 아래 바짝 붙은 검에 볕이 반사되어 시야가 가렸다. 눈을 질끈 감았다가 천천히 뜨자 짐승의 안광처럼 번뜩이는 노란 눈과 마주쳤다.

"너까지 하면 일곱이네."

"……예?"

"실력이 좋구나. 탐난다."

황후는 자신만만한 얼굴로 비소를 머금고 명령했다.

"내 밑으로 들어와. 고용주가 누군지는 모르겠지만, 내일까지 정리하고 돌아와서 나를 위해 일해라."

"……그건…….."

"그러면 살려 주지."

목이 베였는지 턱 아래에 있는 검에서 피 냄새가 퍼지기 시작했다. 라리타는 홀린 듯 고개를 끄덕였다.

❉　❉　❉

제국에서 가장 유능하다는 암살자들을 선별하여 모아 그림자단을 만들었더니……. 황후에게 뺏겼다. 그것도 단 하루 만에.

카일은 머리를 싸매고 있다가 책상에 쿵 하고 머리를 박았다. 방금 그림자단 일곱 명이 기척을 지운 채 집무실로 들어와 머쓱한 태도로 그만두겠다고 말하고 간 참이었다.

'죄송합니다, 폐하. 저희는 황후마마 밑에서 일하게 되었습니다.'

'그게 무슨 소리인가!'

어쩔 줄 모르는 낯으로 망설이던 자들은 이내 입을 모아 말했다.

'원래 고용주의 이름을 묻지 않을 테니, 그만두고 밑으로 들어오라 하셨습

니다……'

'일곱 명이 다 들켰다니 그게 말이나 되는, 하! 어이가 없군.'

불만스럽다는 듯 미간을 찌푸리며 그들을 내려다보는 황제의 앞에 선 그들은 공손하지만 솔직하게 말했다.

'송구하지만 저희는 타의 추종을 불허하는 실력자입니다. 그러니 누구를 보내셨어도 들켰을 것입니다.'

'들켰으면 도망을 쳤어야지.'

'……이미 제압당한 뒤였습니다. 임무를 실패한 시점에서 죽음을 각오했으나 마마께서 저희 실력을 높이 사서 살려 주신 것만으로도 저희 입장에선 사실 다행인 일입니다.'

'……고용주는 왜 묻지 않는다고 한 거지.'

'마마께서 고용주를 알게 되면 가운데 끼인 저희가 곤란해질 것이라 하셨습니다. 그러니 알아서들 정리하고 오라 하셨습니다.'

제 황후는 용병단을 이끌어서 그런지 이런 생리에는 훤한 듯했다. 그 말을 끝으로 그림자단은 '정말 죄송합니다, 폐하.' 라고 사과한 후 황후의 곁으로 돌아갔다.

카일은 분한 얼굴로 책상을 쿵 내려쳤다.

"단 하루 만에 들키다니!"

그림자단이 정리해서 올린 유일한 성과인 황후의 하루의 일과는 바쁘기 그지없었다. 한숨을 내쉬며 카일은 황후의 일거수일투족을 보고받는 일을 포기하기로 했다. 황후가 보내는 수많은 날들 중에서 단 하루라도 알게 됐으니 이것으로 되었다, 하며.

"밖에 누구 있는가."

얼마 지나지 않아 벤지가 안으로 들어왔다. 보고할 것이 잔뜩 있는지 두 팔 가득 서류를 들고 있었다.

"혹시 오늘 조의 일과를 알고 있나, 벤지?"

"아, 오늘은……."

웬일인지 벤지가 두 볼을 붉히며 한참 망설였다. 왜 그러냐고 묻기 직전 벤지는 가까스로 입을 열어 질문에 답했다.

"……이사벨라 플라반 영애가 방문했습니다."

"그렇군. 근데 자네는 왜 그래?"

"아, 아닙니다. 그, 오늘 검토하셔야 할 서류입니다. 남부 지방에서 보기 드문 풍작을 거두어 전쟁으로 인한 손해를 메꿀 수도 있고 조세에 관한 것도, 그, 예, 여기 정리된 서류가……."

"왜 손을 떠는 거야, 벤지. 어디 아픈가?"

"아무것도 아닙니다. 수전증이 조금."

"그래? 의사한테 보여야 하는 거 아닌가."

카일이 걱정스러운 얼굴로 물었지만 벤지는 냉큼 다가와 책상 위에 서류를 내려놓고 물러섰다.

"의사한테 보일 정도는 아니니 괜찮습니다. 폐하. 저 오늘 이만 퇴근해도 괜찮겠습니까."

이제 겨우 점심이 지났는데 퇴근이라니. 음, 하는 소리가 카일의 입 밖으로 나왔지만 손을 떨 정도로 상태가 안 좋으니 퇴근하는 것이 더 나을 것 같았다.

편히 쉬라는 허락을 받고서 황제의 집무실에서 빠져나온 벤지는 제 방 안에서 한참을 망설였다.

'플라반 영애는 벌써 집으로 돌아가셨나. 그래도 플라반 영지가 꽤 머니까 오신 김에 며칠 머물다가 가지 않을까. 혹시 나를 보러 온 건가. 아니야, 황후 마마와 차를 마시고 있을 텐데. ……파티가 끝난 후에 왜 그냥 갔던 거지. 사과를 받아야 하지 않, 아니……. 실례를 했으니 내가 사과를 해야 하는 건가.'

어떤 결론도 내리지 못해서 벤지는 머리를 싸매고 침대 위에 주저앉았다. 이 혼란한 감정은 황제와 황후의 국혼 후 연회에서부터 시작됐다.

## 외전 2. 벤지의 취향

그날, 테라스에서 조가 나간 뒤 벤지는 황급히 이사벨라에게서 떨어졌다. 본의 아니게 영애를 품 안에 가두듯 해 버린 것이 미안해 고개를 숙여 사과하려는데 얼굴 바로 밑으로 이사벨라가 성큼 다가왔다.

"놀랐군요, 피셔 경. 얼굴이 빨개요."

"아, 죄, 죄송합니다. 이런 적이 처음이라……."

손을 들어 빨개진 얼굴을 가리자 이사벨라 역시 부채로 제 얼굴을 가렸다. 하지만 길게 올라간 눈꼬리가 곱게 접히는 것까지 가리진 않았다.

"음, ……처음이시군요."

벤지는 저도 모르게 픽 웃고 말았다. 이사벨라의 눈이 동그랗게 변하자 그제야 실례인 줄 알고 벤지는 꾸벅 고개를 숙여 사과했다.

"죄송합니다. 영애. 영애의 미모를 극찬하면서도 기를 쓰고 도망 다니던 조 생각이 나서, ……아. 이젠 황후마마가 됐지요."

말을 꺼내는 중에도 웃음기를 머금고 있었는데 조라는 호칭을 다시는 쓸 수 없다는 걸 스스로 깨달았는지 벤지는 금세 표정을 굳혔다. 어색하게 올라간 입꼬리는 최선을 다해 제 자리를 지키려 하는 듯 보였지만 과하게 고정된 미소가 오히려 부자연스러움을 불러일으켰다.

이사벨라는 창에서 완전히 등을 돌려 밖을 향해 선 채로 부채를 아래로 던졌다.

"앗!"

놀란 벤지가 테라스 밖으로 손을 뻗었지만 꽤나 힘껏 던진 모양인지 부채는 포물선을 그리며 날아가 저 밑으로 떨어져 버렸다.

"……저, 영애? 왜 부채를 아래로 던진 겁니까."

"나도 얼굴을 가리지 않겠다는 각오죠. 이젠 가리지 말고 슬픈 눈을 맘껏 보여도 좋아요, 피셔 경."

싱긋 웃는 이사벨라의 눈에 자신감이 가득했다. 눈앞의 이 영애가 어쩐지 너무도 단단해 보여 벤지는 콧바람과 함께 웃음이 터졌다.

"비밀로 해 줄 겁니까?"

"공공연한 비밀은 재미가 없지만. 뭐, 내 품에서 운다면 그건 비밀로 해 주죠."

난간에 팔을 올려 손에 턱을 기대는 이사벨라를 따라 벤지는 한 걸음 더 바람이 부는 방향을 향해 다가섰다. 두 손으로 난간을 짚자 가슴이 먹먹하게 차올랐다.

"뭐, 예상한 것처럼 시시한 얘깁니다. ……그리 대단한 감정도 아니고 정리한 지도 꽤 됐고요."

꾸밈없이 맑은 얼굴로 웃을 때나, 가진 것도 없으면서 뭐든지 지키겠다고 덤비는 용기 같은 것들이 이상하게 자꾸 눈이 갔다고, 저도 한때 두 손이 텅 빈 적이 있었는데, 그때의 자신과는 너무도 달라 동경처럼 시작했다고.

조금은 쓸쓸한 기분으로 말을 마친 벤지는 천천히 돌아섰다. 묵혀 둔 얘기를 다 털고 나니 개운한 느낌이었다. 그런데 이사벨라의 얼굴이 이상했다. 한 손으로 입을 틀어막은 이사벨라가 볼을 빨갛게 물들이고서 조금씩 다가왔다.

"……저, 영애. 가깝, 가깝습니다."

"세상에, 가여워라. 버려진 강아지 같은 눈을 하고 있네."

"예? 그게 무슨, 웃……!"

방금 전까지는 이야기를 잘 들어 주는 담담한 분위기였는데. 왜 갑자기 저런 얼굴로…… 다가오는 거야.

당황한 탓에 휘둥그레 커진 벤지의 오렌지색 눈동자가 귀여웠는지 한쪽 장갑을 벗은 이사벨라가 맨손으로 벤지의 볼을 감싸고 긴 손가락을 이용해 귓불과 눈가를 어루만졌다. 코너까지 몰려 더 이상 뒷걸음질 칠 공간마저 없었지만 차마 영애를 밀칠 수가 없어 벤지는 안절부절못하고 어깨만 바르르 떨었다.

"그만, 그만 만지십시오. 영애."

"착하기도 하셔라. ……말을 잘 들으면 좋을 텐데."

"……이, 일단 대화를 좀!"

실례를 무릅쓰고 그녀에게서 벗어나려는 찰나, 발을 헛디딘 건지 구두가 꺾였는지 이사벨라가 크게 휘청거리며 순식간에 시야에서 사라졌다. 벤지는 본능적으로 팔을 뻗어 이사벨라의 허리를 잡아채 제 쪽으로 힘껏 당겼다.

로맨스 영화에서나 볼 것처럼 두 사람의 숨결이 닿을 듯 가까워졌다. 조금이라도 움직이면 입술이 닿을 거리에서 이사벨라는 다리를 은근히 움직여 파고들며 물었다.

"감사해라. 저를 살려 줬군요. 어디……. 착한 일을 했으니 상을 줄까요?"

바로 코앞에서 보라색 눈이 느리게 깜빡이며 일렁이는 빛처럼 사라졌다가 나타나기를 반복했다. 아이러니하게도 벤지의 머릿속에 조의 말이 떠올랐다.

'아, 분명히 이사벨라 손바닥 안인 거 알거든요. 아는데……. 이상하게 또 넘어가. 걔가 그런 애라니까요. 무시무시해.'

벤지는 긴장한 입술을 겨우 열어 물었다.

"일부러 넘어진 거죠."

"그렇다면, 뭐가 달라질까요? 난 지금이 마음에 드는데."

이사벨라의 손이 벤지의 목을 부드럽게 쓰다듬었다. 이윽고 그녀의 붉은 입술이 어느새 풀린 벤지의 셔츠 안쪽으로 향했다.

"거, 거기는! 좀 그렇지 않습니까! 처, 처음인데요! 보통은 입술이나 뺨에 하지 않습니까!"

억울하단 듯 눈썹을 으쓱 올리며 이사벨라는 태연히 답했다.

"입술을 붉게 칠해서. 자국이 남으면 곤란하실까 봐."

어라, 그런가.

어리둥절 헷갈리며 고민하는 사이에 이사벨라의 뜨거운 숨이 곳곳으로 퍼졌다. 결국 이사벨라가 양껏 욕심을 채울 동안 벤지는 이를 악물고 난간이나 부여잡을 수밖에 없었다.

그리고 무려 한 달이 지나는 동안 이사벨라는 연락 한 통이 없었다. 연애 한 번 못 하고 황궁으로 들어와 갖은 고생을 하며 카일의 곁에서 일한 벤지에게는 너무도 긴 시간이었다.

'그날 내가 마음에 안 들었던 걸까. 그럼 왜 그렇게 귀엽다, 귀엽다고 말하며 만졌지?'

'혹시 조금 울먹거린 게 싫었던 건가.'

'……아니면 장갑을 더럽혀서? 장갑을 물고 있으라고 입에 물려 준 건 플라반 영애인데.'

'……마지막에 도망치듯 테라스를 나가서?'

'이제는 가도 좋아, 라는 말을 듣고 간 건데.'

'아니지, 왜 내가 그 영애의 마음에 들지 못했을까 봐 전전긍긍하는 거지.'

'……그래서 정말로 마음에 안 들었다는 건가.'

딱히 물을 만한 사람도 없었다. 이런 고민을 털어놓을 인물이라고 해 봐야 오랜 세월 알고 지낸 카일과 조뿐인데 그 두 사람이 어떻게 연애했는지를 뻔히 알고 있으니. 당사자에게 묻고 싶어도 플라반 영지로 가 버렸으니 직접 찾아가거나 편지를 보내지 않는 이상은 연락할 방법이 없었다.

그런데 오늘 그녀가 조에게 놀러 온 것이다.

"가서 물어볼까, 내게 왜 그랬냐고? ……원래 장난기가 많은 성격이라 했던 것 같은데. 장난이었다고 하면……."

그때, 밖에서 누군가 똑똑 문을 두드렸다. 분명 조가 보낸 사람임에 틀림없었다. 지금 그녀와 함께 있을 플라반 영애가 부탁했겠지, 나를 불러 달라고. 내게 할 이야기가 있다고.

산책을 앞둔 강아지마냥 들뜬 얼굴로 벤지는 자리에서 벌떡 일어섬과 동시에 문을 열었다. 앞에 선 시녀는 당황한 낯으로 더듬거리며 말했다.

"……피, 피셔 공작님께서 방문하셨습니다."

"아버지가?"

벙찐 얼굴로 잠깐 멈춰 서 있던 벤지는 불에 닿은 듯 혼자 흠칫 놀라며 고개를 끄덕였다.

"어디 계시지."

"궁 앞 정원에서 기다리고 계십니다."

본가를 떠나 현 황제 폐하의 곁에 지내겠다고 말하며 황궁에 머무른 직후 아버지인 피셔 공작과 독대하는 일은 손에 꼽을 정도로 드물었다. 어쩐 일인지 감히 예측조차 가지 않았다. 벤지는 빠른 손놀림으로 옷매무새를 가다듬고 밖으로 나섰다. 궁 앞에 있는 탁 트인 정원 한가운데에 제 아버지가 등을 곧게 편 채 조각처럼 우뚝 서 있었다. 벤치에 앉거나 꽃을 보지도 않고 그저 굳어 버린 양 서 있는 것이 제 아비의 성격 그대로였다. 하나도 안 변하셨군. 조용히 읊조리며 벤지는 그에게 다가갔다.

"오셨습니까, 아버님."

"너는 집에 한 번 오지 않는구나."

"새삼스러운 말씀을 하시네요."

"폐하가 기거하는 궁 옆에서 지낸다기에 거창하고 화려할 줄 알았더니……. 그분께 충성을 맹세한 네 위치가 고작 여기냐?"

이 정원이나 건물의 외양은 제 취향이었다. 벤지는 본래 검소하고 단정한 곳을 좋아했다.

검소, 단정……. 이사벨라와는 대척점에 있는 단어들인데 왜 갑자기 그녀가 떠올랐는지 모를 일이지만 벤지는 싸늘하게 식은 눈빛으로 공작을 바라보며 대답을 대신했다. 그의 표정이 마음에 들지 않았는지 피셔 공작은 혀를 쯧쯧 차며 미간을 찌푸렸다.

"황제의 보좌관이 됐는데도 집안에 도움 하나 주지 않다니. 이 천하의 이기적이고 하찮은 놈."

눈을 흘기며 벤지를 노려보던 피셔 공작이 손을 올려 벤지의 어깻죽지를 움켜쥐었다. 힘을 주어 틀어쥐고 찍어 누르는 바람에 저절로 신음이 터질 뻔했지만 벤지는 입술을 앙다물고 고통을 참았다.

"기껏 검을 가르쳤더니 보좌관으로 들어가 책상에나 앉아 있질 않나, 그래도 운 좋게 잘 풀려 황제의 곁으로 갔으니 가문이 도움이 되려나, 했더니 그것도 아니고."

어깨에서 손을 뗀 피셔 공작은 그대로 벤지의 뺨을 툭툭 치다가 턱을 우그러뜨릴 듯 꽉 쥐었다가 던지듯 밀쳐 냈다.

"내가 왜 그 거지 같은 주점에서 너를 데려왔는지 기억해라. 은혜는 갚아야지."

"아하, 은혜를 갚아야 하는군요."

맑은 목소리가 화살처럼 그들 사이로 날카롭게 파고들었다. 살기 가득한 목소리인데도 어쩐지 다정한 말투였다.

"나의 작은 낑깡, 한참 찾았네요."

전혀 작지 않은 사람에게 작은 낑깡이라고 부르는, 검소와 단정과 거리가 먼 그녀가 도도하게 걸어왔다. 벤지와 피셔 공작의 고개가 동시에 돌아갔다.

자주색 드레스를 입은 이사벨라가 느긋하게 미소 지으며 걸어와 그들의 앞에 섰다. 아까까지만 해도 무표정으로 일관하던 벤지의 얼굴이 미묘하게 구겨졌다.

"……낑깡이라니. 지금 누구한테."

이가 보일 정도로 환하게 웃은 이사벨라가 피셔 공작에게로 돌아섰다.

"제가 아무리 돌았어도 공작님께 낑깡이라고 부를 리가 없잖아요."

공작의 미간이 약하게 꿈틀거렸다. 이사벨라는 아무렇지 않게 한 걸음 떨어져 고개를 까딱 기울였다. 앞으로 숙인 것도 아니고, 옆으로 꺾은 것도 아닌 오묘한 각도라 인사를 한 건지 안 한 건지 구별이 어려운 정도였다. 피셔 공작이 헛기침을 몇 번 하고서 인사를 건넸다.

"……소개가 필요하겠군. 나는 아빌르덴 델루치 피셔고, 알다시피 벤지의 아버지 되는 사람일세."

"멋진 이름이네요!"

박수를 짝 치며 진심으로 기꺼운 듯 이사벨라가 환하게 웃었다. 그녀의 반응에 저도 모르게 으쓱해졌는지 피셔 공작의 입꼬리가 살짝 올라갔다. 이사벨라는 제 말에 호응을 원하는 것처럼 뒤에 선 시녀를 향해 돌아섰다. 귀족끼리 대화하는 도중에 시녀에게 말을 거는 것이 예의와는 다소 거리가 멀었지만 소름 돋게도 자연스러운 탓에 아무도 그녀를 나무라지 않았다. 거대한 암벽처럼 우뚝 서 있는 시녀를 향해 이사벨라가 물었다.

"아빌르덴 델루치 피셔 공작님이라니, 성함이 너무 멋지지 않니? 아실?"

"예."

"주점에서 친자를 데려온 아버지라고는 믿기지 않을 만큼 너무 멋진 성함이셔!"

"예, 그렇습니다."

"이보시오! 영애!"

공작이 목소리를 높이자 이사벨라가 화들짝 놀라 눈을 동그랗게 뜨며 다시 돌아섰다.

"어머, 큰 소리를 내시다니. 깜짝 놀랐어요. 방금 아들에게 주점에서 주워온 값을 하라는 말을 들었는데, 그런 말씨가 공작님의 존함과 어울리지 않아서 놀랐던 만큼이나 깜짝 놀랐다고요."

벤지의 눈이 휘둥그레 뜨였다. 면전에서 저런 말을 하다니. 일부러 이름, 성함, 존함으로 점점 높여 부르며 그가 한 짓과 그의 이름의 괴리를 높이고 있었다.

……성질 나쁜 사람이군.

하지만 왠지 가려운 곳을 긁은 것처럼 시원해 벤지는 말리지 않고 뒤에서 가만히 웃음을 참고 있었다.

"크흠! 흠!"

피셔 공작이 언짢은 티를 내며 헛기침을 하자 이사벨라가 그제야 치마를 붙잡으며 인사했다.

"만나 뵙게 되어 반갑습니다. 아빌르덴 델루치 피셔 공작님. 저는 이사벨라 플라반입니다."

"오……. 플라반 영지라면 알고 있지. 땅이 넓고 토지가 비옥해서 농작물도 많고, 약초도 많고, 좋은 와인을 생산하는 곳 아닌가."

"예, 영광스럽게도 황후마마께서도 저희 지방의 와인을 좋아하신답니다. 오늘도 마마께 와인을 드리러 왔지요."

"……그렇군."

피셔 공작은 의미심장한 눈으로 이사벨라를 지그시 응시했다. 그런 그의 눈길에 이사벨라 역시 여유 가득한 눈으로 미소 지으며 그를 바라봤다. 잠시 후, 그녀가 입을 열었다.

"피셔 공작가에서는 은혜를 반드시 갚으라고 가르친다 들었습니다."

"그렇소만."

"그럼 만약 은혜를 갚지 못하면 어떻게 되나요."

생글생글 웃고 있는데도 이상하게 소름이 끼치는 얼굴이었다. 피셔 공작은 이사벨라의 눈을 내려다보며 씨익 웃었다.

"그에 따르는 죗값을 받아야 하지 않겠나."

그의 시선이 이사벨라에게서 그녀의 뒤에 선 벤지에게로 옮겨갔다.

"플라반 영애와 꽤나 다정한 사이인 것 같은데 여자 뒤에 숨어서 가만히 기다리고 있는 꼴이라니. 벤지. 네게 붙은 이름의 값을 해라. ……그럼 이만."

피셔 공작이 그대로 돌아서는 찰나, 이사벨라가 아실에게 말했다.

"벤지라는 이름은 평민들에게 참 많더라, 그렇지. 아실?"

"예, 아가씨."

"아홉 살이 되어서야 인정한 아들이었으니 데려왔어도 새로 멋진 이름을 지어 주기도 참 어려우셨을 거야, 그렇지, 아실?"

"예, 아가씨."

"몇 년 지나지 않아서는 바로 폐하를 따라 입궁했으니 뒤늦게 아끼는 아들인 척 미들네임을 넣어 주기도 참 힘드셨겠지, 그렇지, 아실?"

"예, 아가씨."

묘하게 성질을 긁는 대화에 돌아가려던 피셔 공작이 휙 돌아서서 이사벨라에게 성큼성큼 걸어왔다.

"새파랗게 어린 주제에 잘 알지도 못하면서 말을 함부로 하는군. 이놈은 내가 데려온 내 아들이오. 지 어미가 지어 준 이름이니 딱 그 수준인 게지."

"……어머나. 말씀하신 대로면 데려왔으니 공작님 아들인데 이름은 평민의 것으로 그대로 두셨다니요. 무정하셔라. '아빌르덴 델루치 피셔 공작님.'"

일부러 화려한 발음의 피셔 공작의 이름을 소리 내 말하며 이사벨라는 어깨를 으쓱 올렸다가 내렸다. 잔뜩 성이 난 듯 대답 없이 휙 돌아서서 멀어지는 피셔 공작을 향해 이사벨라는 손수건을 흔들었다.

"다음에 또 뵙겠습니다. 아빌르덴 델루치 피셔 공작님! 어쩜, 이렇게도 멋진 존함이라니! 꼭 다시 봬요!"

그가 손가락 하나 정도로 보일 만큼 멀어진 후, 이사벨라는 작게 중얼거렸다.

"아드님이 부끄러울 때 어떤 표정을 짓는지는 아시나 모르겠네."

그녀의 말을 들은 벤지의 얼굴을 불에 탄 고구마처럼 화르륵 붉게 변했다. 만나고 싶긴 했지만 이렇게 만날 줄은 몰랐던지라 어떤 인사를 건네야 할지, 어떤 것부터 물어야 할지 감이 오지 않아 당혹스러운 것도 사실이었다.

그간 잘 지내셨는지, 그때 저에게 한 건 그냥 장난에 불과했던 건지, 제 과거를 어떻게 알고 있는 건지, 혹시 저를 뒷조사한 건지. ……그런데 왜 기분이 안 나쁜지.

마지막 것은 스스로에게 물어야 하는 질문이구나.

머뭇거리는 벤지를 향해 돌아선 이사벨라는 아까와는 달리 약간 가라앉은 눈으로 벤지를 가만히 바라봤다.

"시시하네요."

"예?"

"난 온전히 내 것인 게 좋아서."

"그게 무슨 말입니까."

"이만 가 볼게요, 피셔 경."

시녀와 함께 걸어가던 이사벨라가 다시 벤지를 향해 고개를 돌려 말을 걸었다.

"아, 이번 은혜는 갚지 않아도 돼요."

어차피 당신은 곧 내 것이 될 테니까.

뒷말은 삼키고서 한참 걸어간 뒤 이사벨라는 뜰에 돋아난 잡초를 짓밟으며 아실에게 명령했다.

"피셔 공작저에서 곧 수로 공사를 한다고 했지?"

"예, 아가씨."

"막힌 길을 뚫고, 새로운 길을 내고 하다 보면 당분간 병균이 들끓겠지. 대책도 없이 땅을 엎는 대공사를 하다니, 멍청하긴. 그러니,"

"……."

아실은 묵묵히 다음 말을 기다렸다. 자신이 모시는 아가씨는 소유욕이 강했다.

제 것에 손댄 사람의 숨통은 가볍게 꺾을 정도로.

"그 영지로 들어가는 약초들을 모조리 끊어. 그리고 향수의 재료가 되는 꽃과 향신료까지. 감히 내 강아지의 얼굴을 팽개치다니. 그 도도한 얼굴로 오물과 질병 속에서 살게 해 주지."

"공작 측에서 반발할 텐데요. 그쪽에서 오는 직물을 받지 못할 겁니다. 그리고 저희 측에서 약초를 대지 않아도 황궁 편에서 빌려주는 것도 있을 겁니다."

"직물은 수장 콜린의 고모인 디발르안 부인과 길을 뚫어 놨으니 당분간은 괜찮아. 황궁에 올리는 약초를 '적정량'으로 조절해서 유통시켜. 나눠 줄 만한 양이 안 되도록."

"……예, 알겠습니다."

플라반 후작은 신경 쓰지 않을 것이다. 어쩌면 응원할지도 모르지. 후에 후작가를 물려받게 될 이사벨라가 영지를 마음껏 주무르고, 사업을 확장시키는 일이 처음은 아니었으니까. 매번 성공을 가져와 후작가에 도움이 되었던 그녀다. 이번에도 과정이야 어쨌든 그녀는 원하는 것 그 이상을 거머쥐게 될 것이 분명했다.

싸늘하게 식은 얼굴로 황후에게 다시 찾아간 이사벨라는 황후의 방 문을 열며 다시 활짝 미소 지었다.

"나의 귀여운 마마, 술맛은 충분히 보셨나요?"

"와, 벨라! 나 이거 진짜 정신도 못 차리고 홀짝홀짝 마시다 보니까 어느새 한 병이네!"

"어떡하면 좋지, 사업 얘기를 하려고 했는데 이리 취하시면."

"괜찮아, 괜찮아. 귀는 듣고 있어."

술기운이 올랐는지 기분이 좋아진 조를 보며 생긋 웃은 이사벨라는 아실에게 건네받은 직육면체 모양의 고체를 책상 위로 올렸다.

"방금까진 드신 건, 아까 말씀드렸다시피 새로 유통할 술이고요. 이건 마마께서 명령하셨던 '비누'라는 겁니다."

"아."

짧은 탄성과 함께 흐물거리며 녹기 일보 직전이던 조의 얼굴이 빠르게 굳었다. 딱딱한 비누를 들어 올린 조는 욕실로 가 손을 씻었다. 거품이 나는 손을 물에 씻자 손이 적당히 뽀득거렸다. 식물 오일을 섞었는지 좋은 향기까지 퍼졌다.

"어떻게 만들었어?"

"마마의 나라에선 예전에 잿물에 그릇을 씻었다면서요. 잿물의 성분별 차이를 알기 위해서 눈에 띄는 걸 다 태우고, 모조리 섞어 보고, 다른 조합으로 몽땅 굳혀 보기를, 수도 없이 반복했죠."

"……그, 그래? 그런 것치고는 빠르게 만들었네."

사람을 갈아 넣어 만들었구나.

어깨를 으쓱 올렸다 내리며 이사벨라가 자신감 넘치게 미소 지었다. 그녀다운 당당한 자세였다.

"이걸 어떻게 잘 소문내서 유통하지. 다들 낯설어할 텐데."

"다 이미지 싸움 아니겠어요."

"……이미지?"

"한 번 해 보셨잖아, 우리 방울토마토."

조는 씨익 웃으며 고개를 끄덕였다.

그날 이후로 조는 살롱에 나가 영애들을 만나 비누를 자랑하기 시작했다.

"처음 폐하를 뵀을 때 바람결에 실려 오는—침대 위에서 처음 만난 걸 떠들 수는 없었으니—은은한 향기에 이게 뭐지 하면서 사랑에 빠졌잖아요. 알죠, 그 찰나의 기억에는 오감이 생생한 거."

"네! 맞아요! 세상에, 너무 낭만적이에요. 마마!"

"사람 홀리는 체취가 진짜 있구나 싶더라니까요. 근데 또, 체취가 말이 좋아 체취지. 타고난 사람 아니면 그냥 땀 냄새 아니겠어요. 언제까지고 향수로 덮을 수도 없는 일이고. 나도 우리 카일, 아니, 폐하한테 좋은 향을 뿜고 싶은데 말이지."

"맞아요, 맞아요, 땀 냄새가 나면 곤란하죠."

"……요 비누라는 놈이 진짜 신통방통하더라고. 향수도 아닌 것이, 몸을 향기롭게 만들면서도 깨끗하게 싹 몸에 묻은 먼지들을 씻겨 주니까 위생적이잖아요."

"정말요? 신기하네요!"


귀족들 사이에서 금세 입소문이 퍼졌고, 조는 그걸로 모자라 제 용병단에도 비누를 보급했다. 용병 길드는 본디 발이 넓으니 금세 더 멀리 소문이 퍼졌다. 몸을 쓰는 직업일수록 위생이 중요하다는 인식까지 널리 자리 잡자 성별과 신분 고하를 막론하고 비누를 찾는 이들이 많아졌다. 사람들의 애를 잔뜩 태운 뒤 이사벨라는 본격적으로 비누 장사를 시작했다.

각종 향기별로 다른 모양을 낸 비누와 비교적으로 저렴한 보급형 기본 비누들은 날개 돋친 듯 제국 곳곳으로 팔려 나갔다. 물론 피셔 공작가는 제외한 채.

비누 사업 때문에 이사벨라와 자주 만나게 된 조는 넌지시 벤지에 대해 물었다. 요즘 들어 벤지가 묘하게 시든 것 같은 청초한 낯이었기 때문에 분명 이사벨라가 관련이 있을 거라 짐작했다.

"저기, 벨라."

"네, 귀여운 마마."

"혹시 벤지 말이야. 그냥 그렇게 내버려 두는 거야? 안 만나?"

서류들을 정리하던 이사벨라가 씩 웃으며 안경을 벗었다.

"걱정 마세요. 곧 제게 안겨 올 테니."

"······너는 다 계획이 있구나."

약간 떨리는 목소리로 중얼거리는 조의 말에 이사벨라는 그저 싱긋 미소만 지을 뿐이었다. 어쩐지 소름 돋는 기분에 조는 제 뒤통수를 만지작거리며 말했다.

"······난 너랑 적은 안 될래."

"내가 우리 귀여운 방울토마토와 왜 적이 되겠어요."

질색하는 조를 안아 앞머리를 까고는 이마에 쪽쪽 뽀뽀를 퍼부으며 벨라는 흡족하게 웃었다. 모든 것은 제가 계획한 대로 흘러갔다.

이사벨라가 말을 뱉은 지 한 달도 채 가지 않았을 무렵이었다. 비가 억수같이 내리는 날, 아빌르덴 델루치 피셔 공작이 이사벨라를 찾아왔다.

"······플라반 후작이 자네에게 가 보라더군."

"어머, 피셔 공작저에서 저희 영지까지 갔다가 다시 수도로 올라와서 황궁에 방문해 주셨다니. 제가 황후마마의 안배로 당분간 황궁에서 지내는 걸 모르셨나 봐요."

약 올리는 말투에 피셔 공작은 이를 갈았지만 이젠 남은 방법이 없었다. 제 영지에 전염병이 돌아 많은 이들이 병에 걸렸고, 치료를 위해선 약이 필요했다. 그리고 병의 확산을 막으려면 비누 역시 대량으로 사 가야 했다.

"무얼 원하나. 돈이라면 빚을 내서라도 줄 수 있으니 말해 보게."

"제가 원하는 건 두 가지입니다. 첫째는 사과."

"······뭐?"

이사벨라는 피셔 공작의 물에 젖은 생쥐 꼴을 천천히 올려다봤다. 흙탕물을 밟아 엉망이 된 구두와 빗물이 튄 바지, 조금 젖은 머리카락을 보며 그림처럼 미소 지었다.

"못 들으셨나 봐요. 진심 어린 사과라고 말했답니다."

"……미안하네. 어리다고 무시하고 막말한 것에 대해 진심으로 사과하지."

"아니, 저 말고요. 당신이 버리고 제멋대로 주워 와서 막 굴린 아들에게 말입니다. '아빌르덴 델루치 피셔 공작님'."

피셔 공작은 그 이후로 모든 조건을 들은 뒤 말없이 잠잠하게 제 영지로 돌아갔다. 피셔 공작이 방문했다는 걸 들은 조가 득달같이 달려들어 이사벨라를 짤짤 흔들며 무슨 조건을 내걸었냐고 물었지만 이사벨라는 예의 그 완벽한 미소로 아실에게 명령했다.

"황후마마께서 피곤하신 것 같으니 떼어 내."

"야! 앞의 말은 공손한데 뒷말은 벌레 취급이잖아! 야! 벨라!"

아실은 전보다는 조심스럽게, 그러나 확실하게 황후를 이사벨라에게서 떼어 내곤 그녀의 귓가에 속삭였다.

"위험합니다."

조는 고개를 들어 아실에게 되물었다.

"날뛰다가 다칠까 봐 위험하다는 게 아니죠? 이사벨라한테 까불다가 저한테 돌아올 후환이 위험하다는 거죠?"

아실은 이번에도 아무런 대답도 하지 않았다. 그저 돌아가는 문을 열어 주기만 했다.

며칠 지나지 않아 벤지가 꽃을 한 아름 들고 이사벨라를 찾아왔다. 발코니에 앉아 차분히 와인을 마시며 이번 분기 와인 맛의 특징에 따른 셀링 포인트를 잡고 있던 이사벨라는 싱긋 웃으며 벤지를 맞이했다.

"반갑습니다. 피셔 경. 어쩐 일이시죠."

어쩔 줄 몰라 하는 모양새나 입을 달싹이는 걸 보니 아직 제 아비가 자존심을 내세우느라 아들에게 사과를 하진 않은 모양이었다. 그러니 저런 아무것도 모르는 순진한 얼굴을 하지.

벤지는 발코니 밖 정원에 선 채 고운 색지에 싸인 꽃다발을 이사벨라에게 조심스럽게 내밀었다.

"……그때 테라스에선 다른 사람을 좋아했다 말해 놓고 지금 이러는 제 모습이, 줏대 없다 욕할지 모르겠지만······."

"계속해 봐요. 흥미로우니."

이사벨라는 팔걸이에 팔꿈치를 올리고 벤지를 향해 완전히 돌아앉았다. 꽃다발을 받아 주지 않는 그녀의 태도에 한층 더 긴장했는지 벤지가 마른 입술을 축이며 조금 더 다가섰다.

"그때 그 마음이 거짓이었다고는 생각하지 않습니다."

"옛사랑에 대한 고백까지 하다니. 솔직도 해라. 상처받은 내가 울기라도 하면 어쩌려고."

당황한 벤지가 들고 있던 꽃다발까지 내리며 멍하니 입을 벌렸다. 망연자실한 눈망울은 조금만 더 놀리면 아래로 축 처져 그대로 꺾일 것만 같았다. 이사벨라는 웃음을 꾹 참으며 손을 저었다.

"일단 계속해요."

놀리는 걸 알아챘는지 벤지의 목과 두 볼이 빨갛게 변했다. 주근깨가 자리한 콧등까지 금세 새빨갛게 붉은 빛이 스몄다.

"예쁘게도 물이 드네."

작게 읊조린 이사벨라의 말을 들은 벤지는 제 얼굴을 가렸다가 얼른 손을 내렸다.

"이런······, 것들에 익숙지 않은 제가 재밌어서 놀리는 것 알고 있습니다."

"생각보다 똑똑하네요."

"그래도, 그런 재미라도, 제가 마음에 든다면······."

"든다면?"

벤지는 두 눈을 질끈 감았다. 어떤 말을 해야 할지 갈피가 잡히지 않았다.

꽃다발을 받아 달라고? 만나 줬으면 좋겠다고?

하지만 겨우 눈을 뜨고 뱉은 말은 전혀 다른 말이었다.

"······제게서 뒤돌아 가지 말아 주십시오."

처음 간절하게 내밀었던 꽃다발은 어느새 바닥에 떨어져 있었고, 초롱초롱하던 벤지의 눈망울 역시 조금은 시무룩하게 내려앉았다. 꺾여 버린 풀처럼 생기 하나 없는 공기가 그의 주위를 맴돌았다. 그 속에서 살아 있는 것이라고는 이사벨라만을 바라보는 동그란 오렌지색 눈동자뿐이었다.

여유롭게 상황을 굽어보던 이사벨라의 눈이 순식간에 탐욕스럽게 빛났다. 팔걸이를 세게 움켜쥔 이사벨라가 천천히 자리에서 일어났다.

"정말, 못 참겠다니까. 그런 버려진 강아지 같은 눈을 한 주제에 눈물 한 방울 안 흘리다니. 사람 욕심나게."

자리에서 일어난 이사벨라가 발코니의 난간으로 다가갔다. 층계 때문에 벤지보다 머리 하나는 더 높이 서 있었다.

"이리 와요, 피셔 경."

우물쭈물 어쩔 줄 몰라 하는 벤지가 바닥에 떨어진 꽃다발을 주우려 허리를 숙이자 이사벨라가 혀를 쯧, 하고 찼다.

"꽃은 괜찮으니까 그냥 어서."

벤지는 잠깐 망설였다. 그래도 애써 준비한 건데. 당신의 눈동자 색을 닮은 보라색 꽃을 가장 가운데에 넣었는데. 그때 이사벨라가 손을 뻗었다.

"벤지. 이리 와."

처음으로 불린 이름에 벤지는 멍하니 그녀에게 다가섰다. 이사벨라가 벤지의 양 뺨을 붙잡고 허리를 숙여 그에게 키스했다. 입술이 닿았다가 잠깐 떨어졌다가 다시 맞붙기를 반복했다. 몇 번의 숨이 오간 후 벤지의 머리칼을 붙잡은 이사벨라가 만족스럽다는 듯 미소를 머금고 말했다.

"당신은 곧 완전히 내 것이 될 거야."

"……지금은 아닌가요?"

"더, 완벽하게."

"그럼 더 완벽하게 좋겠네요."

벤지는 발코니에 올라서서 다시 그녀에게 입을 맞추었다. 마침 놀러 왔다가 또 벤지의 신음을 들어 버린 조는 흙 마당에 데굴데굴 구르며 귓구멍에 흙을 퍼 넣다가 아실에게 들킨 채 쫓겨났다.

며칠 후, 벤지의 집무실에 누군가 찾아왔다. 이사벨라인가 싶어서 벤지는 곧장 옷매무새를 매만지며 문을 열었지만 그 앞에 서 있는 것은 제 아버지였다.

"……어쩐 일이십니까."

"못 올 데를 왔다는 듯 훑어보는 눈하고는. 쯧."

말을 뱉어 놓고도 아차 싶었는지 피셔 공작은 두 눈을 질끈 감았다가 떴다. 아빌르덴은 벤지가 대접하는 차를 마시는 한참 동안에도 용건을 밝히지 않고 그저 목만 축였다. 답답함을 참지 못한 벤지가 마지막 한 모금을 마신 후, 잔을 내려놓기 무섭게 피셔 공작이 입을 열었다.

"……미안했다."

"예?"

"네 어미와 너에게 제대로 된 설명조차 하지 않고 무작정 너를 데려온 것부터 사과해야겠지. 그리고 데려온 너에게 정서적으로 아무런 버팀목도 되어 주지 않고 방치했으며, 다 크고 난 후에도 은혜를 갚으라는 협박 아닌 협박을 하며 너를 못살게 굴었던 것을 인정하마. 미안하다, 벤지."

"그런 말씀을 왜 갑자기……."

놀란 눈으로 바라보는 벤지를 못마땅하게 쳐다보던 피셔 공작이 옆에 선 종자에게 손을 내밀었다. 그러자 그가 서류를 꺼내 피셔 공작의 손바닥 위에 올렸다.

"이제 두 번째 조건을 처리해야겠군."

"예?"

"네 번째 아들이긴 하지만 어쨌든 너도 내 성을 물려받은 아들인데. ……다른 집의 데릴사위가 될 수도 있다니. 솔직히 말하자면 속이 뒤틀린다. 그런데도 그쪽에선 그 조건이 아니면 안 된다고 억지를 부리니……. 제기랄."

종자가 문을 열자 밖에 서 있던 이가 안으로 들어왔다. 깔끔하게 차려입은 사람은 계산된 것처럼 흐트러짐 없는 완벽한 미소를 지으며 허리를 꾸벅 숙였다. 휘어진 눈매 사이로 눈동자가 제대로 보이지도 않았는데 묘하게 기분 나쁜 웃음이었다.

"그대는 누구입니까."

벤지의 질문에 사내가 공손히 대답했다.

"플라반 가문에서 온 루이 델 토로라고 합니다. 주로 법과 관련된 쪽의 자

365

료들을 조사 및 처리하고 있으며 오늘은 확실한 일 처리를 위해 동행한 것이니 개의치 마시고 이야기를 진행해 주십시오."

말을 마친 뒤 루이 델 토로는 피셔 공작이 꺼낸 서류 옆으로 동의서를 몇 장 더 첨부했다. '종속 계약서' 위로 '권리 포기서'가 겹쳐졌다.

종속 계약서라니?

글자를 보고 놀란 벤지가 제 아버지와 루이 델 토로를 바라보자 그 역시 불만스러운 얼굴로 벤지를 바라봤다.

"영지를 위해서긴 하지만, 너도 내 아들이니 네 의사를 안 물어볼 수 없지. 만약 네가 이사벨라 플라반, 그 여우 같은……."

말을 하다 말고 멈춘 피셔 공작은 옆에 서 있는 루이 델 토로를 바라봤다. 그는 양쪽 입꼬리를 정확히 같은 높이로, 동시에 올려 웃으며 덧붙였다.

"종속 계약서라고 적혀 있지만 사실상 공식적으로 연애를 한다는 의미입니다. 약속된 기간 동안에는 다른 파트너와 관계를 맺지 않는다는 서약이지요. 너무 걱정 마십시오. 보좌관님."

"그런…… 것들을 원래 계약으로 맺습니까?"

루이의 실눈이 더 곡선을 그리며 올라갔다. 그는 높낮이 없는 깔끔한 음성으로 답했다.

"저희 아가씨께서 워낙 확실한 것을 좋아하셔서."

그의 모든 것이 꺼림칙한 듯 피셔 공작은 휙 몸을 틀어 벤지를 바라봤다.

"모든 것이 그 영애의 계산이다. 다 그 영애가 바라는 대로 흘러가는 거라고. 만약 이 계약서에 사인을 한다면 후에 결혼까지 가게 될지도 모르고, 그러면 그 영애가 후작가를 이을 테니 네 자식은 피셔가 아니라 플라반이 되는 거야! 네가 원하지 않는다면 그 가문의 데릴사위가 되는 것을 내가 최대한 막아 보도록."

여간 당황한 것이 아닌지 벤지가 눈동자를 이리저리 움직이다가 벌떡 일어섰다.

"일단 플라반 영애와 대화를 해 보고 오겠습니다."

그때 루이 델 토로가 문 앞에 선 채 벤지의 귀에 뭐라 속삭거렸다.

"자네! 지금 벤지에게 무슨 말을 하는 건가!"

말을 전해 들은 벤지의 오른쪽 귀가 빨갛게 물들었다. 벤지는 그대로 뒤돌아서서 펜을 잡았다.

"사, 사인부터 하고…… 대화하러 가겠습니다. 어디에 사인해야 하죠?"

"벤지!"

"어디에 사인해야 플라반 영애와 공식적인 파트너가 되는 거냐고 물었습니다. ……루이 델 토로?"

루이는 기계처럼 고개를 까딱 기울이며 한 걸음 앞으로 나와 벤지가 사인해야 할 부분을 하나도 빠짐없이 가리켰다. 벤지의 사인이 모두 끝난 직후, 루이는 얼이 빠진 피셔 공작의 오른손에 펜을 쥐어 줬다.

"펜은 쥐어 드리겠지만, 사인은 직접 하셔야 효과가 있습니다. 공작님."

"……이건 벤지가 팔려 가는 거나 다름없지 않은가!"

"그래서, 값이 마음에 들지 않으신가요."

루이 델 토로는 의약품 및 비누 납품 계약서에 명시된 약초와 비누 목록을 우아하게 손으로 짚었다. 두 가지 조건을 완료했으니 이 계약서에 사인을 받아 물건을 받아야 했다. 제 영지를 다시 살리려면 반드시 필요한 절차였다. 피셔 공작은 울며 겨자 먹기로 모든 곳에 사인했다.

이제 벤지는 이사벨라 플라반의 손아귀 안에서 그녀가 원할 때 데이트를 하고, 그녀만을 바라보게 될 것이다. 만약 흥미가 떨어지지 않는다면 결혼까지 가게 될지도 모르지. 제 피가 섞인 아들 중 가장 많이 닮았고, 검술에 뛰어나며, 권력의 요직에 오른 벤지 피셔를 플라반 가문의 후계자가 홀랑 뿌리까지 뽑아간 것이다.

제 아비가 뒤늦은 상심에 잠겨 있든 말든 벤지는 황궁 정원 사이를 가로질러 이사벨라에게로 뛰어갔다. 정원 한가운데에서 양산을 들고 산책하는 중이던 이사벨라가 달려오는 벤지를 보며 씨익 웃었다.

"내게 온 걸 보니 사인을 했나 보네요, 피셔 경."

"대체 무슨 말입니까! 그 이상한 종속 계약서는 대체 뭡니까! 사인하지 않으면 평생 만나지 않겠다니! 정말로 저를, 그냥……. 놀다가 버릴 생각으로 절 만난 겁니까!"

"무슨 그런 말을. 놀다가 버릴 거였으면 그 정성을 쏟지도 않았겠지."

"그럼 왜 사인하지 않으면 얼굴조차 보여 주지 않겠다고 했습니까! 루이 델토로의 입에서 분명히,"

"사인할 걸 알았으니까."

이사벨라의 양산이 포물선을 그리며 아래로 툭 떨어졌다.

"당신이 내 것이 될 줄 알았으니까."

확신하듯 단단하게 내뱉는 그녀의 말에 벤지는 한숨을 뱉으며 머리를 헝클어뜨렸다. 이사벨라는 태연히 물었다.

"방금 나는 당신의 아버지에게서 당신에 대한 권리를 포기하라는 계약서를 쓰게 만들었는데 그건 괜찮나요."

"……죽이지는 않았잖습니까."

"그렇군요. 그거면 되는군요."

사실 그건 아니지만, 그래도……. 당신 성격에 죽이지 않으니 다행입니다.

심장을 졸이며 벤지는 조심스럽게 팔을 벌린 이사벨라의 품에 안겼다. 안겼다지만 그녀를 한 품 가득 안은 모양이었다.

벤지는 몇 달 전, 찾아온 조가 했던 조언을 떠올렸다.

'이사벨라는 은근히 나랑 많이 닮았거든요.'

'무슨! 그런 망발을 하십니까! 그 정도는 아닙니다!'

'아이씨, 진짜라고요. 소유욕 쩌는 변태라고요! 제 손에 안 들어오면 갖고 싶어서 안달 나는 변태가 분명하다니까! 벨라 벤치마킹이 나라고!'

'헛소리!'

질색하며 황후를 밀어냈지만 벤지는 혹시나 하는 마음에 조의 조언을 따라 넌지시 피셔 공작저를 드나드는 종자에게 제 처우가 그다지 좋지 않다는 소문을 흘렸다. 전처럼 아버지가 찾아와서 분탕질을 하도록.

물론 타이밍 좋게 이사벨라가 그걸 육안으로 볼 줄은 몰랐지만. 덕분에 이리 빠르고 확실하게 그녀가 움직였으니 어쨌든 결과적으론 좋은 일이었다.

"키스를 해 주고 싶은데 입술에 뭘 발라서 곤란하네요."

문득 전의 테라스에서의 대화가 떠올라 벤지는 그녀의 손을 잡고 그늘 아래로 이끌며 셔츠 단추를 풀었다.

"……그럼 안 보이는 곳에 입 맞춰 주세요."

이사벨라가 놀란 듯 눈썹을 위로 조금 올렸다가 금세 눈을 접으며 웃었다. 검은 속눈썹 사이로 보이는 보라색 눈동자에 음험한 욕망이 그득했다.

벤지는 신음을 참으며 조에게 조언 들은 것을 무덤까지 가져가기로 했다. 일단 이 사람이나, 제국의 황후나 어지간한 변태가 아닌 것은 확실했다.

……가만, 이 정도면 내 취향이 이상한 게 아닐까.

잠깐 고찰에 빠졌지만 벤지는 이내 입술을 다물고 이사벨라의 욕망을 견뎌야 했다.

# 외전 3. 주인 없는 땅

여명이 푸르게 돋아 오는 조금 이른 새벽, 아실은 플라반 영지에서 올라온 소식들을 정리한 문서와 수도에서 발행된 신문들을 들고 소리 없이 복도를 걸었다.

이윽고 한 방문 앞에 도착해 똑똑 문을 두드리자 안에서 허겁지겁 무언가 움직이는 소리가 들려왔다. 아실은 눈치 빠르게 몸을 움직여 옆의 빈방으로 향했다.

몇 분 지나지 않아 방문이 슬그머니 열리더니 무거운 발소리가 들려왔다. 그는 허둥거리며 복도를 빠져나가 층계 아래로 급하게 내려갔다. 그제야 아실은 빈방에서 빠져나와 조금 전의 커다란 문 앞에 섰다. 다시 한 번 확인차 노크를 하고서 그림자처럼 부드럽게 방으로 들어갔다.

침대 위에 한 마리의 고양이처럼 누워 있던 이사벨라가 몸을 쭉 늘어뜨리며 기지개를 켜고서 벌떡 일어났다. 하얀 몸 위로 부드러운 가운을 걸치고 허리끈을 묶은 이사벨라는 슬리퍼를 신고서 마치 춤을 추듯 움직여 의자 위에 앉았다.

"음, 아실이 깨워 주니 고맙지만 매번 우리 낑깡이 소스라치게 놀라서 미안할 지경이네."

"황궁에서 일하시는 분이니 새벽까지 괴롭히지는 마십시오. 소문이 안 좋게 퍼집니다."

"내 거니 괜찮아."

몇 분 지나지 않아 사용인이 좋은 향을 뿜내는 홍차를 이사벨라의 방으로 들여왔다. 그녀가 저택에서 직접 데려온 사용인들은 모두 소리 소문 없이 다니는 데에 능한 사람들이었다.

다리를 꼬고서 신문을 하나씩 확인하던 이사벨라가 갑자기 홍차를 내려놓고 깔깔 웃었다.

"옷을 준비해 줘! 황후마마께 가야겠다!"

"아가씨. 아직 이른 아침입니다."

플라반 영지에 대한 소식을 검토하고 신문을 읽는 동안에 해가 완전히 뜨긴 했지만 아직은 아침이었다.

하지만 불도저 같은 성미의 이사벨라는 참지 않았다. 냉큼 씻고 옷을 갈아입고 단장을 끝낸 뒤 그녀는 황후가 있는 곳으로 향했다. 황제와 황후의 아침 식사를 준비하던 시녀들은 급하게 이사벨라 플라반의 식사까지 함께 준비해 커다란 탁자 위에 올렸다.

"좋은 아침입니다, 폐하! 황후마마!"

"……아침부터 힘차군."

"웬일이야! 벨라!"

탐탁지 않은 눈으로 벨라의 동태를 살피는 황제의 눈길과 달리 조는 그녀가 반가웠는지 환한 얼굴이었다.

"우리 귀여운 방울토마토 마마가 너무 보고 싶어서 눈뜨자마자 달려왔지요!"

준비된 자리에 앉지 않고 빙 둘러서 황후의 옆으로 간 이사벨라는 조의 얼굴을 붙잡고 볼을 찌그러뜨릴 듯 붙잡고 관자놀이며 볼에 쪽쪽 뽀뽀를 퍼부었다.

"이봐!"

카일이 자리에서 벌떡 일어났지만 이사벨라는 전혀 개의치 않고 뒤늦게 제 자리로 가 앉아 식사를 시작했다.

"카일, 참아요. 못 하게 하면 어떻게 될지 모르잖아요. 그리고 나도 이젠 아무렇지도 않아요."

카일 역시 얼마 전 피셔 공작저가 무리한 수도 공사를 한 탓에 전염병이 돌았던 것을 알고 있었다. 그러다 갑자기 비누가 보급되고 치료제가 개발되며 금세 가라앉았던 것 역시도. 그 모든 일의 배후에 저 능구렁이가 있다는 사실을 추측하는 건 어렵지 않았다. 그 예로 벤지가 그녀의 손바닥으로 떨어졌으니. 벤지 본인이 행복해 보이니 다행이었지만.

식사를 마친 후 차를 마시며 카일은 이사벨라를 노려봤다.

"……자네에게는 이제 벤지가 있는 걸로 알고 있는데."

으르렁거리듯 뱉은 황제의 말에도 이사벨라는 생글거리며 답했다.

"남자 친구는 있지만 여자 친구는 없으니까요."

카일이 본능적으로 스콘을 자르기 위한 나이프를 손에 움켜쥐자 옆에 앉은 조가 그의 손을 덥석 잡았다.

"저거 농담이에요! 농담! 나도 맨날 들어서 이제 질려! 저거 농담이라니까요, 카일!"

"저런 말을 매일 들었다고? 여자 친구가 되라는 말을? 내가 결혼하자고 했을 때는 몇 달에 한 번씩 말해도 콧방귀를 뀌면서 '글쎄요, 사람들이 믿을지……' 하면서 모른 척했으면서!"

카일이 분을 터뜨리자 조도 억울했는지 포크를 꽉 쥐며 말했다.

"에헤이, 거참! 무슨 말을 그렇게 해요! 누가 보면 아직도 다리 사이에 없는 거 있는 척하면서 사는 줄 알겠네!"

"제국 곳곳에 있는 신전에 가면 아직도 사람들이 황후의 성별을 바꾼 거냐고 투르가 여신께 신탁을 내려 달라 청한대!"

"그, 그게 내 탓인가! 나도 다 잘해 보려고 한 건데!"

"너무 잘해서 문제잖아! 대체 왜 마을마다 네 전 여자 친구였다는 사람들이 헛소문을 퍼뜨리고 다니는 건데! 그림자단이 다 입막음하고 다닌다며!"

"그건, ……어? 당신이 그림자단을 어떻게 알아요?"

점점 언성이 높아지다가 조의 눈이 동그랗게 변했다. 그림자단을 어떻게 알지? 작게 덧붙이는 혼잣말에 카일이 당황하려는 찰나, 이사벨라가 타이밍 좋게 끼어들었다.

"아. 오늘 신문 보셨나요, 마마? 재미있는 기사가 실렸어요. 제가 그것 때문에 왔답니다."

"신문?"

테이블 위에 올라오는 종이로 시선이 돌아간 조가 그것을 읽기 시작하자 카일은 차분하게 흥분을 가라앉혔다. 이사벨라의 보라색 눈이 카일에게 향했다. 싱긋 웃으며 고개를 까딱 기울이는 그녀의 모습은 분명히 말하고 있었다.

'감사는 됐어요, 폐하.'

……100년 묵은 능구렁이도 저 여자보다는 덜하겠지. 카일은 아무에게도 들리지 않을 정도로 속으로만 욕했지만 그것조차 짐작했는지 이사벨라는 승리자의 미소로 한쪽 입꼬리만 비스듬히 올려 웃었다.

그때, 조가 신문을 내리며 소리를 질렀다.

"얘네 또 소설 쓰고 있네!"

종이 위에 굵은 글씨로 자극적인 헤드라인이 적혀 있었다.

**[밀착 취재] 황후, 성별을 바꾼 이유는 희대의 사랑?!**

이사벨라는 다시 제목을 보고 웃음이 터졌는지 배를 잡으며 깔깔 웃었다.

"제목만 보면 진짜 투르가 여신님이 성별을 바꿔 준 것 같지 않나요? 몇 달 동안 수도와 황궁에서 취재했다네요."

오전 보고를 하러 들어온 벤지가 상황을 빠르게 파악했다. 이사벨라의 입 안에 쿠키를 손수 먹여 그녀의 웃음을 멈추려 노력했지만 이사벨라는 쿠키를 입에 물고도 어깨를 잘게 떨며 계속 웃어 댔다.

씩씩거리며 조가 자리에서 일어서자 카일은 그녀의 손목을 잡아 도로 앉혔다.

"일, 쿡, 일단, 크흐, 기사 내용을 읽어 보는, 흐흑, 게 어때."

"지금 카일도 웃고 있잖아요!"

신문의 내용은 기사 제목에 비하면 별것 없었다.

황후인 조 하트 로타이스는 마구간에서 지내던 시절에 격투 내기에서 인부들을 모조리 이기고 상금을 타 갈 정도로 아주 호전적인 성격이며, 전투에서 수차례 이기고 전쟁을 승리로 이끈 것은 투르가 여신이 보살펴 준 덕뿐만이 아니라 후환을 남기지 않는 그녀의 무자비한 품성 탓이라는 내용이 전반부를 이뤘다.

카일은 사뭇 진지한 얼굴로 턱을 매만지며 말했다.

"틀린 말은 하나도 없는데 이 글만 보면 귀여운 조와 하나도 매치가 되지 않는군. 동물을 잘 보살핀다든지, 부하들을 아끼는 내용은 없는 건가."

시녀가 챙겨 주는 아침을 다 먹고 기분이 좋았는지 하얀 여우가 카일의 품으로 뽈뽈뽈 달려와 파고들었다. 결혼식 전에 조가 손수 잡아 와 선물했던 하얀 여우였다.

'조가 직접 내게 데려온 너니, 특별히 여겨 목도리로 만들지 않으마.' 라고 무서운 말을 다정하게도 말하며 카일은 여우를 근처에 두고 키우기 시작했었다.

아름다운 미모의 카일을 아버지로 인식한 건지 여우는 카일을 곧장 따랐다. 지금도 여우는 카일의 품 안에서 몸을 동그랗게 말며 금세 잠이 들었다.

"뒷부분을 마저 읽어 보세요, 폐하."

이사벨라는 옆에 벤지를 앉혀 놓고 조물딱거리며 카일에게 말했다.

기사의 뒷부분은, 그런 조가 황제에게 사랑과 충성을 다하게 되어 용병의 꿈을 접고 그의 곁에서 황후가 되기로 결심했다는 결말이었다. 행복한 핑크빛 신혼 생활을 보내고 있는 황제와 황후 부부에 대한 응원의 말로 마무리되는 글을 다 읽고 난 후, 카일은 조금은 화난 얼굴로 신문을 내려놓았다.

"플라반 영애."

"예, 폐하?"

"이 기사가 무슨 뜻인지 몰랐을 리 없었을 텐데. 잘도 내게 가져왔군."

"무슨 말씀이신지 저는 잘 모르겠네요."

싱긋 웃으며 이사벨라는 부드럽게 답했다. 두 사람의 날카로운 기류쯤은 이젠 익숙하다는 듯 조는 연신 투덜거리며 신문을 읽었다.

"이게 뭐야. 내가 남자로 살아갈 수도 있었는데 카일 때문에 돌아선 것 같잖아. 난 애초에 노빠꾸 스트레이트 불도저 브레이크가 고장 난 내리막길의 미친 전차로서 올웨이즈 카일뿐이었는데."

그녀의 수식어는 여전히 하나도 이해할 수 없었지만 지금 중요한 것은 그게 아니었다.

언뜻 보면 황제와 황후의 세기의 사랑을 말하고 있는 것 같지만 이 신문에서 말하고 있는 것은, 재능 많은 그녀가 황후로서 수도에만 머무는 것이 아쉽다는 뜻을 내포하고 있었다.

카일은 작게 숨을 내쉬었다.

어차피 조가 로타이스로 가야 함을 알고 있었다. 국가 간 경계를 살피고 군대를 통솔하는 것이 기병 장관으로서 그녀의 임무니까. 어쩌면 후계가 생길 때까지 주기적으로 가야 할 테지.

"벤지. 조가 로타이스로 가지 못한 지 얼마나 됐지."

"폐하께서 즉위하신 이후부터 4개월입니다."

보내야 한다. 보내야 한다. 보내야……. 으윽, 보내기 싫어!

입술을 꾹 다문 카일은 쓴 것을 겨우 삼키듯 눈을 질끈 감았다가 억지로 입을 열었다.

"……조, 슬슬 로타이스에 들러야 할 것 같은데 어떻게 생각해?"

싫다고 말해! 내 옆에서 계속 있으면서 간접적으로 체크만 하겠다고 말해!

안타깝게도 카일의 마음의 소리는 조에게 닿지 못했다.

"하긴, 갈 때가 됐죠."

신문을 내려놓으며 조가 아무렇지 않다는 듯 콧잔등을 긁자 카일이 황급하게 덧붙였다.

"꼭 직접 갈 필요는 없지 않을까?"

하지만 조는 이런 문제에선 고집이 셌다. ……사실 그냥 고집이 센 편이었다. 가끔 카일의 얼굴에 넘어가 꺾인 적이 몇 번 있을 뿐.

"전 황제를 폐위시키고 새로운 황제가 즉위한 이 시국에 현 황제인 카일의 권력의 뒷받침이 되어 주는 군부 체제가 제 손에 있는 게 얼마나 다행이에요. 그걸 확실하게 잡아 놔야죠. 로타이스는 국가 경계선과 붙어 있어서 제국을 지키는 거대한 방어벽 역할을 할 수 있지만, 경계에 위치해 있다는 지리적 문제 때문에 불안정해요. 얼마 전까지는 로테나 땅이었기 때문에 그쪽 주민들과 새롭게 이사 온 빌테온 주민들과의 마찰도 피할 수 없고요. 그건 제가 직접 가서 눈으로 보고 듣고 해결해야 할 문제잖아요."

"……그렇지."

요목조목 맞는 말이었다. 카일은 시무룩한 얼굴을 숨기지 못하고 고개를 끄덕였다. 그때 이사벨라가 손뼉을 짝 치며 목소리를 높였다.

"나도 갈래!"

"응?"

"안 돼!"

카일이 테이블을 쿵 내려치며 자리에서 벌떡 일어섰다. 그의 품에서 자고 있던 여우가 놀라 뽀르르 도망쳐서 옆에 있는 시녀의 품으로 안겼다. 시녀는 익숙하다는 듯 여우를 데리고 밖으로 나갔다.

카일은 격앙된 목소리로 이사벨라를 가리켰다.

"플라반 영애! 애초에 그걸 노렸군!"

"이사벨라, 정말로 갈 겁니까? 로타이스는 너무 멀잖습니까."

벤지가 애처로운 표정으로 이사벨라의 팔을 붙잡았지만 카일의 귀에는 들리지 않았다.

"둘밖에 없는 곳에서는 또 어디에 뽀뽀하려고!"

"하하하! 그거야 제 마음 아니겠어요!"

"이사벨라, 저 말고 다른 파트너는 두지 않겠다고 했잖습니까. 어디에 뽀뽀를 한다는 겁니까."

"됐어! 쟤는 못 가! 당신과 둘이서는 보낼 수 없어! 여기 남아! 군사들을 부리는 건 다른 사람을 보내 확인해!"

"아, 또 왜 이러실까! 가야 된다니까!"

카일에게 지지 않을 정도로 목청 좋은 조가 자리에서 벌떡 일어나며 또 큰 소리로 외치자 궁의 지붕이 들썩거릴 정도였다.

궁인들은 익숙하게 움직이며 식은 홍차를 다시 새 것으로 바꾸고 사라졌다.

"어머, 폐하. 저 하나 따라간다고 무슨 큰일이 나겠어요. 제게는 벤지가 있는데."

요염하게 웃는 이사벨라의 말에 안심한 듯 벤지가 안도의 한숨을 쉬며 꼭 붙잡고 있던 이사벨라의 소매를 놓아주었다. 그게 못 견디게 귀여웠는지 이사벨라는 벤지의 두 뺨을 붙잡고 이마며 미간에 쪽쪽 뽀뽀를 퍼부었다.

"악! 내 눈!"

조가 검지와 중지를 들어 눈을 찌르는 시늉을 하며 질겁했다.

카일은 그 와중에 서기를 불러 명령했다.

"못 간다 명령했다고 정확히! 한 자도 빼먹지 말고! 적도록!"

"가야 된다고요!"

"안 돼! 저 위험한 여자와 보낼 수는 없어!"

"무슨 소리를 하는 거예요, 대체!"

"플라반 영애는 눈이 음험하다!"

"당신 나한테도 음흉하다 그랬잖아!"

서기는 바쁘게 손을 움직여 기록했다.

'폐하께서는, 황후마마를 로타이스에 보내지 않겠다 명하셨다. 황후마마는 간다고 하셨다, 못 간다 하셨다, 간다고 하셨다, 못 간다고 명을 내리셨다, 간다고 소리를 지르셨고, 황후마마는 눈이 음흉하다, 간다고, 못 간다고……'

서기는 손이 아파 기록을 잠깐 멈췄다. 그 와중에도 싸움은 계속됐다.

"이사벨라와는 못 가!"

"어차피 이사벨라랑 갈 거 아니었어요!"

"응?"

"뭐?"

시끄럽던 소란이 한순간에 찬물을 끼얹은 듯 멈췄다.

"난 우리 할, 아버지랑 갈 거야!"

조는 당당하게 웃었다. 카일은 파란 눈동자가 훤히 보일 정도로 눈을 동그랗게 뜨고 조를 바라봤다. 대부분의 표정이 사람 열받게 하는 웃는 상인 이사벨라마저도 꽤 놀랐는지 왼쪽 눈썹을 으쓱 올렸다. 오직 조만 생글거렸다.

"스노우 할배 보고 싶으니까요! 군사들 부리는 데에는 그 영감만 한 늙은이가 없기도 하고요. 아, 말하니까 더 보고 싶다."

말을 마치자마자 조는 '가 볼게요!' 하며 벌떡 일어나 자리를 벗어났다. 멍하니 멈춰 있던 카일이 뒤늦게 아련하게 손을 뻗었지만 예전에 '로타이스 후작이 가는 길을 아무도 막지 마라.' 라고 명령한 바가 있어서인지 시녀들은 얼른 문을 열어 주었다. 활짝 열렸던 문은 그녀가 나가자마자 부드럽게 닫혔다. 마치 아기가 울고, 해가 뜨고 또 지고, 여름이 덥고 겨울은 추운 것처럼 자연스러운 절차였다. 뻗었던 손을 그대로 움켜쥔 카일의 주먹이 바르르 떨렸다.

"……저 망아지 같은……."

"사람을 묶어 둘 순 없습니다. 폐하."

카일의 생각을 읽기라도 했는지 황급히 벤지가 끼어들었다. 이사벨라가 한 박자 늦게 얼굴에 미소를 띤 채 말을 걸어왔다.

"폐하. 상처가 남지 않는 튼튼한 밧줄이 필요하지 않으신가요. 장만하시면 여러모로 즐거우실 텐데."

말은 이사벨라가 꺼냈는데 이상하게 벤지의 얼굴이 타올랐다. 빨개진 얼굴로 벤지가 이사벨라의 어깨를 잡아 돌렸다.

"벨라! 대체 무슨 말을 하는 겁니까!"

하지만 카일은 다시 의자에 앉으며 진지한 목소리로 물었다.

"차근차근 얘기해 봐."

"매듭에도 여러 종류가 있지요, 제가 자의로는 절대 풀 수 없는 매듭 방법을 가르쳐 드릴까요?"

"벨라!"

이사벨라는 전혀 개의치 않고 벤지를 일으켜 세웠다. 카일과 이사벨라의 사이에 선 벤지는 하릴없이 두 손을 앞으로 내밀고 있어야 했다.

"아무리 저라도 평소에 밧줄을 들고 다니진 않는지라……. 일단 손수건으로 가르쳐 드리겠습니다. 아실?"

아실에게서 손수건을 건네받은 벨라는 벤지의 손을 묶기 전 황제를 보며 천천히 눈을 깜빡이더니 교활하게 눈을 접어 웃었다.

"폐하. 아시겠지만 이런 기술도 다 개인의 능력이라."

"후에 밧줄 값과 함께 지불하지."

"얘기가 빠르니 좋군요."

카일은 밧줄 필살기를 배웠다. 결국 벤지는 연인을 잘못 사귄 죄로 연습 상대가 되어 두 사람 앞에서 이리 묶이고 저리 묶이는 수치를 견뎌야 했다.

조는 테오도르 궁의 별궁으로 힘차게 뛰어갔다. 공작저가 불타 버려 스노우는 아직 테오의 궁에서 지내고 있었다.

"이제 완전 다 나았겠지. 영감 건강하니까."

테오의 궁에 딸린 작은 별궁 문을 활짝 열어젖히며 힘차게 들어갔지만 스노우는 어디에도 보이지 않았다.

"이 늙은이가 어딜 간 거야. 귀여운 외손자며느리가 왔는데."

뒷머리를 벅벅 긁자 고이 묶어 뒀던 머리카락이 부산하게 흐트러졌다. 조는 시큰둥한 얼굴로 아무렇지 않게 머리를 다시 묶으며 별궁 복도를 걸었다. 그때, 부엌에서 시녀들의 말소리가 들려왔다.

"……답답하시겠다."

"그래도 최대한……."

"공작님도 적응을 못 하시는지……."

조는 부엌 문간에 서서 팔짱을 낀 채 목소리를 낮춰 물었다.

"무슨 얘기인지 정확히 말해."

"황후마마!"

"쉿. 목소리 낮추고. 스노우에 관한 얘기지? 뭔데. 내가 모르는 게 있어?"

"그것이…… 어차피 늦어도 다 알게 되실 거라며 공작님이 먼저 찾아가 말할 필요는 없다 하셔서……."

"내가 지금 왜 내가 모르는지에 대해 물었나?"

두 손을 모은 채 눈치를 보며 눈을 이리저리 굴리던 시녀들이 결국 입을 열었다.

조는 이야기를 모두 들은 후 아무런 말 없이 고개만 짧게 끄덕였다.

"공작은 어디 계시지?"

"후원에 계십니다."

"……그래."

조는 곧장 별궁의 뒤로 돌아 후원으로 향했다. 꽃이 흐드러지게 핀 후원 한가운데에서 스노우가 기다란 나무 지팡이를 짚은 채 천천히 걷고 있었다. 그역시 지팡이가 익숙하지 않은지 몇 번 기우뚱거리기도 했다. 하지만 타고난 운동 신경으로 넘어지지도 않고 이내 곧잘 걸었다. 충분한 시간이 있으면 지팡이를 제 몸처럼 다루며 더 빠르게 걸을 수도 있게 되겠지. 그런다고 굳은 오른쪽다리가 전처럼 움직이진 않겠지만.

'배를 찔렸는데 못 걷는다니. 그게 무슨 소리야. 회복 잘 되고 있었잖아. 내가 몇 번이나 와서 봤는데.'

'그게, 의사도 잘 모르겠대요. 분명히 나아 가고 있었고, 연세가 있으셔서 회복이 조금 더딘 줄로만 알았는데 이상하게……'

'이상하게?'

'상처는 깨끗이 나았는데 다리가 잘 안 움직이신대요. 그래서 일단 지팡이를 사용하시는 방향으로……'

방금 전 시녀와 했던 대화를 떠올리며 조는 숨을 조금씩 아주 천천히 들이마셨다가 산들바람에 함께 얕게 내보냈다. 그러곤 활짝 웃었다.

"어이! 영감!"

단 하나의 그늘도 없이 밝은 얼굴로 킬킬거리며 조는 스노우의 팔을 쿡쿡 찔렀다.

"할배 앞으로 계속 지팡이 짚어야 된다며. 이제 대련해도 내가 이기겠구만."

"웃기고 있네. 네가 날 이기려면 전쟁을 열 번은 더 갔다 와야 할 거다."

스노우 역시 얼굴에 웃음기를 가득 머금은 채 지팡이를 위로 쳐들었다. 조의 머리와 등판을 퍽퍽 내리치는 손길에 애정이 가득했지만 멀리서 보면 그냥 때리는 것 같았다. 처음에야 웃으며 맞았지만 점점 피하지도 못할 정도로 속도가 빨라졌다.

이 영감탱이가 진짜 때리는 거 같은데.

"아! 악! 너무 아프잖아! 아야! 이 늙은이가 진짜로 사람 치네!"

"네가 진검을 써도 내가 이긴다. 새파랗게 젊은 놈이 어딜 개겨."

"진짜로 해 보자는 거예요? 알았어, 덤벼요!"

"지랄도 병이야, 인마. 덤비는 건 네 쪽이지."

스노우가 지팡이로 땅을 짚은 채 한쪽 입꼬리만 씩 올려 웃었다.

"세상에. 누가 할배보고 제국 최고의 무장이랬어요? 완전 깡패 같은데."

"너는 궁에 거울도 없니?"

"……시발."

진심으로 기분이 상한 듯 조가 작게 욕을 읊조리더니 곧바로 스노우에게 달려들었다. 코뿔소마냥 온몸으로 들이받아 덤비는가 싶더니 잽싸게 몸을 틀었다. 여태 조가 상대했던 놈들은 이런 속임수를 쓰면 보통 갑작스럽게 바뀐 공격 범위를 예측하지 못하고 당황하다 결정타를 맞곤 했다. '보통'은 그랬다.

조는 몸을 낮춰 스노우가 몸을 지탱하고 있는 지팡이의 아랫부분을 후려치려고 다리를 길게 뻗어 휘둘렀다. 그때, 스노우는 부드럽게 체중을 왼쪽에 싣고 지팡이로 원을 그리듯 휙 휘둘러서 조의 뒤통수부터 등판을 퍽 내려쳤다. 둔탁한 소리가 후원에 울렸다.

"……진심으로 걱정돼서 하는 말인데 너 머리가 비었냐? 머리에서 빈 나무 껍데기 소리가 나잖아."

"……진심으로 걱정돼서 하는 말인데 할배 진짜 노망났어요? 황후 대가리를 후려쳐?"

머리와 등을 문지르며 자리에서 일어선 조는 씩씩거리며 한발 물러섰다.

"어떻게 한 번을 못 이기지. 이상하네."

"이상하긴. 다리 못 움직인다는 소식 듣자마자 거기를 공격하는 네놈 인성 상태가 제일 이상하지."

투닥거리며 후원에서 몇 번을 더 실랑이하던 두 사람은 한참 후에야 다시 별궁 건물 안으로 들어왔다. 기어코 스노우에게 한 방 먹이긴 했는지 그의 옷소매가 찢어져 있었다. 물론 조의 상태는 더했다. 헝클어진 머리 하며 찢어진 셔츠와 그새 밑창이 떨어진 신발까지 엉망진창이었다. 밑창이 떨어진 신발을 신경질적으로 휙휙 벗은 조는 시녀가 냉큼 가져다준 실내용 슬리퍼를 신고 별궁에서 스노우가 지내는 방으로 들어갔다.

"하하하하! 넌 10년은 멀었다니까!"

껄껄 웃으며 스노우가 조금은 더딘 발걸음으로 기우뚱거리며 조의 뒤를 따랐다. 평소보다 확연히 느렸다. 혹여 지팡이를 잘못 짚거나 중심을 잘못 잡아 넘어질까 걱정되었는지 그의 주변에서 시종들이 얼쩡거렸다.

부축해 드릴까요, 라고 묻기 일보 직전 조가 방문 밖으로 고개를 내밀고 소리쳤다.

"스노우! 빨리 와요! 할 말 있어서 왔는데 여태 한 마디도 못 꺼냈네!"

"하여간 성질하고는! 지겠다 싶으니까 내 옷소매를 이로 물어뜯을 때부터 알아봤네! 너 나중에 꼭 너랑 똑 닮은 새끼 낳아라!"

"에베베베베, 내 애기는 우리 귀염둥이 카일 닮을 건데요. 완전 우르르르 까꿍 할 건데."

조가 혀를 내밀어 현란하게 흔들며 스노우를 놀리는 동안 어느새 방문 앞에 선 그는 조의 머리를 안으로 잡아 밀며 그녀와 함께 방 안으로 들어섰다.

차분히 대화하는가 싶더니 금세 큰 소리가 오갔다.

'이놈의 영감탱이 고집만 드럽게 세 가지고!'

'2주나 너랑 마차를 타고 가라니! 벌써부터 징글징글하다!'

'악! 또 때리네, 이 영감! 가만 안 둬!'

잠시 후에는 우당탕탕 소리가 들려오기도 했다.

밖에서 대기하고 있는 시종과 시녀들이 발을 동동거리며 안의 상황에 귀를 기울였다.

"황후마마가 정말로 화가 나서 스노우 공작님을 치면 어쩌지?"

"……벌써 친 것 같은데요. 그리고 공작님은 그 수십 배로 때린 것 같고요."

도레스가 어깨를 축 늘어뜨리며 말했다.

"두 분이 자주 치고받으며 싸우시긴 해도 서로……."

서로?

'서로 아끼고 사이가 좋으시니 다행이죠.' 라는 말이 따라올 타이밍이긴 했다. 하지만 도레스는 조금은 지친 얼굴로 진심 어린 말을 덧붙였다.

"서로 목은 안 치니 다행이죠."

"아……. 그건 그렇지. 살아 있는 전설이랑 전쟁의 신이 서로의 목을 노리며 싸운다니."

"어우……. 듣기만 해도 피 냄새가 나는 것 같네요."

모두 동시에 몸을 부르르 떨었다. 그때, 방 안에 있는 조의 목소리가 밖까지 울렸다.

"진짜죠? 정말이죠? 할, 아버지 정말 나랑 같이 가기로 약속했죠?"

"그래, 간다. 가! 이 빌어먹을 똥고집 놈아."

"너무 좋아! 그럼 저 짐 싸고 올게요! 할배도 짐 싸고 있어요! 다 하고 데리러 올게요!"

문이 벌컥 열리고 조가 경주마처럼 뛰어나와 창문으로 향했다. 창틀에 선 조가 활짝 웃으며 외쳤다.

"할배 짐 좀 챙겨 주세요! 금방 또 올게요!"

"마마! 문으로 나가세요, 제! ……발. 벌써 가셨네."

시종들은 작은 체구로 총총거리며 급히 황후를 쫓아 달려 나가는 도레스에게 안쓰러운 시선을 보냈다.

"……쟤는 돈을 좀 더 받아야 되는 거 아냐?"

동정의 시선도 잠시, 시종들은 스노우가 로타이스에서 지내게 될 동안 입을 옷가지와 신발 등을 챙겼다. 몇 개나 되는 가방을 다 챙긴 후에도 금방 오마 했던 조는 돌아오지 않았다. 커다란 소파에 앉은 스노우가 편안하게 미소 지으며 쌍욕을 이죽거렸다.

"망할 놈. 시간 약속을 개똥으로 아는군. 내가 직접 가 볼 테니 신경 쓰지 마."

부축을 돕겠다는 다른 사람들의 손을 모두 내치고서 스노우는 혼자서 조가 지내고 있는 궁으로 걸어갔다. 그의 뒷모습을 보며 시종들이 그제야 수군거렸다.

"······두 분 원래 친한 건 알지만, 그래도 그렇게 건강하시던 공작님이 다리를 절게 되셨는데 어떻게 저런 반응을 하시지."

"마마가 너무 무신경하신 것 같아."

❄ ❄ ❄

"이 개망나니가 어디로 간 거야."

말은 험하게 하면서도 스노우는 그것마저 숨바꼭질 같아서 즐거운지 연신 싱글거렸다. 조와 함께 있을 때면 늘 웃음이 멎질 않았다.

아무리 곤란한 상황이더라도 그 황당무계하고 막무가내인 꼬라지를 상상하면 웃음이 픽 터졌다. 스노우는 제 제자이며 외손주며느리고, 손녀고, 딸 같은 그 녀석이 정말로 마음에 들었다.

"황후마마가 어디에 계신지 아나?"

시녀가 손가락으로 신전을 가리켰다.

"마마는 아까 신전으로 정신없이 뛰어가셨어요."

신전? 여행 가기 전에 여신에게 인사라도 하려는 건가.

열심히 걸어 신전의 커다란 문을 조심스럽게 열자 서늘한 공기가 뺨에 닿았다.

조는 여신의 조각 앞에 무릎을 꿇은 채 덜덜 떨며 울고 있었다. 어쩐지 원망스러운 말투였다.

"일부러 그러는 거죠. 일부러 나 힘들게 하려고 아무 잘못도 없는 영감 다리 고장 낸 거잖아요. ······투르가 님, 여신님. 그러지 마세요. 우리 할아버지한테 왜 그래요. 그런 식으로 하나둘씩 고장 내고, 망가뜨리지 마요. 흐으, 내가 미안해요. 당신의 세상을 어지럽게 해서. ······내가 잘못했어요. 흐어엉. 제발, 스노우를······."

두 팔로 바닥을 짚고 있는 것조차 버거운지 그녀는 곧 완전히 무너져 엎드렸다. 울음은 점점 발악으로 변했다. 격앙된 감정을 섞어 목에 힘을 주자 숨소리에 쇳소리가 섞여 들려왔다. 전에 독을 삼킨 후유증이었다.

"내가 망쳤다면서요. 흐윽, 내가 망쳤잖아! 근데 왜 다른 사람한테 그래! 나를 망가뜨리는 게 맞잖아, 불만이 있으면 나한테 해야 될 거 아냐!"

악을 쓰며 목이 찢어져라 소리를 지르다가 조는 고개를 절레절레 흔들며 다시 주저앉아 두 손을 모으고 용서를 빌듯 머리를 조아렸다. 눈물이 여러 갈래로 흐르고 콧물이며 침이 범벅되어 보기 흉할 정도였다.

"……아니야. 아니에요. 일부러 그런 거 아닐 거라고 믿을게요. 그러니까…… 그러니까 여신님. 기적을 주세요. 나는 신이 있는 걸 알잖아요. 당신한테 힘이 있는 걸 내가 안다고요. 스노우 원래대로 되돌려 주세요. 제 가족이란 말이에요. 제 아버지고, 할아버지예요. 제발……."

한참을 울며 애원하고, 울음에 숨이 먹혀 구역질까지 올라왔다. 하지만 여신은 답이 없었다. 조의 울음이 서서히 멎었다. 그녀는 싸늘하게 식은 음성으로 여신 조각상의 텅 빈 눈을 똑바로 바라보며 말했다.

"균형이 반드시 필요하다면, 그 무게는 제가 견디는 게 맞는 거잖아요."

조가 허리에서 검을 꺼내 들었다.

"뭐 하는 거야!"

스노우가 다급하게 신전 안으로 들어왔지만 몇 걸음 앞으로 가지 못하고 기우뚱 기울어져 쓰러졌다. 급한 걸음을 제대로 지탱하지 못하는 지팡이는 쓸모없는 나무 막대기로 전락했다. 신전 대리석 바닥으로 지팡이가 볼품없이 나동그라졌다.

"하지 마! 조, 하지 마라! 무슨 멍청한 짓을 하려는 거냐!"

멍하니 뒤를 돌아본 조는 팔을 들어 눈물과 콧물로 범벅이 된 얼굴을 소매로 마구 문질러 닦았다. 안 그래도 빨갛던 얼굴이 옷에 쓸려 더 붉어졌다. 조는 그런 꼴을 하고서 바보처럼 히죽 웃었다.

"스노우. 미안해요. 나 때문인가 봐요."

"무슨 말이야, 조. 이리 와. 그러지 마라."

하필 이런 때에 오른쪽 다리가 말을 듣지 않았다. 마치 땅에 뿌리라도 박힌 것처럼 무겁기 그지없어 스노우는 팔을 뒤로 뻗어 제 다리를 잡고 질질 끌면서 앞으로 기어 나아가야 했다. 하지만 스노우가 바닥을 절절 기는 속도보다 조가 제 다리에 검을 가져다 대는 것이 더 빨랐다.

"조!"

몇 분 전에 눈물을 닦은 게 쓸모없을 만큼 조의 눈에서는 퐁퐁 눈물이 계속 해서 흘렀다. 스노우의 백발이 엉망으로 흐트러졌다. 그 아래의 맑고 푸른 눈을 빠르게 깜빡이며 스노우는 빠르게 앞으로 기었다.

조가 우는 얼굴은 낯설었다. 수십 번 기절하고, 수백 번을 싸우고 훈련하는 동안에도 눈물 한 줄기 흘린 적 없는 강한 아이였다. 그런 제자가 저리 세상을 잃은 것처럼 울다니. 믿을 수 없었다. 오늘따라 신전의 넓고 긴 복도가 야속하 게 느껴져 스노우는 주먹을 꽉 움켜쥐었다가 다시 바닥을 끌어당기듯 짚어 앞 으로 나아갔다. 하지만 아무리 기어도 조에게 닿을 수 없을 것처럼 느껴졌다. 투르가 여신 조각상의 공허한 눈이 문득 두려워질 정도로. 스노우는 이를 악물 고 조에게 손을 내밀었다.

"이리 와, 조. 너는 이미 내 손녀고, 내 딸이나 다름없다. 그러니 그거 내려 놓고 이리 와."

조는 울먹이며 고개를 도리도리 저었다.

"그래서 그런 것 같아요. 할아버지가 나한테 너무 소중하니까. 내가 다 망친 벌을 이렇게 주나 봐요. 스노우는 그냥 거기 있어요. 균형을 내가 다시 맞추면, 할배 다리도 다시 돌아갈 거예요."

"……뭘 하려는 거냐."

오른쪽 다리의 아킬레스건에 검을 가져다 댄 조가 콧물을 슥 닦으며 빙긋이 웃었다.

"일단 한쪽 인대를 끊어 보고, 그래도 할배가 못 걸으면, 다음엔 왼쪽도 해 볼게요. 걷지 못하게 되면 내가 가진 명성을 다 잃을 테고, 그럼 균형이 맞겠 죠."

"균형, 균형! 그 빌어먹을 균형이 무슨 말이냐고! 조! 허튼짓하지 마라! 네 스승으로서 하는 말이야! 하지 마!"

"히히, 할배 화낼 때 찡그려지는 미간 주름도 우리 아빠랑 똑같다."

상황과 어울리지도 않는 해맑은 꼴로 히죽 웃은 조는 그대로 망설임 없이 손에 힘을 주었다. 발목 인대를 끊기 직전, 조의 눈동자가 뒤로 넘어갔다. 동시에 무슨 일인지 스노우가 벌떡 일어서서 달려와 대리석 바닥에 뒤통수를 박기 직전의 조를 재빠르게 안았다.

혁혁거리는 스노우의 숨소리가 신전을 가득 채웠다. 왜 기절했는지는 모르지만 조는 의식 없이 쓰러진 채 그저 얕은 숨만 쌕쌕 쉬고 있었다. 잠을 자는 것처럼 보이기도 했다. 스노우는 제 품에 안긴 조의 작은 얼굴을 살피며 주름진 손으로 직접 눈물을 닦아 주었다. 조급한 시선으로 조의 발목을 살펴보자 이미 베여 피가 나긴 했지만 다행히 인대가 끊어질 정도는 아닌 듯했다. 안도의 한숨을 크게 내쉰 스노우는 조의 얼굴을 쓰다듬으며 말했다.

"멍청한 짓 좀 하지 마라, 이 멍청한 놈아."

그리고 본능적으로 알 수 있었다. 오른쪽 다리의 힘이 돌아왔다는 걸. 스노우는 조를 안은 채 조각상을 똑바로 보며 말했다.

"얘가 어디서 왔든, 이젠 내 아이입니다."

피가 조금씩 새어 나오는 조의 발목에 손수건을 묶은 스노우는 저 멀리 혼자 나뒹구는 지팡이를 향해 큰 보폭으로 걸어가 그것을 쥐어 들었다. 여신의 제단 위에 지팡이를 그대로 올려놓은 스노우는 그대로 뒤돌아 조를 둘러업고서 신전을 나갔다.

스노우는 제 다리가 갑자기 움직이게 된 것이 여신의 힘이나 기적이라고는 생각지 않았다. 가끔 그는 존재조차 불확실한 신의 뜻보다 사람의 의지가 더 강하다는 걸 느낄 때가 있었고, 지금이 바로 그런 때였다. 제 어깨에 머리를 기대어 얕은 숨을 내쉬고 있는 제자를 느끼며 스노우는 천천히 걸음을 옮겼다.

조를 업고 넓은 황궁을 걷자 시종들이 기겁을 하고 다가왔다. 스노우는 강한 눈빛으로 그들에게 찍소리 말고 물러나라 명령했다. 풀 밟는 소리조차 들리지 않을 정도로 살금살금 시종들이 물러나자 스노우는 조를 고쳐 업고서 다시 느긋하게 걸었다.

"……무거워 죽겠다. 딸아."

내가 미쳐도 제대로 미쳤지, 이 나이에 딸이라니.

스노우는 그대로 황궁 밖으로 나가 마차에 올라탔다. 갈 곳이 있었다.


조는 꿈속에서 누군가의 손을 잡고 한참 걸었다. 개나리와 진달래가 잔뜩 피어 있고 고개를 들자 하늘을 가득 메울 정도의 벚나무에서 분홍색 꽃잎이 마구 흩날렸다.

"우와아……."

어쩐지 한참 어린 목소리였지만 그 순간에는 전혀 이상하다고 생각되지 않았다. 그저 기분이 좋았다.

조금 더 걷자 목이 콱 막힐 정도의 더운 공기가 물씬 느껴졌다. 높은 습도에 붙잡은 손에서 땀이 줄줄 흘렀다. 걷기 싫다고 짜증을 내며 앞에 있는 작은 돌멩이를 툭툭 차도 옆에서 걷고 있는 커다란 손은 발걸음을 조금 늦출 뿐 멈추지 않았다.

약간 싸늘해진다 싶더니 빨간 단풍잎이 우수수 떨어졌다. 그게 웃겼는지 조는 키히히 하고 소리 내서 웃었다. 갑자기 똥 냄새가 진동을 했다. 여기저기에 은행이 떨어져 으깨진 터라 이리저리 피해 가야 했다. 조막만 한 손으로 코를 틀어쥐며 조는 깡충깡충 뛰었다. 옆에 선 사람도 함께 깡충거리며 은행 무더기 위를 지나왔다.

찬 바람이 불었다. 눈발이 흩날리는 겨울 속에서 조는 옆 사람에게 꼭 달라붙어 걸었다. 눈밭 위에 남은 발자국은 이상하게도 제 것뿐이었다. 의구심이 생긴 조가 고개를 갸우뚱 기울이자 손을 잡은 이가 조를 앞으로 이끌었다.

하얀 여신의 조각상이 시야에 가득 들어차는가 싶더니 어느새 훌쩍 멀어졌다. 신전 제일 뒤에 서 있는 것 같았지만 어쩐지 공기와 더불어 움직이는 듯 몸은 한없이 가볍기만 했다.

그때, 신전의 문이 쿵 하고 열리며 밝은 백금발의 사내가 뚜벅뚜벅 걸었다. 젊은 모습인데도 단번에 알 것 같았다. 조는 무심코 손을 앞으로 내밀었다.

"……스노우."

목소리는 당연히 닿지 않았다. 투명한 막이 있는 것처럼 조는 흐리게 그를 지켜보기만 했다. 남자의 음성은 아주 단단했다.

"투르가 님. ……제가 사람을 수도 없이 죽였기 때문에 제 아내를 데려가시려는 겁니까."

애써 감정을 짓누르는 듯 남자는 몇 번이나 주먹을 말아 쥐었다가 펴기를 반복했다. 침통한 표정으로 스노우는 조각상을 올려다봤다.

그의 밝은 색의 머리카락이 어느새 성성한 백발로 물들었다. 여전히 곧은 허리였지만 약간은 작아진 키로, 그는 지친 듯 작게 읊조렸다.

"프리실라……."

여신 앞에서 죽은 딸의 이름을 한숨과 함께 속삭인 스노우는 눈가를 짓누르며 말했다.

"……딸을 지키지 못한 것은, 역시 제가 무력한 죄겠지요."

조는 앞에 있는 투명한 막을 통통 두드리며 말했다.

"아니야, 잘못한 거 없어요! 스노우! 스노우 잘못이 아니에요!"

하지만 그는 조의 목소리를 듣지 못한 채 여신의 조각상을 물끄러미 올려다봤다. 할 말이 많은 것 같았지만 결국 그가 꺼낸 문장은 단 하나뿐이었다.

"……당신의 곁에서라도 편하게 쉴 수 있게 해 주십시오."

딸을 잃은 스노우는 발을 질질 끌며 터덜터덜 신전을 나갔다. 그의 처진 두 어깨와 그늘에 잠긴 두 눈은 모든 빛을 잃은 것처럼 보이기도 했다.

조는 끝까지 스노우에게 소리쳤다.

"스노우 잘못 아니라니까요! 스노우!"

신전 밖에서 들어오는 빛이 급작스럽게 어두워졌다가 다시 밝아지기를 몇 번 반복했다. 신전의 문이 버겁게 끼이익 소리를 내며 열렸다. 샛노란 머리카락에 푸른 눈을 깜빡이며 어린아이가 들어왔다. 이제 겨우 일곱 살이나 되었을까. 아이는 주변의 눈치를 살피며 조심스럽게 신전의 제일 뒷자리에 앉았다. 조는 제 옆에 앉은 아이의 이목구비를 꼼꼼히 살폈다.

어린 카일이었다. 카일은 작은 두 손을 모으고 간절히 기도하다가 말간 눈을 뜨고 여신의 조각상을 바라봤다.

"……아무도 저를 사랑하지 않아요."

여린 목소리로 뱉어 낸 말은 그대로 조에게 날아왔다. 목에 커다란 씨앗이라도 박힌 것처럼 울컥 통증이 받히듯 올라와 조는 입을 틀어막아야 했다.

"너무 슬퍼요. 밤에는 쓸쓸해요. ……사실은 낮에도 쓸쓸해요."

아이다운 간단한 단어로 뱉어 내는 문장들이었지만 아이의 외로움이 물씬 느껴졌다.

푸른 눈동자 가득 물기가 어렸다.

"……제가 뭔가 잘못한 걸까요?"

조는 안간힘을 쓰며 손을 뻗으려 했지만 손끝 하나도 닿지 못했다.

저렇게 내내 혼자 견디며 자라 어른이 되었던 거구나, 카일.

조는 먹먹한 목소리로 몇 번이나 그에게 말을 걸었다.

"카일, 아니야. 네 잘못 아니야. 그러니까 혼자 울지 마."

아이는 이내 울기 시작했다. 고사리 같은 작은 손으로 연신 눈물을 닦아 내며 아이는 소리도 내지 않고 훌쩍거렸다.

"제가 잘못한 게 있으면 고칠게요. 그, 흐, 그런데 잘 모르겠어요……. 아무도, 아무도 저를 사랑하지 않아요."

"제발, 카일. 아니야. 카일, 울지 마. 네 잘못 아니야."

목소리가 닿지 않은 채 시야가 또 바뀌었다. 엉망이 된 꼴로 울며 조가 여신의 조각상 앞에서 비명처럼 소리를 지르고 빌고 사정하다가 이내 고개를 아래를 처박고 빌기 시작했다.

"내가 미안해요. 당신의 세상을 어지럽게 해서. ……내가 잘못했어요. 흐어엉. 제발, 스노우를……."

사계를 걷는 동안 내내 어린 모습이었던 조는 어느새 어른이 되어 있었다. 조는 멍하니 자기 자신의 뒷모습을 바라봤다.

이것도 여신이 보여 주는 환상이구나. 아마 투르가 여신도 내게 이 말을 하려던 거였겠지.

조는 자신을 향해 손을 내밀었다.

"네 잘못이 아니야, 조."

말을 뱉자마자 꿈에서 깨어났다.

부드러운 바람이 볼을 간질였다. 눈을 깜빡이자 자면서도 내내 울고 있었던 건지 물줄기가 관자놀이로 주르륵 흘러갔다. 시야에 스노우의 커다란 손이 들어왔다. 그는 아무렇지 않게 조의 눈물을 닦아 주며 다정히 말을 걸었다.

"오래도 자네. 너 업고 올라오느라 숨넘어갈 뻔했다, 자식아. 내려갈 땐 네가 나 업고 가라."

"……여기가 어디예요."

조는 부스스 일어나 앉아 주변을 둘러봤다. 달빛을 받아 아름답게 빛나는 초록 들판과 저 멀리 아래로 화려한 불빛들이 자그맣게 반짝였다.

"할배, 난 유부녀예요. 이런 로맨틱한 곳에서 청혼을 하려고 하다니."

아직도 먹먹하게 잠긴 목소리로 아무렇지 않게 농담을 건넨 조는 곧 뒤통수를 후려칠 스노우를 예감하고 살짝 목을 움츠렸다. 하지만 스노우는 예상과 달리 껄껄 웃기만 했다. 그는 흘러가듯 부드러운 목소리로 말했다.

"그래, 네 말이 맞다."

"……어? 아니, 그, 그러면 그거는 가계도가 너무 복잡해지는데."

당황한 조가 버벅거리자 그제야 스노우의 손이 뒤통수로 날아왔다.

이 영감탱이가 이제 시간차 공격을 하네.

스노우를 노려보며 입술을 삐죽이던 조가 별안간 눈을 동그랗게 뜨고 그의 오른쪽 다리를 들고 짤짤 흔들었다.

"……어? 할배! 방금 나 업고 왔다고 했죠? 어떻게 업고 왔어요? 다리는? 어라? 내 발목은 안 잘렸는데? 다리 괜찮아요?"

"눈치가 이렇게 없고 더딜 수가 있나. 이게 어떻게 전쟁의 신이지?"

유난을 떠는 조의 머리에 꿀밤을 먹이고서 스노우는 자리에서 천천히 일어서 오른편의 어딘가로 향했다. 그는 소탈하게 세워진 작은 비석 앞에 한쪽 무릎을 꿇고 앉아 큰 숨을 마셨다가 후, 하며 내뱉었다.

"타샤한테 청혼한 곳이고, ……타샤가 묻힌 곳이지."

조가 흠칫 놀라 벌떡 일어서서 꾸벅 인사했다.

"죄송합니다. 부인 계신 곳에서 제가 무슨 농담을……."

"생각하는 수준하고는."

웃음기를 머금은 말투로 면박을 준 스노우가 일어서서 다시 벤치로 돌아와 조의 어깨를 잡아 도로 앉혔다. 작은 벤치에 나란히 앉아서 언덕 아래를 바라 보니 탁 트인 시야 너머로 밤의 냉기를 머금은 바람이 시원하게 날아와 가슴을 달래 주는 기분이었다.

스노우는 조의 머리를 제게 기대게 하고는 팔을 둘러 안아 조의 어깨를 차분 하게 도닥였다.

"네 잘못이 아니다, 네가 잘못한 거라곤 하나도 없어. 조. 알았지?"

"……네."

"이젠 혼자 울지 말고. 그런 멍청한 짓을 하면 더 멍청해 보이니까 그런 거 하지도 말고."

"……네."

"한 번만 더 검으로 쓸데없는 짓을 하려고 하면 내가 직접 검으로 네 목을 잘라 주마."

"……뭐요?"

놀라서 돌아보는 조의 시선을 무시하고 스노우는 나긋나긋 말했다.

"혼자 다 짊어지려고 하지 마라, 가끔은 기댈 줄도 아는 게 어른이야. 알았 지."

조는 마지막엔 대답하지 못하고 울음을 꾹 참고 그저 고개만 끄덕였다. 스노 우는 그것만으로도 장하다는 듯 작은 음성으로 '대답은 잘하네.' 하며 웃기만 했다.

❖  ❖  ❖

카일이 밧줄 필살기를 배운 것이 쓸모없게도, 조는 스노우를 찾아간다며 떠 난 이후 한나절 동안 그와 함께 행방불명되었다가 새벽이 되자마자 짐을 챙겨 출발해 버렸다.

분명히 기다리고 있었는데! 젠장!

잠깐 졸았던 사이에 조는 침실에 들르지도 않고 미리 챙겨 뒀던 짐을 챙겨 제가 데리고 있던 용병단과 함께 떠나 버렸다. 듣자 하니 어떻게 된 건진 모르 겠지만 며칠 내내 지팡이를 짚고 다니던 스노우가 갑자기 지팡이 없이 전처럼 멀쩡하게 걸어 다니고 둘이서 껄껄 웃으며 직접 마차를 몰고 신나서 가 버렸다 는데.

"대체! 해도 안 뜬 꼭두새벽부터! 뭐가 그리 신나서! ……애초에 누가 자기 시외조부랑 그러고 놀러 다니냔 말이야!"

아침 조회를 하러 온 벤지에게 성질을 낸 카일은 한참 씩씩거렸지만 그런다 고 떠난 조가 돌아오는 것은 아니었다.

카일의 속도 모르고 조는 잔뜩 상기된 얼굴로 마차를 몰고 있었다. 아까까 지만 해도 옆에 앉아 있던 스노우는 지쳐서 좀 편히 앉아야겠다며 마차 안으로 들어가 버린 후였다.

황후가 직접 로타이스로 가는 것이니 네 마리의 말이 끄는 커다란 붉은색 마 차와 앞뒤로 조의 용병단들이 호위하듯 주르륵 줄을 맞춰 이동하는 중이었다.

……물론 비상하게 빠른 마차의 속도에 맞춰서.

마을을 지날 때 사람들은 바람처럼 휘날리며 다가오는 행렬을 보며 수군거 렸다.

"뭐지, 전쟁을 하러 가는 건가."

"하지만 화려한 마차가 있잖아."

"황후마마는 어디에 계시지."

마침 마차의 창문이 열렸다. 은발이라기엔 다소 밝은 머리카락이지만 어쨌 든 흰빛을 띤 머리카락이 언뜻 보이는 것도 같았다. 앗, 그러고 보니 마부의 머 리카락도 은색이었다.

누가 황후님이지?

백성들의 시선이 한곳에 모이는 순간, 마차의 창문이 완전히 열렸다. 백발의 남자가 창밖으로 얼굴을 내밀고 버럭 소리를 질렀다.

"야, 이 망할 자식아! 속이 뒤집어져서 어릴 때 먹은 우유까지 다 튀어나오겠다!"

"꺄하하하하! 나 말 네 마리는 처음 몰아 봐! 하하하하!"

"속도 좀 줄이라고, 인마!"

"하하하하! 그럼 할배도 다시 앞으로 오시든가! 와학! 빠르다! 으하핫핫핫!"

폭풍처럼 행렬이 지나간 후 백성들은 멍하니 길거리 위에 서서 말발굽 자국과 저 멀리 사라지는 흙먼지를 번갈아 바라봤다. 황후로 추정되는 광인의 웃음소리와 누군가의 괴성이 메아리처럼 윙윙 울리며 들려왔다.

"하하하하! 너무 신나! 이랴! 핫챠! 으라얍! 핫!"

"야 이 개자식아!"

길 위의 백성들은 말을 아끼다가 몇 분 후에야 헛웃음과 함께 집으로 돌아갔다.

"하하……. 행복해 보이시니 다행이네요."


으슥한 밤, 굳이 분위기를 내겠다며 천막을 치고 밖에서 잠을 자겠다고 고집을 부리는 황후 탓에 수십여 명의 장정들은 야외 취침을 해야 했다. 용병단들은 투덜거리면서도 야무진 손으로 금세 뚝딱뚝딱 천막을 지어 올렸다.

"아, 대장! 아니, 마마! 여관을 잡으면 되잖아요!"

"야야, 밖이니까 그냥 대장이라고 불러! 궁 아니잖아!"

술을 병째로 들고 벌컥벌컥 마시며 조는 기분 좋게 껄껄 웃었다. 대체 왜 저렇게 텐션이 업돼 있는지 알다가도 모를 일이지만 저 사람은 10일 중에 8일 정도는 미쳐 있으니 이제는 다들 그러려니 했다.

스노우는 각목을 들고 조의 등 뒤로 다가갔다. 소년병 율리가 스노우의 뒤를 따르며 조용히 물었다.

"스노우 님, 각목으로 뭘 하시려고요?"

"제국을 위해 황후를 처리해야겠다. 저놈은 미친 거야. 틀림없어."

살아온 날의 반 이상을 말 위에서 보낸 전대(前代) 기병 장관 스노우가 마차 멀미를 할 정도로 조의 마차 운전 실력은 험하다 못해 흉흉했다. 그 탓에 내리자마자 아픈 골머리를 잡고 끙끙대다가 방금 전에야 겨우 정신을 차린 스노우였다.

율리는 놀라 입을 틀어막고 조심스럽게 다시 물었다.

"정말로 각목으로 대장을 처리할 수 있나요?"

그의 말을 들은 스노우는 잠깐 고민하다가 각목을 내려놓고 검 손잡이로 손을 갖다 댔다.

"좋은 지적이었다. 꼬맹이. 각목 따위로 재우려 하다니. 내가 감을 잃었군."

어제의 다정한 분위기는 어디로 사라졌는지. 스노우는 저 미친 외손자며느리를 딱 1주일만 잠재워 놓고 느긋하게 마차를 타고 가고 싶었다. 그때 귀신같이 조가 휙 뒤를 돌아보더니 헤실거리며 다가왔다.

"할아빠! 할, 아버지도 한잔해요!"

"제기랄. 생존 본능만 뛰어난 녀석."

검에서 손을 떼 낸 스노우는 조가 내민 잔을 받아 들었다. 아직 독한 술을 마시지 못하는 율리는 냉큼 멀리 도망갔다. 넘치기 일보 직전까지 술을 따라 준 조는 스노우에게 팔짱을 끼고 바보처럼 헤헤 웃었다.

"나는 우리 영감이 너무 좋아. 오래 살아요."

"술맛이 좋네. 오늘은 살려 주마. 내일은 마차 남에게 맡겨."

"이잉. 조는 그런 고 시룬뎅."

바로 윽박이 따라올 줄 알았지만 스노우는 조용했다. 조는 그런 사소한 것에 신경 쓰지 않고 근처의 나무 위를 향해 소리 질렀다.

"내려와! 같이 한잔해!"

천막을 짓던 용병단들이 조의 시선이 향하는 곳을 바라봤지만 그곳은 그냥 나뭇가지만 흔들릴 뿐 아무것도 보이지 않았다.

"대장! 진짜로 맛이 갔어요?"

샘의 질문에 조는 한쪽 입꼬리를 올리며 자신만만하게 대답했다.

"야. 나무 위에 사람 있다에 내 왼손 건다."

"으. 뭐 그런 걸 걸어요. 예쁜 손도 아니면서."

조의 옷가지와 개인 물품을 챙겨 천막 안을 꾸미고 나온 도레스가 뒤늦게 대화에 끼어들었다.

"마마가 나무 위에 사람을 걸어 뒀다고요? 언제 사람을 죽이셨어요?!"

어처구니없다는 듯 바라보는 용병들과 약간은 빠친 시선으로 도레스를 노려보는 조의 눈동자 사이에서 스노우만 배를 잡고 웃으며 조의 어깨를 후려쳤다.

"그게 더 타당하게 들릴 법도 하겠네! 하하하!"

"아이씨, 아니라니까! 진짜로 사람 있다니까! 내가 고용했다니까!"

"대장! 자기가 여자라고 할 때부터 허언증 있는 건 알았지만!"

"야! 그게 왜 허언증이야! 나 여자잖아!"

"예? 폐하가 합법적으로 결혼하려고 거짓말하신 거 아니었어요?"

누군가의 말을 시작으로 설전이 벌어졌다. 조용한 야산에서 용병들의 거센 목소리가 쩌렁쩌렁 울려 퍼지기 시작했다.

"똘추야, 대장은 원래 남자였다가 여자로 바뀐 거지! 투르가 여신님이 바꿔 준 거잖아! 넌 신문도 안 읽냐!"

"그거 무슨 신문이야, 이름 딱 대!"

끼어드는 조의 말은 가뿐히 무시하고 다른 용병이 토론에 끼어들었다.

"말이 되냐! 여신님이 사람 성별을 어떻게 바꿔! 폐하가 결혼하고 싶어서 거짓말하신 거 맞거든!"

"폐하가 뭐 때문에 결혼을 하려고 거짓말을 하시겠냐!"

"대장이 남자니까!"

"나 여자라고!"

목이 터져라 소리를 질러도 용병들의 목소리는 작아지질 않았다. 그중 누군가가 손을 번쩍 들고 질문을 던졌다.

"어쨌든 지금은 여자라는 거 아냐? 나라가 완전 뒤집어졌었잖아. 대장이 여자라서."

물론 용병들은 고분고분 넘어가지 않았다.

"아니지, 인마. 여자로 밝힌 거랑 진짜 여자인 거랑은 다르지! 대장은 국혼을 해야 되니까! 어? 그거 때문에 여자로 사람들한테 밝힌 거고, 진짜로 여자는 아닌 거고!"

396

오른손 날을 세워서 왼손 손바닥을 탁탁 치며 얘기하는 모양새가 다분히 사리에 맞는 말을 하는 것처럼 보였다.

"아, 그런 건가."

"아니지! 드레스 입은 적 있었잖아! 그때 분명히 대장 상체에 살덩이가 있었는데?"

"안에 뭘 넣으셨겠지! 항상 안 비치는 옷만 입잖아, 대장은!"

"아, 그렇구나."

왁자지껄한 가운데 조가 술잔을 바닥에 던지며 소리를 꽥 질렀다.

"새끼들아! 흉터 때문에 그런 거잖아! 나 웃통 까서 보여 줘야 믿을 거야? 아, 억울해!"

그 와중에 도레스가 혼란스러운 눈으로 조를 올려다보며 혼잣말처럼 읊조렸다.

"어쩐지."

"뭐라는 거야, 이 쥐방울만한 게."

도레스의 머리를 꾹 눌러 뒤로 밀며 조가 한 걸음 앞으로 다가갔다.

"너희 내가 여자인 거랑 상관없이 내 말 다 따른다며! 배신감 든다!"

"당연히 우리야 대장 성별이 뭐든 아무 상관은 없죠! 여자든 남자든 싸우면 지니까! 괜찮아요, 대장! 그러니까 우리 앞에선 남자인 거 밝히고 편하게 다니셔도 돼요."

"나 지금도 편해!"

가슴을 퍽퍽 치며 답답함을 호소했지만 역효과였다. 조는 제 모습을 잠깐 떠올렸다. 기능 좋은 남성 승마복에 바지를 입고 미친놈처럼 달려온 지난 몇 시간을. 아니, 남성복은 습관이야. 얘들아…….

"그럴 줄 알았어. 어쩐지."

도레스와 율리가 죽이 맞았는지 고개를 끄덕이며 함께 사라졌다.

"야, 봐 봐! 나 목젖도 안 튀어나와 있어! 보라고!"

술이 올라 흥분한 조가 펄쩍펄쩍 날뛰자 용병들은 재미가 들렸는지 일부러 더 갈구기 시작했다. 물론 그중에 진심인 놈들도 더러 있었지만.

"목젖은 남자들 중에도 안 튀어나온 애들 있어요. 율리도 아직 목젖 안 나왔는데."

"쟨 어리잖아!"

지목당한 율리가 손을 번쩍 들어 손가락으로 누군가를 가리켰다.

"실리카도 목젖 안 나왔어요!"

"실리카는! ……너 목젖 안 나왔어?"

어깨를 으쓱 올렸다가 내린 실리카는 고개를 뒤로 젖혀 목을 보였다. 진짜로 목이 매끈했다.

"……목 예쁘네. 잘빠졌네."

조가 머쓱하게 대답해 버린 탓에 킬킬대는 웃음소리가 더 커졌다. 이제는 사실 여부보다 조의 억울해하는 얼굴을 구경하는 게 더 재밌었다. 목젖이 없는 용병들이 두어 명 더 손을 들었다. 용병들은 조를 향해 손가락질하며 마구 놀려 댔다.

"대장 남자 맞네! 국혼 때문에 거짓말했네!"

"아니라고! 야, 와 봐! 만져 봐! 나 가슴 있어!"

"이 미친 외손자며느리가 뭐라는 거야!"

흥분한 조의 입을 틀어막으며 스노우가 머리에 꿀밤 같은 그냥 주먹질을 몇 번이나 해 댔지만 맞는 데에 이골이 난 조는 꿈쩍도 하지 않았다. 용병들과 조의 입은 여전히 멈추지 않았다.

"에이. 운동 많이 하면 그 정도야 다 나오죠. 옐카!"

근육질의 옐카가 웃통을 벗어 던지고 가슴 근육을 움직였다. 조보다 큰 가슴이 불빛을 받아 탐스럽게 빛났다.

스노우가 결국 허허 웃으며 붙잡고 있는 조의 얼굴을 놓아줬다. 어디서 꼭지 같은 것들만 모아 놨는지.

조는 당황한 얼굴로 눈을 빠르게 깜빡이며 옐카를 향해 엄지를 들어 올렸다.

"……운동 열심히 했네. 옐카. 음, 앞으로도 힘내."

옐카는 대답 대신 가슴 근육을 움직였다. 어우, 잘 움직이네. 짱짱하네. 조는 남아 있는 다른 쪽 손도 올려 쌍따봉을 보내 줬다. 조의 반응에 맛이 들린 다른 용병들이 삿대질을 하며 껄껄 웃었다.

"거봐! 대장 남자지!"

"그래, 맞다! 나 남자다! 됐냐! 꼭 소문내고 다녀라, 엉?"

씩씩거린 조는 술을 벌컥벌컥 마시곤 남은 술을 제일 앞에 있는 샘에게 던지듯 안겨 줬다.

"내일 새벽에 다 대련 한 번씩 하고 출발한다."

"……예?"

용병들이 벙쪄 있다가 동시에 화들짝 놀라 조에게 달려들었다.

"대장! 죄송해요! 대장이 여자인 거 다 알죠!"

"우리 대장은 딱 보면 바로 여자지!"

"장난친 거예요! 대장! 자러 가지 말고요! 대장!"

조의 주변을 둘러싼 용병들은 구호를 외치듯 오른손을 들어 올리며 입을 맞춰 소리쳤다.

"대장은! 여자! 대장은! 여자!"

웃음이 터진 조가 눈을 감으며 씩 웃곤 둘러싼 용병들을 밀치며 천막으로 향했다.

"야, 됐어! 적당히 놀고 자. 내일 일찍 출발해야 되니까."

"대련 안 하죠? 대장!"

"안 해, 그래!"

"멋지다! 우리 대장! 역시 여자다!"

천막으로 사라지는 조를 향해 엄지를 들어 올린 용병들은 그녀가 자러 간 뒤 제각기 흩어졌다. 몇은 자러 가기도 했고, 몇은 모닥불을 둘러싸고 남은 술을 나눠 먹으며 농담을 나누기도 했다.

스노우는 조의 옆 천막에서 잠들기 직전 아까의 난리를 생각하며 혼자 킬킬 웃었다. 문득 나무 위에서 기척을 죽이고 난리를 가만히 지켜보고 있던 조의 그림자단이 떠올랐다.

'……에이, 설마. 아니겠지. 바보들도 아니고.'

두툼한 담요를 덮고 누우며 스노우는 고개를 잘게 흔들었다.

그 시간, 그림자단은 나무 위와 그늘 곳곳에서 혼란스러운 눈으로 서로를 바라봤다. 모시는 주인의 성별은 전혀 중요한 게 아니었지만 호기심이 일었다. 그들은 남들에게 들리지 않을 정도로 작게 서로 대화했다.

'진짜 남자인 건가?'

'……황후마마잖아.'

'몇 년이나 같이 지낸 용병들이 저렇게 확신하는데.'

'……그래도 황후마마잖아.'

'속일 수만 있으면 남자가 황후 못 하란 법은 없지.'

'제국이 그렇게 개방적이라고?'

'아니지, 안 개방적이니까 거짓말을 하신 거지.'

'아. 그렇게 되는 거구나.'

합의점을 찾아 대화를 종료할 즈음, 어디서 앓는 소리가 들려왔다.

"아이고, 머리야. 이럴 줄 알았다. 어째 고르는 놈마다……. 다 내려와."

전 기병 장관, 스완넬우드 벨로이스트가 안광을 빛내며 그들을 향해 손짓했다.

'우릴 어떻게 알아봤지?'

하나가 머리를 갸우뚱 기울였지만 답은 간단했다. 조는 모든 걸 그에게 배웠으니까.

한 명만 내려오자 스노우는 눈에 보이지 않을 정도로 빠르게 그의 머리통을 한 손으로 터뜨릴 듯 쥐고 작게 말했다.

"나머지도 다 나와. 이놈 머리 터뜨리기 전에."

그림자단은 잔뜩 긴장한 채로 내려갔다. 나무 위 그늘 사이에 숨어 있던 라리타는 그림자단으로서 자격이 부족한 게 아닌가 하는 자기혐오마저 생길 정도였다.

황후에 이어서 스노우 공작에게까지. 연달아 두 번이나 들키다니.

스노우에게 머리가 붙잡힌 힐다가 불쌍하긴 했지만 제 발로 내려갈 순 없었다. 모습을 들킨 것과 직접 모습을 보이는 것은 전혀 다른 문제였다. 그런 심정조차 알아챘는지 스노우는 입을 열어 하나씩 이름을 호명했다.

"눈이 검은 걸 보니까 넌 힐다. 나머지는 프란, 디올러스, 안톤, 리드, 말론, 그리고 네가 라리타지?"

시선을 들어 직접 라리타의 눈을 마주 본 스노우는 그에게 손짓했다. 어쩔 수 없이 라리타는 미적미적 내려갔다. 라리타가 내려가자 나머지도 스르륵 그림자처럼 스노우에게 다가갔다. 이름을 다 외우고 있다는 건 현 고용주인 황후가 직접 얘기한 게 틀림없었다. 온종일 살펴보고 있었는데 언제 말했는지는 모르겠지만. 아무튼 수수께끼 같은 주인이었다.

스노우는 일곱 명을 주르륵 세워 놓고 하나씩 살펴보다가 머리를 쓸어 넘겼다.

"너희를 고용한 사람은 내 딸이나 다름없다."

라리타의 머릿속이 혼란으로 가득 찼다. 딸이면 딸인 거지, 딸이나 다름없다? 역시 남자인데 여자의 삶을 살아야 한다는 건가. 그러니까 딸이나 '다름없다' 라는 식으로 받아들여 준 건가. 창의력 넘치는 열린 생각을 하는 라리타의 속마음을 읽었는지 스노우가 말을 정정했다.

"여자야. 저 녀석은 여자다."

"아……."

제일 어린 힐다가 확신의 탄성을 내보이자 스노우가 피식 웃으며 말을 이었다.

"내가 직접 가르치고, 키워 냈다. 직접 낳진 않았지만 딸이나 다름없다는 말이지. 그러니 사력을 다해 지켜 내라. 무슨 일이 있어도 반드시 털끝 하나 다치지 않게 보호하란 말이야."

안톤은 살짝 불만 섞인 눈으로 스노우를 바라봤다. 그의 눈빛에서 불복의 심지를 발견했는지 스노우는 그에게 한 걸음 다가섰다.

"질문 있으면 해."

"저희는 고용된 사람들입니다. 돈을 준 사람에게, 딱 받은 만큼만 움직입니다."

그러니까 직접 돈을 준 것도 아닌 사람은 끼어들지 말라는 뜻이었다.

스노우는 가소롭다는 듯 가볍게 웃으며 안톤을 지그시 응시했다. 그늘 아래에 서 있어서 제대로 보이지도 않는 안톤의 목을 정확히 겨냥하여 순식간에 검을 꺼내 겨눈 스노우는 조용히 읊조렸다.

"상대를 파악할 줄도 모르는 놈을 고용하다니, 조를 다시 가르쳐야겠군."

안톤의 목 아래로 피가 주르륵 흘렀다. 라리타는 이런 걸 바로 얼마 전에 경험했다. 조가 딱 저렇게 움직였다. 숨 쉬는 듯 자연스럽게 검을 움직여서 눈 깜짝할 새에 목을 겨눴다. 가슴을 들썩이는 작은 움직임조차 못하도록, 죽음 목전에 사람을 세워 두고 위협했다.

너를 살려 줄 테니 나를 따르라고.

그날 무언가에 홀리듯 황후의 밑으로 들어가긴 했지만 군이 따지자면 충성은 별개였다. 스노우 역시 그것을 알고 있는지 더 길게 말하진 않았다. 다만 그는 다시 강조했다.

"오늘은 너희가 이상한 오해를 하고 있을 것 같아서 나와 본 거고, 하고 싶은 말은 조를 지키라는 것뿐이야."

가볍게 말하는 것 같았지만 늙은 영감치곤 살기가 과했다. 그의 푸른 안광이 번뜩였다.

"딱 그것뿐이다. 조를 지키라는 것."

마치 그녀를 제대로 지키지 못하면 이 땅의 끝까지 쫓아와서 책임을 묻고 갈기갈기 찢어서 곳곳에 시체를 뿌려 놓을 것처럼 말하고선 스노우는 태연히 뒤돌아 천막 안으로 들어갔다.

그림자단은 시선을 교환한 뒤 말없이 각자 위치로 돌아갔다. 대화를 심도 있게 나누진 않았지만 내심 같은 생각을 하고 있을 게 분명했다.

'고용되었을 뿐이니 다른 고용주를 만나게 되면 그쪽에 붙어야지.'


로타이스로 향하는 2주간은 매일매일이 전쟁과 같았다. 스노우는 소리를 질렀고, 조는 무시하며 난동을 피웠으며, 도레스는 매일을 울다시피 겁을 집어먹었다가 조에게 혼이 났다. 용병들은 제각기 날뛰었다.

하지만 그 모든 것들이 묘하게 조화로워서 일곱 명의 그림자단은 어쩐지 재미있는 연극을 보고 있다는 착각마저 일 정도였다.

단편적인 예로, 술이 마시고 싶다고 하도 떼를 쓰는 용병들 때문에 다 같이 우르르 주점으로 들어갔다. 황후와 현 황제의 외조부인 공작님의 행차시니 주점도 나름대로 깔끔하게 정리하고 그들을 맞았다. 결과는 당연히 난장판이었다.

주점의 사장은 호기심을 가득 머금고 용병 중 하나에게 넌지시 물었다.

"황후마마를 이렇게 가까이서 뵙게 되다니……. 너무 신기하고, 영광이에요. 마마는 어떤 분이신가요?"

게일은 사람 좋게 웃으며 사장에게 대답했다.

"대장은 사람을 잘 뱁니다."

"……예?"

사장은 눈을 빠르게 깜빡이고, 귀를 한번 문지른 뒤, 하도 시끄러워서 잘못 들었나 보다 하고 판단한 뒤 생글생글 웃었다.

"마마께서는 항상 남을 배려하시는 분이시군요."

그렇게 넘어갔으면 좋으련만, 하필 맥주 한 잔에 뻗어서 테이블에 고개를 처박고 있던 도레스가 벌떡 일어났다.

"우리 마마가 또 남을 베려 하신다고요?!"

테이블마다 도란도란 이야기꽃을 피우고 있던 중이었는데도 도레스의 겁에 질린 목소리는 이목을 집중시키기에 충분했다. 용병들이 자리에서 한꺼번에 일어났다.

"대장이 사람을 벴다고?"

"누구야? 도끼 챙겨!"

"감히 누가 우리 대장한테 싸움을 걸었어?!"

"아주 죽으려고 작정을 했구만!"

시커먼 옷을 입은 덩치 큰 장정들이 한 번에 움직이는 모습은 마치 검은 개 떼가 몰려다니는 것처럼 보였다. 주점의 사장은 제 가게가 부서질까 봐 안절부절못하며 두 손을 올렸다.

"진정하세요! 기사님들! 제발! 부디!"

용병들이 우르르 몰려가서 죄 없는 누군가를 죽이기라도 할까 봐 두려운 마음에 사장은 가게 문으로 튀어 나가기 일보 직전의 검은 용병 하나를 붙잡았다.

"만약 마마께서 싸우신다고 해도, 여러분이 다 달려들어서 상대방을 상대하는 건 기사도가……!"

"무슨 소립니까! 우리가 다 달려들어야 대장을 말립니다! 다들 연장 챙겨!"

"누군지는 모르겠지만 죽으려고 작정을 했나, 빨리 말려야 돼! 일어나, 다들!"

"아……. 그쪽을 말리러 가시는군요."

사장이 얼이 빠진 채로 용병들을 바라봤다. 이 와중에도 도레스는 시뻘게진 얼굴로 작은 다람쥐처럼 도도도 움직이며 쉴 새 없이 입을 움직였다.

"마마! 어디 계세요! 어떡해! 벤지 님이 마마가 안 보이면 일단 안 된다고 소리치면서 말리랬는데! 마마! 사람 베면 안 돼요! 이번에 빵 들어가시면 못 나와요! 마마! 진정하세요!"

그때, 조가 누군가를 짊어지고 주점으로 들어왔다. 언제 나갔는지도 모르겠지만 아무튼 들어왔다. 사장이 까아아아악 소리를 지르며 두 눈을 질끈 감고 소리쳤다.

"시, 시체는 밖에서 처리해 주세요!"

"엉?"

조는 짊어지고 있는 사람을 옆 의자에 내려놓으며 용병들에게 윽박질렀다.

"뭐야! 너네 나 없는 새에 사람 죽였어?! 내가 하지 말랬잖아! 용돈 벌고 싶으면 현상 수배자만 하랬잖아!"

"우리 아무도 안 죽였어요! 대장이 죽였겠지!"

"내가 돈이 없겠냐, 왜 죽여!"

"전쟁 땐 잘만 죽이더니!"

"야, 그때는 시국이 시국인지라,"

"그럼 저 사람은 누군데요!"

"사장님 남편이라길래 모셔 왔지! 다리를 접질렀다고 하시잖아!"

사장은 후다닥 뛰어가 제 남편이 무사한지 살폈다.

"여보! 괜찮아요? 다친 곳은?"

"다리를……. 아까 내리막길에서 접질렸는데."

남편의 말이 끝나기 전 사장이 울며 주저앉았다. 난리 통 속에서 황후의 이미지가 그간 신문이나 소문으로 들어왔던 것과 겹쳐져 엉망진창이었다. 오해가 걷잡을 수 없이 커지기 시작했다.

"흐어엉, 여보. 다신 걷지 못할 수도 있다니! 그러게 왜 마마께 싸움을 거셨어요. 그래도 목숨이라도 부지했으니 얼마나 다행인지."

주변에서 '참 다행입니다, 사장님.' 하는 위로의 말이 들려왔다. 사장의 남편은 눈을 둥그렇게 뜨고 손사래를 치며 말했다.

"무슨 소릴 하는 거야, 여보. 미끄러져서 넘어졌는데 황후마마가 나를 업고 오신 거라니까!"

"당신이 얼마나 무거운데 황후마마가 업고 오셨단 말이에요!"

사장은 남편이 거짓말을 하는 거라 생각했다. 황후의 명성에 먹칠을 하게 되면 일가족이 모두 이 땅 위에 발붙일 수 없게 될지도 모르니까.

조용히 술 잘 마시고 있던 스노우가 뜬금없이 버럭 소리를 지르며 끼어들었다.

"얕보지 마시오! 철퇴를 들고 던지는 놈인데 고작 남자 하나 못 들 거라니, 사람을 낮춰 보는 것도 정도가 있지! 얘는 건초가 한가득 든 수레도 혼자서 나른다고! 바위로 된 댐도 뚫었어!"

"아, 영감! 이상한 데서 자존심 상하지 말라고요!"

"남편분이 아니면 누굴 죽이고 돌아오셨어요, 마마?"

"도레스 너는 가능하면 입 좀 다물고 있어. 듣는 사람 속 터지니까."

주점 지붕 위에 엎드리고서 이 모든 걸 지켜본 라리타는 귀가 떨어져 나갈 것만 같았다. 이 와중에도 마을 곳곳에서 사람들이 이게 무슨 소란이냐며 점점 가까이 다가오고 있었다.

저 많은 이들 중 위험한 자가 있을지도 모르니 라리타를 비롯한 그림자단은 일단은 바짝 긴장하고 상황을 지켜봤다. 어쩌면 이렇게 와자지껄한 틈을 타서 황후의 목을 노리는 자가 나타날 수도 있다. 황후 역시 그런 위험을 굳이 감수

하진 않겠,

"뭐야, 왜 이렇게 몰려들어. 황후 처음 봐요?"

장난스러운 웃음기를 머금고서 황후가 주점 밖으로 나갔다.

"아, 처음 보죠! 이런 작은 마을에 황후마마가 행차하실 일이 어딨답니까. 뵙게 되어 영광입니다."

"사람 진짜 많이 모였네! 두 발로 걷는 사람은 다 걸어오셨나들! 동네잔치 하겠네! 좋아, 내가 오늘 술 한 잔씩 쏜다! 잔 들어!"

"와아아아!"

주점 안은 자리가 모자라서 길거리로 테이블을 들고 나와서 다들 술을 마시기 시작했다. 스노우는 제 제자를 보며 배를 잡고 웃다가 이따금씩 황후와 말싸움을 하고 그녀의 뒷덜미를 잡고 꿀밤을 먹이기도 했다.

하지만 아무도 그런 그에게 나무라는 사람이 없었고 황후 역시 그다지 신경 쓰지 않는 듯했다. 황후는 마을 사람들과 함께 카드를 치다가 돈을 잃자 제 또래 남자의 멱살을 잡고 짤짤 흔들었다.

"너 속임수 썼지! 내가 인마, 풀하우스 원 페언데 네가 스트레이트 플러시라는 게 말이 되냐! 이게 무슨 영화인 줄 아냐!"

"아, 무슨 황후라는 분이! 좋아요, 한 판 더 쳐요!"

다들 숨이 넘어갈 정도로 깔깔 웃으며 정신없이 분위기에 젖어 들었다. 오직 그림자단만 침묵에 잠겨 있었다.

어쩐지 조금 쓸쓸하네, 생각이 들 즈음. 갑자기 볼에 차가운 것이 와 닿아 라리타는 깜짝 놀라 옆을 돌아봤다. 언제 다가왔는지 모르겠지만 황후가 술을 들고 지붕 위로 올라와 라리타의 옆에 털썩 주저앉았다.

"……마마? 여기는 어쩐 일로."

"우리 라리타가 외로워 보여서. 같이 한잔하자고. 이름만 알고 우리가 서로를 잘 모르잖아. 자, 한 잔 받아."

"……아니, 임무 중에 술은……."

"괜찮아, 다들 한 잔씩 했어. 힐다랑 프란은 조금 졸려 보여서 자라고 했고. 아, 아까 마지막에 나 돈 따는 거 봤지? 그거 사실 맞은편에서 안톤이 패 가르쳐 줘서 딴 거야. 그래서 돈 딴 거 반은 안 톤 줬어. 몰랐지?"

……진짜 속임수는 마마가 쓰셨네요.

라리타의 속마음을 듣지 못한 채 황후는 걱정스러운 눈길로 라리타를 바라보다가 그의 시커먼 눈 밑을 아무렇지 않게 쓸었다.

"너희는 왜 로테이션 근무를 안 서고 다 같이 고생을 하냐. 피곤하겠다. 졸리면 너도 가서 자. 여기는 내가 지킬. 아. 너희 임무가 나를 지키는 거지, 참."

황후가 건네는 술을 받아 든 라리타는 이걸 어떻게 마셔야 하나 싶어 물끄러미 바라보기만 했다. ……이런 고용주는 처음이었다. 저도 모르게 말랑말랑해지는 기분에 황후를 힐긋 바라보자 그녀가 한쪽 눈썹을 살짝 찡그리며 물었다.

"왜 안 마셔? ……나랑 러브 샷 하고 싶어? 근데 나 남편 있어."

라리타는 결국 하하하 웃으며 술잔을 모두 비우고서 처음으로 목소리를 높였다.

"세상에 황후마마가 남편 있는 거 모르는 사람이 어딨어요!"

"그치! 내 남편 잘생겼지?"

"그 얘기 아니잖아요!"

라리타는 어느새 황후가 만들어 낸 폭풍 속으로 함께 휘말렸다. 썩 나쁘지 않은 기분이었다. 어쩌면 계속 함께 있고 싶을 정도로.


이른 아침이 되자마자 벌에 쏘인 것처럼 벌떡 일어난 조는 대충 씻은 후 마차를 몰겠다며 잽싸게 튀어 나갔다.

미리 준비하고 있었던 스노우는 그 누구도 알아채지 못할 정도로 기척을 지운 채 조용히 기다렸다. 그리고 조가 시야에 들어오는 순간 한 치의 망설임도 없이 그대로 조의 목뒤를 가격했다. 제국의 황후가 그대로 땅바닥에 얼굴을 처박기 직전, 스노우는 부드럽게 그녀를 잡아채 어깨에 짊어지곤 태연히 말했다.

"황후께서 아직 곤하신가 보군. 마차는 다른 놈이 몰아야겠는걸."

일곱 명의 그림자단은 스노우가 어디에서 나타났는지는 보지 못했지만 그가 황후를 후려치는 건 정확히 목격했다. 하지만 아무런 말도 할 수 없었다. 기척을 지운 채 황후의 미친 스피드를 쫓아온 지난 여정은 보너스를 따따블로 받아도 부족할 정도였으니.

조를 마차에 고이 실어 놓은 스노우는 출발하기 전, 도레스를 불러 물었다.

"혹시 짐승을 묶을 만한 단단한 밧줄이 있나?"

"말고삐는 있습니다. 황후마마의 애마인 크로우가 고삐 매기 싫다고 난동을 피우고 맨몸으로 따라오는 바람에요."

"······쯧, 그놈도 주인 닮았군. 됐으니 그거라도 줘."

"마차 안에서 고삐는 뭐 하시게요?"

도레스의 똘망똘망한 눈을 보며 스노우는 부드럽게 미소 지었다. 소싯적에 얼굴 꽤나 먹혔다는 그의 말은 허풍이 아니었는지 스노우를 바라보는 도레스의 눈이 멍하니 감탄으로 젖어 들었다. 도레스 역시 조 못지않은 얼빠였다.

"고삐는 짐승을 길들이는 데 쓰잖니."

"아······. 네."

홀린 듯 대답한 도레스는 정확한 쓰임도 모른 채 그에게 고삐를 전해 주었다. 제 주인인 황후를 꽁꽁 묶는 데에 고삐가 쓰이는 줄 알았더라면 도레스는 그리 순순히 고삐를 전달하진 않았을 것이다. ······아마도.

그렇게 스노우는 로타이스에 도착하기 하루 전에야 얌전히 마차를 타고 이동할 수 있었다.

해가 머리 위를 지나간 후 점심을 먹기 위해 마차가 멈춰 섰다. 느긋하게 바깥 경치를 즐기던 스노우가 조의 고삐를 풀어 주기 위해 고개를 돌리자 어느새 깨어난 조는 이미 몸을 묶어 뒀던 고삐를 다 풀고 아무렇지도 않게 그의 옆에 앉아 있었다.

"······어우, 음산한 새끼. 깜짝 놀랐네."

"이잉, 하다버디. 조한테 음산한 새끼가 뭐야. 조 화남!"

"아유, 징그러운 놈. 아우! 으으윽!"

몸서리를 치며 스노우는 마차 밖으로 뛰쳐나갔고 조는 깔깔 웃으며 그의 뒤를 따랐다.

"하하하! 할배! 같이 가요!"

이제 정말 로타이스가 코앞이었다.

�֎ ֎ ֎

점심을 먹은 후 다시 마차에 올라타니 오만 잡생각이 머리를 스쳤다.

내가 로타이스를 떠나온 지 4개월이 훌쩍 지났으니 영지의 치안이 흉흉해졌을 게 분명했다. 어쩌면 혼란한 틈을 타서 다른 지방의 영주나 로테나 놈들이 땅을 탐냈을지도 모를 일이었다. 땅이 엉망진창이 됐으면 어쩌지. 지켜야 할 것들은 늘었는데 정작 내가 그만큼의 능력이 안 되면 어쩌지. 가슴을 무겁게 눌러 오는 불안감에 넌지시 스노우에게 물었다.

"할배, 만약 도착했는데 내 성에 다른 놈 깃발이 걸려 있으면 어떡하죠."

창틀에 팔을 올린 스노우는 아무렇지 않게 대답했다.

"그럼 네가 다시 뺏어야지."

1+1=2 같은 공식을 말하는 것처럼 스노우는 뻔뻔한 낯이었다. 내가 방금 '우리 점심 뭐 먹었죠?' 같은 질문을 했던가. 저 얄미울 정도로 태평스러운 이 목구비는 뭐지.

"못 들었어? 뺏으라고, 인마."

눈을 빠르게 깜빡이다가 이내 포기했다.

"어유, 그래요. 늙은이한테 맡길 수도 없고. 내가 가서 뺏어야지, 뭐."

"그래. 불은 지르지 마라. 다시 지어 올리는 데 시간이랑 돈이 너무 많이 들어."

"알겠어요. 깔끔하게 목만 뎅강 할게요."

'내일은 생선구이 정식을 먹을까요.', '그건 너무 비리지 않니, 나는 부대찌개.' 같은 대화를 하며 우리는 로타이스 성에 도착했다. 다행히 진한 녹색의 깃발에 은색 말이 그려진 깃발은 그대로 걸려 있었다.

이사벨라 걔는 참……. 은발에다가 강한 기마병을 이끈다는 이미지화를 저렇게 하다니.

21세기에 태어났으면 대기업 마케팅 팀으로 입사해서 간부까지 올라갈 사람.

으리으리한 성 입구로 들어서자 오랫동안 보지 못했던 시종장 그리든이 감격한 얼굴로 성의 입구까지 나와 나를 반겼다.

"마마! 로타이스를 돌보라는 말씀 탓에 마마의 국혼을 직접 경하드리지 못해 송구합니다."

"그리든! 나 보고 싶었어요? 여기서는 편하게 대해 주세요. 후작님이라고 해도 되고."

흰머리가 희끗희끗 난 그리든과 손을 맞잡고 감격의 재회를 나누는 순간, 뒤에서 용병의 목소리가 날아들었다.

"아! 대장! 마차를 여기다 대면 어떡해요! 지나다니지도 못하겠네! 주차를 개같이 하셨네!"

"야, 이 새끼야! 어느 후작이 마차 파킹을 직접 하냐! 내가 개떡같이 차를 대도, 니네가 찰떡같이 딱 제자리에 박아 넣어야지! 어? 너네 면허도 안 따고 마차 모냐? 기능 칠 때 주차 안 했어?"

"우우— 대장 또 못 알아듣는 이상한 소리 한다. 우우우—"

웃음기 섞인 얼굴로 야유를 보내면서도 용병들은 착실하게 내 마차를 끌고 구석으로 사라졌다. 평소 같은 장난이었다. 바로 앞에 FM대장 그리든이 있다는 것만 빼면.

한바탕 꽥꽥 소리를 지르고 난 후 다소 면구스러운 얼굴로 나는 키가 작은 그리든을 다시 바라봤다.

"……아니, 뭐. 쟤들처럼 대장이라고 해도 되고."

그리든은 떠날 때와 다름없이 자애롭게 웃었다. 그날 오후, 아니나 다를까. 내 책상 위에는 그리든의 정갈한 글씨체로 빼곡히 채워진 편지가 또 올라왔다.

마마. 이제는 제국의 가장 높은 곳에서 아래를 굽어살피시니 이 미천한 종은 마마를 모시게 되어 참으로 영광입니다. 또한 이 먼 로타이스까지 직접 행차하시어 너른 마음으로 품어 돌보시는 어진 마음씨와 다정하신 품성을 저 그리든은 너무 잘 알고 있습니다. 다만 명예란 것은 남이 쥐여 주는 것이 아니고

스스로 만드는 것이며 귀족이란 무릇……'

그리든은 항상 바르고 고운 말로 나를 교화하려 힘썼다. 직접 타이르는 것은 예의에 어긋난다 생각하는 건지 편지로 조곤조곤 설명해 가며 내게 바른길을 가라며 설득했다.

"……되게 친절하지만 멀게만 느껴지는 교장 선생님 같은 느낌."

"뭐라고 하셨어요, 후작님?"

"아냐. 아무것도."

그리든 앞에서 용병들이랑 버럭버럭 소리를 지른 것이 약간 양심에 찔려 나는 편지를 차마 끝까지 읽지 못하고 고이 접어 오른쪽 맨 아래 서랍에 넣었다. 보고에 따르면 로타이스 영지는 큰 이상이 없었다고 했다.

하지만 정말 그럴까. 무력으로 땅을 지배했는데 이 땅 위에 완전한 평화라는 게 있을 수가 있나. 이건 너무 지배자의 입장에서 해석한 게 아닐까.

내 표정을 알아챈 건지 멀찍이 앉아서 차를 마시며 딴청을 피우던 스노우가 말을 걸어왔다.

"그렇게 걱정되면 나가 봐."

"예? 어딜요?"

"너 잘하는 거 있잖아."

"……무슨."

"잠입."

낮은 목소리로 말을 꺼낸 스노우는 씩 웃으며 날 바라봤다.

"하하! 하! 하하! 에라, 영감아. 잠입이라니. 돌아볼 곳이 얼마나 많은데요. 광산이랑 마을도 한번 봐야 하고. 지휘관 감찰하려면 군대도 싹 돌아야 하고, ……방위선 쪽은 누가 지키고 있는지……."

말이 입 밖으로 나오면서 점점 느려졌다. 내뱉으면서 동시에 생각을 하고 있었다.

몇 시에 어떻게 나가서 얼마나 지켜보고 돌아와야 안 들킬 수 있을까. 변장은 어떻게 하고, 어디를 먼저 돌아볼까. 한 번에 다 돌아볼 수는 없으니 며칠에 나눠서 나가야겠군.

천천히 책상으로 다가온 스노우 역시 복잡한 내 머릿속을 꿰뚫어 봤는지 피식 웃으며 내가 보고 있던 보고서들 중 하나를 손가락으로 짚었다.

"여기 먼저 가야겠는데. 우리 외손자며느리."

그가 짚은 것은 로타이스를 주로 드나드는 무역상단의 리스트였다.

"마누치아. 말린 고기나 염소, 양을 데려와서 하트를 사 간다네요."

"그래? 이 나이에 처음 들어 보는 상단이네. 신기하게도."

"……영감탱이 그 나이에, 그 짬에 처음 들어 보는 상단은 흔치 않죠."

조용히 대답하는 내 머리 위에 손바닥을 툭 올리며 스노우는 웃음기를 머금은 목소리로 대답했다.

"그러게 말이다."

스노우는 곧장 문을 향해 걸어가며 느긋하게 기지개를 켰다.

"어우, 먼 길을 와서 그런지 너무 피곤하네. 너도 오늘은 일찍 잘 거지? 말하기 번거로우면 내가 시종들에게 전달하마."

장난기 가득 섞인 눈으로 스노우는 나를 지그시 바라봤다. 나는 그와 눈을 맞추며 입꼬리를 힘껏 올려 웃었다.

"……네, 그럼요. 일찍 자야죠."

"그래, 푹 쉬어라."

어째 또 스노우가 나를 레벨 업 시키려고 작정한 것 같지만 어쨌든 내 영지의 일이었다. 내가 온 목적도 로타이스를 돌보기 위함이었고. 그러면 잠입 정도는 타당한 거 아닐까.

"라리타."

"……예."

방구석의 그림자 너머에서 나지막한 목소리가 돌아왔다.

"마누치아 상단은 주로 어느 여관에서 머무는지 알아 와."

"예."

짧은 대답 후 검은 그림자가 살짝 움직였다. 이내 그의 기척이 사라졌다.

라리타 정도 되면 알아서 찾아오겠지.

"아으으으! 가 볼까."

시원하게 기지개를 켠 후 서랍에서 꺼낸 단도를 옆구리에 차고 발목에 짧은 칼을 숨겼다.

신난다. 꼭 무슨 스파이라도 된 것 같아! 저녁 시장 끝나기 전에 거기부터 가 볼까.

저절로 흥얼거리는 노래가 흘러나왔다. 투스텝을 밟으며 기똥차게 옷장 뒤편에 있는 작은 창으로 향했다.

"따라따라따— 엥. 이게 뭐야."

창을 열자 전에 없었던 촘촘한 창살이 가로막고 있었다.

"어떤 새끼가 집주인 허락도 없이 창살을 달았지? 여기가 무슨 감방도 아니고?"

맞은편에 있는 큰 창에는 창살이 없는데 이 작은 창에만 쇠로 만들어진 단단한 창살이 있었다. 마치 내가 몰래 빠져나갈 걸 누군가 예상하고 미리 명령을 내려놓은 것 같았다.

……에이, 설마. 우리 귀염둥이 카나리아는 그런 거 안 할 거야.

"그냥 방범용인가?"

창살을 손으로 붙잡고 흔들자 살짝 덜컹거리기만 할 뿐 부서지진 않았다.

"……아, 골때리네. 어쩌지."

"부술까요."

창살 너머 나무에서 은신하고 있던 그림자단 디올러스가 모습을 드러내며 말을 걸었다.

깜짝이야. 미친놈아. 깜빡이는 켜고 들어와야 될 거 아냐.

욕지거리를 겨우 참으며 나는 디올러스에게 물었다.

"아오, 놀래라. ……디올러스, 이거 부술 수 있어?"

"예."

"그럼 소리 안 나게 좌우로 벌려만 줘."

큰 몸을 움직여 소리도 없이 폴짝 뛰어 창에 달라붙은 디올러스는 창살을 양손으로 붙잡고 힘껏 벌렸다. 꼼짝도 안 하던 창살은 잠시 후 으드득 끼드그득 극 하는 괴상한 소리를 내며 천천히 벌어지기 시작했다. 내 몸이 통과할 정도로 공간을 만든 후 디올러스는 다시 폴짝 뛰어 나무 위로 사라졌다.

"들키면 안 되니까 저거 다시 오므려 놓고, 나 올 때 다시 벌려 주고, 나 들어가고 나면 다시 오므려 줘. 디올러스 파이팅."

"……예."

연말에 보너스라도 챙겨 줘야겠네.

나무를 타고 내려온 후 성의 벽을 따라 걷다가 낮아지는 서문 쪽에서 담을 넘어 밖으로 빠져나갔다. 해가 저물었지만 아직도 시장 쪽의 불빛은 반짝거렸다.

"……어떡하지, 너무 신나는데."

모자를 써서 은색 머리칼을 감춘 후 사람들의 왁자지껄한 소리가 들리는 시장으로 사뿐사뿐 걸어갔다. 내 성과 가까운 쪽에서부터 바깥으로 퍼지듯 시장이 형성되어 있었다. 사람들의 마을 역시 시장을 중심으로 발달되어 있긴 했지만 주거 지역은 조금 더 떨어진 곳에 밀집되어 있다고 들었다. 오늘 확인했던 로타이스 영지의 지도로는 분명 그랬지.

확실히 성과 가까이 붙어 있는 가게들은 규모도 크고 취급하는 상품들 역시 상등급인 것들이 많았다. 빌테온의 중심에서 들여왔을 것이 분명한 화려한 면직물이나 따뜻한 기후에서 자라는 과일들이 상점에 즐비했다.

장난감 상점이 마침 눈에 띄어 안으로 들어가려는 순간, 앞에서 작고 마른 여자아이가 눈이 빠져라 창문 안을 들여다보고 있는 게 눈에 들어왔다. 아이가 보고 있는 것은 작고 반짝이는 장난감 칼이었다. 가운데에는 보석처럼 색이 입혀진 붉은색 플라스틱이 박혀 있었다. 내 몸의 반만 한 작은 아이에게 말을 걸려는 순간, 안에서 주인장이 튀어나왔다.

"하— 꼬마야. 내가 어른이랑 같이 오라고 그랬지. 창문에…… 김 서린다고. 어? 창문에 손대지 말라고도 했잖아! 어!"

처음에 타이르듯 조곤조곤 시작하던 말은 어느새 끝마칠 즈음에는 윽박으로 변했다. 여자아이는 대답도 하지 않고 재빠르게 도망쳐 시장 구석으로 사라졌다. 가게 주인은 아이가 사라진 걸 확인하고선 난처하게 웃으며 나를 안으로 이끌었다.

"아이고, 손님. 죄송합니다. 안으로 들어와서 보시죠."

"저 꼬맹이는 여기 자주 오나 봐요."

"맨날 오죠. 말도 한마디 안 하면서 매번 와서 눈이 빠져라 구경만 하고 있어요. 처음에는 안됐으니까 뭐, 과자라도 하나 쥐여 줬더니 그날 이후로 허구한 날 찾아와서는 죽치고 앉아서 구경하니까. 장사하기 껄끄럽죠."

나는 아이가 구경하던 작은 칼을 꺼내 들었다.

"이건 낯이 익은 모양이네요."

"캬, 보는 눈이 있으시네. 전쟁 영웅 로타이스 후작님이 들고 다니는 단검에서 모티브를 받아서 제작했죠."

"이걸로 살게요. 잔돈은 됐고, 전처럼 찾아오는 꼬맹이들 과자나 좀 챙겨 주세요."

금화를 하나 계산대에 얹어 준 후 나는 품에 장난감 칼을 챙겨 가게에서 걸어 나왔다.


"이 옷감은 아주 품질이 좋네요. 어느 상단에서 들여온 거죠?"

"아우, 우리 손님 물건 볼 줄 아시네. 우리 가게는 세르비안 것만 취급해요. 거기가 제일 품질이 좋거든. 다른 가게 싹 돌아보시면 아시겠지만 거의 세르비안 아니면 발루나예요."

"네, 그렇더라고요. 애인 옷을 하나 지어 주려고 했더니."

"여자 친구가 엄청 눈이 고급이신가 보다ㅡ"

넉살 좋게 웃는 포목점 주인을 향해 말없이 싱긋 웃었다.

남편이 있어요. 저는 여자고요.

아니, 나 안 우는데. 안 울었는데. 이거 운 거 아니고 하품한 건데.

눈꼬리에 맺힌 눈물 자국을 손끝으로 찍어 누르며 다른 상점으로 향했다. 포목점 주인의 말이 맞았다. 중심가는 세르비안 상단 아니면 발루나 상단이 거의 장악하고 있었다. 생선이나 해산물을 취급하는 상단은 따로 있었고, 보석은 우리 로타이스가 직접 관리하고 있으니 그쪽은 아닐 테고.

마누치아 상단이 고기를 주로 들여온다기에 정육점에서 고기를 사는 척 물어봤지만 대부분의 정육점에선 마누치아가 아닌 다른 상단과 손을 잡고 일하고 있었다.

그럼 '마누치아'는 대체 무슨 고기를 들여오는 거지?

질보다는 양으로 승부하는 게 아닐까 하는 생각에 중심가보다는 외곽 쪽을 돌아보기 위해 발길을 돌렸다. 로타이스 성과 점점 멀어질수록 환하던 불빛이 줄어들었다. 개중에는 벌써 문을 닫은 상점들도 많았다.

불을 켜기 위해서는 기름을 사야 하니까 그렇겠지. 불빛이 제대로 닿지 않은 골목의 구석에는 늙은 노인이 얇은 천으로 몸을 감싼 채 커다란 바구니를 들고서 거리를 떠돌고 있었다. 걸치고 있는 천은 오래되어 낡은 티가 역력했고 군데군데 손때가 많이 묻은 바구니 역시 썩 질이 좋은 것은 아니었는지 얼기설기 짜여 있어 빈틈이 많았다. 남루한 바구니 안에는 색색의 꽃들이 가득했다.

"꽃 사세요. 10베링밖에 안 해요, 사랑하는 사람에게 꽃을 선물하세요."

노파의 목소리는 거리의 사람들에게 닿지 않는 것 같았다. 밝은 낮부터 꽃을 꺾어 팔았던 건지 꽃은 이미 생기를 잃어 시들시들했다.

빈민을 구제하기 위한 복지 제도에 대해서도 대책을 찾아야겠네.

나는 그녀에게 성큼성큼 다가갔다.

"전부 다 하면 얼마예요."

"……다요? 이걸 다 하면……."

노인은 내 눈치를 보며 움찔거리다가 작은 목소리로 말을 뱉었다.

"적어도 2테랑은 주셔야겠는데요."

"그럼 바구니째로 사면요?"

"바구니는…… 제가 내일도 장사를 해야 하는데,"

"그러니까요. 저도 들고 갈 장바구니가 없단 말이에요. 바구니째로 사면요?"

"2테랑 50베링, 아니! 3테랑! 3테랑은 주세요!"

주름이 자글자글한 늙은 손으로 내 소매를 붙잡은 노파는 내가 비싸다고 면박을 주고 떠날까봐 걱정이 됐는지 손에 힘을 풀지 않고 나를 꽉 붙들었다.

"알겠어요. 3테랑으로 하죠."

낡아서 손잡이 부분이 덜렁거리는 바구니 통째로 꽃을 사고 3테랑을 그녀에게 건네자 노파는 돈을 손에 쥐고 내 얼굴을 몇 번이나 들여다보다가 내게 도로 뺏길 것 같았는지 인사말 하나 없이 냉큼 어둠으로 사라졌다.

"……그런데 고작 몇 개월 만에 외곽에 이렇게 빈민이 많아지다니. 뭔가 이상한데."

내 의문은 구석에 있는 주점에서 풀렸다.

수도 지역과 북부의 어투를 섞어 쓰는 주인은 내게 맥주를 갖다주며 생글생글 웃었다.

"우리 청년은 여기 살러 온 건가, 아니면 놀러 온 건가?"

아무런 대답도 없이 그를 바라보자 그는 어깨를 으쓱하며 구석을 가리켰다. 주점의 빛이 제대로 닿지 않는 곳에서 몰려 앉아 카드를 치고 있는 한 무리와 눈이 마주쳤다.

"살러 온 거면 일자리 소개해 주려고 하지."

"일자리요?"

호기심이 동한 것처럼 꾸며 낸 밝은 목소리로 그에게 대답하자 그는 아주 자연스럽게 내 어깨에 팔을 둘렀다.

"로타이스 살기 좋지. 사람들 다 친절하고, 치안은 말할 것도 없고, 물도 깨끗하고, 옷이 쪼오끔 비싼데 그거야 뭐. 열심히 살면 다 좋아지는 거 아니겠어? 그렇지?"

"네! 저도 로타이스가 살기 좋다는 말 듣고 여기로 왔어요!"

티 없이 순수한 목소리로 맑게 대답하자 주인은 얼굴에 화색을 띠며 나를 구석 자리로 이끌었다.

"여기 형들이 인상이 안 좋아서 그렇지, 다 좋은 사람들이거든. 겁먹지 말고 천천히 대화해 봐. 이상하다 싶으면 나한테 말하고, 계산하고 그냥 나가도 돼."

내 어깨를 툭툭 치며 주인은 나를 자리에 앉히고 돌아갔다. 카드를 치던 놈들은 사람 좋게 씩 웃으며 내게 말을 걸었다.

"로타이스는 처음이야?"

"전에 광산에 일하러 와서 며칠 머물다 간 적은 있어요."

"……고향은?"

뭔 호구 조사가 이렇게 단단해. 대충 물어보지. 이럴 때는 더 이상 못 물어보게 하는 게 최고지. 나는 생글거리며 대답했다.

"젤링턴."

"……젤링턴이 고향이야?"

"예, 뭐. 그렇다고 하더라고요. 저도 잘 몰라요."

범죄자들이 많은 젤링턴에 대해서는 모르는 이들이 없었다. 황제가 즉위한 이후로 델로아와 이사크를 쫓아낸 곳이니 더더욱. 어깨를 으쓱 올리며 대답하자 그들은 자기들끼리 눈을 맞추다가 내 어깨를 주먹으로 툭 쳤다.

"어쩐지. 곱상하게 생겼는데도 여기저기서 굴러먹은 거친 느낌이 난다 싶었어."

"하하하. 그런가요."

당연히 그렇겠지. 너희가 여기서 카드 칠 동안 나는 전쟁을 다녀왔잖니.

카드 패를 다시 돌리며 그들은 아무렇지 않은 표정으로 시큰둥하게 입을 열었다.

"뭐, 바로 큰일을 맡기진 않을 거고, 작은 심부름부터 하면 돼. 포커는 칠 줄 알고?"

"저한테 안 따먹히려면 눈에 힘 빡 주고 계셔야 할걸요."

"하하! 하! 이 자식, 웃기는 구석이 있네."

진짠데. 전쟁하다 보면 느는 거라곤 칼 솜씨랑 카드밖에 없는데.

눈가에 흉터가 있는 놈이 얼굴을 벅벅 긁으며 날카로운 눈매로 슬쩍 흘겨보듯 나를 유심히 바라봤다.

"젤링턴이 고향이면, 뭐, 이런저런 거에 겁먹을 것 같진 않고. 여기가 치안은 빡세지만 알다시피 땅 주인이 자리를 비우면서 관리를 했던지라 허점이 은근히 있거든."

"아, 그렇구나. ……근데 여기는 판돈을 좀 올려야겠는데."

손에 들어온 패를 보며 나는 주머니에서 5테랑을 더 꺼내 테이블 위로 올렸다.

"꽤 좋은 패를 쥐었나 보네. 쥐뿔도 없으면서 배짱부리다가는 집문서까지 탈탈 털릴 텐데."

"에이, 탈탈 털릴 집이 있으면 여기까지 안 왔죠."

관자놀이를 매만지면서 한 놈이 맞은편에 앉은 다른 이에게 슬쩍 눈치를 줬다. 아마도 짜고 치는 듯 내게 들어온 패가 어떤 패인지 이미 알고 있는 것 같았다. 어차피 첫 번째 판은 잃어 주는 판이었다. 적당히 호구처럼 보이면서도 소심해 보이진 않을 만큼. 적당히 흥이 올라서 자리를 뜨고 싶지는 않을 정도로.

그들에게 5테랑을 잃어 주고 연이은 게임에선 2테랑을 땄다가 세 번째 판에선 10테랑을 잃었다. 게임에서 이긴 붉은 머리가 만족스러운 얼굴로 돈을 챙기며 다시 일 얘기를 시작했다.

"하트 광산에서 일하는 게 대부분 로테나인이라는 건 알고 있지?"

"네, 그럼요. 후작님이 직접 꽂으셨다던데."

"그래. 로테나인들이 광산에서 꽤나 돈을 만지는데 그게 우리 빌테온 제국민 입장에서는 조금, 그렇단 말이지."

"흐음, 그렇죠. 패국의 국민 주제에 우리보다 더 돈을 잘 벌다니."

장단을 맞춰 주자 그들은 생각보다 쉽게 단서를 흘리기 시작했다.

"뭐, 그렇긴 해도 후작님이 직접 일자리를 소개시켜 준 거니까. 국민으로서 모른 척할 순 없잖아. 비슷한 맥락으로 우리도 일자리를 소개시켜 주는 거지."

"광산에요?"

커다란 몸을 한껏 낮춘 사내가 목소리를 낮게 깔며 씨익 웃었다. 흔들리는 주황색 불빛을 반쯤 등진 사내의 벌어진 입 사이로 누런 치아가 보였다.

"광산은 후작가에서 직접 관리하니까 못 하고, 뭐……. 상단 쪽으로. 아직 거처를 잡지 못한 로테나인이나 북부의 유랑민들을 취직시켜 주는 거지. 중개비를 받고. 뭐, 돈도 조금 빌려주고."

"아, 돈도 빌려주시는구나."

언뜻 들으면 그럴듯하게 들렸다. 주점 안의 답답한 공기 사이로 남자의 목소리가 비릿하게 숨어들었다.

"우리는 딱 이름이랑 나이, 가족들. 요 정도의 기본 정보만 있으면 아주—너그럽게 돈을 빌려주거든."

"좋은 일 하시네요!"

보나 마나 이율이 장난 아니겠지. 고리대금업까지 한다 그거지. 일자리 알선 명목으로 무슨 짓을 하는지는 조금 더 알아봐야겠지만.

"그럼 저한테 소개시켜 준다는 일은 어떤 일인가요."

"원래는 뭐, ……좋은 업장 하나 소개시켜 주려고 했는데……."

벌겋게 충혈된 외눈박이 놈이 나를 위아래로 훑었다. 그의 끈적거리는 시선이 내 손 위로 닿았다.

"손을 보아하니 검도 제법 쓰는 것 같고, 그런 일로는 성에 안 찰 것 같아서 바로 상단으로 연결시켜 볼까 싶네. 돈 버는 거 좋아하지?"

나는 천천히 눈을 깜빡이며 입꼬리를 올려 웃었다.

"돈 버는 거 싫어하는 놈 있나요."

그때, 입구 쪽에서 왁자지껄 시끄러운 소리와 함께 여러 명의 장정들이 주점으로 들어왔다. 슬쩍 돌아보니 검은 옷을 입은 내 용병단이었다. 술을 먹으러 온 듯했다. 용병들이 오자마자 내 앞에 앉아 있던 이들은 내 귓가에 작게 속삭이고 뒷문을 통해 사라졌다.

"3일 뒤, 오후 2시까지 사비트르 호수로 나와."

그들이 나간 뒤 나도 빠르게 뒷문으로 빠져나갔지만 이미 그들은 사라지고 없었다. 조용히 서 있는 내 옆으로 라리타가 다가왔다.

"마누치아 상단은 도시 외곽의 여관을 통째로 빌려서 지낸다고 합니다만 그곳의 경비가 삼엄해서 안까지 살펴보지는 못했습니다."

"오늘은 그걸로도 충분해. 내일은 그림자단 일곱 명 모두 나와 같이 움직인다."

"예."

라리타가 다시 그림자의 뒤로 몸을 숨겼다.

나는 바른 생활 선생님인 시종장 그리든이 내게 보여 줬던 로타이스의 지도를 떠올렸다. '자고로 자신의 영지를 잘 아는 영주가 참된 군주로…….' 라고 시작되는 편지와 함께 보냈었는데. 내 기억상으로 사비트르 호수는 성을 기준으로 북동쪽 방향으로, 북부의 경계와 맞닿아 있는 골짜기 안의 한적한 곳이었다. 인적이 드물고 워낙 외딴 곳이라 찾는 이가 없다고 들었는데.

아직 시간이 많이 늦진 않았으니 시장 외곽부터 마누치아 상단이 머물고 있다는 여관의 근처까지 쭉 돌았다. 빛이 닿지 않는 밤거리 구석구석에는 남루한 옷차림의 부랑자가 널브러져 있었다. 내 용병들이 일부러 시장의 외곽 지역까지 순찰 겸해서 도는 것 같았지만 딱히 난동을 피우지 않는 부랑자들에게까지 제재를 가할 순 없는 것 같았다. 그들은 구걸조차 하지 않았다. 마치 사람에게 버림받은 짐승처럼 나와 눈이 마주치면 구석으로 숨기 바빴다. 더 외진 동네로 가니, 내 깔끔한 옷차림을 보자마자 도망치는 자들도 있었다.

나무 위에서 안톤의 작은 목소리가 들려왔다.

"누군가 오고 있습니다."

아주 조심스러운 발걸음이었다. 그렇다고 살금살금 움직이는 것 같진 않았고, 그저 확신 없이 눈치를 보며 슬그머니 내게 다가오고 있었다. 천천히 고개를 돌리자 깡마른 몸의 어린 남자아이와 얼굴에서 시커면 땟국물이 흐르는 사내가 움찔거리며 조금씩 거리를 좁혀 왔다. 그들이 내 바로 앞까지 다가서자 오랫동안 씻지 못한 퀴퀴한 냄새가 진동을 했다.

사내는 누군가에게 얻어맞고 치료조차 못한 건지 코가 반쯤 비뚤어져 있었고 입술 역시 피딱지가 앉아 엉망이었다. 게다가 오른쪽 눈두덩이에는 피고름이 생겨 앞을 제대로 볼 수 있는지조차 의심스러웠다. 그의 손에 어깨를 붙들린 마른 아이는 작은 두 손과 대비되는 커다란 나무판자를 들고 있었다.

"……뭡니까."

불쾌감을 여실히 드러내며 사내에게 말을 걸자 그는 덜덜 떨며 잠긴 목소리로 대답했다.

"……고, 공자님. 10테랑에 이 아이를 사 가시지 않겠습니까."

"이런 미친 새끼가."

검을 빼어 들기 직전, 아이가 내 앞에 무릎을 꿇었다.

"도와주세요! ……내일까지 10테랑이 필요해요. 아니면 아버지가 죽을 수도 있어요. 제발요. 저, 밥도 하루에 한 번만 주시면 돼요. 많이도 안 먹어요. 힘도 세요. 일 잘할 수 있어요. 공자님, 제발 부탁드려요."

물도 제대로 마시지 못해 까진 입술로 아이는 추위에 오들오들 떨며 내게 나무판자를 기울여 그 위에 적힌 숫자를 보여 주었다.

'10테랑'.

이것이 이 어린아이가 매긴 스스로의 값어치였다. 이 작고 어린아이가 어떤 결심을 하고 스스로의 목에 10테랑이라는 숫자가 적힌 판자를 걸고 거리로 나왔을지 감히 상상조차 할 수 없었다.

나는 천천히 고개를 숙여 아이에게 손을 뻗었다. 낯선 손이 다가오자 움찔 떨 정도로 여린 아이였다.

"……대체 왜 이렇게까지."

저절로 먹먹해진 목소리가 안으로 먹혀 들었다. 아이의 아버지로 보이는 놈이 시커멓고 뭉툭해진 두 손을 모아 내게 빌기 시작했다.

"제발, 제 아이를……."

사내가 말을 마치기 전, 어디에선가 우리를 바라보는 시선이 느껴졌다. 그림자단은 아니었다. 께름칙한 기분에 나도 모르게 인상을 구긴 후 사내의 팔을 잡아 힘껏 당겼다. 사내가 생각보다 가벼이 내 쪽으로 휙 당겨지자 뼈밖에 안 보일 정도로 마른 아이가 내 팔에 매달렸다.

"놔요! 하지 마요! 우리 아빠 놔주세요!"

나는 아이의 눈을 힐긋 바라보곤 사내를 똑바로 응시하며 말했다.

"거래는 조용한 데서 하지. 보는 눈이 많아서 좀 그렇군. 값은 두 배로 쳐줄 테니 따라와."

사내는 의심스러운 눈으로 나를 힐끔거리긴 했지만 두 배를 준다는 말에 마음이 흔들리는 듯 보였다. 아이는 여전히 내 팔과 아버지의 옷깃을 한 손씩 잡은 채로 눈을 데굴데굴 굴리고 있었다.

"너 마들렌 좋아해?"

"……마들렌……."

조금은 부드러운 목소리로 말을 걸자 아이의 눈이 어린 송아지의 눈처럼 말 똥말똥 빛났다.

"나 마들렌 잘하는 곳 아는데. 같이 갈래? 너희 아버지도 같이."

"……좋아요!"

확실히 아이는 아이인지 10테랑이냐, 20테랑이냐 같은 얘기를 할 때보다는 마들렌 이야기를 할 때 더 얼굴에 화색이 도는 것 같았다. 신난 발걸음으로 아 이가 나를 따라오자 그의 아비 역시 주춤거리며 내 뒤를 따랐다.

골목을 도는 순간, 나는 건물 벽 그림자에 숨어 있던 라리타와 그림자단에게 은밀하게 명령했다.

"이자의 남아 있는 가족을 찾아 보호하고, 지금 우리를 감시하고 있는 놈들 은 샅샅이 조사해."

그림자단은 한 마디 대답도 없이 그대로 흩어졌다. 항상 그랬듯 쉽사리 알아 차리지 못할 정도의 가벼운 몸짓이었다. ……그런 탓에 아이의 아비는 아들을 제 품으로 당기며 잔뜩 겁을 집어먹었다.

"왜, 왜 혼잣말을 하십니까, 공자님?"

"……미친 거 아니니까 잠자코 따라오기나 해."

그림자단은 다 좋은데 이게 문제네. 명령을 내릴 때마다 내가 미친 사람 취 급당하니.

비좁은 골목 몇 개를 일부러 빙빙 둘러 걸으며 동네를 돌았다. 이리저리 움 직이며 마을의 중심가 쪽으로 점점 가까이 걸어갔다. 한참 걷다가 시야가 차단 될 정도로 높다랗게 솟아오른 건물의 가운데를 일부러 가로질러 반대편 광장으 로 향했다.

"공자님, 마들렌……은 어디에 있나요? 발이 아파요."

아이가 약간은 버거운 말투로 내게 말을 걸어오는 그때, 나는 바로 눈앞에 보이는 마차에 아이와 아버지를 그대로 잡아끌어 싣고 빠르게 마부의 옆으로 가 앉았다. 마차에 짐짝처럼 실린 사내의 다급한 목소리가 들려왔다.

"어디, 어디로 데려가려는 겁니까! 제가 사라지면 아내와 딸이 위험합니다,

제발! 공자님!"

나는 사내의 목소리는 무시하고 앞에 앉아 있는 마부에게 금화 몇 개를 건넸다.

"자넨 오늘 휴가야."

"……뭔 개소, 감사합니다. 어르신. 좋은 여행 되십시오."

돈을 본 마부는 깔끔하게 자리에서 비켰다. 나는 곧장 마차를 출발시켜 미친 듯이 달렸다. 도시 바깥쪽으로 향하다가 마차를 바꿔 타고 이번에는 마부에게 돈을 쥐여 주고 '아주 천천히, 느긋하게' 로타이스 후작저로 가라고 명령했다. 마부는 영문 모를 표정을 짓긴 했지만 손바닥 위에 올라간 금화를 보고는 이내 환하게 웃으며 고개를 끄덕였다.

자리를 옮겨 마차 안으로 들어가자 멀미를 한 건지 의자 등받이에 나란히 기대앉은 아버지와 아이의 얼굴이 새파랗게 질려 있었다. 나는 다소 머쓱한 말투로 그들의 맞은편에 앉았다.

"하하, 내가 마차를 좀 험하게 몰아. 멀미약이 없는데 어쩌지."

"……이, 이러는 이유가 뭡니까……. 혹시 아이를 팔려고 했다는 이유로 경비대에 신고라도 하려는 거면…….."

"경비대? 그게 무슨 소용이 있지. 경비대가 마을 치안에 힘썼다면 자네나 자네 아들 같은 피해자가 생기지 않았겠지. 아, 물론 자기가 당장 죽을지도 모른다는 이유로 아들을 하인으로 팔아넘기려는 행태는 영 꺼림칙했지만."

사내는 찔리는 바가 있어서인지 말을 하지 않았다. 하지만 아이는 제 아비가 욕을 먹은 게 엉 억울한지 입술을 오물거렸다. 아직도 아이의 목에는 '10테랑'이라는 판자가 걸려 있었다.

"그 개같은 판자때기 좀 벗어, 꼬맹아."

"……개같은……."

충격 먹은 아이의 동공이 멍하니 뜨이자 아버지가 뒤늦게 손을 뻗어 아이의 귀를 막았다.

"애 앞에서 욕을 하다니요! 귀족 아니십니깍! 다짜고짜 어딘지도 모르는 곳으로 끌고 가시질 않나! 욕을 하질 않나! 대체 뭐 하시는 분입니깍!"

"나?"

나는 천천히 다리를 꼬며 두 손으로 깍지를 껴서 올라간 다리의 무릎 위에 올려 두었다. 느긋한 미소가 입가로 퍼졌다. 사실은 내 영지에서 이런 일이 있었다는 것에 화난 상태였지만.

"그대들의 황후다. 또한 이 땅의 주인이지."

아이의 귀를 막고 있던 사내의 입이 느리게 쩍 벌어지며 손이 느슨해졌다. 아이가 그제야 들려오는 바깥 소리에 뒤늦게 상황 파악을 하려 애썼다.

"아빠, 왜 그래요! 왜 아무 말도 못 해요. 아빠!"

돌처럼 굳어 있던 사내가 두 손으로 무릎을 짚고 덜덜 떨기 시작하자 아이는 울상이 되었다.

"이 사람도 마누치아가 보내서 왔대요? 진짜로 아빠 오른팔을 자른대요?"

도저히 어린아이의 입에서 나올 것 같지 않은 섬뜩한 말이었다. 남자가 받은 협박이 오른팔이든 뭐든, 그걸 아들인 아이가 알고 있다는 것이 괴기스럽기 짝이 없었다. 10테랑이라 적힌 판자가 더욱 징그러워 보였다.

"오른팔이라니. 그게 무슨 소리야? 누나한테 천천히 말해 봐."

"네? 형 아니었어요?"

"마마! 당치도 않으십니다! 누나라 부르라니요!"

"마마라니, 아빠! 이 형 이름이 마마야?"

"맥델런. 지금은 조용히 있어야 할 때다!"

"마마 형, 우리 아빠를 살려 주세요!"

"······마마 형이라."

"맥델런!"

마차 안이 금세 소란스러워졌다가 사내의 목소리에 금세 가라앉았다.

"그래······. 네 이름이 맥델런이구나. 내 이름은 조 로타이스야. 만나서 반가워."

"예? 그게 무슨······."

아이가 고개를 갸웃 꺾는 순간, 마부가 외쳤다.

"후작저에 도착했습니다."

"일단 내릴까, 다들?"

웃으며 마차 문을 열자 내가 갑자기 사라진 탓에 놀란 시종과 시녀들, 그리고 내 용병 몇몇이 빠른 걸음으로 저택 정문 앞으로 다가왔다.

"마마! 어디를 다녀오신 거예요!"

"후작님!"

"아, 대장! 또 카드 치고 왔죠! 같이 가지!"

사람들의 말을 듣고 이젠 정말로 확신했는지 남자는 마차에서 채 내리기도 전에 다리에 힘이 풀린 듯 주저앉았다. 그러곤 그대로 무릎을 꿇었다.

"마마. 죄송합니다. 아이에게 그런 짓을 하게 한 못난 이놈을 부디 용서해 주시고,"

"어쩌다 그런 짓을 하게 됐는지부터 조사를 해 봐야겠지?"

나는 웃음기를 머금고 대답하며 주머니에서 20테랑을 꺼내 그의 손에 쥐여 줬다.

"약속한 돈은 줬으니 자네는 내 말을 좀 따라야겠어."

"예, ……예! 할 수 있습니다!"

"일단 따라와."

사내와 함께 저택으로 발을 옮기자 시종장 그리든이 하얗게 질린 얼굴로 내가 데려온 사내와 어린 남자아이를 번갈아 바라보았다. 무슨 오해를 하고 있을지 뻔했다.

"저기요, 그리든."

"……후작님, 제국의 황후 되시는 분께서 백성을 이리,"

"아니에요. 돈 주고 산 게 아니라 약속을 하고, 제 땅에서 불법적인 일을 하는 놈들을 잡기 위해서 조사하려고 데려온 거예요."

그제야 그리든은 안심한 얼굴로 물러났다. 나는 아이의 손을 잡아끌어 그리든 앞에 세웠다.

"이 아이 이름은 맥델런이고요. 맛있는 마들렌을 먹여 주기로 약속했어요. 이 영지에서 제일 비싼 요리사는 내가 데리고 있으니 그리든이 좀 배불리 먹여 주세요."

아이의 할아버지뻘인 그리든이 환하게 웃으며 맥델런을 데리고 식당 쪽으로 사라졌다. 그제야 스노우가 하품을 하며 미적미적 걸어 나왔다.

"사람을 납치하면 안 된다고 했지."

"납치 아니고 조사하려고 데려온 거거든요, 하여간 영감탱이 말하는 거 봐."

사내가 오들오들 떨며 스노우를 힐끔 올려다봤다. 사내의 굽은 등 때문에 스노우 앞에 선 그는 더 작아 보였다.

"이분은,"

"제 할아버지 같은 시외조부님이요. 저를 굴리는 걸 좋아하는 못된 성향이 있는 다정한 할배예요."

사내가 고개를 갸우뚱 기울이며 작게 중얼거렸다.

"시외조부…… 영감탱이……? ……할배?"

그의 중얼거림을 무시하며 나는 사내를 데리고 집무실로 들어갔다.

사내의 이름은 키몬 래토리즈였고 로테나와 빌테온 제국의 국경 근처에서 살다가 로타이스로 정착한 지는 몇 달 되지 않았다고 했다. 그는 아까 아이가 말했듯, 정착 직후 마누치아 상단의 소개로 일을 시작함과 동시에 그들에게 돈을 빌렸다며 이야기를 시작했다.

사업의 규모나 소개받았을 당시의 거래 내역을 보았을 때 금방 갚을 수 있을 거라 생각했는데 이상하게 자신이 사업을 맡은 순간부터 거래가 뚝 끊겼다며 억울한 듯 말했다. 마누치아 상단에다가 말을 해 보아도, 그것은 자네가 일을 제대로 못 한 탓인데 돈도 안 갚는 주제에 왜 말이 많냐며 더 이상 만나 주지도 않았다고. 그러다 상환일이 지나는 순간부터 빚에 이자가 붙기 시작하더니 어느새 원금의 3배가 훌쩍 넘었다고 했다.

처음엔 결혼반지를 팔았고, 그다음엔 가구들을 팔고, 몇 벌 남지 않은 옷마저 헐값에 팔았지만 그래 봤자 푼돈이었다. 그러는 사이에도 빚은 계속해서 늘어나고 있었다. 키몬은 더 이상 도리가 없었다. 그들이 말하는 대로 상단의 노예가 되어 팔리든가, 아니면 죽는 수밖에는 없었다. 하지만 키몬이 죽는다면 집에 있는 다른 사람이 노예가 되어야 했다. 그러던 와중에 맥델런이 남의 집 하인으로 팔리겠다며 먼저 나서서 말을 꺼냈다고 한다.

이제 겨우 열한 살이 된 맥델런은 엄마와 누나가 매달 일해서 벌어 오는 돈으로는 충분치 않으니 자신이 아예 남의 집으로 팔린 후에, 돈을 벌어서 조금씩 집에 보태겠다며 지붕과 기둥 몇 개밖에 남지 않은 집에서 우는 어머니와 아버지를 안아 달랬다.

며칠을 말렸지만, 하룻밤 자고 일어나면 이자가 붙은 빚에 다시 이자가 붙어서 상상 이상으로 빚이 불어났다. 더는 지체할 수 없어 맥델런은 제 목에 '10테랑'이라는 숫자가 적힌 판자를 걸고 아버지와 함께 거리로 나온 것이었다.

"그딴 짓을 하고 있었단 말이지, 감히 내 영지에서. ……사정은 알았으니 나가 봐. 식당에 가면 아이가 있을 테니까 마들렌이든 뭐든 같이 먹고, 밖으론 나가지 말고."

내 눈치를 보며 키몬이 방에서 나가자 곧바로 그림자단이 모습을 드러냈다.

"저자가 말한 것과 수법이 정확히 일치합니다. 로타이스에 정착한 지 얼마 안 된 자들에게 일자리를 소개시켜 주며 정착 비용을 빌려줍니다. 그리고 당연히 빚을 갚지 못하는 상태로 만든 후, 노예 신분으로 전락시켜 팔고 있습니다."

"어디서 온 놈들이야? 갑자기 생긴 건 아닐 텐데."

잔뜩 가라앉은 목소리에 말론이 잔기침을 한 후 대답했다.

"오늘 키몬을 감시하고 있던 자들의 뒤를 쫓아보니 마누치아 상단이 머무는 여관이었습니다."

"그것만 알아 온 건 아닐 텐데."

옆구리에 있던 작은 단도를 꺼내 손으로 빙빙 돌리며 묻자 안톤이 빠르게 이어 말했다.

"단주의 정체는 아직 조사 중이지만 패국 로테나 출신일 가능성이 큽니다. 여관 쓰레기통을 뒤져 보았더니 로테나 전통 요리의 잔반이 발견됐습니다. 자극적인 향에 비해 심심한 간이니 요리사 역시 로테나 놈이겠지요."

"……잠깐만. 쓰레기통 잔반을 먹어 봤단 말이야?"

저절로 인상이 찌푸려지는 나와는 달리 안톤의 얼굴은 평온하기 그지없었다.

"주인께서 명령을 하셨으니 정확히 따라야지요."

"샅샅이 조사하라는 게 명령이었잖습니까."

"저희가 뭔가 빠트린 게 있습니까?"

자기네들끼리 진지한 얼굴로 고민하는 그림자단의 모습은 처음 만났을 때와는 사뭇 달랐다. 처음 봤을 때의 묘한 적개심을 모르진 않았지만 크게 문제 되진 않아서 놔두고 있었는데, 대체 언제부터 이렇게 명령을 잘 따르게 된 거지. 머리를 긁적이는 내 모습을 물끄러미 보던 힐다가 '아!' 하며 짧은 탄성을 내질렀다.

"이걸 확인해 주십시오. 단주로 추정되는 자의 방에서 가져온 거래 내역 장부입니다."

증인과 증거를 모두 구했다. 이제는 단주만 찾으면 끝이었다.

"힐다와 프란, 라리타는 내일 정오까지 반드시 단주의 본명과 그가 로테나 국민이었다는 증거를 찾아서 가져와."

"예."

"그리고 나랑 눈 색이 같고 체격이 비슷한 리드는, 모자를 눌러쓰고 대충 꾸미고 3일 후 사비트르 호수로 나가."

리드가 눈을 동그랗게 뜨고 물었다.

"그럼 마마는 그때 어디에 계시게요?"

"대가리는, 대가리를 잡아야지."

나는 빙그레 웃으며 덧붙였다.

"그리고 나면, 로테나의 왕을 만나러 가야겠다."

그림자단의 동시에 입이 쩍 벌어졌다.

"물론 그 전에 황제의 허락을 받아야겠지. 이래 봬도 황후니깐."

※　※　※

카일은 은밀한 기척을 느끼자마자 그가 직접 고용했다가 황후에게 뺏긴 그림자단임을 눈치챘다. 그 정도의 실력자가 아니고서는 감히 황제의 집무실에 숨어들 수도 없을 테니.

조가 떠난 지 벌써 몇 주째인지. 보고 싶은 사람은 안 오고, 그가 보낸 심부름꾼만 오다니.

카일은 불퉁한 얼굴로 모서리를 보며 말을 걸었다.

"무슨 일이지. 황후의 곁을 지켜야 하는 게 아닌가."

그러자 모서리 틈에서 얼굴에 흉터가 많은 사내가 모습을 드러냈다.

"그림자단의 디올러스입니다, 폐하. 황후마마의 명령으로 은밀히 찾아뵌 점 용서해 주십시오."

"말해."

디올러스는 발걸음 소리도 내지 않고 조용히 황제의 앞으로 다가와 두툼한 장부와 몇 장의 종이를 건넸다.

"황후마마의 영지인 로타이스에서 영주민들을 노예로 만들어 파는 짓을 하는 불법 상단을 잡았습니다."

카일의 미간이 미세하게 찡그려졌다. 자리를 비운 땅이라 걱정이 많다고 하더니. 가자마자 조사했나 보군. 또 잔뜩 위험한 일에 뛰어들었겠지. 걱정할 내 생각은 하나도 안 했을 거야. 보지 않아도 어떻게 했을지 훤했다. 조금은 서운한 생각이 들었지만 그게 자신이 사랑하는 조의 방식이었다.

작은 한숨을 쉰 후 카일은 디올러스를 보지도 않고 되물었다.

"……이런 건 영지 내에서 처리할 일이 아닌가? 왜 나한테까지 올라온 거지."

"헌데 그 불법 상단의 단주가 패국 로테나의 몰락한 귀족이라는 증거를 잡았."

"뭐?"

"패국 로테나 왕의 아주 먼 친척이라는데, 그 작자는 예전부터 자국의 부랑자들을……."

"아니, 그게 아니고, 그런 위험한 자의 증거를 어떻게 잡았지? 또 조가 몸부터 달려들어서 쓸어버린 건가? 다친 곳은? 내 조는 무사한 거야? 설마 또 다른 흉터가 생기진 않았겠지?"

디올러스는 1주일 전에 가뿐히 마누치아 상단을 조지고 사비트르 호수를 장악하던 황후를 떠올렸다.

지켜본 영주민들의 마음이 다치지 않았을까요?

마음으로만 대답하며 디올러스는 조용히 그날의 이야기를 황제에게 올렸다.

❖　❖　❖

약속한 날짜에 그림자단의 리드는 조의 명령대로 변장을 하고 나갔다.

허름한 차림새의 사람들이 사시나무처럼 떨며 제 왼쪽 종아리에 노예의 낙인이 찍히기를 기다리고 있었다. 그들에게는 이제 아무런 수가 없었다. 비싼 값으로 팔려 빚을 조금이나마 탕감할 수 있길 비는 수밖에는.

리드를 조로 착각한 상단 놈들은 그에게 도망치는 노예들을 잡아 곧장 한쪽 귀를 자르라 명령했다. 많이 잡아낼수록 많은 돈을 주겠다며.

노예들 역시 잔인한 명령을 들었기에 감히 아무도 도망치려 하지 않았다.

첫 번째는 나뭇가지마냥 마른 여자아이였다. 눈빛이 오만하다는 이유로 간부에게 붙들려 나왔지만 아이는 눈물 한 방울 흘리지 않고 그를 죽일 듯 노려보기만 했다. 불에 달군 낙인은 아이의 종아리에 찍히기에는 너무 커 보였다.

후끈한 열기를 내뿜는 뜨거운 도장이 아이의 종아리에 닿기 직전에 조가 등장했다.

정확히는, 숨어 있던 단주를 잡아 그의 몸에 밧줄을 칭칭 감고서는 그의 긴 머리채를 잡고 사냥감처럼 끌며 걸어왔다. 단주의 입은 둘둘 말린 수건으로 막혀 있었다. 온몸으로 몸부림을 치긴 했는지 여기저기 찢기고, 피가 흐르고 있어 꼴이 엉망이었다.

"단주님!"

기겁하는 사람들의 목소리에도 아랑곳 않고 조는 태연히 말을 걸어왔다.

"여허이— 나 기억하지? 내가 생각을 해 봤는데, 우리 저번에 카드 칠 때 말이야. 그쪽이 나한테 속임수를 쓴 거 같더라고. 그때 꼴은 돈을 좀 돌려줬으면 좋겠는데."

"이 자식이!"

그들이 험악한 인상을 구기며 검을 뽑아 드는 동시에 아래로 고꾸라졌다. 작전을 시작하기 전 황후의 명령이 있었다.

'단주의 목만 있으면 돼. 나머지는 방해되면 죽여라.'

잠입해 있던 그림자단의 리드가 간부 하나를 죽이자 곳곳에서 활이 날아들어 나머지를 죽였다. 호수 곳곳에서 말발굽 소리가 들려왔다. 조의 용병단까지 등장해 둘러싸자 그나마 남아 있던 간부들도 놀라 항복 선언을 하듯 검 끝을 바닥으로 내렸다.

그때, 제일 앞에 서 있던 놈이 여자아이의 뒷덜미를 잡아채 끌어당겼다. 아이가 발버둥 쳤지만 놈은 조를 바라보며 장검을 아이의 목 아래에 들이댔다.

"꼼짝 마! 단주님을 풀어 주지 않으면 이 아이를 죽여 버리겠다!"

"그래? 그럼 나도 해야지. 흠흠."

조는 아무렇지 않은 듯 무심한 얼굴로 헛기침을 하더니 단주의 턱 바로 밑에 검을 살짝 박아 넣었다. 붉은 피가 아래로 주르륵 흐르자 단주가 초췌한 낯으로 끙, 하고 앓는 듯한 침음을 흘렸다. 싸늘하게 굳은 목소리로 조는 방금 놈이 했던 말을 그대로 따라 했다.

"아이를 풀어 주지 않으면 단주를 죽여 버리겠다. 난 농담이 아니야."

간부가 마른침을 꼴깍 삼키며 눈치를 봤다. 쓰러진 자들의 입에서 나오는 고통 섞인 신음 말고는 모두 적막에 휩싸여 아무런 소리도 들리지 않았다.

사내는 결정을 내려야 했다. 아이를 풀어 주고 잡힐 건지, 아니면 어떻게든 도망쳐서 단주를 빼내고…….

그가 망설이는 찰나에, 아이는 있는 힘껏 발을 굴려 사내의 발을 밟고 엉덩이를 뒤로 쭉 빼서 남자를 밀친 뒤 그의 품에서 빠져나왔다. 그러곤 땅에 떨어져 있는 불에 달군 낙인을 주워 들고 자신에게 달려드는 사내의 얼굴을 지져 버렸다.

"으아아악!"

비명 섞인 고통과 함께 남자가 뒤로 나뒹굴자 아이는 잡힐세라 재빠르게 몸을 틀어 조에게 달려왔다. 낙인이 찍히기 직전까지도 말 한마디 없던 아이가 쌕쌕거리는 거친 숨 사이로 드디어 입을 열었다.

"……도와주세요."

비명을 지르며 흙바닥을 뒹굴던 남자가 한쪽 눈을 반만 뜨고 분노에 가득 차 아이에게 손을 뻗으며 달려왔다. 조는 잡고 있던 단주를 내팽개친 후 아이를 제 품으로 안아 눈을 가린 후, 검을 던졌다. 윽 하는 짧은 신음과 함께 아이의 뒤에서 무언가가 쓰러지는 소리가 들렸다. 아이의 떨리는 몸을 안고서, 조는 단단한 목소리로 명령했다.

"디올러스는 곧장 황궁으로 가서 황제께 전해라. 망국의 귀족이 감히 내 땅에서 날뛰었으니 내가 그 값을 받으러 로테나로 가겠다고."

말을 마친 후, 조는 아직도 몸을 웅크리고 떨고 있는 사람들에게 말했다.

"로타이스에 새로 정착하는 이들을 위한 지원금을 나눠 줄 것이다. 빚이 아니라 세금이고, 충분히 돈을 번 다음에 그대들 역시 세금으로 내야 하는 돈이야. 갚지 않았다고 해서 노예로 팔리진 않을 테니 내 성으로 가서 직접 신고해. 이름이 무언지, 어디에서 왔는지, 가족은 몇 명인지. 자세한 것은 그쪽에서 안내받고."

피바람이 몰아친 호숫가에 조용한 바람이 불어와 조의 은발을 부드럽게 흔들었다. 죽은 간부의 가슴에 꽂힌 검을 뽑아 검집에 넣으며 조는 악당 같은 비소를 머금었다.

"이번엔 혼자 해결해서 영감탱이 콧대를 눌러 줘야겠어."

❖　❖　❖

디올러스가 이야기를 마친 후 황제는 깊은 숨을 천천히 들이마시고, 다시 아주 느리게 내뱉었다. 들숨과 날숨을 조절하는 것처럼 보였지만 사실 그냥 한숨이었다.

"……조가 또…….."

디올러스는 차분히 황제의 말을 기다렸다. 통보와도 같은 말이었지만 사실은 적합한 절차였다. 패국에서 감히 승전국에게 다시 싸움을 걸었다고 봐도 무방한 일이었다. 그것도 전쟁 영웅이었던 조 로타이스의 영지에서 감히 노예장사를 했다니.

카일은 옆 서랍에서 종이를 꺼내 무언가를 적기 시작했다.

'전쟁에서 완전히 패배한 로테나의 왕을 살려 두는 자비를 베풀어 주었음에도 감히 황후가 다스리는 땅의 영주민들을 불법으로 노예로 만들어 팔아 치운 데에 대한 정당한 죗값을 받아야 할,'

여기까지 쓰고 카일은 디올러스에게 물었다.

"혹시 나의 황후가 덧붙인 말은 없었나?"

"마마께서는 '더 넓은 땅이 필요하다.' 라고 하셨습니다."

"그다운 말이군. 하긴, 땅이 부족할 만도…… 아니, 그러면 수도는? 빌테온은 누가 지켜? 로타이스가 그렇게 넓어지면 여긴 안 올 건가 보지?"

불퉁한 얼굴로 중얼거리는 황제를 보며 디올러스는 난처한 듯 눈을 꾹 감았다가 천천히 떴다.

"정확히 그렇게 말씀하실 테니 그에 대한 대답으로는 이렇게 답하라고 하셨습니다."

디올러스는 한참을 망설이다가 눈을 질끈 감은 채 굵직한 목소리로 답했다.

"'그건 여보가 지켜야지. 로타이스는 나 아니면 아무도 없잖아'."

사뭇 진지한 얼굴로 카일은 디올러스에게 되물었다.

"……조가 '여보'라고 했나?"

푸르게 빛나는 섬뜩한 눈동자에 디올러스는 저도 모르게 목을 끄덕였다. 카일은 낮은 목소리로 조용히 읊조렸다.

"귀여워."

그의 얼굴에 부드러운 미소가 서서히 퍼졌다.

'아마 그렇게 말하면 허가해 줄 거야. 그래도 안 되면 금방 자기의 곁으로 돌아간다고 말해.'

디올러스는 조의 예상이 정확하게 맞았음에 내심 놀랐고, 뒷말을 하지 않아도 됐음에 안도했다. 아무리 말을 전하는 거라지만 황제에게 자기라고 부를 용기는 없었다.

황제의 허가증을 손에 얻은 후, 조는 정당하게 로테나로 향했다.

스노우는 끝까지 따라간다고 했으나 전쟁의 신이라는 별명을 가진 황후의 곁에 전대 기병 장관인 시외조부까지 있으면 협상을 하러 온 것으로는 보이지 않을 것이고, 만일의 상황이 벌어져 인질이 되면 너무 큰 손실이라며 조가 거듭 거절했다.

그러자 스노우는 차라리 자기가 군대를 이끌고 가겠다며 그런 위험한 곳에 황후를 보내는 자가 어디 있냐며 반박하며 단식 투쟁까지 벌였으나 조는 호락호락하지 않았다. 밤에 몰래 늙은 영감의 방 바깥에서 수면향을 피워 연기가 안으로 천천히 스미도록 해 놓고, 스노우가 잠들자마자 마차에 싣고, 문을 잠가 수도로 보내 버렸다.

며칠 후, 드디어 국경을 넘은 황후는 흐트러진 머리카락을 부드럽게 넘기며 말 위에서 자세를 고쳐 앉았다.

검은 옷을 위아래로 맞춰 입은 후, 빌테온의 황후임을 알 수 있는 붉은색의 망토를 두르고 말 위에서 허리를 꼿꼿이 편 조는 전쟁의 신이 현신한 것처럼 보였다. 평소처럼 장난을 치거나 용병단과 농담을 하지도 않고, 조는 묵묵히 굳은 얼굴로 쉬지 않고 말을 몰았다.

군대를 끌고 가진 않았지만 수행인들이 모조리 무장을 한 용병단과 그림자 단이었기 때문에 그 자체만으로도 충분히 위협적이었다.

로테나의 왕은 처음에는 마누치아라는 상단과는 아무런 관련이 없으며 모르는 일이라 혐의를 부인했다. 실제로 현재 로테나의 왕은 무관했을 수도 있다. 패전 후에 즉위한 왕은 빌테온에서 내세운 허수아비에 불과했으니.

하지만 마누치아 상단의 단주를 심문한 끝에 자백을 받아 냈으니 조는 얌전히 물러날 수 없었다. 이건 명예의 문제였다. 단주는 로테나의 고위 귀족에게 돈을 주었고, 추후에 로테나에서의 지위 복권(復權)과 다스릴 영지를 약속받았다고 말했다.

망한 집안을 되살릴 수 있을 정도의 고위 귀족은 왕이거나, 그의 최측근뿐이겠지.

단주의 방에서 노예장사로 벌어들인 돈의 대부분이 로테나로 흘러들어 갔다는 장부까지 발견됐으니 모든 것이 완벽했다.

돈을 받은 이의 이름은 멀린, 왕의 사촌 형인 베이노스의 하인 이름이었다. 제국에 반대하는 과격 세력을 베이노스가 모으고 있었다는 정황마저 밝혀지자 로테나의 왕은 결국 빌테온의 황후에게 치욕적으로 무릎을 꿇을 수밖에 없었다.

"그대의 사촌 형 베이노스가 빌테온에 반기를 들었다는데."

왕의 아래턱이 덜덜 떨렸다. 천천히 고개를 들자 당당한 자세로 의자에 앉아 있는 제국의 황후가 눈에 들어왔다.

한 치의 두려움 없이 전장을 마구 휘젓고 다녔을 단단하고 긴 다리와 옆구리에 있는 묵직한 검. 황후임을 알리는 태양 문양이 찍힌 커다랗고 붉은 망토와 빛나는 노란 안광.

'수도 없이 많은 적들을 망설임 없이 베어 냈겠지. 저 검의 끝이 내게 겨눠지지 않으리란 법은 없다. 만약 저분이 마음을 먹고 다시 전쟁을 일으킨다면……'

여린 왕은 황후가 거는 조건을 따르는 방법 말고는 아무런 해결책도 생각나지 않았다.

"……제 왕가에서 생긴 일이니 어떠한 것이든 달게 받겠습니다."

"먼저 베이노스의 재산을 압수하겠다. 그리고 로테나로 억울하게 팔려 간 나의 국민들을 모두 풀어 주어야겠지. 이 두 가지는 일을 원래대로 돌려놓는 것에 불과하니 처벌이라고는 볼 수 없음을 자네도 알고 있겠지?"

황후가 천천히 자리에서 일어섰다. 그가 움직이자 그의 곁에 있는 검은 옷을 입은 병사들이 흉흉한 살기를 뿜으며 한 걸음 앞으로 다가섰다. 하지만 조가 오른손을 살짝 들어 올리자 수많은 병사들이 다시 제자리로 돌아갔다.

군사를 부리는 것이 전쟁의 신과 다름없다더니 진짜였구나.

왕의 눈꺼풀이 겁에 질려 바들바들 떨렸다. 조는 왕의 앞으로 다가와 그를 내려다보며 말했다.

"베이노스의 목을 가져가겠다. 그리고, 일로반드를 내놔."

일로반드는 로테나의 서남쪽에 붙어 있는, 비옥한 땅이었다. 전쟁이 끝난 후 그곳을 빌테온 제국에 넘기지 않으려고 협정이 3주나 이어졌던 걸 알고 계실 텐데!

하지만 황후는 완강했다.

"반란을 준비한 일가에게 내가 너무 관대하지. 결과적으로 얻는 것은 일로 반드 하나뿐이니."

다시 의자로 돌아가 앉은 황후는 왕이 협정서에 도장을 찍을 때까지 움직이지 않았다. 그녀의 앞에 무릎을 꿇은 왕 역시 결정을 내리기 전까지 밥을 먹거나 쉴 수 없었다. 하루가 꼬박 지난 후, 왕은 결국 일로반드의 소유권을 영구적으로 빌테온 제국의 로타이스로 종속시킨다는 문서에 도장을 찍어야만 했다. 그렇지 않으면 어떤 일이 생길지 감히 짐작조차 할 수 없었다.

전쟁의 신이 지나간 자리 위에는 아무것도 남지 않는다던데.

왕은 제 목숨 귀한 줄 아는 놈이었다.

결국 황후는 로테나로 들어간 지 단 이틀 만에 비옥한 땅 일로반드와 수개월 간 억울하게 팔려 간 백성들, 마지막으로 반역의 씨앗이 될 뻔했던 베이노스의 목을 들고 당당히 제국으로 귀환했다.


일로반드를 얻었다는 소식을 황제에게 전함과 동시에 제국 전체로 소문이 퍼졌다. 온 제국민들이 이것을 황후의 업적으로 기려야 하는지, 기병 장관으로서 해낸 일로 분류해야 하는지 몇 날 며칠을 떠들어 댔다.

피곤한 몸으로 국가 경계선을 넘자마자 그녀 앞으로 용기 있는 젊은이가 수첩을 들고 끼어들었다. 아마도 어느 지방지의 기자인 것 같았다. 용병이 단호하게 막아서려는 것을 조는 대충 손을 휘둘러 막았다.

무고한 사람을 해치면 안 되지.

기자는 밝은 얼굴로 힘차게 물었다.

"마마! 일로반드를 얻은 것은 황후로서 해내신 일입니까? 아니면 기병 장관으로서 제국의 기상을 높인 일입니까?"

퍽 상징적인 질문이었지만 여러 상황을 고려하여 친절하고 상세히 대답하기에는 너무 피곤했다.

안 그래 보여도 나름 긴장을 하고 갔고, 자잘한 전투 정도는 불사하겠다는 각오까지 다지고 다녀오는 길이라 조는 굉장히 지친 상태였다. 그래서 대충 대답했다.

"따로 생각한 적 없다."

기자는 감격한 얼굴로 수첩에 마구 휘갈겨 적은 뒤 열심히 뛰어 황후의 행렬의 옆에서 또 질문했다.

"로타이스의 호수에서 불한당들을 직접 잡으셨다 들었습니다! 어떤 작전을 시행하셨습니까!"

"……뭐랬더라. 방해되면 죽여라?"

기자가 빠르게 손을 움직여 수첩에 필기한 후 다시 질문을 하려 했지만, 조는 그의 질문에 더 답할 기력이 없었다. 이상하게 평소보다 배는 더 피곤했다.

해치지만 않으면 되겠지.

크로우의 옆구리를 조금 건드리자, 함께 보낸 세월 덕에 눈치로 신호를 알아들은 명마 크로우가 힘차게 앞으로 나아갔다. 황후의 뒤로 검은 옷을 입은 용병들이 먹구름이 밀려가듯 금세 황후에게 따라붙었고 그들은 어느새 지평선 너머로 사라졌다.

흙먼지 속에서 그들이 사라진 방향을 멍하니 바라보던 기자는 수첩의 다음 장을 펼쳐 빈 곳에 적었다.

로타이스 가언은 '방해되면 죽여라'.

밑줄까지 그은 후 그는 머릿속에서 기사로 쓸 내용을 정리하며 천천히 신문사로 발길을 돌렸다. 특종을 따기 위해 국경까지 온 터였다.

황후마마와 몇 마디 말을 나누긴 했으니 인터뷰라고 뻥튀기해서 이 내용을 팔면 금방 전국으로 퍼지고 떼돈을 벌 수 있겠지!

기자는 콧노래를 흥얼거리며 빠르게 움직였다.

자기도 모르는 새에 가문의 가언이, 그것도 꽤나 험악한 가언이 생긴 줄도 모르고 조는 지친 몸을 이끌고 후작저로 향했다.

❈ ❈ ❈

후작저로 돌아왔더니 웬 소란이 들려왔다. 아이와 어른이 실랑이를 하고 있는 것 같았다.

"저도 할래요!"

"아, 글쎄 안 된다니까!"

"잘할 수 있어요! 할래요!"

"아우, 저리 좀 가! 여기가 무슨 보육원도 아니고!"

호기심을 참지 못한 조는 크로우를 다른 사람에게 맡기고 곧장 그쪽으로 향했다.

어른은 용병단 중 하나였고, 아이는 사비트르 호수에서 구했던 여자아이였다. 그때는 아이를 저택에 내려놓고 남아 있는 잔당을 처리하고 단주를 심문하느라 자세히 살피지 못했었는데. 조는 아이의 옆으로 다가서며 시큰둥하게 말을 걸었다.

"뭘 한다는 거야. 웬만하면 그냥 하게 해. 그리고 애한테 소리 지르지 마. 개새끼야."

"용병단에 들어오고 싶다는데요! 그리고 대장은 애 앞에서 욕하지 마세요."

"음?"

용병단에 들어오고 싶다고?

전혀 생각하지 못했던 일이었다. 물론 지금 전국에서 로타이스의 용병단이 가장 뜨거운 관심을 받고 있기는 했다. 어떻게 해야 입단할 수 있냐는 질문도 귀에 딱지가 앉을 정도로 듣긴 했으니까. 조는 그때마다 '글쎄요, 그럼 일단 훈련을 받아 보실래요? 제 훈련 스타일이 안 맞으실 수도 있잖아요.' 라며 씨익 웃었다.

최대한의 배려였다. 모두가 반나절, 길어야 1주일 만에 도망을 갔으니까. 훈련을 할 때 조는 봐주는 법이 없었다. 전쟁에서 훈련을 받고 바로 실전으로 투입되어 실력을 키워서 더욱 그런 듯했다.

'기사도는 이긴 후에 챙겨라. 역사는 승자의 편이다.'

사실 정정당당보다는 반드시 승리하고 만다는 광인들의 집단에 가까웠다. 실력이 좋았으니 망정이지.

조는 천천히 아이의 앞에 무릎을 꿇었다.

"나 진짜, 진짜로 안 봐주고 가르치는데."

"저도 진짜, 진짜로 잘 견딜 수 있어요."

"어른들도 다 힘들어서 도망갔어."

"저는 돌아올 길이 여기뿐이니까 백 번 도망쳐도 백한 번 돌아올 거예요."

경계심 강한 아이의 눈을 가만히 보고 있으니 문득 떠올랐다. 전에 장난감 가게 앞에서 마주쳤던 아이였다.

"아! 너 그때 개지. 장난감 가게 앞에서! 나랑 눈 마주치고 도망간! 야, 나 너 줄 거 있는데!"

조는 품을 뒤적거렸다.

"이거……는 아니고, 이거……는 내 간식이고, ……여기! 있는 건 내 단검이네. 분명 여기 어디 가슴팍에 쩡박아 뒀는데. 아, 여기 있다."

겹겹이 싼 옷의 어딘가에 묵혀 뒀던 장난감 칼을 꺼내 아이에게 내밀자 아이는 인상을 찌푸렸다.

"이젠 싫어요."

"왜."

"……진짜 검이 갖고 싶어요. 이거는 싫어요."

감히 황후가 내민 선물을 거부하고서도 아이는 당당했다. 자기가 어떤 상황에서, 누구의 선물을 거부했는지 아직 모르는 것 같았다. 쫓아 나온 도레스가 상황 파악을 하곤 입을 틀어막으며 놀랐다.

"저기, 얘야. 다른 사람의 정성을 무시하면 황후마마가 잡아간다."

내가 무슨 전통 설화 속 호랑이냐고.

조가 도레스의 뒷덜미를 잡아 엉덩이를 발로 차 내쫓자 아이는 물끄러미 보다가 그대로 도레스를 따라가 그의 엉덩이를 발로 찼다. 아이에게 엉덩이를 얻어맞은 도레스는 휘둥그레 커진 눈으로 엉덩이를 문지르다가 그냥 배시시 웃고 말았다.

"황후마마처럼 되고 싶은 거구나. 근데 황후마마는 나랑 오래오래 알고 지내서 친하니까 장난을 치시는 거거든. 우리는 조금 더 친해진 다음에 장난을 쳐야 하지 않을까?"

아이는 도레스를 째려보다가 무시하곤 다시 조의 앞으로 뛰어왔다.

"나도 마마처럼 되고 싶어요! 아니, 후작님처럼요! 폐하랑 결혼까진 욕심 안 나요! 그냥, 엄청 강해지고 싶어요!"

"당연하지. 너처럼 어린애랑 폐하가 결혼한다고 하면 폐하는 바로 감방에 갈 거야. 그럼 우리 나라는 순식간에 황제를 잃는 거지."

조는 아무렇지 않게 농담으로 넘기며 저택으로 들어가려고 했지만 아이는 막무가내였다. 걸어가는 조의 앞을 가로막은 아이가 푸른 눈을 반짝이며 졸랐다.

"검술 가르쳐 주세요! 강해지게 해 주세요!"

"하…… 하필 왜 또 눈이 파래 가지고는. 그래. 좋아. 그럼 내가 이 장난감 칼을 쥐고, 너는 진짜 내 단도를 쥐고, 싸워서 이긴 쪽 말 듣기. 어때."

짐을 정리하며 근처를 지나가던 용병들이 조의 말을 듣고 멈춰 서더니 순식간에 몰려들었다.

"대장! 거 장난이 심한 거 아니요!"

"애랑 왜 싸워요! 이제 겨우 열 살 정도 돼 보이는구만!"

"나 열세 살이야!"

"넌 또 왜 거기에 세 살이 많아! 밥 좀 챙겨 먹고 다녀! 아무튼, 대장! 애랑 싸우는 건 좀 아니지, 피가 끓으면 그냥 우리랑 한판 해요."

"그래요! 차라리 우리랑 해요! ……대신 살려는 줘야 돼."

용병들 서넛이 달려들어 아이와 조 사이를 가로막으며 조를 말렸다. 조가 검도 뽑아 들지 않은 상태였는데도 불구하고.

"참아요. 에이, 대장. 왜 애를 건드리고 그래, 쟤가 아직 덜 살아서 뭘 몰라서 그래. 한 번 봐주자, 대장이 한 번만 봐주자."

"배고파서 그러신가 보다. 그러든 님! 대장 밥 좀 차려 주세요! 뜨끈한 거로요!"

"대장. 살려 주자. 아직 앞날 창창한 애한테 왜 그래. 쟤한테도 인생이 있다?"

어지간히 억울했는지 조가 눈을 동그랗게 뜨고 발버둥 쳤지만 팔을 붙잡혀 번쩍 들린 상태였다. 작정하면 빠져나올 수야 있겠지만 모두 장난임을 알고서 설렁설렁 농담처럼 말을 나누고 있는 중이었다.

"나도 인생이 있어, 인마! 장난감 칼은 내가 든다니까!"

"대장이 들면 그게 장난감인가, 흉기지."

"꽃다발로도 사람을 죽일 분이 장난감 같은 소리 하네."

"하하하!"

다 같이 웃고 떠드는 사이에 어느새 '스릉' 하는 소리가 들렸다. 바짝 다가온 아이가 용병의 허리에 꽂혀 있던 장검을 꺼내 든 것이었다. 무거워서 제대로 들지도 못하는 주제에 아이는 기를 쓰고 비틀거리면서도 검 끝을 조에게 겨눴다.

"내가 이기면, 나 강해지게 해 줄 거죠."

조의 눈빛이 아까보다는 조금 흥미롭다는 듯이 바뀌었다.

"너 그거 무거워서 안 될 텐데. 내 단도 줄게. 그거로 해."

"싫어요. 이게 더 크고 강하니까 이거로 할 거야."

놀란 용병들이 조를 바닥에 내려놓자 그는 장난감 칼의 칼집을 빼 버렸다.

"기준은 어떻게 할까?"

"피 난 사람이 이기는 걸로 해요."

"와, 나는 장난감이라서 피 나려면 힘든데. 너 똑똑하구나."

말이 끝나기 무섭게 아이가 검을 들고 달려들었다. 하지만 검의 무게 때문에 금세 몸이 앞서 버렸다. 끙차, 하며 검을 들어 올리려던 찰나에 조가 발로 아이의 배를 슬쩍 밀어 뒤로 넘어뜨렸다.

넘어지면 땅을 짚겠지. 그럼 검을 놓칠 테고. 그럼 검을 뺏고 손가락 끝이나 살짝 베야겠다. 라고 조는 생각했다.

하지만 아이는 끝까지 검을 놓지 않았다. 커다란 검에 깔려서 온몸을 베일지도 모르는 그 순간까지도.

"야!"

조가 넘어지려는 아이의 어깨와 손을 각각 잡고서 장검을 뺏어 들었다. 그때, 무언가가 조의 팔뚝 위를 스쳐 지나갔다.

아이는 조에게 당겨지는 찰나에 그의 옆구리에서 단검을 빼내 제 나름대로 힘껏 휘두른 것이었다. 비록 조가 곧바로 몸을 틀어 아이를 발로 차는 바람에 아주 약간의 핏방울 정도밖에 보지 못했지만. 어쨌든 피를 본 사람은 조였다.

"……맹랑하네. 콩만 한 게."

조의 발에 차여 풀밭을 구른 아이는 이미 기절해 있었다. 피가 새어 나오는 팔뚝을 확인한 조는 어느새 옆으로 다가온 도레스에게 명령했다.

"쟤 부모 좀 찾아봐. 노예로 팔려 갔는지, 영지로 돌아왔는지. 지금은 어디에서 지내는지. 그리고 쟤 이름은 뭔지. 그리고 만약에 깨어나도 똑같은 소리 하면, 그냥 훈련시켜 줘. 도망가고 싶으면 가겠지."

돌아갈 곳이 없다니. 없긴 왜 없어. 널 낳은 부모는 이 세상에 있을 텐데. 적어도 묘지는 있을 거 아냐. ……배부른 소리 하긴.

조금은 차분하게 식은 눈으로 조는 저택 안으로 돌아갔다.


이후로 아이를 보러 가거나 하진 않았다.

로타이스로 들어오는 새로운 정착민들과 기존의 영주민들과의 균형도 필요했고, 각 경계 초소도 한 번씩은 돌아봐야 했다. 그리고 용병들에게 기사 작위도 내려야 하고, 일로반드에도 들러서 어떻게 땅을 굴리면 좋을지 사업 계획도 세워야 했다.

아마 최소 한 달은 수도로 못 돌아갈 터였다. 그런 와중에 독한 몸살이 찾아왔다. 정신도 제대로 차리지 못하고 비틀거리며 자리에서 몸을 일으킨 조는 방에 아무도 없는 것을 확인하고서 겨우 목소리를 내어 말했다.

"……카일에겐 알리지 마. 걱정해."

구석진 곳에서 '예, 마마.' 라는 대답이 짧게 들려왔다.

이제 겨우 이틀째니까, 며칠 뒤엔 씻은 듯 나을 거야. 단순한 몸살이겠지. 무리했고, 긴장했으니까. 소수의 병사만 이끌고 군대를 다녀왔으니까.

하지만 하루가 더 지나자 열이 나서 온몸이 절절 끓기 시작했다. 오한이 들어서 이불을 몇 겹이나 둘러싸고도 춥다며 덜덜 떨었다.

살갗에 스치는 이불의 감촉은 베일 듯 아팠고, 관절마다 찢어지는 고통에 밤에 잠조차 쉬이 들지 못했다. 일로반드고 뭐고 카일이 보고 싶었다.

잘생긴 카일, 예쁜 내 카일, 사랑하는 내 카나리아. 낫기만 하면 당신 보러 가야겠다.

꾹 참았던 마음은 새벽이 되자 그만 터져 버렸다. 앓다 죽느니 차라리 카일 한 번 보고 죽는 것이 낫겠다 싶었다. 조는 늘어지는 몸을 겨우 일으켜 코트를 대충 챙겨 입고 유령처럼 걸어 마구간에 도착했다.

"······크로우."

열띤 숨을 뱉으며 크로우를 부르자 커다란 마구간 안쪽에서 푸르릉, 하는 울음소리가 들려왔다. 조는 발을 질질 끌며 크로우에게 다가가 말에게 안장을 채우고 밝은 달빛 아래로 나왔다. 하지만 어쩐 일인지 조가 올라타려 할 때마다 크로우는 뒷걸음질을 치거나 고개를 세차게 흔들며 도무지 태워 주질 않았다.

"왜 그래······! 나 가고 싶어! 카일한테 가고 싶다고."

지친 목소리로 크로우의 목덜미를 붙잡고 말했지만 크로우는 눈을 껌뻑이기만 할 뿐, 여전했다. 한참을 실랑이하다가 조가 겨우 재빠르게 올라타자 이제는 움직이질 않았다.

"왜 그래, 너 진짜!"

고삐를 잡고 난리를 부려도 크로우는 꼼짝도 하지 않고서 애꿏은 꼬리만 좌우로 펄럭펄럭 흔들었다. 발굽으로 애꿏은 땅만 툭툭 차며 크로우는 단 한 걸음도 움직이지 않았다. 결국 조는 참을 수 없어 엉엉 울어 버렸다. 아무리 고된 훈련을 받아도 그동안 허투루 울었던 적이 없었는데 이상하게 서러운 마음이 들어 눈물이 주룩 흘렸다.

보고 싶은데 왜 못 가게 해.

"크로우! 너 왜 그래! 평소에는 말 잘 들었으면서 오늘은 왜 그흐어엉그래우

어엉. 왜 내 말을 안 들어주흐어엉."

조용히 수도로 튀려던 조의 계획과는 달리 시끄러운 울음소리에 사람들이 우르르 튀어나왔다. 잠에서 갓 깬 용병들은 옷을 대충 챙겨 입고 검이나 도끼 같은 둔기를 들고 달려왔다.

"누구야! 누가 울, ……어? 대장, 왜 울어요?"

"마마! ……이게 무슨 일입니까."

듣는 사람까지 서글퍼질 정도의 소리에 시종들과 용병들은 달려오다 말고 멈춰 서서 당혹스러운 눈으로 조를 바라보고만 있었다. 모습을 드러내지 않아야 하는 그림자단까지 티가 날 정도로 술렁거리며 사람들 틈에 섞여 들었다. 다행히 워낙에 소란스러웠던 탓에 눈치챈 사람은 없는 듯했다.

말 한마디 하지 않았지만 그들 역시 다분히 걱정스러운 눈으로 조를 바라보고 있었다. 조는 닭똥 같은 눈물을 뚝뚝 흘리며 말고삐를 쥐고 울음에 먹혀 들어가는 소리로 말했다.

"내해가, 흐엉, 나, 흐, 집에 가고 싶은데, 흐어엉, 키힝, 카일한테 갈라고 했는데, 이 개놈 자식이, 아니, 말놈 자식이…… 못 들은 척하고, 으어어엉. 집에 간다고, 갈 거라고오."

고개를 들고 달을 향해 꺽꺽거리며 우는 조의 모습은 생경하기 그지없었다. 우는 소리에 허겁지겁 밖으로 튀쳐나온 이들은 귀신이라도 본 듯 하얗게 질려 있다가 겨우 정신을 차리고 주변 풍경을 바라봤다.

"……이건 꿈인가? 대장이 울다니."

"후작님이 저렇게 울다니……."

"우후는 게에, 문제가 아니고오, 집에 가고 싶다고오, 흐어어엉."

조는 그마저도 서러워 말 위에 올라탄 채로 발을 동동 굴렀지만 크로우는 여전히 요지부동이었다. 그나마 시종과 시녀들이 움찔거리면서도 가까이 다가와 꺼이꺼이 우는 조를 진정시키려 했지만 용병들은 그야말로 얼음처럼 굳은 상태였다. 그럴 만도 한 것이 그들이 기억하는 조는 말 그대로 '대장'이었다.

눈으로 뒤덮인 산속에서 몇 달을 보내면서도 힘든 티를 내지 않았고, 힘들어도 애써 농담을 하며 분위기를 풀고, 필요할 때는 군법으로 엄하게 아랫사람들을 다스리던.

몇 년 전 전쟁터에서 조가 용병으로 활약하던 때부터 함께였던 용병들은 못 볼 것을 본 듯이 눈을 몇 번이나 감았다 뜨고, 급기야는 손을 들어 제 뺨을 후려치기까지 했다.

"이건 거짓말이야! 대장이 저렇게 울 리가 없잖아!"

전쟁터에서 부모를 잃은 후로 조의 가르침 밑에서 몇 년을 자란 율리는 더더욱 눈앞의 광경을 믿기 힘들었다.

"그래요! 이건 꿈이야! 우리 얼른 깨요!"

율리는 기어이 옆에 서 있는 용병의 뺨을 후려쳤다. 짝 하는 찰진 소리가 들리자 크로우가 위협적으로 한쪽 발을 들었다가 내리며 크게 울었다. 마치 닥치라는 것 같았다.

히이이잉—

하지만 위에 앉아 있는 조에게 그 진동이 전해지진 않을 정도로 미미한 발길질이었다. 가까이 다가오려는 사람들에게 투레질을 하고, 흙을 툭툭 차 내면서도 크로우는 크게 움직이진 않았다.

"마마……. 일단, 진정하시고 내려오세요. 해가 뜨면 마차로 가요. 저희도 다 같이 갈게요."

"마차로 가흐면 느리잖으어아웅. 나는 빨리 보고 싶은데, 흐엉. 아프고오, 아픈데 안 가고으어엉."

저렇게까지 가고 싶다는데 꼼짝도 안 하는 크로우도 참 독한 놈이고, 저렇게까지 안 움직이는데 굳이 크로우를 타고 가겠다는 조도 참 보기 드문 독종이었다. 그때 사람들 틈 사이로 깡마른 여자아이가 모습을 드러냈다. 며칠 전 낮에 조와 장난감 칼로 대결했던 그 아이였다. 어두운 갈색인 줄 알았던 아이의 머리카락에 달빛이 비치자 은은한 붉은 빛이 돌았다. 아이는 붉은 눈을 깜빡이며 섬뜩하리만치 차분한 목소리로 말했다.

"배 속에 아이가 있는 거 같아. 확인해 봐."

소란스러운 와중에도 아이의 음성은 선명히 조의 귓가에 닿았다. 묘하게 서늘한 기분에 조는 아이를 똑바로 바라봤다. 붉은 눈을.

며칠 전의 기억이 섬광처럼 떠올랐다. 분명 저 아이의 눈은 푸른색이었다. 그래서 내기를 했던 거였는데.

이상함을 알아차린 조가 울음을 그치고 아이를 뚫어지게 바라봤다. 아이는 말똥말똥한 눈을 감았다 뜨길 반복하며 분명한 목소리로 말했다.

"동물은 사람보다 예민하니까 몸의 변화를 먼저 알아챘을 수도 있지. 수도를 떠나온 지 두 달이 조금 넘었던가. 드디어 아기가 자리를 잡았나 봐."

말이 끝나기 무섭게 조는 크로우에게서 미끄러지듯 내려와 아이의 앞으로 터벅터벅 걸어갔다.

"투르가. 그게 무슨 말이에요."

조가 눈물 자국이 남은 얼굴로 그녀의 이름을 부르자 아이는 다시 눈을 깜빡였다. 그러자 원래의 벽안으로 돌아왔다.

"……마마. 왜, 제 앞에 서 계세요?"

"너 방금 뭐라고 했는지 기억나니?"

아이는 당연하게도 기억하지 못했다. 도레스에게 투르가가 빙의했을 때와 정확히 같았다.

"혹시 얘가 하는 말 들은 사람?"

아이의 어깨에 손을 올리며 조가 주변에 물었지만 다른 이들은 모두 눈을 동그랗게 뜨고 고개를 가로저을 뿐이었다. 조는 눈을 질끈 감으며 천천히 날짜를 셌다.

언제 마지막이었더라. 아, 어쩐지. 감감무소식이더라니. ……하. 아니 근데 마차를 그렇게 험악하게 몰고, 술을 왕창 퍼마셨는데도 아기가 멀쩡히 붙어 있다고? 심지어 로테나까지 다녀왔는데.

조는 부스스 퍼지듯 힘없이 웃으며 머리를 긁적이다가 손을 조심스레 아랫배로 가져갔다.

"그 난리 통에 잘도 견뎠네."

조용히 읊조리는 말소리를 듣긴 했지만 명백한 혼잣말이라 아이는 눈치를 보며 가만히 서 있기만 했다.

"너 이름이 뭐라고 했지?"

"……모엘린이요. 한 번도 말한 적 없어요."

"그래, 모엘린. 내가 보기에 삼신 언니는 네가 마음에 든 것 같다. 이 많은 사람 중에 하필 너한테 간 걸 보니."

조는 한숨을 길게 푹 내쉬며 눈물 자국을 닦아 내곤 앞에 서 있는 그리든에 게 천천히 다가갔다.

말을 할 때 목도 덜 아프고 몸도 가벼운 게 어쩐지 아까보다는 조금 덜 아픈 기분이었다. 남들은 신탁 한 번도 평생 들을까 말까라는데. 조는 여신을 자주 보니 그런 것일지도 몰랐다.

게다가 그 투르가 여신이 직접 알려 주는 아이라니. 헛웃음이 절로 났다. 심 장이 쿵쿵 뛰는 것 같기도 하고, 무서운 기분도 들었다. 무엇보다 얼른 카일에 게 달려가 말해 주고도 싶었다. 하지만 지금 처리하지 않으면 적어도 1년이 미 뤄져야 할 일이 있었다.

저 하나만 믿고 자리를 지켜 주는 용병들을 언제까지고 제대로 된 소속도 없 이 '로타이스 용병단'으로 묶어 둘 순 없었다. 조는 뒤편에 서 있는 그리든에게 말했다.

"그리든. 내일 아침에 용병들에게 기사 작위를 주려고 해요. 한 명 한 명 모 두 작위를 직접 내려 주고 싶지만, 내가 몸이 좋지 않아서 다 같이 모인 자리에 서 해도 될까요. 그리고 정오에는 수도로 출발할 겁니다."

언제 울었냐는 듯 차분히 가라앉은 목소리였다. 용병들은 서로의 눈을 바라 보다가 동시에 고개를 끄덕였다. 몇몇은 쓰고 있던 모자를 벗기도 했다.

"저희 같은 무지렁이들에게 작위를 주신다는 것만으로도 영광입니다."

"그거 조금 떠돌았다고 무지렁이인가. 그럼 나도 무지렁이인데 뭐."

웃음을 머금은 조가 농담처럼 말하자 율리가 그제야 숨을 몰아쉬며 안심했 다.

"다행이에요. 진짜로 큰일이라도 난 줄 알았는데,"

율리의 중얼거림에 조는 빙긋이 웃기만 했다.

이른 아침, 문을 두드리는 소리에 겨우 눈을 뜬 조가 힘겹게 대답했다.

"……응."

잠이 깨질 않아 꿈지럭거리다가 겨우 침대에서 일어나 앉자 도레스가 문을 열고 들어왔다. 게으름 피우며 침대에서 벗어나지도 않은 조의 모습이 익숙하지 않은 건지 도레스는 잠깐 망설이다가 입을 열었다.

"마마. 전에 말씀하셨던 모엘린에 대해 조사를 해 왔어요."

"응, 말해 봐."

조가 예상했던 그대로였지만, 몇 가지는 빗나갔다.

아이의 부모가 이미 이 세상에 없다는 것은 맞았고, 적어도 묘지는 있을 거라는 추측은 빗나갔다. 아이는 북부 소수 민족의 생존자였다. 아버지는 마누칸족이었고, 어머니는 로테나 사람이었다. 마누칸족이 정벌당하기 전 그들은 로타이스에 정착하고자 했고, 그 과정에서 마누치아 상단 때문에 많은 빚을 지게 됐다고 한다. 도저히 빚을 갚을 수 없을 것이라는 판단에 부부는 아이를 데리고 도망을 쳤고, 상단의 간부가 휘두른 칼에 부모가 죽었다. 살아남은 아이는 힘껏 도망쳐 다시 로타이스로 돌아왔다.

황후가 로타이스로 돌아온다는 소문이 돌기 시작하자 마누치아가 적어도 도시 안에서는 잠잠하게 굴었기 때문이라 했다. 얼마간은 구걸을 했고, 다른 집의 하녀로 들어가려 노력도 했지만 어디서 온지도 모르는 아이를 받아 주는 이들은 없었다.

결국 아이는 상단에 붙잡혔고, 부모가 갚지 못한 빚을 갚기 위해 호수에서 낙인이 찍혀 그대로 노예가 될 뻔했다는 것이 짧은 이야기의 끝이었다.

"그럼 부모들이 어디서 죽었는지도 모르는 거네."

"……산길이었다는 것만 기억하고 있습니다. 갈 때도 돌아올 때도 밤에 정신없이 뛰어다니느라 길은 모르겠다고 하네요."

"모엘린을 데려와."

잠시 후, 모엘린이 방으로 들어왔다. 평상복으로 옷을 갈아입은 조는 테이블 위에 장난감 칼과 그것의 모티브가 되었던 진짜 단도를 올려놓고서 손짓했다.

"앉아, 모엘린."

아이의 푸른색 눈이 짧게 일렁였다가 금세 가라앉았다.

"왜 그런 표정이야?"

"……그동안 제 이름을 부르는 사람이 없었거든요."

열세 살이라는 것치고는 터무니없이 작고 마른 체구였다. 며칠 동안 저택에서 밥을 줘서 먹기는 했다지만 갑자기 살이 찌거나 할 만큼의 시간은 아니었다. 조는 피곤한 눈가를 꾹 눌렀다가 뜨며 낮은 목소리로 물었다.

"나는 너희 아버지의 가족들을 죽였을 수도 있어. 아니, 거의 확실하게 그럴 테지. 마누칸족을 하나도 남김없이 죽였으니까. 또 네 어머니의 나라를 무릎 꿇린 것도 나야. 내가 그 전쟁을 통해 기병 장관이 되었다는 걸 모르진 않겠지. 그리고 내가 로타이스를 비웠기 때문에 네가 가족을 다 잃은 거야. ……넌 그래도 나처럼 되고 싶니?"

일부러 정제되지 않은 직설적인 언어로 말하며 조는 모엘린의 반응을 살폈다. 전쟁고아인 이 아이가 편안하게 살 수 있도록 후원을 할 수는 있다. 하지만 직접 가르치는 것은 달랐다. 아이의 가족을 사지로 몬 것은 자신이라는 생각에 조는 일부러 더 모질게 아이를 밀어냈다. 지그시 바라보는 조의 눈을 피하지 않은 모엘린은 잠시 후 작은 입을 열었다.

"네."

"정확히 말해. 네가 원하는 게 뭐야. 복수라면 돌아가. 네 부모를 죽였던 사람들은 네가 봤다시피 호수에서,"

"저 같은 아이들이 더 생기지 않길 바라요. 마마의 땅 위에서는 그럴 수 있잖아요. 아니, 저 같은 애들은 오직 마마의 땅 위에서만 안전할 수 있죠."

모엘린의 단단한 목소리가 조의 말을 끊었다. 아직 작은 아이는 분명하게 제 의견을 전달했다.

"전쟁이 일어나는 것도, 일어나지 않는 것도 모두 높은 사람들의 결정이잖아요. 죽은 엄마나 아빠를 살릴 수 없단 걸 알아요. 그러면 제가 할 수 있는 일은 강해져서 어린아이들이 저 같은 일을 겪지 않도록 보호할 수 있게 강해지는 것뿐이에요."

조는 차갑게 식은 눈으로 모엘린에게 말했다.

"난 네 생각만큼 좋은 사람이 아니야."

"제 생각보다 훨씬 강한 사람이죠."

"……널 받아들이면 난 얻는 게 많아. 폐황제의 명령이었다곤 해도 마누칸 족 정벌이 잔인했다고 말하는 이들에게 생존자의 딸인 너를 거뒀다고 사람 좋은 척할 수도 있고, 이 땅으로 넘어오는 이민자들도 널 보며 안심하고 내게 세금을 내겠지. ……그러니까 넌 나한테 이용당하는 거라고."

모엘린은 말간 얼굴로 미동도 없이 조에게 물었다.

"저를 어떻게 길들이실 건데요? 밥도 주지 않고, 가둬 놓고, 마음에 들지 않으면 때릴 건가요? 제대로 값을 하지 못하면 ……팔아 버리고요?"

잠깐 미간을 찌푸린 조는 입술을 깨물었다가 천천히 힘을 풀었다.

"아니. 넌 네가 배우고 싶은 건 다 배우게 될 거야. 나처럼 되고 싶다면 나처럼 만들어 줄 수도 있어. 힘들겠지만 네가 견디기만 한다면 가능할지도 모르지."

조는 허리를 꼿꼿이 세운 채 모엘린을 응시하며 천천히, 또박또박 말했다.

"중요한 패니까, 널 아주 소중하게 대할 거야. 네가 행복하게 자랄 수 있도록."

조는 보석이 박힌 단도를 아이에게 내밀었다.

"모엘린."

"네."

아이의 목소리가 조금씩 젖어 들었다.

"이제부터는 배우고 싶은 걸 배우는 거야. 열심히 공부해야겠지만, 아직 애니까 농땡이 피우는 것도 나쁘지 않겠네. ……울고 싶을 땐 울더라도 웃는 날이 많았으면 좋겠구나. 내 말 알아들었니?"

고개를 잘게 끄덕이며 모엘린은 눈가를 힘 있게 문질러 닦았다. 사용하기엔 아직 조금 커 보이는 단도를 손에 꼭 쥔 아이는 조심스럽게 물었다.

"그럼 저는 이제…… 뭘 배우나요."

조는 굳어 있던 표정을 풀고 머리를 긁적거리다가 픽 웃으며 대답했다.

"일단 첫 번째로 명심해야 할 건, 전쟁에서 가장 중요한 건 기백이라는 거."

모엘린은 아직은 잘 모르겠다는 듯 말똥말똥 눈을 깜빡였지만 곧 알게 될 터였다. 정말 조처럼 되고 싶은 거라면.

"일단은 살 좀 쪄야겠다. 너무 말랐잖아."

"……알았어요, 후작님."

아이는 그제야 배시시 웃었다.


조의 용병들이 기사 작위를 받는다고 해서 겉으로 큰 변화가 생길 것 같진 않았다. 그들은 다른 용병들과 차이를 두기 위해 늘 검은 옷을 유니폼처럼 입고 다녔으며, 도시의 치안을 위해 스스로 조의 용병단임을 명확히 밝히려고 로타이스의 문장인 은색 말이 찍힌 배지를 왼쪽 가슴에 차고 다녔다. 배지는 로타이스의 영주가 된 직후 조가 제안한 아이디어였는데 모두들 그대로 착실히 따라 주었다.

작위 수여식이 시작되자 감격한 이들이 눈물을 간혹 흘리기도 했고, 갑작스러운 수여식이긴 했지만 사람들도 꽤 모여서 축하하는 응원의 소리도 들려왔다.

"용병들의 가족들이 모인 건가?"

제일 앞에서 조가 직접 하사한 검을 받은 샘은 조금 씁쓸하게 웃으며 말했다.

"가족이 없는 놈들이 많으니까 아마 진짜 가족은 아닐 겁니다. '가족처럼' 지냈던 사람들이겠죠."

조는 조금 어색하지만 샘을 나름대로 따뜻하게 안았다가 놓으며 다른 이들에게도 들릴 정도로 쩌렁쩌렁하게 외쳤다.

"원래도 그랬지만, 이제 우린 진짜 가족이다! 알았지?"

평소처럼 왁자지껄한 대답들이 마구잡이로 돌아왔다.

"와하하! 너무 대가족이잖아요!"

"설거지 누가 안 했냐!"

"우— 저런 누나는 싫어요."

"저런 형도 싫어요. 무서워요!"

"대장은 그럼 아빠예요? 엄마예요?"

"방금 그 질문 나와. 엎드려."

단상 위에 올라가 있는 조는 깔깔 웃으며 눈물을 닦았다. 그러곤 목소리를 싹 가라앉히곤 장난스럽게 말했다.

"나오라니까 왜 안 나와. 누구야."

"……아, 오늘은 한 번 봐주시지."

투덜거리면서도 더그는 웃음기를 머금고 앞으로 나와 엎드렸다. 마을 사람들은 꽃을 던지며 용병단, 아니 이제는 기사단인 사람들에게 축하의 말을 건넸다. 기사단의 막내가 된 율리가 손을 들어 질문했다.

"대장! 우리 기사단은 폼 나는 구호 없어요?"

"구호? 뭐로 하지. 있으면 폼은 날 텐데."

조가 고개를 갸우뚱 기울이자 앞줄에 서 있던 델파스가 율리에게 소리쳤다. 델파스는 얼음 산맥에서 왼손 손가락을 모두 절단하고도 용병단에 끝까지 남아 조에게 충성을 맹세한 자였다.

"있잖아, 유명한 거!"

"뭐요?"

델파스가 단상 위의 조를 올려다보며 물었다.

"마마, 전쟁터 나갈 때 검 말고 또 뭘 챙겨야 안 굴리겠습니까?"

"아."

짧은 탄성을 뱉은 후, 조는 크게 숨을 들이마셨다가 온 저택이 다 울릴 정도로 크게 내질렀다.

"전쟁에서 가장 중요한 것은!"

기사들이 검을 머리 위로 들어 올리며 한꺼번에 대답했다.

"기백!"

고양된 분위기 속에서 그들은 각자 서로의 어깨를 치며 농담을 하고, 소리를 마구 지르며 기뻐 날뛰기도 했다.

"대장께 평생 충성을 맹세하겠습니다!"

"누가 충성 맹세를 그렇게 악다구니 지르듯이 하냐!"

"대장도 방금 소리 질렀잖아요!"

시끄러운 수여식 이후, 짐마차에 짐이 모두 실리는 걸 확인한 조는 조심스럽게 마차로 다가갔다. 평소 같으면 직접 마차를 몰겠다고 할 사람이 말도 타지 않고 얌전히 마차의 문 앞에 서자 도레스와 그리든은 어지간히 놀랐는지 미어캣처럼 마차와 조를 번갈아 보다가 결국 질문했다.

"마마. 오늘은 마차를 직접 안 몰고 가시게요?"

"응. 그냥 편하게 가려고. 사병들도 앞뒤로 더 붙여 줘. 시끄럽지 않은 애들로. 아…… 없구나. 그럼, 음. 덜 시끄러운 애들로."

도레스는 고개를 갸우뚱 기울였지만 알겠다고 대답하며 기사들을 데리러 갔다. 그 잠깐 사이에 모엘린이 마차 앞으로 다가왔다. 그리든이 새로 사 입힌 옷을 입은 모엘린은 하얀 셔츠에 검은색 바지를 입고 있었다. 옆에는 앙증맞게 생겼지만 몇 명을 썰어 보낸 깊은 역사를 지닌 조의 단도를 차고서.

"저 아까 대답했어요."

"응?"

조의 되물음에 모엘린은 볼을 붉히며 대답했다.

"'기백'이요."

모엘린의 푸른 눈이 맑게 빛났다. 희망을 가진 눈이었다. 조는 환하게 웃으며 모엘린의 머리를 쓰다듬었다.

"너 이제 후회해도 도망 못 간다."

"헤헤, 그럼요."

처음으로 열세 살답게 웃으며 모엘린은 출발해 멀어지는 마차를 향해 손을 흔들었다.

## 외전 4. 가족

하지만 보름 만에 도착한 황궁에서 조는 카일의 얼굴을 볼 수 없었다. 보름 내내 마차 안에서 조용히 지내고, 여관에서 잘 지내며 돌아온 조는 황궁에서도 카일의 얼굴을 보지 못하자 결국 성질이 폭발하고 말았다.

"왜 얼굴을 안 보여 준다는 거야! 나 할 말이 있다니깐! 아니, 내 할 말이고 나발이고 나 안 보고 싶었냐고, 나 왔다는데 어떻게 코빼기도 얼굴을 안 비쳐? 남편이!"

뛰지는 않았지만 못지않은 빠른 걸음으로 황궁을 다니며 카일을 찾아다녔으나 단 한 순간도 금발의 기억조차 보지 못했다. 황궁을 이 잡듯이 뒤지던 조는 눈치를 보며 스윽 복도를 지나가는 시종 펠을 붙잡고 물었다.

"폐하는 어디 계셔요, 아저씨."

"아저씨라니요, 황후마마."

"펠. 폐하는?"

대답을 망설이며 이리저리 눈치를 살피던 펠이 조심스럽게 입을 열었다.

"……폐하께서 지금은 마마를 뵙고 싶지 않다 하셨습니다."

"왜? 내가 뭐 잘못했어? 늦게 와서 삐쳤대?"

눈썹을 찡그리며 되묻는 조의 말에 화들짝 놀란 펠이 두 손을 앞으로 내밀어 휘휘 내저었다.

"그럴 리가 있겠습니까! 하루에도 몇 번씩 마마가 보내신 편지를 읽어 보시는 분이신데요!"

"그럼 왜 날 안 본다는 거야. 아무도 말을 안 해 주잖아. 벤지도 도망 다니는지 안 보이고."

"……저, 그것이……."

말을 골라내는지 한참 망설인 펠은 주변을 힐긋거리다 작은 목소리로 조의 귓가에 속삭였다.

"폐하께서 병에 걸리시어,"

"뭐?!"

단 세 마디를 뱉었을 뿐인데도 조의 얼굴이 삽시간에 하얗게 질렸다.

내가 어떻게 지킨 사람인데. 병에 걸렸다고?

핏기가 빠져나가는 조의 안색에 덩달아 놀란 펠이 다급하게 덧붙였다.

"위중한 병은 아닙니다! 전염병도 아니고, 이제는 다 나으셨습니다."

조의 미간이 다시 찌푸려졌다. 이해가 가지 않았다.

"병을 옮길까 봐 그런 것도 아니고, 죽을병도 아닌데, 왜 나를 안 본다는 거야."

그것만은 제 입으로 말할 수가 없다며 결국 펠은 조를 데리고 본관의 제일 안쪽, 숨겨진 방 앞까지 안내했다. 언뜻 보면 벽처럼 생긴 문이었다. 문고리도 보이지 않았고, 이음새 부분조차 벽의 무늬처럼 보여 자세히 보지 않으면 지나칠 만한 입구였다.

한숨을 작게 내쉰 조는 문 앞에 서서 옷차림을 재정비했다. 오랜만에 보는 남편이고, 전해야 할 좋은 소식도 있으니 침착하려 해도 가슴이 저절로 두방망이질했다. 숨을 고르고 괜히 머리카락을 넘긴 조는 똑똑 두 번 노크했지만 안에선 대답이 들려오지 않았다. 가만히 귀를 대자 아주 작게 부스럭거리는 소리가 들렸다.

예민한 사람이니 발걸음 소리가 한 명이라는 점이나, 노크하는 소리의 크기로도 문을 두드린 사람이 나라는 걸 알아챘겠지. 그러니 대답도 안 하고 저리 도망갈 각을 재고 있는 거야. 짜증이 난 조는 문에 바짝 붙어 선 채 안에 있을 사람에게 말을 걸었다.

"카일."

역시나 대답이 없었다.

"나예요. 문 열어요."

부스럭거리는 소리는 멈췄지만 여전히 문은 열리지 않았다. 방 안에서 낮게 가라앉은 차분한 목소리가 들려왔다.

"미안해, 조. 볼 수 없어. ……정말 미안해."

"대체 왜 그러는 건데요. 얼굴이라도 보고 얘기해요."

"……보여 줄 수가 없어."

금방이라도 울 것 같은 시무룩한 목소리라 더 이상 채근할 수가 없었다. 조는 짙은 한숨을 내쉬며 문에 손을 올렸다.

"알았어요, 그럼 마음의 준비가 되고, 나 보고 싶으면 나와요. 알았죠? 계속 나 안 볼 건 아니잖아요."

"……."

"카일?"

"……알았어."

어쩐지 망설이는 목소리에서 깊은 우울감이 느껴졌다. 언젠가 투르가가 보여 줬던 환상 속에서 홀로 울며 기도하던 어린 카일이 떠올랐다.

'아무도 저를 사랑하지 않아요.'

이 나를 두고 대체 뭘 걱정하고 있는 거지. 이 깜찍하고 발칙한 놈.

조는 주먹을 움켜쥐고 문에서 천천히 멀어졌다. 건물 밖으로 나가자 본관의 정문 앞에서 기다리고 있던 펠이 조금은 걱정스러운 눈빛으로 다가와 물었다.

"마마, 폐하는 뵙고 오셨습니까?"

"아니, 문을 안 열어 주네. 곧 점심이니까 펠이 직접 가서 점심 챙겨 드려.

내 카나리아가 끼니 굶으면 안 되니까.”

어지간히 빡이 쳤는지 시종 앞에서 남부끄러운 애칭을 말하면서도 조는 알아채지 못하는 것 같았다. 시선은 오직 카일이 머물고 있는 방향만을 좇고 있었다.

“……4층 끝 방.”

“예?”

“아니야, 아무것도.”

조는 천천히 황제가 원래 머물던 방으로 홀로 돌아갔다. 그리고 점심이 약간 지난 후, 조는 그림자단마저 따돌리고 나무에 올랐다.

이렇게 호락호락 넘어갈 줄 알았냐. 어디 감히 나한테서 도망을 가.

4층은 어지간한 높이가 아니었다. 하지만 조 역시 어지간한 미친놈이 아니었다.

나무를 타고 오르다가 가지가 가늘어져 위태로운 게 느껴지자 조는 가볍게 몸을 움직여 건물로 이동해 외벽을 타기 시작했다. 창틀을 두 손으로 잡은 조는 기척을 지우고 힘껏 이두박근과 복근에 힘을 줘서 몸을 열린 창 안으로 집어넣었다.

카일은 창을 등진 채 책상에 기대어 서류를 읽고 있었다. 뒤에서 뻗어 나오는 햇빛에 카일의 노란 금발이 밝게 빛나고, 그의 하얀 셔츠 위로 두드러진 근육들이 실루엣을 여실히 드러냈다.

“어이, 카나리아.”

“악!”

오른손에 쥐고 있는 서류들을 한껏 구긴 카일이 놀라 뒤돌아보고 사랑하는 제 아내임을 확인하고 버릇처럼 환하게 웃었다. 그러곤 갑자기 혼자 사색이 되더니 책상 아래로 몸을 숨겼다.

“안 돼!”

“안 되긴 뭐가 안 돼. 나 좀 봐요! 나 4층까지 올라왔는데!”

숨겨지지도 않는 큰 몸을 책상 아래에 구겨 넣고 두 손으로 얼굴을 가렸다.

“……지금 뭐 하는 거야, 이 깜찍이. 얼굴만 숨기면 전체가 안 보이는 줄 착각하고 숨바꼭질하는 다섯 살배기 어린애도 아니고. 귀여워 죽겠네. 지금 나를 정염에 불태우고 싶은 거라면 아주 성공했지만, 하⋯⋯. 타이밍 진짜 구리다. 당장이라도 셔츠부터 찢어발기고 싶은데. 후. 참아야지."

어쩐지 목소리가 후끈해진 조였지만 카일은 평소와 달리 미동도 없었다. 몇 초 동안 가만히 있던 카일이 손가락 사이로 뒤를 힐끔 돌아봤다. 창틀에 엉덩이를 기대선 채 팔짱을 끼고서 조는 카일을 기다렸다.

스스로 손을 내리고 다가오기를.

하지만 카일은 눈치를 살피다가 갑자기 몸을 일으켜 문을 향해 달려갔다. 그대로 도망가려는 심산이었다. 물론 내버려 둘 조가 아니었지만.

카일이 문에 손을 올리는 순간, 손 옆으로 아주 작은 단도가 날아가 꽂혔다. 주로 암살자들 사이에서나 쓸 법한 검이었다. 사람들 많은 길거리에서 목격자 없이 상대를 처리하고 빠르게 사라질 때 사용하기 딱 좋은 사이즈의.

"흉악한 거 던져서 미안, 귀여운 내 단검은 로타이스의 미래에게 주고 왔어요."

예쁘게 생긴 단검이나 암살 전용 단검이나 살상 무기인 건 똑같지 않나 싶었지만 어찌 되었든 카일을 멈추게 만드는 데에는 성공했다. 카일은 여전히 조에게 등을 보인 채로 아주 작게 등을 떨며 말했다.

"얼굴 보여 주고 싶지 않아, 조⋯⋯. 제발."

"대체 왜 그러는 건데요!"

조가 성큼성큼 걸어오자 카일은 넓은 보폭으로 방구석으로 도망쳤다.

"이 작은 방에 숨어서 코빼기도 얼굴을 안 비친 이유가 있을 거 아냐!"

모서리까지 도망간 카일을 잡아 돌려 세워 그의 얼굴을 가리고 있는 두 팔을 내렸다. 이미 눈물범벅이었다.

오랜만에 보는 카일의 우는 얼굴이었다. 빨갛게 달아오른 눈가와 벌건 목과 귀, 아래로 축 처진 눈꼬리, 금방이라도 굴러떨어질 것처럼 일렁이는 바다를 닮은 푸른 눈동자.

간만에 보니 새롭게 설레네.

그런데 뭔가 달랐다. 카일의 얼굴로 심장에 문신을 새길 수 있을 만큼 하루에 수천 번씩 상상하는 조로서는 모를 수가 없었다. 조의 시선이 카일의 오른쪽 눈가로 향하자 카일은 곧장 고개를 푹 숙이곤 울먹였다.

"……얼굴에 흉터가 생겼단 말이야. 네가 제일 좋아하는 건데, 나는 다 네 건데. 내가 못 지켰어. 딱지가 앉지 않도록 계속 온몸에 약을 발랐는데도…… 하필 얼굴에. 흐, 미안해, 미안해 조."

카일의 눈에서 눈물이 샘솟듯이 퐁퐁 솟아났다.

"그래도 나 버리지 마. 미안해, 잘못했어."

"……이거 때문에 날 피한 거예요?"

오른쪽 눈 아래에 점처럼 보이는 것이 콕 찍혀 있었다. 아니, 그냥 점이었다. 현미경으로 뚫어지게 봐야 '아, 흉터구나.' 라고 알 수 있을 법한 미미한 크기였는데도 카일은 몸을 떨며 울고 있었다. 얼굴을 보이기 싫은지 조의 품으로 파고들어 안으며 카일이 중얼거렸다.

"나 아직 예쁘다고 해 줘. 버리지 마……."

카일의 부드러운 머리카락을 쓰다듬으며 조는 그의 등을 천천히 토닥였다.

"일부러 그렇게 예쁘게 생기라고 해도 힘들겠다. 어떻게 이렇게 예쁘고 잘 생기고 귀엽고 다 해. 눈 밑에 강조점 찍은 거야? 나 이렇게 예뻐요, 더 봐 주세요. 하고? 심금을 울리는 포인트가 어떻게 자꾸 그렇게 갱신이 돼? 갱신 보험보다 야속한 사람. 심장이 너무 아파. 보험금 내놔. 이 예쁜 카나리아가 내 남편이라니. 절대 안 버려요, 무슨 소릴 하는 거야."

조의 긴 주접이 끝나고 나서야 안심이 됐는지 카일은 눈물 젖은 얼굴을 들어 겨우 조를 마주 봤다.

"……나 안 버릴 거지."

"당연하지. 애 셋 낳고 다 키우고 당신이랑 묘도 같이 쓸 거야. 이제 둘 남았어요."

발그레한 얼굴로 듣고 있던 카일의 눈 깜빡임이 일순 멈췄다.

"응?"

"애기요. 하나 생겼으니까 이제 둘 남았다고."

뜻을 알아차린 카일이 차마 대답도 하지 못하고 조와 그녀의 배를 번갈아 보길 반복했다. 그의 맑고 푸른 눈과 붉게 달아오른 입술이 동시에 서서히 벌어졌다. 오른손으로 입을 막았다가 다시 내리며 카일은 믿지 못하겠다는 듯 눈을 빠르게 깜빡였다가 고장 난 기계처럼 멈추기를 반복했다.

"진짜야? 정말? 어떠, 어떻게?"

게다가 바보 같은 질문까지.

조는 픽 웃으며 대답했다.

"어떻게, 인지는 설명하기가 조금 그렇네. 전체 이용가가 아니라 우리 애기가 들으면 놀랄 텐데."

카일의 입술에 짧게 쪽 뽀뽀하고 떨어지며 조는 오른손으로 제 아랫배를 문질렀다.

"그, 그, 그래서 이렇게 일찍 돌아온 거야?"

"그, 그, 그러면 내가 뭐 때문에 이렇게 일찍 왔겠어요."

씨익 웃으며 조는 카일의 두 볼을 잡아당겨 제 얼굴 앞까지 가져왔다.

"당신이랑 내가 기가 막힌 작품을 만들었다고."

잠깐 멈췄던 카일의 눈물이 다시 주르륵 흘러내렸다. 상기된 낯으로 카일은 눈을 질끈 감았다가 뜨며 경애를 담은 눈빛으로 조를 가만히 바라봤다.

"……넌 어떻게 나한테 매번 기적일까."

"무슨 소리야, 난 카일 만난 것부터가 기적인데."

조는 자신만만한 얼굴이었다. 생각해 보면 항상 그랬다. 늘 이렇게 당차고 여유롭고 뻔뻔하리만치 당당했다. 처음 만났을 때부터 마구간에서 낯 뜨거운 고백들을 퍼부을 때도, 목숨조차 왔다 갔다 하는 순간 속에서도. 조는 단 한 번도 쉽게 굴한 적이 없었다.

카일이 부드럽게 조를 마주 안아 올렸다. 혹여 미끄러져 떨어질까 조의 엉덩이 아래를 팔로 단단하게 받치고 카일은 그림처럼 환하게 미소 지었다.

"너 없으면 난 어떻게 살지."

"그래 놓고 고작 얼굴에 점 하나 생겼다고 피해요? 응? 이 예쁜 못난아."

일부러 눈꼬리를 올려 화난 척 조는 카일의 머리카락을 잡고 빙글빙글 돌리다가 꼬집듯이 잡아당겼다. 아프지도 않은지 카일은 유순한 낯으로 조의 어깨에 머리를 부비작거리며 작게 말했다. 말하면서도 부끄러운 것 같았다.

"……네가 나 못생겨졌다고 버릴까 봐 무서웠단 말이야."

"그럴 리가 있나. 내가 제일 처음 읽었던 책 속의 당신은 무려 외팔이였다고요. 아니지, 그냥 글자였잖아요. 그런데도 좋았다고요. ……난 그냥 네가 좋은 거야. 카일. 너 말이에요. 너. 착하고, 순하고, 성실하고, 내 앞에서 말랑말랑 연두부 같은 이런 당신이. 총체적으로 다요."

"……응."

"자낮 남주 맛있긴 하다만, 이젠 자신감을 좀 가져도 좋을 텐데. 응? 고작 얼굴에 작은 점 하나 찍혔다고 도망 다니긴. 다 큰 줄 알았는데 아직도 이렇게 말랑말랑 보들보들하다니."

카일은 아직도 가끔 조가 하는 말을 다는 알아듣기 힘들었다. 그래도 좋았다. 이 사람과 함께할 남은 날들을 상상만 해도 행복했다.

우리는 어떤 모습으로 나이 들어 갈까. 지금 네가 웃는 모습은 그대로인 채 그 자리에 고운 주름이 생기고, 얇아진 손으로 또 나를 만져 주며 다독여 줄까.

"태명은 뭘로 할까. 쑥쑥 자라라고 쑥쑥이? 분명 기가 막히게 예쁠 테니까 그냥 예쁜이 할까? 아니면 마스터피스라고 부를까. 분명히 대륙을 뒤집어 놓게 출중한 미모일 텐데. 아냐, 그런 걸로 애기 부담 주면 안 되지. 어떡하지. 하트라고 불러? 근데 그건 내 애칭이잖아. 카일, 여보? 울어? 또 울어요? 울보네, 완전."

카일은 조의 어깨에 얼굴을 묻고 그녀의 다독이는 손길을 받으며 감격에 겨워 또 조금 울었다.

갑자기 쳐들어온 괴한에 놀라 구석으로 가서 숨어 있던 백여우가 쪼르르 달려와 카일의 다리를 타고 올라왔다.

"킹킹아, 네 엄마가 아이를 가졌대."

눈물을 줄줄 흘리는 카일은 여우도 함께 안아 올렸다.

"잠깐만, 뭐요? 킹킹이? 얘가 왜 킹킹이야?"

"자라면서 점점 털에 은빛이 돌길래……. 네가 없으니까 자꾸 외로워서."

헛소리를 하면서도 카일은 울었고, 또 웃었다. 발갛게 달아올라 눈물로 엉망이 된 얼굴로도 환하게 입꼬리를 올려 웃었다. 그 자체로 환상적인 예술 작품이라 조는 임신 초기고 나발이고 그를 또 자빠뜨릴 뻔했다. 물론 어금니를 악물고 참았지만.

그날 오후, 의사를 불러 확답까지 들었다.

"경하드립니다, 마마. 임신하신 것이 확실합니다."

카일은 말없이 조의 손을 힘 있게 잡으며 또 고개를 숙여 훌쩍였다.

"아이고, 아가야. 니네 아빠 너무 운다. 저러다가 혼절할라."

조는 픽 웃으며 카일을 놀렸지만 이젠 도레스까지 울고 있었다.

"마, 흑, 마……. 너무 축하드려요. 진짜, 흑, 마마. 행복하세요. 진짜, 제가 항상 너무 감사하고, 마, 흐으으그흑, 마마. 앞으로는 진짜, 말 잘 듣고, 흐으엉."

"마마야, 마그마야. 말을 똑바로 해, 인마."

마음을 터놓고 친해진 이후로 자주 깐족거리며 장난을 쳤지만 도레스는 여전히 조를 굉장히 좋아하고 존경하는 편이었다. 그래서인지 눈물을 그치질 못하고 아주 시냇물처럼 줄줄 흘려 대고 있었다. 카일 역시 조의 손을 부여잡고 기도라도 하는 듯이 침대에 얼굴을 묻고 어깨를 들썩였다.

"아까 그렇게 울어 놓고 또 눈물이 나와요?"

조는 낄낄거리며 카일과 도레스를 놀리다가 검진해 준 의사에게 시선을 돌렸다.

"의사 선생님. 우는 사람들 좀 말려 보세. ……선생님은 왜 울어요?"

"마마께서……. 얼마나 고생하시고 폐하의 곁에 계셨는지 저도 다 압니, 흐으, 다. 이런 경하드릴 일이 생기다니 저는 충직한 신하로서, 흐으윽, 어흐으."

"……어, 음. 울지 마세요."

시녀장인 멜데일은 손수건에 아예 얼굴을 파묻고 있었다.

"제가 황궁에서 일하며 많은 일을 겪었지만, 흐으윽, 마마, 흑, 왜 이렇게 기쁜데 눈물이 나는지, 죄송, 흐으, 마마! 경하드립니다!"

"여러분……. 울지 마세요."

침대를 둘러싼 사람들은 다들 눈물바다였다. 백여우 킹킹이는 침대 위에 동그랗게 몸을 말고 누워 있다가 울고 있는 카일의 품으로 파고들었다.

아직 애가 나오지도 않았다고요. 울지 말라고요. 심지어 태명도 안 정했어. 이 사랑 넘치는 인간들아.

울고 있던 카일이 번쩍 고개를 쳐들고 작정한 듯 단단한 목소리로 외쳤다.

"오늘을 국경일로 정해야겠다!"

"태어난 날도 아니고 검사받은 날을 국경일로 한다는 게 말이 돼요? 가만히 있어요!"

"너무 기쁜데, 난…… 너무 정말, 정말로 기쁜데 이걸 어떻게 표현해야 하지."

눈물 젖은 얼굴로 카일은 조의 손등에 몇 번이나 연거푸 키스했다. 하지만 조는 이 기쁨을 널리 퍼뜨리기 전에 할 일이 있었다.

"카일. 스노우 말이에요. 저택이 완공돼서 다시 벨로이스트로 갔다면서요."

"갑자기 스노우는 왜?"

"그 영감 좀 화나지 않았어요? 내가 강제로 재워서 돌려보냈는데."

"음? 글쎄. 도중에 로타이스로 다시 가셨다가 돌아왔다고 들었는데."

"뭐라고요? 내가 분명히 마차 문 잠그고 마부한테 수도까지 쉬지 말고 달리라고 했는데."

카일은 몇 주 전 텅 빈 마차를 끌고 만신창이가 되어 돌아온 마부가 떠올랐다.

'더는 못하겠습니다!'

황궁 입구를 지키는 근위병은 무슨 소리냐고 물었고 마부는 지쳐 울며 말했다.

'중간에 깨어난 스노우 님이 마차 문을 부수고 나와서 직접 마차를 몰아서 다시 로타이스로 가셨는데, 우, 우웹, 생각만 해도 멀미가 납니다. 그런데 또, 나서지는 않으시고, 흐으윽, 굳이 멀쩡히 돌아오는 걸 봐야겠다며 국경에서 몇 날 며칠을 보내시고, 흑, 어흐흑, 너무 힘들, 마마의 귀환을 확인하시고는 사람

없는 숲길로 굳이 빙빙 돌아 다시 돌아오고, 근데 또, 속임수를 쓴 게 밉다고
수도에는 들르지도 않겠다고 벨로이스트로 바로 가시고, 저는……. 전 이렇게
대륙을 횡단하고 싶지는 않았습니다. 그런데 명령을 제대로 지키지 못했다고
황후마마가 나무라실까 봐 무섭다고요. 흐어엉.'

카일은 아직도 꺼이꺼이 울던 마부의 목소리가 들리는 것 같았다.

'마마가 무흐서워요흐어엉, 그런데 스노우 공작님도 너무 무흐섭습니다흐어
엉. 이제 집에 돌아가면 안 될까요우워엉.'

이야기를 전해 들은 조는 잠깐 웃고 말았다.

"그 영감탱이, 하여간 고집불통이야."

그건 너도 마찬가지야, 라고 말하려다가 카일은 입을 다물었다. 혼날 것 같
았다. 갑자기 조가 자리에서 벌떡 일어나 우는 사람들을 헤치고 문 앞까지 다
가갔다.

"마마! 어딜 가십니까!"

"뭐 좀 부탁해 놓은 사람들이 있어서, 어디까지 진척이 됐나 하고. 아. 아무
도 안 따라와도 돼, 알아서 사람 잘 꾸려서 조심히 갔다 올게요."

미처 대답할 겨를도 없이 조는 휙 나가 버렸다. 바람 같은 몸놀림이었다. 의
사는 문이 닫히기 전 다급하게 외쳤다.

"마마! 어찌 됐든 몸 조심히……!"

그때 다시 문이 벌컥 열렸다. 조는 생글거리며 말했다.

"아, 참. 아직은 비밀이에요. 분명 또 나라가 뒤집어질 테니까. 그리고 스노
우한테도 내가 직접 말하고 싶고요. 알았죠?"

카일은 꼼지락대는 하얀 여우 깅깅이를 품에 안고 끄덕거렸다. 조는 카일의
확답을 받은 후에야 만족스럽게 웃으며 다시 뒤돌아 걸었다.

어디로 가는지 묻고 싶었지만 이제는 은밀한 명령을 받을 그림자단도 뺏긴
후니, 그저 조가 늦지 않게 돌아오기만 기다릴 수밖에는 없었다.


조는 검은색 로브를 쓴 채 빠르게 움직여 한 서점으로 향했다. 서점주는 조
의 얼굴을 보자마자 깊이 허리를 숙여 인사했다.

"기다리고 있었습니다, 마마. 거의 완성이 돼 갑니다."

"잘됐네요, 우리 늙은이 삐쳐서 빨리 풀어 주러 가야 되거든."

"허허."

황후가 공작을 늙은이라 부른 것쯤은 가볍게 흘려 넘기고서 두 사람은 숨겨진 계단을 통해 지하로 내려갔다.

나이가 지긋한 사람 몇 명과 젊은 사람들이 한데 모여 사람 키보다 훨씬 큰 캔버스 앞에 서 있었다. 어떤 이들은 온몸에 물감이 튀고도 계속해서 그리고 있었고, 또 누군가는 불빛을 비춰 사물에 음영을 넣어 주기도 했다.

저렇게 다양한 이들이 모인 목적은 단 하나였다.

저택이 불에 타 버린 바람에 소실된 타샤의 초상화를 되살리는 것. 정확히는 초상화뿐만 아니라 살아 있을 적 타샤의 여러 모습을 담아내야 했다.

많으면 많을수록 좋았다. 황후가 건당, 쾰당 돈을 두둑이 챙겨 준다고 했으니. 하지만 모델이 없는 상태에서 그려야 하는 고난이도의 작업인 데다 몰래 선물할 예정이었기 때문에 이렇게 은밀하게 준비하는 법밖에 없었다.

한 남자가 조를 향해 뒤돌아 인사했다. 그는 수십 년 전, 벨로이스트 가문의 집사였던 자였다. 그의 옆에는 비슷한 시기에 벨로이스트 저택의 정원을 가꿨던 이와 타샤의 전담 하녀였던 자까지 서 있었다.

"황후마마의 깊은 배려에 감동했습니다. 어떻게 그림을 그려 선물하실 생각을 하셨습니까?"

"어떻게 보면 나 때문에 탄 거니까, 그리고 스노우한테 제일 필요한 선물이기도 할 거고요. 길리아나, 그림은 좀 손에 익어요?"

비교적 작은 캔버스 앞에 앉아 쉬지도 않고 마지막 그림을 그리고 있던 여자가 사명감을 띤 눈빛으로 위풍당당하게 웃어 보였다.

"예, 마마. 걱정 마세요!"

그녀는 아주 예전, 조가 사냥꾼으로 변장하고 서점으로 숨어들었을 때, 책에 삽화를 그려 넣었던 점원이었다.

조는 길리아나가 갖고 있는 재능을 기억해 내고 그녀를 찾아 의뢰했다. 물론 처음에는 길리아나가 조를 보자마자 송구스러운 짓을 해 죄송하다며 머리를 땅에 박을 정도로 사과했지만 조의 사정을 듣고는 묻지도 따지지도 않고 따라나섰다.

타샤를 실제로 본 적이 있는 이들이 타샤의 생전 모습에 대해 설명하면 길리아나가 여러 장면 속 타샤의 표정과 배경, 자세와 그림 속 구도 등을 잡아 그려 나갔다. 보지도 않은 인물을 단지 설명만 듣고서 머릿속에서 구현하여 생생한 표정과 함께 자연스러운 상황까지 곁들여 종이 위에서 살려 낸, 신기에 가까운 재주였다.

물론 길리아나 말고도 다른 저명한 화가들 역시 몇 명 모였다. 기계처럼 움직이며 그들은 그림을 한 장씩 완성하는 중이었다. 마치 커다란 공장 같았다.

당대 최고의 화가라 불리는 엘 마르티는 커다란 캔버스 앞 사다리에 앉아 집중한 채 그림을 그리고 있었다. 조가 찾아온 것조차 모를 정도로 무아지경인 듯했다.

"마르티 선생님은 저쪽에서 마지막 작품을 마무리하고 계세요."

길리아나를 마음에 들어 한 엘 마르티는 그녀의 그림을 보자마자 가능성이 있다고 판단해 곧장 제자로 받아들였고 그녀가 제안하는 캔버스 속 기획들을 귀신같이 스케치하여 그려 내고 색을 입히며 함께 손발을 맞춰 나갔다. 자잘한 그림들은 길리아나가 그려 완성해 냈지만, 세심한 터치가 들어가고, 그림에 숨을 불어넣는 것은 엘 마르티였다.

"저, 마르티 선생님……."

"쉿."

길리아나가 마르티를 부르려는 걸 말린 조는 가만히 기다렸다. 1시간 정도 지난 후, 마르티는 사다리에서 천천히 내려왔다. 그러곤 조를 보며 짧게 인사한 뒤 사다리를 직접 치워 그림을 보였다.

가장 커다란 캔버스에는 노란 튤립들 사이에 선 채로 액자 너머를 향해 환하게 웃고 있는 밝은 금발의 여자가 서 있었다. 부드럽게 흩날리는 머리카락과 옷자락, 휘어진 꽃대와 활짝 피어난 꽃들과 푸른 잔디. 그림 속에서 실제 바람이 불어오는 것 같았다. 밝은 햇빛 아래에서 다정하게 웃고 있는 타샤의 다갈색 눈동자 속에 한 남자의 인영이 희미하게 그려져 있었다.

저 사랑스러운 미소 속에 비친 건 스노우겠지.

조는 만족스럽게 웃으며 그들 모두에게 돈을 지불하고선 그림을 모두 짐마차에 실어 날랐다. 그때, 엘 마르티와 그녀의 조수가 된 길리아나가 다른 그림을 들고 조의 앞으로 다가왔다.

"이 마지막 그림의 값은 지불하지 않으셔도 됩니다, 마마. 저희가 좋아서 그린 거니까요. 그리고 이건 꼭, 공작님과 함께 뜯어보세요."

고개를 갸웃 기울였지만 조는 알겠다며 급한 마음에 종이로 꽁꽁 포장된 마지막 그림을 마차에 황급히 싣고서 벨로이스트 저택으로 출발했다.

❁　❁　❁

벨로이스트 저택으로 조가 탄 마차와 커다란 짐마차들이 줄줄이 들어갔다.

"그 영감 삐져서 안 나올지도 몰라."

하지만 조의 예상과 달리 스노우는 황후의 마차 행렬이 벨로이스트 저택의 대문을 지났다는 소식을 듣자마자 본관 바로 앞까지 나와 있는 상태였다.

"넌 어떻게 된 게 시외조부를 재워서 마차에 태울 생각을 해?"

짜증을 내긴 해도, 무사한 조를 제 눈으로 직접 보고 싶었는지 스노우는 생각보다 밝은 얼굴이었다.

"뭐야, 할배 화 안 내네?"

마차에서 조심스럽게 내리며 조가 평소처럼 툭 쏘듯 말하자 스노우는 아무렇지 않게 받아쳤다.

"할배? 말하는 꼴 봐라. 게다가 이 많은 짐은 뭐야. 카일이랑 또 싸웠냐. 누가 보면 여기 이사 온 줄 알겠네."

"그것도 나쁘지 않겠다. 요양 겸 해서 한 몇 달 여기 사는 것도."

"……그럴래? 여기도 대련장이 꽤 크고, 뒤에 있는 산에서 사냥도 할 수 있으니까."

"아, 그런 거 말고요. 할배랑 펑펑 놀고 싶다고요."

스노우의 눈동자가 잠깐 커졌다가 기대감에 젖어 들었다. 조는 씨익 웃으

468

며 스노우에게 빠른 걸음으로 다가가 안겼다.

"보고 싶었어요, 할아버지. 나 칭찬도 좀 해 주고."

얼떨결에 조를 마주 안은 스노우는 이런 스킨십이 낯설어 잠깐 버벅대긴 했지만 이내 어색하게나마 조의 머리를 쓰다듬었다.

"고생했다. 일로반드는 땅이 비옥해서 농사를 짓기에 안성맞춤이지, 이제 제국에서 땅 크기로만 따지면 로타이스가 제일 크겠던걸. 일로반드의 국민들은 반응이 어떻던?"

칭찬을 하랬더니 공로에 대한 평가를 하고 있네. 하지만 그게 스노우다웠다.

"직접 가 보진 못했고, 정찰 보내서 반응을 들었는데 대부분은 주인이 바뀌든 말든 상관없으니까 먹고사는 데 지장이나 없었으면 좋겠다는 식이었어요. 국가 소속이 바뀐 거에 대해 거부감을 느끼는 세력도 있긴 한데, 행동으로 옮길 만한 이들은 없는 것 같고요."

"그건 모를 일이지, 너 하기 달린 거야. 잘해야 돼. ······잘하겠지만."

조는 스노우의 품에서 빠져나와 그의 늙고 주름진 손을 잡고 저택 안으로 천천히 들어갔다. 스노우의 취향 때문인지 저택 구조는 전과 거의 비슷해 보였다. 스노우는 저택 현관에 서서 이리저리 둘러보며 구경하는 조의 손을 꾹 잡아 올려 다른 손으로 손등 위를 툭툭 두드렸다. 그 나름대로 최대의 칭찬이었다.

"뒤에 시키면 놈들을 줄줄이 매달고 국경을 넘어오는 거, 봤다. 꼭 온 세상을 곧 발아래 둔 거 같던데. 장하다. ······잘하면 뚝 떼서 공국으로 독립도 하겠던데."

조는 스노우의 어깨에 기대어 한껏 애교를 부렸다.

"할배, 나 너무 기특하지. 예뻐 죽겠지."

"······하여간 징그러운 놈, 빈틈을 놓치는 법이 없지."

말투는 상스러워도 스노우는 환하게 웃고 있었다. 그때, 벨로이스트 저택의 집사가 다가와 조를 향해 예의 바르게 고개를 숙였다. 조 역시 그를 알아보고 환하게 미소 지으며 말을 건넸다.

"오랜만이네요."

"영광입니다. 황후마마. 짐은 바로 풀까요?"

벨로이스트의 현 집사 역시 그림을 걸어 둘 최적의 장소를 세팅하기 위해 며칠 전부터 비는 시간마다 수도의 서점 지하로 와 그림을 보며 새로 지은 저택 내에서 가장 어울릴 위치를 구상하곤 했다. 오늘이 드디어 결전의 날이었다. 그러니 지금 그가 말하는 '짐'은 조가 가져온 수많은 그림을 뜻했다.

"짐은 당연히 풀어야지, 오자마자 내쫓을 작정이야?"

스노우는 평소 같지 않은 집사에게 물었다. 늘 별다른 말을 하지 않아도 눈치 빠르게 움직이며 일을 알아서 처리하던 자였는데 왜 갑자기 이런 질문을 하나 싶었다.

"에이, 영감 말을 왜 그렇게 삐딱하게 해요. 아저씨. 나 우리 할배랑 벨로이스트 구경 갔다 와도 되죠?"

"밥을 집에서 먹어야지, 왜 나가려고 그래. 새로 지은 집 구경도 안 할 거냐?"

스노우는 나가기 싫은 듯 조를 잡은 손을 놓지 않았지만 조 역시 고집을 꺾지 않았다.

"나 벨로이스트 구경 제대로 안 해 봤잖아요. 할배 오늘내일하는데 언제 또 이런 기회가 있을라고. 나 온 김에 구경 좀 시켜 줘요. 답답하단 말이야."

"국경도 왔다 갔다 한 게 답답하긴 개뿔이."

투덜거리면서도 스노우 역시 외손자며느리와 함께 할 나들이가 기대되는지 입꼬리가 삐죽삐죽 올라갔다.

조는 홀로 타고 온 마차에 스노우를 잡아끌어 태운 뒤 저택을 빠져나갔다. 스노우는 저택 부지를 벗어나는 마지막 순간까지 줄줄이 이어진 짐마차를 보며 질문했다.

"정말 살러 온 거냐? 그럼 큰 방을 내어 주랴? 내 방 다음으로 큰 방이 있는데, 너 오면 자라고 침대도 넓은 걸로 사 뒀어."

"2인용으로?"

"무슨 소리야, 황제는 궁에서 자야지."

"아, 그게 뭐야. 황후는 시외조부 집에서 자도 되고?"

"……넌 내 제자니까 그래도 되지."

조는 깔깔 웃으며 스노우와 함께 시내로 향했다.

벨로이스트의 유능한 집사는 그들이 빠져나간 걸 확인하자마자 박수를 짝짝 두 번 치고서 서둘러 작업을 시작했다.

"자! 공작님 돌아오시기 전까지 그림을 몽땅 제 자리에 걸어야 합니다! 일단 1번부터 5번은 이리!"

포장된 종이에 적힌 대로 1번부터 5번 그림을 들어 올린 하인들이 명령을 따라 조심스럽게 하나씩 집 안으로 나르기 시작했다. 제한된 시간 안에 이 모든 걸 끝내야 했다.

몇 시간 후, 스노우는 불퉁한 얼굴로 돌아왔다.

"왜 술을 안 마신다는 거야. 새 활을 사 준대도 싫다고 하고."

"나 술 끊었다니까."

"개가 똥을 끊지."

"거, 말 참! 영감 똥 잡쉈나!"

평소처럼 아웅다웅 싸우며 저택의 문 바로 앞에 섰는데 집사가 문을 열어 주지 않았다.

"대체 뭐 하는 거지. 귀한 손님과 주인이 왔는데 문을 안 열다니."

미세하게 찡그려진 미간과 함께 스노우가 직접 문고리를 잡고 양쪽 문을 활짝 열었다. 넓은 현관의 정면, 벽에 붙어서 양쪽으로 올라가는 계단의 사이에 커다란 그림이 걸려 있었다.

그림 속의 타샤는 살아 있는 사람처럼 생생했다. 윤기 넘치는 고운 금발이 생동감 있게 허리까지 흘러내렸고, 입술 역시 생기가 흘러넘쳤다. 진주색이 섞인 연한 핑크빛 드레스를 입고서 은은하게 웃고 있는 타샤와 그녀의 옆에 스노우가 어색하게 굳은 상태로 서서 아마도 화가가 있었을 자리를 노려보는 그림이었다. 화가의 목소리가 들리는 것 같았다.

'……저, 공작님, 표정 좀 자연스럽게 풀어 주시겠습니까?'

'……나 말인가?'

'여보, 얼굴 좀 펴요.'

보지도 않은 타샤의 부드러운 말투와 상황까지 저절로 그려졌다.

아, 안 보고 어떻게 표정까지 정확하게 맞춰 그렸지. 진짜로 저러고 있었을 거 같잖아.

조는 웃음이 터지려는 것을 겨우 이를 악물고 참아 냈다. 옆에 선 스노우는 멍청한 얼굴로 그림을 한참 올려다봤다. 그의 목 바깥으로 뻑뻑하게 굳은 목소리가 간신히 삐져나왔다.

"어떠, 어떻게……."

스노우는 천천히 앞으로 걸어갔다. 떨어지지 않는 발걸음을 근근이 옮기자 계단을 따라 복도로 비교적 작은 그림들이 쭉 이어졌다. 멍한 얼굴로 스노우는 그림들을 하나씩 살폈다. 시간 순서대로 놓인 타샤와의 추억이었다. 글자가 하나도 적혀 있지 않은 그림책을 보는 것 같았다.

무도회 중인지 깔끔한 정복을 입은 젊은 청년이 약간 떨어진 곳에 홀로 어쩔 줄 몰라 하며 서 있는 앳된 영애를 뚫어지게 바라보고 있는 모습이었다.

스노우는 손끝으로 그림을 조심히 쓸었다.

"그래, 처음…… 봤을 때도 딱, 저런 표정으로……. 낯선 이들 사이에서 금방이라도 도망갈 것 같은 얼굴을 하고선……."

스노우의 시선이 그 옆에 걸린 그림으로 옮겨 갔다.

두 사람은 저녁 달빛을 맞으며 약간 거리를 둔 채 정원을 걷고 있는 것 같았다. 타샤는 꽃을 보는지 시선이 아래로 향해 있었고, 스노우는 머쓱하게 하늘만 쳐다봤다.

과거에 젖은 스노우의 얼굴 위로 서서히 미소가 피어올랐다.

처음으로 말을 태워 준 장면인지 타샤가 놀라서 발버둥을 치고, 말 등에서 떨어지기 일보 직전인 그녀를 잡아 주는 스노우의 모습도 있었다. 고삐를 다부지게 당기며 남은 한 팔로 타샤의 허리를 힘 있게 휘어잡은 채였다. 휘둥그레진 두 사람의 눈동자와 겁에 질려 벌어진 타샤의 입술이 여간 생생한 것이 아니었다.

바로 옆의 그림은 이전 장면과 이어지는 건지 삐뚤게 말 위에 엉거주춤 앉아서 깔깔 웃는 두 사람의 모습이었다. 주변의 풍경보다 가까이 붙어 앉아 웃음을 터뜨리는 두 사람의 얼굴이 더욱 가까이 그려져 있었다.

그림은 둘의 추억을 담아 벽을 따라 쭉 이어졌다.

뱃놀이를 갔다가 물에 빠져 돌아온 스노우와 깔깔 웃는 타샤, 수도가 훤히 보이는 언덕 아래에서 한쪽 무릎을 꿇고 타샤에게 청혼하는 스노우의 모습과 나란히 벤치에 앉아 있는 것까지.

성대하게 치러진 결혼식 장면, 그리고 신혼을 맞은 두 사람이 같은 천으로 된 잠옷을 입고 침대에 고이 누워 있는…….

스노우의 뒤에서 함께 그림을 한 장씩 보며 감상에 젖던 조가 식은땀을 흘렸다.

'길리아나……! 스노우 옛날 사람이라서 저런 숭한 그림에 화내면 어떡해. 옷은 입혔지만, 아니 그래도 침대를 그리면 어떡하냐고요. 아직 삽화 버릇을 못 고쳤네!'

손에서 흐르는 땀을 바지춤에 닦았지만 다행히 스노우는 별 신경도 쓰지 않는 것 같았다.

그림은 3층까지 이어졌다. 배가 조금씩 불러 오면서도 정원을 가꾸는 타샤의 편안한 미소, 갓 태어난 아기를 어색하게 안아 든 스노우의 청년 시절도.

3층부터는 스노우가 전쟁에 계속 참전하여 타샤의 곁을 지키지 못하던 때였다.

'타샤 부인의 병색이 짙어지던 시간을 굳이 그려야 할까.' 라는 주제로 내부에서 회의를 많이 했지만 결국 그리기로 했다.

그녀가 살아 숨 쉰 모든 순간을 그리워할 사내 때문에. 이 모든 것은 그를 위한 것이니.

조금씩 말라 가긴 했지만 여전히 따사롭게 미소를 띤 타샤가 저택 곳곳을 돌아다니는 모습이 이어졌다.

식당에 쪼그려 앉아 하녀들과 함께 수다를 떨고, 주방장이 준 음식을 맛보고 다람쥐처럼 놀라 동그란 눈을 크게 뜨고, 하나뿐인 딸 프리실라와 함께 침대에 누워 있는 것까지.

이윽고 원래 타샤의 초상화가 놓여 있던 방문 앞에 선 스노우는 망설임 없이 문을 활짝 열었다.

가장 커다란 그림 속, 타샤가 노란 튤립들 사이에 서서 문을 열어젖힌 스노우를 향해 돌아보며 환하게 웃고 있었다. 어서 오라는 듯. 당신과 함께한 모든 날들이 기뻤다는 것처럼.

기억 속을 나란히 여행했지만 홀로 남아 외로이 늙어 버린 그녀의 남편의 눈이 그제야 젖어 들었다. 먹먹한 목소리가 비집고 새어 나오듯 입 밖으로 흘렀다.

"……타샤. 오랜만이야."

조는 조용히 문을 닫아 준 뒤 자리를 비켰다.

❉   ❉   ❉

몇 시간 뒤 벽난로 앞에 앉아 있는 조의 곁으로 스노우가 다가왔다.

"……저것들은 언제 준비한 거야."

"카일 대관식 이후부턴였나. 그림 그리는 데 시간이 꽤 걸린다고 하더라고요. 그래도 저 많은 그림이 저 높은 퀄리티로 나온 건 기적에 가깝죠. 얼마나 많은 사람들이 갈려 나갔는지 모를 거야, 영감은."

힘이 많이 빠졌는지 스노우는 소파에 느리게 앉아 눈을 감았다.

"프러포즈할 때 타샤는 하얀 드레스에 살짝 안이 비치는 다홍색 천이 겹겹이 층을 만들어 올라간 것 같은 괴상한 옷을 입고 있었어."

"……예뻤을 것 같은데."

"맞아, 예뻤어. 근데 너무 부끄러워서 예쁘다 소리를 못 하겠더라고. 그래서 생전 처음 보는 옷을 입고 왔다고 웃었더니 그다음부턴 한 번도 안 꺼내 입더라고. ……예쁘다고 한 마디 할 걸 그랬어. 그날 너무 예뻤다고. 세상에서 제일 아름다워서, 주문해 놓은 반지가 아직 오지도 않았는데 결혼해 달라고 한 거라고 말을 해 줄걸."

스노우의 감은 눈이 파르르 떨렸다.

"얼마나 후회를 했는지."

자리에서 일어난 스노우는 꺼져 가는 벽난로에 직접 장작을 넣으며 작게 속삭였다.

"고맙다, 조."

타닥타다닥, 장작이 타는 소리와 일렁이는 불빛이 그들을 감쌌다. 조는 장작불 앞에 쪼그려 앉은 스노우의 곁으로 가 그의 어깨에 머리를 기댔다.

부드러운 기운이 감돌던 그때, 집사가 나붓한 발걸음 소리와 함께 침묵을 깨뜨렸다.

"저, 마마. 실례지만 이 그림은 어디에 걸까요? 마지막으로 갔을 때 확인하지 못한 그림이라……."

"아, 맞다. 한 장 더 받아 온 게 있었는데 무슨 그림이지?"

외손자며느리와의 감성적인 분위기를 깨뜨린 집사를 찢어 죽일 듯 노려보던 스노우의 눈이 일순간 크게 뜨였다.

그건, 조와 자신의 그림이었다.

전쟁 중이던 때를 상상해 그린 건지 목이 훤히 보이는 짧은 은발에 허름한 옷을 입은 조와 그의 곁에서 커다란 검을 차고서 자세를 지적하는 스노우였다. 조는 그런 스노우의 말을 듣는 척 뒷짐을 지고 있었으나 금방이라도 공격할 것처럼 단도를 손에 쥐고서 공격 기회를 노리고 있었다. 자세만 보면 암살 직전이었지만 두 사람 얼굴에 모두 장난기가 가득해 익살스러워 보이기만 했다.

"……아니, 저게 뭐야. 왜 하필 그려도 저런 걸."

길리아나의 목소리가 생생하게 들리는 것 같았다. 어쩐지 갈 때마다 전쟁 때 얘기를 해 달라고 하더니.

'저는 마마의 로테나전 활약상이 너무 좋아요! 듣기만 해도 가슴이 설레요! 매일 갈려 나가는 힘든 시간들 가운데에서도 희망을 잃지 않고 웃는, 하……. 진짜로 마마는 저의 영웅이에요!'

하지만 그림이 저렇게까지 생동감 있을 필요가 있었을까. 재능은 재능이구나. 안 보고도 본 것처럼 그린다더니.

아니나 다를까 옆에 서 있는 스노우가 소리를 내어 크게 웃었다.

"하하하하하! 대체 누굴 고용했는지는 몰라도, 비상한 천재임에는 틀림없군."

"아, 할배!"

"현관 앞에 나란히 걸어 둬. 조도 내 가족이니까."

집사가 고개를 꾸벅 숙인 뒤 사라지자 조는 '아.' 하는 짧은 탄성과 함께 말을 덧붙였다.

"그러면 나중에 그림 몇 장 더 걸어야겠다."

"왜? 프리실라와 카일, 테오도르 말이냐? 당연히 그려야지."

"아, 아뇨. 하나 더 있어요."

"음? 누구 말이냐."

조는 두 손가락으로 제 아랫배를 가리켰다.

"외증손주한테 인사해요, 영감."

뒷짐을 지고 있던 스노우가 두 손을 앞으로 빼 멍하니 앞으로 내밀었다가 그대로 고장 난 것처럼 굳어 버렸다.

"하하하하! 깜짝 놀랐죠! 하하! 이게 내 두 번째 선물이다! 하하!"

적군 수장의 목이라도 벤 것처럼 호탕하게 웃는 황후의 앞에 선 스노우는 그녀와 아랫배를 번갈아 바라보다가 그대로 다리에 힘이 풀려 주저앉았다. 스노우는 혼이 빠진 몰골로 조를 올려다보다가 흘러내린 머리를 쓸어 올렸다. 그의 푸른 눈동자가 일렁거리기 시작했다.

"네가 아이를 가졌다고?"

"네!"

두 손을 허리에 올린 조가 씩 웃자 스노우는 여전히 혼몽한 듯 정신을 차리지 못하다가 퍼뜩 고개를 들고 자리에서 일어섰다.

"그런데! 저녁도 아직 안 먹고! 뭐 하는 거냐! 끼니 챙겨 먹고! 얼른 편히 자야지! 마차까지 타고 여길 왔단 말이야? 바몬!"

스노우의 괴성에 집사가 잽싸게 튀어나왔다. 그림 선물에 감동한 방금의 분위기는 어디로 가고 귀신을 잡아먹은 것 같은 얼굴로 스노우는 명령했다.

"속이 따듯해지고, 내 외손주며느리가 좋아할 만할 걸 가져와 봐."

말을 마친 뒤 스노우는 커다란 담요로 조를 칭칭 감더니 그대로 안아 올렸다.

"할배! 허리 큰일 나요!"

"아직까진 괜찮아, 아직까진."

스노우는 싱글벙글 웃으며 2층의 제일 큰 방 앞에 조를 내려놓고 문을 열었다.

"여기서 자고 가라. 황궁이 시끄러우면 내내 여기 있어도 좋고."

"아니, 그건 카일이 절 너무 보고 싶어 해서 안 될걸요."

"……쯧."

다 들릴 정도로 혀를 찬 스노우는 방 안으로 조를 조심히 데리고 들어가 침대에 고이 눕혔다. 그때 노크 소리가 들렸다.

"들어와."

벨로이스트의 유능한 집사가 술과 잔 두 개를 들고 부드럽게 방 안으로 들어왔다.

"공작님, 말씀하신 대로 황후마마께서 가장 좋아하시는 최고급 와인을 준비했습니다. 곁들일 것으로는 치즈와,"

"나가! 씹을 거리를 가져오라고! 식사를! 나 기다리느라 저녁도 못 먹은 내 외손자며느리한테 식사를 갖다주란 말이야!"

윽박을 듣고 잔뜩 당황한 집사는 서둘러 방 밖을 나섰다. 조는 집사가 조금 불쌍했다.

내가 놀러 올 때마다 영감이랑 술을 퍼마시고 가니까 저런 거잖아요.

"할아버지. 왜 그렇게 소리를 질러요."

"너한테 술을 먹이려고 드니까 그렇지."

"평소에 항상 우리가 술을 마시니까 그렇지."

"……그건 그렇지."

스노우는 픽 웃다가 침대 헤드에 기대 다리를 쭉 펴고 앉은 조의 손을 슬며시 잡았다. 한 번도 본 적 없는 표정이었다. 담담한 듯하면서도 입꼬리가 덜덜 떨리는 것 같기도 한.

"카일은 울더라고요."

"그놈은 원래 잘 울어. 마음이 약하거든."

"지금 할배 손도 덜덜 떨리거든요."

스노우는 조를 힐긋 노려보다가 작게 중얼거렸다.

"내 나이가 몇이냐. 수전증이 올 때도 됐지."

낄낄 웃으며 조는 식사를 기다렸다. 스노우는 덜덜 떨리는 손으로 조에게 직접 밥이라도 먹여 줄 기세였지만 보고 있는 사람이 더 긴장이 되는 탓에 그냥 각자 먹자고 하는 수밖에 없었다. 그 뒤로도 잠이 오지 않는지 스노우는 조의 방문 앞을 몇 번이나 왔다 갔다 했다.

"너 건강은 괜찮은 거야? 타샤는 프리실라를 가졌을 때 계속 아팠어."

"그럼 아이는 언제쯤 나오는 거지?"

"아이가 입을 옷이나 신발은?"

"너 근데 애를 배고도 일로반드를 따 왔냐? 이 정신 나간 놈아. 아차, 내가 또 욕을 했군."

"마차를 그렇게 개떡같이 몰았는데도 아이가 그대로 붙어 있다고? 어떻게 그렇게 강할 수가 있지. 대단한 재목이다, 재목이야."

조는 결국 이불을 박차고 일어났다.

"아, 좀! 할아버지!"

참지 못한 조의 짜증 섞인 음성을 듣고서야 스노우는 새벽 늦게 물러갔다.

그러고는 아침 일찍 직접 조를 깨우러 와서는 손발이 차진 않은지, 부어 있진 않은지 살펴보길 반복했다.

"어제보다 손이 좀 찬 거 같은데? 안색도 별로야."

"아침이니까 부어서 그래요."

"붓는다고? 원래 아이를 가지면 붓나?"

"……사람은 원래 아침에 붓죠."

결국 스노우는 조에게 든든하지만 속에 무리가 가지 않을 정도로 아침을 먹인 뒤 의사를 불러 진찰하는 것을 지켜봤다.

"예, 임신이 맞으시고요. 황후마마의 아기님도 아주 건강하신 것 같습니다."

"건강하면 건강한 거지. 건강한 것 같다는 뭐지? 말장난은 왜 하는 거야. 자네 죽고 싶은가?"

평생을 벨로이스트가(家)의 전담 의사로 살아왔는데 이런 말 한마디에 죽음을 맞이할 수도 있다니. 의사는 당황한 낯으로 식은땀을 닦아 내며 말을 정정했다.

"건강하십니다! 마마도, 아기님도 아주! 건강하십니다!"

"……그래? 큼, 흠. 됐어. 나가 봐."

왠지 황궁에서보다 더 정신이 없어져 조는 침대에 벌렁 드러누웠다. 하지만 스노우는 방 밖으로 나가지도 않은 채 창밖을 향해 돌아선 채 가만히 서 있기만 했다.

"영감? 거기 서서 뭐 해요."

"……아무것도."

목소리가 이상했다. 먹먹하고, 말려 들어가 묵직하기 그지없었다. 꼭 우는 것처럼.

"스노우, 울어요?"

"……아니, 안 우는데."

누가 봐도 우는 목소리였다.

직접 키운 제자가, 이제는 딸이나 다름없는 외손자며느리가 아이를 가졌다는 게 어지간히 감동이었나 보다. 약하게 들썩이는 스노우의 어깨를 한참 동안 보던 조는 낮잠에 빠져들었다.

하루를 더 머문 조는 황궁으로 돌아가기 전 스노우에게 인사하려 3층 끝 방으로 올랐다. 문이 살짝 열리자, 안에서 타샤의 초상화에 말을 거는 스노우의 목소리가 들렸다.

"타샤, 조 기억하지. 내가 매번 말했었잖아. 내가 키운 놈들 중에 제일 대단한, 아니, 놈은 아니고 딸이야. 아. 딸도 아니고 외손자며느리인데…… 아무튼 걔가 아이를 가졌대. 너무 신기하지. 난 매번 너무 신기해. 당신이 프리실라를 가졌을 때는 솔직히 조금 무섭다가 신기하다가 울컥거리고 그랬어. ……근데 프리실라가 아이를 가졌을 때는 당신한테 한 것만큼 기뻐해 주질 못했잖아. 그 땐 이미 황궁에서 그 아이가 고생하는 걸 너무 봐 버린 뒤라……. 늘 프리실라 에게 미안했는데 내가 이번에는 후회하지 않도록 뭐든 해도 괜찮겠지. 조를 좀 더 양껏 사랑하고 아껴도 되는 거겠지, 타샤."

그림 속 타샤는 화려한 색감 속에서 다갈색 눈동자를 휘며 어제와 같이 환하 게 웃고 있었다. 스노우는 타샤를 바라보며 함께 미소 지었다.

"그래, 타샤. 이번엔 후회 안 할게."

방을 나서기 전, 스노우는 초상화를 보며 말을 건넸다.

"아, 참. 그때 당신 드레스 정말 예뻤어. 그 다홍색 천이 프릴처럼 겹겹이 올 라가 있던 거 말이야."

그 나이를 먹고도 쑥스러운지 스노우는 민낯을 쓸어내리며 목뒤를 매만지다 방문을 벌컥 열었다. 그리고 문 앞에 선 조와 마주했다.

"깜짝이야! 미친놈아!"

"아이씨, 또 욕하네!"

투닥거리면서도 스노우는 계단을 내려가는 조의 손을 맞잡아 주었다.

"벨로이스트를 계속 떠나 있을 순 없지만 몇 달 뒤엔 계속 네 곁에 있을 테 니까. 응? 카일이 속 썩이면 후두려 패. 네가 이긴다. 알았지? 그리고 몸 상하 지 않게 잘 챙겨 먹어야 돼. 그, 그리고 또, 하……. 타샤나 프리실라가 있었으 면 네게 도움 되는 말을 많이 했을 텐데. 난 왜 이리 쓸모가 없는지."

"괜찮아요. 황실 의사가 알아서 잘 챙겨 주겠죠."

스노우가 갑자기 차갑게 가라앉은 목소리로 낮게 속삭였다.

"혹시 누가 네가 약해진 틈을 타서 너를 해하려고 하면,"

"네."

"……쥐도 새도 모르게 죽여 버려."

"아니 지금 그게 애 가진 사람한테 할 소리예요?"

"남을 시켜도 되고."

스노우는 조를 마차에 조심스럽게 태웠다. 기댈 수 있게 쿠션까지 직접 자리를 잡아 채워 준 뒤, 마차가 출발하기 전 근처의 나무와 벽 그림자 아래에 숨어 있는 그림자단을 하나씩 찾아냈다.

"누구든 수상한 자가 오면 인정사정 봐주지 마라. 인간으로 태어난 것을 후회하도록 만들어."

간밤의 대화를 모두 들은 그림자단은 어느새 사명감을 띤 눈을 하고서 투지를 불태우며 고개를 끄덕였다.

황후마마께 해를 끼치는 자가 누구라도, 걸리면 작살을 내 버릴 각오가 충만했다.

※　※　※

황후가 임신했다는 사실이 제국 전체로 퍼져 나갔다. 놀러 온 이사벨라와 수잔 덕에 조는 기분 좋은 오전을 맞이했다. 그 신문을 읽기 전까지.

"이 염병할 신문사 어디야? 오늘 내가 여기 부수고 온다!"

"마마! 참으세요!"

"하하하하! 잘 어울리는데 왜 그래."

자리에서 벌떡 일어서려는 조를 수잔이 필사적으로 다시 앉혔다. 신문은 황후의 임신 사실을 대서특필로 알리며 경하드린다는 말을 덧붙였다.

다만, 그 아래에 적힌 다른 소식이 언제나 그렇듯 또 과했다.

**로타이스 가언, '방해되면 죽여라.' 잔혹한 북부의 세계**
**황후인가, 기병 장관인가 질문에 '둘 다 나다.' 자신만만한 대답**

최근 패국 로테나의 몰락 귀족이 로타이스로 숨어든 것을 직접 적발해 낸 조 하트 로타이스 황후(기병 장관 겸임)는 피 한 방울 흘리지 않고 국경을 넘어가 로테나 소유의 일로반드를 쟁취해 돌아왔다.

붉은 망토를 휘날리며 귀환한 황후께 강한 기사들을 훈련해 내는 비결을 묻자 로타이스 황후는 강인한 정신과 가차 없는 가언을 가슴에 새긴 덕이라 대답했다.

황후는 로타이스의 가언이 '방해되면 죽여라.'라고 전했다. 이는 선대 황제를 폐기하기 위한 반란군을 일으켜 선두에서 이끌었을 당시에도 사용된 로타이스의 신조로, 많은 국민들이 직접 들었다고 증언했다.

또한 황후와 기병 장관을 겸임하고 있음에도 두 업무를 떼어 생각한 적이 없으며 언제나 국민들을 위해 헌신할 뿐, 직책을 달리 부르는 것은 부르는 자들의 몫이라 밝혔다.

이에 국민들은 제각기 황후마마, 후작님, 장관님 등으로 불렀으나 최근 기사 작위를 받게 된 로타이스의 전 용병단들은 '대장이 대장이지, 뭐.'라는 반응을 보였다. ……(생략)…….

신문을 손에 쥔 채 조는 바들바들 떨었다.

"나! 이번에는! 진짜로! 진짜 이런 말 안 했는데! 아악! 내가 언제 가언이 방해되면 죽여라, 라고 했냐고, 그냥 어떤 작전이 있었냐고 물어서……. 하!"

"마마, 흥분하지 마세요. 아이에게 좋지 않을 거예요."

"이 개쌍,"

"욕도요. ……아기가 태어나자마자 의사한테 시발놈아, 하면 어떡해요. 어머, 내가 방금 무슨 말을."

이사벨라와 조는 아연한 얼굴로 수잔을 바라봤다.

순한 맛이었던 우리 수잔이 대체 무슨 고초를 겪은 거지.

조는 멍한 얼굴로 이사벨라를 바라봤지만 그녀 역시 어깨를 으쓱 올렸다가 내릴 뿐이었다.

"너랑 놀다 보니 이렇게 됐나 보지."

"하! 내가 무슨……. 음, 그런가."

콜린 후작의 비명이 저 멀리에서 들려오는 것 같았다. 아아, 수— 이 애비의 속이 찢어진다—

"아무튼 그래도 신문사를 부수는 건 안 돼요."

"……아, 알았어."

"수잔, 쿠키 먹어."

"응, 벨라."

"목 막힐라. 차도 마셔야지, 옳지."

"응!"

"내 기사 얘기를 좀 하라고! 얘들아! 벨라 너는 진짜 어떻게 된 애가 좀 귀엽고 예쁘다 싶으면 그렇게 사족을 못 쓰고,"

"지는."

"지이는? 지이이느으은?"

도끼눈을 뜨고 펄떡거렸지만 맞는 말이라 딱히 반박할 수도 없었다. 과하게 흥분하면 안 좋다는 수잔의 말에 조는 애꿎은 찻물만 벌컥벌컥 마셨다.

몇 분 뒤 화제는 겨우 다시 신문 기사로 돌아왔다. 어쨌든 황후의 임신을 축하하는 글 아래에 있는 이런 기사는 좋지 않았다. 무심코 신문을 다음 장으로 넘기자 전혀 예상도 못 했던 기사 제목이 눈길을 끌었다.

**최초로 탄신일 없는 황가 맞이하나……**

"이게 무슨 뜻이야? 탄신일 없는 황가라니."

수잔의 크고 동그란 눈이 더 휘둥그레 뜨였다.

"마마, 모르셨어요?"

이사벨라는 조가 쥐고 있는 신문을 천천히 가져가 몇 번 접어 그대로 테이블 아래로 내려 두었다. 보지 말라는 뜻이었다. 이사벨라는 보라색 눈을 천천히 깜빡이며 이야기를 꺼냈다.

"넌 생일이 없잖아, 조. 그럼 누가 속상하겠어?"

"나? 난 생일 있……."

있지만 이쪽의 날짜로는 언제인지 몰랐다. 애초에 날짜를 계산하는 방식이 달랐다. 이 세계로 넘어온 뒤 정신없이 시간을 흘려보낸 탓에 생일 같은 것에 신경 쓸 여력이 없어서 한 번도 생각한 적이 없었다. 조는 그제야 손을 들어 입을 틀어막았다.

"설마, 그럼 나 때문에 카일도 생일을 없앤 거야?! 황제가? 탄신일이 없는 황제라고? 이 미친놈!"

생일을 물어보지도 않았고, 그저 매일을 행복으로만 가득 채워 주는 사람이라 전혀 상상도 하지 못하던 차였다.

"내 생일은, 그냥 아무 날이나 정해서 하면 되잖아. 고작 내가 생일이 없어서 상처받을까 봐 황제가 탄신일도 없이 넘어갔다는 게 말이 돼?"

"폐하라면 말이 되지. 그분은 너밖에 모르니."

이사벨라의 대답에 눈앞이 아득해졌다.

내가 대체 뭘 길들인 거지.

존맛 자낳 남주 내 남편 만들기 대성공하긴 했는데 이게 너무……. 너무 성공해 버린 것입니다.

조는 벙벙한 심정으로 자리에서 더디게 일어섰다.

"카일을 찾아서, 일단 탄신일을 되살리고, 정 내가 신경 쓰이면 나는 아무 날이나……."

수잔이 고개를 갸웃 기울였다.

"아무 날로 한다 하시면 폐하가 상처받으실 거예요. 분명히 '네가 태어난 날이 확실하지 않은데 어떻게 아무 날로 정할 수 있겠어, 내가.' 라고 하시거나 '꽃 피는 날이 네 생일이라면 그 계절을 모두 축제로 하자.' 라고 하실 텐데요."

타당했다. 너무나도 그럴 법해서 조는 다시 자리에 주저앉았다. 심각하게도 저밖에 모르는 이 귀여운 남편을 위해서 조는 황급히 생일을 만들어야 했다. 이 세계의 날짜로.

그럼 단 하루밖에 없었다. 카일의 침대 위로 떨어지던 그날.

문제는 그날이 언제였는지 도무지 알 수 없다는 점이었다. 멍청하게 굳어 버린 조의 얼굴을 보며 이사벨라가 해답을 몇 개 제시했다.

"자, 1번. 황제의 탄신일을 넘어갈 순 없으니 살리자고 설득한다."

조는 고개를 휘휘 내저었다.

"방금 수잔이 말했잖아. 분명히 또 집에 혼자 남겨진 강아지 같은 얼굴로 보면서 '내가 어떻게 그래.' 라고 할 거라고."

"그게 제일 간단한 방법이니 1번으로 말해 본 거지. 그럼 2번. 결혼기념일을 생일로 치자고 해. 대충 로맨틱한 말로 넘기고. 뭐, '당신이랑 결혼했을 날부터 난 다시 태어난 거야.' 그런 거."

"……좋아할 거 같긴 한데 썩."

그 말을 꺼낸 순간부터 카일은 내가 신경 쓰고 있다는 걸 알고 시무룩해질 게 뻔했다.

거참 번거롭고 사랑스러운 내 남편.

이사벨라는 악당처럼 웃으며 손가락을 세 개째 펴냈다.

"3번. 성실한 황자라면 작성했을 게 분명한 그의 일기를 찾아내 두 사람이 처음 만난 날을 알아낸다."

조의 눈이 번뜩였다. 그래, 카일 성격에 일기를 안 썼을 리 없지. 몇 년 전 일이지만 분명히 적어 뒀을 거야. 황급하게 자리에서 일어서며 조는 빠른 걸음으로 문으로 걸어갔다.

"고마워! 쓱싹 훔쳤다가 얼른 보고 갖다 놔야겠다. 벨라, 수잔! 나 저녁 때 다시 올 거니까 둘 다 어디 가지 말고 여기 있어야 돼!"

"응, 다녀와."

이사벨라는 길고 하얀 손가락을 쭉 펴서 방을 나가는 조에게 인사했다. 문이 쿵 닫히고 난 후, 수잔이 고개를 갸웃 꺾으며 이사벨라에게 물었다.

"벨라. 그 시절부터 쭉 보좌관이었던 벤지 님에게 일기를 가져와 달라고 하면 되지 않을까? 어차피 폐하의 각종 사적인 문헌을 다 보좌관님이 관리하실 텐데."

"수, 그건 시시하잖니. 저렇게 날다람쥐처럼 종종거리는 게 귀엽지 않아? 또 얼마나 황궁을 휘젓겠어."

수잔은 얼마 전 추밀원 회의 후 녹초가 되어 돌아온 아버지를 떠올렸다. 콜린 후작은 넋 나간 표정으로 얼굴을 쓸어내렸다.

'대체 어느 나라 황제가…… 탄신일을 안 챙기는 건지……. 나는, 모르겠다. 수. 이 애비는 이젠 정말 모르겠어.'

작은 입으로 쿠키를 오독, 씹어 먹으며 과거를 회상하는 수잔의 입가를 직접 닦아 주며 이사벨라가 그림처럼 화려하게 미소 지었다.

"우리는 구경이나 하자, 수. 차가 식었지? 찻물을 데워 달라고 할까?"

"응. 좋아."


두 사람의 조촐한 디저트 타임이 부드럽게 흘러가는 동안, 조는 황급하게 황궁의 뒤편 정원에서 그림자단 일곱 명을 모두 불러들였다.

"황제의 개인 집무실과 서재, 그리고 황자 시절 사용하던 궁의 서재까지 뒤져야 해. 나는 애기가 있어서 직접 움직이기엔 힘들어. 기껏해야 황자궁의 침실과 문헌 창고에 몰래 숨어드는 것밖에 못해."

아니 거기도 숨어들면 안 되는 거 아닐까요.

문득 머릿속에 반박이 떠올랐지만 일곱 명은 모두 입을 다물었다. 이 주인은 무슨 일이 있어도 해낼 것이다. 언제나 그랬듯이.

"뭘 찾아야 합니까. 마마."

"황제의 일기장."

"예?"

"그것도 한…… 4년도 더 전의 건데 어떻게 생겼는지도 몰라. 사실 있는지도 잘 몰라. 하지만, 반드시. ……무슨 일이 있어도 반드시 찾아야 한다."

그림자단은 마른침을 꿀꺽 삼키며 각오를 다졌다. 저렇게 단단한 얼굴로 심각하게 말하니 어지간히도 중대한 일임에 분명했다. 일곱 명은 각자 구역을 나눠 흩어졌다. 현재 지키는 사람이 조금 덜한 황자궁은 그림자단이 가기로 하고, 황후인 조는 몰래 다닐 필요가 없으니 황제가 기거하는 궁의 개인 서재를 살피기로 했다.

"아, 나 거기 책 너무 많고 햇빛 잘 안 들어서 골 아픈데. 얼른 갔다 와야겠다. 너희도 파이팅!"

"……파이팅, 이 뭡니까?"

호기심 가득한 얼굴로 묻는 순수한 도합 열네 개의 눈동자를 향해 조는 코웃음을 치며 대답했다.

"필사적으로 힘내자고! 아자! 파이팅!"

"파, 파이팅!"

얼떨결에 조를 따라 주먹을 앞으로 내밀어 무언가를 당기는 것처럼 따라 했다. 여전히 의문을 풀지 못한 낯들이었지만 어쨌든 조는 바쁘니까 그들을 내버려 두고 빠른 걸음으로 사라졌다.

남은 일곱 명은 서로의 얼굴을 보다가 작게 중얼거렸다.

"파이팅. ……파이팅. 필사적으로, 힘을 내서……."

후에 그림자단이 모일 때마다 남몰래 히죽거리며 주먹을 꾹 쥐었다 펴며 '파이팅!' 하고 서로 격려하게 될 것을 새카맣게 모르고 조는 황제의 개인 서재로 숨어들었다. 도서관인지 서재인지 모를 정도로 책이 높다랗게 쌓여 있었다. 서가에는 각종 필독서와 교양서적들이 가득했다. 빌테온어를 이제는 자유롭게 읽고 쓰게 됐지만 아직 한글만큼 빠르게 읽을 수준은 아니었다.

"일기를 따로 모아 두지 않았을까? 꼼꼼한 성격이니까."

줄줄이 쌓인 책들을 빠르게 훑었지만 워낙 서재에 쌓인 책들이 많아 제목만 한 번씩 스쳐 읽었는데도 시간이 꽤 지나 버렸다. 혹시나 해서 서재의 책상 서랍을 열어 봐도 빈 종이들뿐이었다. 몇 년 전의 일기는 따로 보관해 두지 않는 건가.

그때, 방 한구석에 켜켜이 쌓인 상자들이 눈에 들어왔다. 조심스럽게 그쪽으로 발길을 돌렸다. 손때가 묻어 꽤 낡은 상자였음에도 최근까지 열어 본 흔적이 있는 것처럼 먼지가 쌓여 있진 않았다. 꽁꽁 묶여 있는 상자를 열자 낡아 빠진 걸레가 제일 먼저 눈에 들어왔다.

"이런 걸레를 왜 보관했지?"

엄지와 검지로 조심스럽게 들어 올렸다. 그냥 걸레도 아니고 천을 잘라 놓은 것인지 실타래가 풀려 엉망이었다. 원래는 하얀색이었던 게 오래되어 색이 바랬는지 약간 누런빛이 돌았다. 그 사이에 지워져 흐릿한 글씨가 보였다. 형체를 알아보기 힘들 정도였지만 익숙한 글씨체였다.

'카일♡'

수년 전, 카일이 사냥을 간다고 했을 때 조가 직접 수건을 찢어 선물했던 것이었다. 걸레를 빼내자 그 아래에는 조가 전쟁 당시, 로타이스 성으로 잠입하기 전 카일에게 편지를 쓴 뒤 같이 묻어 뒀던 옷도 있었다. 남아 있는 흙도 없고, 글씨도 연해졌지만 내용은 알아볼 수 있었다.

옷을 내려놓은 뒤 상자를 살피자 구석에 놓인 손바닥만 한 주머니를 발견했다. 조는 홀린 것처럼 주머니를 들어 꽁꽁 묶어 놓은 매듭을 풀었다. 산산조각 난 붉은 보석이 주머니 가득 들어 있었다. 주머니 안에 함께 들어 있는 작은 보석이 촘촘히 박힌 은색 줄로 봐선, 아마도 황제의 활에 맞아 가루가 되어 부서졌던 하트 목걸이임이 분명했다.

조가 광산에서 처음으로 캐내서 세공한 첫 보석. 무식하게 커서 아무리 멋지게 꾸며도 괴랄하기만 했던 아기 주먹만 한 하트 목걸이.

"아니, 이걸 왜 다 모아 뒀대……."

그 외에도 말라비틀어진 꽃 무더기, 이제는 형체도 알아볼 수 없는 꽃반지, 마모되어 푸른색을 띠는 유리 조각 등. 모두 조가 카일에게 갖다준 잡동사니였다.

상자 몇 개를 모조리 치워 내자 바닥에 있는 상자 속에서 찢어진 종이 수백 장을 엮어 놓은 조악한 노트를 발견할 수 있었다. 가죽으로 두툼하게 만든 제목 없는 표지를 넘기자 첫 번째 장을 빼곡하게 채운 익숙한 글씨가 보였다.


'리오던의 달, 스물넷.

오늘 새벽, 나를 찾아온 암살자는 이전과 달리 아주 이상했다. 내 침대 위로 직접 뛰어들어 놓고선 정작 자신은 무방비한 꼴이었다. 암살자 주제에 내 목을 노리는 것 같아 보이진 않았지만 스스로가 왜 그곳에 있는지조차 모르는 낯이었다. 게다가 웃기지도 않은 고백까지. 어느 놈이 보냈는지는 모르겠지만 반드시 찾아내…….'


다음 장은 한 달 뒤의 내용이었다.


'키오파사의 달, 하나.

어쩐지 요즘 계속 식은 차만 마시고, 딱딱한 쿠키만 먹는다 했더니. 조

가 내 시종과 시녀들을 모조리 다 꾀어낸 듯하다. 무슨 수를 썼는지는 모르
지만 다들 마구간만 갔다 오면 다 한통속이다. 조만간 보러 가야 할 텐데
도무지 시간이 나질 않는다.

……보고 있으면 웃긴 건 사실이다. 다들 비슷한 생각일 테지.

오늘도 어머니가 나를 불러서는……;

한꺼번에 수십 장을 더 넘겼다. 날짜도 적히지 않은 일기들이 한 페이지에
짧은 몇 문장만 적힌 채 몇 장째나 쭉 이어졌다.

'조, 돌아와.'

'보고 싶어.'

'낮도 밤도 너무 길어. 벌써 두 달이 지났어.'

'정찰병이 네 흔적을 찾지 못했대. 거짓말일 거라고 믿어.'

'그냥 나도 따라갈 걸 그랬어. 너랑 같이 있을걸.'

'네가 마누칸을 이길 만큼 강한 걸 알지만, 나는 네가 없는 걸 견딜 만큼
강하지 못하잖아.'

'미안해. 너만큼 강하지 못해서.'

'보고 싶어.'

'너무 보고 싶어.'

'……바지 벗고 기다리면 올 거야?'

마지막 문장에선 픽 웃음이 터졌지만 이 글을 쓰면서도 얼마나 서글펐을까
하는 생각에 얼굴 위로 떠올랐던 웃음은 금세 가라앉았다.

농담처럼 하던 말을. 물론 농담은 아니었지만 아무튼 그 말들을 하나하나 기
억하며 얼마나 나를 그리워했을까. 모든 문장의 마침표에는 잉크가 짙게 물들
어 검은 흔적이 넓게 퍼져 있었다.

차마 종이 위에서 펜을 떼어 내지 못하고 빈 종이 위를 얼마나 바라봤을까.
내가 했던 우스갯소리로 일기를 적으면서 혼자 억지로 웃었겠지. 그리고 또 울

었으려나.

두꺼운 노트의 마지막 페이지는 여태까지와는 비교도 할 수 없을 정도로 갈겨쓴 글씨였다. 단 네 글자인데도 얼마나 마음이 급했는지 여실히 알 수 있었다.

'오늘 결혼.'

"아하하하! 하하! 미쳤어, 진짜!"

결국 참지 못하고 조가 웃음을 터뜨리며 바닥에 주저앉았다. 생생하게 떠올랐다. 결혼한 날 이후로 근 열흘을 방 밖으로 나가지도 못했지. 사람들은 다 나만 미친 줄 알아. 사실은 황제도 제정신이 아닌데.

얼굴 가득 웃음기를 머금은 조가 노트를 덮자마자 머리 위에서 말소리가 들렸다.

"넌 누구냐, 왜 남의 보물 상자를 훔쳐보는 거지."

엄숙한 척하긴 했지만 사랑이 가득 담긴 목소리였다. 조는 일부러 삐딱하게 대답했다.

"그러는 그쪽은 누구신데요."

"난 그 상자의 주인이자 기병 장관의 남편이다. 이제 그쪽도 정체를 밝히시지."

조가 천천히 자리에서 일어서 뒤돌았다. 언제 들어왔는지 뒤편 책상 위에 따뜻한 마들렌과 데운 우유가 있었다. 조가 서재로 들어갔다는 걸 또 누가 촉새처럼 일러바친 것이 분명했다.

어깨를 으쓱 올렸다 내리며 조는 태연하게 말했다.

"제 남편은 황제거든요."

"내 아내는 사람을 잘 벤다. 너 정도는 간단하게 해치우지. 혼자 군대를 이끌고 북부의 마누칸족도 정벌하고, 혼자서 성도 격파하고, 게다가 불사의 몸이라 죽었다가 살아나……."

"아, 그만! 대체 누가 불사의 몸이에요? 그냥 재수 좋아서 살아난 걸 가지고."

"그게 기적이잖아, 조."

카일은 환하게 웃으며 조에게 다가와 그를 품 가득 끌어안았다. 흘러내린 조의 머리칼을 어깨 뒤로 넘기고 드러난 목덜미와 귓바퀴에 입을 맞추며 카일은 낮게 속삭였다.

"뭘 찾고 있었던 거야."

"……내 생일이요."

"생일?"

"……당신이랑 처음 만난 날을 생일로 하려고. 내 생일이 생겨야 내가 당신 생일도 축하할 수 있으니까."

"그냥 나한테 바로 말하지 그랬어, 난 다 기억하는데."

"말하면 또 똥강아지 같은 눈으로 쳐다보면서 신경 쓰지 말라고, 필요 없다고 할까 봐."

카일의 허리를 끌어안으며 조가 그의 어깨에 차분히 머리를 기댔다. 조를 안아 올린 카일이 서재의 의자 앞으로 가 앉자, 조는 자연스레 그의 무릎 위에 앉은 모양이 되어 버렸다.

"네가 생일이 갖고 싶으면 가져야지. 이젠 그렇게 슬픈 눈 안 할게. 네가 원하는 건 다 할 수 있게 할게."

"거짓말하네. 바로 며칠 전에 점 생겼다고 얼굴도 안 보여 주고 엉엉 울었으면서."

카일의 부드러운 금발을 손가락으로 얽어 빗으며 조가 픽 웃자 카일은 부끄럽다는 듯 마주 웃으며 조의 입술에 입 맞췄다.

"내년에는 생일 축하하자, 너도, 나도. 태어날 애기 생일도 다."

"알았어요."

도톰한 두 입술이 다시 맞닿았다.

생일 문제는 생각보다 굉장히 간단하게 해결됐고, 둘은 키스하느라 여념이 없었으며, 조는 본능에 이끌려 카일의 바지를 벗기려다 제재당했고, 아웅다웅하다가 결국 서로를 위해 만지는 것만 하면 괜찮지 않겠냐는 합의점을 찾았다.

그리고 서재의 창문 밖에서 조에게 일기를 찾지 못했다고 보고하려던 그림자단은 두 사람을 발견하고 황급히 흩어졌다.

'파, 파이팅. 오늘 일은 없던 거야. 우린 아무것도 못 본 거야. 빨리 사라지자.'

몇십 분 뒤, 조는 팅팅 부은 입술로 활짝 열린 커튼 너머를 바라봤다.

"아, 맞다. 커튼 치고 일 칠걸."

옷매무새를 다시 정리한 카일은 조가 엉망으로 만들어 놓은 상자를 차곡차곡 다시 정리하곤 뿌듯하게 그것들을 내려다봤다.

결혼한 이후로는 매일이 추억이라 상자에 다 넣을 수가 없어 이것들이 전부였다. 그러나 세상에서 가장 값진 보물들이었다.

그로부터 몇 달 뒤, 예정일을 보름 남긴 어느 날 갑작스레 진통이 찾아왔다.

"아아아악! 카! 일! 이런 씨! ㅂ······."

"마마! 고정하세요! 폐하께 쌍욕은 안 됩니다!"

산파와 의원들이 조의 곁을 계속해서 지켰고 하녀들이 뜨거운 물과 깨끗한 거즈를 가져다 나르며 재빠르게 움직였다. 벌써 11시간째 진통이었지만 아직 아이의 머리조차 보이지 않았다.

"너허무 아파요, 흐어어. 아파! 아파요, 흐어엉. 안 할래, 그만할래."

비명이 결국 통곡으로 바뀌고도 한참이었다. 문 앞에서 전전긍긍 기다리던 카일이 노성을 터뜨렸다.

"아이가 왜 안 나오는 것이냐! 이러다 무슨 일이라도 생기면······."

"폐하, 지금 11시간째 앉지도 않으셨습니다. 일단,"

흥분한 카일을 말리려 벤지가 말을 걸어 봤지만 역부족이었다. 앉지도 서지도 못하고 좌불안석인 카일은 금방이라도 펑 터져 버릴 것만 같았다. 가슴께를 잡았다가 문 앞까지 가 섰다가 복도를 이리저리 오가기를 거듭했다. 보고 있기만 해도 정신이 없었다.

"내가 어떻게 앉아! 조가 저러고 아파하는데, 내가 어떻게!"

벤지와 테오도르 역시 걱정이 되어 자리를 뜨지 못하고 있었다. 방 안에서 다시 통곡이 흘러나왔다.

"흐어엉, 엄마아, 아흐빠아아……."

"아빠 여깄다!"

엉망이 된 몰골로 방 밖에 서 있던 스노우가 금방이라도 쳐들어갈 기세로 문 앞으로 다가섰다.

"공작님! 참으세요! 들어가시면 안 됩니다! 그리고 공작님은 황후마마의 아버지가 아니십니다!"

"놔라! 이놈들! 놔! 조! 아빠 여깄다! 아빠가 들어갈까!"

시종들이 한꺼번에 달려들어 스노우를 뜯어말렸다. 노쇠하긴 해도 한때 제국을 호령하던 그를 막기란 여간 어려운 일이 아니었다.

"카일, 나 흐어엉, 너무 아파, 흐어, 읍! 으윽……!"

"조! 나 들어갈까? 응? 조! 여보!"

"폐하! 진정하십시오!"

스노우를 말리던 시종들이 다시 카일을 붙잡았다. 감히 황제의 몸에 손을 대는 짓을 했지만 그러지 않으면 금방이라도 문을 부수고 들어갈 것 같았다. 그때 방 안에서 다급한 목소리가 흘러나왔다.

"마마! 정신 잃으시면 안 됩니다. 힘주세요! 기운이 빠지시면 안 됩니다!"

"흐, 으윽……! 윽!"

옆에서 발을 동동 구르던 테오도르가 땀이 흥건한 손을 바지에 문질러 닦았다. 모두 초조하게 기다렸지만 방문 밖으로 흘러나오는 것은 오직 조의 비명 소리뿐이었다.

몇 분 후, 방문이 열리고 시녀가 땀에 젖은 벌건 얼굴로 나와 황제에게 외쳤다.

"폐하! 아기님의 머리가 보입니다! 들어오세요!"

몇 번이나 손을 씻고 깔끔하게 소독한 옷을 입은 채 대기하던 카일이 다급하게 방 안으로 들어갔다. 열린 문 안으로 들어서자 선명한 피 냄새가 코를 찔렀다. 그 가운데에 얼굴에 실핏줄이 터진 조가 기진맥진한 채 두 눈을 질끈 감고 있었다.

"조!"

"흐으, 으윽."

대답도 제대로 하지 못하고 조는 그저 카일의 손만 터질 듯 꾹 맞잡았다. 심장 뛰는 소리가 귓가에서 쿵쿵 울렸다. 카일은 동그랗게 부푼 이불과 엉망으로 일그러진 조의 얼굴을 보며 간절히 빌었다.

"제발, 조. 정신 잃지 마. 응? 미안해. 내가 잘못했어. 뭐가 됐든 다 잘못했어. 그러니까 조금만 더 힘내. 응."

시녀가 조의 배를 꾹 눌러 아래로 밀기를 몇 번 반복하고, 수건을 문 조가 온 얼굴을 일그러뜨리며 힘주기를 수 분, 드디어 아이의 울음소리가 산실에 터졌다.

"폐하! 황녀님입니다!"

카일의 시선이 으앙으앙 울고 있는 핏덩이 같은 아이를 향했다가 다시 조를 살폈다. 탈진 상태인 조는 금방이라도 기절할 것 같았다. 온몸에 힘이 풀린 황후는 두 눈을 아주 느리게 감았다가 뜨며 아이에게 손을 뻗었다.

카일이 의사에게서 아이를 건네받았다. 아이는 너무 작았다.

"아, 아기는, 원래 이렇게 작은가?"

어느새 눈물을 흥건하게 흘리고 있는 황제가 묻자 의사와 산파가 작게 웃었다.

"아기들은 원래 그렇게 작습니다."

눈에서 눈물 줄기를 줄줄 흘리며 카일은 두 손을 뻗고 있는 조에게 울고 있는 아이를 안겼다. 엄마의 냄새를 알아차린 듯 아이의 울음소리가 아주 조금, 작아졌다. 여전히 우렁찼지만.

아기를 안은 조가 그제야 미소를 지으며 다 쉰 목소리로 중얼거렸다.

"하……. 죽을 뻔했네."

그다운 소감이었다. 카일은 눈물을 참지 못하고 계속 펑펑 울었다. 다리가 풀려 침대 옆에 무릎까지 꿇은 채로 조의 손을 잡고 한참을 훌쩍거렸다.


일라디에르 로타이스 드 빌테온.


494

빌테온 역사 최고의 성군이라 일컫는 황제의 탄생이었다.

❖  ❖  ❖

"하부."

스노우가 황녀를 안고 있는 것을 깜빡했는지 자리에서 벌떡 일어서며 외쳤다.

"들었나!"

"아, 영감. 좀. 귀 떨어지겠네."

수프에 적신 빵을 입에 넣으며 조가 시큰둥하게 대답했지만 스노우는 감격한 얼굴로 주변을 두리번거렸다. 방금 아기의 입에서 나온 기적 같은 음성을 들은 이가 정녕 나뿐인가 하는 몸짓이었다. 스노우는 황녀를 고쳐 안으며 다시 물었다.

"엘라, 내가 뭐라고? 누구라고?"

일라디에르는 금색 눈을 깜빡이며 환하게 웃었다. 아기는 엄마와 아빠를 반반 닮아 햇살을 닮은 금발에 황금처럼 빛나는 금안이었다. 뽀얀 피부에 봉숭아물을 들여 놓은 것 같은 발그레한 뺨. 아이는 앵두 같은 조그만 입술을 열어 답했다.

"햐브."

스노우의 푸른 눈동자가 크게 뜨였다. 그가 손을 뻗어 음식을 입에 쏟아 넣고 있는 조를 가리켰다.

"저기 앉아 있는 기상 드높은 인간 병기는 누구인지 아니? 우리 예쁜 일라디에르."

"마!"

"나는?"

"햐부으."

대답하는 아이의 입에서 침이 폭포수처럼 후드득 떨어졌다. 스노우는 냉큼 일라디에르의 턱받이로 침을 닦아 주며 아이를 한 팔에 들고 얼렀다.

495

"들었냐? 엘라가 방금 나한테 할아버지라고 했어! 이놈아, 조! 엘라는 아무래도 천재인 거 같다. 듣고 있냔 말이다!"

"아, 당연하죠! 누가 낳은 딸인데."

그때, 귀족 회의를 마친 카일이 환한 얼굴로 들어서다가 아기를 안고 있는 제 외조부를 보고 티 나게 얼굴을 굳혔다.

"이제 그만 엘라를 제게 주시죠. 스노우."

"싹수가 지 딸보다 없구나. 8개월인 애도 나를 할아버지라 부르는데."

카일의 두 눈이 커다랗게 뜨였다.

"우리 일라디에르가요?"

"그래, 인마! 여간 똑똑한 게 아냐! 자, 봐라. 일라디에르, 내가 누구지?"

스노우의 품에 편안하게 안긴 아기가 눈을 말똥말똥 뜨고 카일과 할아버지를 번갈아 바라보다 카일을 향해 손을 뻗어 정확히 말했다.

"빠아!"

그러곤 스노우의 옷깃을 잡아당겼다.

"햐부!"

카일이 한 손으로 입을 틀어막으며 방 밖을 향해 외쳤다.

"서기관! 당장 뛰어와! 내 딸이 천재다! 내 딸이 할아버지와 나를 구별해 부른다고! 서기관!"

방 밖이 금방 분주해졌다. 일라디에르의 일상을 기록하는 전용 서기관을 고용했으나 그는 지금 점심시간이라 자리를 비운 상태였다.

바로 시간과 사건을 기록해야 하는데!

카일은 서기관을 적어도 다섯 명은 더 뽑아야겠다고 생각했다. 이런 기적 같은 찰나를 놓칠 수는 없으니.

스노우가 일라디에르를 높이 들었다가 내리자 아이가 눈을 동그랗게 뜨고 있다가 천사 같은 미소로 화답했다.

"비상한 머리는 아무래도 날 닮았나 보다! 너희 둘 다 머리는 영 별로잖냐."

"황제랑 황후한테 못 하는 말이 없네. 영감!"

조의 윽박에 스노우는 천연덕스럽게 돌아서며 일라디에르에게 딸랑이를 흔들었다.

"네 엄마 싹수가 아주 노랗구나. 그건 닮으면 안 된다. 사랑하는 일라디에르."

"싹수라뇨. 제국의 미래 앞에서 말을 너무 막 하는 거 아니에요?"

조는 억울해졌다. 나를 그렇게 예뻐하면서도 저 늙은이가 나한테는 한 번도 사랑한다, 어쩐다 소리는 안 하더니. 물론 아주 조금이었다. 제 눈에도 완벽하게 예쁜 딸이 다른 이에게도 사랑받는 것을 보는 것은 매번 가슴이 벅찰 정도로 기뻤다.

어느새 스노우와 카일이 싸우기 시작했다. 매일 똑같은 패턴이었다.

"이제 그만 제 딸을 주십시오. 제가 안겠습니다."

"황제가 일도 안 하고 뭐 하는 거냐."

"그러는 스노우는 공작가 안 가져도 됩니까?"

"테오도르가 있으니 괜찮아. 후계 수업 겸해서 실무까지 하는 거니까."

"이제 돌아가세요. 벌써 반년째입니다. 스노우 때문에 테오도르는 자리를 벗어나지도 못하잖습니까. 걔한테 편지가 몇 통이나 온 줄 아세요?"

"그, 그 자식이 하라는 일은 안 하고!"

그때 식사를 마친 조가 자리에서 일어섰다. 일라디에르의 고개가 엄마를 향해 돌아갔다.

"이리 와, 내 딸."

그 전까지만 해도 스노우에게 잘만 안겨 있던 엘라가 '어므므, 마마.' 옹알이를 하며 엄마를 향해 두 팔을 벌렸다. 조는 아이를 안고 유유히 빠져나가 유모에게 아이를 재우라고 명령했다. 방으로 돌아오자 스노우와 카일은 한결같이 싸우고 있었다.

"아기가 넓은 세상을 봐야 한다니까!"

"좀 더 큰 후에 벨로이스트에 놀러 가도 괜찮잖아요! 왜 데려간다는 겁니까!"

"보, 보고 싶으니까!"

"제가 아빱니다!"

"난 진외조부다!"

꽥꽥 소리를 지르며 싸워 대는 걸 지켜보다가 조는 껄렁하게 끼어들었다.

"난 엄마."

카일이 곧장 조의 곁으로 다가왔다.

"조, 엘라는 재웠어? 피곤하지 않아? 다리 안 부었어? 쉬러 안 가도 돼?"

"네, 괜찮아요. 카일은 안 피곤해요? 어제 새벽 내내 아기 봤다면서요."

"엘라가 2시간마다 깨서 날 찾았거든. 난 괜찮아. 당신은 잘 잤어? 내가 옆에 있었어야 했는데. 몸이 두 개였으면 좋겠어요, 여보."

"유모를 뽑아 놓고 왜 당신이 고생해. 이 고운 피부 푸석해진 거 봐."

조가 카일의 볼을 쓰다듬으며 먹먹한 목소리로 속삭였다.

"얼굴이 많이 상했네. 내 예쁜이."

카일의 두 눈이 조금 크게 뜨였다.

"……나, 얼굴이 상했어?"

사색이 된 카일은 황급히 방을 빠져나갔다.

"벤지! 저녁 일정을 취소해! 잠을 자야겠다! 펠! 장미수를 준비하고 오이를 갈아 와!"

능숙하게 카일을 내보낸 조는 느긋하게 방 안쪽에 놓인 긴 소파에 기대앉았다. 스노우 역시 태연했다. 이제 이런 꼴은 익숙했다. 몇 달을 황궁에서 지내며 매일같이 봐 왔으니.

"아무리 봐도 쟤는 황제를 할 머리가 아닌데. 저렇게 온 신경을 쓰며 가꾸는데 고작 하룻밤 샜다고 피부가 상할 리가 있나. 네 말을 정말로 믿는 건가."

"귀엽지 않아요? 아직도 얼굴에 안절부절못하는 게? 내가 얼굴만 보는 줄 아나 봐. 난 진짜…… 가끔 다 뒤집어엎고 들고튀고 싶을 정도로 카일의 모든 게 다 좋은데."

결혼을 하고, 아기까지 낳았어도 조는 여전히 넘치도록 뜨겁게 카일을 사랑했다.

스노우가 눈치가 조금만 빨랐어도 방을 나섰을 텐데. 그러면 조의 불꽃같은 주접을 듣지 않아도 됐을 텐데 그는 이 모든 상황에 너무 익숙해진 탓에 또 듣지 않아도 될 소리까지 들어 버렸다.

"진짜 너무 귀엽고 예쁘고 잘생겼어요. 카일이 피곤해서 예민할 때 그 흐트러진 분위기가 얼마나 섹시한지 바로 자빠뜨리고 싶은데. 착각도 진짜 오지게 해. 내가 정말 얼굴만 보고 좋아하는 줄 아나 봐. 전체적인 아우라가 존빡섹시 허버허버 7박 8일 광란의 섹시파티라고요."

조의 맞은편 의자에 앉으려던 스노우가 귀를 퍽퍽 치며 도로 자리에서 일어섰다.

"망할 놈. 시외조부 앞에서 못 하는 말이 없어."

투덜거리며 방을 나서려는 스노우도 내심 신경이 쓰였다. 카일의 말처럼 본가를 비운 지가 몇 달이 넘어가고 있었다.

테오도르에게 마냥 맡기고 온 것도 미안하고. 갔다가 다시 올까.

고민을 끝낸 스노우가 조를 향해 돌아보며 물었다.

"조, 그게 뭐라고 했지? 아이의 첫 번째 생일에 하는 그거."

"돌잔치?"

"아니, 그날에 하는 미래 점을 보는 그것 말이다."

"돌잡이요? 돈이랑 펜 같은 거 놓고 하는 거?"

듣고 싶었던 대답이 맞았는지 스노우가 그제야 고개를 끄덕였다.

왠지 불안해진 조가 기대 있던 허리를 일으켜 세웠지만 스노우는 이미 결심을 마친 상태였다.

"일라디에르의 돌—쟈비에, 뭘 잡을지 모르겠으니 닥치는 대로 준비해야겠군. 아빠 간다."

그는 말이 끝나기 무섭게 방을 빠져나갔다. 문이 휙 열렸다가 끼이이익 소리를 내며 천천히 닫혔다. 조는 닫히는 문을 향해 멍하니 손을 내민 채 중얼거렸다.

"아니, 돌잡이 때……. 대체 뭘 하려고……. 그리고 언제는 죽어도 싫다고 농담으로라도 아빠라고 부르지 말라며."

카일이 들었으면 또 난리를 쳤겠네. 가계도가 엉망이 되는데 왜 자꾸 아빠, 아빠 하냐고. 조는 내 부인이지 이모가 아니라며. 매일 싸워도 질리지도 않을까.

몇 분 지나지 않아 마차가 황궁을 빠져나가는 소리가 들렸다. 마음 급한 스노우가 정말로 돌잡이 준비를 하러 벨로이스트로 돌아간 모양이었다.

돌잡이 물건들을 놓기에 황궁의 테이블들은 너무 높거나 크기가 작았다. 이사벨라와 수잔, 그리고 테오도르를 비롯한 많은 이들이 한 번도 듣지 못한 이색적인 이벤트인 '돌잡이'를 지켜봐야 한다며 넓은 무대와 화려한 조명이 갖춰진 공연장에서 파티를 열어야 한다고 주장했다.

물론 조는 3개월 전부터 돌잡이는 그런 분위기가 아니라고 필사적으로 말려 봤지만 황제와 스노우, 행사장을 직접 꾸미기로 했다는 이사벨라는 가뿐히 흘려들으며 넘겨 버렸다. 편이 되어 줄 거라 믿었던 테오도르 역시 무대를 더 넓게 만들어야 한다며 설계 도면 작성에 직접 참여했다. 벤지는 조의 어깨를 다독였다.

"……저도 최선을 다해 봤지만, 아무도 말리지 못했습니다."

"아니, 돌잡이를, 왜 콘서트처럼 하시냐고요."

이마를 짚으며 탄식했지만 역시, 아무도 듣지 않았다.

다 돌아 버렸다.

❈ ❈ ❈

며칠 뒤, 유구한 역사와 전통을 자랑하는 빌테온의 공연장, 포르티나홀의 정문과 그 옆의 벽들이 모두 허물어지는 걸 목격하고서야 조는 상황이 단단히 엿됐다는 것을 알아차렸다.

"테오도르. 대체 저 벽을 왜 부수는 거야? 멀쩡한…… 벽을."

"확장 공사를 해야 하거든. 걱정하지 마. 위험하니까 사람들이 다가오지 못하도록 나무로 튼튼하게 방어벽을 쳤어. 전국의 장인들을 불렀고 인부들도 모집했어. 공사는 돌잠-치 날짜보다 더 일찍 끝날 거야."

그걸 물어본 게 아니잖아, 미친 사람아.

뻔뻔하리만치 당당하고 자연스러운 대답이라 조는 결국 테오도르의 멱살을 잡고 짤짤 흔들었다.

"돌잔치를 누가! 공연장에서! 그것도 객석이 줄줄이 있는 곳에서 하냐! 내 딸이 오페라 공연하니? 어? 아니면 카일이랑 나랑 둘이서 장기 자랑이라도 해?"

그새 또 키가 컸는지 멱살 위치가 훌쩍 높아진 테오도르는 흔드는 대로 휘적휘적 흔들리다가 '장기 자랑' 이라는 말에 하얗게 굳었다.

"네가 장기 자랑을 하면 안 되지!"

"어?"

"애 앞에서 칼부림을 하면 어떡해. 우리 엘라 황녀님이 놀랄 게 분명한데."

내 장기가 사람 썰기밖에 없다는 거구나.

조는 옆구리에 찬 칼에 손을 올렸다.

미안해요, 투르가. 소설 킹메이커 외전, '남편의 남동생을 죽였습니다.' 로 찾아뵙겠습니다. 기다려 주세요.

조의 음산한 눈빛을 알아챘는지 테오도르는 빠르게 자리를 벗어나 공사장 인부들에게 다가갔다.

"돌 빨리 치우고, 바닥 평평하게 하자. 오늘 안에 다 끝내야 내일 건축 들어가니까!"

"예, 공자님!"

이제는 '황자' 라고 불리지 않게 된 테오도르였지만 그는 그것이 오히려 더 편해 보였다. 비록 평생을 자라 온 곳이지만 내내 목을 조이던 황궁에서 벗어난 것이 그에게는 더 큰 자유인 듯했다. 조는 한숨을 깊이 내쉬며 천천히 눈을 감았다.

"그래, 너 하고 싶은 대로 해. 그냥 가족 몇 명 부르고 말 건데 분위기나 좀 내는 거지. 그냥 아주 네 멋대로 해라."

황후는 좀 더 생각을 하고 말을 뱉어야 했다. 아니면 최소한 이사벨라가 테오도르, 벤지와 더불어 돌잔치 계획에 끼어들었다는 것 정도는 염두에 두었어야 했다.

일라디에르의 첫 생일날이 밝았다.

약 두 달 전부터 공연장에는 얼씬도 하지 말라는 탓에 조는 황궁에서 엘라의 뽀얀 살결에서 은은하게 퍼지는 부드러운 우유 같은 체향을 맡으며 아이를 보고 있거나 어느 날은 지친 몸을 누이고 하루의 절반 가까이를 잠에 빠져들어 보내곤 했다. 조금씩 몸이 돌아오는 것 같아 적당히 운동도 즐기고, 그 연장선으로 로타이스에서 보낸 어린 견습 기사들도 직접 가르쳤다. 기껏해야 베기, 찌르기, 막기 정도였지만 자세 하나하나를 고쳐 주며 시범도 몇 번 선보이다 보니 온몸의 근육들이 다시 찢어졌다 붙으며 튼튼해지는 것이 느껴졌다. 고통스러운 근육통이긴 했지만 보람찼다.

"좋아, 천천히 다시 돌아가야지."

일라디에르의 생일날 아침 일찍부터 깨우는 시녀들의 분주한 모습들이 낯설었지만 그것도 썩 나쁘지 않았다. 아이의 생일이니까. 다른 사람들도 꽤 왔으니까 부족하지 않게 잘 꾸며야지. 일라디에르 역시 연한 은색 천에 붉은색과 금색 실로 촘촘히 자수가 놓인 드레스를 입고 유모의 품에 안겨서 얌전히 눈을 깜빡이고 있었다.

마차로 공연장을 향해 이동할 때까지도 조는 몰랐다. 돌잔치라는 낯선 행사를 위해 제국의 이름난 귀족이란 귀족들은 모조리 모여들었다는 것을.

확장 공사를 했다는 말은 농담이 아니었는지 입구부터 크기가 달랐다. 기마병도 드나들 것 같은 넓은 입구는 문을 열기 위해 양쪽에 최소 두 명은 필요했다. 심지어 안에서 사람이 당기고 있다는 전제하에.

테오도르는 환하게 웃으며 붉은 드레스를 입은 조를 살짝 끌어안았다.

"조, 공연장 엄청 크지?"

"하, 이 제정신을 영영 잃어버린 미친놈아……."

"그래, 이 정도는 돼야지."

붉은 망토를 어깨에 걸친 카일이 만족스러운 말투로 대화에 끼어들며 자연스럽게 테오의 품에서 조를 빼냈다.

"넌 여전히 조에게 애정 표현이 과하군."

"글쎄, 사랑을 못 받고 커서 그런가."

"……얼른 결혼이나 해 버려."

"때 되면. 지금은 별로."

근처에 사람이 없을 때면 편하게 말을 하는 테오가 장난기를 담아 퉁명스럽게 대답하며 조의 손을 잡아끌었다.

"가요, 황후마마."

"아니. 와. 무슨 문짝이. 와. 이 상종 못할 미친 사람."

"하하, 거울을 봤나. 아무튼 안에 들어가면 더 놀랄 거야."

무대를 바로 볼 수 있는 1층은 별다른 의자도 없이 벽 가까이에 긴 소파들만 몇 개 놓여 있었고, 2층과 3층은 단 차를 줘서 어느 자리에서도 무대를 훤히 볼 수 있게 구성되어 있었다.

"진짜 콘서트도 아니고 이게 뭐야. 그런데 1층은 왜 의자가 없어?"

"가까이서 보고 싶은 사람들은 가까이서 보고, 돌―쟈비에가 끝나면 다 같이 파티를 즐겨야 하잖아. 모두 앉아서 일라디에르 황녀님의 재롱을 계속 보면 좋겠지만 파티를 위해 온 사람도 있을 테니까."

"전략적 스탠딩이구나."

"그게 뭐야?"

"됐어, 이 촌스러운 중세 시대 놈아."

맥락 없이 터지는 욕에도 테오도르는 이제 태연했다. 뒤따라 들어온 카일은 어느새 유모에게서 일라디에르를 건네받았는지 한 팔에는 아이를 안고 있었다. 카일은 남은 손으로 조의 어깨를 감싸 안았다.

"우리 가족이 함께 등장해야 하니 무대 뒤로 가자, 조."

조금은 급하게 무대 뒤로 향하는 카일을 보고 무언가 이상하단 걸 눈치챘어야 했는데 애석하게도 조는 한결같이 눈치가 없었다. 스멀스멀 불안하긴 했지만 꽃처럼 웃는 카일의 얼굴과 세상모르고 낮잠을 자는 아이를 보고 있노라면 다 괜찮게 느껴졌다. 조는 여전히 못 말리는 얼빠였다.

그런 와중에 귀족들이 하나둘씩 시간 맞춰 입장하기 시작했다.

"2층 빌 구역 입장하시겠습니다! 테 구역 대기해 주세요!"

시종의 말에 공연장 앞에 대기하고 있던 귀족들이 부채를 팔락이며 안으로 입장했다. 다행히 입구가 크고 안내하는 시종들이 코너마다 배치되어 있었던 탓에 큰 불편을 느끼진 않았지만 다들 이런 일은 처음이라 입에서 순수한 감탄이 줄줄 흘러나왔다.

"……황후마마의 나라에선 아이의 첫 번째 생일에 이런 식의 공연을 벌이나 보지."

"여기, 나눠 준 안내지를 봐요. '돌—쟈비에' 라는 걸 하나 봐요."

"그게 뭐지?"

2층의 가운데 구역에 서 있는 이사벨라 플라반은 제 눈동자 색을 닮은 보랏빛 드레스를 입고서 고혹적으로 웃으며 그들에게 대답했다.

"아주 재밌는 행사가 될 겁니다. 황녀 전하의 미래를 점치는 놀이라고 하네요."

"감히 황녀 전하의 미래를 논하다니, 그건 너무 불손한 태도가 아니오."

이사벨라는 부채를 팔락거리며 드러난 어깨를 으쓱 올렸다가 내렸다.

"황후마마께서 제안하셨습니다. 인간은 잘 모르는 신들의 유흥 아니겠습니까."

"역시……. 여신의 사자인 특별 사제께서는 뭐가 달라도 다르시군."

조가 들었으면 뒷목을 잡고 넘어가는 순간까지 기함할 말이었다.

그냥 한국에서 하는 거라고요! 한국! 한국, 멍청한 색목인 놈들아!

객석이 모두 채워질 동안 무대 아래의 왼쪽에 자리한 음악가들이 연주를 시작했다. 돈을 첩첩산중으로 쌓아 내밀어도 함부로 부르지 못할 수준급의 장인들로만 채워진 유명한 오케스트라였다. 그들은 너무 크지도 작지도 않은 소리로 음악을 연주하며 귀족들을 달랬다. 안내지에 적혀 있는 문구 그대로였다.

'일라디에르 황녀님께서 무대 뒤에서 대기 중이시라 웅장하게 연주하지 못하는 점 양해 부탁드립니다.'

오히려 그들이 귀를 기울여야 들릴 정도로 연주한 덕에 사람들의 이목을 집중시키기엔 더할 나위 없이 좋았다. 음악이 끝난 후, 귀족들이 만족스럽게 웃으며 박수갈채를 보내기 시작했다.

그때 무대 위로 이사벨라가 등장했다. 어깨를 드러낸 보라색 드레스는 아래로 갈수록 점점 어두워졌다. 밑단에는 은색 보석을 촘촘히 박아 그 자체로 밤하늘 위를 걷는 사람처럼 보였다. 이사벨라는 화려하게 미소 지으며 살짝 인사했다.

"반갑습니다. 저는 이사벨라 플라반입니다. 황후마마와 아주 절친하고 막 역하며 죽고 못 사는, 둘도 없는 사이라 이런 귀한 자리에 사회를 맡게 되었네요."

무대 뒤에서 이를 갈고 있을 한 남자가 생각나 이사벨라는 고소하다는 듯 한쪽 입꼬리만 살짝 올려 웃었다. 그러곤 천연덕스럽게 멘트를 이어 갔다.

"이 자리를 빛내 주신 많은 귀족분들께 감사드립니다. 헤르베르트 오케스트라의 연주는 만족스러우셨는지 모르겠네요. 그럼 이만 본 행사를 시작하도록 할게요. 빌테온 제국의 희망, 빌테온 제국의 빛, 일라디에르 로타이스 드 빌테온 황녀님을 무대 위로 모시겠습니다."

로타이스의 기사들도 온 건지 제일 꼭대기 층 객석 어딘가에서 짐승과도 같은 환성이 들려왔다.

"우워어어!"

이제 겨우 등장인데도 불구하고 분위기에 함께 휩쓸린 귀족들도 얼떨결에 함께 소리를 지르기 시작했다. 황녀님의 등장곡을 연주하기로 했던 오케스트라는 행여 소리가 묻힐까 지휘자의 신호에 맞춰 소리를 조금 더 키웠다. 귀때기가 떨어져 나갈 만큼 큰 박수 소리 속에서 황제와 황후, 그리고 황제의 품에 안긴 오늘의 주인공인 일라디에르 황녀가 등장했다.

카일은 큰 소리에 놀라 아이가 울까 싶어 일라디에르를 황급히 살폈다. 폭풍처럼 환호를 보내던 이들 역시 어린 황녀를 보자마자 급히 소리를 낮췄지만 큰 차이는 없었다.

하지만 황녀는 전혀 당황하지 않고 객석을 가득 채운 사람들과 제 발아래에 놓인 넘치는 형형색색의 물건들에 환하게 미소 지었다. 금빛 머리카락이 조명을 받아 번쩍거렸다.

"……세상에나. 큰 소리와 이렇게 많은 사람에도 전혀 놀라지 않으시네요."

"역시, 황제가 되실 분이라 그런 걸까요."

사람들의 감탄이 쏟아져 나오고, 동시에 조의 비명도 쏟아졌다.

"이게 뭐야!"

귀족들이 지켜보고 있는 것도 잊을 정도로 조는 앞쪽 무대를 가득 채운 온갖 물건들에 아연실색하고 말았다. 넓은 본무대에서 T자형으로 개조되어 무대의 중앙으로 걸어 나갈 수 있게 된 가운데 돌출형 무대에는 세상의 진귀한 것들이 모두 모여 있었다.

조가 말했던 실(비록 온갖 색으로 엮여 그 자체로 예술품에 가까웠지만), 펜(비록 장인이 깎은 수공예품인 데다 그 장인은 죽은 지 오래라 문화재 취급을 받는 컬렉션 물품 중 하나였지만), 돈(비록 작은 공국의 1년 국가 예산에 빗댈 만큼의 금화가 쌓인 커다란 상자였지만).

그 밖에도 스노우가 혹시 황녀가 제 어미를 닮아 검술에 재능이 있을지 모른다고 하여 가져다 놓은 보검. 비슷한 맥락으로 자리를 채워 두고 있는 활과 미리 촉을 빼놓은 화살, 로타이스 전쟁 때 기사들이 직접 사용했다 하여 국경 방벽의 상징이 되어 버린 무거운 철 방패, 황후가 첫 전투 때 들고 활약했다 전해지는 긴 창.

그리고 혹여 황녀가 후에 말을 잘 탈 수도 있으니 말도 준비하려 했으나, 돌잔치에 진짜 말을 데려오면 위험하니 조각가를 불러 조각하여 세워 둔 거대한 말 조각상과 고삐. 서점의 책장 하나를 그대로 빼 왔는지 바닥에서부터 쌓여 무대 근처를 벽처럼 두르고 있는 수많은 책들. 조명에 비쳐 눈이 부실 정도로 빛나고 있는 온갖 보석들은 아예 바닥에 깔려 있었다. 한쪽에는 색색의 아름다운 천을 좋아할 수도 있다 하여 이사벨라가 아예 옷장째로 들고 온 것이 분명한 수십 벌의 드레스와 모자, 구두 등등. 그것도 모자라 그림을 좋아할지도 모른다며 길리아나와 그의 스승, 엘 마르티가 수소문 끝에 이사벨라를 통해 바친 최고급 물감과 붓. 누가 올려놓았는지 모를 각종 땅문서와 다이아몬드 광산의 무역 수출 계약서까지.

어지간히 골때리는지 조가 멍한 얼굴로 돌출 무대로 조금씩 걸어갔다.

"미쳤어. 대체 누가 돌잡이를 이따위로……."

1층 무대 주변에서 대기하는 사람들은 장미 기사단이었다. 자세히 보이진 않지만 돌출 무대의 그림자 아래에서 그림자단 역시 형형한 눈빛으로 귀족들을 살피고 있었다.

"······콘서트도 아니고 보디가드까지 깔아 뒀어? 하······. 아니야. 아기 다칠까 봐 그런 거겠지."

애써 웃으며 넘기려 한 그 순간 카일이 뒤에서 입을 열었다.

"다 좋은데, 깅깅이는 누가 데려다 놓은 거지?"

선물들 사이에서 오들오들 떨던 하얀 여우가 귀를 쫑긋 세우고 몸을 일으켰다. 일라디에르 역시 깅깅이를 발견한 건지 두 팔을 번쩍 들어 올리며 높은 소리로 외쳤다.

"기! 까아아!"

일라디에르는 아빠의 품에서 비비작대며 내려가고 싶다는 의사를 필사적으로 전달했다.

"엘라?"

카일의 목소리에도 아랑곳 않고 일라디에르는 말릴 새도 없이 바닥을 짚자마자 총알처럼 앞으로 기어갔다. 평소 깅깅이가 엘라의 요람 근처에서 자곤 해서 둘은 꽤나 친해진 사이였다. 깅깅이를 둘러싼 산처럼 쌓인 각종 보물들이 본능적으로 제 것인 걸 알아차린 건지 일라디에르는 빠르게 기어가다가 무대의 모서리에 세워진 안전장치를 짚고 천천히 일어섰다. 그러곤 머리를 들어 공연장을 가득 채운 귀족들을 둘러봤다.

이제 한 살이 된 황녀는 돌잡이라고 하기엔 너무 거대하게 차려진 무대를 앞에 두고서 고민하다 제일 앞에 놓인 보검의 손잡이를 잡았다.

"······좋았어!"

어디선가 쾌재를 부르는 늙은이의 목소리가 들렸지만 문제는 그다음이었다. 대장장이가 수만 번을 내려쳐 가볍게 만들었다고는 하나 어쨌든 성인이 사용하는 크기의 보검이었다. 당연히 제 키보다 더 긴 장검이니 아래가 질질 끌려 무대 바닥을 긁었다.

그때, 양손으로 보검을 잡은 황녀가 보검을 들었다가 그대로 내려쳤다. 몇 번이나 안전성을 확인했던 돌출 무대가 순식간에 무너지듯 아래로 쏟아졌다. 겨우 무릎까지 오는 작은 황녀까지 무대와 함께 바닥으로 떨어졌다.

"엘라!"

비명을 지르며 황제와 황후가 돌출 무대를 향해 뛰어갔다.

온갖 보석과 금화, 드레스들과 험악한 무기, 그리고 비정상적으로 커다란 조각상들이 한데 무너져 내린 한가운데서 황녀는 티끌 하나 다치지 않은 채 해맑게 웃었다. 제 엄마와 아빠를 향해, 그리고 둘러싼 모든 귀족을 향해서. 마치 이것들은 하나도 빠짐없이 다 제 것이라는 것처럼.

"까아!"

어딘가에서 스노우의 감탄이 들려왔다.

"아주 대단한 걸 낳았나 본데."

❖ ❖ ❖

광란의 돌잔치 이후, 귀족들 사이에서 돌잡이가 유행하기 시작했다.

여러 귀족가에서 태어난 아이의 첫 번째 생일에 갖가지 물건을 두고 어떤 것을 제일 먼저 잡는지 살펴보며 함께 웃곤 했다. 대부분이 가업을 이어받게 되겠지만, 매일 새로운 것을 찾아 나서는 귀족들에게 돌잡이는 새로운 놀이처럼 자리 잡았다.

그동안 나는 몸 상태가 안정되자마자 일라디에르를 카일과 유모에게 맡기고 기사단들과 함께 로타이스로 다시 향했다. 본래 관리조차 제대로 되지 않았던 영지라 소홀히 할 수 없었다.

기병 장관이 돌아왔다는 소문이 돌기 시작하자 경비대는 평소보다 치안에 만전을 기하는 것 같았다.

하지만 내가 보고 싶은 건 '평소'와 같은 영지의 모습이었다. 제일 좋은 것은 사회에서 가장 약한 자가 어떻게 살아가는지 보는 거겠지.

"모엘린. 들어와."

"예. 마마."

성장기라 그런지 몇 달 새 꽤 많이 자란 모엘린은 허름한 외투를 입고 방으로 들어왔다.

"국경은 어때."

"북부의 생존자들이 매일 조금씩 들어오고 있어요. 그리고, 국경을 지키는 메이온 경비대장은 대부분 아무런 문제 없이 받아 주고 합니다. 다만 그것이 마마의 포용을 그대로 따르기 때문인지 게으름 때문인지는 감히 제가 판단할 수는 없습니다."

"판단하자면?"

"……제가 라리타 님의 도움을 받아 한 달 새 네 번이나 국경을 오갔는데 잡지 않더라고요. 이름을 매번 다르게 말했는데도요."

"흠음. 그래."

모엘린에게 정상적인 루트로 교육을 받게 해 주고 싶었는데, 정작 이 아이는 그걸 원치 않았다. 부모를 잃고 도망을 다닌 동안 감각이 예민해진 탓인지 모엘린은 음지나 나무 위, 지붕 위 등에서 누군가가 자신을 지켜보고 있다는 것만큼은 쉽게 눈치챘다. 티 나게 두려워하고 몸을 사리는 통에 결국 그림자단은 내 허락하에 모엘린에게 모습을 드러낼 수밖에 없었고, 덕분에 그림자단은 뜻하지 않게 모엘린을 막내로 거둬 키우는 중이었다.

내 명령이 없으면 모엘린은 낮 대부분의 시간은 일반적인 교육 과정을 이수하기 위해 공부하고, 저녁이 되면 그림자단에게 기본적인 검술과 더불어 자취를 숨기는 법을 배웠다. 로타이스와 수도를 오가는 리드, 말론, 라리타는 가끔 밝은 얼굴로 제 여동생 자랑하듯 내게 모엘린의 이야기를 하곤 했다.

'배우는 게 빠릅니다. 그리고 승부욕이 강해요. 본인이 훈련을 못 따라오면 그게 굉장히 분한지 그다음 날이든, 다다음 날이든 반드시 익혀서 와요. 분명히 강하게 자랄 겁니다.'

아직 검술의 기본이나 겨우 배우고 있는 모엘린이었지만, 얼굴이 익히 알려진 내 기사단들보다는 훨씬 써먹기 수월했다. 간혹 방금 말한 것처럼 국가 경계선이나 새로운 땅의 분위기를 알아내기 위한 경우에는 특히 적격이었다.

"근데 왜 그렇게 말랐어? 전에 왔을 때보다 키는 컸는데 더 마른 거 같은데. 옷은 또 그게 뭐야."

내 걱정 어린 시선을 알아차린 건지 모엘린은 쑥스러운 듯 고개를 살짝 숙였다.

"마마가 국경의 치안을 알아보라 하셔서 부랑자처럼 보이기 위해 조금 조절했습니다. 그리고 저 역시 살이 찌고 빠진 정도와 옷차림이 바뀐 걸로도 경비대가 알아챌 수 있을지 궁금했고요. ……결과는 방금 들으신 대로입니다."

철저하기도 해라. 내가 어지간한 걸 주운 게 아니구나.

"그래, 피곤할 텐데 이만 돌아가. 북부 경계는 내가 가 볼 테니."

"아, 추가로 드릴 말씀이 있어요. 일로반드로 가는 길 부근에 로테나 국민들의 움직임이 수상해서 라리타 님의 보호 아래 잠입을 해 봤는데 그들끼리 치안대를 조성했더라고요. '청년회'라고 스스로 이름 붙였던데 땅을 빌려주거나 농작물을 판매하는 걸 엄밀히 검사하더라고요. 오직 빌테온 국민들에게만요. 아마 빌테온에 대한 반발심 때문인 것 같아요."

"……내 땅에서 무슨 권리로 내 허락도 없이 그런 걸 만들지?"

"그래서 여기 명단을 추려 왔습니다. 그들의 거주지는 말론 님이 알아내셨어요."

앗, 고마운데 일을 너무 완벽하게 하는 거 아닌가.

명단을 받아 들고 난 이후 모엘린은 로타이스 내부 이야기도 조곤조곤 오랜 시간을 들여 상세히 보고했다.

다행히 로타이스에서의 큰 문제는 없고, 마누치아 같은 불법 노예 상단 역시 보이지 않는다고 했다. 큰돈을 들고 로타이스로 들어온 부자들이 가난한 이들을 데리고 돈놀이를 조금 세게 한다는 움직임 말고는.

"그건 독과점 방지법이나 임차료율 상한 제한을 두면 되겠지. 고마워, 모엘린."

빌려준 땅의 크기나 토양의 질, 해당 땅에서 자라는 작물의 상이한 가격을 모두 고려해서 임차료율 상한을 지정해야겠네. 머리 쓰는 거 진짜 싫은데. ……그래도 해야지, 어쩌겠어.

미간을 찡그리며 고민하는 내 얼굴을 살핀 모엘린은 내게 방해될 것이 걱정됐는지 천천히 자리에서 일어섰다.

"……제가 마마께 도움이 되었을까요?"

"응. 너무."

진심이었다. 모엘린이 아니었다면 이렇게 생생하게 전해 듣지 못할 정보들이었다. 방을 나서려던 모엘린은 살짝 미소 짓곤 내게 깊이 머리 숙여 인사한 뒤 방을 나섰다.

"……마마의 자랑이 되겠습니다."

묘한 기분이었다. 나의 자랑이 되겠다니. 그저 죄책감이나 책임감으로 아이를 거둔 것이 아니라 진짜로 후계를 양성하는 느낌이었다.

다음 날부터 곧바로 움직이며 하나씩 일을 정리했다. 일단 경비를 소홀히 한 경비대장을 조사한 후 봉급을 삭감하고, 국경에 관리직을 따로 두어 감시하게 했다. 토지 대장을 새로 작성하기 위한 조사도 대대적으로 이루어졌다.

일로반드에서 반기를 들까 봐 그쪽 청년회를 살피다가 악의는 없다는 것을 확인하고는, 그들에게 해체를 요구하는 대신 국경을 떠도는 로테나 국민들을 설득하고 이 땅 위에 정착할 수 있도록 도와 달라는 임무를 맡겼다.

당황하긴 했지만 애초에 그들의 목적은 '같은 피를 나눈 국민들의 안전'이었으니 썩 나쁘지 않은 성과를 내며 곧 일로반드의 영입 단체로서 자리 잡았다. 그들을 몰래 감시하는 역할은 모엘린이 맡았다. 모엘린이 혼자서도 해낼 수 있을까 했지만 아이는 그림자단의 도움을 받으며 착실하게 성장해 나갔다.

갑작스러운 임신 때문에 거의 내버려 두다시피 로타이스를 떠나왔는데 그런 것치고는 모든 것들이 빠르게 제자리를 찾아가는 것 같았다. 이런저런 일들만 처리해도 몇 달은 금방 흘러갔다.

그러던 이 '마마, 쉬엄쉬엄 하십시오.' 라는 말을 편지가 아닌 육성으로 내뱉을 정도가 되어서야 나는 다시 수도로 돌아왔다.

그렇게 5개월 만에 수도로 돌아가니, 두 번째 생일을 앞둔 일라디에르가 훌쩍 자라서는……. 나를 알아보지 못했다.

"엘라, 엄마야."

"엄마?"

내 기억보다 조금 더 분명한 음성으로 나를 부르며 일라디에르는 백여우 킹깅이를 품에 안고 카일의 다리 뒤로 숨었다. 난처한 듯 웃으며 카일이 일라디에르를 안아 올려 내게 다가왔다.

"조, 엘라가 너무 오랜만이라서 그런가 봐."

"엘라, 엄마 기억 안 나? 우리 아기."

열심히 말을 달려서 돌아왔는데. 힝구, 우리 딸. 엄마가 미안해.

카일은 일라디에르의 뽀얀 볼에 쪽 입 맞추고는 나긋한 목소리로 설명했다.

"아빠가 말했지. 엄마는 너무 중요한 사람이라 국경을 지키러 갔다고."

엘라의 두 볼이 발갛게 달아올랐다.

"알아! 봐써! 자비 없는! 북부의 주인! 엄마, 생각 쪼금, 이제, 쪼끔! 나!"

뒤늦게 알아본 건지 일라디에르가 내게 두 팔을 벌렸다.

"하하. 기억해 주니까 엄마 너무 기쁘네. ……그런데 자비 없는 북부의 주인이라는 말을 누가 했을까?"

눈은 웃지 않은 채로 조용히 물으며 카일을 바라봤다.

남편 너 이놈 자식. 아주 얼굴만 믿고 깜찍한 소리를 하는데, 너무 잘생겼으니까 오늘 한 번은 봐줄 거야. 그러니까 솔직하게 말해.

내 험악하고 다정한 표정을 본 건지 카일의 두 눈이 마구 흔들렸다. 그는 잘게 고개를 흔들었다. 시선은 곧장 카일의 뒤에 선 벤지를 향했다. 벤지는 눈을 피하며 고개를 아래로 숙였다.

"벤지 삼촌이 그랬어?"

웃으며 묻자 내 머리카락을 잡고 놀던 일라디에르가 생긋 웃으며 답했다.

"벨라!"

"……이사벨라가 그랬어?"

"응!"

"응이 뭐야. 우리 일라디에르. 예쁜 말 써야지요."

"네!"

일라디에르를 안고 있다가 아이를 카일에게 넘기고 벤지를 구석으로 데려가 짤짤 털자 그가 진실을 말했다. 이사벨라 로타이스 얘기가 신문에만 나오면 들고 가서 아이에게 읽어 줬단다. 글을 익히고 정세를 읽는 데에도 도움이 될 거라며. 국경을 지킬 줄 알아야 멋진 군주가 되는 거라며.

"……벤지가 말렸어야지!"

"조, 미안. 내가 말린다고 들을 사람이 아니잖아."

"엄마를 뭐라고 생각하겠어!"

"하하, 자랑스럽게 여기지 않을까."

벤지의 예상대로 일라디에르는 갑옷을 입고 있는 기사를 말 조각상에 태우고 놀며 내 이름을 불렀다.

"방해대면 모두 주거라! 조! 얍! 얏!"

"……누, 누가 그런 말 가르쳤어!"

"엄마가!"

"아니야, 엄마는 그런 말을……."

업보구나.

짜게 식어 가는 애잔한 내 심정을 알아챘는지 유모는 황급히 내 눈치를 보며 일라디에르를 데리고 나갔다.

그 이후로도 몇 달에 한 번씩 홀로 군대를 이끌고 로타이스를 다녀왔고, 그때마다 일라디에르는 조금씩 성장했다. 사랑을 듬뿍 받고 자라 금색 머리카락에서는 언제나 윤기가 흘렀고, 금색 눈은 늘 별처럼 반짝거렸다. 일라디에르는 그 특유의 사랑스러움으로 똘똘 뭉친 채 1년 중의 3분의 1은 만나지 못하는 내게도 항상 웃음을 보였다.

"엄마! 사랑해!"

"아아아아악! 우리 딸! 세상에서 제일 예쁜 것 중에서 제일 예쁜 우리 딸! 너무 예뻐!"

"……내가 제일 예쁘다고 했잖아, 조. ……여보, 카나리아도 여기 있어요."

내 눈빛이 변하자마자 눈치 빠른 유모는 재빠르게 일라디에르를 안고 나갔고 나는 창문의 커튼을 쳤으며, 남편은 바지를 내렸다. 척하면 착이야. 귀여워 죽겠어.

일라디에르는 어찌나 고집이 센지 어지간해서는 눈물도 보이지 않았다. 가끔 내가 엄하게 혼을 내면 분한 얼굴로 씩씩거리다가 한참 후에야 풀이 죽어 고개를 끄덕였다.

그러곤 스노우에게 편지를 써 며칠 안에 그가 찾아오게 만들었다. 제 딴에는 무조건 편을 들어 주는 할아버지가 보고 싶어진 것 같았다. 일라디에르가 진외 조부란 호칭을 어려워해 할아버지라 부르게 했더니 어째 나날이 족보가 더 꼬여 가는 기분이다.

"스누 할, 버지!"

"아이고, 우리 엘라. 아이고, 또 뭐 때문에 이렇게 뿔이 났어. 아유, 예쁘다. 밥은? 화내면 배고파요. 밥 챙겨 먹어야지. 할애비가 소고기 잡아 주랴? 아니면 검 가르쳐 줄까?"

마차에서 내리기 무섭게 일라디에르를 향해 두 팔을 벌리고 뛰어오는 스노우는 그간 한 번도 본 적 없는 화회탈 같은 얼굴이었다.

"으악! 표정 봐. 영감 외계인한테 잡아먹혔어요? 껍데기만 똑같고 알맹이는 다른 사람 같아!"

"닥쳐라, 이 예쁜 일라디에르 혼낼 데가 어딨다고 혼을 내."

"위험하다고 몇 번이나 말했는데도 자꾸 마구간을 가니까 혼내지! 그럼 나 말고 누가 혼내? 말랑콩떡연두부큐티카나리아가 혼을 내겠어요, 아니면 유모들이 혼을 내겠어요?"

"……네가 지은 네 남편 별명이 더 더럽다."

스노우와 내가 서로 악다구니를 질러 가며 싸우면 일라디에르는 꺄르르 소리 내어 웃더니 박수까지 치며 좋아했다.

"네가 말을 자주 타니까 너 따라 한다고 마구간 가는 거 아냐, 인마!"

"인마? 황후한테 인마? 영감 늘그막은 감옥에서 보내고 싶어요?"

"감옥은 너 같은 무뢰배나 가는 거지! 나 같은 천생 귀족은 그런 데 안 가!"

"꺄항항! 엄마 목소리 엄청 커!"

박수를 짤깍짤깍 치며 발을 동동 구를 정도로 일라디에르는 나와 스노우의 투샷을 좋아했다. 도무지 이해가 가지 않았지만 도레스는 그럴 때마다 지 혼자 감성에 젖은 얼굴로 아련하게 말하곤 했다.

'황녀님께서 마마를 많이 닮으신 것 같아요.'

'……그거 욕이야?'

'마마가 욕처럼 느끼신다면 욕 아닐까요?'

'이리 와. 오늘 너 모가지 딴다.'

'악!'


스노우는 한 번 왔다 하면 한 달 가까이 영지를 비우고 일라디에르와 시간을 보내곤 했다. 심지어 나 몰래 목검을 쥐여 주고 검술까지 가르치며.

"아니, 이제 다섯 살 된 애한테 목검을 왜 쥐여 주냐고요!"

"잘 뛰고, 잘 걷는데 이거는 왜 못 가르쳐! 그리고 애들은 원래 싸우면서 크는 거야!"

"그 싸운다가 그 싸운다가 아니잖아요! 또 사람을 살상 무기로 만들려고!"

"너만 하겠냐."

"영감 검 들어. 오랜만에 대련해요."

진검을 들고 전대 기병 장관과 현 기병 장관이 무시무시하게 진심을 가득 담아 싸울 때면 언제나 벤지가 나타나 체념한 얼굴로 일라디에르의 눈을 가리고 데려갔다.

"엄마 머시써!"

"황녀 전하. 저런 어른이 되려면 아주아주 검술을 열심히 배우고, 인성도 더 열심히 갈아야 돼요. 인성에 바닥이 보일 만큼이요."

"공부하는 거야?"

"……그거랑은 약간 맥락이 다릅니다."


이젠 몇 달씩 로타이스에 다녀와도 일라디에르가 나를 못 알아보는 일은 없었다. 오히려 기쁨이 두 배가 되는지 만날 때마다 내 품에 쏙 안겨서 못 만났던 동안의 이야기를 하루 종일 줄줄 풀어났다.

"엄마. 나 이제 아침에 혼자도 잘 일어나고요. 그리고 폐하가 다다음 생일 지나면 책봉식 한대요. 그리고 유모가 말 잘 들으면 초콜릿 준댔는데 까먹고 자리 갔어. 근데 엘라는 어진 군주가 될 거라서 화 안 내써. 그래서, 어, 다음 날 유모가 죄송하다고 두 개 줬어. 그래 가지고, 나도 고마워, 했어."

"어이구, 그랬어. 아유, 예뻐. 왜 이렇게 예뻐. 대체 누굴 닮아서 이렇게 예뻐."

"그래서, 아빠가, 아니 폐하가 나 착하면 다음에 엄마 따라가도 된대."

"진짜?"

"응!"

"로타이스 가서 뭐 하고 놀 거야, 우리 딸?"

몇 주 뒤 다섯 번째 생일을 맞는 일라디에르가 환하게 웃으며 한쪽 손을 높이 들어 올렸다.

"방해대면 다 주겨라!"

아니야. 그건……. 그건 아니야. 엄마 지금 인생이 후회되려고 해, 딸.

아이의 생일이 끝난 뒤 카일은 눈물을 머금고 일라디에르를 나와 함께 로타이스로 보냈다.

황궁을 벗어난 아이와 자유로운 시간을 보내던 어느 날 드넓은 들판으로 소풍을 나갔다가 돌아와서는, 저택에서 풍기는 음식 냄새에 구역질이 올라왔다.

"우욱!"

"엄마! 아야 해? 엄마!"

뜬금없이 올라오는 구역질에 먹은 것을 다 토하고 난 이후 본능적으로 느껴졌다.

이건, 둘째다.

의사를 불러 확진을 받은 후에 일라디에르와 마주 보고 앉았다. 온갖 사랑을 독차지하며 자란 일라디에르가 애정을 뺏겼다는 느낌이 들지 않도록 최대한 열심히 풀어서 얘기하려 했지만, 다섯 살짜리 딸을 납득시키는 건 여신을 설득하는 것보다 어려웠다.

"너한테 동생이 생겼어, 일라디에르."

"동생 뭐야?"

"엘라처럼 작은 아가가 엄마 배 속에 또 생긴 거야."

"……나처럼 작은 아가? 나 지금 큰데?"

일라디에르가 내 평평한 배와 자신을 돌아봤다. 크기를 가늠하려는지 몸을 최대한 웅크려 보더니 울상을 하고서 의자에서 일어나 내게 천천히 다가왔다.

"엘라는 너무 큰데. 엄마 배에 엘라만 한 아가 있으면 엄마 아야 할 것 같아."

귀여워. 내 딸 지금 진짜 우주 최고로 귀엽다. 너 지금 온 황궁이 다 네 거 같고 제국이 다 네 거 같지. 조금만 더 있어 봐라. 엄마가 대륙을 다 너한테 가져다줄게. 엄마는 농담 그런 거 안 해. 아빠한테 물어봐.

시무룩해진 엘라를 안아서 무릎에 앉히고 힘줘서 꼬옥 끌어안았다가 쪽쪽 소리가 날 정도로 강하게 뽀뽀했다. 엘라는 으에에, 하는 이상한 웃음소리를 내며 까르르 웃었다.

예뻐 죽겠네. 비결이 뭐야, 아빠 닮아서 그런 건가. 왜 이렇게 예뻐.

"아가가 지금은 엄청 작아. 나아아아중에 만날 수 있는데 엘라가 '아이, 예쁘다. 착하다.' 해 줘야 돼. 우리 엘라 할 수 있지?"

"……할 수는 있는데……."

평소처럼 단박에 '응!' 이라고 답할 줄 알았는데. 예상외로 일라디에르가 커다란 눈을 데로록 굴리며 눈치를 살폈다.

"그럼 이제 엄마 내 엄마 아니야?"

"아니야, 엄마는 계속 엘라 엄마지. 가족이 하나 더 생기는 거야. 엘라, 궁에 과자 한 개 있는 게 좋아? 두 개 있는 게 좋아?"

"백 개!"

아, 그렇지. 너는 돌잡이할 때도 온갖 금은보화를 다 손에 쥔 될성부른 떡잎이었지.

"……그렇지. 백 개 있으면 백 개만큼 좋지."

"응!"

"지금 우리 가족 누구누구 있지?"

"음, 어, 엄마랑 아빠랑, 스누 할버지랑, 벤지, 벨라, 수잔도 좋아! 이모라고 부르랬어! 아, 테오 삼촌도! 테오 삼촌 보고 싶어! 어, 그리고 또 린다 유모랑 마리안느 유모랑, 어, 그리고 펠이랑 도레스랑, 아, 그리고…… 톰도 좋아! 어제 만난 모엘린도."

어제 잠깐 스치듯 만난 모엘린까지 기억하다니. 우리 딸 천재예요! 어디 올라가서 소리 지르고 싶다.

"응, 궁에 사람들 엄청 많지. 거기에 또 한 명 더 생기는 거야! 되게 친한 가족이 생기는 거고, 엄청 좋은 거야!"

"엄청 좋은 거야?"

내 말을 그대로 따라 하며 일라디에르가 커다란 눈을 천천히 깜빡였다.

"아빠랑 엄마랑 똑 닮은 우리 일라디에르처럼, 또 아빠랑 엄마랑 똑 닮은 아가가 와 주는 거야."

"어떻게?"

"……응?"

"아가 어떻게 와?"

"아, 그건……."

"아가 어떻게 생겨?"

타임. 나 한국에서 성교육 배울 때 아기한테 어떻게 설명해야 하는지 그런 거 못 배우고 왔거든.

나는 애써 웃으며 일라디에르의 부드럽고 풍성한 머리카락을 천천히 쓰다듬었다.

"그건 아빠한테 물어보자."

육아는 함께 하는 거잖아요, 여보.

❊ ❊ ❊

황궁으로 돌아가는 2주 동안 일라디에르는 지치지도 않고 주변에 물어 댔다.

"아가 어떻게 생겨?"

딸 제발 그만둬.

첫 희생자는 저택 내에서 생활하고 있는 모엘린이었다. 성년의 나이를 넘긴 모엘린은 며칠 전보다 훨씬 짧은 머리카락이었다. 황궁으로 가기 전 모엘린을 불러 이것저것 묻고, 명령을 내린 후 일상에 대한 이야기도 가볍게 오갔다. 당연히 갑자기 짧아진 모엘린의 머리카락에 대해서도 물었었다.

"갑자기 머리를 왜 잘랐어?"

"대련하다가 머리카락을 잡혀서 그대로 끊어 내고 검으로 옆구리를 찔렀습니다. 아, 찌른 건 목검이었어요."

"……아이고, 용맹하고 무서워라."

"앗, 도레스 님이 젊은 날의 마마를 보는 것 같다고 감동하시던데요."

"그 새끼 진짜."

이제는 나와 자연스럽게 대화하는 모엘린은 전에 비해 검술은 많이 늘었지만 근력이 아직 부족해 힘을 키우고 있다고 했다. 그 외에도 이런저런 사담을 나누던 와중에 갑자기 일라디에르가 들어와 모엘린을 보곤 다짜고짜 달려와 물었다.

"모엘린! 아가 어떻게 생겨!"

모엘린이 저택에서 생활하며 배웠던 '기본적인 교육'에는 분명히 성교육도 포함되어 있을 게 분명했다. 중세 시대의 기본 교육 수준이 궁금해 모엘린의 답변을 기대했지만 내 예상과는 달리 모엘린은 눈을 팝콘처럼 튀기다가 갑자기 의자에서 내려와 바닥에 무릎을 꿇었다.

"부족한 저는 황녀님께 가르침을 드릴 수가 없습니다. 부디 용서해 주십시오."

"모엘린 아가 없어?"

"……예. 아직 결혼을 하지 않아서."

"으이구! 결혼 얼른 해야지! 그러다 마마가 잡아간다!"

마마가 잡아간다는 말 속의 '마마'가 한국 전통 설화 속에서 익히 듣던 호환

마마는 아니겠지. 그렇다면 방금 우리 딸이 말한 '마마'로 추정되는 건 나밖에 없네. 우리 일라디에르, 똑똑하기도 해라. 말을 금방 배우네. 하하하.

이 저택에서 저런 말 할 놈은 하나뿐이지.

부처처럼 염화미소를 띠고 있던 나는 모엘린을 일으켰다.

"모엘린."

"예, 마마."

"가서 도레스 잡아 와. 일라디에르 데리고 나가고. 엘라, 가서 모엘린이랑 놀고 있어. 이 언니가 재밌게 놀아 줄 거야."

아무것도 모르는 일라디에르는 모엘린에게 안겨 나가면서도 끈질기게 물었다.

"모엘린. 아가 어떻게 나와?"

"황녀님. ……그거는, 저기, 어."

"모엘린 어른인데 그것뚜 몰라? 모엘린도 아가야? 이렇게 큰데 아가야?"

"아니, 저는 아가는 아니에요, 황녀 전하. 아야, 머리카락을 잡아당기시면 아픕니다."


두 번째 희생자는 로타이스 기사단이었다.

연무장 가득 검이 부딪치는 소리에 귀가 멀 지경이었는데도 일라디에르는 굴하지 않고 그들에게 다가가 물었다.

"아가 어떻게 만들어?"

"황녀 전하께서 오셨다! 다들 검 내려!"

시커먼 먹구름 같은 기사단들이 모두 검을 내리고 이제 겨우 허벅지만큼 오는 황녀와 눈을 맞추기 위해 쪼그려 앉았다.

"전하! 어떻게 오셨어요? 저희 땀 냄새 나는데 씻고 와서 놀아 드려도 돼요?"

"내 물음에 답해."

정확하고 명확하게 발음하려 했지만 아직은 어린아이라 조금은 어색했다. 그래도 그 표정에 깃든 진지함만은 진짜라서 로타이스 기사단은 햇살을 처음

본 소동물처럼 배시시 웃으며 녹아내렸다. 인상은 다들 곰 하나씩은 때려잡을 것처럼 험악한 주제에.

"네, 네. 그럼요. 뭐 질문하셨어요? 시끄러워서 못 들었어요. 황녀 전하."

"아가 어떻게 생겨?"

순간 찬물을 끼얹은 것처럼 연무장이 조용해졌다. 제일 뒷줄에서 옹기종기 모여서 황녀를 보고 있던 기사들이 헛기침 소리를 내며 서서히 멀어졌다.

"허, 흠! 음. 허! 으흠!"

기사들이 등을 돌리자마자 황녀는 나름대로 매섭게 소리쳤다.

"가지 마!"

어쩔 수 없이 기사들은 아무도 자리를 뜨지 못하고 황녀를 둘러싸고서 필사적으로 변명을 해야 했다.

"아가는요. 그, 엄마랑 아빠가 엄청 사랑하면…… 생기는 건데요."

눈치 없는 어린 기사 하나가 끼어들었다.

"근데 나는 아빠가 누군지 모르는데. 엄마도, 얼굴 기억 안 나고."

일라디에르가 눈을 동그랗게 뜨고 놀랐다는 듯이 두 손으로 입을 가렸다. 말을 빨리 배운다는 건, 듣는 귀가 남다르다는 뜻이었다. 어른들의 자잘한 말투나 행동을 캐치해 따라 하는 능력 역시 탁월했다.

"흐어어어! 아빠를 몰라?!"

주변에서 기사의 멱살을 잡고 이죽거리듯이 귀에다 속삭였다.

'야, 인마. 여기서 부모 얼굴 똑바로 기억나는 사람 찾는 게 더 힘들어! 황녀 전하한테 우리 얘기 그대로 들려드리면 전하 기절하셔!'

어린 기사가 그제야 눈을 크게 뜨고 어쩔 줄 몰라 했다. 하지만 일라디에르는 좁은 보폭으로 열심히 종종 걸어 그의 앞으로 다가갔다. 자연히 기사는 무릎을 꿇어 황녀와 시선을 맞췄다.

일라디에르는 짧은 두 팔을 활짝 벌려 기사를 어깨를 감싸 안아 주었다. 비록 머리통을 안은 정도에 불과했지만 나름 최선을 다한 포옹이었다.

"나 아야 하면 아빠가 안아 줘. 엄마도 나 안아 주고, 유모도 안아 줘. 너 이름 뭐야."

"아, 어, 그, 포, 폰입니다."

황녀를 감히 마주 안지도 못하고 폰은 떨리는 두 눈으로 멍청하게 말을 더듬 거렸다. 일라디에르는 자연스럽게 폰의 뒤통수를 도닥였다.

"아어그포폰. 힘내."

그 이름 아닌데.

어쨌든 폰은 이 사랑스러운 황녀 덕에 처음으로 부모를 모르는 것이 다행이 라 여겼다. 일라디에르는 짧은 5년 생 동안 들은 말 중에 좋았던 말을 마구잡이 로 건넸다.

"아어그포폰, 아구, 이쁘다. 용맹하다, 밥도 잘 먹네, 착하다. 힘내."

"아어그포폰으로 개명하겠습니다. 황녀님."

갑자기 곁에 있던 다른 놈들이 무릎을 꿇기 시작했다.

"황녀님! 저는 세 살 무렵에 부모님을 모두 잃고 거리를 떠돌았습니다."

"저는 아버지가 저를 다른 집에 팔았습니다!"

"전하! 저는 태어나자마자 버려졌습니다! 저는 엄마나 아빠라는 호칭을 불러 본 역사가 없는 놈이에요!"

"황녀님. 저는 엄마만 네 명입니다! 없으면 슬프지만 많아도 골때리는 것이 이 부모라는 건데……."

하얀 꽃잎같이 부드러운 손으로 거친 기사들의 손을 맞잡으며 일라디에르는 진심으로 그들을 응원했다.

"힘내! 엘라가 나중에 황제 되면 못된 사람 다 혼내 줄게! 슬픈 사람 다 엘라 가 지켜 줄게!"

한참 모두를 다독이다가 지친 일라디에르는 방향을 돌려 저택 안으로 총총 걸어갔다.

"앗. 근데 아가 어떻게 생기지? 사랑 안 해도 아가 생기는 거야?"


새로운 깨달음을 얻은 5세, 호기심 천국 일라디에르는 폭주 기관차와 다름 이 없었다. 그리고 하필 이 폭주 기관차는 머리가 좋았다.

집으로 돌아가는 마차 안에서 일라디에르는 곰곰이 생각했다. 로타이스 저택의 사용인들이나 기사단들이 한 말을 모두 종합해 보면 아가는 '엄마'와 '아빠'가 있어야 생기는데 반드시 사랑하지 않아도 만들 수 있는 존재였다.

'사랑'이 뭔지는 알고 있었다. 꼭 껴안으면 따뜻하고, 행복하고, 자꾸 보고 싶은 거. 없어지면 자꾸 생각나고 옆에 있고 싶은 거. 왜냐하면 아빠는 가끔 엄마가 너무 보고 싶다고 우니까.

여기까지 생각한 폭주 기관차는 혼자 화들짝 놀라고 말았다. 마차 맞은편에 앉아서 팔짱을 낀 채 졸고 있는 엄마는 한 번도 아빠가 보고 싶다고 운 적이 없었다. 적어도 일라디에르가 본 바로는 그랬다.

일라디에르는 샛노란 머리카락을 늘어뜨리고 파란색 보석 같은 눈동자를 굴리며 투명한 물방울을 아래로 주룩 흘려보내는 아빠를 떠올렸다.

'네 엄마가 너무 보고 싶어, 엘라.'

'아빠. 엄마는 바쁘잖아. 엄마는 투잡이니깐.'

'……그건 무슨 말이지?'

'몰라. 엄마가 엄마는 투잡이니까 바쁘대.'

'맥락은 알겠다. 그래도 아빠는 엄마가 너무 그리워.'

작은 일라디에르를 껴안고 눈물을 줄줄 흘리다가 카일은 애써 웃으며 다시 일라디에르랑 놀아 주곤 했다.

가끔 유모 몰래 아빠의 집무실 문을 열어 보면 혼자 책상 위에 엎드려 있는 아빠 모습이 너무 슬퍼 보이곤 했다. 일라디에르는 제 기억 속에서 혼자 울고 있는 아빠가 너무 불쌍했다.

어떡해!

엄마는 아빠 안 사랑하는데!

아가가 또 생겼어!

엄마는 투잡인데!


일라디에르는 황궁에 도착하자마자 허겁지겁 뛰어갔다. 다행인지 불행인지 카일이 마중 나와 있다가 달려오는 딸을 향해 두 팔을 활짝 벌리며 웃었다. 때마침 불어오는 바람에 카일의 숱 많은 머리카락은 부드럽게 흩날렸고, 뽀얀 피부는 여전히 아름답게 광을 내며 빛났다. 오른쪽 눈 아래에 찍힌 작은 흉터조차도 그의 섹시함을 한 줄 더할 뿐이었다.

조 역시 일라디에르의 뒤를 따라 걸으며 '어떻게 하면 저 잘생긴 남편을 더 잘생기게 만들까. 임신 초기라서 참아야 하는데 너무 힘드네.' 이딴 생각이나 하고 있었다. 나름 행복한 가족 상봉이었는데 달려오는 폭주 기관차의 입에서 나온 말이 산통을 깼다.

"엄마는 아빠 안 사랑해!"

"······어?"

너무 놀란 카일은 일라디에르를 마주 안지도 못하고 멍하니 자리에서 굳어버렸다. 혼이 빠져나간 얼굴로 카일이 천천히 일어섰다. 함께 마중 나와 있던 벤지와 시종과 시녀, 그리고 유모들이 기겁을 하고 일라디에르를 바라봤다.

황녀님, 대체 무슨 말을 하는 거예요. 저게 사랑이 아니면 대체 뭐가 사랑이란 거예요.

하지만 아무도 감히 황녀의 입을 틀어막을 순 없었다. 마구 흔들리는 주변의 시선에도 아랑곳하지 않고 카일의 다리에 달라붙은 일라디에르는 힘껏 그의 허벅지를 끌어안았다.

"아빠 힘내! 엘라가 안아 줄게!"

뒤에서 쫓아오는 조가 흉흉한 낯으로 소리쳤다.

"뭔 소리야! 내가 아빠를 왜 안 사랑해! 나 니네 아빠 때문에, 어? 전쟁 나가서 사람도 죽,"

"안 됩니다! 마마! 황녀님의 교육에 좋지 않습니다!"

급하게 끼어든 벤지가 조의 입을 틀어막았다. 하지만 카일의 두 눈이 축 처지는 게 더 빨랐다.

"조 나 안 사랑해?"

조보다 엘라의 대답이 더 빨랐다.

"사랑 없어도 아가 생기니까! 엘라가 동생 아빠 줄게! 아빠 울지 마!"

너무 큰 충격을 받은 탓에 '동생'이라는 키워드를 알아채지 못한 카일의 두 눈에 슬픔이 가득 차올랐다.

"……아빠는 엄마의 사랑이 있어야 되는데. 아빠는 엄마 없으면 못 사는데."

유독 사랑에 자신감을 갖지 못하는 저 큐티 고양이의 오해는 지긋지긋했다.

폭주를 막으려 필사적으로 말리는 벤지의 오금을 발로 차고 팔을 꺾어 밀쳐낸 조가 목이 터져라 소리쳤다.

"사랑한다고! 목숨 걸었다고! 인생을 꼴아박아 사랑한다고! 너밖에 없다고! 다 죽어도 너 하나만은 내가 무슨 짓을 해서라도 살린다고! 모조리 죽이는 한이 있어도! 너만은 살린다고!"

폭풍처럼 험악하게 쏟아지는 고백에 카일의 눈에 맺히던 슬픔의 눈물은 어느새 감격으로 바뀌었다. 더 이상 시동 걸린 원조 폭주 기관차를 말릴 수 없다 판단한 벤지는 빠르게 포기하고 나가떨어졌다.

"엄청 사랑해! 오해 좀 하지 마! 제발! 사랑해요, 너무! 어?! 사랑한다고!"

눈치 빠른 유모들이 재빠르게 일라디에르를 안고 사라졌고, 카일은 조에게 뛰어가 품에 가득 안고 입을 맞췄다. 결혼한 지 몇 년이 지났어도 한결같은 부부였다.

❊　❊　❊

조는 둘째가 생겼을 때, 처음 아이를 가졌을 때처럼 허둥지둥하진 않았다. 하지만 카일은 아니었다. 그는 처음으로 탄산수를 마신 아기처럼 눈을 동그랗게 뜨고 정신을 차리지 못했다. 침대에 나란히 누워 있다가 벌떡 일어나 앉은 카일은 조의 얼굴을 붙잡고 뽀뽀를 마구 퍼붓다가 손을 붙잡았다.

"아기? 둘째가 생긴 거야? 아니, 어떻게!"

"예뻐 죽겠어. 섹존빠시 금욕킹 얼굴을 하고서 어떻게 매번 그런 질문을 해요. 어떻게긴 뭐가 어떻게야. 당신이 나 올 때마다 아주 그냥 사람을 가만 내버려 두질 않고 계속 물고 빨고,"

"그건 네가 더 했는데."

"시작은 그랬는데 끝에 가선 내가 맨날 이제 그만하자 하는데 당신이 계속,"

"나 예쁘다고 했잖아. 조."

꼭 붙잡은 조의 손을 들어 올려 제 얼굴에 갖다 댄 카일은 고양이가 체취를 묻히듯 조의 손바닥에 얼굴을 비볐다.

"……하, 또 사람 돌아 버리게 예쁘네."

잡히지 않은 손으로 이불을 움켜쥐고 욕구를 참는 조를 보며 만족스럽게 웃은 카일은 고민에 빠졌다.

"아기의 이름을 뭘로 하지. 어떡해, 조. 나 너무 떨려."

"일단 아기가 태어나기 전에 유모를 더 고용해야겠죠?"

"내가 내일 당장 알아볼게. 아가한테 최고로 좋은,"

카일의 말이 끝나기 전, 폭주 기관차가 문을 박차고 들이닥쳤다. 일라디에르의 호기심은 멈추지 않았다.

"아빠, 아가 어떻게 생겨!"

벌컥 열린 문 너머로 다급한 얼굴의 시녀와 유모들이 보였다. 그들 나름대로 폭주 기관차를 막으려 노력한 것 같았지만 조를 닮은 성급한 성미를 말리는 데에는 실패한 듯했다. 일라디에르는 짧은 팔다리로 열심히 침대를 올라와 카일에게 자연스럽게 안겨 노란 눈을 말똥말똥 감았다 뜨며 물었다.

"아가 어떻게 만들어?"

조가 벽안을 가진 이에게 유독 약하듯, 카일 역시 조를 닮은 샛노란 금안을 보면 한없이 약해졌다. 1년에 거의 4~5개월씩 보지 못하는 엄마인데도 일라디에르는 매일 보는 카일보다 조를 더 많이 닮은 것 같았다. 조의 습관까지 꼭 닮은 엘라가 카일의 옷깃을 잡고 짤짤 흔들었다.

"아빠! 아가! 어떻게 만들어!"

아마 이 호기심이 풀리기 전까지 엘라는 제국의 모든 사람을 만날 때마다 묻고 다닐 것이다. 카일이 당황한 얼굴로 뭐라 대답하기 전, 조는 슬그머니 침대에서 일어섰다.

"조, 어디 가?"

엘라를 안고 있느라 미처 조를 붙잡지 못한 카일이 고개만 돌려 물었지만 조는 얼른 슬리퍼를 신고 일어섰다. 침대 반대편으로 걸어와 일라디에르의 이마에 쪽, 입 맞춘 뒤 카일의 오른쪽 눈 아래 점에도 쪽 소리가 날 정도로 키스했다.

카일은 저도 모르게 배시시 웃었다. 처음 흉터가 생겼을 때는 다시 태어나고 싶을 정도로 슬펐는데 조가 매번 이곳에 입을 맞춰 주니 카일은 내심 점이 생긴 게 기뻤다. 하지만 키스 이후에 조는 미련 없이 뒷걸음질 쳤다.

"엘라, 오늘 아빠랑 잘 거지?"

"아가 어떻게 생기는지 아빠가 말해 주면!"

"그래, 엄마는 그런 거 잘 몰라서 아빠한테 물어봐! 엄마 간다!"

"조, 잠깐만!"

잠옷 위에 가운을 걸쳐 입은 조는 침실을 빠져나가 재빠르게 도망갔다. 곤란한 질문을 받은 카일은 제 손가락을 만지작거리며 노는 딸에게 대답하는 수밖에 없었다.

"아, 그러니까…… 아가는 아빠랑 엄마가……. 되게 많이 사랑을 하면,"

"아니야! 아가는 사랑 안 해도 태어난대!"

"……누가 그래?"

"엄마 땅에서!"

"그랬구나."

부드럽게 미소 지으며 카일은 속으로 로타이스 기사단 놈들을 저주했다.

"투르가 여신님이 아가를 주고 가시는 거야, 아끼는 사람들한테. 신은 모든 인간을 다 살피시니까."

"어? 근데 엄마 저번에 화냈는데. '투르가 그 언니 진짜 사람 빡돌게 하네.'라고 했는데! 도레스가 귀 막았는데 근데 나 들었어! 신은 우리 엄마도 아껴?"

"……그건 엄마가 아주 특별한 사람이라 그래. 엄마는, 신이랑 맞먹거든."

카일은 거짓말에 약했다. 특히나 갑자기 말을 지어내야 하는 경우에는 더더욱 그랬다.

"엄마는 왜 신이랑 맞먹는데?"

그 순간, 카일의 머릿속엔 단 하나밖에 떠오르지 않았다. 수년간 안팎으로 들어서 뇌 한구석에 강력하게 자리 잡은 키워드.

"……사실 엄마는 전쟁의 신이거든."

일라디에르의 두 눈이 휘둥그레 커졌다. 창밖 달빛에 비친 금색 눈동자가 반짝거리며 빛났다. 아이의 눈이 감탄으로 가득 찼다.

"멋지다! 엄마는 전쟁의 신이야?"

나중에 조가 알게 되면 혼나겠지만 지금은 아무런 변명도 생각나지 않았다.

"응, 그래서 엄마는 동생을 가진 거야. 다른 사람들은 투르가 님의 힘을 빌리는데 엄마는 그, ……신이라서."

"와! 우와와! 멋있다! 나도! 엘라도 전쟁의 신 할래!"

조막만 한 손으로 카일의 가슴팍을 움켜쥐는 강단을 보면 차후에 충분히 그렇게 자랄 것 같은 기미가 보였지만, 지금은 힘들었다.

아니지, 감히 누가 조처럼 자랄 수 있을까. 세상에 조는 하나뿐인데.

카일은 온순하게 입꼬리를 올려 웃으며 딸의 볼에 쪽 입 맞추고 꼭 안아 주었다.

"엘라는 엄마처럼 될래!"

예상치 못하게 딸의 가슴에 험악한 꿈을 안겨 준 카일은 일라디에르를 깊이 재운 뒤 황궁을 나섰다. 시종들을 모두 물리고 천천히 걸어 신전으로 들어간 카일은 투르가 조각상 앞에 경건히 서서 두 손을 모으고 읊조렸다.

"제게 새로운 생명을 안을 수 있는 기회를 주셔서 감사합니다, 여신님."

그러고는 한참 망설이다 겨우 입을 열었다.

"일라디에르가 조처럼 자라지 않으면 좋겠습니다."

텅 빈 신전에 카일의 음성이 조용히 울려 퍼졌다. 낮은 목소리로 카일은 조각상을 똑바로 올려다보며 말을 이었다.

"다치지 않고, 위험하게 목숨을 거는 일 없이, 아플 때는 숨기고 웃는 게 아니라 응석 부릴 줄 알고, 슬플 때는 기꺼이 울 줄 아는 어른이 되었으면 합니다."

카일은 두 눈을 꼭 감고 그 어느 때보다 간절하게 기도했다.

"제 아이가 급류에 휩쓸리거나 검이나 활에 맞거나 독을 먹는 일 없이 자랄 수 있도록, 또한 제가 그렇게 키울 수 있도록 굽어살피소서."

짧은 기도를 마친 카일은 느리게 뒤돌아서 신전을 빠져나갔다.

드넓은 신전 안, 분명히 비어 있던 의자 위에 한 인영이 나타났다. 그의 붉은 머리카락이 어디서 불어왔는지 모를 바람에 흩날렸다. 신은 미소를 머금고 말했다.

"쟤는 깡이 없어."

처음 아기를 가졌을 때, 성격 급한 조가 정말로 말을 타고 먼 길을 떠날까 봐 걱정돼서 힘써 조의 앞에 빙의하여 모습을 드러낸 뒤, 투르가는 단 한 번도 조에게 목소리를 들려준 적이 없었고, 모습을 보인 적은 더욱 없었다.

그게 어지간히 불만이었는지 조는 아이를 낳은 이후 몸이 좋아지자마자 술병을 들고 신전을 찾았다. 다짜고짜 술병을 열어 잔에 콸콸 붓더니 그 아이는 호기롭게 외쳤다.

'언니. 그때 애 가진 거 알려 줘서 고마워요! 잘 키울 거야. 내가 더 강해져서 아무도 내 딸 못 건들게 할게. 내 카일이랑 엘라한테 손대는 놈 있으면 모조리 죽일 건데, 또 언니 속상할까 봐 미리 말하고 갑니다. 어? 난 말했어.'

일방적 통보였다.

당신이 만든 세계의 인간을 내 손으로 죽일지도 모르지만, 어쨌든 미리 말했다고.

투르가는 당당했던 조의 얼굴을 떠올리며 홀로 신전에서 키득키득 웃었다.

어느 누가 감히 신의 피조물을 죽이겠단 얘기를 그렇게 당당히 말해. 하여간 꾸준하게 미친 나의 불순물.

조는 나름대로의 기도가 끝난 후, 눈치를 보다가 투르가에게 올렸던 술을 벌컥벌컥 마셨다.

'아, 세 번 돌리고 마시는 건데. ……이 언니 외국인이니까 상관없나.'

주변 눈치를 살피며 그동안 금지당했던 술을 맛나게 마신 조는 냉큼 신전을 빠져나갔다.

회상을 끝낸 투르가는 혼자 남은 신전을 쭉 둘러보다가 길게 기지개를 켰다.

"알아서 잘할 테니 오랜만에 잠이나 잘까. 이번에는 길게 자도 괜찮을 것 같아."

빌테온은 전쟁의 신이 지킬 테니까.

투르가는 간만에 유쾌한 기분으로 조용히 잠에 빠져들었다. 어쩐지 굉장히 든든한 기분이었다.

＊ ＊ ＊

둘째가 태어나기 전, 많은 일들이 일어났다.

일라디에르가 귀족들이 모인 곳에서 '엄마는 전쟁의 신이라 투르가 님의 도움 없이 아이를 가졌대!' 라고 외치는 바람에 감격한 콜린 후작이 파티 중 황후에게 무릎을 꿇었고, 일라디에르는 엄마의 얼굴이 당황에 물들었다가 순식간에 험악해지는 걸 보곤 잽싸게 도망갔다.

깔깔 웃으며 황녀를 안고 그 말이 맞다며 황녀와 장난치던 이사벨라는 그날 밤, 벤지를 처음 벗겼던 테라스에서 프러포즈를 받았다.

"벨라, 매일 저녁과 아침에 당신과 인사하고 싶어요."

답지 않게 놀란 이사벨라는 티 없이 환하게 웃으며 벤지가 내민 반지를 건네받았다.

"끼우는 걸 내가 직접 해야 하나요?"

"아, 아니요. 제가, 제가요."

선뜻 허락할 줄 몰랐던 건지 당황해 허둥지둥하던 벤지는 이사벨라의 고운 손가락에 반지를 끼워 주었다.

어느 정도 배가 불러 온 조는 혼자 편히 자기 위해 본궁과는 살짝 떨어진 황후궁으로 들어갔다. 완공된 이후에도 간간이 구경이나 했지 제대로 이 궁에서 지낸 것은 처음이었다. 카일이 항상 본궁 밖으로 가지 말라고 붙잡는 통에 수도에선 항상 카일과 함께 지냈으니까.

황후궁은 신경 쓴 티가 팍팍 날 정도로 휘황찬란했다. 높이 뚫려 있는 긴 창으로 햇빛이 가득 들어왔고, 곳곳에 긴 의자가 놓여 있어 걷다가 지치면 언제든지 앉거나 누워서 쉴 수 있었다. 방 안의 가구들은 카일이 모두 직접 고르고 배치했다고 하는데 본궁의 방과 똑같은 구조였다.

단 하나 다른 점이 있다면 잠금장치가 문 안쪽이 아니라 바깥쪽에 있는 것뿐.

날이 밝자마자 아침을 함께 먹기 위해 황후궁으로 달려온 카일에게 조는 태연히 말했다.

"자물쇠 달 수 있는 고리가 바깥에 있더라고요. 가두는 것도 아니고 왜 그런 데다가 달았는지."

"……아, 그랬어? 처음 문을 만들 때 누가 잘못했나 보다."

"그래서 내가 부쉈어."

"응?"

"부쉈다고."

"……그랬구나. 무리하지 말고 사람 부르지."

"괜찮아요, 그 정도는. 여보 이거 먹어."

"응……."

축 처진 눈을 하고서도 카일은 조가 내미는 과일을 입에 쏙 넣고는 예쁘게 오물오물 씹었다.

누가 저걸 애 아빠라고 하겠어. 당장에라도 둘러업고 튀고 싶네.

조는 허벅지를 찌르며 참았다.

카일은 다음 날 본궁의 침대를 더 넓은 것으로 바꾸곤, 조를 붙잡았다.

'같이 자면 안 돼요, 여보? 응, 주인님.'

애교를 피우는 통에 조는 하루 만에 마음을 바꾸고 카일의 옆에서 잠들었다.


엘라는 여섯 번째 생일이 되자마자 황태자 책봉을 받았다. 제국을 이어받게 될 테니 앞으로 보다 더욱 강해지고 단단해져야 한다는 얘기를 들어서일까, 일라디에르는 다른 이들 앞에서 카일과 조를 달리 부르기 시작했다.

"황제 폐하, 황후마마. 오찬에 불러 주셔서 감사합니다."

조는 수저를 떨어뜨렸고, 카일은 조금 울었다.

일라디에르를 품에 안아 올려 무릎 위에 앉힌 카일은 그렇게 매섭게 정 없이 부르지 말아 달라며 부탁했고 귀가 빨개진 엘라는 아빠의 귀에 속삭였다.

"아빠, 부끄럽잖아. 내려 줘."

그래도 어른이 되고 싶었던 건 맞았는지 엘라는 엄마를 따라 하겠다고 본격적으로 검술을 시작했다.

황족이라면 당연히 해야 할 정치학, 역사, 지리별 영지의 특징, 외국어, 악기 수업도 당연히 받았지만 엘라는 그 무엇보다 검술에 뛰어난 두각을 드러냈다.

전보다 더 가끔 찾아오는 스노우는 대신 훨씬 오랜 시간을 머무르다가 가곤 했다. 바쁘지만 여섯 살짜리를 상대할 정도는 된다며 굳이 매번 검술을 직접 가르치고는 조 몰래 주문한 단검을 엘라에게 선물했다.

"엄마 몰래 주는 거니까 비밀이다."

"후우와아아. 네!"

비밀이랬는데 어지간히 자랑이 하고 싶었는지 엘라는 그걸 옆구리에 차고 다녔고, 조에게 들키는 건 금방이었다.

"영감아! 애한테 왜 또 검을 쥐여 줘요!"

"넌 인마! 거울이나 보고 말해!"

언제나 그랬듯 스노우와 조가 싸우면 일라디에르가 달려와 흥미롭다는 듯 지켜봤다. 그러곤 스노우에게 가 안겼다. 스노우는 의기양양하게 웃으며 일라디에르를 안고 사라졌다. 사라진 방향이 연무장인 걸 뒤늦게 알아차린 조는 이마를 짚었지만 말리지는 않았다.


조가 임신한 틈을 타 동북의 유목민이 국경으로 쳐들어온 적도 있었다. 직접 군대를 이끌고 나가진 않았지만 조는 로타이스 기마병 삼천 명을 보내며 지원했다. 고전하던 빌테온 군사들은 황후가 보낸 기마병과 함께 황후의 편지 속 전술에 따라 유목민을 몰아냈다.

황후의 기상이 드높아졌음은 말할 것도 없고, 그날의 신문은 새로운 제목으로 뒤덮였다.

**전쟁의 신, 제자리에서 군사 움직여 토벌······ "방해되면 죽여라" 불변의 가언**

역시나 이사벨라가 배를 잡고 웃었고 수잔은 심란한 눈으로 말했다.

"아무리 마마가 잔혹하고 무자비한 전신(戰神)이라지만 그래도 이건 너무 편파적인 기사네요."

욕인가 칭찬인가 긴가민가하여 조는 멀거니 수잔을 바라봤다. 몇 년 사이에 수잔도 많이 바뀌어 버렸다.

둘째는 일라디에르보다 성격이 차분한 건지 열 달을 빼곡히 채우고, 1주일 뒤에야 만날 수 있었다. 7시간의 진통 동안 조는 수건을 입에 물고 쌍욕을 참다가 결국 카일의 명치를 때렸다.

"으브으브븝읍!(아파 죽겠다고!)"

황제가 기절한 탓에 잠깐 비상이 돌았지만 15분 만에 카일은 금세 정신을 차렸고, 그와 동시에 아기가 태어났다. 둘째도 딸이었다.

아이의 울음소리가 터지자 폭주 기관차가 방문 밖에서 소리쳤다.

"아가 생겼어?! 아가! 아가 나왔어? 나 아가랑 놀려고 검 가져왔어!"

조는 지친 목소리로 작게 속삭였다.

"……아가는 검으로 놀면 안 된다고 누가 좀 전해 줘."

❖　❖　❖

아기를 처음 만난 일라디에르의 소감은 간단했다.

"너무 작은데. 못 놀아."

카일은 일라디에르의 작은 머리를 쓰다듬으며 빙긋이 웃었다.

"아가는 조금 더 크면 같이 놀 수 있어. 아직은 너무 작으니까 엘라가 잘 챙겨 줘야겠지? 우리 일라디에르는 언니잖아."

"……언니?"

"그래. 언니."

일라디에르의 노란 눈동자가 기대로 가득 차 반짝거렸다.

'나는 언니야!'

그날 이후, 일라디에르의 사랑 넘치는 기행이 이어졌다.

아이의 머리 위에 매달린 모빌을 보며 '이게 뭐야?' 하고 질문하기에 유모는 '이건 휴드밀라 황녀님이 아직 아가라서 누워만 계시니까, 아가님 심심하지 말라고 이렇게 달아 놓은 거예요.' 라고 답했다.

다음 날, 휴드밀라의 작은 침대 옆에 두꺼운 책들이 켜켜이 쌓였다. 범인을 모르는 유모들은 이게 대체 누구의 짓인지 궁금해했지만 조는 단박에 알아차렸다.

"그거 아마 엘라가 가져다 놨을 거 같은데."

"어머, 보셨어요? 마마?"

"……아니. 엘라가 나를 닮았으니까."

아니나 다를까, 그날 오후 일라디에르의 스승이 조금은 지친 얼굴로 황제를 알현했다.

"황녀 전하께서……. 책은 사랑하는 동생에게 주었다고 하시면서 아랫사람을 아끼는 마음이 뭐가 잘못됐냐 하시곤, 검술을 하겠다고 뛰쳐나가셨습니다."

스승의 말대로 정말 하루 종일 검술만 하다 온 건지, 저녁 늦게 땀범벅이 되어 검을 들고 쫄쫄 걸어오던 일라디에르는 복도에서 카일을 보자마자 부리나케 도망쳤다. 짧은 다리로 열심히 뛰어가는 여섯 살 황녀를 재빨리 붙잡은 카일은 엘라를 부드럽게 안아 들었다.

"엘라, 아빠한테 할 말이 있지?"

"아닙니다. 폐하. 저는 아무것도 잘못한 게 없어요."

"아빠 서운한데. 엘라가 아무것도 말 안 해 주면."

"나 아니야. 깅깅이가 책 갖다 놨어."

"……엘라가 거짓말하면 아빠도 깅깅이도 슬퍼요."

과연 조를 닮긴 했는지 일라디에르는 아빠의 축 처진 아름다운 눈을 보며 저절로 입을 열었다.

"동생 심심할까 봐 내가 책 줬어."

"무슨 책 줬어요?"

"역사학이랑 지리학, 그리고 신학 도서 줬어요."

"그랬구나. 근데 아가는 아직 책을 못 읽어요. 그러면 엘라가 더 열심히 공부해서 아가한테 말해 주는 게 아가가 더 기쁘지 않을까요?"

"……음."

일라디에르의 작은 머리통이 아래로 푹 숙여졌다.

공부는 영 싫은가 보다.

저절로 웃음이 나서 카일은 일라디에르의 샛노란 머리카락에 연거푸 쪽쪽 입 맞췄다.

"책에 있는 종이는 너무 날카로워서, 약한 아가가 가지고 놀다가 베이면 피가 나요. 동생이 아야 하면 언니 마음도 아프지 않을까요?"

카일은 천천히 입꼬리를 올려 웃었고, 투명하게 빛나는 아빠의 눈을 뚫어지게 바라보던 엘라는 명랑한 목소리로 또박또박 말했다.

"아빠 눈으로 하늘이 들어갔어요."

명랑한 목소리에 카일은 소리 내어 웃으며 일라디에르를 복도에 내려 주었다.

"엄마랑 똑같은 말을 하네. 자, 엘라. 얼른 가서 동생 방에 있는 책 들고 오자."

"네!"

"검은 내려놓고 가야지, 엘라!"

"아니야! 검은 내 거야!"

저 무거운 검을 굳이 옆구리에 차고 복도를 신나게 내달리는 일라디에르의 뒷모습을 보며 카일은 조를 떠올렸다.

저렇게 작은데 어떻게 저렇게 요모조모 다 닮았지. 자기 거에 욕심 많은 것까지.


물론 조는 다른 생각이었다.

"그게 날 닮은 거라고? 아니지, 그건 당신 닮은 거지."

"내가? 내가 뭘."

"와, 솔직히 내가 인생에 빨간 줄 여러 번 그었지만 그거 다 카일이 했잖아. 역대 황후 중에 감방을 그렇게 들락거린 사람은 나밖에 없을걸요."

"……그건."

되받아칠 말이 생각나지 않아서 카일은 조의 부은 다리를 주무르다 말고 잠깐 망설였다.

"그거 봐! 말 못하잖아. 감방에 가둬, 묶어 둬, 잡아 와서 묶고 데려가고. 소유욕은 당신이 더하지."

"너는 소유욕 하나 때문에 마구간에서 몇 년을 일했잖아. 심지어 전쟁도 두 번이나 갔다 왔고. 고작 나 하나 가지겠다고."

"고작? 지금 고작이라고 했어?"

혼자 자기 싫다고 엄마 아빠의 방문 앞으로 찾아왔던 일라디에르는, 문을 열기 직전 갑자기 커진 언성에 놀라 뒷걸음질 쳤다. 그러곤 데려다준 벤지를 향해 뒤돌아 물었다.

"벤지. 엄마랑 아빠가 싸우는 것 같지?"

"아, 그런데 저 싸움은,"

말이 끝나기 무섭게 쿵 하는 소리가 방 안에서 들렸다. 일라디에르가 놀라 귀를 기울였지만 말소리는 하나도 들리지 않았다. 잠시 후, 황제의 다급한 목소리가 흘러나왔다.

"아직 안 돼! 조, 아직 몸이 다 안 나아서 끝까지 못해! 아니, 앗, 잠, 잠깐만! 옷은……!"

"고작? 이게 고작이야? 이게 어떻게 고작이야? 내가 이걸 가지겠다고 얼마나 생고생을!"

무언가 북북 찢어발기는 소리가 들리자마자 벤지는 황급히 황녀를 안아 들고 복도 반대편으로 뛰었다.

"벤지! 어디 가! 나 엄마랑 자고 싶은데!"

"그, 오늘은, 별궁에 가시면 이사벨라가 있으니까요. 거기서 주무시는 건 어떨까요. 벨라 좋아하시죠, 황녀님?"

일라디에르는 곰곰이 생각하다가 고개를 끄덕였다. 벨라는 항상 엄마의 활약상을 들려줬기 때문에 함께 있으면 신나는 기분이었다. 심지어 벨라는 그 멋진 기분에 고취된 일라디에르의 머리카락을 쓰다듬으며 칭찬하곤 했다.

'좋아요, 황녀님. 바로 그 정복욕으로 원하는 것을 다 발아래 두는 거예요. 황후마마처럼 세상을 지배할 수 있지요?'

'응!'

밤늦게까지 자지 않아도 이사벨라는 깔깔 웃으며 불을 환히 켜 놓고 놀아 주니 활기찬 일라디에르에겐 그만한 친구가 없었다.

"좋아!"

일라디에르는 그날 벤지와 이사벨라와 함께 오래도록 놀다가 잠이 들었다.

카일을 빼다박은 둘째 황녀 휴드밀라는 돌잡이 때 망설임도 없이 책을 잡았다.

'책 좋아하잖아! 그냥 책 줄걸!'

아쉬워서 발을 쿵 굴리는 언니의 목소리를 들은 건지 휴드밀라는 뒤를 돌아보며 엄마와 아빠, 언니를 향해 배시시 웃었다. 그림으로 그려서 영원히 소장하고 싶을 만큼 사랑스러운 얼굴이었다. 물론 조의 명령으로 무대 아래에 초청된 엘 마르티와 길리아나가 접신이라도 한 듯 빠르게 밑그림을 그리고 있었다. 몇 주 뒤 완벽하게 채색이 되어 황궁으로 들어와 벽에 걸릴 작품이었다.

휴드밀라는 다른 아기들에 비해 말이 빨랐다. 특유의 총명함으로 황궁을 곤혹에 빠뜨렸던 첫째 일라디에르와는 확연히 다른 양상으로.

휴드밀라는 두 발로 자유롭게 걷고, 뛸 수 있게 되자마자 유모를 쫓아다니며 책을 읽어 달라 졸랐다. 유모 하나가 목이 아파서 쉬러 가면, 다른 유모를 찾아갔고, 유모들 다섯이 모두 지쳐 떨어지면 휴드밀라는 책을 들고 총총 걸어 언니를 찾아갔다.

"언니. 책 읽어 줘."

"나 바빠."

"……책 읽고 싶어. 언니. 제발."

"유모는?"

"유모들 다 목 아파서 쉬러 갔어."

"폐하한테 가서 읽어 달라고 해."

"아빠 아론이랑 있어."

셋째가 아홉 달도 미처 채우지 못하고 태어난 탓에 황궁은 내내 비상이었다. 카일과 조는 매일 밤 제대로 잠들지 못하고 아이의 곁을 지켰다. 투르가와 했던 맹세대로 셋째는 아들이었지만, 아이의 작고 여린 숨은 바람 앞에 선 촛불처럼 연약하기만 했다.

"휴드, 너 아직 책도 혼자 못 읽어서 어떻게 제국을 발아래 두고, 원하는 걸 다 손에 쥘 수 있겠니."

"……언니."

조금은 작은 목소리로 애타게 부르는 통에 일라디에르가 결국 자리에서 일어났다.

"그럼 책 내가 고른다?"

"응!"

손을 잡고 함께 도서관으로 걸어간 일라디에르는 높이 쌓인 책들 가운데서 병법서와 군주론을 들고 고민했다.

"휴드, 둘 중에 뭐가 재밌을 거 같아? 난 둘 다 읽었는데 또 읽고 싶어서."

"……이거."

조금 더 화려해 보이는 표지의 군주론을 고른 휴드밀라의 밝은 금발을 쓰다듬은 엘라가 씩 웃었다.

"나도 군주론 좋아해."

휴드는 언니가 웃을 때마다 엄마가 보이는 것 같아서 그게 묘하게 신기했다.

"자, 제1장. 군주란 무엇인가. 군주란 세습으로 국가를 다스리는, 한 나라의 최고 지위에 있는 사람을 뜻한다. 군주의 자리에 오르는 것은 태생의 운이 필요하나 백성들을 배불리 만드는 것은 군주의 능력에 달렸다. 휴드, 듣고 있어?"

"응."

작달막한 아이는 언니의 옆에 바짝 붙어 앉아 언니가 선명한 목소리로 읽어 주는 책을 열심히 들었다.

"……전쟁으로 땅을 얻었을 시에는 그를 다스리는 것이 무엇보다 중요하다. 이건 엄마를 생각하면 돼. 엄마는 로테나전으로 로타이스와 일로반드를 얻어서 근 10년이 다 돼 가는 지금까지 풍족하게 다스리고 있잖아. 그렇지, 휴드."

"응."

"그건 엄마가 몇 개월씩 직접 가서 다스리기 때문이야. 엄마는 그 땅의 영주잖아. 영주가 뭔지 알아, 휴드?"

도리도리 고개를 젓자 일라디에르는 영주에 대해 설명하기 시작했다. 그리고 로타이스가 가진 땅의 경제성에 대해서도.

여러 설명을 덧붙여 책을 읽어 주자 휴드는 그게 적잖이 흥미로웠는지 졸지도 않고 고개를 힘차게 끄덕거리며 들었다.

아론이 편안히 잠든 걸 확인한 후, 조는 일라디에르와 휴드밀라를 찾으러 방을 나섰다.

엘라의 방에도, 휴드의 방에도 둘 다 보이지 않아 조금 빠른 걸음으로 황궁을 돌아다니다 도서관에서 흘러나오는 말소리에 조는 천천히 문을 열고 안을 들여다봤다. 맑은 목소리로 책을 읽으며 휴드에게 설명하는 엘라와 그런 엘라를 보며 휴드는 초롱초롱한 눈으로 이야기를 듣고 있었다.

조는 흐뭇하게 입꼬리를 올리며 방해하지 않고 도서관 앞에 놓인 의자에 앉아 딸들의 목소리를 들었다. 아이들의 생기 넘치는 목소리를 듣고 있으면 모든 것들이 그저 만족스럽기만 했다.

1시간이나 지났을까, 신나게 떠들던 일라디에르가 사뭇 다정한 목소리로 휴드에게 말을 건넸다.

"다음엔 휴드가 좋아하는 책 들고 와 봐. 언니가 읽어 줄게."

"진짜? 그럼 나는…… 이거!"

"어? 이게 뭐지. 표지가 엄청 화려하네."

"제목이 뭐야, 언니?"

"……〈황자님과 마구간에서〉. 이건 무슨 책이지? 읽어 보자!"

무거운 눈꺼풀을 닫으며 아이들의 명랑한 목소리에 취해 서서히 잠에 빠져들던 조의 두 눈이 번쩍 뜨였다. 조는 재빠르게 자리에서 벌떡 일어나 문을 열며 소리쳤다.

"안 돼! 그 책 내놔!"

"악! 엄마!"

"우와! 엄마다!"

당황한 엄마의 얼굴을 보자마자 장난기가 돋은 일라디에르는 책을 들고 자리에서 일어서서 술래잡기를 하듯 뛰기 시작했고, 휴드밀라 역시 언니를 따라 뛰었다. 복잡한 서가를 요리조리 뛰어다니며 아이들은 배가 터져라 까르르 웃어 댔고 조만 다급했다.

'대체 어떤 미친놈이 황궁 서가에 저딴 난잡한 책을 갖다 놓은 거야.'

이사벨라의 웃음소리가 어딘가에서 들려오는 것 같았다.

그 외중에 폭주 기관차 일라디에르는 너무 빨랐다.

"엘라! 넌 왜 그렇게 빨라!"

"엄마 닮아서!"

깔깔 웃으며 일라디에르는 서가 사이를 다람쥐처럼 뛰어다녔다.


셋째 아론은 다행히 태어난 지 6개월이 지났을 무렵에는 다른 아이들처럼 건강하게 숨을 쉬었다. 몇 달 내내 빨갛기만 하던 피부도 이제는 차분히 가라앉아 우유처럼 뽀얗게 빛났다. 아론의 머리카락은 조의 머리카락을 그대로 빼닮은 짙은 은발이었다.

일라디에르와 휴드밀라는 유모와 시녀의 눈을 피해 아기가 잠든 방 바깥 창 아래에 몸을 숨겼다.

"언니, 근데 왜 우리 창문으로 들어가?"

"앞에는 시녀들이 지키고 있잖아. 우리 동생인데 못 보게 하고."

"아가가 약해서 그렇대. 언니."

"그럼 강하게 키워야지."

"……어?"

무슨 뜻인지 잘 이해가 안 갔지만 언뜻 들으면 맞는 말처럼 들리기도 했다. 망설이는 휴드밀라의 어깨를 다독이며 일라디에르가 진지하게 속삭였다.

"괜찮아. 엄마도 소싯적에 창문으로 다녔대. 아무도 못 막았대. 벨라 이모랑 수잔 이모가 말해 줬어."

"그렇구나."

옷이 더러워지든 말든 신경도 쓰지 않고 커다란 상자를 들고 성큼성큼 걸어 온 일라디에르는 창문 앞에 상자를 내려놓았다.

"휴드는 키가 작으니까 언니가 안아 줄게."

"고마워, 언니!"

상자 위에 나란히 올라간 후, 일라디에르가 휴드를 안아 올렸다. 또래 아이들보다 힘이 좋아서인지 힘든 기색 없이 휴드의 엉덩이를 받치고 어깨로 밀어 올려 그대로 창틀에 앉혔다.

"언니. 높아."

"그래 봤자 1층인데 뭐가 높아. 괜찮아."


조와 함께 산책하던 카일은 근위병들이 입을 틀어막고 발을 동동 구르는 것을 보고 그리로 다가갔다.

"뭐 하는 거지?"

"황녀님들이 아론 황자님이 뵙고 싶으신가 봅니다. 저기 보세요."

아직 36개월도 채우지 못한 작은 휴드밀라의 두 발을 창 안으로 넣어 주는 일라디에르와 창이 생각보다 높은지 발을 동동거리는 휴드밀라가 보였다.

"아니, 문으로 들어가지. 이제 그냥 가도 되는데."

말리러 가려는 조를 제지하며 카일은 환하게 웃었다.

"조금만 더 지켜보자. 너무 귀여워."


어른들의 시선을 눈치채지 못한 아이들은 낑낑거리며 창을 통해 방 안으로 들어갔다.

"아가 안 보여."

침대가 높아서 제대로 보이지 않는 건지 휴드밀라의 배를 안아 올려 준 일라디에르가 말했다.

"이제 아가 잘 보이지?"

듬직한 언니의 서포터로 휴드밀라와 일라디에르는 처음으로 막내와 눈을 마주했다.

"진짜 작다."

"……응."

"너도 이렇게 작았어."

"……아냐, 휴드 이렇게 안 작아."

"뭐래. 너 딱 이만했거든."

"아냐!"

"내가 봤어! 너 작았어!"

"아니야! 휴드 안 작아!"

소리 지르며 싸우기 시작하는 누나들 때문에 잠에서 깼는지 막내는 서서히 눈을 뜨고 배시시 웃었다. 은색 머리카락에 파란 눈동자를 반짝이는 아이는 그 자체로 별빛이었다.

막내의 얼굴에 반한 일라디에르가 주먹에 힘을 주고 말했다.

"휴드, 우리는 언니니까 아가 잘 지키자. 진짜 귀엽다."

"……응!"

아직 두 사람이 남동생에게는 '누나'라 불려야 한다는 걸 모르던 어느 날이었다.

❊   ❊   ❊

아론은 누나들과 달리 눈물이 많았다.

"셋을 낳았는데 셋 다 어떻게 이렇게 제각각이지."

한참 동안 아론을 안고 달래다가 방으로 들어온 조는 지쳐 쓰러졌다. 아론은 작은 소리에도 잘 놀라고, 쉽게 울음을 터뜨리곤 했다.

낯을 잘 가리지 않는 일라디에르나, 경계하긴 해도 최소한 눈은 맞추는 휴드밀라와는 달리 아론은 낯선 사람을 보면 곧장 누군가의 뒤에 숨었다.

"그래도 잘 커 줘서 너무 다행이야, 그렇지. 조?"

"와, 육아하다가 세월 다 가네."

침대에 드러눕는 조를 보며 카일은 열심히 보던 서류를 슬쩍 한데 모았다. 그냥 다 도장 찍고 통과시킬까 고민하는 순간, 속내를 알아차린 건지 팔로 눈을 가린 조가 보지도 않고 말했다.

"똑바로 일하세요, 폐하."

"……응."

다시 펜이 사각대며 종이 위를 지나는 소리가 들려왔다.

조가 지난 몇 달간 로타이스에 다녀온 탓에 아론은 엄마를 기억하지 못했다. 그래서 조는 돌아오자마자 하루 종일 아론과 시간을 보내며 자신이 엄마인 걸 상기시키는 중이었다.

"로타이스는 어땠어?"

"이제 좀, 다 자리 잡는 것 같아요. 처음엔 그렇게 신경 쓸 게 많았는데. 모엘린이 생각보다 너무 잘해 주고 있기도 하고. 물론 여기저기 말은 많은데 그거야 뭐 어느 영지 가도 생기는 문제니까."

"힘들진 않았어?"

서류를 보면서도 차분히 말을 건네는 카일에게 조는 완전히 몸을 돌려 누우며 답했다.

"당신이 보고 싶어서 너무 힘들었지. 내 예쁜 남편."

결국 카일은 읽고 있던 서류를 내치고 조의 앞으로 달려와 그의 이마에 입을 맞췄다.

"나만 할까. 내 깅깅자."

"……하, 그 이름 오랜만에 듣네요."

키득거리며 웃는 조의 입술에 키스하며 카일은 미끄러지듯 조의 곁으로 누워 버렸다.

"일 더 안 해도 돼요? 쌓인 거 많아 보이는데."

"나중에 새벽 일찍 일어나서 할게. 지금은 너랑 있을래."

"아니, 무슨 결혼한 지 10년이 넘었는데 이래. 세상 어느 남편이 이렇게 예뻐, 응?"

"네 남편이 이렇게 예뻐."

조의 가슴팍에 얼굴을 묻으며 카일은 생글생글 웃었다. 여전히 애교 넘치는 요망한 카나리아였다. 아, 아니 처음은 물론 수줍은 카나리아였지만.

숨을 깊이 들이마시고 내뱉은 조가 재빠르게 카일의 위로 올라탔다.

"오랜만에 우리 남편 맨살 냄새나 맡아 볼까. 오늘은 뭘로 목욕하셨어요, 폐하?"

카일의 골반 위에 앉아 셔츠 단추를 풀며 조가 물어 오자 카일은 커다란 손으로 조의 무릎과 허벅지께를 매만졌다.

"정원에 가득 핀 프리지아를 물에 뿌렸어요, 여보."

"그래서 이렇게 향기롭구나. 오구, 이뻐. ……아니, 근데 이 단추가 안 풀리네. 아, 좀. 실내에서 검 좀 차고 다니지 마요. 진짜 번잡스럽네."

카일은 두 손으로 얼굴을 가리고 소리 내어 웃었다.

"주인님, 그거 검 아니라고요. 왜 10년을 봐도 그래요."

"……미안. 10년 내내 본 게 아니라서."

깔깔 웃으며 조는 카일의 바지춤을 잡아 내렸다.


아론은 늦은 밤, 잠에서 깨어나 혼자 침대 위에 덩그러니 앉았다.

"……유모."

작은 목소리로 불러 봤지만 문을 열고 들어오는 이가 아무도 없었다. 해도 뜨지 않은 새벽은 너무 컴컴하고 고요했다. 아론의 목소리에 점차 울음기가 섞이기 시작했다.

"엄마아……. 아빠……."

눈가가 새빨갛게 달아오르고, 결국 히끅거리는 딸꾹질 소리와 함께 아론의 커다란 눈 아래로 물줄기가 흘러내렸다.

"엄마아, 누나……."

"왜."

"아!"

화들짝 놀라 제자리에서 튀어 오른 아론은 창문을 타고 들어오는 첫째 누나를 발견했다. 짐승 같은 노란 안광을 번쩍이며 일라디에르가 방으로 들어왔다.

"아론, 왜 안 자."

"……무서운 꿈 꿨어."

저번 달에 검술 연습을 하다 다리를 베인 것 때문에 연무장 출입이 금지된 이후로 일라디에르는 아무도 없는 새벽에 몰래 연무장으로 가서 검술을 연습하고 돌아오곤 했다. 스노우 할아버지가 가르쳐 준 걸 연습해 보려면 대련 상대가 있어야 하지만 아쉬운 대로 허수아비라도 두들겨 패고 돌아왔다. 몇 시간씩 하고 나면 개운해서 하루라도 안 하고 넘어가는 날이 없었다.

검을 내려놓은 일라디에르는 땀에 젖은 셔츠를 펄럭이며 아론의 방 안에 있는 화장실로 가 손을 씻고 찬물에 샤워를 대충 하고 나왔다.

"……누나는 왜 안 자."

아직도 놀란 게 가시지 않은 건지 겁에 질린 얼굴로 묻는 아론을 힐긋 본 일라디에르는 활짝 웃으며 침대 위로 달려들었다.

"우리 막내 잡아먹으려고 왔다!"

"으아!"

놀라서 소리를 지르는 아론이 침대 위에서 마구 버둥거리자 일라디에르는 이불로 아론을 꽁꽁 감싸고는 마구 간지럼을 태웠다.

"아로오오온. 이 쪼끄만 아론, 잡아먹어야지."

"하지 마아! 누나! 아하하! 간지러워!"

울음기 가득하던 눈은 어느새 곱게 휘어져 있었다. 한참 시끄럽게 깔깔거리던 그때, 방문이 열리며 휴드밀라가 안으로 들어왔다.

"둘 다 너무 시끄러워."

"……미, 미안해, 누나."

기가 죽은 아론의 커다란 물방울 같은 눈이 축 처지기 무섭게 휴드밀라는 생긋 웃으며 답했다.

"그래서 근처 시녀들이랑 유모들 방 앞에 수면향 피우고 왔지! 오늘 밤은 1층에서 시끄럽게 놀아도 돼!"

울상이 됐던 아론이 얼굴을 활짝 펴며 웃었다.

무서운 꿈을 꾸는 날이면 누나들 방으로 들어가곤 했는데 첫째 누나는 자다가도 항상 잘 받아 주는 편이었고, 둘째 누나는 늘 책을 읽느라 늦게 잠드는지 깬 상태로 아론을 반겨 주었다. 어쨌든 아론은 누나 둘을 굉장히 좋아했다.

세 사람은 넓은 방 안에서 뛰어놀다가 베개 싸움을 시작하려 각자 커다란 베개를 쥐었다. 엘라는 가장 커다랗고 화려한 자수가 박힌 쿠션을 손에 쥐었고, 휴드밀라는 양손에 적당한 크기의 쿠션을 쥐고 되는대로 막 휘둘렀다. 아론은 그냥 자기가 베고 자던 가장 익숙한 베개를 품에 쥐고 열심히 도망 다녔다.

엘라와 휴드밀라가 서로에게 베개를 휘두르다가 지친 휴드밀라가 먼저 두 손을 들어 항복 신호를 보냈다.

"안 되겠다! 언니는 오른손 묶고 해."

"누가 감히 이 황태자의 손을 묶는다는 발언을 하지?"

"……불리하면 황태자래. 아론도 말해. '누나, 힘이 너무 세니까 오른손 빼요.' 해."

아론의 두 눈이 금세 겁에 질렸다.

"……엘라 누나 손이 빠지면 어떡해."

작은 다람쥐 같은 두 손으로 입을 틀어막은 아론이 오들오들 떨다가 일라디에르 앞으로 다가왔다. 그러곤 엘라의 오른손을 꼭 잡으며 쪽 하고 입을 맞췄다.

"누나 손 소중해."

일라디에르가 곧장 아론을 끌어안고 이마에 쪽쪽 뽀뽀를 퍼부었다.

"아론! 귀여워!"

"……히."

수줍게 미소 지은 아론은 뽈뽈거리며 침대 위로 올라갔다.

"우리 눕자. 누나 베개 휘두르는 거 무서우니까."

휴드밀라는 결국 일라디에르에게 항복한 채로 베개 싸움을 끝내야 했다. 셋은 나란히 누워서 새벽 늦도록 잡담을 나눴다.

"근데 너 수면향 어디서 났어?"

"전에 벨라 이모가 맘에 안 들면 다 재우고 튀라면서 줬어. 대박이지?"

"그 이모 나도 좋아해. 엄청 멋있잖아."

"……벨라 이모 옆에 있는 사람 무섭게 생겼어."

가운데 누운 아론이 작은 목소리로 덧붙이자 휴드밀라가 작은 손으로 아론의 머리카락을 쓰다듬었다. 일라디에르는 아론의 뽀얀 찹쌀떡 같은 볼을 주욱 잡아당겼다가 놓으며 말했다.

"아실 이모도 좋은 이모야. 키 엄청 커서 나 목마도 태워 줬는데."

"목마 너무 높아."

"아론, 그렇게 무서운 게 많으면 제국을 다스리는 멋진 군주가 못 돼요."

무슨 뜻인지는 아직 잘 모르지만 어쨌든 나무라는 것 같은 내용에 아론의 입꼬리가 서서히 아래로 내려갔다. 또 아론이 울음을 터뜨리기 전에 휴드밀라가 잽싸게 끼어들었다.

"군주는 어차피 언니가 할 테니까 아론은 건강하면 돼. 엄마가 맨날 그러잖아. 아론, 건강만 해."

다정한 둘째 누나의 말에 아론은 빙그레 웃었다. 일라디에르는 테이블 위에 놓인 검을 보며 투덜거렸다.

"아니, 엄마는 왜 나보고는 건강만 하라고 안 하지? 나도 건강하려고 검술하는 건데."

"아. 언니, 그거 알아? 엄마 젊었을 때 감방을 몇 번이나 갔대. 벨라 이모가 말해 줬어."

"……진짜? 그건 왜 전기에 없었지? 그런 거 못 읽었는데."

"아빠가 보냈대. 그리고 원래 전쟁도 따라오지 말라고 감방에 넣었대."

"어? 근데 어떻게 따라갔대?"

생생한 반응을 보이는 일라디에르의 맞장구에 신난 휴드밀라가 자리에서 벌떡 일어나 앉았다.

"테오 삼촌이 말해 줬어! 간수랑 싸워서 이기고 쫓아갔대! 그리고 스노우 할아버지가 그러는데 전쟁터에서 말 타고 달리면 엄마가 제일 빨리 튀어 나갔대."

"아니, 잠깐만. 왜 자기를 감방에 넣은 사람이랑 결혼을 했대?"

"엇, 글쎄."

세 아이는 두 사람이 어떻게 결혼했을까에 대한 고민을 나누었다.

아론은 서서히 눈이 잠기는 걸 느꼈다. 둘째 누나와 첫째 누나의 목소리가 번갈아서 들렸다.

'언니. 아론 잔다.'

'……그러네, 우리도 잘까.'

다음 날 아침, 뻑뻑한 눈을 비비며 아론 황자를 깨우려 문을 연 시녀들은 세 사람이 나란히 누워 자는 걸 보곤 다시 조용히 문을 닫았다.

❊　❊　❊

황후의 탄신일, 카일은 그 어느 때보다 성대한 축제를 계획했다. 온 거리가 온갖 화려한 색 깃발로 펄럭일 테고, 많은 사람들이 나와서 황후의 탄신을 축하할 것이다.

"그렇게 성대하게 안 해도 돼요. 매년 오는 생일인데 뭐."

늘 그랬듯 시큰둥하게 말하며 반대하는 조를 설득하는 건 황제의 몫이었다.

"하트가 작년 수출 상품 1위였잖아. 국고도 빵빵하고, 백성들도 황후마마가 보고 싶다고 하고, 나도 여보 자랑하고 싶고. 응?"

뒤에서 조를 안은 채 어깨에 얼굴을 올려 조곤조곤 말하면 십중팔구는 홀딱 넘어가곤 했지만, 올해의 조는 정말로 축제에는 관심이 없어 보였다.

조가 로타이스만 갔다 하면 온 도시가 묘하게 고취된 분위기에 젖어 들어 거리의 취객들이 늘어나는데 그 와중에 치안은 좋아진다는 괴상한 소식을 익히 들어온 카일은 이해가 가지 않았다. 제 아내는 격식 있는 파티는 싫어하지만, 흥겨움 자체는 좋아하는 사람이었다.

"수도 가운데 거리에서 행진하는 거 싫어?"

"……쪽팔리긴 한데 솔직하게 말해도 돼요?"

"응. 당연하지."

주변의 눈치를 살피던 조는 슬그머니 뒤돌아서 조심스럽게 입을 열었다.

"며칠 전 새벽에 몰래 밖에 나갔거든요."

"……음, 그랬구나."

바로 옆에서 잠들었는데 대체 왜 몰랐지. 아니, 잠든 나야 그렇다 쳐도 황궁을 지키는 근위병들이 얼마나 많은데 아무도 그걸 몰랐다고? ……갈수록 괴물 같아지네. 내 여보는.

시끄러워지는 머릿속을 애써 잠재우며 카일은 얕게 고개를 끄덕이고 다음 말을 기다렸다.

"저번 카일 생일 때, 카일이 광장에서 연설했잖아요."

"그랬지."

"그때 이후로 당신 얼굴에 반한 사람들이 꽤 됐나 봐요. 술집 갔는데 다 당신 얘기를 하는 거야. 폐하는 무서운 줄 알았는데 실제로 뵈니까 너무 잘생기셨다고, 몇 년째 늙지도 않는 것 같다고. 다 그러더라니까. 그래서……."

"응, 그래서?"

"보여 주기 싫어."

"어?"

카일의 당황한 눈을 힐긋 보고 다시 고개를 푹 숙인 조가 입술을 삐죽였다.

"나만 보고 싶어. 난 당신 자랑 그런 거 하기 싫다고요. 그냥 하던 대로 황궁에서 축하하고 끝내요. 예전에는 온갖 곳에 다 자랑하고 싶었는데, 막상 가지니까 밖에 내돌리기 싫어. 난 남들한테 내 거 보여 주기 싫어요. 소유욕 그거 내가 더 많은 걸로 할 테니까 그냥 황궁에서만 축하해요."

카일의 눈가가 미세하게 떨려 왔다. 부들부들 떨려 오는 손을 꾹 말아 쥐고 참다가 결국 카일은 조를 힘껏 껴안았다.

"사람 미치게 하는 데 뭐 있어. 정말."

"내가?"

카일은 대답도 하지 않고 조의 턱을 잡아 올려 그의 허리를 감싸 안은 채 키스했다. 뜬금없이 밀어붙인 탓에 조는 두 팔로 카일의 단단한 등을 퍽퍽 쳤지만 카일은 미동도 하지 않았다. 카일은 한 손으로 조의 허리를 감고, 다른 손으로는 조의 뒤통수를 찍어 누르다시피 하며 길게 키스했다.

알고 있었다. 조가 진짜로 거부할 때는 뒷덜미를 잡아 뜯어 버리듯 내친다는 걸. 몇 번 던져지고 나니 모를 수가 없었다. 이렇게 등을 툭툭 치는 건, 그냥 숨 쉴 틈을 달라는 얘기였다.

잠깐 입술을 떨어뜨리자 조가 벌어진 입술 사이로 숨을 들이마셨다가 다시 눈꼬리를 올리며 매섭게 물었다.

"대체 갑자기 왜, 읍!"

평소에는 세상을 다 쥐여 줄 것처럼 환하게 웃다가 짜증을 낼 때 올라가는 눈꼬리도, 손안에서 바스러지는 얇은 은색의 머리카락도, 품 안에 가득 안으면 단단하게 감겨 오는 이 몸도 다 좋았다. 몇 분 동안 이어진 입맞춤 끝에, 조가 결국 카일을 집어 던졌다.

"말을 하라고! 왜! 왜! 왜 키스하냐고! 왜!"

카일은 푼수처럼 배시시 웃으며 답했다.

"네가 좋아서. 너무 좋아서. 매일 좋아서."

보기 드물게 빨개진 얼굴로 조가 몸을 반쯤 옆으로 돌렸다.

"······갑자기 자랑하고 싶네."

"진짜?"

"왜 그렇게 좋아해요?"

"나도 너 자랑하고 싶거든. 이렇게 멋진 사람이 내 황후다, 라고."

"나도 자랑하고 싶네요. 이런 바보가 내 손으로 올린 내 황제다, 라고."

카일은 여전히 순한 얼굴로 활짝 웃었다. 남들에게는 보여 주지 않는 미소였다. 조는 저 말랑콩떡이 행진할 때는 얼마나 간지가 온몸에 흘러넘칠지 잠깐 상상했다.

견장을 어깨에 두르고, 붉은 망토를 길게 늘어뜨리고 걷겠지. 긴 다리로 망설임 없이 척척 걸어 나갈 테고. 다정하게 웃으면서도 눈은 칼날처럼 서늘할지도 모르지.

"와 씨, 바지 내려."

카일은 큰 소리로 웃으며 자리에서 일어나 방문을 잠그고 다시 다가왔다.

"황후의 탄신을 기념하는 축제는 처음 열리는 거니까 적어도 1주일은 했으면 좋겠어."

조의 머리가 위아래로 흔들렸다.

"그리고 아이들도 우리 뒤에서 함께 걸었으면 좋겠어. 근위병들 거리에 쭉 깔아 놓을게. 함부로 접근하지 못하도록."

"응, 아, 응."

"당신은 내 옆에서 걸어야 돼. 내가 네 거고, 네가 내 사람인 걸 다들 알 수 있게. 응? 조. 자꾸 끙끙대지 말고 대답해."

"미친놈아, 아. 좀. 그만."

침대 헤드에 머리를 쿵쿵 박다 못해 상체의 반이 위로 밀려 올라간 조의 골반을 잡아 끌어 내리며 카일은 조의 볼에 쪽쪽 입 맞췄다.

"알겠지? 다 내 말대로 해 줄 거지?"

"……알았다고요."

카일은 기운이 빠져 팔다리를 축 늘어뜨리는 조를 품에 가두듯 힘껏 끌어안고서, 전쟁 때 찢어진 조의 귓불에 쪽쪽 입 맞추며 말했다.

"그리고, 축제 마지막 날에는 같이 놀러 나가자. 나도 우리 여보가 다닌 곳가 보고 싶어요."

"알겠다고, ……이제 그냥 자자고."

"우리 딱 한 번만 더 할,"

"이 개새,"

"응. 알았어."

카일은 얌전하게 물러났다. 조의 손이 닿는 곳에 검이 있었다.

다음에는 문 잠그고 나서 검도 멀리 치워 둬야지.

문제는 아론이었다. 축제 당일 아침, 아론이 눈물을 터뜨렸다.

"나는…… 궁에 있을래."

휴드밀라가 아론의 앞에 앉아 동생을 다독였다. 그래 봐야 몇 살 터울도 안 되긴 했지만 나름 누나라고 연장자인 티를 내는 것이 기특해서 시녀들은 번지는 미소를 꾹 참고 지켜보고 있었다.

휴드밀라는 고사리같이 작은 손을 꾹 말아 쥐곤 말했다.

"아론, 누나 손 꼭 잡고 가면 하나도 안 무서울 거야. 누나도, 큰누나도 옆에 있으니까."

"……궁 밖의 무서운 사람이 잡아가면 어떡해."

옆에 서 있던 일라디에르가 드레스 밑단 아래 숨겨 놓은 단도를 슬쩍 보여 주며 악당처럼 웃었다.

"누나가 스노우 할아버지한테 받은 검 알지? 이거로 우리 아론 지켜 줄게."

"……진짜?"

"그럼."

의기양양하게 웃은 일라디에르는 본궁을 벗어나자마자 진지한 표정으로 걸었다.

황궁의 커다란 문 앞에 서자 호위하는 근위병들이 열을 맞춰 선 채 근엄한 표정으로 황가를 지키고 있었다. 조는 뒤돌아서 아이들의 옷을 살펴 주며 하나씩 뺨에 입 맞췄다.

"일라디에르, 평소처럼 하되 튀어 나가지만 말고. 휴드밀라, 궁금하다고 아무거나 따라가지 말고. 아론, 눈물 뚝."

"……뚝."

엄마를 걱정시킨 것 같은 마음에 괜스레 서러워져 아론의 눈시울이 다시 빨개졌지만 손을 꼭 잡아 주는 둘째 누나 덕에 겨우 눈물을 참았다.

출발 직전인 그때, 일라디에르가 옆으로 튀어 나가 곱게 피어 있는 장미꽃을 맨손으로 꺾어 왔다.

"황녀님! 다치시면 어쩌려고요!"

"괜찮아! 자, 아론. 이거 예쁘지."

"우와. 예뻐."

황제의 곁에 서서 이것저것 체크하고, 근위병들을 통솔하는 엄마의 귀에 들릴세라 일라디에르는 빠르게 단도를 꺼내 장미 줄기 옆에 난 가시들을 정리했다.

"누나가 가시 다 정리했어."

"예쁘다!"

"예쁜 거 보면 기분 좋아지니까 이거 들고 있어."

"응."

황궁에서 가장 오래 일한 시녀, 멜데일은 붉어지는 눈시울을 애써 감추며 옆에 선 펠에게 작게 속삭였다.

"예쁜 거 보면 기분이 좋아진다니, 어쩜. 황녀님은 황후마마를 저렇게 닮으셨을까요. 새삼스럽게 감동이네요."

이윽고, 황궁의 커다란 문이 열리고 구름처럼 가득 메운 사람들의 함성이 터져 나왔다. 카일이 조와 손을 잡고 앞서 걷기 시작했다.

천천히 팔을 흔들며 미소 짓는 황제와 황후의 뒤로 황위 적통 계승자인 일라디에르 로타이스 드 빌테온 황녀가 당당하게 걸어 나갔다. 황태자라는 걸 보여 주듯 금색으로 자수가 놓인 화려한 붉은 드레스가 걸을 때마다 부드럽게 흔들렸다.

누나의 뒤에 바짝 붙어 걷던 아론은 동그란 눈을 뜨고 사람들을 구경했다. 이렇게 많은 사람들을 한꺼번에 본 건 휴드밀라 역시 처음이라 둘은 손을 맞잡고서 주변을 두리번거리며 천천히 앞으로 걸어갔다.

"폐하!"

"마마! 황녀님!"

"황후마마! 탄신일 축하드려요!"

저 먼 산 어딘가에서 축포를 쏘아 올렸는지 펑, 펑 하는 시끄러운 소리가 울려 퍼졌다. 아론은 놀라서 눈을 동그랗게 떴다가 울음을 참으려고 입술을 앙다물었다. 그때, 행진 거리 아래쪽에 선 한 아이의 엄마가 눈에 들어왔다. 눈물을 참는 아론을 보며 대견하다는 듯 웃으며 손을 흔들었다. 왠지 힘을 낼 수 있을 것 같아서 아론은 고개를 끄덕이곤 다시 힘차게 걸었다.

황후의 탄신일 기념 축제는 수도 전체에서 1주일 내내 이어졌다.

그 마지막 날, 조는 약속한 대로 카일과 함께 황궁 담을 넘었다.

"조, 우리 이렇게 나가도 돼?"

"애들도 다 자고, 근위병들 근무 교대 시간이라고. 사람 없는 타이밍 맞춰서 나갔다가 들어오면 되잖아."

"……황궁 근위병들 근무 교대 시간은 매달 바뀌는데 그걸 어떻게 안 거야."

"내가 그걸 모르겠어요? 나 기병 장관이야, 여보. 그리고 장관 아니었어도 나가고 싶을 때 나갔을걸."

카일은 자포자기한 듯 그냥 웃고 말았다.

내 망나니. 여전하네요.

"빨리, 카일. 응? 나 맥주 먹고 싶어."

"호위 몇 명이라도 꾸려서 나가자. 위험하면 어떡해. 응?"

"그렇게 나가면 너무 시선 끌잖아. 맥주도 못 먹고, 술집도 마음대로 못 들어간다고. 그리고 설마 내가 위험하겠어요, 당신이 위험하겠어요."

카일은 잠깐 말을 잇지 못했다.

조의 말은 사실이었다. 갑자기 하늘에 구멍이 뚫려서 몇백 명의 군사들이 뿅 떨어지지 않는 이상, 겨우 거리의 불량배들 정도로 조가 위험해질 일은 없었다. 이 사람이 목숨을 걸고 지켜 낸다고 장담했던 제 목숨 역시도.

"싸구려 꼬치 같은 거 왁왁 먹고 싶다고. 그리고 내가 주점 가서 돈 따 줄게. 나 카드 잘 쳐. 로타이스 가면 애들이랑 맨날 카드 치고 놀아."

"아니, 로타이스에 일하러 갔다면서."

"사람이 어떻게 일만 하고 살아. 빨리 와."

결국 조의 고집대로 호위 하나 없이 황궁의 담을 넘게 된 카일은 조가 준비한 안경을 쓰고 그의 손을 잡고 걸었다.

"세상에, 우리 남편 얇은 테 안경 너무 잘 어울려서 그대로 얼굴에 박제하고 싶네."

"……박제는 무서워."

"귀여워 죽겠어, 진짜. 침대에서 조금만 얌전하면 더 좋겠네."

농담을 하며 길거리로 나가자 평소 같으면 조용했을 밤거리가 축제의 열기 때문에 뜨거웠다.

모자를 깊이 눌러쓴 조는 카일에게 말한 대로 맥주를 사 마시고, 돼지구이 꼬치를 사서 같이 나눠 먹었다. 카일의 얼굴이 점점 상기되어 들뜨기 시작했다. 시끌벅적한 사람들과 섞이는 건 생각보다 흥겨웠다.

지나가던 왈패들이 카일에게 시비를 걸기 전까지는.

그들은 카일의 고급스러운 얼굴을 보곤 일부러 어깨를 치고 넘어져 바닥을 굴렀다.

"아이고, 어깨야! 아악, 아이고, 경하스러운 날에 어깨 빠졌네!"

적당히 돈을 쥐여 주고 떠났으면 됐을 텐데, 감히 카일의 어깨를 쳤다는 사실에 빡이 돈 조가 눈을 부라리며 그들의 앞을 위협적으로 막아섰다.

"지랄하지 마. 지가 와서 박아 놓고."

"……뭐? 어이, 끼어들지 말고 빠져."

"네까짓 게 감히 누구 어깨를 쳐? 이 개새끼. 살가죽을 오독오독 벗겨 말릴까 보다."

현란하게 욕을 내뱉는 황후를 보며 카일은 일단은 말려 보려 조의 어깨를 짚었다.

"여보, 그냥 가자."

조는 씩씩거리긴 했지만 오늘같이 드문 날을 망칠 수 없어 그대로 떠나려 했다. 그런데 그 순간 그들이 카일의 등을 퍽 소리가 나도록 밀치곤, 일부러 조의 발치에 침을 퉤 뱉으며 보란 듯이 지나갔다.

"에라이, 재수 없어."

조는 입고 있던 얇은 외투를 벗었다.

"그래, 오늘 너희 참 재수 없다. 이리 와."

이젠 못 말리겠네.

카일은 얌전히 조의 외투를 받아 들고 골목길 구석에 서서 조가 사람들을 피곤죽으로 만드는 걸 구경했다.

전쟁 때는 신분 차 때문에 늘 멀리 떨어져 있었고, 마지막 전투를 할 때 역시 각자 눈앞의 적을 해치우기 바빴던 탓에 조가 이렇게 맨몸으로 싸우는 걸 가까이서 보는 건 처음이었다.

정말 어디 가서도 지지 않네요, 우리 여보.

흐뭇하게 미소 짓는 그때, 다급한 발소리와 함께 경비대가 들이닥쳤다.

"뭐 하는 짓들이야! 당장 그만둬!"

마지막 한 놈의 멱살을 쥐었다가 바닥으로 내던진 조는 경비대가 검을 들이밀자 두 손을 하늘 위로 올리곤 위협적으로 말했다.

"검 내려."

범죄자 주제에 다분히 공격적인 어투였다. 경비대는 감히 이 커플이 황제와 황후라고 생각하지 못했다. 정상적인 황제와 황후라면 황궁을 비우고 호위 하나 없이 둘이서만 놀러 나올 일은 없을 테니까.

그렇게 조와 카일은 감옥으로 연행되었다.

경비대를 두들겨 패고 도망가면 더 큰일이 생길 것 같아서 얌전히 따르긴 했다. 하지만 간단히 놀고 들어갈 거라 황족임을 증명할 수 있는 것을 아무것도 챙겨 나오지 못한 것이 패착이었다. 수도의 감옥에 나란히 갇힌 두 사람은 태연하게 수다를 떨었다.

"카일, 미안해. 내가 더 빠르게 다 죽이고 도망쳤어야 했는데."

"아니야. 충분히 빨랐어. 우리 제국 경비대가 너무 빨리 온 거야."

"일을 너무 잘한다. 미안해. 카드 쳐서 당신 돈 따 줄려고 했는데."

"아니야. 돈은 차고 넘치니까. 나는 너만 있으면 돼. 아, 어제 애들이 물어보더라. 네가 왜 나랑 결혼했는지 궁금하대."

"그게 왜 궁금하대?"

카일은 볼을 빨갛게 물들이고 조의 귓가에 속삭였다.

"내가 너 감방에 넣은 거 애들이 알았대. 일라디에르가 도대체 왜 엄마가 자기를 감방에 넣은 남자랑 결혼했는지 모르겠대."

조는 배를 잡고 깔깔 웃다가 흥미롭다는 듯 몸을 낮춰 물었다.

"그래서 뭐라고 대답했어?"

"…… '아빠는 잘생겼기 때문이지.' 라고 말했어."

"잘했어."

만족스러운 답에 조는 카일의 얼굴을 붙잡고 쪽쪽 입을 맞췄다. 두 사람의 대화를 참지 못한 간수가 창살을 두드렸다.

"시끄러워! 둘 다 조용히 못 해!"

한껏 짜증을 부린 간수는 다시 밖을 향해 돌아서려다가 황급히 다시 감옥 안을 들여다봤다. 그래도 확신이 서지 않아 횃불을 감옥 안으로 들이밀었다.

몇 년 전, 두 번이나 창살에 제 머리를 박아 터뜨리고 탈출한 자의 얼굴이었다. 그 트라우마로 황궁을 나와 수도 경비대의 간수로 취직했는데. 그 범죄자가 여자였고, 황후가 됐다는 소식을 들었을 때 기함을 하며 놀랐던 일이 엊그제처럼 선명했다.

황후 역시 간수를 알아봤다.

"어? 아저씨. 감방 옮겼나 봐?"

"아, 아아악!"

글락은 떠오르는 악몽에 저절로 머리를 감싸 쥐며 감옥 밖으로 도망쳤다.

"악마, 아니! 황후가 감옥에 있다! 으아악!"

귀신이라도 본 것처럼 소리치며 글락이 뛰쳐나가자마자 그림자 구석에서 디올러스가 튀어나왔다.

"문을 딸까요."

"아, 맞다. 디올러스 그런 거 잘했댔지. 진작 그럴걸. 응, 부탁해."

몇 초 지나지 않아 감옥 문이 철컹, 열렸다.

카일은 연신 웃음을 참지 못하고 키득키득 웃었다. 불쌍한 글락은 앞으로 한동안 헛것에 시달릴지도 모르지만 그건 나중에 따로 위로를 보내면 될 일이었다.

두 사람은 태연하게 손을 맞잡고 길거리를 걸었다.

"이제 집에 가자, 조."

"응. 천천히 가요."

조는 새삼스러운 기분으로 카일을 올려다봤다.

빤히 바라보는 눈빛에 카일이 눈썹을 찡긋 올리며 고개를 틀어 내려다보자 조의 입술이 멍하니 열렸다.

"당신이 내 선물이야. 최고예요. 진짜로. 내가 가진 것들 중에 이것만큼 빛나는 건 없었어."

오랜만에 들어 보는 넋 나간 고백에 카일은 진심으로 유쾌한 듯 소리 내어 크게 웃었다. 그러곤 길 한가운데서 조를 꼭 끌어안았다.

"이렇게 멋진 너한테 내가 부족한 사람일까 봐 매일 걱정이야."

"쓸데없는 걸 고민하네."

카일은 웃음기를 머금고 속삭였다.

"내가 매일 고민하면 더 예뻐할 거면서."

"……당신 정말 오싹하고 짜릿하다."

카일의 허리를 마주 안으며 조는 깔깔 웃었다.

그때, 별똥별이 아래로 떨어졌다.

"카일! 소원 빌어요! 소원!"

조가 카일의 팔을 잡아끌며 하늘의 별을 가리키고는 냉큼 두 손을 모았다. 뭐라 뭐라 작게 중얼거리는 조의 작은 머리를 내려다보다가 카일은 처음으로, 별을 향해 빌었다.

무슨 소원 빌었냐고 묻는 조의 말에 모른 척하며 카일은 빠른 걸음으로 걸었다.

"그냥, 별은 희망이니까."

소원이 뭐냐 물으며 카일의 소매를 잡고서 짤짤 흔들던 조가 카일에게 안다리를 걸어 넘어뜨렸다. 엉덩방아를 찧은 카일을 보며 깔깔 웃은 조는 힘차게 앞질러 뛰어갔다.

여전히 미친 내 망아지.

환한 달빛 아래에서 조가 뒤돌자 그녀의 밝은 은발이 그림처럼 흩날렸다. 환한 웃음을 머금은 채 빨리 오라 손짓하는 조를 보며 카일은 방금 빌었던 소원을 다시 한 번 되뇌었다.

다음 생에도 너와 만나길. 그리고 또 사랑하길.

아웅다웅 웃고 장난치다 두 사람은 함께 일궈 낸 행복 속으로 돌아갔다.

어차피 조연인데 나랑 사랑이나 해, 完

# 어차피 조연인데 나랑사랑이나해

1판 3쇄 찍음 2022년 4월 8일
1판 3쇄 펴냄 2022년 4월 15일

지은이 | 단 디
펴낸이 | 정 필
펴낸곳 | (주)뿔미디어

기획·편집 | 박경희 권지영 김산혜
표지 디자인 | 우 물

출판등록 | 2002년 9월 11일 (제1081-1-132호)
주소 | 경기도 부천시 소향로 17, 303(두성프라자)
전화 | 032)651-6513 팩스 | 032)651-6094
E-mail | scarlets2012@hanmail.net
블로그 | http://blog.naver.com/dahyangs
비북스 | http://b-books.co.kr

값 13,000원

ISBN 979-11-6565-916-5 04810
ISBN 979-11-6565-913-4 04810 (세트)